영혼의 계보

| 서 남 동 양 학 술 총 서 |

영혼의 계보

20세기 한국문학사와 생명담론

| 이철호 지음 |

창비

21세기에 다시 쓰는 간행사

서남동양학술총서 30호 돌파를 계기로 우리는 2005년, 기왕의 편집위원회를 서남포럼으로 개편했다. 학술사업 10년의 성과를 바탕으로 이제 새로운 토론, 새로운 실천이 요구되는 시점이라고 판단했기 때문이다.

알다시피 우리의 동아시아론은 동아시아의 발칸, 한반도에 평화체제를 구축하고자 하는 비원(悲願)에 기초한다. 4강의 이해가 한반도의 분단선을 따라 날카롭게 교착하는 이 아슬한 상황을 근본적으로 해결하는 방책은 그 분쟁의 근원, 분단을 평화적으로 해소하는 데 있다. 민족 내부의 문제이면서 동시에 국제적 문제이기도 한 한반도 분단체제의 극복이라는 이 난제를 제대로 해결하기 위해서는 우선 서구주의와 민족주의, 이 두 경사 속에서 침묵하는 동아시아를 호출하는 일, 즉 동아시아를 하나의 사유단위로 설정하는 사고의 변혁이 중요롭다. 동양학술총서는 바로 이 염원에 기초하여 기획되었다.

10년의 축적 속에 동아시아론은 이제 담론의 차원을 넘어 하나의 학(學)으로 이동할 거점을 확보했다. 우리의 충정적 발신에 호응한 나라 안팎의 지식인들에게 깊은 감사를 표하는 한편, 이 돈독한 토의의 발전이 또한 동아시아 각 나라 또는 민족들 사이의 상호연관성의 심화가 생활세계의 차원으로까지 진전된 덕에 크게 힘입고 있음에 괄목한다. 그리고 이러한 변화가 6·15남북합의(2000)로 상징되듯이 남북관계의 결정적 이정표 건설을 추동했음을 겸허히 수용한다. 바야흐로 우리는 분쟁과 갈등으로 얼룩진 20세기의 동아시아로부터 탈각하여 21세기, 평화와 공치(共治)의 동아시아를 꿈꿀 그 입구에 도착한 것이다. 아직도 길은 멀다. 하강하는 제국들의 초조와 부활하는 제국들의 미망이 교착하는 동아시아, 그곳에는 발칸적 요소들이 곳곳에 숨어 있다. 남과 북이 통일시대의 진전과정에서 함께 새로워질 수 있다면, 그리고 그 바탕에서 주변 4강을 성심으로 달랠 수 있다면 무서운 희망이 비관을 무찌를 것이다.

 동양학술총서사업은 새로운 토론공동체 서남포럼의 든든한 학적 기반이다. 총서사업의 새 돛을 올리면서 대륙과 바다 사이에 지중해의 사상과 꿈이 문명의 새벽처럼 동트기를 희망한다. 우리의 오랜 꿈이 실현될 길을 찾는 이 공동의 작업에 뜻있는 분들의 동참과 편달을 바라 마지않는 바이다.

서남포럼 운영위원회

www.seonamforum.net

1947년 12월 2일 저녁 6시 장덕수는 제기동 자택에 들이닥친 괴한들의 총격으로 사망했다. 그의 죽음을 둘러싼 논란의 중심에는 김구와 임시정부가 있었고, 이로 인해 김구와 이승만 간의 정치적 화합은 길을 잃었다. 일찍이 장덕수는 미국유학을 계기로 이승만의 유력한 조력자 역할을 했고 그의 유년 시절의 스승은 김구였다. 사회주의 단체인 사회혁명당의 일원이었고, 상하이 임시정부에 가담했다는 이유로 하의도에 유폐되기도 했으며, 전시체제기에는 창씨개명을 끝내 거부했던 그였지만 결국 친일 경력의 우파 정치가로서 53년의 굴곡진 삶을 마쳐야 했다. 이 책은 그로부터 30여년 전 와세다대학 재학 시절의 장덕수, 아직 그 무엇도 되지 않았기에 수많은 것들을 꿈꿀 수 있었던 청년 장덕수와 그 세대가 자신들의 내면에 간직했던 어떤 느낌과 열정의 정체를 복원하기 위해 씌어졌다. 삶의 끝에 이르러서는 정작 망각되거나 소실되었지만 한때는 명료하게 의식할 수 있었던 그 세대 공통의 정신적 유산이나 이미지, 원형적인 관념들이 있다. 만약 이를 가리켜 근대문학의 무의식이라 범칭할 수 있다면, 이 책은 바로 그곳에 다가가려는 여정의 시작이다.

지난 몇년간 여기에 수록될 글들을 써오면서 늘 유념했던 책은 알베르

6

베갱의 『낭만적 영혼과 꿈』이다. 그중 「무의식의 신화」라는 항목에는 알베르 베갱이 낭만파의 거장 카스파르 다비트 프리드리히의 풍경화를 탁월하게 분석해낸 대목이 있다. "그의 풍경들은 정신으로 하여금 가시적인 것 너머로 벗어날 것을 요구한다. 가을과 겨울은 그가 선호했던 계절이고, 높은 하늘을 나는 새들은 고독과, 더러는 비탄의 인상을 증가시킨다. 하지만 동시에 그는 바위들의 지질학적 구성을 명확하게 드러내고, 안개 속에 퍼져가는 빛의 현상 또는 환상을 묘사하려고 애썼다. 보잘것없는 인간 존재의 고립과 불안에, 수세기에 걸친 대지의 진화나 하루 몇분간에 걸친 조명의 끊임없는 변화를 통해 드러나는 영원히 변모하는 한 자연의 생명이 대조를 이룬다. 결국 영혼과 그를 둘러싸고 있는 세계의 일치를 통해, 기독교적인 상징이 그것을 분명히 하지 않더라도, 우리는 어떤 종교적 색조를 감지할 수 있다." 프리드리히가 그린 풍경은 매우 일상적이면서 극도로 비범하다. 무한한 것과 유한한 것이 공존하는 그의 회화는 낭만주의의 선명한 예증이다.

　찰스 테일러도 현대사회의 문화적 위기를 논한 글에서 프리드리히의 회화를 언급한 적이 있다. 그는 낭만주의 이전에는 널리 통용되었던 의미의 질서나 규칙이 사라진 대신 철저히 개인적인 감수성에서 연원하는 "보다 미묘한 언어"가 중시되었지만, 그럼에도 여전히 "더 폭넓은 질서의 한 부분"으로 자신을 바라볼 필요가 있음을 일러준다. 전통적인 화법에 의존하지 않는 독특한 상징을 자연 속에서 찾으려 한 프리드리히가 그 본보기다. 예술이든 삶이든 진정성(authenticity)의 추구는 나 자신 또는 나의 지극히 개인적인 욕구들과는 전혀 무관한 어떤 것에서 가능하기 때문이다. 그런 의미에서 이 책이 낭만주의의 독백 정도로 읽히지 않기를 바란다. 때로는 낭만주의 안에서 온전히 자라나고, 때로는 낭만주의를 거스르기도 하며, 또 때로는 그것을 거쳐가되 궁극적으로는 낭만주의라 명명할 수 없는 곳에 뿌리내리기도 한 근대문학의 흩어진 언어들을 찾아가는 여정에서 애초부터 독백은 불가능하다.

이 책에 실린 글들을 쓰기 시작한 때에 필자는 다분히 낭만주의적인 맥락에서 '영혼'이라는 어휘를 고찰하려 했다. 하지만 문학사의 이편에서 다시 저편으로 점차 나아가게 되면서 기독교나 유미주의는 물론이고 민중예술론, 사회주의, 모더니즘, 파시즘, 심지어는 조르조 아감벤의 정치철학까지 고려해도 무방하다는 생각에 다다랐다. 문예사조의 오랜 주술에서 벗어나 한국 낭만주의를 처음부터 다시 숙고하려는 독자에게, 개념어를 통해 20세기 문학사를 조망하려는 시도가 무용하지 않으리라 여기는 독자에게, 그리고 한 세대가 역사의 핏빛에 자신의 모든 것을 상실하기 이전에 간직했던 정신적 유대의 원천들에 주의를 기울이려는 독자에게 어떤 식으로든 이 책이 유익하기를 기대한다.

이 책의 가설과 주장들은 오래지 않아 필자에게도 다른 누군가에게도 미흡하거나 진부한 것이 되겠지만, 집필부터 출간에 이르기까지 필자가 받은 후의와 배려는 긴 시간 동안 잊지 못할 것이다. 학위논문이 지금 같은 체제를 갖추는 데에 7년이 걸렸다. 연구기간 내내 서남재단이 보여준 성의와 인내는 오늘날의 연구자들에게 놀라움을 자아내기에 충분했다. 믿고 기다려주는 것이야말로 인문학의 미덕이 되어야 하겠지만 그것을 도무지 바랄 수 없는 시절에 필자의 인문학적 호흡은 귀중한 숨터를 얻었다. 최원식, 백영서 선생님을 비롯한 재단 관계자 분들께 깊은 감사를 드린다. 그리고 이 책의 출간과정에서 박대우 팀장처럼 든든한 편집자를 만난 것은 저자로서 누릴 수 있는 큰 행운이다. 거친 단어와 문장을 다듬어준 김정희 씨에게도 감사의 인사를 전한다.

첫 대학원수업을 기억한다. 찰스 테일러나 알베르 베갱의 글보다 실은 은사의 강의를 통해 낭만주의에 입문할 수 있었다. 단 한권의 책만으로도 당신의 우둔한 제자를 깨우치고 넉넉히 북돋워주셨던 황종연 선생님께는 아무리 생각해도 더 깊어진 글로 보답하는 도리밖에 없는 듯하다. 또한 학위 논문을 흔쾌히 심사해주신 서영채, 이경훈, 장규식, 한만수 선생님께도 감사드린다. 문학을 연구하면서 알게 된 소중한 분들이 여럿 되지만 구인모 선생은 학문의 길에 들어서기 전에 만난 선배이자 오랜 벗이다. 학위논문을 준비하기 위해 일본 칸다 고서점 거리를 함께 거닐던 날의 감흥은 이책 어딘가에 그대로 배어 있다.

책 한권을 엮고 나니 삶의 페이지마다 매만지고 살펴봐주신 어머니와 아버지께, 막내사위를 염려하시는 장인께 감사드리지 않을 수 없다. 그리고 아내는 평생을 두고 읽어도 다 못 읽을 마음의 책이다.

2013년 겨울
서울에서
이철호

낭만적 영혼의 문학

1990년대에 들어서면서 민족, 리얼리즘, 역사적 유물론에 입각한 문학 연구가 과연 자명한 것인가 하는 물음이 문학계 안팎에서 진지하게 제기되었다. 그러던 중 근대문학 연구자들 사이에서는 '문학'을 더이상 자명한 실체가 아니라 역사적인 구성물로서 바라보려는 입장이 현저해졌다. '문학'의 역사적 기원을 고찰했던 일련의 연구성과는 기존의 관행에 대한 발본적인 문제제기라는 점에서 적지 않은 의의를 지닌다.[1] 실상 '문학' 자체를 의문시하지 않고서는 한국 근대문학에 대한 자유로운 발상이나 다양한 논의가 가능해질 리 없다. 그간의 문학사 서술에서 상대적으로 폄하되었던 1910년대 단편소설이 본격적인 연구대상으로 재발견되고,[2] 1930년대

---

1) 그 대표적인 성과로는 황종연 「문학이라는 역어」, 『한국문학과 계몽 담론』, 문학사와비평연구회 엮음, 새미 1999; 김동식 「한국의 근대적 문학 개념 형성과정 연구」, 서울대 박사학위논문 1999; 권보드래 『한국 근대소설의 기원』, 소명출판 2000 등이 있다. 김동식의 후속 연구에 해당하는 「개화의 문학 개념에 관하여」, 『국제어문』 29, 국제어문학회 2003; 「한국문학 개념 규정의 역사적 변천에 관하여」, 『한국현대문학연구』 30, 한국현대문학회 2010도 참조.
2) 김복순의 『1910년대 한국문학과 근대성』, 소명출판 1999는 이 분야에 있어 선구적인

모더니즘 문학의 일상성이 복권되었으며, '국문학'이라는 제한된 영역을 넘어 좀더 넓은 층위에서 문학텍스트를 이해하고 해석하려는 '문화연구'의 방법론이 널리 공인될 수 있었던 것도 모두 1990년대 이후의 일이다.

한국문학의 근대성 연구와 관련하여 또다른 두드러진 특징은 '내면'에 대한 논의가 활성화되었다는 사실이다. '내면'을 중심개념으로 활용하든 그렇지 않든 간에 1990년대 중반 이후 한국문학 연구자들은 근대적 개인의 주관성을 가리키는 표현으로 이 말을 각별하게 애용했다. '내면'이 중요한 비평적 용어로 정착된 것은 한국소설의 내향화 현상과 무관하지 않고,[3] 다른 한편 모더니즘 문학의 재인식 경향과도 깊은 연관을 맺고 있다.[4] '내면'이라는 말의 광범위한 확산은 현장비평과 문학사 연구 간의 밀접한 상호작용 속에서 증폭된 현상이라고 할 수 있다. 문학의 근대성을 '내면'과 관련지어 논의하자는 주장은 기존의 연구관행, 이를테면 한국문학사를 문예사조의 변천으로 이해하거나 개별 문학작품을 사회적·역사적 산물로 규정하려는 관점과는 차별적인 맥락에서 제기되었다. 물론 문학의 역사를 재구하면서 시대적 상황을 도외시하거나 서구문학과의 접촉을 외면할 수는 없는 일이다. 그럼에도 내면성의 연구는 근대문학 형성의 여러 조건 중

저작이다. 다만 이 시기 지식인들을 비판적 신지식층과 친일적 신지식층으로 양단하는 방식에는 동의하기 어렵다. 이광수만 하더라도, 제2차 유학시기에 "이미 친일파로 전락할 기본준비가 다 확립되어 있었던 것"(52면)으로 단정하기에 앞서 이광수를 비롯한 『학지광』 세대의 문화담론이 보유한 역사적 의의를 해명하고자 한다.
3) 1990년대 문학의 내면화 현상을 논의한 황종연의 평론 「내향적 인간의 진실」, 『비루한 것의 카니발』, 문학동네 2001을 참조.
4) 내면성(Innerlichkeit)을 중심으로 1930년대 모더니즘 문학의 복권을 시도한 대표적인 저작으로는 강상희 『한국 모더니즘 소설론』, 문예출판사 1999가 있다. 모더니즘에 대한 재인식은 물론 카프문학에 대한 편향을 교정하려는 움직임 속에서 산출된 것이다. 강상희의 지적처럼, 모더니즘 소설의 주인공은 '보편을 실현하는 개체로서의 자아'라는 헤겔의 규정과 대립하여 "절대적 가치로서의 개인"을 의미하는 자아다. 강상희, 앞의 책 20면.

가장 핵심적이면서도 역사철학이나 대서사의 위력 아래 매몰되었던 '개인', 곧 근대적 자아의 문제를 집중적으로 탐구하게 되는 중요한 계기를 마련했다는 점에서 환영할 만한 것이었다.[5]

1910년대 이후의 문화담론에서 개인의 내면이란 인간의식을 고정된 것이 아니라 끊임없이 유동하는 것, 그래서 매순간 새롭게 창조될 수 있는 어떤 것으로 이해하자는 인식론적 전환 아래 발견되고 논의되었다. 이러한 사정을 충분히 고려하지 않는다면, 근대문학 형성 초기에 범람한 고백체와 그 무정형의 개인들에 대해서도 결국 "개성을 포기한 인물들"로 규정할 수밖에 없다.[6] 게다가 '내면'은 외부에 구속되지 않는 그 자체의 내재적인 이념과 원리에 의해 구성되고, 주체로 하여금 다시 현실에 적극 관여하도록 할 뿐만 아니라 더 높은 단계로 나아가게끔 이끄는 어떤 통일된 힘의 원천이라 할 수 있다. 거듭 강조하지만, 한국문학에서 근대적 자아의 형성 조건을 면밀히 검토하지 않고 리얼리즘을 준거로 내면성의 문학을 평가하는 것은 기존 문학사의 통념을 반복하게 될 가능성이 농후하다.

'내면'에 주목할 경우 우리는 한국 근대문학 초기 그와 유사한 맥락에서 사용된 어휘들의 용례에 관심을 기울이지 않을 수 없다. '생' 혹은 '생

---

5) 김윤식 『해방 공간 문단의 내면 풍경』, 민음사 1996에서부터 김현숙 외 『식민지 근대의 내면과 매체표상』, 깊은샘 2006에 이르기까지 '내면'을 적극적으로 활용한 연구서는 상당한 수에 달한다.

6) 개인의 내면성을 중시한 문학담론을 분석하면서 여전히 리얼리즘적 시각을 앞세우는 경우가 적지 않다. 그러나 개인의 자기인식은 내면화된 경험이나 일상적인 영역에 집중되어 있는 만큼 집단·역사·본질 등을 매개로 한 리얼리즘과는 미학적인 차별성을 지닐 수밖에 없다. 일례로 손정수는 최승구, 염상섭, 김기진, 박영희 등의 초기 비평에서 뚜렷하게 나타나는 감상성을 자아의식의 유폐된 한계로 규정하고 마침내 그것이 이후의 생활론에 의해 극복되었다고 보는 연구관행에 대해 이의를 제기한 바 있다. 그는 인식 범위의 확대가 반드시 긍정적 발전을 의미하지는 않을뿐더러, 그러한 지평의 확장은 결국 불가피한 희생을 초래하기 마련이라는 점을 지적했다. 손정수 「해방 이전 염상섭 비평의 전개과정」, 『개념사로서의 한국근대비평사』, 역락 2002, 41면.

16

명'이 가장 대표적이다. 가령 '생명'이라는 용어가 매우 빈번하면서도 의미심장하게 원용된 텍스트임에도 불구하고, 그러한 사실은 기존의『무정』(1917) 연구에서는 거의 도외시되었다. 문학예술이 제공하는 미적 황홀경과 수해 장면에서 형상화된 민족적 제의는 별개의 것이 아니라, 종교적 '생명' 체험을 통해 서로 긴밀하게 연관된 것이다. 기독교담론의 층위에서 재해석하지 않고서는『무정』에 나타난 자아의 두가지 원천을 조리있게 이해할 수 없으며, 그것이 낭만주의 문학의 본령이라는 사실에도 둔감할 수밖에 없게 된다. 다시 말하자면, 이형식이 보여준 자아각성은 초월적인 에피파니(epiphany, 顯現)의 경험을 수반한다는 점에서 기독교적 자아담론의 영향권 내에 있으며, 현실활동의 중요한 원천을 바로 내부의 자아로부터 발견하고 함양한다는 점에서는 지극히 낭만주의적인 특성을 갖추고 있다.

1920년을 전후로 한 시기에 한국 근대문학사의 중요한 성과는 대개 낭만주의와 관련된 것이었다. 예를 들면 최승구(崔承九)나 김억(金億)은『학지광』에 발표한 일련의 평론을 통해 '정감적 생활'을 가능케 하는 예술의 권능을 찬미했으며,[7] 김동인(金東仁)은 낭만주의의 미학적 원리를 전범으로 삼아 노블형 허구의 한국적 형성에 천착했다.[8] 염상섭(廉想涉)은 개성의 자유로운 발현을 강조하기 위해 낭만주의적 자아담론에 불가피하게 의존했고,[9] 나도향(羅稻香)은 낭만주의 색채가 매우 농후한 소설로 문단의 주목을 끌었다.[10] 그리고 1920년대 중반 이후 민족담론이 부상하면서 최남

---

7) 구인모「『학지광』문학론의 미학주의」, 동국대 석사학위논문 1999.
8) 황종연「낭만적 주체성의 소설」, 『김동인 문학의 재조명』, 문학사와비평연구회, 새미 2001.
9) 서영채「염상섭의 초기 문학의 성격에 대한 한 고찰」, 『염상섭 문학의 재조명』, 문학사와비평연구회, 새미 1998.
10) 진정석「나도향의『환희』연구」, 『한국학보』76, 일지사 1994.

선(崔南善), 이광수(李光洙), 김억 같은 문학가들이 벌인 민요시 부흥운동은 "한국적 낭만주의"의 한 유형임에 틀림없다.[11] 시의 경우에는 낭만주의의 상대적 강세가 더 분명해서, 일찍이 김홍규는 1920년대 초기 시의 주된 특성을 "낭만적 상상력과 이념"[12]으로 결론내리기도 했다. 그런가 하면, 신경향파 문학에 속하는 주요 작가들 중 상당수는 『백조』 동인으로 활동하며 낭만주의의 이념과 실천 속에서 예술가로서의 숙련기를 보냈다. 그래서 카프문학의 핵심적인 이론가였던 임화(林和)는 박영희(朴英熙)의 문학사적 의의를 평가한 글에서 그가 "신경향파 문학 건설의 가장 영예있는 창시자의 길을 개척한 것은 조선 낭만주의가 갖는 최대의 명예"[13]라고 상찬한 바 있는데, 그러한 발언은 한국 근대문학의 초창기에 활동했던 작가 중 대다수가 '낭만주의'에 경도되었던 사정을 증언해주는 것이다.

그런 의미에서 1920년대에 관한 문학사적 규정은 종종 "개인과 민족의 발견"[14]이라는 명제로 요약되지만, 개인과 민족의 각성 사이의 깊은 연관성에 대해 문학담론의 층위에서 심도있는 논의가 개진되지는 않았다. 이를테면 1920년대를 대상으로 한국 낭만주의 시를 고찰한 기념비적인 저작에서 오세영은 민요시에서 추출되는 "민족혼(民族魂, Volks Seele)"을 가장 명료한 낭만주의적 요소로 지목했지만, 그 '영혼'이 김억·주요한(朱耀翰)·김소월(金素月)·홍사용(洪思容)·김동환(金東煥) 등 소위 민요시파는 물론

---

11) 오세영 「민요시파와 한국낭만주의」, 『한국낭만주의시연구』, 일지사 1980, 153면.
12) "이러한 입장에서 1920년대 초기의 시들을 재검토해보면 주류를 이루는 것은 낭만적 상상력과 이념이다. 자아와 개성의 강조, 전적 생명의 추구, 절대적 세계에의 동경 그리고 죽음의 찬미 등 서로 관련된 주제에서 1920년대 초기의 시들은 동인지 사이의 차이나 개인적 지향의 상위에도 불구하고 긴밀하게 맺어짐을 볼 수 있는 바, 이들을 한데 묶어 낭만주의적인 움직임으로 파악하는 것이 온당하리라 본다." 김홍규 「1920년대 초기 시의 역사적 성격」, 『문학과 역사적 인간』, 창작과비평사 1980, 220면.
13) 임화 「조선신문학사론 서설」, 『문학사』(임화문학예술전집 2), 임화문학예술전집 편찬위원회, 소명출판 2009, 415면.
14) 김윤식·김현 『한국문학사』, 민음사 1973.

이고 그에 가담하지 않은 동시대의 다른 작가들에게도 어째서 집중적으로 애용될 수밖에 없었는지에 대해서는 별다른 천착을 보여주지 못했다. 게다가 김소월이 말하는 '시혼(詩魂)'은 다분히 개인적인 정조가 주를 이루고 있어서 그의 스승과는 격을 달리할 수밖에 없고,[15] 김억도 민요시 부흥운동에 빠져들기 이전에 이미 "심령"(Seele)을 예술적 자아형성의 핵심으로 주목했으며,[16] 주요한은 시집『아름다운 새벽』의 발문에서 "건강한 생명"을 지닌 시를 지향했지만 이러한 시적 감수성은 그가 일본에서 사숙하던 시절의 개인적인 성향과 긴밀하게 맞물려 있는 것이었다.[17] 말하자면, '영혼'이라는 개념은 민족적 층위에서든 개인정서의 층위에서든 두루 활용되고 있었지만, 개인과 민족의 깊은 내연관계에 대해서는 기존의 연구에서 밀도있게 논의되지 못했다.

따라서 1920년대 이전으로 다시 거슬러올라가 낭만주의에 가담했던 작가들이 문학의 근대성을 선취하기 위해 착수했던 역사적 작업들을 그 담론적 연속성과 다양한 매개항들의 계열화 속에서 재검토하고 그들이 추종했던 문화적 패턴을 분석하지 않고서는 한국 낭만주의 문학의 전모를 제대로 파악할 수 없을 것이다.[18] 이를 위해서는 한국문학에 나타난 근대적 경험과 그 경험의 주체(개인주체 혹은 민족주체)를 자명하게 받아들이는 대신에, 근대적 개인의 출현을 가능케 했던 담론조건을 면밀하게 재구하

---

15) 김소월의 「시혼」,『개벽』1925년 5월호에 나타난 '영혼'의 의미에 대해서는 이 승훈 「1920년대의 시론: 김소월의 시론」,『한국현대시론사』, 고려원 1993; 신범순 「1920~30년대 시의 현대적 매듭들」,『한국현대시사의 매듭과 혼』, 민지사 1992 참조. 특히 신범순은 김소월의 '영혼'이 고립된 개인의 내면과 직결되어 있음을 강조했다.

16) 정우택 「근대 자유시 형성과 1910년대 문학」,『한국 근대 자유시의 이념과 형성』, 소명 출판 2004, 137면.

17) 심원섭 「1910년대 일본 유학생 시인들의 대정기(大正期) 사상 체험」,『한일문학의 관 계론적 연구』, 국학자료원 1998.

18) 이와 관련하여 가장 쟁점적인 논의로는 박헌호 「'낭만', 한국 근대문학사의 은폐된 주 체」,『한국학연구』25, 인하대 한국학연구소 2011 참조.

는 작업이 선결되어야 한다. 1920년 전후 십여년은 일본유학생들이 대거 귀국하여 국내에서 적극적인 문화활동을 수행한 기간이다. 이른바 문화주의 운동의 선두에서 민족문화 창달을 내세웠던 지식인은 대개 1910년대 중반 이후 일본에 체류하며 근대 서구문명을 섭취했던 청년세대였다. 타이쇼오(大正) 문화주의에 침전되어 있던 이들 청년지식인은 『학지광』 같은 근대적 매체를 활용해 예술·역사·사회에 대한 입장을 정련시켜나갔다. 국내 문화주의 운동의 최전선에서 장덕수(張德秀), 현상윤(玄相允), 송진우(宋鎭禹), 이광수 등의 청년지식인들이 자신의 문화적 실천이 지닌 중요성을 천명하기 위해 동원한 비평적 어휘·개념·수사는 『학지광』 시절에 연마했던 교양과 전문지식에 원천을 둔 것이다. 이 책은 그들 세대가 육성한 주요 어휘를 중심으로, 한국 근대문학 초기에 나타난 근대적 자아담론의 형성과 전개 양상을 구명하고자 한다.[19]

---

19) 이 책은 지난 20여년간 한국 인문학에서 축적된 개념어연구 성과에 빚진 바 크다. 이들 연구는 대개 근대적 제도를 구성하는 어휘·개념·범주에 대한 비판적인 검토를 중시했다. 개념어연구가 근대문학의 현재적 편견들을 교정하는 데 기여한 바가 적지 않다는 것은 신뢰할 만한 사실이지만, 그러한 담론연구가 언어를 매개로 역사적 현실의 구체성에까지 접근했는지는 의문이다. 물론 '개인'이나 '사회' '민족' '문명' '문화' 등과 같은 개념어는 그 자체로 19세기 말에서 20세기 초 한국사회의 변동을 개관하는 데 유효한 인식틀이었으나, 그 각각을 구성하는 세부개념에 대해 더욱 정밀한 후속작업이 이루어지지 못한 채 개념어연구가 수명을 다하게 되었다는 인상이 짙다. 개념어연구의 문학적 성과를 바탕으로 개인 혹은 민족 구성의 프로세스를 심층적으로 이해하지 못한다면, 개념어연구는 사회학의 아류로 전락하거나 통계치의 집적으로 오해될 우려가 있다. 그러한 한계는 문화연구의 경우에도 예외는 아니어서, 문학을 포괄하는 문화 전반에 대한 연구가 과연 문학텍스트를 새롭게 이해하는 데 얼마나 공헌했는지는 자신하기 힘든 상황이다. 그럼에도 개념어연구 및 문화연구의 축적된 성과를 바탕으로 개별 텍스트의 분석과 해석의 층위를 좀더 심화하는 것은 한국문학 연구자의 몫이다. 이 책에 전제된 문학사적 가설, 곧 '영혼'으로부터 시작해 '생명' '인생' '인격' '생활' '운명' 등에 이르는 문화담론의 변전으로 한국문학의 발생사를 이해하려는 것은 개념어연구의 활성화를 위한 필자의 제언이자, 또한 그 자체로 한국 근대문학의 특수성을 반영하는 선례일 수 있다. 이 책의 출판이 근대계몽기나 1910년대에 한정된 개념어연구의 지평을 확장하고 문학

우리가 흔히 말하는 근대적 자아란 기성의 관습·제도·권위에 굴하지 않고, 오히려 자신의 감정·생각·신념에 근거하여 스스로를 삶의 주체로 형성하는 개인이다. 자유롭게 영리를 추구하고, 정치적 의사결정에 있어서 다른 구성원들과 동등하게 주권을 행사하며, 공공영역에서 자신의 영감을 예술적으로 가공하여 표현하는 것은 말하자면 그 개인이 자기 내부에 깃들어 있는 개성·자질·자율성의 원천으로서 '영혼'을 자각하고 계발하는 데서 비롯한 근대적 경험이다. 일찍이 이광수가 조선사회에 대한 기독교의 공헌을 지적하면서 특히 "개인의 영(靈)의 해방"을 강조했던 것도 그러한 맥락에서다.[20] 이때의 '영혼'은 개인의 자아로 하여금 더 광대한 존재와 연관되도록 매개하는 내적 원천이자, 우주적 절대자를 통해 자기 존재를 정당화한다는 점에서 다분히 낭만주의적 함의를 지닌 어휘다. '자연'으로서의 자기 자신과 우주를 일치시키려는 표현적 통일에의 요구, 곧 낭만적 자아의 열망이 1910년대 후반에서 1920년대 전반까지 한국사회의 문학 및 문화 담론, 특히 근대적 자아담론에서 비교적 우세했다. 낭만적 영혼의 문학은 우주의 근본자와 접촉하는 신비로운 영적 체험을 통해 자기 내부에서 창조적인 발전과 자아완성을 위한 잠재력을 발견하는 인간의 서사를 뜻한다.

'내면'에 대한 연구는 한국문학의 근대적 성취가 세계문학의 보편성에 접속함으로써 이루어진 변화임을 밝힐 뿐만 아니라, 더 나아가 그것이 한국적 맥락으로 토착화되면서 나타난 특수성에 관해서도 해명할 수 있어야 한다. 앞서 언급했던, '문학'이 근대의 역사적 산물이라는 발상은 물론 푸꼬(M. Foucault)의 계보학에서 연유하는 것이지만, 그것이 한국 근대문학 연구에 적용 가능하게 된 것은 널리 알려진 대로 카라따니 코오진(柄谷行

담론을 구성하는 개념어들의 다종다양한 용례에 대한 지속적인 관심과 연구를 촉발하는 계기가 되기를 기대한다.
20) 이에 관해서는 본서의 제1장 「영혼의 순례」를 참조.

人)의『일본근대문학의 기원(日本近代文學の起源)』(1980)을 통해서다. 그는 '문학'이 근대에 들어 비로소 발명된 것임을 매력적인 방식으로 논증하는 가운데 '내면' 역시 언문일치나 고백이라는 제도에 의해 만들어진 것임을 강조했다. 카라따니 코오진이 "오늘날의 시각에서 보았을 때 '근대문학'으로 보이는 것이 예외 없이 기독교를 매개로 하고 있"[21]다고 말한 것도 그 때문이다. 그에 의하면, 마음(내면)을 부단히 주시해야 할 대상으로 타자화한 기독교의 고해성사는 다른 종교에서는 유례를 찾아볼 수 없는 것이고, 기독교에 특유한 그 고백이나 유일신 신앙에 의해 일본 근대문학이 성립할 수 있었다. 이 책은 개인의 내면·주체성·근대문학의 성립을 기독교의 맥락에서 분석한 카라따니 코오진과 그 문제의식을 상당 부분 공유하지만, 그의 논의가 한국문학에 그대로 대입될 수는 없다는 점을 새삼스럽더라도 강조하고자 한다. 스즈끼 토미(鈴木登美)는 '사소설담론'을 중심으로 근대소설의 이념이 일본 안에서 굴절되는 양상을 논의한 바 있다. 이를테면 우찌무라 칸조오(內村鑑三)의 예는 '고백'의 범세계적 용례에 부합하는 일본판이지만, 그에 연유한 사소설의 전통은 아마도 일본 근대문학에 특유한 현상일 것이다.[22] 그처럼 한국 근대문학 형성 초기에 기독교담론이 끼친 영향력을 수긍하되, 그 한국적 특수성을 예각화할 필요가 있다.

앞으로 상론하겠지만, 한국문학에서 근대적 자아는 특히 기독교를 매개로 하여 형성되었다. 물론 근대적 주체는 우리가 짐작하는 것보다 훨씬 다양한 현실적 계기와 이론적 원천 속에서 성립되었을 것이다. 하지만 적어도 1910년대 후반에서 1920년대 전반까지 근대적 자아담론에서는 에머슨(R. W. Emerson)으로부터 연유한 낭만적 자아, 즉 우주적 실재와의 영통으로 인간 내부의 영적 원천을 터득하게 된다는 낭만적 자아의 내러티브

---

21) 가라타니 고진『일본근대문학의 기원』, 박유하 옮김, 민음사 1997, 116면.
22) 스즈키 토미『이야기된 자기: 일본 근대성의 형성과 사소설 담론』, 한일문학연구회 옮김, 생각의나무 2004.

가 유력한 지지를 얻었다. 그것은 키따무라 토오꼬꾸(北村透谷)를 위시해 당시 일본에 유학 중이던 조선청년들에게 광범위하게 확산되었으며 『창조』『폐허』『백조』 등은 물론 신경향파 문학에까지 심오한 영향력을 행사했다. 카라따니 코오진은 키따무라 토오꼬꾸의 에머슨적 초월주의를 '자기 내면의 절대화'로 정의하면서, 그것이 "내적 자연과 외적 자연이 조응해 하나의 정신적인 울림을 만들어내는 판에 박힌 틀"²³⁾을 양산했다고 지적했다. 물론 우찌무라 칸조오와 키따무라 토오꼬꾸를 비교하고 에머슨주의의 문제성을 간파한 대목은 한국문학의 경우와 관련해서도 적절한 참조가 된다. 그렇지만 에머슨적 초월주의가 한국사회에 끼친 영향력은 훨씬 강력하고 광범위한 것이었다. 1920년을 전후로 한 시기에 에머슨식 자아관념은 다른 종교적 자아담론과 상호 교섭하면서 한국문학의 근대성을 추동하는 데 크게 기여했을 뿐만 아니라, 심지어 해방 이후까지도 지속적인 영향력을 행사했다.

이제 문학의 근대성 연구는 문학의 외적 준거를 역사철학적으로 규정하려는 단계, 그리고 1990년대 이후 문학의 내적 준거를 미학적인 원리와 이념에 의해 해명하려는 단계를 지나, 문학 내부에 혼재되어 있는 이질적인 타자성에 주의 깊은 시선을 보내야 할 단계의 시작부분에 서 있다. 테리 이글턴(Terry Eagleton)의 『이성, 신앙, 혁명』(*Reason, Faith, and Revolution*)에는 근대성 일반에 대해 경청할 만한 논평이 적지 않다. 그는 계몽주의의 독자적인 유산으로 이해되는 '자유'와 '진보'라는 가치를 기독교의 '자유의지'나 '섭리' 개념에서 연원하는 것으로 파악하고 근대 이후의 세속적 신화들 대개가 기독교 신화의 번안임을 일러준다. 그의 지적처럼 아이러니하게도 "계몽주의가 미신과 벌인 대담한 전쟁은 기실 인간의 육신을 앞

---

23) 가라타니 고진 『근대 일본의 비평』, 송태욱 옮김, 소명출판 2002, 81면.

세우며 온갖 잡신과 거짓 예언자들, 모든 우상과 물신, 마술적 제의와 어둠의 힘들을 배척한 기독교에서 부분적으로"[24] 유래한다.

애초의 문제제기는 기독교가 한국 근대문학의 형성에 크게 공헌했다는 사실이 일종의 풍문처럼 떠도는 상황에 대한 지적인 반감에서 비롯되었다. 기독교가 한국 근대문학의 형성에 끼친 영향에 관해 기존의 연구자들이 보여준 문학사적 이해는 대개 평면적이었다. 기독교가 한글의 대중화에 공헌했다는 점, 교회 및 미선계 학교를 중심으로 서구문화와 제도의 실질적인 체험이 가능했고 또 신학문이 널리 확산될 수 있었다는 점 등을 고평하고 있지만, 정작 기독교체험이 개별 작가와 텍스트의 형성에 역동적으로 개입하는 양상에 대해서는 크게 주목하지 않았다. 그런데 근대문학 형성 초기의 주요 텍스트를 분석한 결과 근대적 자아각성의 문학적 표현들이 대개 기독교적 어휘·수사·범주에 의존하고 있음을 확인할 수 있었다. 이 시기에는 개인과 문학을 옹호하려는 다양한 시도가 개진되었고, 그중 기독교적 자아담론의 역할과 위상이 심중했음을 고찰하는 데 이 책의 주된 목적이 있다.

기독교와 근대문학의 관련 양상이라는 주제에 천착하게 된 계기는 뜻하지 않게 찾아왔다. 2006년 여름 무렵 김용준 선생의 『과학과 종교 사이에서』에 실린 에세이를 읽던 중 우연히 눈에 들어온 '영'이라는 단어 하나가 그 이후 수년 동안 내 학문적 정체성을 고정시켜놓았다. 볼프하르트 판넨베르크(Wolfhart Pannenberg)라는 독일 신학자를 소개한 글에서 저자가 인용하고 상술한 다음의 구절이 바로 그것이다. "'황홀경'은 생명의 본질이며 인간에게는 더욱 그렇다. 여기서 우리는 자신을 초월하는 삶의 현실을 경험한다. 모든 생명체는 자기 자신을 벗어나는 환경이 삶 자체의 필

---

24) 테리 이글턴 「배신당한 혁명」, 『신을 옹호하다』, 강주헌 옮김, 모멘토 2010, 96면; Terry Eagleton, *Reason, Faith, and Revolution: Reflections on the God Debate*, Yale University 2009, 69면.

수조건이 된다. 그리고 황홀의 경지란 '영'의 표지(標識)이다."[25] 근대문학 형성기에 특히 상징주의 시론을 중심으로 '영혼'이라는 어휘가 활발하게 전용되었고, 이때의 '영혼'은 불가피하게 종교적 어원이나 용법을 지닐 수밖에 없었으며, 당시 문화담론 내에서는 '생명' 같은 유사어와 교접하면서 그 영향력을 확장했다는 사실을 역사적 맥락에서 파악할 수 있게 된 것은 바로 이 서너문장의 의미를 제대로 이해해보려는 서툰 노력 덕분이었다.

그러면서 나는 막연하게나마 근대성의 이면을 구성하는 전근대적인 원천들을 의식하기 시작했고, 우선 기독교적 어휘의 범상치 않은 용례들을 수집하는 데 몰두했다. 이를테면, 이광수의 경우 1910년대 후반부터 '영'이라는 단어를 의미심장하게 사용하는데 이는 그 이전에 발표된 평론들과 비교할 때 매우 두드러진 변화다. 이광수는 제2차 일본유학을 통해 자신의 문학과 사상을 정련할 이론적 토대를 마련한 것으로 짐작되며, 그것은 '낭만주의'라 통칭되는 세계사적 문화변동의 한 경향과 일치한다. 『무정』의 계몽서사를 오히려 범신론적 신비주의 속에서 신생하는 자아의 회심과 구원의 드라마로 재독해야 할 필요성을 느끼게 된 것도 그즈음이었다. 계몽적 '주체'와 계몽적 '자아'는 엄연히 다르다. '계몽주의'라는 규정적 표현의 권위를 떨쳐버릴 때 우리는 문학에 대해 더 많은 것을 이해하고 상상할 수 있다. 다양한 주체화의 가능성을 배태하는 어떤 원천으로서의 자아 관념은 적어도 문학에서는 낭만주의의 세례를 받기 마련이다.

다소 뜬금없을지 모르지만 김재준(金在俊)의 중생 체험 일화에서도 중요한 암시를 얻었다. 그가 청년 시절 김익두(金益斗) 목사의 사경회 중 회심한 사건은 유명한데, 그 신비로운 경험에 대한 묘사 자체가 논문 구상 단계에 있던 내게 인상적이었다. "'자 여러분, 믿으시오! 그리하면 하나님이 당신 하나님으로, 당신 생명 속에 말씀하실 것이오. 그때부터 여러분은

---

25) 김용준 「현대문화 속의 신학」, 『과학과 종교 사이에서』, 돌베개 2005, 321~22면.

'새사람'으로 '새 세계 새 빛 속에서' 새로운 하나님 나라 백성이 될 것이오!' 나는 '옳다! 나도 믿겠다!' 하고 결단했다. 그 순간, 정말 이상했다. 가슴이 뜨겁고 성령의 기쁨이 거룩한 정열을 불태우는 것이었다. 성경 말씀이 꿀송이 같고, 기도에 욕심쟁이가 됐다. 교실에서 탈락한 자연인이 교회에서 위로부터 난 영의 사람이 됐다."[26] 이 묘사에 무심하게 사용된 '영' '(일순간 내부에서 점화된 어떤) 거룩한 정열' '새사람' '생명' 같은 표현은 근대문학 초기 여러 시편과 에세이, 소설 등에서 개인의 자아각성을 형상화하는 데 주로 동원되었던 어휘들의 용례와 다르지 않다. 김재준처럼 실천적이고 진보적인 기독교인의 원체험에, 아마도 문학이라면 '낭만적'이라 지칭했을 법한 황홀경이 명징하게 각인되어 있었다는 사실은 여전히 유익하다.

이러한 종류의 황홀경이 지닌 의의에 대해서는 누구보다 벤야민(W. Benjamin)이 가장 매력적인 방식으로 묘사한 바 있다. 『일방통행로』(*Einbahnstraße*, 1928)에서 그는 고대인들의 우주적 교감에 관해 언급하는 가운데 저 위대한 기억이 휘발된 채 지속되는 자기확충의 욕망이 결국 전쟁의 참화로 이어진 현대사회의 비극을 통렬하게 비판했다.

도취야말로 우리가 가장 가까이에 있는 것, 그리고 가장 멀리 있는 것을 스스로에게 확신시킬 수 있는 경험인 것이다. 그리고 가장 가까이에 있는 것과 가장 멀리 있는 것은 항상 함께 확인된다. 그중 하나가 없다면 다른 하나는 결코 확인되지 않는다. (…) 이러한 경험을 중요하지 않은 것, 회피할 수 있는 것으로 간주하고, 또한 아름다운 별밤에 시적인 황홀경에 빠진 개인의 일로 치부하는 것은 현대인들의 위험한 착각이다. 아니, 그렇지 않다.

---

26) 『김재준전집』 13, 장공 김재준 목사 기념사업회 엮음, 한신대출판부 1992, 48면; 김경재 『김재준 평전』, 삼인 2001, 27면에서 재인용.

이러한 경험은 매번 새로이 요청되는 법이고, 그리하여 지난번 경험을 벗어날 수가 없다. 그 전쟁은 우주적 위력과 전대미문의 방식으로 새롭게 결합하고자 한 시도였던 것이다. 인간 대중들, 가스, 전기를 사용한 무기들이 야생의 벌판에 내던져졌고, 고주파 전력이 산야를 관통했으며 새로운 별자리들이 하늘에 떠올랐다. (…) 우주를 향한 거대한 구애는 처음으로 전지구적 규모로 실행되었다. 즉 기술의 정신 속에서 말이다.[27]

고대사회에서는 충일했으나 현대사회에 이르러 간과된 도취 혹은 황홀경, 어느 저명한 인류학자가 '신비적 융합'이라 명명하기도 한 인류의 원체험은 가장 가까운 것과 가장 멀리 있는 것의 초자연적인 공존을 실감케 한다는 점에서 독보적인 위력을 지닌다. 벤야민의 글은 위대한 삶의 흐름의 일부가 될 때 진정한 자기 자신과 조우한다는 낭만주의의 테제를 떠올리게 하는 데 부족함이 없다. 거대한 우주자연과 하나임을 느끼는 순간 자기 내부의 진정한 자아를 발견하고 또 그로써 새로운 삶의 여정이 시작된다는 믿음은 유럽문학에 도저할 뿐만 아니라 실은 한국 근대문학 형성기의 여러 문학텍스트에도 엄존해 있다. 위대한 작품들이 종종 증언하듯이 내면의 가장 깊은 곳을 들여다보는 일이란 더 광대한 삶의 지평을 갈망하는 일이기도 하다. 낭만주의 문학이 자연과의 합일에 무모하리만치 탐닉하는 것도 그 때문이다. 고립되거나 소외된 개인이 거대한 삶의 흐름에 극적으로 접속함으로써 마침내 영혼의 깊은 상처를 치유하게 되는 곳으로 자연만한 것이 없음은 자명하다.[28]

---

27) 발터 벤야민 「천문관 가는 길」, 『일방통행로』, 김영옥 외 옮김, 길 2007, 162~63면.
28) 그렇다고 해도 자연 그 자체가 낭만주의 문학의 궁극적인 처소는 아니다. 오히려 그 반대다. 낭만적 개인의 지난한 삶의 여정은 "잃었던 자연과의 합일을 회복하려는 시도로 출발하지만 자연세계와의 합일을 성취하는 것에 만족하지 않는다. 오히려 낭만주의 사상가들은 자연과 접촉하는 것을 더 높은 단계의 통찰력과 실현으로 이끄는 긴 여정의

널리 알려진 대로, 자연 혹은 내면으로서의 감성에 예민하게 반응함으로써 낭만적 자아는 비교적 풍부한 방식으로 '세상의 이치'와 접촉하게 된다. 그들의 감상, 탄식, 절망, 고민은 단순히 패배한 인생의 넋두리가 아니라 궁극적으로 비범한 삶을 형성해가는 과정의 유의미한 일부임에 틀림없다. 섬광처럼 불현듯 찾아오는 삶의 예외적인 순간, 즉 낭만주의 문학이 흥미롭게 예시해주는 '과거로의 회귀'. 삶의 진정한 의미는 바로 그 예외적인 순간, 다시 말해 원초적 일체감의 상태를 회복할 때 비로소 심오하게 발견된다는 것은 낭만주의의 전형적인 내러티브다. 엘리엇(T. S. Eliot)의 시구절을 빌려 말하자면 "우리의 모든 탐험에서 그 끝은/우리가 출발했던 지점에 도착해서/처음으로 그 장소를 알게 될 때일 것이다." 오믈렛이나 마들렌이 자아내는 저 과거의 원초적인 경험 그리고 그것이 사회적 압박에 시달리는 자아가 스스로를 구원해내는 데 어떤 청신한 감각을 제공한다는 점은 상기할 만하다. 앞서의 아포리즘에서 벤야민이 희구한 삶의 원초적인 정서가 초현실주의적인 도취 혹은 황홀경이라는 점은 시론에 해당하는 제2장을 마무리하는 데 중요한 지침이 되어주었다.

이 책은 한국 근대문학 초기의 문화담론을 관통하는 에피스테메로서의 '영혼'에 주목하고 그 역사적 변환의 과정을 재구하기 위해 마련되었다. 근대문학의 낭만주의적 원천을 강조하기 위해, 본론에서는 기독교담론과 그 문학적 유입에 관여한 여러 작가들을 중심으로 근대적 자아의 다양하

첫걸음이라고 보았다. 낭만적 탐구 여정의 진정한 목적지는 영적 자율이다. 그리고 이 목적과 관련하여 자연과의 합일을 경험하는 것은 그 시작 단계일 뿐이다".(찰스 귀논「낭만주의와 진정성의 이상」,『진정성에 대하여』, 강혜원 옮김, 동문선 2005, 87면) 자연과의 신비적 융합이라는 원체험에 힘입어 시작되는 삶의 여정은 그 개성의 편차만큼이나 실로 다양한 내러티브를 구현하게 될 것이다. 낭만적 여정의 끝에서 마침내 성숙한 개인이 어떤 주체성의 현현을 보여줄지는 그 자신마저도 예측 못할 일이다. 그런 의미에서, 자연지배와 과학기술의 시대에 진정한 자아를 향한 낭만적 탐구가 파시즘적 주체의 대량복제로 귀결되었다는 벤야민의 증언은 한국 근대문학사와 관련해서도 참조할 만하다.

며 경쟁적인 양상과 그 역사적 전개를 논의했다.

　제1부 제1장은 조선후기 심성론을 중심으로 천주학 담론 이후 영혼론의 역사적 궤적을 다루었다. '심성' 혹은 '영혼'의 문제는 한국 유학사상사의 중심 쟁점 중 하나였는데, 이렇듯 조선의 유학자들이 영혼의 문제를 본격적으로 탐구하게 된 데는 우선 서학의 유입이 결정적인 계기가 되었다. 그리고 17세기 이후 천주교가 조선사회에도 전파되면서, 영혼이라는 한역어는 선진적인 지식인 사이에서 널리 회자되었다. 한때 천주교 신자였으나 곧 배교한 정약용(丁若鏞)만 하더라도, 그의 독자적인 학문적 성취는 다름 아닌 천주학과 긴밀하게 연관되어 있다. 그가 추구한 도덕적 인간이란 기존 성리학과 달리 '상제' 곧 '천주'의 존재를 전제로 할 때 비로소 가능한 삶의 이상이었다. 하지만 심성을 '영체'로 번안하고 천주의 존재를 도덕적 인간의 기초로 삼았던 정약용도 불멸하는 영혼 관념은 끝내 수용하지 않았다. 그에 비해, '국혼'의 주창자였던 박은식(朴殷植)은 양명학의 핵심어인 '양지'를 활용하여 영혼에 민족주의적 불멸성을 불어넣었다. 박은식은 전통유학의 심성론 외에도 양지와 영혼, 양명학과 기독교 사이의 근친성을 충분히 의식하고 있었다. 말하자면 1900년대까지만 해도 상이한 담론적 계보를 지닌 심성·양지·영혼 등이 근대적 자아의 형성을 가능케 하는 어떤 내적 원천을 지칭하는 말로 두루 활용되었으나, 1910년대 후반 이후 일본유학을 통해 서구문화를 흡수한 청년지식인이 대거 등장하면서 낭만주의적 함의가 농후한 '영혼'이 가장 심중한 영향력을 행사하게 된다.

　제2장에서는 전통적인 수사학의 범주에서 벗어난 신조어로서의 '영혼'에 주목하고, 그 언어가 근대문학의 형성을 위한 토대가 되었음을 설명했다. 그래서 황석우(黃錫禹)와 김억의 시론에서 추출되는 '영혼'의 함의를 해명하고, 한국 근대문학 초기에 나타난 근대적 자아담론의 생성 조건을 재구했다. 이들의 시론에 등장하는 '영혼'은 개인의 독창적인 산물이 아니라, 일본문학과 학지광세대가 수용한 문화담론의 역사적 구성물이었다.

다른 누구보다 일찌감치 '영혼'에 내재된 문화적 활력을 짐작했던 장덕수의 「의지의 약동」같은 글을 통해, 그 말이 자기 자신과 자신이 속한 공동체의 신생을 모색하는 가운데 의미심장하게 활용되었다는 점, 인간과 자연과 신의 내밀한 교감 속에서 연마되었다는 점, 그리고 이와 같은 용법이 키따무라 토오꼬꾸를 매개로 한 에머슨의 범신론적 신비주의 사상에 그 연원을 두고 있다는 점을 해명했다. 요컨대 '영혼'은 근대문학, 즉 자유시와 노블의 형성을 위한 이념적·담론적 토대였다. 이로써 제2차 일본유학기의 이광수가 조선문학과 민족의 부활을 자신한 심리적·논리적 기반이 드러났다. 이러한 연구성과는 자유시 형성에 있어서 근대적 자아의 발현 문제를 좀더 심층적인 해석의 층위로까지 진전시킬 수 있는 유의미한 단서가 되리라 전망한다.

제2부 제3장에서는 그 당시 문화담론에서 '영혼'과 '생명'이 호환되어 사용되는 사정을 다루었다. '생명'은 청년지식인들이 타이쇼오기의 사상적 흐름과 접촉하는 가운데 자연스럽게 수용하고, 다른 한편 『학지광』이라는 학우회 기관지 내부에서 그 실제적 의미를 체득한 근대어였다. 이러한 사실을 『학지광』에서 확증하도록 해준 인물은 전영택(田榮澤)과 최팔용(崔八鏞)이다. 전영택은 조선청년의 근대적 각성과 관련하여 '생명'이라는 번역어가 지닌 심중한 의미를 서구 종교사의 맥락에서 이해했으며, '생명'의 의미를 여러가지로 분별한 최팔용은 당대 신문화담론의 지형도를 어느정도 가늠하도록 해주었다. 다른 한편 '생명'은 타이쇼오 사상사를 대표하는 니시다철학의 핵심 키워드 중 하나였으며, 니시다 키따로오(西田幾多郎) 역시 '생명'의 의미를 철학적으로 제련하는 과정에서 윌리엄 제임스(William James)나 베르그송(H. Bergson) 등 서구철학을 적극적으로 수용했음을 확인했다. 새로운 문화창조의 원리로서 타이쇼오기 내내 각광을 받았던 '생명'은 1920년을 전후로 하여 국내에 유입되며, 곧이어 각종 문학평론에서 중요한 위상을 차지했다. 그러한 맥락에서 오상순(吳相淳)

의 평론을 면밀히 검토했는데, '창조적 직관'을 강조한 점에서 니시다철학과 상통하는 면이 있었다. '창조적 직관'은 니시다 키따로오가 순수경험의 유의어로 내세운 '통일적 직각'과 흡사한 표현이고, 이는 식민지조선의 청년예술가들이 자신의 정체성을 특권화하는 데 유효한 근거로 활용되었다. '생명'에 내재된 문학적 표현 가능성은 전영택의「생명의 봄」(1920)에서 주목할 성과를 보여준다. 그는 '생명'이라는 신조어에 크게 감화된 나머지, 이 어휘를 표제로 하는 단편을 창작하여 예술가주체를 선진적으로 형상화해냈다. 전영택의 초기 문학은 타이쇼오기의 생명주의 담론이 한국적인 맥락에서 전유되는 과정을 명료하게 예증해준다.

제4장에서는 기독교담론을 중심으로 이광수 문학의 문제성을 검토했다.『무정』의 자아형성 장면에 나타난 종교적 경험에 대해 집중적으로 상론한 결과 이형식이라는 낭만적 자아가 기독교담론에 힘입어 구성된 자아라는 것, 타이쇼오기의 생명주의 담론의 영향 아래에서 창출되었다는 것, 그리고 이 텍스트가 이광수 개인의 독창적인 저작이기보다 한때 그가 속했던『학지광』의 문화담론과 깊은 연관성을 지니고 있다는 것을 확인했다. 다시 말해, 한국 근대소설의 창시라고 평가되는『무정』에서 이형식이라는 문제적 인물의 자아각성은 생명담론을 중심으로 입안되었다. 평양행 기차 안에서 이형식은 '생명'의 유한성과 무한성을 동시에 자각하는 내면적 과정을 거쳐 민족지도자로 재정립된다. 그 자아각성은 니시다 키따로오가 말한 종교적 체험과 유관하며, 실제로『무정』의 경우 이러한 종교적 각성의 차원에서 민족구성원 간의 일체감이 조성된다. 이 종교적 체험은 베네딕트 앤더슨(Benedict Anderson)이 지적한 대로 근대 내셔널리즘을 구성하는 심리적 기반으로서의 '영통'을 의미한다.

『무정』이 증언하듯이, 이광수는 생명론의 수용에 선진적으로 기여했을 뿐만 아니라 그것을 비틀어 한국적 민족주의의 선례로 전유하는 데서도 비범한 재능을 발휘했다. 제5장에서는 인간의 내면을 지칭하는 '인격'이라는 어휘의 의미변화를 조망함으로써, 그것이 1920년대 한국문학의 전개에 끼친 영향력을 재검증했다. 김동인이나 임노월(林蘆月) 같은 작가들이 '인격'이라는 단어를 유미주의의 맥락에서 사용했던 데 비해, 이광수는 타이쇼오 교양주의의 원칙을 변용하여 이 용어에 민족주의적 기율을 불어넣었다. 『무정』만 하더라도 '인격'이라는 어휘가 아직 세련되게 사용되지는 않아서 저자는 주인공의 내면적·사회적 각성을 표현하는 어휘로 다만 '속사람'이나 '참사람' 정도를 사용했을 뿐이다. 이광수 식의 인격이 본격적으로 극화된 사례는 『흙』(1933)이다. 더 중요하게는, 낭만주의 문학의 선구자들이 개인의 내면을 신성시하는 가운데 애용했던 '생명'이라는 역어가 민족주의 담론 내부에서 극도로 화석화된 상태, 이를테면 '사산된 생명'의 다른 이름이 바로 '인격'이다.

기독교적 자아담론에 기반해 문학적 정체성을 형성한 작가 중 상당수는 서북계 출신이라는 공통점을 지닌다. 제6장은 그들이 공유한 낭만주의적 감성이 창작의 차원을 넘어 안창호(安昌浩)라는 실존 인물과 조응하는 과정을 다루었다. 신소설 『부벽루(浮碧樓)』(1913)로부터 시작해 『무정』 「생명의 봄」 「눈을 겨우 뜰 때」(1923) 같은 소설에 나타난 자아각성의 장면에는 거의 항상 대동강 주변의 수려한 풍광이 등장하고, 특히 안창호를 연상케 하는 이미지나 표상이 재생산되어 나타난다. 즉 자연·청년·창가를 중심으로 형상화된 근대적 자아각성의 텍스트들은 안창호 혹은 그가 대표하는 서북계 청년지식인 그룹을 암암리에 부각시켰다. 근대 평양은 '조선 유일의 상공업도시' '전통적인 미의 세계' '기독교성지' 등의 이미지를 보유하게 되는데, 이처럼 분열된 근대 평양 표상을 하나의 기원을 지닌 통일된 내러티브로 환원하는 데 크게 기여한 것이 바로 1900년대 후반기 대동강을 중심으로 한 안창호의 영웅적 이미지였다. 따라서 서북 출신 작가들의 평양 표상에 나타난 대동강은 자연·청년·창가가 삼위일체를 이루는 장소이며, 좀더 과감하게 말하자면 서북계 엘리뜨집단이 자신들의 정체성을 형성하고 함양한 원형적 공간에 해당한다. 이광수가 앞서 언급한 『무정』이나 『흙』에서 주인공의 정신적 스승으로 신화화하는 인물들이 바로 안창호에 대한 오마주임은 상기할 만하다. 그에게 안창호는 기독교적 주체성의 표본과도 같다.

제3부에서는 이광수를 비롯한 학지광세대를 통해 수용된 생명주의 담론이 이후 상이한 문학 유파와 이념에 속하는 작가들에 의해 비판적으로 재전유된 사례를 크게 네가지로 계열화하여 살펴보았다. 한국 낭만주의 문학은 유럽과 일본의 선례를 따라 특히 기독교로부터 중요한 문화적·이론적 활력을 전수받았으나, 기독교적 문학담론이 내포한 조화롭게 통일된 자아·예술·세계 모델은 조선의 식민지 상황을 염두에 둘 때 이상주의의 한계를 노정할 수밖에 없었다. 그에 따라 '영혼'이나 '생명'에 내재된 낭만주의적 통일성이 더이상 유효하지 않다는 비범한 현실인식하에 상이한 문학적 표현들이 가능해졌다. 이 시기 식민지조선의 청년예술가들이 보여준 '영혼'에 대한 신랄한 비판은 그 자체로 한국사회가 직면해야 했던 식민지적 근대성의 모순과 역설을 환기한다. 동인지세대의 청년문학가들은 에머슨과는 또다른 원천 속에서 자아와 개성을 터득했던 낭만적 주체였고, 자신들의 문학적 지향을 정당화하기 위해 무엇보다 반기독교적 어법과 수사에 의존했다. 제7장에서 다룬 김동인과 나도향은 사회적 압제에 저항하는 영웅적인 낭만적 주체를 악마에서 발견한 대표적인 작가다. 이들의 악마주의는 기성의 문학제도나 관념에 맞서 자유로운 개인을 옹호하고 낭만적 자아에 대한 사회실천적 요구를 증대시키는 데 기여했으며, 더 나아가 종교적 자아관념을 전범으로 삼아 형성된 기성세대의 문학적 관행에 도전함으로써 1920년대 중반 이후 새로운 문학경향을 견인했다.

제8장에서는 '의식의 흐름' 기법의 한국적 전용이 생명담론의 지속적인 영향을 따라 성장해온 사정을 고찰했다. 이 기법이 1930년대 모더니즘 소설과 함께 출현했다는 통설과 달리, 『무정』 속 이형식의 자아각성 장면

에 에피파니적 의식의 문학적 묘사가 처음 등장한 이후 염상섭이나 김동인의 초기 소설에서도 그 영향의 흔적을 확인할 수 있었다. '의식의 흐름' 기법의 대가들이 본격적으로 논의된 것이 1930년대 이후였음에도 이미 1920년을 전후로 한 시기의 소설들에서 이 기법의 선진적인 용례를 발견할 수 있는 것은 물론 베르그송 덕분이다.『무정』의 저자는 진화론의 추종자이면서 베르그송적 시간심리학의 생도이기도 했다. 이러한 사정에 비추어 1930년대 모더니즘 소설에 나타난 '의식의 흐름' 기법의 문학사적 의의를 재고했다.

제9장에서는 1920년대 중반을 전후로 하여 유행한 '생활'이 '생명'의 사회주의적 판본임을 입증하고자 했다. 인간 내부의 창조적 원천을 의미하는 '생명'은 신문학 초기에 근대적 자아각성의 중요한 표현으로 널리 활용되었지만, 동인지세대의 일부 문학청년들은 만유의 자연으로부터 자아·문학·예술의 원천을 기대하는 생명담론을 배격하고 그것의 실현 자체가 불가능한 한국사회의 문화적·경제적 조건을 쟁점화했다. 김기진(金基鎭)과 박영희는 생명담론의 활력을 계승하면서도 그에 반하는 방식으로 새로운 문학경향을 선도해낸 비평가다. 그들이 대표하는 신경향파 문학의 출현은 부르주아 문학의 전유물로 격하된 '생명'이나 '인생'을 물질적·경제적 함의를 지닌 '생활'로 대체함으로써 가능해진 혁신이었다. 라이프(Life)의 번역어가 '생명' 대신 '생활'로 교체되는 담론상의 변화는 1920년대 사회주의 문학의 출현을 이해하는 데 필수적이다.

제10장은 김동리(金東里) 문학의 낭만주의적 원천을 다시금 주목하는 가운데 그가 널리 유통시킨 '구경적 생'의 진의를 쟁점화했다. 이를 위해, 김동리가 관여한 문학유파의 이름이 다름 아닌 '생명파'였다는 점과 신세대 논쟁 직후부터 해방기까지 그가 개진한 민족문학론이 베르그송 식의 생명담론과 결코 무관할 수 없다는 점, 자신에게 주어진 어떤 비극적인 '운명'에 순응함으로써 역설적으로 그것을 초극한다는 김동리 소설 특유

의 세계관이 민족 고유의 정조라기보다 오히려 그에 반하는 문학사적 내력을 지니고 있다는 점을 지적했다. 김동리의 평론에서는 전통과 현대, 정신과 물질, 개체와 전체, 내용과 형식 등 근대문학의 딜레마가 독특한 방식으로 해소되는데, 그 핵심에 바로 '구경적 생' 혹은 '운명'이라는 어휘가 자리하고 있으며 예컨대 고대 샤먼이야말로 이를 체현하고 있는 가장 유력한 주체성의 모델이 된다. 그런데 근대문학 형성 초기 타이쇼오 생명주의 담론의 세례를 받은 평론들, 특히 상징주의 시론에서 신성화된 예술가의 자질 가운데 초자연적인 존재와의 접신이 중요하게 다루어졌음을 상기한다면,[29] 김동리 문학은 1920년대부터 제기된 이른바 탈생명주의 경향과 정면으로 배치된다. 이를 가리켜 생명담론의 재신비화라 명명했다.

　제4부는 한국문학에 수용된 생명주의 담론의 계보 속에서 염상섭 소설이 차지하는 의의와 한계를 제기하는 데 집중되었다. 염상섭은 누구 못지않게 타이쇼오 문화주의의 세례를 받은 청년예술가이자 해방 이후까지도 정력적으로 활동한 한국 근대소설의 대가다. 제11장에서는 염상섭 장편소설의 동정자(sympathizer) 형상을 근대문학 초기 일본을 통해 유입된 낭만주의 예술론의 영향 속에서 이해했다. 즉 동정자 형상이 비교적 두드러진 주요 장편소설을 대상으로 타이쇼오 생명주의의 흔적을 재구했다. 널리 알려진 평론에서 염상섭은 조화롭게 통일된 자아·예술·세계 모델을 지지하기 위해 사용된 '생명'을 무엇보다 '개성'과 동일시했다. 염상섭세대에게 연애와 가족은 바로 그 개성을 억압하는 대표적인 제도적 모순이었기에, 그의 장편소설은 전근대적인 가족제도를 비판하고 자유연애마저 추문화하는 사회를 풍자해낸 수작들로 평가되어왔다. 다른 한편, 염상섭은 개인의 내적 생명과 민족적 생명의 조화로운 통일을 자신의 장편소설에서 지속적으로 탐구했는데, 이러한 노력은 동정자(혹은 중간파)라는 이상적

---

29) 이에 관해서는 제2장과 제4장을 참조.

인 인간상으로 구체화되었다.

제12장에서는 염상섭이 재현한 중도주의의 마지막 판본에 해당하는 『취우(驟雨)』(1953)를 중점적으로 검토했다. 염상섭이 신여성을 대개 부정적으로 재현해왔음을 상기한다면 『취우』는 예외적인 텍스트다. 하지만 강순제가 자신의 갱생을 도모하는 사이에도 신영식은 자본주의를 제유하고 있는 "보스톤 빽"을 전쟁의 참화로부터 보존하는 일에 여전히 몰두하며, 서울이 수복되는 순간 오히려 그들의 사랑은 어긋난다. 가부장적인 자본주의체제를 옹호하면서도 여성에 대해 정직하고 양심적인 인물로 남으려는 신영식은 이를테면 윤리·욕망·이념의 경계에서 어느 쪽도 소홀히 하지 않는 동정자적 자의식의 소유자임에 틀림없다. 이 동정자 형상은 염상섭 소설에 고유한 특질이면서 그와 동시에 근대문학이 타이쇼오 생명주의를 수용하고 재전유하는 과정을 거쳐 마침내 도달한 한국적 주체성의 전형이라는 점에서 의미심장하다.

한국 근대문학의 형성과 관련해 기독교적 자아관념을 각별하게 거론했던 것은 한국 근대문학 초기 기독교의 위력을 찬탄하기 위해서가 아니라, 바로 그 기독교적 담론 내부에서 주체의 재건을 도모해야 했던 한국문학의 특수성에 주목하기 위해서였다. 근대성 일반, 즉 베버(M. Weber)가 말한 탈주술화 과정에서 타자로 규정되었던 기독교적 신비주의가 문학에서는 근대성을 갱신해나가는 변증법적 과정의 핵심동력이었고, 한국 근대문학의 중요한 성과와 한계 역시 여기에서 연유한다는 것이 이 책의 중심 가설이다. 인간과 자연에 두루 스며들어 있는 영적 권능을 발견하고, 영혼의 깊은 곳에서 자연·인간·신의 일체감을 경험하는 것. 나는 그 같은 범신론적·신비주의적 자아담론이 전통윤리·종교·정치체제에 저항하는 과정에서 보여준 긍정적 역할은 물론 그것이 다시 굴절되고 왜곡되는 양상도 균등하게 이해하려 했다. 1910년대 후반부터 1920년대 중반까지 십여년간 한국 근대문학의 주요 성과 —— 개인·민족·현실의 발견은 이 시기를 관통

하는 에피스테메로서의 '영혼' 담론과 그 재전유의 고투 속에서 비로소 시
작되었다.

제1부

영혼이라는 에피스테메

제1장

영혼의 순례

1. 야소교와 영혼

1917년 7월 『청춘』에 발표한 「야소교(耶蘇敎)의 조선에 준 은혜」에서 이광수는 조선에 "신문명(新文明)의 서광(曙光)"을 전해준 기독교의 공적을 상술한 바 있다. 중화주의적 자폐성에 매몰되어 있던 조선에 비로소 서양 사정을 알려준 점, 조선인의 도덕적 갱생에 기여한 점, 신교육의 보급을 선도한 점, 여성의 지위 향상과 조혼의 폐지에 공헌한 점 등 그는 8개 항목에 걸쳐 기독교의 은총을 상찬했다. 그런데 그중 맨마지막에는 기독교가 각 개인으로 하여금 "영혼(靈魂)"의 각성을 가능케 해주었다는 항목이 있다. 이광수에 따르면 근대적 자아의 형성은 기독교와 긴밀한 연관이 있으며, 특히 내밀한 기도와 묵상을 통한 영생의 가능성을 염두에 두는 개인의 신앙체험이야말로 근대성의 핵심이 된다. "야소교는 각 개인이 기도와 사색으로 하나님을 보고, 하나님을 찾으므로 각 개인의 영생을 얻을 수 있다 합니다. 그러므로 각 개인의 표준은 각 개인의 영혼이외다. 각인(各人)은 각각 개성을 구비한 영혼을 가진다 함이 실로 개인의식의 근저외다. 신윤리(新倫理)의

40 제1부 영혼이라는 에피스테메

중심인 '개성'이라는 사상과 신정치사상의 중심인 민본주의라는 사상은 실로 야소교리와 자연과학의 양원(兩源)에서 발한 일류(一流)외다."[1] 그는 '영혼'을 정치적 층위에서는 민권을 정당화하는 민주주의 이념의 핵심이면서 동시에 문화적인 층위에서는 개인의 자유로운 표현을 보증하는 심리적 자질로 이해했다. 하지만 성리학적 이념에 기반한 조선사회에서는 본래 이런 종류의 '영혼' 관념이 존재하지 않았다. 그러한 어법의 광범위한 활용은 널리 알려진 대로 서학의 전래 이후에나 가능해진 변화다. 즉 천주, 죄, 지옥, 천당 등과 마찬가지로 '영혼'이라는 어휘는 조선의 지식인들이 서구 근대성과 접속하는 과정에서 획득한 대표적인 근대어에 해당한다.

2. 심성, 아니마, 영체

유학에서 인간의 정신적 원천을 지칭하는 대표적인 어휘는 '영혼'이 아니라 '심성(心性)'이었다. '심성'은 전국시대 중엽 이후 본격적으로 논의되기 시작한 후, 불교의 유심론에서 벗어나 유학의 독자적인 사유체계가 형성된 송대 이래로 매우 중요한 학문적 쟁점이었다. 주자(朱子)가 정립한 대로, 심성은 본연지성(本然之性)과 기질지성(氣質之性)으로 이해되며 전자가 순전한 리(理)라면 후자는 리와 기(氣)의 혼융에 해당한다. 즉 형이상의 측면에서는 심(心)이 곧 성(性)일지 모르지만, 형이하로서의 심은 리와 기, 성과 정, 체와 용을 포함하기 마련이라는 것이 주자의 '심통성정설(心統性情說)'이다. 정통 주자학의 논리를 의문시하고 오히려 그 위계를 전도해 '심'의 우월성을 강조하는 혁신적인 인성론은 조선의 경우 이병휴(李秉休)와 권철신(權哲身)을 거쳐 정약용에 이르러서야 비로소 심도있게 논의되

---

1) 이광수 「야소교의 조선에 준 은혜」, 『이광수전집』 17, 삼중당 1962, 19면.

었다. 예컨대, 도심(道心)과 인심(人心)을 강충지성(降衷之性)과 형기지성(形氣之性)으로 파악하되 기질지성은 그 두가지를 겸하는 것이라 주장한 이병휴의 심성론은 인간의 마음을 좀더 심층적으로 이해할 가능성을 열어놓았다는 점에서 주목된다. 그것은 도심을 천리(天理)의 본연지성으로 규정하는 비현실적이고 관념적인 재래의 심성론에 대한 비판의 성격이 농후하다. 이병휴가 언급한 '강충지성'은 『천주실의(天主實義)』(1603)의 영향 아래 독자적인 인성론을 제출한 정약용의 "상제강림(上帝降臨)의 인성"과 매우 유사하다고 여겨질 만큼,[2] 성호학파 계열에 속하는 진보적 지식인 중 일부는 그로부터 상당한 감화를 받았다.

　잘 알다시피, 애초에는 서양의 과학기술에 관심을 보였다가 마침내 천주학에 매료된 조선의 진보적 지식인 중에는 성호학파 계열의 문인들이 상당수에 이른다. 최초의 세례교인인 이승훈(李承薫)과 그에게 세례를 받고 『성교요지(聖敎要旨)』를 집필한 이벽(李檗)은 물론 정약전(丁若銓)·정약종(丁若鍾)·정약용 등을 규합하여 주어사 강학회(走魚寺 講學會)를 주도했던 권철신, 그리고 채제공(蔡濟恭)의 후임자로 정조에게 중용되었으나 결국 천주교 이력으로 인해 옥사한 이가환(李家煥) 등이 대표적인 신서파(信西派)에 해당한다. 이들은 정치적인 탄압과 사회적인 명망에도 불구하고 천주교신앙공동체를 조직하여 활동하거나 그에 가담함으로써 "천지창조"와 "영혼불멸"의 교리에 내장된 반주자학적 활력을 널리 퍼뜨리는 데 기여했다.[3] '영혼'에 관한 최초의 동아시아적 용례는 마떼오 리찌(Matteo Ricci)의 『천주실의』나 쌈비아소(F. Sambiaso)의 『영언려작(靈言蠡勺)』

---

2) 차기진 「성호학파의 서학 인식과 척사론에 대한 연구」, 한국정신문화연구원 한국학대학원 박사학위논문 1996, 26면.

3) 예컨대 부친 정약종의 뒤를 이어 순교한 정하상(丁夏祥)은 그의 선구적인 호교론 「상재상서(上宰相書)」에서 "영혼불멸(靈魂之不滅)"을 천주교리의 핵심 중 하나로 강조했다. 정하상 『상재상서』, 아세아문화사 1976, 14면.

(1624)에서 발견된다. 마떼오 리찌는 라틴어 '아니마'(anima)를 처음 소개하고 이를 상당한 분량에 걸쳐 심도있게 논의했다. 그는 인간에게 특유한 영혼이란 본래 스스로 존재하는 것〔本自在者〕이므로 생혼(生魂, 식물)이나 각혼(覺魂, 동물)과는 분별되어야 한다면서,[4] 영혼과 육신은 함께 소멸된다〔神身均滅〕는 성리학적 입장에 대항해 "영생"을 강조하고 그 같은 영혼불멸은 선악의 응보와도 무관한 보편적 현상임을 역설했다.[5] 천주교리를 합법화하기 위해 전통유학의 어휘·수사·범주를 전유했던 마떼오 리찌가 '아니마'의 한역어로 선택한 것은 모든 무형의 존재를 일컫는 '신(神)' 혹은 '영혼'이었다.[6] '귀(鬼)'가 단순히 죽은 자의 넋을 가리키는 데 비해 '신'은 조령(祖靈)이나 자연신을 포괄하는 용어로 그 의미와 용례가 분화되어왔으며, 혼백(魂魄) 관념 중 양기(陽氣)로서 승천하는 '(영)혼'과 상통하는 어휘가 된다. 마떼오 리찌는 인귀(人鬼)나 육체와 분별되는 어떤 신비로운 음양의 작용을 지칭하는 중국사상사의 오랜 관례를 따라 아니마를 '영혼' 또는 '신'이라 번역한 것이다.

물론 신서파 지식인들을 중심으로 각별하게 회자되었다 해도, 이러한 '영혼' 개념은 당시 조선의 성리학자들에게 상당한 반감과 저항을 초래했다. 본래 성리학에서 인간의 영혼이란 음양의 '기'에 불과하므로 결코 영생할 성질의 것이 못되며, 그처럼 영속하면서 우주만물의 생성과 변화에 지속적으로 관여하는 것은 오히려 '성'이나 '리' '태극(太極)'에 해당한다. 그래서 신후담(愼後聃)은 마떼오 리찌의 혼삼품설(魂三品說)을 인정하

---

4) 마테오 리치 『천주실의(天主實義)』, 송영배 외 옮김, 서울대출판부 1999, 124면; 『천주실의』 상, 3: 3. "彼世界之魂, 有三品. 生魂, 卽草木之魂是也. 此魂扶草木以生長, 草木枯萎, 魂亦消滅. 覺魂, 則禽獸之魂也. 此能附禽獸長育, 而又使之以耳目視聽, 以口鼻嗅嗅, 以肢體覺物情. 但不能推論道理, 至死以魂亦滅焉. 靈魂, 卽人魂也. 此兼生魂覺魂, 能扶人長養, 及使人知覺物情, 而又使之能推論事物, 明辨理義. 人身雖死, 而魂非死, 蓋永存不滅者焉."
5) 『천주실의』 상, 3: 7. "人之靈魂不拘善惡, 皆不隨身後而滅."
6) 『천주실의』 상, 3: 4. "夫靈魂則神也, 於四行無關焉."

고 심지어 천주의 존재를 시인하더라도 "혼은 형체에 의지하여 있는 것이고, 형체가 없어지면 흩어져 무로 돌아가는 것이다. 어찌 혼이 자립하는 실체가 될 수 있겠는가"[7]라고 비판했고, 안정복(安鼎福)은 "지옥은 (…) 어찌 허다한 귀신을 용납할 수 있겠는가?"[8]라면서 영혼을 사후에도 형질을 지닌 존재로 폄하함으로써 마떼오 리찌의 영혼불멸설을 일축해버렸다.[9] 이들의 스승인 이익(李瀷)도 일찍이 천주교 서적을 탐독한 뒤에 서학은 유학과 상통하는 바가 적지 않다고 결론 내리면서도 창조적 인격신을 강조하고 사후세계를 주장하는 "천주와 귀신의 교설"은 용납하지 않았다.[10] 이렇듯 '천주'의 현존이나 '영혼'의 이기론적 규정과 관련해 진보적 지식인 사이에서도 신랄한 비판과 논쟁이 있었으나, 그럼에도 서학이 주자학의 형이상학적 의미 체계에 일종의 균열을 가져왔다는 사실은 부인하기 힘들다.[11] 무엇보다 마떼오 리찌는 인간에게 고유한 '영혼'이 '기'가 아니라 오히려 '리'라고 주장했고, 그 때문에 만물을 주재하는 기존의 '리'가 실은

---

7) 『벽위편(闢衛編)』, 1: 16. "魂者, 乃依於形而爲有, 形旣亡則消散而歸於無者也. 烏得爲自立之體乎."

8) 『순암전집(順庵全集)』권2, 「상성호선생서 무인 별지(上星湖先生書 戊寅 別紙)」, 26. "所謂地獄 (…) 豈能容許多鬼神."

9) 마떼오 리찌의 영혼불멸설에 대한 신후담과 안정복의 비판에 관해서는 금장태 「서학의 영혼론과 조선 후기 유학의 논변」, 『한국유학의 심설: 심성론과 영혼론의 쟁점』, 서울대출판부 2002, 204~20면 참조.

10) 『성호사설(星湖僿說)』, 「인사문 칠극(人事門 七克)」.

11) 안정복이나 신후담처럼 공서파에 속하는 학자들도 실은 서학에 반발하는 과정에서 누구 못지않게 천주교의 영혼론에 감염되었음을 부인하기는 힘들어 보인다. 일례로 안정복은 혼은 하늘로 올라가고 백은 땅으로 내려간다는 정통학설을 부정하는 대신에 천주교리의 논리를 답습하여, 혼백이 사후에도 분리되지 않은 채 존재한다고 주장했다. 하지만 '아니마'의 한역어인 영혼이 조선사회의 지식담론에 안착하는 데는 결국 실패했는지도 모른다. 19세기 후반 이기(李沂)와 프랑스 신부 로베르(A. P. Robert) 간의 논쟁에서도 알 수 있듯이, 사후 영혼의 불멸 가능성은 조선의 지식담론에서 완강하게 부정되었다. 금장태 『조선 후기 유교와 서학』, 서울대출판부 2003 참조.

감각적·경험적 구체성을 결여했다는 점이 유의미하게 부각될 수 있었다. 주자학에서 신봉하는 '리'가 행위도 의지도 없는 무형의 허상에 불과할지 모른다는 파격적인 학설은 신서파의 계보 속에서 성장한 정약용의 심성론에도 적지 않은 영향을 주었다. "리(理)라는 것은 어떤 것인가? 리에는 애증도 없고 희로도 없고 텅 비고 막막하여 이름도 없고 형체도 없으니, 우리들이 이것으로부터 부여받아 성(性)을 얻었다고 말한다면 이것은 도(道)가 되기 어려울 것이다."[12] 그런 의미에서, '천(天)'을 형이상학적 원리인 '태극'이나 '리'로 파악하는 관점에서 벗어나 인격적 절대자로서의 '상제(上帝)' 관념을 도입하여 그것을 이해하려 한 정약용의 심성론은 흥미롭다. 그 상제란 고대 유학으로부터 복원된 것이면서 더 가깝게는 서학의 '천주(天主)'에서 차용된 것이기 때문이다.

한때 천주교 신자였으나 곧 배교한 정약용의 경우, 그의 학문적 위업이 무엇보다 서학에 빚지고 있음은 익히 알려져 있다. 그가 추구한 도덕적 인간이란 기존 성리학과 달리 '상제'라는 절대자를 전제로 할 때 비로소 가능해지는 삶의 이상에 해당한다. 이때의 상제란 천지만물을 "조화"하고 "주재"하며 "안양(安養)"하는 천주의 권능과 흡사한 능력을 지닌 존재이며,[13] 또한 인간의 내면에서 벌어지는 기질(氣質)과 도의(道義)의 대립을 도덕적으로 해소할 어떤 원천을 제공하는 존재이기도 하다. 다시 말해, 정약용은 성리학 자체의 인격수양을 통해서는 성인에 이를 수 없다면서, 그 대신에 상제 앞에 선 단독자로서 인간이 마땅히 지녀야 할 "신독(愼

---

12) 『맹자요의(孟子要義)』, 2: 38. "夫理者何物? 理無愛憎, 理無喜怒, 空空漠漠, 無名無體, 而謂吾人稟於此而受性, 亦難乎其爲道矣."
13) 이동환은 유일신이 아닌 고경(古經)에서의 최고신(最高神)이라는 점, 범신론적 비전을 함유하고 있다는 점, 천당지옥설과 무관하다는 점, 도덕적 감각을 유달리 강조하고 있다는 점 등을 들어 '상제'란 "고경의 상제에 도학적 요소가 흡수되고 천주교적 요소가 섭입된" 이른바 "제3의 인격신"이라는 절충론을 내놓기도 했다. 이동환 「다산사상에 있어서의 '상제' 문제」, 『민족문화』 19, 민족문화추진회 1996, 23~26면.

獨)" "외천(畏天)" "계신공구(戒愼恐懼)"의 경건한 신앙적 자세를 중시했다.[14] 진정한 수양은 상제에 의해 인간의 도심에 부여되는 천명지성(天命之性)을 경외함으로써 실현 가능하다. 다른 한편, 그는 『천주실의』의 선례를 좇아 우주만물을 자유지물(自有之物)과 의부지품(依附之品)으로 구분하고 사정괘론(四正掛論)을 바탕으로 역상(易象)을 설명하고자 했다. 또한 인간의 마음을 성(性: 기호), 권형(權衡: 의지), 행사(行事: 행위)로 삼분하여 이해하는 가운데, 특히 천명(天命)에 해당하는 성이 마음의 일부분에 불과하다고 주장했다.[15] 그의 심성론에서 정작 '성'은 심의 하위범주, 곧 마음의 무수한 작용 가운데 하나일 뿐이다. 이를테면, 성이 선을 즐거워하고 악을 부끄러워하는 것(樂善而恥惡)이고, 행사가 선을 행하기는 어렵고 악을 행하기는 쉬운 것(難善而易惡)이라면, 권형은 선악을 분별하고 그중 하나를 지향하는 도덕적 자율성의 원천이다. 그런 의미에서 인의예지의 덕성은 성리학의 가르침대로 인간 마음에 선천적으로 내재한다기보다는 인심과 도심, 형구지기호(形軀之嗜好)와 영지지기호(靈知之嗜好) 사이의 첨예한 각축 속에서 힘겹게 추구되어야 한다. 이렇듯 정약용의 심성론은 상제(천주)의 존재를 우선적으로 승인하고, 주체의 내면을 인심과 도심이 갈등하고 투쟁하는 역동적인 장소로 이해하며, 도덕적 인격이 인간의 자유의지와 결단에 의해 실천적으로 성취해나가야 할 성질의 것임을 강조했다는 점 등에서 '리'를 만물의 선험적인 존재론적 근거로 파악하는 성리학의 오랜 관행으로부터 벗어나 있다.[16] 다시 말해 리와 기, 심과 성의 위계를 전

---

14) "신독(愼獨)으로써 천(天)을 섬기고, 힘써 서(恕)를 행하여 인(仁)을 구하며, 변함없이 오래하여 쉬지 않는다면 곧 성인"이라는 생각은 정약용 스스로 경학연구의 최종판이라 자부한 『심경밀험(心經密驗)』(1815)의 핵심적인 주장에 해당한다. 정일균 「다산 정약용의 『심경(心經)』론: 「심경밀험」을 중심으로」, 『사회와 역사』 73, 한국사회사학회 2007, 338면.

15) 「심경밀험」, 『국역 여유당전서』, 전주대 호남학연구소 1986, 156~61면.

16) 백민정 「정약용 심성론의 구조」, 『정약용의 철학: 주희와 마테오 리치를 넘어 새로운 세계로』, 이학사 2007, 301~309면.

도한 정약용의 인성론은 기존의 주자학적 견해, 즉 본연지성과 기질지성 중심의 이원론을 해체하고 그 둘을 통괄하는 영명한 능력[靈體]의 권능을 부각하는 데 공헌했다. 전통유학의 경우 하늘로부터 본연지성을 부여받았다는 점에서 인간과 동물, 자연만물 사이의 본질적인 차이란 존재하지 않으며, 다만 기의 청탁(淸濁)에 따라 그 위상을 달리할 따름이다. 하지만 정약용은 이러한 견해를 강력하게 비판한 후 "만물일체"라는 말은 경전에도 없는 용어에 불과하다면서 동물이나 사물과 분별되는 인간 고유의 정신적 능력을 유달리 강조했다. 그렇다면 정약용의 심성론이 지닌 예외성은 무엇보다 인간과 자연만물을 구분하는 유일한 특성이 인간에게 내재된 천의 품성, 곧 '영혼'에 있다는 발상에서 연유한다. 그것은 물론 '아니마'라는 서구어의 유입이 가져다준 변화의 일부일 것이다.

3. 불멸하는 영혼

정약용은 마떼오 리찌의 영혼론에 감화되어 전통유학의 용어인 심성을 '영체(靈體)' '영명성(靈明性)' '영명지심(靈明之心)' '영명본체(靈明本體)' '영명무형지체(靈明無形之體)' 등으로 다채롭게 표현하고, 상제의 속성이 깃들어 있는 영명한 마음의 작용에서 도덕과 인식의 원천을 발견했다. '심성'이라는 재래의 용어가 천명, 태극, 리, 성 중심의 주자학적 사유체계에 속박되어 있다면, 정약용이 사용한 '심' 혹은 '영체'에는 탈주자학적 가능성이 충분히 내장되어 있다. 여기서 '영체'에 내포된 이성적 능력이나 도덕적 자율성은 상제가 인간에게 특권적으로 부여한 것으로서, 만일 다산 철학에 내재된 마떼오 리찌의 영향력을 수긍한다면,[17] 그것은 무엇보다 아

---

17) 정약용이 1783~84년경 북경에서 천주교 선교사들과 접촉하여 세례를 받고 귀국한

리스토텔레스(Aristoteles)와 스콜라철학에 기원을 둔 저 서구 영혼론의 맥락에서 이해되어야 마땅하다. "지성(영혼—인용자)은 어떤 때는 사고하고, 다른 어떤 때는 사고하지 않는 그런 것이 아니다. 즉 끊임없이 지속적으로 사고한다. 분리되었을 때, 지성은 그 자체이며, 다른 어떤 것이 아니고, 이것만이 불멸하고 영속하며, 또한 그것이 없이는 어떤 것도 사고하지 못한다."[18] 인간이 상제의 대리자로서 자임할 수 있다면 그것은 동식물(생혼과 각혼)과 달리 인간 존재에 고유한 이성적·도덕적 능력, 곧 '영혼' 때문이다. 그러한 인식론적 변화가 지닌 근대적 의의를 이해하기 위해서는 데까르뜨(R. Descartes)가 영혼의 존재를 증명하는 가운데 서구 근대철학의 기초를 마련했다는 사실을 상기하는 것만으로도 충분하다. 예컨대,『성찰』(*Meditationes de Prima Philosophia*, 1641)에서 데까르뜨는 영혼의 본성을 '사유'로 규정하고 그것이 인간을 자연적 사물과 구별하게 해주는 유일한 징표라고 역설했다. 이때 영혼의 존재를 정당화하기 위해 그는 가장 완전한 존재이자 무한한 권능의 소유자인 신(God)이라는 관념을 빌려온다. 즉 사유하는 존재로서의 인간에게 고유한 '영혼'이 탁월한 존재론적 기원이 되는 가장 큰 이유는 그것을 무한자로부터 내 정신의 일부로 나누어받았기 때문이다. "내가 정신의 눈을 나 자신으로 향하면, 나는 불완전한 것이고, 다른 것에 의존하는 것이며, 끊임없이 더 크고 더 좋은 것을 바라는 것임을 이해할 뿐만 아니라, 동시에 또한 내가 의존하고 있는 것은 이 더욱 큰 것을 모두 무한정적으로, 또 가능적으로만이 아니라 현실적으로 무한

이승훈으로부터 각종 한역서학서를 빌려 읽고, 그중 「영혼론」이 수록된『성세추요(盛世芻蕘)』와『천주실의』등을 이기경(李基慶)에게 보내주었다는 기록이 있다. 차기진, 앞의 논문 120~21면에서 재인용. 그 상세한 영향관계에 대해서는 특히 백민정「심성론을 중심으로 본 정약용과 마테오 리치 사이의 관계」,『동방학지』136, 연세대 국학연구원 2006 참조.

18) 아리스토텔레스『영혼에 대하여』, 유원기 옮김, 궁리 2001, 224면.

하게 갖고 있으며, 이것이 신임을 이해하게 된다."[19] 근대적 주체와 그 사유능력을 정당화하기 위해 중세적인 신 관념을 재활용하는 것은 어떤 의미에서 데까르뜨 철학의 한계라 할 만하지만, 다른 한편 그것에 의존하지 않고서는 인간에게 천부된 이성적 능력을 합법화하는 일도 불가능했을지 모른다. 적어도 담론의 차원에서 그 근대적 가능성을 확증하려면 '영혼'과 '무한자'를 매개하지 않을 수 없다. 데까르뜨가 인간의 영혼이 지닌 불가피한 유한성을 인정하면서도 그것이 근대적 주체의 신성한 능력임을 확신할 수 있었던 것은 신으로부터 유래하는 바로 그 무한성 혹은 불멸성 때문이다. "이것(영혼의 이해능력 — 인용자)은 아주 작고 유한하다는 것을 내 안에서 발견하고, 이와 동시에 이것보다 훨씬 큰, 즉 가장 크고 무한한 능력에 대한 관념을 형성하기 때문이다."[20] 17세기 중엽 유럽 근대철학의 사정과 정약용의 경우를 비교하는 것은 물론 상당한 절차를 거쳐야 하는 일이지만,[21] 정약용이 아니마의 한역어인 영혼을 염두에 둔 가운데 표나게 사용한 '영체'란 천리에 얽매이지 않는 개인의 도덕적 자율성, 이성적 권능의 핵심을 뜻한다는 점에서 결국 데까르뜨의 '영혼'이나 '정신'에 상응하는 어휘라 해도 무방하다.[22] 그럼에도 정약용은 영혼의 '불멸성'에 대해 분명한 입장을 취하지 않았다.[23] 물론 천주교의 내세신앙에 대한 당대의 가공할 탄압도 크게 작용했겠지만, 어쨌든 근대성의 맥락에서 보자면 그의 영

---

19) 르네 데카르트『성찰』, 이현복 옮김, 문예출판사 1997, 78면.
20) 르네 데카르트, 앞의 책 84면.
21) 정약용과 데까르뜨 사이의 친연성에 관해서는 장승구「다산 실천 철학의 체계적 이해」,『정약용과 실천의 철학: 다산 철학의 근대성 탐구』, 서광사 2001, 62~63면 참조.
22) "다산은 결정론을 반대하고 자유의지를 적극 옹호하는 입장을 분명히 보여주고 있다. 다산이 '기질지성'과 '성삼품설'의 이론을 비판하는 것은 결과적으로 인간을 자유롭고 평등한 존재로 인식하고 있음을 보여주는 것으로 해석될 수 있다. 인간을 인간답게 해주는 것은 하늘로부터 부여받은 보편적 이성(영명성)인데, 모든 사람은 누구나 다 이러한 이성을 하늘로부터 부여받았다는 사실에서 '평등한 존재'이다." 장승구, 앞의 책 92면.
23) 백민정, 앞의 책(2007) 172~74면.

혼론은 불가피한 한계를 지닐 수밖에 없다. 어떤 면에서 근대 영혼론의 핵심은 영혼 자체의 불멸성 혹은 무한성을 긍정하는 데 있다고 해도 과언이 아니다. 그러한 사정은 국학과 신도 사상을 통해 일본 국가주의의 이론적 기반을 다진 히라따 아쯔따네(平田篤胤)의 영혼론을 검토함으로써 얼마간 이해 가능하다.

히라따 아쯔따네는 복고신도(復古神道)를 주창한 에도 말기의 주요 사상가로, 처음에는 모또오리 노리나가(本居宣長)를 흠모했으나 점차 그 영향권에서 벗어나 독자적인 신도학(神道學)을 개진한 것으로 유명하다. 사후 영혼의 행방을 궁구하는 것을 "진도(眞道)"의 시작이라 여겼던 그는 핫또리 나까쯔네(服部中庸)의 우주개벽론에 크게 감화되어 『영능진주(靈能眞柱)』(1813)를 저술했는데, 『삼대고(三大考)』(1791)의 유산을 충분히 계승하되 그것을 독창적으로 비틀어버렸다. 『삼대고』가 대체로 『고사기(古事記)』의 문장을 인용하고 해설하는 형식인 데 비해 『영능진주』는 저자 자신이 고전의 여러 전승에서 정설이라 여겨지는 고사(古事)를 선별해서 해설을 덧붙이는 구성을 취하고 있다. 가장 이채로운 대목은 천신 이자나미미꼬또(伊邪那美命)가 자신의 더럽고 부패한 시신을 이자나기미꼬또(伊邪那岐命)에게 드러낸 것을 부끄러워하여 옮겨간 "황천(黃泉)", 즉 "유명계(幽冥界)"를 죽음의 세계가 아닌 영혼불멸의 세계로 재해석한 부분이다.[24] 히라따 아쯔따네가 천(天)·지(地)·천(泉)과 일(日)·지(地)·월(月)을 동일시하는 핫또리 나까쯔네의 견해를 추종하면서도 굳이 천(天)·천(泉)·지(地)의 분리과정을 면밀하게 수정한 것은 이와 무관하지 않아 보인다. 다시 말해, 천(天)과 천(泉)이 동시에 지(地)로부터 이탈하도록 설정했던 『삼대고』와 달리 『영능진주』는 천(天)이 먼저 분리되고 한참 뒤에야 지(地)와 천(泉)이 서로 구별된다고 해석할 만큼 현세(地)와 유명계(泉)의 상대적인 결속을

---

24) 吉田眞樹 『平田篤胤: 靈魂のゆくえ』, 講談社 2009, 184~91면.

강조하고 있다. 유명계는 오오꾸니누시노가미(大國主神)라는 주재신에 의해 사후 영혼의 심판과 영생이 이루어지는 곳으로 설정되어 있는데, 이 같은 유명관은 선악의 도덕적 응보가 합리적으로 관철되지 않는 현세의 모순, 인간사회의 불합리성에 대한 당대 민중의 종교적 요구를 적극적으로 반영한 결과라 할 만하다.[25] 그러니까 현세의 부귀영화가 본질적인 행복을 보장할 수 없듯이, 궁핍하고 억눌린 현세의 비루한 삶이 전부는 아닌 것이다. 코야스 노부꾸니(子安宣邦)의 말마따나, 유명계라는 비가시적이며 비공간적인 내세는 "신들이 각 신사에 임하는 것처럼, 죽은 사람의 영혼은 각자의 묘에서 살아 있는 사람을 지켜보고 있"는 것처럼 지상의 세계와 밀접하게 연결되어 있다. 이렇듯 "신이나 죽은 자의 영혼을 공동체적 생과 밀접한 관련 속에서 파악"하는 유명관 혹은 영혼관은 물론 신도적 세계관의 근간을 형성하는 데 기여했다.[26] 요컨대, 히라따 아쯔따네는 죽은 자의 혼백이 흩어지지 않고 한곳에 머물면서 오히려 살아 있는 자를 감찰한다는 특유의 영혼론을 개진하는 가운데 '유명계'를 신도적 세계관의 대표적인 심상 공간으로 격상시켰다. 그가 기초를 마련한 근대 신도학은 이후 우주개벽론을 농정학의 근간으로 삼은 사또오 노부히로(佐藤信淵)나 아메노미나까누시노까미(天御中主神)를 천주에 빗대어 이해한 오오꾸니 타까마사(大國隆正)를 거쳐 메이지유신에 참여한 여러 국학자들에게도 영향력을 행사했다.[27] 흥미롭게도 히라따 아쯔따네(1776~1843)는 정약용(1762~1836)과 활동 시기가 대체로 비슷할 뿐만 아니라, 고학(古學)의 복권을 주장하는 가운데 고대신앙을 긍정하고 천주학의 강한 영향력 아래 주요 논저를 저술했으며 특히 '아니마'로서의 영혼 개념을 자신의 학문적 위업의 일부로 수용했다는 점에서 상통하는 바가 적지 않다.[28] 물론 정약용이 '아니마'로

---

25) 子安宣邦『平田篤胤の世界』, ぺりかん社 2009(개정판), 212면.

26) 고야스 노부쿠니『귀신론』, 이승연 옮김, 역사비평사 2006, 96면.

27) 무라오카 츠네츠구『일본 신도사』, 박규태 옮김, 예문서원 1998, 216~61면 참조.

서의 영혼 관념을 개인의 도덕적 수양과 연관지어 논의한 반면에, 히라따 아쯔따네는 그것을 다분히 신화적·종교적 차원에서 원용해 민중의 내세 신앙이나 신도국가의 불멸성을 확증하는 데 이용하고자 했다는 점에서 뚜렷한 차이를 보여준다. 즉 히라따 아쯔따네와 달리 정약용의 영혼론은 근대 내셔널리즘의 창안이라는 과제에는 결국 미달할 수밖에 없었다. 그런 의미에서, 정약용 계열의 문인들에게서 실학사상을 익힌 박은식과 그의 양명학적 영혼론을 통해 전대의 영혼론이 근대적으로 전유되는 과정을 살펴볼 필요가 있다.

인간의 내면을 표현하는 용어들이 좀더 광범위하고 의미심장하게 사용된 시기는 근대계몽기다. 19세기 말 동아시아 지식인들 사이에서 서구문명을 선택적으로 수용하자는 관점이 확산됨에 따라 '심(心)' '혼(魂)' '정신(精神)' 등의 심리용어들이 주요 학술매체에 등장하기 시작했다. 동도서기론의 관점은 주자성리학에 내재된 이기분리적(理氣分離的) 사고를 서구문물을 수용하는 과정에도 고스란히 적용한 경우다. 전통 주자학은 인간과 우주만물을 주재하는 '리'를 중심으로 하여 감각적이며 비본질적인 '기'의 세계를 파악해낸다. 동도서기론 역시 '리'와 '기'에 대한 성리학 고유의 감각을 바탕으로 19세기 말의 전혀 새로운 세계 상황을 파악하려 했던 조선 지식인들의 유력한 현실 대응책 중 하나였다. 즉 인(人)과 법(法), 학(學)과 술(術), 심성(心性)과 문물(文物)의 분별을 동양과 서양, 정신문명과 물질문명의 차이로 확장해놓았다. 이러한 논리의 이면에는 동양 고유의 정신적 자산을 훼손하지 않고서도 각 유럽 문명국의 장단점을 취사선

---

28) 히라까와 스께히로(平川祐弘)에 따르면, 히라따 아쯔따네의 『본교외편』은 마떼오 리찌의 주요 저작 중 하나인 『기인 10편』의 일본판에 해당한다. '천주'와 '상제'라는 단어를 '천조신(天祖神)'과 '황조신(黃祖神)'으로 대체하는 등 기독교신학을 참조해 신도신학(神道神學)을 갱신하고자 했다. 『마테오 리치: 동서문명교류의 문명학적 서사시』, 노영희 옮김, 동아시아 2002, 619면.

택할 수 있다는 낙관론이 깔려 있다. 서구 물질문명을 긍정적으로 받아들이면서도 주자학적 세계관에 대한 믿음을 결코 폐기처분하지는 않은 것이다. 동양은 정신문명, 서양은 물질문명이라는 식의 이분법적 사고는 그와 유사한 다른 어휘와 호환되면서, 각종 문명담론의 핵심어로 등장했다. 예컨대, "개인(盖人)의 일신은 심혼(心魂)이 위주(爲主)ᄒ고 체백(體魄)이 종(從)이나 고로 사회의 개량은 필기일군(必其人群)의 심혼 선도되야 체백이 기후원(其後援)을 작(作)홈이라."[29]라는 구절에서 알 수 있듯이, '심'과 '체' 또는 '혼'과 '백'은 자아와 타자의 관계를 이해하고 계발하는 데 있어서 가장 핵심적인 개념어였다. 특히 동도서기론의 학통을 계승한 대표적인 양명학자 박은식은 조선의 역사를 '국혼(國魂)'과 '국백(國魄)'으로 나누어 설명한 바 있다. 그의 역저 『한국통사(韓國痛史)』(1915)에서 '국혼'은 '국백'보다 선결되어야 할, 국가를 이루는 가장 본질적인 요소를 가리키기 위해 사용되었다. 국혼을 구성하는 학과에 국교(國敎)·국학(國學)·국어(國語)·국문(國文)·국사(國史)를 넣고 반대로 국백에 전곡(錢穀)·졸승(卒乘)·성지(城池)·선함(船艦)·기계(器械)를 넣은 것에서 짐작할 수 있는 것처럼,[30] 박은식에게는 '국혼'이야말로 보존해야 마땅한 민족의 '정수'에 해당한다. '혼'과 '백'에 근거해 세계를 이해하는 방식은 물론 그가 유년 시절부터 배우고 익힌 유교적 관념체계로부터 연유한 것이다.[31] 본래 유교에서는 인간주체를 정신과 육체로 분리하여 각각의 주재자인 혼과 백이 존재한다고 믿었고, 사람의 죽음을 가리켜 백은 땅 밑으로 혼은 하늘로 각기 되돌아가는 현상이라고 이해했다.[32] 박은식은 그러한 전통적 관념체계

29) 『황성신문』 1909.11.20.
30) 박은식 「한국통사」, 『박은식전서』 상, 단국대 동양학연구소 1975, 376면.
31) 『춘추좌씨전(春秋左氏傳)』, 「소공(昭公)」 3. "人生始化曰魄 旣生魄陽曰魂 物用精多 則魂魄彊.";『예기(禮記)』 권11. "魂氣歸于地 故祭求諸陰陽之義也."
32) 가지 노부유키 『유교란 무엇인가』, 김태준 옮김, 지영사 1996, 29면.

를 활용하여 국체의 근본이 되는 정신적 요소를 '국혼'이라 지칭하고 있으며, 이와 같은 사유방식은 국권 상실 이후에도 상당한 설득력을 행사했다. 말하자면, 근대계몽기에 활발히 사용된 '심' '혼' '정신'은 전통적 세계관을 그 기저에 두고 있었다. 하지만 박은식의 논의가 전통 한학의 에피스테메에만 의존하고 있지는 않다. 그가 구사한 국혼의 '영혼'은 개인주체의 경계를 넘어 민족공동체의 역사로 확장되는 순간, 불가피하게 불멸성(immortality)을 보유하게 되었다. 그러한 용법은 물론 한학 고유의 어법은 아니며, 당연히 천주학의 전래를 통해 시작되고 소수의 신서파 지식인과 천주교인에 의해 계승된 영혼론의 괄목할 흔적이다.

박은식은 1908년 신민회의 방침에 따라 서우학회(西友學會)와 한북흥학회(漢北興學會)가 통합되어 서북학회(西北學會)가 창립되자 이를 기반으로 황해도, 평안도, 함경도 일대에서 애국계몽운동을 전개해나갔다. 그는 서북학회의 기관지인『서북학회월보(西北學會月報)』의 주필을 역임하면서 그 편집에 관여하는 한편 다수의 논설을 게재했는데, 그중 「고아학생제군(告我學生諸君)」(1908)이라는 제명의 논설은 박은식이 지닌 영혼관의 일면을 드러내준다. 일종의 청년론이라 할 만한 이 논설에서 박은식은 조선청년이 모름지기 도덕적 주체 혹은 정치적 주체로 성숙하기 위해서는 무엇보다 자신의 내면에 존재하는 "신성한 주인"을 모든 의지와 행위의 근본으로 삼아야 한다고 역설했다. "금일 아동포(我同胞)의 침륜흔 정황은 단(但)히 질통(疾痛)에 부지(不止)흔지라. 차(此)를 구제홀 자가 수(誰)오흐면 타처에 부재흐고 유시오인뇌수중(惟是吾人腦髓中)에 재(在)흔 신성흔 주인이 시(是)라."[33] 박은식의 청년론은 여러해 뒤 장덕수가 자기 세대에게 부과된 역사적 사명을 천명하면서, "내적인(內的人)의 자각"[34]을 강조했

---

33) 박은식 「고아학생제군」,『박은식전서』하, 단국대 동양학연구소 1975, 49면.
34) 장덕수 「의지의 약동」,『학지광』제5호(1915), 41면.

던 것과 유사하다.[35] 그 내적 자아란 외적인 규범이나 관습에 얽매이지 않는 독립적인 자아를 의미한다. 장덕수는 개인의 정신적 각성에 소홀하거나 불철저한 유학생 사회를 비판하는 일련의 에세이를 『학지광』에 발표했다. 그는 이처럼 내향적 인간의 경지에 도달한 자만이 세계와 우주를 "윤회"가 아닌 "창조"의 대상으로 실감하고, "과거를 정복ᄒ며 장래를 규정"하는 진정한 청년임을 자부할 수 있다고 했다. 이를테면 공자, 석가, 예수 등의 선례를 본받아 자연현상 속에 내재한 도덕적 의미를 관조해낼 줄 알아야 한다는 것이다. 고금의 현자를 범례 삼아 도덕적 각성을 각별하게 강조하기는 박은식도 마찬가지여서, 앞서 언급한 글 가운데는 "차(此) 신성ᄒ 주인은 요순소위도심(堯舜所謂道心)이오 성탕소위상제강충(成湯所謂上帝降衷)이오 공자소위인(孔子所謂仁)이오 맹자소위양지(孟子所謂良知)오, 석가소위화두(釋迦所謂話頭)오 야소소위영혼(耶蘇所謂靈魂)이라"[36]라는 구절이 있다. 그는 도덕적 원천을 뜻하는 말로 도심·강충지성·인·양지·화두·영혼 등을 나열하고 있는데, 그중 가장 핵심적인 표현은 아마도 '양지(良知)'일 것이다. 일찍이 왕양명(王陽明)은 맹자(孟子)의 사상을 실천적인 범주에서 재해석하는 가운데, 인간의 마음에는 본래 '양지'라는 선천적인 도덕법칙이 내재하므로 이를 통해 사물의 이법(理法)을 밝히고 삶의 실천 원리를 얻을 수 있다고 했다.[37] 내 마음이 바로 천리(天理)이고(心卽理) 천지만물은 나와 하나이니(萬物一體), 무한한 능력을 지닌 양지를 자각하고 북돋는 것이야말로 성현의 가르침에 따르는 길이 된다. 다른 한편 '국혼'에 내장된 민족주의적 불멸성의 함의를 염두에 둔다면, 기독교에서 유래

---

35) 이에 관해서는 본서의 제2장 「근대적 자아의 비의」를 참조.

36) 박은식, 「고아학생제군」, 앞과 동일함.

37) 맹자 이래로 인간의 마음에 내재하는 선천적인 앎을 가리켜 '양지'라 일컫는다. 『맹자(孟子)』, 「진심(盡心)」 상. "孟子曰 人之所不學而能者, 其良能也. 所不慮而知者, 其良知也. 孩提之童, 無不知愛其親也. 及其長也, 無不知敬其兄也."

하는 '영혼' 개념 역시 간과할 수 없다. 그러고 보면 '영혼불멸'의 관념을 내장한 국혼론의 저자가 하필 근대계몽기에 대표적인 양명학자로 활동한 박은식이라는 사실은 우연한 일이 아니다.[38] 양명학의 종지인 '양지'와 아니마의 한역어인 '영혼'은 개인 내부의 도덕적 자율성을 지칭한다는 의미상의 친연성을 지닐 뿐만 아니라, 실은 '양지'가 천주교 수용의 주요한 토대로 기능하기도 했다.[39] 잘 알다시피, 이지(李贄)와 직접 교류하기도 했던 마떼오 리찌는 '양지'와 유사한 "양능(良能)"을 사용해 천주의 존재를 증명하고자 했고 "천주의 도리는 사람의 마음 안에 있다"는『천주실의』의 유명한 구절은 다시 정하상의 「상재상서」에서 "양지(良知)로 (…) 대주재(大主宰)가 심두(心頭)에 있음을 알게 된다"라는 표현으로 변주된다.[40] 즉 '천주'가 인간의 마음에 깃들어 있다는 신앙은 양명학의 근본원리와 깊은 근친성을 지닌 것으로 이해되었다. '양지'가 인간 내부의 선천적인 능력이자 개인을 인식과 실천의 주체로 형성케 하는 원천임을 상기한다면, 양명학적 사유체계가 기독교담론과의 습합을 통해 근대적 자아의 형성에 모종의 영향력을 행사했으리라고 짐작할 만하다. 그런 의미에서 박은식의 양명학적 심설(心說)은 전대의 영혼론이 근대계몽기 문화담론 속에서 굴절되거나 변용되는 과정에 대한 흥미로운 예증일 수 있다. 정약용에게 양지나 영혼에 상응하는 개념어는 천(天)의 밝은 명(命)으로 부여받은 영명한 마음의 실체, 곧 '영체'였다. 그런데 박은식의 '국혼'은 인간 내부의 도덕적 원천을 뜻한다는 면에서 양지에 비견되고 자연만물과 분별되는 사유능력을 강조한다는 면에서는 아니마로서의 영혼과 중첩되나, 정약용의 경우와 달

---

38) 1906년 무렵 이후 박은식의 양명학 수용에 관해서는 신용하『박은식의 사회사상연구』, 서울대출판부 1982, 15~17 및 185~95면 참조.

39) 박연수 「하곡(霞谷) 이후의 양명학」,『양명학의 이해: 양명학과 한국양명학』, 집문당 1999 참조.

40) "謂良知 (…) 此可知賞罰善惡之大主宰印在心頭矣." 정하상, 앞의 책 6~7면.

리 민족의 불멸과 범신론의 자장 속에서 조성된 신조어이기에 이채롭다. 이 새로운 용법을 통해 영혼론은 전근대적인 규범·관습·이념에서 벗어나 유럽 낭만주의나 민족주의 담론에 통합될 가능성을 얻게 되었다.

4. 낭만주의 미학

일본 낭만주의 문학의 창시자인 키따무라 토오꼬꾸도 기독교에서 유래하는 '영혼'에 매우 민감하게 반응했다. 1885년 이른바 "정치에서 문학으로" 전향한 키따무라 토오꼬꾸가 자신의 예술적 선택에 당위성을 부여하기 위해 가장 적극적으로 활용한 것이 바로 기독교였다. 도덕적·정신적 각성을 유달리 촉구했던 박은식이나 장덕수의 경우처럼, 그 역시 근대성의 핵심은 정치적 실천 같은 외적 활동보다 개인의 내부에서 먼저 점화되어야 한다고 주장했다. 다른 한편, 기독교적 유심론은 키따무라 토오꼬꾸에게 보편적인 진리가 개인의 자아에 내재할 뿐만 아니라 기실 신으로부터 유래하는 어떤 것임을 일깨워주었다. 예컨대 「내부생명론(內部生命論)」(1893)에서 키따무라 토오꼬꾸는 개개인에게 내재하는, 하나님으로부터 분유된 인간의 마음을 다름 아닌 "심령(心靈, spirit)"이라 칭하면서 그것을 통감하는 순간 안과 밖, 부분과 전체, 우주와 나의 모든 인위적 구별이 무화되며 바로 그 때문에 "절대적 진선미"의 구현이 가능해질 수 있다고 주장했다. 정약용의 심성론과 관련해 이미 살펴보았듯이, 인간의 도덕적 원천이 절대자로부터 분유되었다는 발상은 그 자체로 독특한 주장은 아닐지 모르지만 개인의 영혼이 '절대적 진선미'의 실현을 가능케 하는 창조적 원천이라는 생각만큼은 전대의 영혼론에서는 유례가 없는 주장이다. 키따무라 토오꼬꾸는 '심령'을 다시 '내부생명'이라는 독자적 표현으로 대체하고 이로부터 영혼론의 미적·예술적 가능성을 선구적으로 개방했다는 점에서 탁월한 역사적 의의를 갖는다. 키따무라 토오꼬꾸의 낭만주의적 영혼론, 더 명료하게 말해 생명론은 밖으로는 베르그송 같은 저명한 생철학의 권위에 의해 그리고 안으로는 니시다 키따로오의 종교철학에 의해 타이쇼오 문화주의를 추동한 주요 원천으로 각광을 받았다. 그런데 키따무라 토오꼬꾸는 예술적 형상을 가능케 하는 주객합일의 신비로운 원체험을 이미 한학적 관용구를 되살려 "영지영각(靈知靈覺)"이라 표현한 바 있어 주목된다. 사실 그의 '내부생명' 혹은 '심령'이란 한편으로는 기독교에 특유한 영혼론의 세례를 받아 계발된 것이지만, 다른 한편으로는 양명학과 같은 한학적 소양에서 숙성된 것이기도 하다. 즉 '내부생명'이란 기독교적 어원을 지닌 '심령'은 물론 양명학의 종지인 '양지'와도 동일한 함의를 지닌 신조어다. 다른 글에서 키따무라 토오꼬꾸는 장차 '심령' 혹은 '생명'이라 지칭하게 될 개인의 내적 원천을 "심궁(心宮)" "비궁(秘宮)"이라 표현하고 있다.[41] '생명'과 '심령'이 키따무라 토오꼬꾸의 낭만주의 미학을 구성하는 키워드라면 그 전사(前史)에 해당하는 것이 '심궁'이나 '비궁'이다. '비궁'은 보통사람이 쉽게 근접할 수 없는 마음의 신비한 장소이며, 더 중요하게는 "기독교의 마음(基督敎の心)"이나 "양명학의 양지양능(陽明派の良知良能)"과 상통한다.[42] 키따무라 토오꼬꾸의 내부생명론, 곧 영혼론은 이처럼 기독교와 양명학이라는 이질적인 원천 속에서 계발되어 근대적 자아와 관련된 다양한 문학적 표현들을 가능하도록 만들었다.

키따무라 토오꼬꾸가 계시한 생명주의 예술론의 가장 큰 수혜자 중 하

---

41) 「各人心宮內の秘宮」(1892)은 「내부생명론」과 더불어 근대적 자아형성의 초석을 제공했다고 평가되는 평론이다. 色川大吉 「内面性への開眼」, 『明治の文化』, 岩波書店 1970, 224면.

42) 北村透谷 「各人心宮內の秘宮」, 『透谷全集 2』, 岩波書店 1955, 7면. 키따무라 토오꼬꾸를 비롯한 자유민권운동가들의 한학적 소양에 관해서는 色川大吉 「漢學文學と變革思想」, 앞의 책 129~58면 참조.

나인 시라까바파(白樺派) 역시 만유의 자연으로부터 자아·문학·예술의 원천을 기대하고 그 배후에 존재하는 창조적 생명력을 예찬했다. 예컨대 아리시마 타께오(有島武郎)가 가장 이상적인 삶의 형태로 내세운 "본능적 생활"은 타까야마 초규우(高山樗牛)가 선진적으로 주장한 "미적 생활(美的生活)"의 타이쇼오기 판본이자, 자아 내부의 자연·본능·감성 즉 '생명'에 대한 찬미라는 점에서 키따무라 토오꼬꾸로부터 이어져온 낭만주의 문학의 계보에 속한다. 이처럼 '영혼'이 낭만주의 미학의 세례를 받은 '생명'으로 대체되면서 이 한역어가 태생적으로 지녀야 했던 도덕적 함의가 점차 희석되었다.[43] 아리시마 타께오의 저작을 굳이 떠올리지 않더라도 본능·감각·감성을 최우선시하는 개인이 그를 압도하는 도덕적 기율에 대해 어떤 태도를 취하게 되는지는 비교적 명확하다. 그런 이유로 '영혼'은 이제 성현의 도덕심이나 이성적 인식능력의 원천을 지칭하는 오랜 용례에서 벗어나 이른바 '미적 자율성' 혹은 '창조적인 자아'라는 새로운 어법을 획득하게 되었다. 하지만 '영혼'은 낭만주의 미학담론에서 함양되어온 만큼 무한한 자아계발의 면모와 내셔널리즘의 기제로서의 면모를 동시에 지니고 있었다. '민족혼'(Seele des Volkes), '민족정신'(Geist des Volkes), '국가정신'(Nationalgeist), '국민성'(Nationalcharakter) 등의 유사어를 다채롭게 구사했던 독일 낭만파의 거장은, 인간 개성을 억압하는 어떠한 조직·위계·권력도 용인하지 않았으나 그럼에도 의심의 여지없이 독일 민족주의의 선구자로 평가되는 헤르더(J. G. Herder)였다. 그는 민족성이란 무엇보다 "문화"를 통해, 타문화가 아닌 바로 그 자신의 문화를 통해, 그리고 그것을 가능케 하는 예술가의 창조적인 자기표현을 통해 비로소 실현된다고 역설했다. 그런 의미에서 "한 민족의 영혼은 상상력과 감정의 활동 속에서 가

---

43) 아마도 '영혼'이 그간 보유했던 도덕적인 함의는 '양지'의 근대적 용례인 '양심'을 통해 해소되었으리라 짐작된다. 小島毅『近代日本の陽明學』, 講談社 2006, 91면.

장 명백하게 통째로 드러난다."[44]

　근대적 민족 혹은 개인을 구성하는 과정에서 영혼이라는 개념어가 보여준 파급력은, 상기한 일본에서의 변화에 조응하여, 당대 조선의 문학담론에서 이루어진 획기적인 변화들에서 뚜렷한 예증을 얻었다. 다음 장에서 상론하겠지만, 황석우는 키따무라 토오꼬꾸의 '심령'을 활용해 '영률(靈律)'이라는 신조어를 가공해냄으로써 한국적인 자유시의 가능성을 모색했다. 이는 1910년을 전후로 하여 개인의 내적 호흡과 그 새로운 리듬의 구현을 자유시의 핵심으로 거론했던 핫또리 요시까(服部嘉香) 등 와세다시사(早稲田詩社)의 구어시운동과 긴밀한 연관이 있다.[45] 그에 비해 이광수는 '영혼'에 내장된 자아확충의 가능성을 좀더 계발하여 이른바 노블의 토착화에 공헌했다. 2차 일본유학기 이후 이광수는 좀처럼 사용하지 않던 '영'이나 '생명'이라는 역어를 각별하게 애용하기 시작했다. 어떤 특정한 관념·감각·이념을 '생명'이나 '영'이 유감없이 표현해주리라는 기대는 사회진화론 대신에 그가 흡수한 타이쇼오기의 문화주의 덕택일 것이다. 어떤 면에서 그의 장편 『무정』은 식민지조선의 한 청년이 '영'이나 '생명' 같은 낭만주의적 관념 속에서 자아를 발견하고 확충하는 드라마틱한 삶의 서사라 할 만하다. "사람의 생명은 우주의 생명과 같다"라는 대명제로 시작하

---

44) 이사야 벌린 「표현주의, 민족주의, 인민주의」, 『비코와 헤르더』, 이종흡 외 옮김, 민음사 1997, 360면에서 재인용. 일찍이 에르네스뜨 르낭(Ernest Renan)이 민족적 일체감을 가능케 하는 핵심요소가 혈연·언어·종교·문화가 아니라 역설적이게도 비합리적인 신비성이라면서 민족이란 "혼"(soul)이며 "정신적 원리"(spiritual principle)라고 말한 것도 이와 무관하지 않다. 참고로 독일의 경우 "나의 삶은 덧없지만 민족은 영원하다"는 의사종교적 믿음이 널리 퍼졌고, 전몰자를 추모하는 의식에는 영원·성지순례·강생·구원·순교자·영성체·부활 등의 기독교 용어가 널리 활용되었다. 김기봉 「'정치종교'로서의 민족주의」, 『서양에서의 민족과 민족주의』, 한국서양사학회 엮음, 까치 1999, 180면 및 213면.
45) 구인모 「메이지, 다이쇼기 일본의 구어자유시론과 조선문학」, 『한국 근대시의 이상과 허상』, 소명출판 2008, 212~13면.

는 이형식의 저 유명한 자아각성의 장면은 한국 근대문학이 형상화한 최초의 근대적 자아상이 타이쇼오기 문화주의가 부양한 '생명론'과 밀착되어 있음을 잘 알려준다.[46] 지금까지 살펴본 대로, 상이한 담론적 계보를 지닌 심성·양지·영혼 등이 근대적 자아의 형성을 가능케 하는 어떤 내적 원천을 지칭하는 말로 두루 활용되어왔으나, 1910년대 후반 이후 일본유학을 통해 서구문화를 흡수한 청년지식인이 대거 등장하면서 낭만주의적 함의가 농후한 '영혼' 혹은 '생명'이 담론상의 패권을 장악하게 된다고 해도 무방하다.

국가가 현실적으로 부재하고 민족을 정의할 물질적 기반이 결여된 상황에서, 한 공동체의 자기보존의 가장 유력한 방식이란 그 구성원들 특유의 공통감각을 부단히 계발하고 확충하는 일인지도 모른다. 과거와 현재에서 유래하는 민족의 공통된 기억이나 감각이 실은 국권회복의 핵심이라는 인식과 그러한 의지가 마땅히 문화적·미학적 실천에 정향되어야 한다는 각성은, 박은식의 '국혼' 개념에서 소박하나마 선례를 얻었고 서구 유럽문화를 통해 자기정체성을 형성했던 1910년대 후반기 일본유학세대에 의해 다양한 방식으로 표출되기에 이른다.

5. 잉여와 삭감

근대성의 핵심을 탈주술화로 요약하는 베버의 관점은 거대한 세계사적 변동을 이해하기 위한 중요한 인식론적 토대를 제공한다. 하지만 이 사회학적 가설이 복잡다단한 근대성의 경험들을 이해하는 보편적인 설명체계가 될 수는 없다. 그렇게 양분하는 것이 거의 불가능할 정도로 근대세계는

---

46) 『무정』에 대한 본격적인 논의는 제4장 「신인의 창조」를 참조.

주술적 신비와 탈주술적 이성이 한데 뒤섞여 있기 때문이다. 게다가 근대성 자체가 이미 도구적 이성이나 유럽중심주의와 밀접하게 연루되어 있음을 고려한다면, 근대성의 경험들을 합리화(rationalization)의 측면에서만 파악하는 것은 편향된 이해로 그칠 가능성이 있다. 문학사의 경우에도 서사장르의 전개과정을 합리적으로 설명하려는 경향이 지배적이어서, 근대문학의 역사는 다종다양한 전통 서사물들이 문학에 관한 규율 체계 속으로 편입되고 균질화되는 발전과정으로 이해해도 무방하다. 그러나 서사장르의 재래종들은 근대문학의 성립 이후에도 멸종되지 않고, 새로운 노블양식 내부에서 여전히 생동하고 있으며 때로는 근대 서사문학의 주도적 장르로 번성하기도 했다. 예컨대 프랑꼬 모레띠(Franco Moretti)는 『파우스트』(Faust, 1790~1831)나 『율리시즈』(Ulysses, 1922) 같은 근대 노블의 주요 성과들을 서사시(modern epic)라는 전근대적 용어로 재명명하고, 전통 서사장르를 계승한 이들 텍스트가 세계 자본주의체제의 성립과 확장을 합법화하여 재생산하는 과정을 매력있게 분석해낸 바 있다.[47] 근대성의 공식화된 이념과 그 현실적인 작용을 제대로 분별하지 않는다면, 문학을 대문자 문학으로 고착시키려는 기존의 관행에 별다른 이의 없이 순응하게 되고 만다. 그런 의미에서 근대문학 형성기에 노블의 확장은 전통 서사장르의 세속화를 의미하지만, 그렇다고 그 세속화 과정에서 신성하고 초월적인 것이 반드시 배제되었던 것은 아니라고 말할 수 있다. 오히려 비세속적인 것들은 노블의 영역 안에 잔재하면서, 노블의 기원이나 속성을 되비추어주는 일종의 '잉여'(remainder)로서 기능하게 되는지도 모른다. 근대 이후 종교가 꾸준히 몰락해왔다고 이해하는 이른바 '삭감'(subtraction) 담론의 문제성을 지적하는 가운데, 찰스 테일러(Charles Taylor)가 진지하게 제기하고 있는 과제도 이와 크게 다르지 않다. 그는 종교형식이 사멸하기

---

47) 프랑코 모레티 『근대의 서사시』, 조형준 옮김, 새물결 2001.

는커녕 자율적인 계기에 의해 스스로 변화하는 과정을 겪어왔다고 강조하면서, "종교가 변화하는 세계 속에서 새로운 형태를 띠게 된 방식들", 즉 근대세계 내에 편재하고 있는 '종교적 계기'들에 다시 주목했다.[48] 근대문학과 종교담론이 맺는 관계를 진지하게 해명하기 위해서는 좀더 발본적인 문제제기가 요구된다. '기독교문학'을 단순히 문학연구의 하위범주로 취급하려는 제도적 관행을 거슬러서, 근대성에 내재된 종교성을 면밀하게 재검토할 필요성이 있다. "근대화는 그것이 다른 무엇을 포함하든 언제나 도덕적이고 종교적인 문제"라는 로버트 벨라(Robert Bellah)의 지적은 한국문학의 근대화 과정에서도 여전히 참조할 만한 가치가 있다.[49] 그러고 보면 일일이 예를 거론하기도 어려울 만큼, 근대문학 형성기에 선구적인 열정을 보여주었던 청년지식인 중 대부분이 개신교 신앙을 지녔거나, 또는 적어도 개신교 산하 청년단체의 지적 자양을 적극적으로 섭취했던 것이 사실이다. 최초의 문학동인지를 창간했던 김동인은 부친이 평양교회

---

48) 찰스 테일러『세속화와 현대 문명』, 윤평중 외 옮김, 철학과현실사 2003, 47면.

49) 로버트 벨라『사회변동의 상징구조』, 박영신 옮김, 삼영사 1988, 72면. 기독교가 근대 소설, 혹은 근대적 주체의 탄생에 관여한다는 것은 유럽의 경우에서도 확인되는 사항이다. 프랑꼬 모레띠가 근대서사시의 전범으로 내세운 괴테의『파우스트』(*Foust*, 1831) 중 파우스트 박사가 새로운 주체성을 갈망하기 시작하는 때가 기독교 부활절 기간이었다는 설정은 흥미로운 데가 있다. 이 작품은 파우스트라는 개인과 그가 체현하는 독일정신(Geist)이 새로운 반성과 인식을 통해 갱생하는 과정을 보여준다는 점에서, 그 자체로 기독교 중생원리와 상통한다. 본고에서 중요하게 언급되었던 베르그송 철학을 예리하게 성찰해낸 들뢰즈(G. Deleuze)는 베르그송의 지속개념을 빌려 학문 일반이 지닌 환상을 내파해버릴 것을 주장한다. 그는 '진리'가 항상 문제가 제기되는 방식, 문제를 제기하기 위해 채택되는 수단과 항(용어)에 따라 미리 결정론적으로 규정된다고 비판하면서, 진정한 앎의 자유에 관해 "존재의 관념에서보다는 비존재의 관념에, 질서의 관념에서보다는 무질서의 관념에, 실재의 관념에서보다는 가능성의 관념에, 무언가가 덜 있는 것이 더 있다"라고 일러준다. 질 들뢰즈『베르그송주의』, 김재인 옮김, 문학과지성사 1996, 16면. 한국 근대문학의 기독교적 기원에 관한 논의는 바로 그러한 의미에서의 '비존재' '무질서' '가능성' 관념으로부터 한국적 근대성의 한계와 특수성을 재론하는 일이다.

의 초대 장로를 지냈던 만큼 상당히 기독교적인 가정에서 자라났고, 주요한은 부친인 주공삼(朱孔三) 목사가 조선유학생들의 선교목사로 선임되어 일본에 파견되자 함께 유학길에 올랐고, 전영택은 신학을 전공한 뒤 훗날 목사가 되기도 했다. 이광수나 염상섭은 미션계인 오산학교에서 교사로 재직하며 겪었던 기독교체험을 자신들의 문학 속에 반영했다. 나혜석(羅蕙錫), 김일엽(金一葉), 김명순(金明淳)과 같은 여성 작가들도 기독교적 영향에서 자유롭지 못하며, 특히 나혜석은 소학교 때부터 예수교를 믿다가 1917년 말 토오꾜오의 조선교회에서 세례를 받고 정식 신자가 되었다. 또한 1920년대 중반 계급주의 문학을 선도한 박영희는 모친의 영향을 받아 기독교 계통의 학교를 다닌 전력이 있고, 한국 사회주의 문학의 거두인 이기영(李箕永)은 한때 기독교에 심취하여 전도사 생활을 하기도 했다.

서구 기독교체험 속에서 자아와 세계 인식의 혁신을 도모했던 사정은 서구 유럽문화를 통해 자기정체성을 형성했던 소위 신청년들만이 아니라, 한학적 소양 속에서 자아실현을 추구했던 일군의 개신유학(改新儒學) 계열 지식인들에게도 공통적인 현상이었다. 근대계몽기 이후 당대를 대표하는 한학자 중 하나였던 변영만(卞榮晚)만 하더라도, 유년 시절의 기독교신앙과 청년기에 섭렵한 서구 낭만주의 미학으로 인해 1910년대를 거치면서 중요한 사상적 변화를 드러냈으며, 기독교 문화가 전통유학에 끼친 영향을 실감케 하는 글들을 다수 남겼다. 변영만은 천지만물을 관장하는 어떤 근본적인 힘을 '인온일기(氤氳一氣)' 혹은 '인온씨(氤氳氏)'라고 표현했는데,[50] 오랜 망명생활을 거쳐 귀국한 후 1922년에 발표한 글에서는 이를 '대령(大靈)'이라 재명명하고 있어 주목된다.[51] '대령'은 에머슨이 프로테스탄티즘 신앙과 범신론적 자연관을 교묘히 융합하여 계발한 용어로서, 삼

---

50) 변영만 「나는 이처럼 본다(상편)」, 『변영만전집』 상, 실시학사 고전문학연구회 역주, 성균관대출판부 2006.
51) 변영만 「꿈 이야기」, 앞의 책.

라만상에 편재할 뿐만 아니라 동시에 사람의 내부에도 현존하는 어떤 신비적 존재를 가리킨다. 변영만 역시 '대령'과 소통하는 찰나적 순간을 거치지 않고서는 참된 진리와 아름다움을 얻을 수 없다고 말했다. 그의 인식론과 문예관은 재래의 한학적 개념, 어휘, 수사가 기독교신앙 및 서구 낭만주의 미학과 복합적으로 혼용된 결과라 할 수 있다.[52] 이렇듯 한국학의 근대적 전환에 작용한 기독교담론의 권능은 짐작하는 것 이상으로 클 뿐만 아니라, 전근대적 원천의 잠재력 또한 만만치 않았던 셈이다. 요컨대, '영혼'의 근대적 번역이 20세기 초반 한국문학 및 문화 담론에 초래한 균열이나 단절 못지않게 그러한 수용을 가능케 한 전근대적 원천에 대한 면밀한 탐구가 긴요하다.

---

52) 변영만의 낭만주의 문학체험과 문예론에 관해서는 한영규 「변영만의 근대문명 비판」 및 류준필 「변영만의 문예론과 그 사상적 기저」, 『대동문화연구』 55, 성균관대 대동문화연구원 2006 참조.

제2장

근대적 자아의 비의

1. 영혼이라는 역어

황석우가 「시화(詩話)」와 「조선시단(朝鮮詩壇)의 발족점(發足點)」을 『매일신보』에 발표한 것은 1919년 후반의 일이다. 널리 알려진 대로, 이 두 편의 글에서 황석우는 상징주의 시와 시론을 수용해 한국 자유시 형성의 지반을 조성하고자 했다. 그는 대표적인 상징파 시인 보들레르(C. Baudelaire)의 교감(correspondances)의 시학을 신문학담론 내부로 도입하여 재배치함으로써 한국 근대시론의 탄생을 이끌어냈다.[53] 이 혁신적인 시론의 저자는 "시에는 '영률(靈律)'한 맛이 있을 뿐이다. 기교라 함은 결국 '영률'의 정돈에 불외(不外)하다"[54]라면서 근대시의 핵심으로 그 무엇보다 '영률'을 강조하고 있다. 이미 여러 논자들이 적절히 지적했듯이, '영률'이란 시인의 개성적인 호흡에 의해 통어된 리듬을 의미한다.[55] 황석우는 이

---

53) 한계전 「자유시론의 수용과 그 형성」, 『한국현대시론연구』, 일지사 1983, 18면.
54) 황석우 「시화」, 『매일신보』 1919.10.13.
55) 이에 관해서는 김영철 『한국근대시론고』, 형설출판사 1988, 264~65면 및 유성호 「황

내면의 율격을 '음향'이라 재정의한 뒤에, 다시 "'음향'은 시란 참 인격의 호흡 그 맥의 고동일다. 이것이 보통 시의 음악성 등이라고 하는 자(者)일다."[56]라고 역설했다. 이 대목에서 '음향'은 시인이 지닌 인격의 '호흡' 또는 '맥의 고동'과 동일시되어 있다. 결국 '음향' 혹은 '영률'이란 시의 근대성을 가늠하게 해주는 음악적 요소의 총칭에 해당하는 표현인 셈이다. 요컨대 근대 시인의 자질은 자기 내부의 고유한 '리듬＝호흡＝맥박'을 자각하고 그 찰나적 경험에서 자율적인 삶의 가능성을 예감하는 데 있다. 황석우의 말처럼 시인이 '시인' 되고, 시에 '맛'이 생겨나는 정신적 고양감은 바로 그러한 예외적 순간에 섬광처럼 일어나는 것이다.

그런데 왜 황석우는 근대시 형성의 핵심을 다름 아닌 '영률'이라는 어휘로 표현했는가. 이후 한국 근대시론사의 전개 속에서 '영률'이 "심률(心律)"이나 "개성률(個性律)"로 변주되거나 "내재율"과 동일시되는 저간의 사정을 고려한다면, 황석우의 '영률'이 지닌 의미는 그리 단순하지 않다.

자유시는 그 율의 근저를 개성에 치(置)하였습니다. (…) 이 율명(律名)에 지(至)하여는 사람에게 의(依)하여 각각 혹 내용률(內容律), 혹 내재율, 혹 내율(內律), 혹 심률(心律)이라고 호(呼)합니다. 그러나 이는 모두 자유율(自由律) 곧 개성률을 형용하는 동일의미의 말입니다. 나는 차등(此等) 종종(種種)

석우의 시와 시론」, 『연세어문학』 제26집, 1994(『한국현대시의 형상과 논리』, 국학자료원 1997에 재수록), 255~56면 참조. 유성호는 황석우의 「시화」가 보들레르의 상응의 시학을 원용하여, 신과 인간을 매개하는 시인의 샤먼적 역할을 부각했다고 강조한 바 있다.
56) 황석우 「시화」, 『매일신보』 1919.10.13. 그 외에 「시화」(『매일신보』 1919.9.22), 「조선시단의 발족점과 자유시」(『매일신보』 1919.11.10), 「일본시단의 이대경향(二大傾向)」(『폐허』 창간호, 1920), 「최근의 시단」(『개벽』 제5호, 1920), 「희생화와 신시를 읽고」(『개벽』 제6호, 1920), 「주문치 아니한 시의 정의를 일러주겠다는 현철 군에게」(『개벽』 제7호, 1921), 「시작가로서의 포부」(『동아일보』 1922.1.7) 등이 황석우 시론의 전모를 가늠하는 데 참조할 만한 평론들이다.

의 명(名)을 포괄하여 단(單)히 '영률'이라 호하려 합니다.[57]

이론의 여지가 없는 것은 물론 아니지만, 그 자신의 주장에 의하면, '영률'은 "내용률" "내재율" "내율" "심율" "자유율" 등 자유시의 주요 관용구와 거의 동일한 의미를 지녔을 뿐만 아니라, 그 모두를 포괄하는 상위 개념이다. 사실 황석우는 앞서 언급한 「시화」에서 '영률' 외에도 '영감'이나 '영어' 같은 단어들을 자주 쓰고 있다. 더욱이 "자아최고의 미를 훔키며 그 미에 촉(觸)할 때의 '느낌'을 보통 '영감'"이라고 말할 때, 또는 " '영어(靈語)'는 한 액(液)이다. 그러므로 시는 한 액체(液體)이다"라고 말할 때 황석우가 그 단어들 각각을 매우 의미심장하게 다루고 있음을 알 수 있다.[58] '영'이라는 단어의 이와 같은 용례는 아마도 전통적인 시가론, 문학론에 익숙한 이들에게는 매우 낯설고 이질적인 것으로 받아들여졌을 법하다. '영'이라는 단어는 그 당시 무수한 어휘들의 전생이 대개 그러하듯이, 서구 유럽의 지식과 학문 체계를 수용하는 가운데 도입된 신조어에 해당하기 때문이다. 이를테면 '영률'은 '스피릿'(spirit)과 '리듬'(rhythm)이 결합한 형태의 합성어다. 즉 이 말은 황석우가 서구 상징주의 시론을 널리 소개하기 위해 선구적으로 창안해낸 일종의 신조어인 것이다.

전통한학과 근대 유럽 학문 사이의 격차를 실감했던 양주동(梁柱東)은 전혀 새로운 어휘들에 눈뜨기 시작했던 일본유학 시절을 회고하면서 그 지적·정신적 충격을 "새 문자, 새 말들의 경이로움"[59]이라는 말로 압축하

---

57) 황석우 「조선시단의 발족점과 자유시」, 『매일신보』 1919.11.10.

58) 황석우 「시화」, 『매일신보』 1919.9.22.

59) 이와 관련된 내용을 원문 그대로 인용하면 다음과 같다. "그런데 나의 취미를 '漢문학'과 '수학'으로부터 돌연히 '西歐의 문학'으로 옮기게 한 機緣은, 지금 생각건댄, 내가 東京 가서 맨 처음 어느 夜市場 책사에서 우연히 사다가 읽은 生田 某의 『근대思想十六講』과 厨川白村의 『근대문학十講』이었다고 기억한다. 전자에는 開卷 벽두 Renaissance와 Humanism의 章이 있는데, 무슨 월터 페이터인가의 말 — '르네상스는 잃었던 自我의

여 표현한 바 있다. 그는 자신이 '한문학'의 세계로부터 돌연히 '서구문학'
으로 이적한 결정적인 계기로 두권의 책을 거론하고 있다. 그러고 보면 이
꾸따 초오꼬오(生田長江)의 『근대사상 16강(近代思想十六講)』(1915)과 쿠리
야가와 하꾸손(厨川白村)의 『근대문학 10강(近代文學十講)』을 통해 이질적
인 유럽문학을 난생 처음 접하고, 그로부터 "기상천외의 신기한 '새 문자'
'새 사상'"을 터득해나갔던 지난한 사정은 양주동에게만 국한되지 않을
것이다. 1921년에 와세다대 예과에 진학한 양주동은 황석우에 비해 다소
늦은 감은 있지만, 그들은 모두 개성·인격·교양을 강조했던 타이쇼오기
문화주의의 자장 속에서 신학문을 배우고 익힌 세대에 속한다고 할 수 있
다. 양주동으로 대표된다고 해도 무방한, 당시 일본에 유학한 조선 문학청
년들의 지적·정신적 충격의 중심에 다름 아닌 '영'이라는 단어가 자리잡
고 있었다는 사실은 자못 흥미롭다. 양주동의 글은 '영'이라는 용어가 "신
중심의 헤브라이즘 문화"의 전통 속에서 등장한 것임을 지적하고, 더 나아
가 자신이 속한 신문학세대의 중요한 관심사가 이 '영'과 '육'의 조화, 즉
'영육일치(靈肉一致)'에 있었음을 시사한다.

　동시대의 유학세대 중 이 '영'이라는 역어에 가장 열광한 집단은 아무
래도 유럽의 상징주의(symbolisme)를 받아들인 청년문사들일 것이다. 상

　再發見'이니, 또는 著者의 해설——Humanism이란 Hebrism의 '神'과 '靈', Hellenism의
'사람'과 '肉'의 代替, 또는 무슨 '靈·肉일치'의 '제三帝國'이니, 입센의 "All or Nothing"
이니 운운하는 奇想天外의 新奇한 '새 문자' '새 사상'들이 완전히 나의 '눈'과 '머리'를
眩亂케 하였다. 더구나 후자——곧 厨川씨의 『근대문학』은 내게는 아주 '別天地'요 '요지
경', '萬華鏡'이었다. 거기서 나는 전기 '靈·肉' '사람·神'의 代替, 葛藤 외에 또 무슨 '自
然주의'의 '獸性 해부'가 어떻고, '환경(milieu) 묘사'가 어떻고, '쎔볼리즘'의 '고급 상
징'이 어떻고, '五官交叉'가 어떻고, 나아가 NeoRomanticism의 새 경향은 어떻고, 또 무
슨 '惡魔파'니 '頹廢파'니, 내지 톨스토이·더스토이예브키, 졸라·발작, 베를랜드·보오들
래르·와일드·구르몽…… 등등 별의 별 사람들의 이름과 流波와 사상과 주장과 작품의
인용·소개에 접하여, 글자대로 현기증을 일으킬 만큼 황홀한 지경에 빠졌다." 양주동,
『문주반생기』, 신태양사 1960, 38면.

징주의의 토착화에 누구보다 정력적이었던 김억은 「프랑스 시단(詩壇)」에서 데까당스(décadence)의 시문학을 옹호하는 가운데 다음과 같이 말하고 있다.

> 난취(亂醉), 음락(淫樂), 허위(虛僞), 그들은 몽유병자가 황홀상태에서 모든 것을 하는 것과 갓치 열정에 뜰아 행동ᄒ엿다. 그러나 난취, 음락, 허위의 심정을 긍정ᄒ 슈 있으리 만큼 그들의 맘은 위강(偉强)하지 못ᄒ엿다. 뉘웃츤 그때의 심정은 닥가노혼 거울과 갓치 맑앗다. 악덕의 띠끌(塵)조차 업섯다. 그들의 영은 니취(泥醉)에 빗나는 것이 아니고, 각성의 때에 하나님을 보앗다. 깨는 맘! 그들의 산령(靈)이다. 그들의 심해에는 선과 악, 미와 추, 하나님과 악마, 셜음과 즐거움, 현실과 이상, 무한과 유한, 부정과 긍정 — 이것들이 가득하였다. 음향, 색채, 방향, 형상 — 이들은 그들의 영을 무한게로 잇끌어가는 상징이 안이고, 그들 자신의 영이며, 따라서 무한이엿다.[60]

김억의 글에서 프랑스 상징주의 시인들은 세속사의 온갖 갈등과 대립을 극복할 '무한'의 힘을 보유한, 예사롭지 않은 존재로 형상화되었다. 그들은 범속하다 못해 타락한 사물세계에서 한때는 초라한 예술가에 불과했을지 모르나, 어느 순간 그처럼 비속한 일상으로부터 경이로운 것을 포착해내고 이를 시의 언어로 형상화함으로써 일종의 '황홀경'(ecstacy)을 경험하게 된다. 그런데 병든 영혼이 각성하여 '하나님'을 대면하는 순간과 같은 황홀경을 묘사할 때 김억은 '영'이라는 단어를 사용하고 있다. '난취, 음락, 허위'의 상태에서 '거울과 갓치 맑'고 '악덕의 티끌조차 업'는 숭고한 상태로 비약하는 순간이나, 일체의 상극을 초월하여 무한계로 진입하는 순간의 고양된 존재를 가리킬 때 어김없이 '영'이라고 명명하고 있

---

60) 김억 「쯔란스 시단」, 『태서문예신보』 1918.12.

는 것이다. 이를 시의 층위에서 언급하자면, 그 초월적 순간은 '음향, 색채, 방향, 형상'이 시인의 '영을 무한계로 잇끌어가는 상징이 안이고, 그들 자신의 영이며, 따라서 무한'이 되는 때다. 그렇다면 음향·색채·방향·형상이 그 자체로 '무한'이며 '영'이라는 김억의 주장을 우리는 어떻게 이해해야 할 것인가. 선과 악, 미와 추, 신과 악마, 설움과 즐거움, 현실과 이상, 무한과 유한, 부정과 긍정으로 가득 찬 시인의 심령이 그러한 일체의 대립과 모순의 상태를 초탈하여 도달한 경이로운 순간은 왜 '영'이라는 역어를 빌리지 않고서는 제대로 표현될 수 없는 것인가.

황석우의 글은 이 물음의 실마리를 제공해주는지도 모른다. 왜냐하면 그 역시 시의 회화성을 강조하는 가운데 '색채' '향(香)' '형(形)'의 표현 문제를 제기하고 있기 때문이다. 그는 시의 회화성을 성취하기 위해서는 "그 색채, 그 향, 그 형이 곧 시의 혈액의 색향 또는 그것에 즉(卽)한 자연형이 되지 않아서는 고귀한 가치를 접하기 불능"[61]하다고 역설했다. 황석우는 시에 표현된 '색채' '향' '형'이 서로 조화를 이루고 다시금 영률 속에 녹아들었을 때에야 비로소 자유시가 완성된다고 말하는 것이다. "시의 상징파라며 민중파라며 사상파 등이람은 그 내용으로보담도 색채, 향, 음향의 배열형식 여하에 구별되는 자(者)이다."[62] 상징주의자들이 시어의 음률과 이미지를 각별하게 생각한 것은 그것이 자아와 세계의 닫혀진 이원성을 개방하고 개인의 영혼을 원초적 통일의 상태로 되돌려주리라는 기대 때문이었다. 그러한 종류의 시어는 외적 사물을 단순히 묘사하는 데 그치지 않고, 자아의 '내면적 움직임'을 포착할 수 있기에 특별하다. 마르셀 레몽(Marcel Raymond)은 그런 의미에서 보들레르의 시가 '영혼' 혹은 '심층적 자아'에 호소할 뿐 아니라 인간 감성의 한계를 넘어 현전하는 우주

---

61) 황석우 「조선시단의 발족점과 자유시」, 앞과 동일함.
62) 황석우 「시화」, 『매일신보』 1919.10.13.

의 감정에까지 촉수를 뻗친다고 말했다. 진실한 영혼 안에는 우주를 포괄한 자아가 깃들어 있는 셈이다. 한때 신비주의 철학에 심취했던 보들레르에게 '지각'은 예외적인 순간에 인간으로 하여금 우주적 비의와 접속하도록 해주는 신성한 매개에 해당한다. 따라서 향기·색채·음향 등의 감각에서 비롯된 시적 상징은 경직된 관습을 거슬러 "심리적 반향과 범우주적 아날로지의 신비스러운 법칙에 따라 결합"[63]되지 않으면 안 된다. 그것이 바로 보들레르가 말하는 '교감'이다. 진실한 시어는 영혼을 감화하고 그럼으로써 그 영혼이 삼라만상에 둘러싸여 신비로운 통일감(교감)을 느낄 수 있도록 해준다. 이와 같이 시의 개별 요소들이 완벽한 조화를 성취하고 있는 상태란, 바로 시인이 자기 존재의 개체성을 뛰어넘어 초자연적인 존재와의 접신을 경험하는 순간이면서 시인의 탁월한 직관이 삶의 전체성을 획득하는 순간이다. 이를 두고, 김억은 '무한'의 경지 혹은 '영'이 자각한 상태라고 달리 표현하고 있는 것이다. 그러므로 '영'은 특수자와 절대자가 하나로 융합되는 초이분법적 상태나 또는 그 상태에 도달한 개인의 정신적 경지를 지칭한다고 봐도 무방하다.

김억이 말하는 '영'은 우리가 일상적으로 사용하는 '영혼'과도 엄밀히 구별될 필요가 있다. 이성이 깃들어 있는 '영혼'을 물질적인 '육체'와 엄격히 구별하여 이해하는 그리스문화의 인간관과는 달리, 헤브라이즘의 맥락에서는 '영혼'과 '육체'에 대해 일원론적 관점을 취한다. 본디 '영' 또는 '영혼'은 영어 '소울'(soul)이나 '스피릿'(spirit)의 역어이며, 다시 그 어원에 해당하는 히브리어 '네페시'(nephesh)나 '루아'(ruah)는 "생명의 모체가 되는 '힘'의 분위기"[64]를 뜻했다. 물론 이 영묘한 '생명력'은 히브리민

---

63) 마르셀 레몽 『프랑스 현대시사: 보들레르에서 초현실주의까지』, 김화영 옮김, 현대문학 2007, 29면.
64) C. A. 반 퍼슨 「성경에 나타난 몸, 영혼, 정신」, 『몸, 영혼, 정신』, 강영안 외 옮김, 서광사 1985, 105면.

족의 유일신 하나님과 무관하지 않다. 이로써 인간은 "일시적으로 존재하는 피조물임과 동시에 하나님의 영으로 만들어지고 힘을 얻는 존재",[65] 즉 유한과 무한, 물질과 비물질, 개체와 절대자의 경계를 초월한 존재로서의 권능을 보유할 길이 열리게 된다. 김억은 상징주의 시인들을 소개하고 그 시편들을 번역하면서, 이러한 '영'의 고유한 뉘앙스를 어느정도 분별하고 있었다고 생각된다. 그렇지 않고서는 '각성의 때에 하나님을 보앗다. 깨는 맘! 그들의 산령(靈)이다'라고 강조하기 힘든 일이다.[66] 영육의 결합체이자 조화로운 생명을 부여하는 초월자로서의 '신'의 형상에 주목하고 그것을 예술 영역에서 집중적으로 탐구하는 일은, 이렇듯 상징주의 시인들이 스스로에게 부과한 더없이 막중한 소임이었다. 보들레르, 말라르메(S. Mallarmé), 랭보(J. Rimbaud)가 꿈꾸었던 범우주적이며 무한한 실재란 우리가 종교의 영역에서 '신'이라 부르는 절대적 존재다.

황석우와 김억이 시론을 전개하는 가운데 암암리에 공유했던 문제의식은 여기에서 그치지 않는다. 김억은 황석우보다 일년 앞서 발표한 앞의 글에서, 조선의 근대시는 마땅히 "시인의 호흡과 고동에 근저를 잡은 음율이 시인의 정신과 심령의 산물인 절대 가치를 가진 시"[67]가 되어야 한다고 말

65) C. A. 반 퍼슨, 앞의 책 106면.

66) 김억이 '근대 자유시'의 내용을 요약하면서, "모든 제약, 유형적 율격을 바리고 미묘한 '언어의 음악'으로 직접, 시인의 내부생명을 표현하랴 ᄒᆞ는 산문시다"라거나, "과거의 모든 형식을 타파ᄒᆞ랴는 근대예술의 폭풍우적 특색이 시인의 내부생명의 요구에 쫄아 무형적되게 되었다 하는 한마듸면은 그만"(김억 「ᄯᅳ란스 시단」, 『태서문예신보』 1918.12.7~12.14)이라고 자신있게 단언한 것은 이러한 맥락에서 이해 가능하다. 히브리어 네페시에서 연유한 '영'은 생물을 생겨나게 하는 근본원리이며, 비물질 존재로서 신체와 분리되어서도 존재하는 생명의 원천을 뜻한다. 시를 영혼과 육체, 내용과 형식의 조화로 이해했던 김억이 근대시의 에센스를 시인의 '내부생명'이라 달리 표현한 것은 우연이 아니다. '영'이 '생명'과 호환되어 사용되는 현상에 관해서는 제3장에서 집중적으로 다룰 것이다.

67) 김억 「시형의 음율과 호흡」, 『태서문예신보』 1919.1.13.

한 바 있다. 그에 의하면, 내면적 음률의 자유로운 형성은 "모든 제약, 유형적 율격"[68]을 버리고 그 대신에 시인의 내부에 깃들어 있는 "하나하나의 호흡"[69]을 되살려냄으로써 비로소 가능해지는 시의 기적이다. 김억이 그 자유로운 음률을 형성케 하는 육체적 힘을 시인의 '호흡'에서 발견한 것은 주목해도 좋은 대목이다. 전통적인 시의 규범을 황석우가 '영률'로 대체했다면, 김억은 시인의 내적 생명으로서의 '호흡'을 강조하고 있다. 김억의 '호흡률' 역시 근대 자유시의 형성에 있어서 가장 핵심적인 요소에 해당하기 때문이다. 그런데 '영'의 어원을 살펴보면 '영'과 '호흡'은 거의 동일한 의미를 지녔다는 사실을 알 수 있다. 이 '영(영혼)'은 앞서 언급한 '생명' 이외에도 '숨, 호흡, 목구멍'이라는 의미를 지닌 고대어로부터 파생된 말이다. 히브리어 '네페시'나 헬라어 '프시케'(psyche) 모두 그 말의 뿌리에서는 의미가 일치하는 것이다. 이와 같이 서구의 어원을 기준으로 하여 이해할 때, '영'이란 곧 '호흡'이다. 우리는 시인의 '영혼'에서 나온 하나하나의 '호흡'이 바로 근대시의 내재율을 이루는 원천이라는 점, 바로 그 지점에서 황석우와 김억의 자유시론이 서로 중첩되어 있었다는 점을 확인한 셈이다. 김억이 베를렌(P. Verlaine)에 매료되고 황석우가 보들레르에 경도되었다 하더라도, 이들은 근대 자유시의 요체로 시인의 개성적인 리듬을 공히 강조했다.[70]

근대 자유시의 형성기인 1910년대 후반에 이르러 김억이나 황석우 등은 근대적 시론들을 연이어 발표했고, 그 시론들을 통해 한국 근대시의 형식에 관한 중요한 아이디어를 개진했다. 그들이 추구한 '심미적 자아'가 전

---

68) 김억 「쯔란스 시단」, 『태서문예신보』 1918.12.14.
69) 김억 「시형의 음율과 호흡」, 앞과 동일함.
70) 한계전은 일본의 자유시론에서 그다지 주목받지 못했던 '호흡률'이 김억과 황석우로 이어지면서 한국 근대시론 형성에 결정적인 영향을 끼쳤다고 지적했다. 한계전, 앞의 글 30~31면.

대의 '계몽적 자아'와 뚜렷한 차이를 지닌다는 사실에 관해서는 이론의 여지가 없어 보인다. 국권상실 이후 일본유학이 급증하는 가운데 도일한 청년지식인들은 '국가'라는 공공영역을 박탈당한 상태에서 자신을 근대적 주체로 확립해나가야 했다. 1910년대에 들어 '개성' '인격' '교양' '문화' 등의 단어가 각종 문화매체를 점유한 사정은 이 시기의 문화적 패러다임이 애국계몽기와는 몰라볼 만큼 달라졌음을 알려준다. 이를테면 1910년대 중반부터 서구의 신지식과 신사상을 습득한 일군의 청년지식인들은 문학영역 안팎에서 '개성'과 '자아'의 발견을 강조했고, 그에 힘입어 문학의 자율성에 대한 관심 역시 고조되기에 이르렀다. 이광수가 「문학이란 하(何)오」(1916)를 발표해 미적 자율성의 문제를 제기한 것도, 김억이 일본유학 시절의 역량을 바탕으로 하여 『태서문예신보』 등에서 서구 자유시론을 전파하기 시작한 것도 모두 이 시기에 벌어진 일이었다.

그런데 문학이 정치나 미술과 같은 다른 활동영역과 분리됨으로써 얻어낸 자율성의 이념은, 다른 한편 인간의 정신작용 중 유독 '정(情)'이라는 요소만을 강조함으로써 비로소 획득된 것이었다.[71] 인간을 정, 즉 감성(感性)과 심령(心靈)의 차원에서 이해하기 시작한 것은 물론 문학 내적인 필요에 의해서였겠지만, 동시에 공공영역의 붕괴라는 사회적 조건과도 긴밀하게 맞물려 있었다. 개체적 존재를 둘러싼 여러 활동영역이 급격하게 축소되는 대신에, 거의 문화의 층위에서만 근대적 개인의 자아실현이 가능했기 때문이다. 하지만 '계몽적 자아'에서 '심미적 자아'로의 변화는 이러한 역사적 상황이 주는 제약의 산물이면서 또한 그에 못지않게, 바로 그 같은 시대변화에 힘입어 일어난 변혁이기도 했다. 애국계몽기의 메마른 합리주의에 대항하여 인간 심성의 정서적 측면을 강조하게 된 것이다. 반봉건적인 사회에서 '정육론(情育論)'의 테제는 그것대로 의미있는 것이어서,

---

71) 권보드래 「'문학' 범주 형성의 배경」, 『한국 근대소설의 기원』, 소명출판 2000 참조.

이로 인해 여전히 잔재하는 유교적 구습에 대한 반감과 비판이 지속적으로 제기될 수 있었다.

이처럼 1910년대 이후 인간과 사회에 대한 문학적 이해는 무엇보다 심정적(心情的) 차원에서 모색되기 시작했으며, 그 가운데 시론과 문학평론에서 '영'이라는 단어가 급부상했다. 이제부터 살펴보겠지만 '영'이라는 어휘야말로 근대문학, 즉 '자유시'와 '근대소설'의 형성을 위한 이론적 토대가 되었을 뿐만 아니라, 그 때문에 개인의 자아각성이나 자아확장의 실천적 가능성이 증대될 수 있었다.

2. 키따무라 토오꼬꾸

'영' 혹은 '영혼'의 문제와 관련하여, 우선 조선의 문학청년들이 일본 타이쇼오기의 문화적 조건 속에서 서양 문학과 사상을 체득해나갔던 사정을 지적하지 않을 수 없다. 『학지광』에 실린 현상윤의 글은 그 당시 이들이 보여준 일본 사상계 섭취의 한 단면을 실감나게 증언해준다. 그는 에머슨, 뚜르게네프(I. S. Turgenev), 오이켄(R. Eucken), 베르그송 등의 저명한 작가들을 열거하면서, 이들이 공통적으로 제기한 삶의 문제나 지적 분위기에 한껏 도취될 수밖에 없었던 당시의 유학생활을 보고하고 있다.[72] 그중 조선의 문학청년들이 가장 열광적으로 탐독하고 인용했던 작가 중 하나가 바로 에머슨이었다.

---

72) "워쓰워드의 시집이며 에머쏜의 논문이며 투르게네쯔의 소설이며 오이켄, 베륵손의 철학 등을 쎄어들고 인생의 내적 생활이 엇저니 외적 생활이 엇저니 하는 논란과 생의 요구가 업스면 자아의 창조가 업고 철저한 생의 각오가 업스면 철저한 예술이 업다든가 새 생명은 새 주의에 잇다든가 하는 문제에 고개를 끄덕끄덕 하면서", 현상윤 「동경유학 생활」, 『청춘』 제2호(1914.11), 113면.

일본 근대문학사에서 에머슨의 사상과 문학으로부터 영향받은 대표적인 작가로는 키따무라 토오꼬꾸가 있다. 그는 기독교 색채가 농후한 잡지 『문학계(文學界)』를 중심으로 메이지 시기 일본문학의 근대화에 지대한 공헌을 남겼다. 시마자끼 토오송(島崎藤村), 토가와 슈우꼬쯔(戶川秋骨), 바바 코쬬오(馬場孤蝶), 우에다 빙(上田敏) 등 이 잡지의 동인으로 참여한 인물의 면면으로도 그 문학사적 의의를 가늠해볼 수 있다. 키따무라 토오꼬꾸는 1894년 26세의 나이로 요절하기까지 이 『문학계』를 선도했던 인물이었으며, 당대에 이미 문학평론가로서 그 역량을 인정받고 있었다. 특히 낭만적 연애의 열렬한 신봉자로서 당시 매우 드물게 이시자까 미나꼬(石坂美那子)와 연애결혼을 하기도 했다. 사실 키따무라 토오꼬꾸가 자유민권 운동가에서 문학가로 전향한 데는 다른 무엇보다 이시자까 미나꼬와의 만남이 결정적인 계기가 되었다. 이 청교도적인 여성과의 만남과 사랑으로 인해 그는 기꺼이 기독교를 선택하게 되기 때문이다. 키따무라 토오꼬꾸가 정치적 동지였던 오오야 마사오(大矢正夫)와 결별하고 마침내 그녀와 운명적으로 만난 것은 1885년의 일이다. 1888년 3월 키따무라 토오꼬꾸는 스끼야바시(數寄屋橋)교회에서 세례를 받고 그로부터 8개월 뒤에는 목사의 입회하에 그녀와 정식으로 결혼했다. 정치적 야망이 무산된 한 메이지 청년이 기독교에 입신한 사건은 그 자신에게나 일본 근대문학사에 있어서나 매우 중요한 이정표가 되었다. 기독교체험 덕택에 키따무라 토오꼬꾸는 사회사상가와 문학가로서 자신의 입지를 확보해나갈 수 있었다. 어떤 면에서 그에게 기독교란 정치 투쟁에서 물러날 수밖에 없었던 자기 자신을 스스로 납득하고 정당화하는 중요한 토대였다. 이를테면 사회변혁의 해법은 물리적인 폭력이 아니라 동정적 사랑과 인격의 교화에 있다는 인식,[73] 루소가 예시한 천부인권의 자유는 역사적인 투쟁에 의해 성취된다기보다

---

73) 北村透谷「最後の勝利者は誰ぞ」, 『透谷全集』第一卷, 岩波書店 1950, 318~20면.

각자가 인간 마음의 무한한 가치를 발견함으로써 온전히 실현되리라는 기대,[74] 따라서 인간의 진정한 위업은 정치가 아닌 문학, 정치가 아닌 시인에 의해 구현될 수밖에 없다는 신념[75] 등은 키따무라 토오꼬꾸가 기독교에 접촉하지 않았더라면 불가능했을 주장들이다. 기독교에 기반한 유심론적 세계관은 보편적인 진리가 신으로부터 유래할 뿐만 아니라 개인의 자아에 선험적으로 내재한 어떤 것임을 강력한 방식으로 일깨워주었다. 일본 낭만주의 문학이 키따무라 토오꼬꾸로부터 시작된 것은 우연이 아니다. 그런 키따무라 토오꼬꾸가 작고한 해에 남긴 평론이 바로「에머슨」(エマルソン)이었다.

그 목차[76]에서 짐작할 수 있는 것처럼, 이 글은 에머슨의 생애와 주요사상을 개괄적으로 소개하고 있다. 이 소논문에서 에머슨은 성직자에서 출발해 시인, 철학자, 사상가로 활동하는 등 전방위에 걸쳐 미국 사상계를 이끈 걸출한 인물로 부각되어 있다. 키따무라 토오꼬꾸는 에머슨을 자기 시대의 한계를 초월했던 위대한 영혼으로 추앙하고 있기까지 하다. 그런데 날마다 자신의 죽음을 예감해야 했던 그 불우한 시절에, 왜 키따무라 토오꼬꾸는 애써 에머슨의 전기를 재구성하려 했던 것인가. 그의 유작「에머슨」의 내용을 검토하는 일은 이러한 질문에 대한 하나의 우회적인 답변이 되리라 여겨진다.

널리 알려진 대로, 키따무라 토오꼬꾸는 개인과 사회의 대립 문제를 놓고 고투한 비평가였다. 그는 작고하기 직전의 2~3년간 매우 정력적인 활

---

74) 北村透谷「心の死活を論ず」,『透谷全集』第二卷, 岩波書店 1950, 97면.

75) 北村透谷「內部生命論」, 앞의 책 248면.

76) 연표, 소서(小序), 제1장: 에머슨 소전 — 소장시대/ 그의 교직/ 구주행/ 강화자로서의 에머슨/ 콩코드에서의 그, 제2장: 에머슨의 처녀편 자연론, 제3장: 보수론, 제4장: 영웅론, 제5장: 에머슨 소론 — 그의 조선, 주위 및 생활/ 그는 시인이다/ 그는 철학자다/ 에머슨의 지위/ 에머슨의 자연교/ 그의 낙천주의/ 그의 실제교. 北村透谷「エマルソン」,『透谷全集』第三卷, 岩波書店 1955.

동을 보여주었다. 그러나 메이지 20년대에만 해도 키따무라 토오꼬꾸는 뚜렷한 독자층을 확보하지 못했다. 그러던 것이 사후에 『토오꼬꾸집(透谷集)』(文學界雜誌社, 1894)과 『토오꼬꾸전집(透谷全集)』(星野天知 編, 文武堂, 1902)의 간행이 잇따르고, 친우 시마자끼 토오송이 여러 글을 통해 『문학계』 시대와 키따무라 토오꼬꾸를 신화화하면서 문단 안팎으로 널리 각광을 받기 시작했다. 시마자끼 토오송은 키따무라 토오꼬꾸 사상의 핵심으로 '내부생명(內部生命)' '창조력(創造力)' '정신의 자유(精神の自由)' 등을 강조했다. 이 키워드들은 키따무라 토오꼬꾸가 메이지 일본의 사회적 모순과 결핍에 관해 신랄하게 비판하는 가운데 매우 각별하게 사용했던 표현이었다. 개인주의 사상의 원천이 바로 에머슨에 닿아 있음을, 그는 유작 「에머슨」에서 스스로 고백하고 있는 것이다.

키따무라 토오꼬꾸는 에머슨의 범신론적 초월주의 사상에 매료되어 있었다. 그는 에머슨의 종교사상을 메이지 일본사회가 안고 있던 문제점들을 비판하고 극복할 유력한 동력으로 삼고자 애썼다. 그런 면에서 에머슨식 '신(神)' 관념에 대한 키따무라 토오꼬꾸의 해석은 중요한 실마리가 된다. 그가 에머슨을 어떻게 수용했는지 분석하기 위해 선결적으로 살펴보아야 할 문제이기 때문이다. 키따무라 토오꼬꾸에 따르자면, 우선 에머슨은 '신'이라는 말을 "인적신(人的神)",[77] 즉 일신교적 인격신의 개념과는 배치되는 의미로 사용했다. 그 대신에 "순리"로서의 신, "대소(大素)"로서의 신, 가장 중요하게는 "나는 신의 일부분"[78]이라는 식의 유심론적(唯心論的) 신 개념을 줄곧 견지한다. 에머슨은 기독교적 유일신이 아닌, 삼라만상에 내재하는 보편적·절대적 존재로서의 신 관념을 강조했던 것이다. 그렇다고 해서, 흔히 토테미즘 사상에서 말하는 다신교 신앙과 구별되지 않는

---

77) 北村透谷 「エマルソン」, 앞의 책 106면.
78) 北村透谷 「エマルソン」, 앞과 동일함.

것은 아니다. 에머슨은 기독교적 유일신 사상을 부정하면서도, 여전히 신을 가리켜 "일(一)"이면서 동시에 "전(全)"적인 존재라고 표현했다.

그는 생명의 중심을 심령이라 하고, 만물의 중심을 마찬가지로 만물의 심령이라 하며, 그리고 이들 일체의 것의 원소, 일체의 것의 원인으로서, 모든 관계를 떠난 것, 모든 상대성을 떠난 것, 즉 '전'이 되는 것, 이로써 '신'이라고 하였다. 이 '전'은 즉 그의 '일'이로서, 이 '일'은 모든 것의 원인이며 또한 결과이며, 부분으로서 전체가 되며, 이 '일'에서 모든 법의 근원이며, '심'과 '물'을 서로 결탁하여 즉 이 '일'이 되며, 이 '일'에서 그것은 '자연'과 '심령'의 구별을 잃어버리고, 이 '일'에 의해서 모든 정신적 법은 흘러나오게 되는 것임을 인식할 것이다. 이 '일'은 즉 그 '신'이다.[79]

에머슨의 '신', 좀더 정확히 키따무라 토오꼬꾸가 이해하는 에머슨의 '신'은 동양과 서양의 '신' 사상을 조화롭게 결합하고, 주관객관의 철학적 대립을 초극한 신비로운 존재다. 이 '보편적 유일자'가 흔히 알려진 "대령(大靈)"[80]이다. '대령'은 모든 부분과 분자가 균일하게 관계 맺고 있는 "통유적인 아름다움, 즉 영원의 '일'"[81]이라는 점에서 "절대적 진선미"[82]의 구현자다. 이 '대령'이 개체와 전혀 별개로 존재하지 않는다는 점이 에머슨 사상의 특징이다. 즉 '대령'은 삼라만상에 편재할 뿐만 아니라 동시에 사람

---

79) 北村透谷「エマルソン」, 앞의 책 106~107면.
80) 에머슨의 여러 저작에서 '대령'은 최고의 존재, 본원적인 명분, 우주적인 권능, 최고의 법률, 최고의 정신, 영원한 이성, 우주적인 의식, 우주적 정령, 그리고 신에 상응하는 개념이다. 즉 삼라만상의 근원이자 창조주이며, 본질이자 형성자를 지칭한다. 이로부터 모든 진선미(眞善美)가 유래한다. 폴 볼러「초월주의자들의 선험적 관념론」, 『미국초월주의의 이해』, 정태진 옮김, 한신문화사 1989, 65~66면.
81) 北村透谷「エマルソン」, 앞의 책 60면.
82) 北村透谷「エマルソン」, 앞의 책 119면.

의 내부에도 현존하는 존재다. 그래서 키따무라 토오꼬꾸는 에머슨이 "전 우주를 나누어 자연과 심령"[83]으로 구분한다고 여러차례 강조하고 있다. 요컨대 '대령'은 나의 안(心)에도 나의 밖(自然)에도, 시공간에 구애되지 않 고 상존하는 절대적 존재다. 키따무라 토오꼬꾸는 개개인에게 내재하는, 대령으로부터 분유(分有)된 인간의 마음을 바로 "심령"이라 칭하고 있다.

그런 의미에서, 절대적 존재의 계시로 충만한 '유기적 자연'과 대면하여 전우주를 관조하는 어떤 개인에게는 안과 밖, 부분과 전체, 우주와 나의 모 든 인위적 구별 자체가 무의미해진다. 나의 안에도 우주가 있고, 반대로 나 의 바깥에도 내가 존재한다는 에머슨적 역설이 성립하는 것이다. "나는 모 든 것을 본다. 우주적 존재자는 나를 통해서 유동하고, 나는 신의 일부분, 일분자임을 인정한다."[84] 그리하여 자연의 계시자로서의 '신'을 숭앙한다 는 것은 곧 자아의 존재를 예배하는 일과 크게 다르지 않으며, 더 나아가 키따무라 토오꼬꾸와 같이 '자아의 절대성'을 주장하는 데까지 육박할 수 있게 된다.

이제 우리는 저 황석우나 김억이 말하는 '영'의 당대적 의미를 실감하 기 위한 하나의 실마리를 얻은 셈이다. 우주론적 정당성에 입각한 키따무 라 토오꼬꾸의 '영혼'은 개인의 자유로운 자기주장을 가능케 하는 중요한 문화적 토대였다. 독일 관념론의 어법을 빌려 말하면, 이 같은 영적 체험 의 이면에는 스스로를 자기규정적인 주체로 정립함과 동시에 자연으로서 의 자기 자신과 우주를 일치하려는 표현적 통일에의 요구, 곧 낭만적 자아 의 열망이 자리하고 있는 것이다.[85] 따라서 무엇보다 중요한 것은 정신의 자유와 독립을 지켜내는 일이며, 이를 위해서라면 개인은 어떠한 외부의

---

83) 北村透谷「エマルソン」, 앞의 책 95면.
84) 北村透谷「エマルソン」, 앞의 책 43면.
85) '낭만적 자아'에 대해서는 찰스 테일러『헤겔철학과 현대의 위기』, 박찬국 옮김, 서광 사 1992 참조.

압력에도 함부로 굴복해서는 안 된다. 기독교도로서 키따무라 토오꼬꾸가 보여준 선택과 행보는 결과적으로 그에 부합하는 것이었다. 그는 스끼야바시 교회를 떠나 1889년경에 브랜드(普連士) 교회로, 다시 1892년 무렵에는 아자부(麻布)크리스천 교회로 이적했다. 이는 키따무라 토오꼬꾸가 복음주의적 신앙으로부터 점차 신비주의적, 자유주의적 신앙으로 변모했음을 의미한다. 그의 사상은 다양한 원천 속에서 형성된 것이 틀림없지만, 그 핵심은 유니테리언(Unitarian)이나 퀘이커교(Quakers)와 같은 자유주의 신학이었다.[86] 키따무라 토오꼬꾸는 기독교를 통해 참된 진리가 자아의 내부에 있다는 신념을 강화할 수 있었지만, "정신의 자유와 독립"을 추구하기 위해 다시 기독교의 정통 신앙과 교리로부터 멀어질 수밖에 없었다.[87] 그런 면에서 키따무라 토오꼬꾸의 자아관은, 진리의 조건을 자기 내부에 두고 그에 근거하여 자유를 추구하는 근대적 개인을 탄생시켰다고 말할 수 있다.

학지광세대의 에머슨 수용도 키따무라 토오꼬꾸를 매개로 하지 않고서는 불가능한 것이었다. 개인·자아·문화를 중시하는 타이쇼오기의 고양된 분위기 속에서 '영'에 내재된 자율성의 이념은 급속도로 확산되었고, 조선의 일본유학생들 역시 그 지적 매력에 감화되지 않을 수 없었다.

3. 학지광세대의 에머슨

에머슨 사상의 범신론적 신비주의를 근대적 개인의 내면적 각성과 통합해 이해하는 키따무라 토오꼬꾸식 사유방식은 『학지광』을 중심으로 한 청

---

86) 笹淵友一「北村透谷」,『'文學界'とその時代』(上), 明治書院 1955, 185~95면.
87) 스즈키 토미『이야기된 자기: 일본 근대성의 형성과 사소설 담론』, 한일문학연구회 옮김, 생각의나무 2004, 77면.

년문사들의 경우도 예외가 아니었다. 현전하는 이 일본유학생 잡지의 편
린을 통해서 그들의 에머슨 수용 양상과 심취의 정도를 가히 짐작해볼 수
있다. 예컨대, 1916년 9월 발간된 『학지광』 제10호 「졸업생축하호(卒業生祝
賀號)」는 표지에 에머슨의 명구(名句)를 원문과 함께 인용했다.[88]

장덕수는 에머슨 수용의 계보에서 가장 먼저 거론할 만한 인물이다. 『학
지광』의 편집위원이기도 했던 그는 1914년 12월 제3호 발간을 기념하는
머릿글 「학지광 삼호(三號) 발간에 임하여」에서 에머슨의 말을 수차례 인
용하고 있어 인상적이다. 장덕수는 이 글에서 먼저 성경의 한 구절을 빌
려 조선청년들이 더이상 침묵하고 있을 수만은 없음을 강조하고, 그 대신
자기 확신과 웅대한 사상과 활화산 같은 열정을 가지고 자기 세대에 부여
된 역사적 사명을 감당하자고 주장했다. 이 역사적 사명을 완수하기 위해
서는 각자가 무엇보다 "자기실현과 자기표현"의 능력을 함양해야 한다는
점, 그러한 자기표현 능력은 일월성신(一月星辰)에서 자그마한 미물에 이
르기까지 모든 천지사물이 두루 갖추었을 만큼 "우주의 근본사실"이라는
점을 상술하는 대목에 이르면,[89] 우리는 장덕수 사상의 입각점 중 하나가
에머슨이라는 사실을 짐작케 된다. 자연만물로부터 영적 자각의 주된 계
기를 발견하게 된다는 식의 사유법은 앞 절에서 살펴본 것처럼, 에머슨을
적극 수용한 키따무라 토오꼬꾸의 평론에서 어렵잖게 찾아볼 수 있기 때
문이다. 장덕수 역시 에머슨의 말을 인용하면서 자신의 주장을 뒷받침하

---

88) "세상에 잇서 세상을 좇기는 용이하니라 또한 홀로 잇시 제 마음대로 하기는 용이하
니라 그러나 정말 위대한 자는 만인의 압헤서도 오직 종용자약(從容自若)하여 독립불기
(獨立不羈)하는 자니라." 원문과 함께 수록된 해당 구절을 일년 뒤에 전영택이 재인용하
고 있어 흥미롭다. 번역에 다소 차이가 있어 번거롭지만 재인용해둔다. "속세에 잇서 속
세의 견설을 좇기는 용이ᄒ다, 속세를 써나 홀노 자기의 의견디로 ᄒ기는 쉽다. 그러ᄂ
영웅은 속세의 만인 가운디셔 오히려 작작(綽綽)히 광야에 홀노 선듯이 독립불기ᄒᄂ
자니라." 전영택 「구습의 파괴와 신도덕의 건설」, 『학지광』 제13호(1917), 55면.
89) 장덕수 「학지광 삼호 발간에 임하여」, 『학지광』 제3호(1914), 1면.

고 있다.

　만물이 각각 성질을 유(有)흔다 홈은 동시에 자기표현을 의미흔 것이 아닌가? 에머-손이 갈오딕 "만물은 자기 역사를 쓰기에 종사(從事)흐느니 지구와 세석(細石)은 자기의 영(影)을 지고 가며 전락흐는 암(岩)은 산(山)우에 자기의 흔적을 유(遺)흐고 하천은 쌍에 운하을 작(作)흐며 동물은 자기의 해골을 지층에 매(埋)흐고 목엽은 석탄 중에 자기의 비명(碑銘)을 기(記)흐며 적수는 모릭와 돌을 조각흐고 눈과 쌍을 밟는 족적은 진행의 지도를 그리는 도다."[90]

　만물도 그러하거늘 하물며 "심령"과 더불어 풍부한 상상력, 위대한 지력, 청고한 감정, 강렬한 의지를 지닌 조선청년이 능치 못할 일이 무엇이겠느냐 ─ 라는 것이 이 글의 핵심적인 주장이라 할 만하다. 장덕수는 인간을 둘러싼 자연만물을 윤리적 각성의 원천으로 이해하고 있다. 그의 태도는 자연을 생명이 없는 정태적인 대상으로 간주하는 기존의 기계론적 관점과는 차별된다.[91] 에머슨에 따르면 초월주의의 중요한 미덕은 자연계를 물질적 풍요성의 근거로서, 심미적 쾌락의 원천으로서, 과학적 진리의 기반으로서 바라볼 뿐만 아니라, 그 자연현상 속에 내재한 도덕적·영적 의미를 관조해내는 데 있다.[92] 다시 장덕수는 공자, 석가, 예수 같은 고금의 현

---

90) 장덕수, 앞과 동일함.

91) 장성만 「개항기의 한국 사회와 근대성의 형성」, 『모더니티란 무엇인가』, 김성기 외, 민음사 1994, 264~67면, 277~85면. "우주간 만상과 천지 자체도 (…) 인류의 이용을 위하여 존재함과 같다"(『대동학회월보(大同學會月報)』 1, 1908, 44면)라는 구절에서도 알 수 있듯이, 1910년대 이전의 계몽담론에서 '자연'은 인위적인 지배와 정복의 대상에 불과했다.

92) 폴 볼러, 앞의 책 66면. 칸트의 계보 속에서 에머슨은 인간의 정신을 오성과 이성으로 나누고, 전자는 단단한 물체와 물질계만을 바라보지만, 후자는 그 속에 존재하는 영적인

자들 역시 이러한 "심령의 자기표현이 무(無)ᄒᆞ얏스면"[93] 존재할 리 만무하다고 역설한다. 여기서 말하는 인간 내부의 '심령'이란 물론 키따무라 토오꼬꾸가 말한 '내부의 생명'이며, 또한 우주만물에 편재하는 보편적 존재인 '대령'의 개체적 현존과 동일하다. 장덕수가 적실하게 인용하고 있는 것처럼, "(에머-손 갈오딕) 상제(上帝)는 신성ᄒᆞᆫ 전일(全一)이니 진선미는 그 전일의 각 방면을 표시ᄒᆞᆫ 것"[94]이다.

그런데도 조선사회가 미개하고 곤궁한 상태에 머물러 있는 것은 그처럼 중요한 의미를 갖는, 개체적 존재의 "생명과 심령의 파괴"[95]의 정도가 극심한 연유다. 사실 장덕수는 이 글을 지나치게 개인주의화되어가는 조선유학생 사회의 문제를 염두에 두고 작성했다. 그는 냉혹한 사회 현실에서 가장 긴급한 것은 '동정'과 '사랑'이며 이러한 연대감을 형성하기 위해 『학지광』에 거는 기대가 적지 않다는 것으로 글을 마무리하고 있다.

이와 같이 성경구절과 병행하는 방식으로 에머슨을 인용하거나, 마치 '예수 가라사대'를 연상시키는 '에머-손 갈오딕' 같은 구절을 이례적으로 반복하여 사용하는 등 장덕수가 에머슨을 언급하는 것은 범상한 수위를 넘어선다. 그는 다른 무엇보다 에머슨의 범신론적 신비주의 수사에 의거해 자신과 자신이 속한 공동체의 갱신을 도모했다. 이는 다음 해에 발표된 「의지(意志)의 약동(躍動)」(1915)에서 좀더 직접적이고 강렬한 방식으로 나타나기에 이른다.

「의지의 약동」의 서두는, 이 글이 무한한 자연과 대면하여 얻은 깨달음

실체를 헤아릴 줄 안다고 말했다. 이때의 '이성'을 초월주의의 최초의 저작인 「자연론」에서는 '영혼'이라 재명명하고 있다. "지성적으로 고찰하여 '이성'이라고 부르는 것을 우리는 영혼(spirit)이라 부른다. 영혼은 창조자이다. 영혼은 그 자체 속에 생명을 가지고 있다."(랠프 왈도 에머슨 『자연』, 신문수 옮김, 문학과지성사 1998, 40면).

93) 장덕수, 앞의 글 2면.
94) 장덕수, 앞과 동일함.
95) 장덕수, 앞의 글 3면.

의 기록임을 암시해준다. "대기(大氣)는 백로(白露)를 밋고 세상은 잠을 드러 사방이 적막흔 맑은 바음에 홀노히 어린 눈을 누히드러 한업시 놉기도 흐고 심연갓치 깁기도 흔 저 하날에 황금사(黃金沙)와 갓치 찬란히도 나열흔 모든 별을 바라보며 생각을 운상천외(雲上天外)에 멀리 달려 영원과 무한을 감오"[96]한 뒤에 얻은 자연의 계시를 적은 것이 「의지의 약동」이라 해도 무리가 아니다. 거듭 지적한 대로, 위의 대목은 개아의 자각에 드리워진 '자연'과 그 자연의 이법〔순리〕으로서의 '대령'을 연쇄적으로 떠올리게 한다. 인간과 자연 사이에 발생하는 신비한 관계에 주목하고 이 관계에 의해 인간이 "직관과 도덕적 성장"을 획득할 수 있다고 주장한 것은 에머슨의 독특한 자연 이해에서 연유한다.[97]

저자는 이 같은 '영원과 무한'에 대한 사유가 결여되어 있는 유학생계의 현실을 개탄한다. 이 글은 청년들이 영웅호걸이나 정치, 실업, 법률 등 현실 문제에 관심을 기울일 뿐, 그보다 궁극적인 정신 문제에는 상대적으로 소홀한 세태에 대한 문제의식으로 충만하다. 그는 세계정복자 알렉산더나 나뽈레옹 등을 숭배하는 이는 많아도 겟세마네 동산의 예수나 루소에 대해 제대로 궁구하지 않는 유학생 사회를 향해 신랄한 비판을 가하고 있는 것이다. 장덕수의 비판은 다분히 문화주의적 관점을 취한 것으로, 이를 통해 변화하는 유학생 사회의 분위기를 짐작해볼 만하다. 이는 현상윤이 이광수의 글에 대해 쓴 반론 형식의 에세이와는 미묘한 차이를 보여준다. 현상윤 역시 개인주의를 현대문명의 핵심으로 옹호했지만, 그 실천적 활력을 굳이 '문화'에 한정하지 않고 사회 전반에 걸친 계몽적 기획의 일부로 간주했다. 일련의 문화주의적 경향에 의구심을 품었던 현상윤과는 달리, 장덕수는 그러한 신경향이 지닌 활력의 가치를 일찌감치 인정하고

---

96) 장덕수 「의지의 약동」, 『학지광』 제5호(1915), 39면.
97) 아놀드 스미드라인 「렐프 월도 에머슨」, 『미국문학에 표현된 자연종교』, 정태진 옮김, 한신문화사 1989, 104면.

있었던 셈이다. 현상윤은 「구하는 바 청년이 그 누구냐?」(1914)에서 주장하기를, 조선청년이 마땅히 나아가야 할 길은 제각각 자신의 분야에서 부단히 정진하는 데 있다고 했다. 그 예는 매우 구체적이어서 비행기 연구자부터 남북탐험가, 항해가, 세계일주 도보여행가, 기중학자, 천문학자, 수산학자, 경제가 등등 실로 다종다양하기 이를 데 없다.[98] 각계각층의 다양한 활동분야에서 지적·실천적 탐구에 정진하자는 계몽적 언설은 결코 즉흥적인 것이 아니며, 같은 해에 발표된 「옛사람으로 새사람에」나 「말을 반도청년(半島青年)의게 붓침」 등에서도 고스란히 되풀이된다. 그에 비해 장덕수는 사회조직의 다양성을 사려 깊게 인정하면서도, 분야에 상관없이 궁구해야 할 정신의 문제를 진지하게 촉구하고 있어 주목된다. 그는 현상윤과 함께 1920년대 부르주아 민족운동을 대변하는 인물로 성장했는데, 상대적으로 근대 철학과 문학에 대한 소양이 탁월했다. 장덕수는 자연과의 합일 속에서 자아를 함양하는 방식에 대해 일찌감치 터득하고 그 내면의 절대적 가치로부터 삶의 기율을 마련하고자 했다. "그러나 청년이여 다시 한번 생각ᄒᆞ여 볼지로다 우리가 혹은 실업 혹은 정치 기타 허다ᄒᆞᆫ 방면으로 각히 달은 길을 취ᄒᆞ야 나아가기 전에 한번 생각ᄒᆞ며 한번 되지 아니ᄒᆞ면 아니될 것이 잇지 아니ᄒᆞᆫ가? 진실로 직업은 천층만급의 차별상이라 이 모든 차별을 관일ᄒᆞ야 천만인의게 공통되는 바 한 점이 잇지 아닐 수 업스니 그는 무엇인고?"[99] 그것은 바로 "전적(全的) 사람"[100]이 되는 길이다.

장덕수가 자신감에 차서 말하는 '전적 사람'이란 편벽되거나 자신이 속한 사회의 전체적 기율을 훼손하지도 않는 이상적 인격체를 지칭한다. 또한, 이 전인적(全人的) 인간은 "자기의 존엄과 명예를 천지에 대ᄒᆞ야 자랑하는 자각잇는 사람"[101]이기도 하다. 장덕수가 전인적 인간의 선례(善例)

---

98) 현상윤 「구하는 바 청년이 그 누구냐?」, 『학지광』 제3호(1914).

99) 장덕수 「의지의 약동」, 앞의 책 40면.

100) 장덕수, 앞과 동일함.

로 염두에 둔 이는 물론 앞서 언급한 예수다. "예수 갈오듸 '너희들은 천제의 완전함과 갓치 완전히 되라.'"[102] 그렇다고 해서, 그가 말하는 전인적 인격체가 항상 예수나 루소 같이 비범한 인물들에게만 한정된 것은 아니다. 장덕수가 전인적 인간의 필수불가결한 조건으로 가장 중요하게 내세우는 바는 "진실로 내적인(內的人, inner man)의 자각"[103]이기 때문이다. 이는 고독한 몰입의 상태에서 자아의 목소리에 귀 기울이는 것, 다시 말해 외부의 어떤 것에도 영향받지 않은 독립적인 자아의 각성을 뜻한다.[104] 이 대목에 이르러 우선 흥미로운 것은 '내향적 인간[내적인]'이 되는 과정에서 개체가 경험하게 되는 정신적 경지와 관련되어 있다. 장덕수는 내향적 인간의 경지에 도달한 사람은 "영안(靈眼)을 말게 써서 만물의 진상(眞相)을 통관(通觀)ᄒ고 자기의 선 곳을 씨달으며 자기의 갈 길을 알고 자기의 가치를 인식ᄒ야 자기의 사명을 다함으로써 천지의 화육(化育)을 찬(贊)ᄒ고 여천지(與天地)로 참(參)ᄒ는 자"라고 상술하고 있다. 여기서 주목할 표현은 물론 '영안'이라는 수사다. 장덕수는 하나의 인격체가 어떤 깨달음의 경지에 달하는 순간을 그의 '영안'이 개안되는 순간으로 표현하고 있다. 이는 "쌍만 바라보다가"는 깨우쳐질 바가 아니라 "풀은 하날을 치여다보고 영원과 무한을 감오(感悟)ᄒ는 질거움의 미소를 장미갓흔 우리 입살에 올니는"[105] 때 실현된다고 반복하여 말하는 데서도 알 수 있듯이, 이 글의 저자는 결국 에머슨의 신비주의 담론 안에서 발화하고 있다 해도 무방하다.

---

101) 장덕수, 앞과 동일함.
102) 장덕수, 앞과 동일함.
103) 장덕수, 앞의 글 41면.
104) 그것은 카라따니 코오진이 풍경의 발견을 설명하는 가운데 말한, 주위의 외적인 것에 무관심한 내적 인간(inner man)과 어느정도 상통한다. 가라타니 고진 「풍경의 발견」, 앞의 책 36면.
105) 장덕수, 앞과 동일함.

우리가 영안(靈眼)을 쓰지 못하고 다못 맹목적으로 생멸할 쎠에는 이 세상이 다못 업의 상속단멸(相續斷滅)이요 내용업는 부동적 현상이나 그러나 우리가 한번 영안을 써 자기의 선 곳을 자각ᄒ고 자기의 갈 목적을 확정ᄒ면 유동(流動)은 활동이 되고 외부 현상은 내용적 실재에 상즉(相卽)ᄒ야 물과 갓치 흘너가고 살과 갓치 날아가는 현재도 우리의 이 목적으로써 관일(貫一)ᄒ고 과거를 정복ᄒ며 장래를 규정할 수 잇스니 우리는 결코 쎠의 종이 아니오 이의 주인이라 우리의 목적 우리의 정신! 이것이 우주근본자와 아모 관계가 업슬소냐? "쓸에 턱 나시민 늬의 머리는 상쾌한 공기에 싯쳐 무한공간에 돌입ᄒ니 모든 자존심은 업서지고 일개 투명한 눈알이 되야 나는 아무것도 아니나 모든 것을 보는도다 우주적 실재가 아(我)를 관통ᄒ니 나는 진실로 신의 일부로다"[106]

위의 인용문에 뒤이어 장덕수는 에머슨의 글을 영어 원문 그대로 인용하기까지 했다. 이 글 전체를 통해 우리는 학지광세대가 에머슨의 사상을 수용하고 그 개념·어휘·범주를 전유하는 방식을 파악해볼 수 있다. 그런 면에서 장덕수의 「의지의 약동」은 한국 근대문학의 에머슨 수용사에 있어 중요한 시금석이다. 인용문에서 글쓴이가 제기하는 물음은 '우리의 목적 우리의 정신! 이것이 우주근본자와 아모 관계가 업슬소냐?'라는 구절에 집중되어 있다. 물론 우리의 '정신'이 우주의 '절대적 존재'와 밀접한 유기적 관계를 형성하고 있다는 것이 저자의 주장이다. 이를 입증하기 위해 저자 장덕수는 에머슨의 유명한 말을 직접 인용한다. 이는 키따무라 토오꼬꾸 역시 의미심장하게 인용한 구절이기도 하다.[107] 즉 우주적 실재가 개아를 관통하고 개아가 우주적 실재인 '신'의 일부라는 사실을 자각하는 그

---

106) 장덕수 「의지의 약동」, 앞의 책 43~44면.
107) 北村透谷 「エマルソン」, 앞의 책 43면.

순간이 바로 장덕수가 말하는 전인적 인간, 혹은 내향적 인간이 출현하는 때다. 더욱 중요하게는 바로 그 영적 체험의 순간이야말로 개아 스스로 자신이 삶의 주체임을 통렬히 자각하는 때이며, 장덕수의 표현대로 '우리는 결코 씩의 종이 아니오 이의 주인이라'고 천명하게 되는 때다. 이 말에는 시간과 공간에 얽매이지 않고 오히려 그것을 내 삶의 목적을 위해 재조립하고 재구성해내는 근대적 감각이 충일하다. 즉 '현재도 우리의 이 목적으로써 관일(貫一)ᄒ고 과거를 정복ᄒ며 장래를 규정'할 수 있게 된다. 이러한 인식은 근대적 시공간에 대한 세련된 감각과 자기 주체성(subjectivity)에 대한 확신을 전제로 하지 않고서는 획득되기 어려운 것이다. 요컨대, 이 글에서 장덕수는 에머슨의 인식론과 수사학에 의거해 조선청년의 정신적 자각을 촉구하고 있다.

내향적 인간의 영적 자각은 근대적 자아의 탄생과 동일한 사건이다. 자기 내부에서 창조적인 발전과 자아완성을 위한 엄청난 잠재력을 발견한 개인이야말로 근대적인 요건에 부합하는 인간형이다. 장덕수는 조선청년 개개인에게, 우주의 근본자와 접촉하는 영적 체험을 통해 궁극적으로 "세계가 소멸ᄒ고 이 온 세계가 전복ᄒ다 홀지라도 영원히 불멸ᄒ고 영원히 불변홀" 진실된 "영적 생명력"을 소유하라고 역설한다.[108] 이 '영적 생명력'을 획득한 개아에게는 이제 우주와 세계가 전과 판이하게 다른 것으로 나타나기 마련이다. 왜냐하면 세계와 우주는 더이상 "윤회"의 장소가 아니라 "창조"의 대상으로 변화하기 때문이다.

우리 청년이여 씩달으라 우리는 영원히 새롭고 영원히 창조ᄒ는 자이니 우리의 선 곳은 무한한 우리 신의 궁전이오 우리의 지위는 영원한 우리 신의 지위로다 우리는 무한한 영적 생명력을 공유ᄒ는 자이니 이 우주는 맛당

---

108) 장덕수 「의지의 약동」, 앞의 책 44면.

히 우리의 우주요 이 우주의 경영은 맛당히 우리의 경영으로 멸하는 것이 하나도 업고 모든 것이 영원히 계속ᄒ는 것이로다(묵시록 20장 12절~15절 참조).[109]

위에 인용된 구절에는 기독교와 에머슨적 범신론의 수사가 적절히 혼용되어 있다.[110] 장덕수는 이 땅에서 인간이 신의 대리자라는 사실을 드러내고, 그에 따라 세상의 주권자로서 자신의 창조력을 마음껏 발휘할 것을 천명하고 있는 셈이다. 유한이 무한이라는 자각, 장래가 결코 허무할 리 없다는 자각, 우리의 생(生)은 결코 저주하거나 거부할 것이 아니라 오히려 찬미하고 실현할 대상이라는 자각 등이 여기에 이어진다. 그리하여 조선청년 모두가 "정신상 우주근본자와 하나됨(Oneness)을 자각"[111]하고 지상의 "천국"[112]을 건설하기 위해 제각각 분발하는 길만이 남은 것이다. "조선청년이여 죽엇는가 이젓는가 너희의 강산은 너희의 의지를 실현홀 곳이 아닌가? (…) 너희의 쌍에는 너희의 신성흔 의지를 일보일보 실현하야 각 방면으로 (영적 양계兩界) 자유의 신천지를 개척ᄒ고 이 세상에 천국을 건설홈이 참으로 너희의 신적 사명이 아닌가."[113] 에머슨적 범신론과 기독교 담론 안에서 길러진 주체는 청년의 사명을 그 어떤 방식보다 더 명징하게 자각하고 있다는 점에서, 현상윤의 계몽적 담론이 양육할 주체와는 차별적인 위상을 보여준다.

성경과 에머슨의 에세이에 의거하여 청년론을 전개한 장덕수의 이 글은

---

109) 장덕수, 앞의 글 45면.
110) 이 글의 말미에 장덕수 스스로 덧붙인 것처럼, 「의지의 약동」은 그의 기독교신앙과의 깊은 연관 속에서 제출된 에세이다.
111) 장덕수, 앞의 글 45면.
112) 장덕수, 앞의 글 46면.
113) 장덕수, 앞과 동일함.

그보다 앞서 에머슨을 참조했던 키따무라 토오꼬꾸와도 적잖이 다르다. 키따무라 토오꼬꾸의 논저에서는 찾아보기 힘든 비전이 여기 한 조선유학생 청년의 글에서는 비교적 명확하게 제시되어 있다. 「의지의 약동」은 동일한 지면에 발표된 현상윤의 「사회의 비판과 밋 표준」과 흡사한 문제의식을 공유한다. 여기서 현상윤이 말하고 있는 '참사람'과 장덕수의 '전적사람'은 거리가 멀어 보이지 않는다. 현상윤은 계몽주의자로서의 면모가 강했으나, 개인과 자아의 함양을 요구하는 타이쇼오 문화주의의 자장에서 벗어날 수는 없었다. 더구나 올바른 규범이나 가치가 주어지지 않은 세대는 모든 사회적 창조활동의 절대적 원천이 진실한 자아에 있다고 믿는 진정성에서 출발하게 마련이다. "그럼으로 이제 올 것은 오직 창조요 건설쑌이니, 허위의 생활을 버서나야"[114] 한다는 대목, "아직도 신천지를 개척하기에 주저한다 하면 이는 그 비판력이 강대치 못한 까닭이니, 현재를 부인하여야 될 것은 벌서 이론문제가 안이며 오늘날 생활을 저주하여야 한다 하는 것은 쏘한 실제적 규호(叫呼)가 되얏도다"라고 말하는 대목, 그리고 "다만 파(破)만 하기 위한 파괴가 안이고 창조하기 위한 파괴"를 강조하는 대목 등에서 앞서 살핀 장덕수의 글과 중첩되는 수사적 표현을 발견할 수 있다. 이로써 장덕수의 문제의식이 현상윤 같은 동시대 청년지식인들이 공유했던 긴급한 과제와 맞닿아 있다는 사실이 분명해졌다. 그리고 그 문제의식은 키따무라 토오꼬꾸의 것보다 비교적 구체화된 비전으로 나아갈 수 있었는데, 이는 식민지조선의 청년들이 사회적·역사적으로 곤궁한 처지에 놓였던 사실과 무관하지 않다.

이 시기의 근대적 자아각성은 에머슨을 매개로 하지 않고서는 쉽사리 성취될 수 없었다. 인간정신과 자연과의 상호작용을 통해 자신의 단독성을 자각하는 방식은 에머슨이 제시한 신비주의적 경험 속에서 가장 강력

---

114) 현상윤 「사회의 비판과 밋 표준」, 『학지광』 제5호(1915), 26면.

한 표현을 얻었기 때문이다. 게다가 피식민지의 청년문사인 경우, 유교적 악습이라는 제도적 주술에서 풀려나와 스스로를 단독자로 재구성하는 길은 애초부터 그 선택의 폭이 협소했을 것이다. 국외망명자의 고행을 선택하거나 식민지 권력의 마력에 자기를 내던지는 것 외에는, 아마도 범신론적 신비주의 체험 속에서 자기 갱생의 길을 찾는 것밖에 도리가 없었을 것이다. 다른 한편 그 초월적 신비주의는 기독교 내부에서 주어지든 그렇지 않든 마찬가지의 담론적 권능을 가져다주는 것이어서, 기독교신앙을 고수한 전영택은 물론 기독교신앙을 받아들였으나 곧 그로부터 이반한 이광수에게서도, 그리고 기독교와 무관한 다른 이들에게서도 공통적으로 확인되는 근대적 경험의 일부였다.

4. 영혼의 수사학

한국 근대문학 초기에 창작된 여러 시편과 시론에서 어렵지 않게 발견되는 '영'이라는 말은 범상하게 여길 만한 것이 아니다. 그 말은 개인이 자신을 구속하는 온갖 사회적 모순과 억압으로부터 해방되는 순간에 대한 유의미한 기록과 매우 밀접한 연관이 있는 까닭이다. 이러한 종류의 내면 고백은 그 당시 간행된 여러 활자물에서 찾아볼 수 있겠지만, 가장 중요한 표현은 문학작품과 관련해서 논의될 만하다.

1918년 발표된 「부활의 서광」은 조선 민족의 갱생을 강력하게 촉구하는 에세이로, 이광수의 정치적 에너지가 유감없이 발휘되어 있다. 이 글은 조선문화가 지난 삼백년간 황폐한 불모지와 다를 바 없었다는 긴박한 문제의식에서 시작하여, 문학의 경우만 하더라도 조선인의 사상과 감정을 표현해낸 문학전통이 부재하다고 지적한다. 이광수는 이를테면 한시나 시조는 물론이고, 『구운몽』『창선감의록』『사씨남정기』 등의 국문소설도 조선인의 생활감정을 반영하고 있지 못하므로 엄밀한 의미에서 조선문학이라고 평가할 수는 없다는 것이다. 반대로 『춘향전』 『심청전』과 같은 민중극은 조선인의 생활감정을 충실히 재현했지만, '예술'이라고 평하기에는 턱없이 부족하다고 혹평하고 있다. 그러므로 재래의 문학을 타파하고 새로운 문학, 즉 "민족의 정신, 진생명(眞生命), 진생활(眞生活)에 접촉"[115]하는 조선문학을 실현하는 일이 긴급하다. 결국 「부활의 서광」은 '조선문학'이라는 이름 아래, 민족적 주체의 근대적 각성을 촉구하고 있는 것이다.

조선문학의 현황을 진단하면서, 이광수는 일본의 문학평론가 시마무라 호오게쓰(島村抱月)의 말을 주요한 논거로 수차례 인용하고 있다. 1917년 조선을 방문한 직후 『와세다분가꾸(早稻田文學)』에 발표한 글에서 시마무라 호오게쓰는 "조선의 과거에는 문예라 부를 문예가 없다"[116]라고 단언했으며, 그 단평이 이광수의 남다른 관심을 자아냈다.[117] 시마무라 호오게쓰에 의하면, 조선 고유의 생활양식이 존재함에도 불구하고 그 정신문명의 발전이 온전히 이루어지지 않은 이유는 무엇보다 그것을 저해하는 기형적인 문화조건이 잔존하기 때문이다. 시마무라 호오게쓰는 조선 정신에 뿌리박힌 "그 편기(偏畸), 그 질병을 탈"할 때 비로소 "맑은 정신의 샘을 소생시킬" 시대가 도래하리라 전망한다.[118] 이광수는 조선 정신의 '기형적' 장애란 조선사회에 잔재하는 성리학적 율법이라면서, 일체의 "구습을 탈각하여 신사상의 세례를 받은 청년들의 정신 속에 신사상이 점차 발효"[119]하게 되는 순간 진정한 의미의 조선문학이 시작될 것이라고 했다.

---

115) 이광수 「부활의 서광」, 『이광수전집』 17, 삼중당 1962, 28면.
116) 島村抱月 「朝鮮だより」, 『早稻田文學』 第143号, 東京堂書店 1917.
117) 조선을 방문한 시마무라 호오게쓰와 조선 문인들의 만남에 관해 이광수가 훗날 회고한 기록이 있다. 「도촌포월(島村抱月)과 수마자(須磨子)의 인상(印象)」, 『삼천리』 제5권 제4호(1933).
118) 島村抱月, 앞과 동일함.
119) 이광수, 앞의 글 34면.

「부활의 서광」에서 이광수의 논조는 어느 때 못지않게 박력있다. 그가 자신감에 찬 것은 시마무라 호오게쯔의 단평에서 조선문학의 부활 가능성을 발견했기 때문인지도 모른다. 그는 "시마무라 씨의 이 평어(評語)는 현대청년에게 대한 극히 중대한 경고"[120]이면서 동시에 "십세기간 정지되었던 정신생활을 다시 시작"[121]할 원천이라고 강조한다. 이광수가 조선사회의 갱신이라는 시대적 과업을 지향하면서 유달리 시마무라 호오게쯔의 시평에 무게를 두는 이유는 무엇인가. 과거의 문화전통이 보잘것없고, 그런 이유로 신문학의 세례를 받은 지금 새롭게 조선의 문학과 문화를 창출해야 한다는 주장은 이광수의 문학평론에서 그리 새로운 것이 못 된다. 그러나 「부활의 서광」에서 이광수는 이전의 평론들에 비해 두드러지게 새로운 개념·수사·범주를 사용하여 자신의 주장을 뒷받침하고 있다. 시마무라 호오게쯔의 짧은 시평에서 그가 적극적으로 의지하고 있는 것은 어떤 면에서 그의 사상이 아니라 어법·문체·수사라고 말할 수 있을 정도다.

그런 의미에서 이광수가 반복적으로 사용하고 있는 "영적 자각" "영혼의 핵심에 붙여놓은 불" "부활한 영의 첫소리"라는 일련의 수사에 주목해야 한다.[122] 이러한 어법이 본문의 전체 맥락에서 차지하는 비중은 결코 작지 않다. 예컨대, "각 방면에 영적 자각의 서광이 보이니"[123]라는 구절은 표제인 '부활의 서광'을 재언술하고 있는 핵심 어구에 해당할 정도다. 이광수가 제기한 조선사회 '부활'의 관건은 바로 '영'이었던 셈이다. 이광수는 「부활의 서광」에서 '영'이라는 단어를 매우 각별하게 다루는데, 이전에 씌

120) 이광수, 앞과 동일함.
121) 이광수, 앞과 동일함.
122) 이광수, 앞의 글 34~35면. '영혼의 핵심에 붙여놓은 불'이라는 표현은 시마무라 호오게쯔의 글에서 그대로 차용해온 것이고, '영적 자각'이나 '부활한 영의 첫소리'라는 수사는 이광수 개인의 독창적 표현이었다.
123) 이광수, 앞의 글 37면.

어진 그 어떤 평론에서도 유례가 없는 일이다. 1910년 이후 발표된 이광수의 초기 논설들을 면밀히 살펴보면, 인간주체 내부의 비물질적 영역을 뜻하는 여러 용어 중 '정신' '혼' '심' 등은 즐겨 사용했어도 '영'이라는 단어에 관해서는 유난히 인색했다.[124] 그런 이광수가 1920년을 전후로 하여 발표한 평론들에서 '영'이라는 어휘를 유달리 진지하게 활용하고, 더 나아가 그 개념을 통해 사회 전체의 문화적 발전에 대해 논의하고 있는 것이다.

그렇다고 「부활의 서광」이 민족이라는 집단 주체에 관해서만 의미있는 발언은 아닐 것이다. 이광수는 민족을 구성하는 각각의 개체적 존재를 향해서도 동일한 방식으로 말하고 있다. '영(영혼)'과 관련지어 개인의 각성을 바라는 화법은 평론의 형식을 취하기 이전에 씌어진 사변적 성격의 에세이에서도 확인 가능하다. 말하자면, 이광수의 경우 '영'이라는 수사는 민족 전체를 향해 발화되기 이전에 이미 자기 자신과 신적 존재 사이의 내밀한 교통 속에서 연마된 화법이었다.

이광수는 1917년 『학지광』 제12호에 「이십오년을 회고하며 애매(愛妹)에게」라는 제목의 에세이를 발표했다. 이 글에서 이광수는 박복한 운명과 주위의 온정이 비극적으로 교차했던 자신의 25년 생애를 회고하고 있다. 그 기간은 19세기 말에서 20세기 초에 이르는 세계사적 대격변기이기도 해서, 지난 밤 그는 과연 나 자신과 동족의 장래를 위해 무엇을 수양하고 축적해왔는가를 진지하게 자문해보았다고 했다. 아마도 이광수는 자신의 내부에서 한껏 끓어오르는 생명력의 약동으로 인해 밤새워 고심했을 것이며, "제 사명(使命)을 찾지 못ᄒ야 눈물을 흘"[125]리다가 그 해답을 구하기

---

124) 1차 토오꾜오 유학을 전후로 발표된 평론들에서 사용되지 않았던 '영' 혹은 '영혼'이라는 어휘는 2차 도일 후 집중적으로 사용되었다. 이광수의 와세다대학 유학 시기는 타이쇼오 데모크라시와 중첩되어 있어서, 그가 당대 일본사상사의 흐름에 기민하게 적응하는 가운데 「부활의 서광」을 비롯한 저작들의 주요한 자양분을 제공받았으리라 추측된다.

위해 간절히 하나님께 기도했다고 적고 있기까지 하다. 한때 자살을 결심하기도 했다는 화자는, 고통스러울 때마다 자신을 어루만지는 여러 은인들의 보살핌을 차마 저버리지 못할 뿐만 아니라, 바로 그러한 이유로 해서 "나는 두시 살기로 결심(決心)하엿다. 너를 위(爲)하야, 져 은인(恩人)들을 위(爲)하야. 그리하고 귀중한 너와 은인을 안아주는 져 쌍을 위하야 나는 두시 살고 두시 힘쓰기로 작정(作定)"[126]하였노라고 말한다. 그러한 영적 회생을 거쳐 이 글의 화자 이광수는 다음과 같이 신을 향해 기도하고 있다.

하느님! 제 영에다 불을 부쳐줍시오!
활활 불씰이 닐게 하여줍시오!
쌜가케, 하야케, 작열하게 하여줍시오!
내 손톱끗신지 털끗신지 왼통 불이되게 하여줍시오!
저는 이러케 울며 합장합니다. 이러케![127]

(중략)

하느님이시어, 제게 대임(大任)을 주셧습니다!
죽어가는 자에게 '살라!'하는
실망하는 자에게 '희망을 가져라!'하는
슬퍼하는 자에게 '깃버하여라!'하는
무기력한 자에게 '용기를 가져라!'하는
큰 소리를 치는 시인의 사명을 주셧습니다!
그네에게 무슴 말슴을 전할는지

---

125) 이광수 「이십오년을 회고하며 애매에게」, 『학지광』 제12호(1917), 51면.
126) 이광수, 앞의 글 52면.
127) 이광수, 앞과 동일함.

엇더케 소리를 치며 부르지질는지

이것은 저는 모릅니다 ─ 저는 모릅니다!

오직 하느님께서 알으십니다!

저는 대제사장 모양으로 목욕재계ᄒ고

밤나제 꿀어안저서 천명을 기ᄃ릴 쑨이외다![128]

이광수는 이 자전적 에세이에서 25년의 생애를 반추하며 동시에 그것과의 단절을 꾀한다. 미래의 자아상을 온전히 구현하기 위해서라도 과거의 누추한 삶의 기억은 이제 사라져야 마땅한 것이다. "생활다온 새 생활에 들어가기 위하야"[129] 기독교적 신과 대면하는 장면은 이 글에서 거듭 반복되는 레퍼토리다. 신과의 대면을 통해 결국 시인으로서의 사명을 자각하고 "쓰겁게, 쓰겁게 쓰겁게"[130] 고양되는 이광수의 모습은 그의 비유처럼 구약시대의 선지자를 연상케 한다. '대제사장 모양으로 목욕재계ᄒ고'서 밤낮으로 '천명'을 기다리는 자의 이미지는, 당시 조선이 놓인 역사적 상황과 이스라엘의 처지를 견주어 생각해볼 때, 어렵지 않게 민족의 선각자 상으로 대체된다. 요컨대 이 글은 이광수가 민족을 위해 희생하기로 작정하면서 남기는 지난 반생에 대한 참회의 기록이라 할 법하다.

상기한 인용문 가운데 '하느님! 제 영에다 불을 부쳐줍시오!'라는 어구는 이광수가 다음 해에 발표한 「부활의 서광」에서 각별하게 활용한 바로 그 표현에 해당한다. 고아 출신의 이광수는 지난 25년의 비극적 생애에도 불구하고 새로운 삶의 가능성을 잃지 않았고, 결국 자신이 부활하는 데 신과의 영적 체험이 결정적이었음을 암시하는 것으로 보인다. 개인의 갱생을 두고 적극 활용된 '영'의 수사는 이듬해에 민족적 갱생의 수사 ─ '영혼의 불'

---

128) 이광수 「이십오년을 회고하며 애매에게」, 앞의 책 53면.

129) 이광수, 앞의 글 52면.

130) 이광수, 앞과 동일함.

'영혼의 핵심에 붙여놓은 불' '부활한 영의 첫소리' 등 ─ 로 변주되는 것이다. 다시 말해 '집단 주체(민족)'의 근대적 각성을 촉구한 위의 글이나, '개인주체(예술가)'의 초월적 접신의 경험을 기록한 글 모두에서 이처럼 '영'이라는 표현은 중요한 위상을 차지하고 있다. 어떤 면에서 '영'은 근대 주체의 자아각성에 있어 그 결정적 표지라고 할 수 있다.

그런 의미에서 황석우의 등단작 「신아(新我)의 서곡(序曲)」은 새삼 주목할 만하다. 이 시에서 화자는 근대적 시간을 재구조화해내는 가운데 새로운 자아의 탄생을 흥미롭게 표현하고 있다.

용사야 들으라, 미래의 호구(戶口)에 나가 들으라.
관능의 폐구(廢垢), 희(噫), 낙월(落月)의 밋으로
고요히, 애달게, 울녀나오는
존(尊)한 장일(葬日)의 곡(曲), 신아(新我)의 송(頌)

위(僞)의 골동(骨董)에 마(魔)한 날근 나는 가고
영아(嬰兒)는 참회의 암(闇) ─ 삼위일체의 태(胎)에 협소(頰笑)하다
자연, 인간, 시간

신아는 불으짓다. "오오 대아(大我)의 인력(引力)에
감전된 육(肉)의 책목(柵木) ─ 일아(一我), 일아야,
신아의 혈(血)은, 세(世)의 시(始)와 종(終)과에 흘너가고, 흘너오다.

나의게 애수업다. 공포업다. 고뇌업다.
춤의 '나' 무한의 상(傷)과 멸망 밧게,
희(噫), 사(死)와 노(老)는
조화의 화화(花火)일다. 석연(夕宴)일다."라고.

—「신아의 서곡」[131]

위 시 전체는 신생의 환희로 충만해 있다. 그것은 애수·공포·고뇌 같은 일체의 낡은 감정이 홀연히 사라지고, 무한과 유한, 생과 멸의 경계 바깥에서 얻어지는 비범한 삶의 경험이다. 여기서 '신아(新我)'는 불으짓다. 오오 대아(大我)의 인력(引力)에/감전된 육(肉)의 책목(柵木)'이라는 구절이 흥미롭다. 왜냐하면 '대아'란 에머슨이 말하는 보편적 존재로서의 신, 곧 '대령'에 해당한다고 봐도 크게 틀리지 않기 때문이다. 위의 시가 단적으로 증언하는 것처럼, 근대적 주체의 탄생은 초자연적 존재와 신비적으로 접합하는 찰나를 통과의례처럼 거치지 않고서는 결코 성취될 수 없는 삶의 감격이다. 그 전율의 체험을 동반할 때, 비로소 시의 화자에게는 새로운 '자아' 혹은 '생명'의 탄생을 예감하는 일이 가능해지는지도 모른다. 대아의 인력에 감전되었다는 식으로 우주적 존재와의 황홀한 접촉을 표현하고 있는 황석우의 어법은 근대적 주체의 탄생을 포착하기 위해 거의 보편적으로 사용하는 수사 체계의 일부이면서, 동시에 상징주의 계열의 시편들에서는 매우 낯익은 모티프다. "도취의 순간 속에서 (…) 현재와 과거 사이에는 더이상 모순 대립이 일어나지 않으며, 자연의 모든 것들 사이에 어떤 동일성이 성립하듯이, 자연과 우리 자신 사이에도 '동일성'이 성립된다."[132] 시공간의 비일상적인 역류와 혼재의 경험은 상징주의 시에만 특유한 것이 아니라 개인의 '영혼'이 위대한 삶의 흐름에 접촉하게 될 때 거의 예외 없이 발생하는 현상이다. 보들레르는 어떤 절대적 존재와의 접촉을 가리켜 '교감'이라 명명했지만, 키따무라 토오꼬꾸는 '순간의 명계(瞬間の

131) 황석우, 『태서문예신보』 1919.1.13.
132) 조르주 뿔레 「보들레르」, 『인간의 시간』, 김기봉 외 옮김, 서강대출판부 1998, 350면. 현대시에 나타나는 시간성 문제에 관해서는 미셸 콜로 「지평 구조: 시간의 무아지경, 무아지경의 시간」, 『현대시와 지평 구조』, 정선아 옮김, 문학과지성사 2003도 참조.

冥契)'라고 표현했다. 여기서 '명계'(inspiration)는 몽롱한 상태에서 순간적으로 일어나는 정신의 고양, 즉 우주의 정신(신)과 인간의 정신(내부생명) 간의 신비로운 교감을 지칭한다.[133]

한국 근대문학 형성 초기에 '영'이라는 단어는 근대적 자아의 형성에 크게 기여했다. 이 근대적 어휘는 개인에게 심오한 내면을 부과했을 뿐만 아니라, 그에 조응하는 새로운 문학적 이념과 형식을 창출해냈다. 그것은 한편으로 근대 자유시의 핵심인 내재율을, 다른 한편으로는 에세이와 소설 장르에서 근대적 자아각성의 원형적 이미지를 만들어냈다. 근대어로서의 '영'은 무엇보다 신비적 종교 체험을 전제로 하여 성립된 개념이다. 앞서 살펴본 대로 1910년대의 청년세대는 키따무라 토오꼬꾸를 매개로 에머슨의 초월주의 사상을 받아들였고, 특히 '영'이라는 말에 내포된 그 신비주의적 함의에 깊게 경도되었다. 신비적 종교 체험은 에머슨 사상을 비롯해 이 시기에 유통된 다양한 서구사상과 문학작품 속에 함유되어 있었다는 점에서 매우 주목된다. 그렇다면 이 같은 종교적 자아담론이 근대문학 형성 초기에 뚜렷하게 나타난 이유는 과연 무엇인가. 사회 전반에 걸쳐 진행된 합리화의 움직임 속에서 이처럼 비합리적인 신비주의 담론은 어떤 의미와 기능을 지녔던 것인가.

이 시기의 청년문학가들은 유럽문학을 전범으로 삼아 그것을 모방하

---

133) 키따무라 토오꼬꾸는 그것을 달리 '전기의 감응(電氣の感應)'이라고도 표현하고 있다. 「신아의 서곡」과 「내부생명론」의 수사는 흥미롭게도 동일하다. 北村透谷 「內部生命論」, 앞의 책 248~49면. 이는 훗날 키따무라 토오꼬꾸의 정신적 계보 속에서 '생명'에 천착했던 니시다 키따로오가 그의 역저 『선의 연구』에서 말한 순수경험으로서의 '통일적 직각(統一的 直覺)'과 상통하는 것이다. 무한자에 접신하거나 미적인 영역에 몰입할 때 일어나는 황홀경을 가리켜 '직각' 또는 '감응'이라 표현하는 어법은 조선의 청년지식인들에게도 고스란히 전수된다. 예컨대, 「개성과 예술」의 염상섭이나 「종교와 예술」의 오상순은 상기한 신비적 경험을 각각 '창조적 직관(創造的 直觀)' '영적 직각(靈的 直覺)'이라 언표했다.

고 학습하는 과정을 통해 한국문학의 근대화를 추구했고, 이는 불가피하게 한국 사회의 고유한 문화적 관습·이념·제도의 혁신을 요구했다. 따라서 중요한 것은 유럽문학의 구성 요소를 한국문학 내부에 정착시키는 일이 될 것이다. 그런 의미에서 1910년대 후반 이후 두드러지게 나타난 에피파니의 형상화는 한국의 문학담론에 내재된 근본적인 결핍을 반증해준다. 그것은 저 유럽의 낭만주의자들과 괴테(Goethe)가 말한, 어떤 최고의 미적인 원초적 상(Urbilder)이다. 근대미학은 19세기 후반 쇠퇴하는 종교적 신앙의 여명기에 출현했고, "삶 자체에 예술적 형식을 부여함으로써 삶을 존재의 더 높은 단계로 고양시키려는"[134] 개인의 욕망을 지지했다. 그것은 종교와 결별함으로써 포기하게 되는 어떤 특별한 경험을 예술이 보상해주리라는 모종의 기대와 깊은 관련을 맺고 있다. 즉 종교와의 유대는 자아가 더 광대한 존재와 긴밀하게 연관되어 있다는 충만감을 항시적으로 느끼게 해주었지만, 근대 이후에는 그러한 통일성의 감각이 자명한 것일 수 없게 되었다. 오직 근대예술만이 개인에게 원초적 통일성을 복원시켜주는 마지막 보루였다. 그 '원초적 통일성'의 감각은 오랫동안 유교문화를 형성해왔던 동아시아에서는 유례를 찾기 힘든 경험이지만, 이를 전제로 하지 않고서는 근대문학의 성립 자체가 불가능하다는 문제의식 속에서 그것은 새롭게 재발견되었다.[135] 키따무라 토오꼬꾸만 하더라도, "이 일치를 본

---

134) Leon Chai, *Aestheticism: The Religion of Art in Post-Romantic Literature*, Columbia University Press 1990, 4면.

135) 괴테는 그리스문화의 '원초적 상'은 완전히 폐쇄된 것이어서 그것에 근접할 수는 있어도 다시금 창조해낼 수는 없다고 말했다. 초기 낭만주의자들은 이러한 괴테의 견해에 반발하여 자연 이념의 형식화가 가능하다고 주장했다. 예컨대 노발리스(Novalis)는 "예술적 자연이 형식의 원초적 상으로 만들어져야" 할 필요성을 강조한 바 있다. 이들의 관점에 비추어보면 '원초적 상'의 동아시적 판본도 수긍할 만하며, 이는 곧 한국 근대문학의 형성과 그 낭만주의적 '시작'을 의미한다. 발터 벤야민 「독일 낭만주의에서의 예술비평의 개념」, 『베를린의 유년 시절』, 박설호 편역, 솔 1992, 278면.

후에 많은 불일치를 보는 것이 시인이다. 이 대평등(大平等) 대무차별(大無差別)을 보고 나서 그후에 많은 불평등과 차별을 보는 것이 시인의 역할이다"[136)라고 선언한 바 있다. 그가 근대적 삶에 내재한 분열과 파편화의 계기를 얼마나 냉철하게 의식하고 있었는지는 의문이지만, 그 파열된 삶을 조화롭게 만드는 것이 시인의 숙명이라는 것은 잘 알고 있었다. 한국 근대문학 형성기에 청년문학가들이 보여준 자아각성의 장면은, 키따무라 토오꼬꾸의 선례를 따라 삶의 일체성이 복원되는 예외적 순간에 집중되어 있다. 그것은 근대적 자아의 신생이면서 동시에 한국문학의 신생이기도 하다. 이제 근대적 개인은 자아의 절대성을 주장하고 그 입법적 지위를 정당화하기 위해 자기의 세속적 삶의 일부를 신성화하게 되었다. 그 에피파니의 순간은 자기가 속한 세계의 근본적인 결핍과 폭력에 맞서 스스로를 새롭게 재창조하려는 내적 욕구와 필요에 의해 창안된 근대적 모티프다.

---

136) "この一致を觀て後に多くの不一致を觀ず、之れ詩人なり。この大平等、大無差別を觀じて、而して後に多くの不平等と差別とを觀ず、之れ詩人なり。"北村透谷「萬物の聲と詩人」,『透谷全集』第二卷, 岩波書店 1955, 315면.

생명담론의 권능과 기독교적 주체성

제3장
생명으로서의 문학

1. 영, 대령, 생명

1920년대 동인지문학의 형성에 상당한 공헌을 남겼던 작가 중에는 늘봄 전영택[1]이 있다. 김동인과 주요한이 전영택에게 순문예지 창간에 동참하기를 권유했을 때, 이미 그는 일본유학생들 사이에서 문명(文名)이 알려져 있었다. 1912년 감리교계 미션스쿨인 아오야마(靑山)학원 중학부 4학년에 편입하고 1923년 신학부를 졸업한 후 마침내 목사가 된 전영택이 한국근대문학 초기에 보여준 활약상은 결코 미미한 것이 아니었다. 1917년 이광수와 더불어 『학지광』 편집인으로 활동했던 것, 유학 시절부터 각종 기

---

1) 전영택(1894~1968)은 1907년 도산 안창호가 설립한 평양 대성학교에 입학하여 1910년 한일합방이 되던 해에 중퇴하기까지 3년간 수학하면서 기독교 정신에 입각한 신학문을 접했다. 그해에 진남포 삼숭학교의 교원이 되었으며, 작은 형을 따라 교회에 다니다가 김창식(金昌植) 목사로부터 세례를 받았다. 아오야마학원 신학부를 졸업(1918~1923)하고, 1927년 목사 안수를 받아 아현교회에서 부목사로 시무하면서 성직자의 길을 걸었다. 그해에 『생명의 개조(改造)』라는 제명의 논설집을 발간하기도 했다.

독청년지의 핵심멤버로 관여했던 것, 그리고 이광수와 방인근을 맺어주어 『조선문단』의 창간에 공헌한 것 등 전영택이 한국 근대문학사에 미친 영향력을 짐작케 해주는 증거가 많다. 물론 그중에서도 단연 괄목할 만한 것은 순문예지 『창조』의 창간멤버였다는 사실일 것이다.[2]

그러고 보면, 전영택이야말로 1910년대 중반의 학지광세대와 그 후속 세대인 동인지 문인들을 연결하는 인물이다. 학우회나 기독교청년회 등을 중심으로 활동하며 실력을 축적했던 일군의 유학생들은 1910년대 후반부터 차츰 귀국하기 시작했고, 곧바로 조선의 신문화운동을 주도했다. 예컨대 김성수(金性洙)와의 인연으로 중앙학교에 몸담았던 송진우, 현상윤, 최두선(崔斗善)이나 최린(崔麟)의 보성학교에 재직했던 안재홍(安在鴻) 등은 이후 『동아일보』와 『조선일보』를 거점 삼아 활발한 민족주의 문화운동을 전개해나갔다.[3] 다른 한편, 『학지광』을 중심으로 한 사상운동에서 벗어나 독자적인 문학전문지를 추구했던 김동인이나 김억 같은 청년문사들도 신문화운동의 중요한 흐름을 형성해갔다. 문화정치기 이후 일본유학파가 어떤 방식으로 국내의 동인지문학 세대와 연대하면서 조선사회에 신지식·

---

2) 그럼에도 함께 활동했던 작가들과는 달리, 전영택은 문학사적 평가에서 주변부로 취급되었다. 이는 전영택의 소설이 지나치게 종교적인 색채를 띠고 있기 때문이다. 하지만 한국 근대문학이 그 형성과 전개에 있어서 기독교적인 어휘·개념·수사에 빚지고 있음은 사실상 분명하며, '종교문학'과 '비종교문학'을 확연히 분별할 수 있을 정도로 한국문학이 조화로운 통일성을 구비하고 있지도 못하다. 외견상 비종교문학을 표방하였으나 다른 어느 기독교문학 못지않게 종교성을 내포한 작품들도 적잖다. 전영택의 초기 단편들은 바로 이 같은 문학사의 복잡한 정황들을 해명할 때 적절한 참조점이 된다. 적어도 기독교와 문학적 근대성 간의 관계를 고찰하는 데 더할 나위 없이 좋은 거울이 되는 것이다. 문학적 이념·유파·장르를 불문하고 편재해 있는 기독교적 의미소를 식별해내고 그것들이 기존의 문학지형을 어떤 방식으로 파열시키거나 변형시켰는지를 검토하는 것은 그 자체로 유의미한 작업이 될 것이다.
3) 박찬승 「식민지 시기 도일 유학과 유학생의 민족운동」, 이광주 외 『아시아의 근대화와 대학의 역할』, 한림대출판부 2000 참조.

신문학담론을 뿌리내리는지를 살펴보면 전영택의 위상은 예사로운 것이 아니다. 그는 『학지광』의 주류에 속했을 뿐만 아니라 김동인과 함께 동인지시대를 연 예외적 소수이기도 했다.

이 장에서는 전영택이 『학지광』에서 『창조』로 이동하는 가운데 타이쇼오기 생명주의 담론을 한국적 맥락에서 재전유하는 과정을 살펴볼 것이다. 그럼으로써 유학세대의 문화담론이 1920년을 전후로 하여 동인지세대의 문학예술담론으로 흡수되는 사정을 이해하고자 한다.

1917년에 발표된 「구습(舊習)의 파괴와 신도덕(新道德)의 건설」은 당시 『학지광』을 중심으로 광범위하게 퍼진 에머슨 사상의 영향력을 실감하기에 족한 글이다. 이 시기의 문화담론에서 에머슨의 중요성은 짐작 이상으로 크다. 근대문학은 '근대적 자아'의 출현을 전제로 성립하는데, 1910년대 후반의 문화 지형도에서 조선의 청년지식인들이 스스로를 자기 삶의 주권자로 확인하는 특별한 경험은 에머슨의 수사와 개념을 빌릴 때 온전히 표현될 수 있었다.[4]

이 글에서 전영택은 구습을 타파하고 새로운 도덕을 확립하는 일의 중요성에 관해 논하고 있다. 그는 서두에서 '건설'과 '파괴'의 부단한 반복을 통해 비로소 우주가 형성되며 세계역사가 진보할 수 있다고 전제한 후, 다시 본론에서는 '파괴'와 '건설'이라는 두 항목으로 나누어 논지를 구체화했다. 그런데 창조적 파괴와 건설의 중요성을 논증하면서 전영택이 범신론적 신비주의의 어법에 의존하고 있어 주목된다. 전영택은 파괴와 건설

---

4) 거듭 강조하지만, 한국 근대문학 초기에 창작된 여러 시, 소설, 평론에서 어렵지 않게 발견할 수 있는 '영'이라는 말은 범상하게 여길 만한 것이 아니다. 그 말은 개아(個我)가 자신을 구속하는 온갖 구속과 억압으로부터 해방되는 순간에 대한 유의미한 기록과 매우 밀접한 연관이 있다. 문학에 표상된 근대적 주체는 초자연적 존재와의 신비적 접합을 통과의례처럼 거치게 마련이다. 그러한 종교적 담론을 활용함으로써 비로소 시의 화자에게는 새로운 '자아'의 탄생을 예감하는 일이 가능해지는데, 이때 어김없이 사용하는 단어가 '영' 혹은 '생명'이다.

의 역동적 순환이 조선의 문명화 과정에서 중요한 전제조건임을 강조하는 중에, 그 역사적 정당성을 다름 아닌 '우주의 주권자'의 시선에서 찾고 있다.

우주를 총괄하시는 대령(大靈)이 우리 세계를 감하(瞰下)하시면 맛치 온화흔 춘일에 아동의 일군이 순재기물 흘으는 하천변에서 방축(坊築)과 축성(築城)의 유희들람과 갓흐리로다. 연(然)이느 축(築)하엿다가는 파(破)하고 아동의 유희하는 다시 축(築)하는 아동의 유희와 갓흔, 그것이 인류의 발전에 가히 업지 못홀 거시로다. 오인(吾人)이 세계역사를 소고(溯考)할 써에 과연 전전긍긍할 만흔 대파괴와 앙천대망(仰天大望)할 만흔 대건설을 무수히 보는 도다.[5]

여기서 전영택이 사용한 우주 주권자, 즉 '대령'은 명백하게 에머슨의 개념어다. 전영택은 본론에서 다시 "대파괴를 결행홈에는 위대흔 원동력과 이상이 이서야 되는 동시에 확실흔 자신과 강철갓흔 의지가 이서야"[6] 한다는 에머슨의 말을 직접 인용하고 있다. 전영택이 에머슨 사상의 세례를 받은 흔적은 이것뿐만이 아니어서, 넉달 후 같은 지면에 게재된 「종교개혁의 근본정신」에서도 '영'에 관해 주목할 만한 논지를 전개했다.

「종교개혁의 근본정신」은 신학도(神學徒)로서의 면모가 농후하게 드러난 에세이로, 이 글에서 전영택은 종교개혁에 대한 역사적 이해를 바탕으로 조선청년의 근대적 자아각성을 촉구하고 있다. 전영택은 종교개혁의 중요한 원동력으로 이른바 "대정신"을 거론했는데, '대정신'이란 밖으로는 종교개혁이라는 역사적 신기원을 이룩하고 안으로는 인간 내부의 창조

---

5) 전영택 「구습의 파괴와 신도덕의 건설」, 『학지광』 제13호(1917), 55면.
6) 전영택, 앞과 동일함.

력을 발휘케 하는 심오한 원천을 의미한다. 서술자는 '대정신'을 다시 "생명의 힘"이라 지칭하며, 그것이야말로 서구 유럽의 종교개혁 운동을 이끌어낸 강력한 힘이라 고평하고 있다. 또다른 곳에서는, "인류생명의 힘"이란 곧 "양심의 자유가 폭발"한 것을 뜻한다고 말하기도 했다. 그러나 가장 역점을 둔 것은 '생명'을 '영성'과 동일시하여 표현하는 방식에 있다. "당시의 종교는 사람의 생명〔靈性〕을 온전히 무시"[7]하였다는 구절과 "사회의 인심은 띄-구 썩어져서 거의 양심이 어둡고 심령의 생명을 일허버리려"[8] 한다는 구절 등에서 알 수 있는 것처럼, '영성'은 '양심'이나 '생명'과 거의 동일한 의미를 지닌다.

철두철미 교회(敎會)의 법도를 맹종하고, 교회의 의식을 묵수하야 유일한 구원의 도를 사마왓습니다. 그럼으로 그네들은 자기가 스사로 종교문제를 연구하거나 자기 영혼의 구원을 도모할 생각이 니러나지 못하엿습니다. 직접으로 하나님과 교통할 줄을 모르고 다만 승려를 경배하고 교회에 헌금함으로 곳 하느님을 경배하며 구원엇는 길노 아랏습니다. 실상 이러케 하지 아니하면 곳 파문을 당하엿습니다. 그럼으로 기중(其中)에 영성이 쌔인 사람들이 이섯다 할지라도 감히 엇지 하지를 못하엿습니다. (중략) 그쭌 아니라, 사람의 영성의 존중함과 량심자유의 힘을 모르고 왈(曰) 교회, 왈 교리, 왈 교법 하야 영성의 자유발달을 막고 하느님과의 친밀한 교통의 길을 막는 경향이 잇습니다.[9]

전영택은 중세 기독교신앙이 지녓던 가장 심각한 문제점을 신과 인간 사이의 관계 단절에서 찾았다. 신자들에게 오로지 교회의 율법만 맹종할

---

7) 전영택 「종교개혁의 근본정신」, 『학지광』 제14호(1917), 11면.
8) 전영택, 앞의 글 14면.
9) 전영택, 앞의 글 11~12면.

것을 강요한 나머지, '직접으로 하나님과 교통할' 길이 가로막혀 있었다는 것이다. "사람의 영성의 존중함과 량심자유의 힘을 모르고 왈(曰) 교회, 왈 교리, 왈 교법 하야 영성의 자유발달을 막고 하ᄂ님과의 친밀한 교통의 길을 막는 경향이 잇습니다."[10] 전영택에게는 인간과 신 사이의 직접적인 교통, 즉 영통(靈通)이 중요하다. 왜냐하면 내부의 영성이 깨어나고 그 영성의 자유발달이 온전히 실현되어 마침내 신과의 친밀한 교통이 회복될 때에야 비로소 사람은 자신의 개체적 존엄성을 자각할 수 있기 때문이다.[11] 전영택의 핵심주장 중 하나인 영적 교통의 문제는 다분히 기독교적 맥락에서 서술되고 있는 만큼, 이와 관련하여 에머슨식의 범신론적 신비주의 체험을 결부시키는 것은 무리일지도 모른다. 하지만 불과 넉달 전, 같은 지면에 발표된 「구습의 타파와 신도덕의 건설」에서 이미 에머슨의 '대령'을 중요하게 원용했다는 점을 간과하기 어렵다. 즉 전영택의 '영통'은 개인적인 기독교신앙의 요소와 그를 둘러싼 학지광세대의 정신사적 공통요소가 혼용되어 표출된 것이라고 보는 것이 온당하다. 전영택 사상의 특이점은 이처럼 무교회적인 범신론적 신비주의 체험과 감리교 목사를 지망하는 신학도의 정신이 서로 동숙하는 데서 비롯한다.[12]

그렇다면 왜 전영택은 근대적 자아의 각성을 표현하는 데 굳이 에머슨의 용어를 활용했던 것인가. 전영택을 비롯하여 그 당시 청년지식인들은

---

10) 전영택, 앞과 동일함.
11) 앞의 장에서 이미 언급한 것처럼, '각성의 때에 하나님을 보앗다. 깨는 맘! 그들의 산 영(영)이다'라는 김억의 수사적 표현은 「종교개혁의 근본정신」에 나타난 전영택의 그것과 그리 다르지 않다. 둘 다 개아의 각성을 다분히 영적이고 종교적인 층위에서 표현하고 있는 것이다.
12) 전영택이 「전적(全的) 생활론」에서 말한 "우주 활동의 섭리자"나 "내적 대상물, 곧 영원의 실재자"란 기독교적 신 관념과 에머슨식 범신론주의가 혼용된 또 다른 예라 할 수 있다. 「전적 생활론」, 『학지광』 제12호(1917), 19면. 훗날 「문화와 종교」에서도 '영성'을 강조하면서 "대아와 융합"할 것을 강조했다. 「문화와 종교」, 『신생명』 창간호(1923); 『전영택전집』 2, 목원대출판부 1994, 334면.

'영' 담론에 이미 익숙했고, 그 말이 가져다줄 문화적 특권에 대해서도 잘 알고 있었다. '영'의 수사에 매료된 문학청년은 전영택만이 아니었던 것이다. 이광수는 민족문학의 부활을 주장하면서 '영'을 표나게 사용했고,[13] 황석우는 자유시의 핵심으로 '영률'을 거론했으며,[14] 『백조』나 『폐허』의 동인지 작가들도 '영'을 애용했을 뿐만 아니라, 김기진은 계급주의 문학의 역사적 필연성을 역설하는 글에서 '영성'과 '영통'을 집중적으로 문제삼기도 했다.[15] 그러므로 종교개혁의 담론을 전유하여 근대적 자아각성을 언술하는 전영택의 어법에서, 우리는 '영'이라는 어휘가 '대령' '영성' '영통' 등 일련의 수사들과 맞물려 작동하는 방식에 주목하지 않을 수 없다. 그리고 여기에 '생명'을 첨가해도 좋을 것이다. 이 '생명'이라는 어휘는 전영택의 글이 예증하듯이, '영'에 대한 철학적 해명과 문화적 승인이 어느 정도 이루어진 뒤에 그리고 근본적으로 기독교적인 맥락에서 조성되어 널리 유통된 측면이 강하다.[16] 인간 내부의 핵심적인 심리요소를 가리키면서, 동시에 어떤 무한한 절대자와의 관계를 상정하고 있는 이 단어 역시 신문학담론에서 '영'만큼이나 범상치 않은 함의를 지니고 있었다. '영'은 곧 '생명'이라고도 할 수 있다. 이들 단어는 공통적으로 근대적 자아발현의

---

13) 이광수 「부활의 서광」, 『이광수전집』 17, 삼중당 1963, 28면.

14) 황석우 「시화」, 『매일신보』 1919.11.10.

15) 김기진 「프로므나드 상티망탈」, 『김팔봉문학전집』 I, 문학과지성사 1988.

16) 베르그송의 『창조적 진화』(1912)가 발간된 지 2년만에 4쇄를 찍을 정도로 각광을 받았던 타이쇼오기에 '생명'이라는 말은 어떤 맥락에서 회자되었을까. 심원섭이 주요한의 토오꾜오 유학시대를 고증하면서 발굴해낸 자료에 의하면, 이 '생명'이라는 말은 기독교적인 맥락 안에서 이해되고 확산되었다. "베르그송은 진화하는 신, 유동적 생명, 일체개장(皆藏)의 생명 등 다소 범신적인데, 그의 피 속에 유태인의 피가 섞여 있듯이 (…) 그 생명론은 희백래인(希伯來人, 히브리인 ─ 인용자)의 생명론과 유사하다. 구약성서에도 그 생명론은 많고 신약성서에도 기독은 생명의 도를 설하여 사도는 그를 생명의 주라 말하고 있을 정도이다." 심원섭 「주요한의 동경 유학시대」, 『한일 문학의 관계론적 연구』, 국학자료원 1998, 309면에서 재인용.

핵심요소를 지칭한다. 요컨대 이 글을 통해 우리는 '영'과 '생명'이 호환되는 과정과 두 용어가 보유했던 문화적 활력을 어느정도 짐작할 수 있다. 이와 같은 스펙트럼을 지닌 '생명'이라는 단어가 학지광세대에 널리 회자되었음은, 1917년부터 1919년까지 『학지광』의 편집위원 및 편집국장으로 활동했던 최팔용[17]의 글만 놓고 보더라도 비교적 충분한 예시가 되리라 생각한다.

최팔용이 「사람과 생명」을 『학지광』에 발표한 것은 1917년 7월의 일이다. 이미 그해 2월에 현상윤·전영택·박승철(朴勝喆)과 함께 이 학우회기관지의 편집위원으로 위촉되었고 곧바로 「성공의 요소와 실행」을 발표했을 정도로, 최팔용은 이 당시 『학지광』을 중심으로 한 유학생사회에서 매우 정력적인 활동을 보여주고 있었다. 이 글에서 최팔용은 '생명'의 어의를 크게 두가지로 분류하고 있다. 첫번째 의미의 생명이란 인간이 생물체로 살아가는 데 반드시 필요한 인체 내부의 각종 에너지대사 활동을 가리킨다. 두번째 의미에서의 생명은 다시 셋으로 분류되는데, '종합체(綜合體)의 생명'과 '겨레의 생명' '썩지 않는 생명'이 그것이다. 우선 '종합체'로서의 생명이란 국가 단위의 전체적 생명을 뜻한다. 그런데 개인 다수의 총합으로 구성되는 국가 집단이지만, 개인과 국가의 관계가 생각하는 것처럼 그렇게 절대적이지는 않다고 한다. 그에 비해 '겨레'의 생명은 혈속이

---

17) "무릇 국가 또는 민족이 멸망한다 해도 반드시 영구히 망하는 것은 아니다. 또 국가, 민족이 융성한다 해도 또한 영구히 융성하는 것은 아니다. 보라! 멸망의 길을 걷던 폴란드는 지금 독립이 되고, 이에 반해서 천하에 위엄을 자랑하던 러시아제국은 지금 망하지 않았는가?"라고 1918년 4월 13일 YMCA 강연회에서 소리 높였던 최팔용은 1891년 7월 31일 함경남도 홍원군 홍원읍 남당리 태생이다. 오성(五星)중학을 졸업하고 도일하여 와세다대학 정치과에 입학한 최팔용은 곧 한일유학생학우회에 참여하여 왕성한 활동을 펼쳤고, 『학지광』의 편집국장으로 선출되어 여러편의 글을 발표하기도 했다. 「성공의 요소와 실행」(제12호, 1917.4), 「사람과 생명」(제13호, 1917.7), 「우리 사회의 난파」(제17호, 1919.1). 2·8독립선언문 발표에도 가담했다. 그로 인해 9개월간의 옥고를 치르고 나온 후에 급격히 쇠약해져 1922년 9월 14일 32세의 나이로 요절했다.

나 습속에 의거하여 구성되는 민족적 생명으로서, 개인과 전체가 맺는 관계가 매우 유기적이다. 이를테면 개인의 생명이 존재해도 종합체(국가)의 생명은 끊어질 수 있지만, 겨레의 생명은 개개인의 생명이 존재하는 동안에는 사라지는 법이 없다고 설명한다. 그럼에도 최팔용은 이러한 민족적 생명 역시 결국에는 상대적이라는 한계를 극복하지 못한다고 지적한다. 그 대신에 썩지 않는 생명, 즉 "불후(不朽)의 생명"[18]을 절대적인 생명으로 거론하고 있어 주목된다. 이 불후의 생명은 육체적 작용이 아닌 오직 정신적 작용에 관계된 것으로, 고금의 성현(공자, 예수, 석가)이나 영웅(알렉산더, 나뽈레옹)과 같이 후세에 길이 남을 위인들의 이념적 정신을 표상하는 말이다. 그렇다고 해도 최팔용이 위의 세가지 생명 중 어느 하나를 우선시했던 것은 아니다. 물리적 생명(제1의 생명)에 집착하느라 더 커다란 의미에서의 생명(제2의 생명)을 망각하는 어리석음이야말로 그가 가장 경계한 것이었다.

최팔용과 전영택의 글은 모두 '생명'을 중요한 키워드로 삼고 있다는 공통점에도 불구하고 매우 극명한 차이를 보여준다. 두 사람은 '생명'이라는 말을 놓고 서로 다른 원천과 맥락 속에서 주체 구성의 가능성을 모색하고 있다. 전영택은 '생명'에 내재된 기독교적 원천을 우선적으로 중시하는 데 비해, 최팔용은 생명의 기독교적 함의는 버리고 그 안에서 민족주의의 에너지를 발전시켰다. 이는 일찍이 장덕수가 생명의 두가지 맥락을 모두 포괄한 상태로 논의를 전개했던 것과도 차별된다. 다시 말해 전영택이 철저하게 개인주체의 각성에 한정하여 논지를 폈다면, 최팔용은 민족주체의 형성에 관하여 웅변하고 있는 셈이며, 장덕수는 개인주의와 민족주의 모두에 대해 개방되어 있었다. 흥미롭게도 전영택과 최팔용의 글이 발표된 1917년은 두 사람이 함께 『학지광』의 편집위원으로 활동하고 있던 시

---

18) 최팔용 「사람과 생명」, 『학지광』 제13호(1917), 29면.

절에 해당한다. 이질적인 사상의 계보 속에서 기묘하게 동숙했던 이들은 그 이후 행보를 달리 하게 된다. 최팔용은 1919년을 기점으로 하여 독립투쟁 노선으로 급선회하려는 움직임을 보인 데 비해, 그 무렵 전영택은 김동인·주요한과 더불어 동인지시대의 포문을 열었다. 최팔용은 "구주전쟁(歐洲戰爭)"의 예를 들어, "나라의 만세를 성심껏 부루면서 우탄상인중(雨彈霜双中)에서도 생명의 희생을 조곰도 주저치 아니하난"것은 제2의 생명을 자기 개인의 생명보다 중시하는 데서 비롯한 고귀한 희생정신이라 평가하고 있다.[19] 그리고 문명과 미개, 강자와 약자의 차이는 "제이생명자각(第二生命自覺)의 유무 우(又)는 강약의 정도에 전재(全在)"한다고 강조하기도 했다. 이 같은 공동체 중심의 사고방식이 전영택의 기독교적 박애정신과 중첩되면서도 분기되는 지점은 좀더 심도있는 논의를 필요로 한다.[20] 여기서 우선 단언할 수 있는 것은 '생명'이라는 어휘를 터득하고 자기 논리화하는 과정에서 서로 다른 주체의 형성이 이루어졌다는 사실이다. 생명이 지닌 양가성에 관한 사유는 이 시기 문학 전반을 이해하는 중요한 시금석이 된다.

---

19) 최팔용, 앞의 글 30면.
20) 이상의 논의를 도표로 정리하면 아래(116면 도표)와 같다. 어원상 '영'과 '생명'은 동일한 의미를 지니며, 최팔용이 분별한 제1의 생명과 제2의 생명은 영혼의 두가지 양상에 각각 대응하는 개념이라 여겨진다. 언더우드(H. G. Underwood)가 편찬한 『한영자뎐』, 횡빈(橫濱): 수원덕의(須原德義) 1890에서는 '소울'(soul)을 단순히 '령혼'이라고만 한 데 비해 '스피릿'(spirit)은 '령혼, ᄆᆞᆷ, 심, 본성, 싱명' 등으로 세심하게 번역하고 있다. 문헌상으로는 이미 19세기 후반부터 '소울'과 '스피릿'의 개념적 차이를 분별했으리라는 가설이 가능할지 모르나, 문학 내부에서 이에 대한 자의식이 뚜렷해진 것은 아무래도 1910년대 후반 학지광세대 이후라고 봐야 할 것이다. 井上哲次郎 『哲學字彙』, 東洋館書店 1884; 『キリスト敎辭典』, 岩波書店 2002 참조.

2. 니시다 키따로오

타이쇼오기에 이르러 '생명'에 대한 관심이 각별해진 데는 일본사회의 변화가 긴요하게 작용했다. 예컨대 러일전쟁 직후 결핵이나 각기병 등 군인들의 병사(病死)가 심각한 사회문제로 부상한 점, 중화학공업의 급속한 발전과 그에 뒤따른 환경오염이 인간을 포함한 모든 생명체를 위협하기 시작한 점, 그리고 도시가 확장되면서 각종 신경증 환자가 증가하자 국민의 정신건강 문제가 중요한 이슈로 부각된 점 등이 '생명주의' 발현의 사회적 조건이었다.[21] 메이지유신 이래 근대화를 추구함으로써 일본사회가 한층 문명화된 것은 부인할 수 없는 사실이었지만, 그에 못지않게 근대적 물신 숭배도 자못 심각했다. 따라서 '생명주의'는 서구식 근대의 병폐를 재인식하고 그것을 교정하려는 움직임 속에서 표출되었다고 해도 무방하다. 타이쇼오 사상사를 대표하는 '문화'(culture)가 '물질문명의 진보'에 한정되지 않고 "정신물질 양면에서의 생명의 창조적 활동"[22]으로 이해되었다는 사실에서도 짐작할 수 있듯이, '생명'이라는 개념어는 물질과 정

	육체에서 자유롭지 못한 영혼	육체로부터 자유로운 영혼	의미
헬라어	psyche	zoe	넋, 숨, 바람,
히브리어(구약)	nephesh	ruah	호흡, 생명
히브리어(신약)	pneuma		기독교적 성령 개념
라틴어	anima	spiritus	
영어	soul	spirit	에머슨식 영혼 개념
독일어	Seele	Geist	세계정신, 민족정신 등
특징	① 사후에는 필멸 ② 감정, 의식, 지각 등	① 불멸불사 ② 인격적 자아	

21) 鈴木貞美「大正生命主義研究のいま」,『大正生命主義と現代』, 河出書房新社 1995, 20~21면.
22) 鈴木貞美「'大正生命主義'とは何か」, 앞의 책 4면.

신의 이분법적 대립에 대한 일종의 해법으로서 고안된 측면이 강하다. 이 '생명'이라는 어휘는 진화론적 문명관에서는 보이지 않던 것, 억압되어 있던 어떤 것이었지만, 타이쇼오 데모크라시의 분위기 속에서 '자아'나 '개성'의 발현이 강조되자 그와 동시에 각광을 받기 시작했다. 본래 '생명'이라는 말은 멀게는 키따무라 토오꼬꾸가 「내부생명론」에서 자아의 핵심으로 내세우고 토가와 슈우꼬쯔(戶川秋骨)가 『변조론(變調論)』에서 "우주와 인심에 충일(充溢)"하다고 말한 바로 그 생명이며, 가깝게는 타이쇼오 교양주의, 곧 시라까바파 문학이나 자아해방의 사상, 민중시파의 자아주의, 사회적 개인주의 등에 두루 걸친 이념으로서의 생명이다.[23] 낭만적 상상력으로 충만해 있던 이 '생명'이라는 단어를 세련되게 이론화하고 그것에 풍부한 철학적 함의를 부여함으로써 결국 그 시대를 대변하는 말로 정착시킨 인물은 쿄오또(京都)학파의 거두 니시다 키따로오였다. 평생에 걸쳐 당대 서구철학과 비판적 대화를 벌였던 니시다 키따로오는 1911년 『선의 연구(善の硏究)』를 출판한 후 1945년 작고하기까지 왕성한 저작활동을 보여주었다. 그 방대한 연구성과를 일관하고 있는 핵심주제로 논리·개물·일반·행위·역사·시대 등을 손꼽을 수 있지만, 그중 니시다철학의 근본 모티프가 되는 개념은 '생명'이다.

어떤 면에서 생명주의의 성서라고도 할 법한 『선의 연구』에서 니시다 키따로오는 인간의 삶과 도덕, 예술에서 '순수경험(純粹經驗)'이 지닌 중요성에 관해 각별한 관심을 기울였다. 순수경험이란 "주객 미분의 상태로 자기의 세공이 조금도 섞이지 않는 경험"[24]을 말한다. 즉 그것은 의식의 통일이 이루어지는 순간, 또는 피아합일(彼我合一)이나 주객상몰(主客相沒)의 예외적 순간을 지칭하는 말이다.[25] 부분 속에 거대한 전체가 현현하는 것

23) 鈴木貞美 「大正生命主義研究のいま」, 앞의 책 19~20면.
24) 西田幾多郎 「善の硏究」, 『西田幾多郎全集』 1, 岩波書店 1965, 9면.
25) 선(禪)의 '해탈'이나 불가의 '견성(見性)' 체험은 주객합일의 좋은 예이며, 다른 한편

과 같은 이러한 능동적·활동적·지적·찰나적 경험을 가리켜 니시다 키따로오가 "생명 포착의 순간"[26)]이라 명명하고 있어 주목된다. 자아와 타자, 내부와 외부, 정신과 물체의 견고한 경계가 찰나적으로 와해되어 하나의 통일력을 형성하는 순간은 개아에게 자기 내부의 '생명력'을 회복하는 환희의 순간이다. 니시다 키따로오는 이러한 순수경험이야말로 위대한 예술가의 창조적 원천이라고 역설한다. 이 생명력에 의거하여 우리 안의 "창조적이고 자유이고 무한의 활동"[27)]을 감지할 수 있을 때 세계와 자아의 관계는 새롭게 재설정된다. 주체는 자기의 심저(心底)에서 비로소 "우주를 구성하는 실재의 근본"[28)]과 마주하게 되기 때문이다. 이는 자기 내부에서 "신의 면목을 포착"[29)]하는 것과 다를 바 없다고 말함으로써, 니시다 키따로오는 『선의 연구』가 내포하고 있는 종교의식을 좀더 명료하게 드러낸다.

　니시다 키따로오는 이 책에서 인간의 가장 중요한 목적은 종교적 요구라고 역설하고 있다. 사실 그가 주장하는 순수경험이란 우주의 유일한 근원적 통일력, 곧 우주의 대정신과 접신하는 무한체험을 뜻하는 것이다. 그래서 저자는 종교적 요구란 "자기에 대한 요구이며, 자기의 생명에 대한 요구다. 우리 자신이 상대적으로 유한한 것을 지각함과 동시에, 절대무한의 힘에 합일하여, 그것으로 말미암아 영원의 진생명(眞生命)을 얻으려고 하는 요구"[30)]라고 정의내리고 있다. 여기서 니시다 키따로오는 인간이 신

___

이러한 주객상몰(主客相沒) 체험을 기독교의 부활 신앙의 맥락에서 이해하려는 관점도 있다. 본고는 니시다철학과 기독교의 관련 양상에 좀더 주목하여 논의하고자 한다.

26) 西田幾多郎 「善の研究」, 앞의 책 43면.

27) 西田幾多郎, 앞의 글 93면.

28) 西田幾多郎, 앞의 글 99면.

29) 西田幾多郎, 앞과 동일함.

30) "宗敎的要求は自己に對する要求である、自己の生命に就いて要求である。我我自己がその相對的にして有限なることを覺知すると共に、絕對無限の力に合一して之に由りて永

에게 귀속된다는 것은 한편으로는 자기를 잃는 경험이지만 그것은 다른 한편으로는 자기를 얻는 실로 역설적인 경험이라고 강조하면서, 이른바 "우주의 내면적 통일력"[31]의 실례로 예수의 부활을 들고 있다. 그러고 보면, 『선의 연구』에서 저자는 유한한 개체가 무한한 우주적 합일을 체험하는 순간을 설명하기 위해 매번 '신'을 대입한다. 그가 생각하기에 '신'은 "우주의 근본이며 겸하여 우리의 근본"이 되며, 인간의 창조적 생명력은 오직 "신에게서 생겨나는" 까닭이다.[32]

생명론에서 '신'의 그늘, 즉 신비주의적 요소를 발견하게 되는 것은 기실 니시다 키따로오에게만 특유한 것이 아니라 생명주의 사상의 일반적 경향이라고 할 때,[33] 우리가 '생명'에서 다시금 '영'을 떠올리게 되는 것도 무리는 아니다. '영'이 신문학담론에서 개아의 발현과 밀접한 키워드였던 것과 마찬가지로, 니시다철학의 핵심인 '생명' 역시 인간 내부에서 '참자기'[34]를 발견하는 일과 긴밀하게 맞물려 있기 때문이다. "참자기란 이 통일적 직각을 말하는 것이다. (…) 참된 종교적 각오란 사유에 기초한 추상적 지식도 아니고, 또 단순히 맹목적 감정도 아니다. 지식 및 의지의 근저에 놓인 심원한 통일을 자득하는 것이다. 즉 일종의 지적 직관이며, 깊은

遠の眞生命を得んと欲するの要求である。"西田幾多郎「善の研究」, 앞의 책 169면.

31) 西田幾多郎, 앞의 글 176면.

32) 西田幾多郎「善の研究」, 앞의 책 174면.

33) 鈴木貞美「大正生命主義研究のいま」, 앞의 책 24면.

34) 메이지 이후 일본 지식인들의 최대 과제 중 하나는 '참자기란 무엇인가'라는 질문에 진지하게 답변하는 일이었다. '근대적 자아'에 관해 일본 문학과 철학 방면에서 각각 괄목할 만한 성취를 보여준 작가들이 바로 키따무라 토오꼬꾸와 니시다 키따로오라는 지적이 있다. 이에 관한 상세한 논의는 山田宗睦『日本型思想の源像』, 三一書房 1961를 참조. 니시다 키따로오가 말하는 '순수경험'과 키따무라 토오꼬꾸가 주장한 '내부생명'은 그 시간적 격차만큼 멀리 떨어져 있는 개념이 아니다. 두 개념 모두 근대적 자아의 성립에 관하여 언술하되, 근본적으로 범신론적 신비주의 체험 또는 기독교담론과의 친연성 속에서 사유하고 있기 때문이다.

생명의 포착이다."[35] 여기서 참자기의 산출 조건은 '통일적 직각'이라 전제되어 있다.[36] 이 '직각'의 경험은 앞서 언급한 '순수경험'의 다른 표현이라 해도 무방하다. 이 태초의 정신적 지평 위에서는 지와 의, 동과 정 같은 인위적 구분은 무의미해진다. 지적 직관에 의해 그러한 의식의 대립이 무화되는 순간이야말로 어느 때보다 '종교적'이라 할 만한 순간이다. 이는 인간의 정신이 '심원한 통일'을 이루는 찰나이며, 동시에 자기 내부의 '깊은 생명'을 포착하는 때이기도 하다. 그 '생명'은 외부세계와 개아를 비논리적·신비주의적 경지에서 극적으로 접합시키는 원동력이기에, 생명과의 접촉은 종교적인 의미를 지닐 수밖에 없는 것이다.

　니시다 키따로오가 『선의 연구』를 구상하고 집필하는 과정에서 윌리엄 제임스의 심리학을 적극 참조했다는 것은 주지의 사실이다. '순수경험'이 바로 제임스의 용어(pure experience)의 번역어라는 점, 당시 미국에 유학 중이었던 친우 스즈끼 다이세쯔(鈴木大拙)로부터 제임스의 『종교적 경험의 제상(宗敎的經驗の諸相)』을 소개받아 탐독했다는 점, 그리고 니시다 키따로오 자신이 순수경험을 기독교담론의 문맥 안에서 이해하고 이론화하려 노력했다는 점은 『선의 연구』와 기독교 사이의 관련성에 대해 거듭 주의할 것을 요구한다. 그런데 여기서 특기할 사항은 윌리엄 제임스가 주관과 객관, 개체와 보편의 이원론을 유지한 반면에 니시다 키따로오는 이를 일즉다원론적(一卽多元論的) 입장에서 부정했다는 점이다. 이로써 그가 '생명'이라는 어휘에 얼마나 비범한 의미를 새겨넣으려 했는지 충분히 가늠해볼 수 있다.[37]

---

35) 西田幾多郎 「善の硏究」, 앞의 책 45쪽.
36) '직관'의 구성원리에 대해서는 錦田義富 「直觀哲學の根本原理」, 『ベルグソンの哲学』, 警醒社書店 1913, 89~110면 참조.
37) 니시다 키따로오가 윌리엄 제임스를 수용하되 일본적 맥락에서 굴절시킨 면에 관해서는 코사카 쿠니쯔구 『절대무의 견성철학: 니시다 기타로의 사상』, 김용관 옮김, 장경

그렇다고 해서 '생명'이라는 말 자체가 니시다 키따로오의 전유물인 것은 아니다. 이미 윌리엄 제임스와의 긴밀한 연관성을 언급했지만, 그에 못지않게 베르그송 역시 니시다 키따로오와 그의 시대에 미친 영향력이 지대했다. 니시다 키따로오의 '순수경험'이란 윌리엄 제임스의 용어를 그대로 직역한 것이면서, 동시에 베르그송의 '순수지속' 개념도 내포하고 있다. 베르그송에 관한 다른 글 중 "지속이 긴장하고 돌진하는 데 우리의 생명이 있다"[38]라는 말도 그의 '생명'이 베르그송의 지적 계보 속에서 발언된 것임을 짐작케 해주는 대목이다. 당시 타이쇼오 사상사에서 베르그송의 철학은 데까르뜨 식의 기계론적 합리주의와 대척점에 있었다. 그것은 합리주의를 표방한 서구 유럽의 가치에 대한 비판과 극복을 전제로 하고 있었던 만큼, 베르그송 철학 특히 생명주의에 대한 옹호는 그 자체로 맹목적인 서구 지향으로부터의 이탈을 의미했다.

　어쨌든 타이쇼오기에 널리 회자된 '생명'이라는 말은 영혼과 육체, 정신과 물질 사이에 놓인 근본적인 단절을 폐기하고, 반대로 그 대립항들의 조화로운 통일을 상정하는 인식론적·담론적 재배치 과정에서 생겨났다. 이론상 새로운 문화창조의 원리로서 '생명'이 지닌 최대의 강점은, 거듭 말하지만 일체의 모순대립을 뛰어넘어 자아의 보편성을 보증해준다는 점에 있다. 니시다 키따로오는 일체의 사상적 대립을 초극하기 위해 이론적으로 분투했고, 결국 기존의 생명론을 '내적 생명'으로 차별화하는 대신에 '역사적 생명'이라는 절대적 개념을 내세워 서구와 동양 사상의 일원적 통일을 모색했다. 생명주의에 내장된 보편주의야말로 정신과 물질, 일본과 서구 중 어느 한편도 소홀히 하지 않으면서 양자를 포괄하는 이상적인 문화이념이라 여겨졌다. 니시다 키따로오의 말마따나, "의식 통일의 요구

各 2003을 참조.
38) 西田幾多郞「ベルグソンの純粹持續」, 앞의 책 332면.

x
제3장 생명으로서의 문학　**121**

는 생명 그 자체의 요구로서 자기에게 부분적인 요구가 아니라 전체적 요구"[39]이기 때문이다. 니시다철학의 유행은 이 시기에 이르러 전대의 물질 편향적 사고, 자연에 대한 확고한 지배, 사회진화론에 근거한 우승열패의 신화 등이 낙후한 세계관으로 밀려나는 대신에, 그 자리에 인간의 '영성'을 옹호하고 자연이 지닌 '생명'을 존중하는 분위기가 형성되는 일련의 문화사적 변동을 대변하는 것이었다. 이른바 '문화주의'가 도래함에 따라 국가주의적 편향에서 벗어나 비로소 '자아'나 '개성'의 문제를 탐구할 수 있는 여건이 조성되었다. 영·생명·문화라는 단어가 타이쇼오기 문학사에서 중요한 키워드일 수 있었던 것은 이와 같은 맥락에서였다.

1910년대 후반 조선의 청년지식인들은 니시다 키따로오가 일본적 맥락에서 번안하고 집성한 베르그송의 생철학 사상에 적잖이 침윤되어 있었다. 그들은 베르그송 철학을 원전이 아닌 다른 매개를 통해 수용했을 가능성이 높다. 이를테면『근대사상 16강』이나『근대문학 10강』을 읽고 베르그송 사상에 경도되거나, 또는 시라까바파의 문학을 통해서 그 사상적 분위기에 심취할 수 있었다. 시라까바파의 이상주의는 "웅대한 자연이나 예술의 배후에서 움직이는 생명의 무한한 힘"[40]을 예찬하고 그 생명력의 원천이 되는 자아와 개성을 중시했다는 점에서 타이쇼오 문화주의를 대변하는 문예사상이었다. 아리시마 타께오와 아베 지로오(阿部次郎) 등에게서 직접적인 영향을 받은 작가로는 물론 김동인이나 염상섭이 대표적이지만, 그 당시 일본에 유학중이었던 김여제(金輿濟)·주요한·최승구 등도 시라까바의 이상주의적 경향을 충분히 의식하면서 창작하고 있었다.[41] 이들이 서

39) 허우성「자각주의와 순수 경험」,『근대 일본의 두 얼굴: 니시다 철학』, 문학과지성사 2000, 171면.
40) 吉田精一『明治大正文學史』, 修文館 1957, 284면.
41) 김동인 및 염상섭과 시라까바파의 영향관계는 김윤식「후지지마의 문하생들」,『김동인연구』, 민음사 1987; 김춘미「외국문학과의 관계(2): 일본문학의 체험」,『김동인연구』,

로 다른 문학적 입장과 유파에도 불구하고 동일한 문화적 원천 속에서 문학에 대한 소양을 가다듬었다는 사실은 흥미로운 데가 있다. 다시 말해 자아와 세계의 충만한 일체감, 즉 '주객합일'이라는 시라까바파의 낙관적 비전은 이미 니시다 키따로오가 철학적으로 입론한 것이었고, 식민지조선의 문학청년들에 의해서 다양한 편차를 지닌 채로 수용되었다. 그중 전영택은 타이쇼오기의 지적 분위기를 내면화하고 귀국 이후에도 개성·생명·인도주의를 창작의 주요 이념으로 삼았던 타이쇼오 문화주의의 전형적인 추종자였다.

3. 「생명의 봄」

전영택은 '생명'을 기독교의 맥락에서 지속적으로 활용했던 대표적인 작가다. 그는 인격 개조의 문제를 다룬 글에서 '개조'를 기독교적 '중생(重生)'으로 번안하여 이해하고 있다. 전영택에 따르면 "생명의 근본적 개조"는 예수의 "사람이 거듭나지 아니하면 하나님 나라를 보지 못하리라"라는 가르침에 준거한다.[42] 이는 "자아의 생명"을 개조하기 전에는 여타의 제도·유전·교육 등 사회의 개조가 무의미하기 때문이다.[43] 여기에는 자아의

고려대학교 민족문화연구소 1985; 김윤식 「폐허파와 백화파」, 『염상섭연구』, 서울대학교출판부 1987 참조. 김여제·최승구·주요한의 시가 타이쇼오기의 이상주의와 맺고 있는 깊은 관련성에 대해서는 심원섭 「1910년대 일본 유학생 시인들의 대정기(大正期) 사상 체험」, 앞의 책을 참조.

42) 전영택 「생명의 개조」, 『신생명』 제6호(1924).

43) 여기서 '생명'은 우선 자아의 개성(혹은 인격이나 성품, 도덕적 분별력)을 지칭하며, 다른 한편으로는 "사후의 영원한 세계"에서 인간이 누릴 '영생(永生)' 자체를 의미하기도 한다. 전영택과 같은 기독교도에게 영원한 생명의 근원은 '하나님'이기 때문이다. 전영택 「사모하는 마음」, 『새사람』 제5호(1937).

가장 깊은 부분, 심오한 내면으로부터 나오는 위대한 신성(神聖)이 사회적 실존보다 먼저라는 생각이 있다. 또한 "옛사람을 버리고 생명을 개조"해야 "신생명"을 얻을 수 있다는 전영택의 주장에도 이미 중요한 성경구절이 내장되어 있다. 그 자신이 직접 인용하고 있듯이, "회개하라 천국이 가까웠느니라"나 "사람이 거듭나지 아니하면 하나님 나라를 보지 못하리라" 등은 '영생'에 관해 발언하고 있는 대표적인 성경구절에 해당한다. 이 영생은 두가지 함의를 지닌다. 하나는 조선사회와 민족의 구성원으로서 갱생한다는 의미의 세속적인 영생이며, 다른 하나는 그리스도인으로서 누리는 사후적 영생이다. 따라서 「구습의 타파와 신도덕의 건설」부터 「생명의 개조」(1924)까지 전영택의 생명관을 관통하는 저류는 명백하게 기독교적이다. 물론 여기에는 에머슨의 범신론이 잔류해 있지만, 감리교 신앙과 교리의 수위를 과도하게 넘어서지는 않을 정도다. 전영택이 보여준 이러한 혼재성은 같은 기독교도지만 그보다 개방적이었던 장덕수에게서 훨씬 명료하게 나타난다.

사실 앞장에서 검토한 장덕수의 에세이들은 '영'만이 아니라 '생명'과 관련해서도 매우 중요하게 다루어질 만하다. 장덕수는 「신춘을 영(迎)ᄒ야」에서 성경구절을 여러차례 인용하는 가운데, 전영택의 경우처럼 "회개하라 천국이 갓가왓도다"라는 어구를 의미심장하게 서술하고 있다. 그러나 전영택과 달리 장덕수의 글에서 기독교적 맥락은 크게 부각되지 않는다.

봄바람이 한번 불어오믹 고목이 다시 풀은 싹을 늬며 졸든 풀이 다시 눈을 써 백화가 만발ᄒ니 칫빗 세계가 일신ᄒ야 녹의(綠衣)을 둘러입고 만화(萬花)의 금관을 덥허셧로다! 진실로 춘풍의 취래(吹來)하난 것이 일대기적이 아닐까? 연(然)이나 청년들아 외부 갱생만 생각ᄒ지 말고 다시 내부를 반성ᄒ라 맹자(盲者)는 일월성신의 진미를 바라보지 못하고 롱자(聾者)는 풍풍(颯颯)ᄒ 천지의 일대음악을 듯디 못ᄒ느니 심령이 졸아 눈을 쓰지 못하고 암흑에게 봉쇄되야 자유활동 엇지 못흔 자는 천지 근본 생명천에 물 마시기 극난(極難)ㅎ며 당당한 의지 실현할 목적으로 십자가를 들고 침착ㅎ게 사(死)를 무릅시고 용진(勇進)ㅎ기 곤난ㅎ도다 쑨만 아니라 불가능사로다 신태양이 도라와셔 외부가 갱생ㅎ니 우리도 내부로 광명 횃자루에 불 켜들고 일신일신우일신 ㅎ야보자 일천구백여년 전에 유태광야(猶太廣野)에 대성질호(大聲疾呼)ㅎ던 예언자의 일언 '회개ㅎ라 천국이 갓가왓도다' 흠은 (…) 우리 마음에 통절히 공명ㅎ는 도다[44]

생명천·십자가·예언자 등 기독교적 수사가 없는 것은 아니지만, 장덕수는 자아의 내적 갱생을 춘풍·일월성신·천지의 대음악이라는 자연만물과의 상호작용 속에서 맥락화하고 있다. 다시 말해 그가 말하는 갱생 혹은 중생으로서의 '생명'은 기독교를 근간으로 하되 다른 사상적 원천을 유연하게 포용한다. 우선 그것은 유기적 자연관에 입각한다. "생명이 각처에 발동하는 도다"[45]라는 구절에 잘 나타나 있듯이, 자연은 기계론적으로 고정되어 있는 대상이 아니라 사계절의 순환을 따라 생동하는 유기체다. 따라서 그러한 자연은 인간의 육체 외에 정신에도 "깊흔 쯧과 그 아름다운 표현"[46]을 제공해주는 관조의 대상이 된다. 그 가르침은 자연만물에 내재한 '생명력'에서 연유한다. 자연의 생명력은 새로운 봄을 맞아 도처에서 움트는 초목은 물론 수면과 창공 위로 솟구치는 동물의 형상에서 잘 나타난다. 단단한 장벽을 뚫고 솟구쳐 나오는 생명력이야말로 베르그송이 말한 '생명의 비약'에 해당한다. 장덕수의 글에서 "내부로 발동한 생명력의 충동"[47]이란 자아와 개성에 대한 베르그송적인 생명관의 한 표현이다. 유기

---

44) 장덕수「신춘을 영ㅎ야」,『학지광』제4호(1915), 4면.
45) 장덕수, 앞의 글 2면.
46) 장덕수, 앞의 글 3면.
47) 장덕수, 앞의 글 2면.

체적 자연관, 베르그송적 생명관 외에 이 글에서 또 주목할 사항은 범신론적 세계관이다. 장덕수는 '생명력'이란 결코 정적이거나 냉담한 것이 아니고 부단히 활동하며 온화한 얼굴을 한 것이라 정의하고 있다. 그런 의미에서, '신'은 기독교적인 의미에서의 창조하는 유일신이라고 보기 힘들다. '활동하는 절대자'가 신이라면 그 절대적 존재는 우주 그 자체, 즉 삼라만상을 생동하게 하는 근원적 에너지나 모든 힘의 법칙을 의미하는 것이된다. "우주의 현상은 생명력의 구상화(具象化)요 본원은 생명력의 전일체"[48]라는 말은 범신론의 맥락 속에서 발화된 것임에 틀림없다. 즉 우주를 '근원적 통일력(신)의 표현'으로 보고, 신과 세계의 관계를 본체와 현상으로 파악하는 사유방식이다.

이 범신론적 세계관은 앞서 살펴본 니시다 키따로오에게서도 특징적으로 나타나는 것이다. 사실 「신춘을 영ㅎ야」는 『선의 연구』와 강력한 친연성을 보여준다. 이에 대한 기존 연구는 전무하지만, 장덕수가 니시다 키따로오의 지적 계보 속에서 발화하고 있다는 사실은 신중하게 검토되어야 마땅하다. 특히 장덕수가 인용한 성경구절들은 『선의 연구』에 나오는 그것과 상당수 일치한다. 예컨대 "마음이 맑은 자는 천신(天神)을 견(見)흘지라"(마태복음 5:8)라거나 "생명을 익기는 자는 도리혀 일고 생명을 버리는 자는 도리혀 생명을 획득하니라"(마태복음 10:39)라는 성경구절에 주목할 필요가 있다.

첫번째 구절은 중의적인 해석이 가능하다. 범신론적 세계관에 따르면, '천신'이란 자아의 외부에 실재할 뿐만 아니라 그 내부에도 깃들어 있는 까닭이다. 이 글의 핵심주장은 '청년들이여 생명력으로 전신을 충일케 하라'는 것이다. 그 갱생은 다시 말해 생명과 인격의 핵심이 되는 '심령'과 연관되어 있으며, 심령으로 하여금 그 "신비흔 활동"[49]을 영속케 해준다. 마

---

48) 장덕수, 앞의 글 3면.
49) 장덕수, 앞의 글 6면.

음이 맑다는 것은 그러한 심령의 작용을 이해한다는 것이고, 천신을 본다는 것은 지상낙원을 건설한다는 것이다. 개인의 심령이 일체의 권위에서 자유롭고, 그 활달한 작용이 무한향상과 자유평등의 실현으로 귀결되는 사회란, 장덕수가 인용한 성경구절처럼, 신의 정의가 구현된 "천국"임에 분명하다. 그 천국은 물론 내세의 천국이면서 동시에 현세의 천국이다.

두번째 구절이 지닌 의미는 훨씬 중요하다. 이 구절은 니시다 키따로오가 『선의 연구』에서 핵심으로 강조했던 '종교적 경험'의 내용을 그대로 함축하고 있기 때문이다. 앞서 언급한 대로 니시다 키따로오는 '참자기'의 각성을 부정적인 전환 속에서 발견한 바 있다. 그에게 종교적 요구란 '우리 자신이 상대적으로 유한한 것을 지각함과 동시에, 절대무한의 힘에 합일하여, 그것으로 말미암아 영원의 진생명을 얻으려고 하는 요구'다. 자아의 유한성에 대한 부정적인 자각이 영원한 진생명의 획득과 동시적으로 이루어지는 신비적 체험은 물론 그의 '선(禪)' 체험에서 연유했을 것이다. 하지만 그 종교적 체험은 재래의 관념이 아니라 명백하게 기독교적인 개념과 수사를 통해 표현되고 있다. 여기서 상기한 구절과 함께, "내가 그리스도와 함께 십자가에 못 박혔나니 그런즉 이제는 내가 산 것이 아니요 오직 내 안에 그리스도께서 사신 것이라. 이제 내가 육체 가운데 사는 것은 나를 사랑하사 나를 위하여 자기 몸을 버리신 하나님의 아들을 믿는 믿음 안에서 사는 것이라"(갈라디아서 2:20)라는 구절을 음미해보는 것은 유의미하다. 니시다 키따로오는 바울의 이 고백에 힘입어 비로소 종교적 요구의 본질을 간파하고 이를 근대적인 용어로 개념화할 수 있었다.[50] 신의 의지와 자아의 의지가 일치하고 부정이 더 큰 긍정으로 고양되는, 바로 그 같은 주객합일의 신비적 체험에 비단 종교뿐만 아니라 도덕과 예술의 근본원리

---

50) 浅見洋「キリスト教理解の原型とその展開」, 『西田幾多郎とキリスト教の對話』, 朝文社 2000, 42~43면.

가 내재해 있다는 것이 니시다 키따로오의 주장이었다. 이 성경구절을 장덕수 역시 의미심장하게 활용했다.

이제 자아와 개성을 표현하고 함양하는 데 필수적이었던 '생명'이라는 말이 근본적으로 기독교의 맥락에서 조성되어왔다는 점이 분명해졌다.[51] '생명'에 관한 한 일본 근대문학사에서 가장 선구적이었던 키따무라 토오꼬꾸 역시 자신의 기독교신앙으로부터 이 말이 지닌 심오한 의미를 체득할 수 있었다. 그의 '생명'은 기독교적 함의를 근간으로 하되, 칼라일부터 에머슨까지 폭넓은 원천 속에서 계발된 말이다. 즉 '생명'이라는 말 안에는 신의 은총으로 죄에서 구원된다는 의미 외에도, 우주의 신성한 관념을 표현한다는 칼라일 사상과 신과 인간의 직접적인 교감을 중시하는 에머슨식 자유주의 신학이 혼재되어 있다. 신비적 종교관에 근거한 키따무라 토오꼬꾸의 생명관은 '천부인권(天賦人權)'에 상응하는 자율성의 이념을 문학 내부에 정착시키는 데 공헌했다. 그의 '내부생명'은 "인간 천부의 영성"을 뜻하기 때문이다.[52]

전영택의 사유 속에서 '영'과 '생명'이 자유롭게 호환될 수 있었던 것은 이 때문이었다. 이 말들에 내포된 신비적 종교성을 가공 없이 드러내는 소설이 바로 「생명의 봄」이다. 그런 면에서, 이 시기의 다른 어떤 소설보다 「생명의 봄」을 우선적으로 살펴볼 필요가 있다. 문학담론의 역사적 전개

---

51) 개성과 생명의 관계에 대해서는 여러 연구자들이 산발적으로 지적한 바 있으나, 이 말의 기독교적 원천은 거의 주목되지 않았다. 황호덕 「1920년대초 동인지 문학의 성격과 미적 주체 담론」, 성균관대 석사학위논문 1997, 120~27면; 심원섭 「1910년대 일본 유학생 시인들의 대정기(大正期) 사상 체험」, 앞의 책; 김동식 「한국의 근대적 문학 개념 형성과정 연구」, 서울대 박사학위논문 1999, 115~16면; 우정권 「고백소설의 서사양식」, 『한국 근대 고백소설의 형성과 서사양식』, 소명출판 2004, 120~24면; 조영복 「황석우의 『근대사조』와 근대초기 잡지의 '불온성'」, 『한국현대문학연구』 17, 한국현대문학회 2005, 70~73면.

52) 笹淵友一 「北村透谷」, 『「文學界」とその 時代』(上), 明治書院 1955, 114면.

속에서 곧 사라지게 될 자아각성의 종교적 원천을 이 소설은 고스란히 응축하고 있는 까닭이다.

『창조』에 발표된 전영택의 자전적 소설 「생명의 봄」에는 근대적 개인의 자아각성과 관련하여 중요한 장면이 암시되어 있다. P목사의 영결식장에서 추도사를 낭독하던 중 자신의 아내도 저렇게 허망하게 죽을지 모른다는 생각에 충격을 받은 나영순은 "산 사람을 구하야"[53] 한다는 일념으로 단숨에 아내가 투옥되어 있는 평양감옥을 찾아나선다. 다분히 즉흥적인 행동이었지만, 그곳에서 영순은 남다른 깨달음을 얻게 된다. 인생의 고통·근심·슬픔·죽음이 그 자체로 "참소설"(5: 11면)이며, "아름다운 예술"(5: 10면)이라는 깨달음이다. P목사의 죽음도 허망하게만 여길 것이 아니라, 죽음은 그것대로 "위대하고도 현묘한 시"(5: 10면)가 된다고 생각을 달리한다. 이처럼 영순이 현실과 예술을 서로 동일시할 수 있게 된 것은 현실 세계에도 예술작품을 통해 경험할 수 있는 것과 다를 바 없는 어떤 초월성이 내재해 있다고 믿기 때문이다. 자신이 발 딛고 선 현실은 "모든 생명을 죽"이는 "차고 괴로운 겨울"(5: 16면)이라며 절망을 느꼈던 주인공이 누이의 노래를 듣고 나서 구원에 대한 감격으로 기뻐하게 되는 이유도 그러한 초월과 비약의 계기 때문이다. 그는 '죽음의 겨울'이 지나가면 '생명의 봄'이 돌아오는, 계절의 순환을 더이상 범상하게 받아들이지 않는다. 죽음으로 뒤덮인 대지에 생명이 움트는 자연의 섭리는 영순에게 일종의 "묵시"(5: 18면)와 같은 것이어서, 그것은 허망한 죽음으로 인해 빠져든 절망의 나락으로부터 그 자신과 민족을 구원해줄 새로운 삶의 약속이 된다. 3·1운동의 좌절이라는 민족적 비극과 아내의 투옥이라는 개인적 비극이 서로 중첩되는 상황 속에서 영순이 예감하고 있는 그 같은 낙관적 전망은 동시대의 다

---

53) 전영택 「생명의 봄」, 『창조』 제5호(1920), 6면. 이하 연재호수와 인용면수를 본문에 표기함.

른 작품에서 찾아보기 힘든 것이다. 자신을 둘러싼 식민지 현실을 '죽음' 그 자체가 아닌, 미래의 '생명'을 현시하는 하나의 예표(豫表)로 받아들이는 태도야말로 작가 전영택이 시라까바파 혹은 타이쇼오기 문화주의로부터 전수받은 미덕에 속한다.

물론 주인공이 '현실'과 '예술'의 경험을 무차별적으로 동일시하는 것은 그 자체로 비현실적이고 몰역사적인 혐의가 짙지만, 다른 한편 바로 그러한 이유에서 더할 바 없이 낭만주의적인 품성을 보유하게 되는 것이다. 그의 '영혼의 병'(mal de siècle)은 아내가 투옥된 사건을 전후로 더욱 극심해졌다. 영순이 낭만주의의 병을 앓은 이유는 그의 심리적 불안이 종교적 좌절과 무관하지 않기 때문이다. 즉 종교에 대한 갈망과 동시에 그것을 도무지 내면화하지 못하는 마음속 의심 사이에서 영순은 끊임없이 동요하고 있었다. 채워지지 않는 종교적 열망이란 18세기 이후에 처음 나타난 경험이라 할 정도로, 낭만주의에 특유한 경험이다. 그런 의미에서 "내부생활의 중심"(6: 29면)을 상실한 영순은 세상사에 대한 활력 역시 잃어버리고 말았다. 낭만주의적인 허무주의에 침윤된 나머지 영순은 개성을 계발하는 일이나 사회 봉사, 종교적 실천 같은 일에 좀처럼 열정을 쏟기 어렵게 되었고, '예술'과 '종교' 어느 쪽으로도 삶의 방향을 정할 수 없었다.

이런 나약한 낭만주의자가 "인생과 세계가 소설이다"(5: 10면)라거나 "사랑은 예술의 본질이다. 예술은 사랑이다. 올타 사랑과 예술은 하나이다"(5: 12면)라고 말하게 되었다면, 그것은 '사랑'이 인간의 범속한 삶에 초월적 비약을 선사해주는 유일한 활력이라는 사실을 어느 순간 깨달았기 때문이다. 실제로 아내를 죽음의 나락에서 끌어올린 것은 영순이 보여준 헌신과 희생, 즉 인간에 대한 지극한 '사랑'이다. 영순을 따라다니는 환청과 환각은 그가 사랑의 '생명력'을 실감하는 찰나에 불현듯 들리거나 보인다. 그러나 '희생적 사랑'이 주는 삶의 계시는 신의 절대권위에 대한 예속을 정당화하게 마련이다. 신의 숭고한 사랑을 세속화하는 일은 그 자체로 이미

'개인주체의 절대화'와는 정반대의 길을 선택하는 것이 되고 만다.

영순은 안해의 손에서 따뜻한 온기가 자기 손으로 건너와서 왼몸으로 퍼지고, 쥐노는 맥박의 파동이 건너와서 자긔의 심장으로 드러가 부듸쳐 감응이 되는 거슬 깨다랏다. 그리고 양편 혈맥이 연락이 되어 전신을 돌고 양편 심장이 서로 조율을 마쳐서 쉬지 아니하고 쮤 째에, 새로운 생명을 노래하는 듯한 엇든 머스티칼한 곡조의 합주를 드럿다. 영선과 눈만 서로 마주보고, 무아몽중의 상태로 서이슬 째에 그는 영의 교통을 깨다랏다. 영의 융합! 생명의 합체! 그는 이거슬 확실히 경험하엿다.(7: 6면)

이 장면에서 흥미로운 것은 사랑에 기반한 '종교적' 신비주의 체험과 새 생명의 예찬 속에서 이루어지는 '예술적' 신비주의 체험이 혼용되어 나타나고 있다는 점이다. 이미 니시다 키따로오의 『선의 연구』와 관련해 언급하고, 낭만주의에 내재된 종교적 계기에 대해서도 지적한 바 있지만, 예술과 종교의 내연성은 이 시기에 광범위하게 나타난 미학운동의 중요한 전제 중 하나였다. 이를테면 "정치운동은 그 방면 사람에게 맡기고 우리는 문학하겠다는 미적 청년의 의식은 인간의 정신과 내면을 관장하는 종교의 역할을 떠맡은 것을 의미"[54]한다. 그래서 영순은 사랑의 신비성(종교)에 흠뻑 감화되었다가도 이내 춤추는 소녀의 환영(예술)에 들리게 된다. 즉 때로는 "셰상도 스러지고 자기 자신도 니저버리고, 오직 련해 흘너 도라가는 맑은 사랑의 흐름"(7: 6면)을 의식하는 가운데 "한개 새로운 생명이 노래하며 춤추"(7: 6면)는 광경을 눈앞에서 바라보게 되며, 또 때로는 아름다운 "자연미에 견댈 수 없는 동경과 애착을 늣기여 한참이나 엑스타시"에 빠져들었다가 그 순간의 영상을 "그 자연을 엇더케든지 자기 손으로 표현하고 십흔 극

___
54) 소영현 「미적 청년의 출현」, 『문학청년의 탄생』, 푸른역사 2008, 204면.

히 강한 무럭무럭 니러나는 예술적 충동"(7: 12면)을 깨닫고 "전신의 피가 한번 새로 쉬슬어 도라가는 듯한 힘과, 참예술가가 홀노 맛볼 것 갓흔 깃븜과 만족"(7: 12면)에 휩싸이기도 하는 것이다.

그러던 중 영순은 자기 내부의 생명충동을 혹한에 맞설 힘의 원천으로 터득하기 시작했고, 그 내적 생명력에 힘입어 스스로를 자유롭게 창조하고 표현하고 싶다는 미적 욕망에 '들리기' 시작했다. 자아와 세계의 합리적인 경계가 일순간 허물어지는 "무아몽중의 상태"(7: 6면) ―― 새로운 세계가 열리는 혼돈의 상태는 근대적 자아의 탄생을 위해서는 더 없이 좋은 조건인 셈이다. 주지하다시피, 외부세계와 대면하여 자신의 위상을 재정립하는 과정에서 주인공이 지각하게 되는 자기 내부의 창조력(예술적 충동)은 '생명'이라는 말로 표현되고 있다. 또한 영순은 아내와의 대화 중에 무엇보다 먼저 "진실하고 생명잇는 사람"(6: 39면)이 될 것을 다짐한다. 물론 영순이 삶의 절대적인 기준을 얻게 된 것은 아니었던 듯하다. 아내가 무사히 출옥하고 건강을 회복한 직후, 영순은 여전히 삶의 방향을 정하지 못한 자신의 위태로운 내면을 아내에게 토로하며 아내를 홀로 남겨둔 채 어딘가로 떠나기 때문이다. 하지만 그의 가출은 아직도 스스로를 보잘것없고 작은 존재로 여겨서가 아니라, 오히려 "심오하고 숭고하고 귀한"(7: 12면) 존재로 느낄 수 있기에 가능한 여정이었다. 진정한 자아를 찾아가는 여로에서 주인공 영순이 무엇을 얻었는지는 매우 불확실하지만, 그의 '떠남' 자체가 지닌 근대적 의의를 부인하기는 힘들다. 그가 이미 전우주와의 신비로운 교감 속에서 자아의 무한한 확장을 경험한 이상, 세속적인 가족제도나 종교적 권위 따위에 구속되어 있을 리 만무하다. 마침내 아내의 생명을 구원한 날, 영순이 자연미의 감격으로부터 강렬한 '예술적 충동'을 깨닫는 과정은 그의 말마따나 '참예술가'나 누려볼 만한 기쁨이다.

「생명의 봄」은 근대적 주체의 형성과 관련하여 중요한 사항들을 시사한다. 우선 신비주의 체험은 개인이 스스로를 근대적 주체로 재정립할 때 불가피하게 거쳐야 할 과정에 해당한다. 자연·종교·예술의 심오한 내연관계 속에서 영순은 자신이 비범한 존재임을 깨닫게 될 뿐만 아니라 자신을 구속하는 관습과 규범으로부터 자아의 해방을 주장하게 된다. 동시에 그것은 예술가주체의 신생을 의미한다. 장엄하고 미려한 풍경을 자기 손으로 직접 재현하고야 말겠다는 영순의 충동은 근대예술가에게 특유한 자의식이면서 무한한 창조력의 원천이 되는 것이다. 비록 전영택이 예술가 대신 종교가의 길을 선택했다고 하더라도, 그의 중편「생명의 봄」은 1920년대 동인지세대가 공통적으로 지녔던 예술가적 자의식의 원형을 흥미롭게 예증해준다. 엑스터시의 경험을 통해 자아를 신성화하는 방식이 전영택에게만 고유한 것이 아님은 동시대 다른 동인지문학에서도 어렵지 않게 확인할 수 있다. 그중 1921년『폐허』에 발표된 오상순의 평론은「생명의 봄」에 대한 논리적 화답이라 할 만하다.

4. 종교와 예술

오상순은 1918년 일본 도오시샤(同志社)대학 종교철학과를 졸업하고 이듬해 귀국해서 염상섭·김억·변영로 등과 함께 순문예지『폐허』를 창간했다. 오상순이『폐허』창간호에 게재한 득의의 평론이 바로「시대고(時代苦)와 그 희생」이다. 이 글은 자신과 같은 청년세대에게 주어진 신문화 건설의 역사적 사명과 그 의의를 쟁점화하고 있다. 조선이 '황량한 폐허'이고 자기 세대가 '비통한 번민의 시대'를 살고 있다는 것은 알다시피『폐허』의 창간멤버들이 공유한 자의식이었다. 식민지조선의 청년들이 심중에 품기 마련인 온갖 불만과 결핍의 감정을 오상순은 서두에서 일일이 열거하고 있는데, 이는 그들 세대의 문제성을 드러내기에 충분해 보인다. 조선사회가 '폐허'에 불과하다는 인식이 그의 말마따나 "청년의 심장을 짝이는 듯한 압흔 소리"이고 "소름이 씻치는 무서운 소리"라 할지라도 그는 이 엄연한 사실을 인정하는 데서부터 시작해야 한다고 말한다.[55]

그렇다면 멸망과 죽음이 도저한 세계에서 청년세대의 자기주장은 요원할 수밖에 없는 것인가. 오상순은 청년세대가 역사의 주인이고 그들의 사회적·문화적 요구가 "최고이상"이자 "우주적 의미"를 지닌 것임을 역설하고 있다. 그에 따르면, 청년의 "생은 실로 우주적 대생명의 유동적 창조요, 그 활현(活現)임을 쌔"[56]달아야만 한다. 내 안에 우주적 대생명이 유동하고 그것이 무한한 창조력의 원천이 된다는 사실을 통각한 자만이 진정한 의미에서의 '청년'이라는 것이다. 그러한 청년은 더이상 "영구한 죽음"에 사로잡혀 번민하거나 절망할 필요가 없다. "황량흔 폐허를 뒷고선 우리의 발밋헤, 무슨 한개의 어린 싹이 소사난다. 아 ─ 귀ᅙᅩ도 반갑다. 어리고 프른 싹! 이 어린 싹이 장차 장성ᄒᆞ야, 폐허를 덥는 무성흔 생명수가 될 것을 싱각하니 실로 깃브다."[57]

그럼에도 아직 풀리지 않는 문제는 청년의 요구가 아무리 정당한 것이라 해도 조선사회가 이를 수용하기에는 여전히 완강하고 폭력적이라는 데 있다. 청년세대가 자신들을 둘러싼 모든 "인습적, 노예적 생활의 양식"을 파괴하지 않고서는 "유일의 생명, 이상자유의 요구"는 결코 실현될 수 없는 것이다.[58] 그래서 오상순은 문화 투쟁의 제1원칙으로 "파괴"를 내세우고 있으며, 그 연후에야 비로소 "영구한 창조"의 작업을 추진할 수 있다고 주장한다.[59] "진선미"와 자유를 향한 숭고한 투쟁에서 오상순이 인용한 로망 롤랑(Romain Rolland)의 명구(名句)는 이와 같은 주장의 핵심을 집약

---

55) 오상순 「시대고와 그 희생」, 『폐허』 창간호(1920), 52면.
56) 오상순, 앞의 글 53면.
57) 오상순, 앞과 동일함.
58) 오상순, 앞의 글 54면.
59) 오상순, 앞의 글 55면.

하여 보여준다. "나는 허무와 싸호는 생명일다. 밤에 타는 불곳일다. 나는 밤은 아니다. 영원한 싸홈일다. 엇더한 영원한 운명이라도 이 싸홈을 나려다보지는 못한다. 나는 영원히 싸호는 자유의지일다. 쟈—나와 함끠 싸호쟈, 타거라. 부단히 싸호지 안으면 안이된다. 신도 부단코 싸호고 잇다. 신은 정복자일다. 비유하면, 육을 탐식하는 사자와 갓다."[60] 로맹 롤랑의 말은 오상순 세대의 역사적 책무를 숭고한 것으로 보증해주는 데 일조하지만, 그러한 생명추구는 불가피한 댓가를 요구한다. 자기 존재의 비약과 확장을 도모하기 위해서는 반드시 스스로를 희생하는 과정이 뒤따르기 때문이다. 오로지 참자기를 실현하는 일에 매진할 것인가, 아니면 시대적 사명을 위해 헌신할 것인가의 문제는 근대적 자아에게 부과된 태생적인 딜레마인지 모른다. 알다시피 자아의 근대적 각성은 내면성의 영역과 공동체의 영역에서 동시적으로 발생하는 사건이며, 두 영역 사이의 심연은 근대적 존재에게 축복이자 저주가 된다. 오상순도 그들 청년세대 앞에 놓인 이 딜레마를 의식하고 "위대한 가치와 비상한 운명의 연원"[61]이라 부르고 있다.

그 두가지 선택지 중 「시대고와 그 희생」은 과감하게 파괴와 창조의 변증법적 역사 투쟁의 선두로 나설 것을 주장한다. 설령 "자기부정의 희생을 요구하는 잔인한" 운명이라도 그것이 "시대의 정신"이 요구하는 지상명령이라면 부정할 도리가 없다고 말한다.[62] 이들의 선택이 자기희생에 근거하고 있는 만큼, "부도덕자"나 "우자(愚者)" "유치자(幼稚者)"로 간주하는 세상의 그릇된 시선에 더이상 휘둘릴 까닭은 없다. 오상순은 청년들의 희생에 값하는, 삶의 궁극적 가치를 "우리 이상(以上)의 것 즉 영원한 생명"[63]이라 명명하고 있다.

---

60) 오상순, 앞의 글 56면.
61) 오상순, 앞의 글 58면.
62) 오상순, 앞과 동일함.
63) 오상순, 앞의 글 62면.

우리는 시대의 희생이 되는 것을 두려워할 필요는 업다. 또 굿태여, 남으로 하야곰 손(遜)하게 할 것도 업다. 희생은 본래부터 비극일다. 그러나 영원한 내적 세계에서는, 그것은 가장 숭고하고 장엄한 부활이다. 아모리 적은 희생이라도, 아모리 정익(靜謐)한 침묵에 파뭇친 희생일지라도 영생의 빗속에 들어오지 안을 것은 업다. (…) 영원한 생명의 세계에서는 여하한 존재라도 축복 아니되며, 영생화되지 안코 소멸하는 것은 절대로 업슬 것임으로. 이것이 우리 청년의 열정적 신앙일다.[64]

오상순이 수차례 역설한 '청년의 신앙'이란 기독교적인 어휘·개념·수사에 의거한다. 예컨대 "음부의 권위"나 "사망의 가시" "생명수"는 물론이고 종결부에 등장하는 최후의 "심판"은 기독교의 종말론을 다분히 연상시키는 표현에 속한다. 그러나 가장 중요하게는, 이 '영생'이라는 말 자체에 이미 기독교적 맥락이 함축되어 있다. 도오시샤대학의 종교철학 전공자였고 귀국 직후 전도사 생활을 했다는 개인적 이력에 걸맞게 그의 문학적·비평적 언술은 명백하게 기독교담론에 빚지고 있는 것이다. 오상순의 문학평론에 내재된 종교성은 『폐허』 제2호에 발표된 「종교와 예술」이라는 장문의 평론에서 좀더 명징하게 표현되기에 이른다. 그는 예술과 종교의 관계를 논하기 위해서는 여타의 종교 중 "기독교의 예를 다용(多用)"할 수밖에 없다고 서두에서 부언한 바 있다.

예수의 경구로부터 시작되는 이 글은 그 제목에 드러난 대로 '예술'과 '종교'의 관련성에 대한 오상순의 지적인 성찰을 담고 있다. 그는 인생의 "이대요소"인 종교와 예술이 서로 "쌍생아" 관계라고 전제한다. 그에 의하면 예술은 불안정한 인간 삶에 자유와 조화의 은총을 베풀고, "심미성"의

---

64) 오상순, 앞의 글 63면.

만족을 통해 "별천지"를 창조하는 기쁨을 가져다준다. 그런데 예술이 선사하는 "신천지"에의 감응은 종교에서 "천국"에의 그것과 흡사하다. 인간에게 유한한 세속사를 초월하여 무한한 삶의 가능성을 예감케 한다는 점에서 종교와 예술의 영역은 크게 다르지 않아 보인다. '영능(靈能)' '영안(靈眼)' '영계(靈界)'라는 표현에서 이미 짐작할 수 있는 것처럼, 종교가 인간에게 가져다주는 최상의 은총은 그 개인의 영적 자각을 촉발한다는 데 있다. 유한하고 비속한 인생에 어떤 무한하고 숭고한 가치와 의미를 부여하는 것이야말로 종교의 중요한 존립근거다. 그것을 천국이라 부르든 혹은 신천지라 부르든 간에 완미(完美)한 대상에 심취하여 지속적으로 감각적 환락을 누릴 수 있는 인생이란 그 얼마나 유의미한가. 오상순은 예술적 가능성의 원천을 이렇듯 종교에서 궁구하고 있다.

오상순은 고대사를 전거로 내세워 예로부터 종교를 신봉하는 민족은 곧 예술문명을 구비한 민족이라고 주장한다. 그중 흥미로운 것은 "인심에는 측지할 수 업는 심(深)이 잇느니 기저에 신이 존재하시는 고(故)라"[65]라는 구절이다. 그는 인간 영혼에 내재하는 '신' 혹은 "종교심"을 다시 예술의 층위에서, "심미적 성정"[66]이라 번안하여 이해하고 있다. 이 경우 인간 내부의 '종교심'은 예술적 원천으로서의 '심미성'보다 앞서는 것이다. 인류문명의 초기에는 원시적인 범신론의 세계상 속에서 예술과 종교가 지극히 조화로운 경지에 도달했고, 오상순의 말마따나 "에덴동산"이라고 칭해도 좋을 만한 자연미를 구현하고 있었다. 그 조화로운 세계상은 물론 고대 그리스문명에서 절정에 달했다. 그러나 헬레니즘문명이 점차 쇠퇴해감에 따라 종교와 예술의 조화로운 발전은 곧 와해되었고, 그후 헤브라이즘문화가 그리스전통을 계승하게 되었다. 다시 중세 암흑기와 르네상스로 이어

---

65) 오상순「종교와 예술」,『폐허』제2호(1921), 4면.
66) 오상순, 앞과 동일함.

지는 역사적 진술 속에서 오상순은 마침내 종교개혁에 주목하여, 종교상의 변혁이 다른 인간활동 영역에 두루 파급되는 상황을 상술한다. 즉 종교적 자유는 사상·정치·사회는 물론이고 근대예술에까지 심중한 영향을 끼쳤음을 강조하는 것이다. 요컨대 방대한 분량으로 인류문화사를 개괄하는 과정을 통해 오상순이 궁극적으로 확증하고자 했던 것은 근대 문예의 기원으로서 종교가 지닌 독보적인 권능이었다. 고대문명의 발흥으로부터 루소의 자연주의 사상에 이르기까지 종교는 예술의 흥륭에 깊이 관여해왔다고 해도 무방하다.

「종교와 예술」의 후반부는 근대 종교와 예술의 관계를 새롭게 재정립하는 데 집중한다. 일찍이 글의 서두에서 오상순은 예술과 종교가 쌍생아 관계임을 언급하는 가운데, 양자가 "갓흔 우주의 오저(奧底)에 배태되며 갓흔 생명의 혈액에 길"[67]러졌다고 말한 바 있다. 이제 그 공통의 '혈액'을 오상순은 크게 세가지로 나누어 상론한다.

첫째는 '감정'의 영역이다. 그에 의하면 예술과 종교는 공통적으로 인간의 '감정'에 기반하고 있으며, 무한과 절대를 동경하는 인간의 종교적 감정이란 결국 미를 동경하는 데서 연원하는 심미성의 감정과 다르지 않다. 게다가 오상순은 세상의 종교는 대개 이성과 의지에 근거하게 마련이지만, 기독교는 "심현(深玄)한 철리(哲理)와 건실한 도덕" 외에도 "순결성고한 감정생활"을 보유하고 있다고 지적한다. "심(心)이 빈(貧)한 자는 복이 잇나니, 그는 신을 보리라"라는 성경의 한 구절을 자의적으로 원용하면서 그는 마음이 이성의 작용보다 먼저임을 거듭 역설한다. 종교적 감정작용은 유한한 인간이 신의 무한성을 지각하는 순간에 그 최대치에 도달하게 된다.

둘째는 '상상력'의 영역이다. 오상순은 위대한 종교가나 예술가 모두

---

67) 오상순「종교와 예술」, 앞과 동일함.

"풍부하고 순후한 상상력"으로 우주적 진리를 내면화하고 그로써 위업을 성취할 수 있었다고 설명한다. 예컨대 "신을 천부(天父)로 앙(仰)하고 인류를 동포형제"로 포용할 수 있었던 예수는 성인의 풍모에 부합하는 "영활(靈活)한 상상력"을 보유했던 것이다.

오상순이 특히 주목한 마지막 영역은 '직관'이다.[68] 이 항목은 사실상 상기한 두가지 요건을 모두 포괄하는 것으로, 이를테면 감정이나 상상력은 직관을 매개로 하지 않고서는 온전히 발현될 수 없다. 왜냐하면 이 직관에 의한 경험은 이성의 작용으로는 도무지 불가해하기 때문이다.

인(人)은 미(美)가 하고(何故)로 미인가를 설명할 수 업슴과 갓치 일체의 종교적 실험도 기감교부응(其感交孚應)의 찰나에 재(在)하야는 기하고(其何故)임을 입증키 불능하다. 연(然)이나 한번 아름다운 화상(畫像)의 전(前)에 입(立)하는 자 ─ 하고(何故)인 줄 미지(未知)하는 일종오묘(一種奧妙)한 미감에 혼을 쎄앗겨 도연(陶然)히 용(溶)함과 여(如)한 낙경(樂境)에 입(入)함과 갓치, 한번 신교영감(神交靈感)의 종교적 실험을 미(味)하는 자 무엇인

---

68) 오상순도 직접 인용하고 있는 슐라이어마허(F. D. E. Schleiermacher)는 그의 『종교론』(*Über die Religion*, 1779)에서 '직관'에 대해 심도있는 논의를 전개했다. 무한자와 접신하는 순간에 대한 묘사는 본고의 논의와 관련해서도 중요하게 참조할 만하다. "나는 무한한 세계의 가슴에 눕는다. 이 순간 나는 이 무한한 세계의 영혼이다. 나는 그의 능력과 그 무한한 삶을 마치 나의 것인 양 느끼기 때문이다. 나는 그 근육과 팔다리를 나의 것인 양 뻗어보기 때문에, 이 무한한 세계는 이 순간 나의 몸이다. 그 깊숙한 신경은 나의 것인 양 내 감각과 예감을 따라 움직인다. 여기 경미한 감동과 충격이 있으며 거룩한 껴안음이 흩날린다. 비로소 직관이 분리된 형태로 내 앞에 있으며, 나는 이 직관을 재어본다. 직관은 젊은이의 열린 눈 속에서 스스로를 빼앗는 연인들의 형상같이 열린 영혼 가운데서 반사된다. 이제 비로소 감정은 내면으로부터 힘쓰기 시작하고 그 뺨에 스미는 수줍음과 기쁨이 홍조같이 퍼져나간다. 이때야말로 종교가 최고로 만발한 순간이다. (…) 이 순간은 종교 속의 모든 생명체가 탄생하는 시간이다." 슐라이어마허 『종교론』, 최신한 옮김, 대한기독교서회 2002, 74~75면.

지 모르는 일종유현(一種幽玄)한 대광명에 접하야 황홀히 취함 갓흔 영계(靈界)의 묘취(妙趣)를 포득(捕得)하는 자—시기이지(是豈理智)의 예봉(銳鋒)으로써 투관(透貫)할 수 잇슬 바랴. 피심미적(彼審美的) 성정을 미유(未有)한 자—우(愚)라 하고 광(狂)이라 할지라도 불관(不關)하는 배라. 미는 어대까지 미요 진은 어대까지 진임을 엇지하랴. 직각(直覺)은 사실(事實)이다. 고답탈속(高踏脫俗)의 인(人)은 능히 차영적(此靈的) 이기(利器)를 제(提)하야 범안(凡眼)의 투관키 불능한 우주인전(宇宙人全)의 진상(眞相)을 통찰하며 현상계의 오저(奧底)에 잠재한 대의의(大意義)를 이해하야, 혹은 차(此)를 예술의 작품에 올니며 혹은 차를 자가(自家) 인격의 영광에 실현할지로다.[69]

미적인 영역에서의 황홀경은 종교적 영통의 경험과 동일시되고 있다. 다시 말해, 무한자에 접신했을 때의 이른바 '신교영감(神交靈感)'의 종교적 경험은 예술가가 미적 대상에 심취하여 몰아의 경지에 도달하는 것과 결코 다르지 않다. 따라서 우주의 진상을 통찰한 개인은 그가 예술가이든 종교가이든 간에 다만 '직각'을 통해 그 예외적 경험을 이해하거나 표현할 수 있을 뿐이다.[70] 다른 이들이 그를 가리켜 어리석은 자, 심지어 광인이라 멸시하더라도 관계치 않을 만큼, 그의 내면은 인생과 자연의 비의를 통각한 자로서의 자부심으로 충만할 것이다. 오상순이 강조한 '직관'은 니시다 키따로오가 『선의 연구』에서 말한 순수경험으로서의 '통일적 직각'과 상통하는 개념이다.

---

69) 오상순 「종교와 예술」, 앞의 책 20면.
70) 이 당시 많은 일본유학생들이 참조했던 『근대사상 16강』에서 이꾸따 초오꼬오는 사물의 진상(眞相)은 베르그송의 '순수지각', 즉 '직관'에 의해서 비로소 감득될 성질의 것이라고 말했다. 그에 따르면 보통 말하는 '지각'은 상식적으로 설명된 것, 과학적 이성에 의해 관념화된 공리적 개념에 불과하다. 「ベルクソンの直觀の哲學」, 『近代思想十六講』, 新潮社 1939, 425~27면.

이 시기에 오상순이 르네상스 이래의 유럽문명을 거론하면서까지 신비주의적 감응을 문제 삼았던 이유는 과연 무엇인가 묻지 않을 수 없다. 『폐허』라는 이름에도 암시되어 있듯이, 이들 청년문사의 문화적 기획은 자신이 속한 사회와의 단절을 전제로 한다. 그들이 일본에서 배우고 익힌 근대예술의 이념과 지식은 식민지조선이라는 반봉건적 사회조건 속에서는 그에 합당한 권능을 지닐 수 없었다. 게다가 이광수나 최남선 같은 계몽적 지식인에 의해서도 이들 세대는 그리 후한 평가를 기대할 수 없는 상황이었다. 오상순이 「시대고와 그 희생」에서, 선구적인 예술가가 감내해야 할 비난으로 상술한 내용은 그대로 당대 청년예술가들의 심리적·사회적 위상을 대변해준다. 그런데 오상순이 종교와 예술의 관련성을 언급하면서 제기한 세가지 요건은 '영혼'의 수사학과 긴밀하게 연관되어 있었다. 근대적 개인의 우주적 접촉을 재현하기 위해 동원된 수사들, 즉 '영' '영안' '영활(靈活)' 등의 표현은 학지광세대의 경우와 마찬가지로 기독교적 언술에 속하는 것이다. 따라서 오상순의 낭만주의에 내재된 종교적 언술은 결국 예술가 자신의 뿌리 깊은 종교적 갈망을 드러낸다. 쎈크(H. G. Schenk)는 유럽 낭만주의 정신의 기원을 분석한 글에서 그 핵심으로 '종교성'을 거론했는데, 그는 "종교에 대한 갈망"과 그것을 받아들일 수 없는 "무능"이 유럽의 낭만주의 정신을 지배했다고 지적한다. "낭만주의 시대 이전에는 결코 이 두 현상이 이렇듯 풀 수 없이 뒤얽혀 있었던 적이 없었다. 다시 말해서 적어도 전에는 인간의 영혼에 존재하는 역설적 요소가 그렇게 무자비하게 눈부신 의식의 햇빛에 노출된 적이 없었다."[71] 그런 의미에서 오상순의 글은 그 자신을 포함한 문학적 보헤미안들이 왜 '종교'의 의장을 빌려 예술에 관해 발화할 수밖에 없었는지, 왜 속악한 외부세계에 대한 극단적

---

71) H. G. 쎈크 「신에 대한 반항과 종교적 좌절」, 『유럽 낭만주의의 정신』, 이영석 옮김, 대광문화사 1991, 105면.

인 대립을 통해 자기 정체성을 구성하려 했는지에 관해 중요한 실마리를 제공해준다. 종교적 체험에는 무엇보다 문학적 보헤미안들이 자신들의 삶의 선택을 정당화하는 중요한 계기가 내재해 있다. 종교에서 연유하는 신비주의 체험만큼 이들 청년예술가의 정체성을 특권화하는 데 유효한 것도 없다. 이론상 신비주의적 감응은 합리적 이성의 접근을 불허하는, 어떤 초자연적인 경험으로 받아들여진다. 즉 이 우주적 영통의 묘사는 합리적 자아의 계몽적 언술과 대립하는 종교적 담론에 기반을 두었다는 점에서 신비주의적이며, 사회나 민족의 문제 이전에 개인의 '내면'과 '예술'을 옹호한다는 점에서는 심미주의적이다. 그것은 근본적으로 낭만적 자아의 전유물이다. 근대문학 형성 초기에 『폐허』나 『창조』를 거점으로 활약했던 일군의 낭만주의자들이 자신의 글에서 거의 예외없이 미적 직관의 체험을 중요한 모티프로 애용했다는 사실은 이러한 맥락을 이해하지 않고서는 정당하게 평가할 수 없다.

제4장

신인의 창조

1. 데까당과 이광수

동인지세대와 이광수의 예술관은 서로 첨예하게 대립했다. 1920년을 전후로 이광수는 새로운 문학세대 위에서 준엄한 설교자로 군림하기 시작했다. 그는 『창조』 『폐허』 『백조』 『영대』 동인들을 '도덕'이라는 심판대 위로 소환한 후, 그들의 문학경향을 '퇴폐적인 것'으로 규정해버렸다. 고민·허무·죽음·눈물 등의 문학적 수사와 미학에 관하여, 이광수는 주저없이 민족 혹은 민족문학의 유구한 발전을 훼손하는 "데카당스의 망국정조"[72]에 불과하다고 평가한 것이다. 이광수에게는 '민족'의 문학이 긴요했지만, 동

---

72) 이광수 「문사와 수양」, 『이광수전집』 16, 삼중당 1963, 25면. 그 외에 "세계의 문학과 문학의 역사를 통관하지 못한 조선청년들은 문학이라면 오늘날 조선문단에 보는 듯한 데카당식 문학뿐이어니 (…) 이것은 오직 신생하려는 조선문학에 병독이 될뿐더러"(「문학강화(文學講話)」, 『이광수전집』 16, 삼중당 1963, 60면)라거나 "인생이 수적인 데서 신적인 데로 향상하려는 노력의 사실을 부인하고, 인생의 불완전, 즉 추(醜)를 당연한 것처럼, 본성인 것처럼 그리는 것은 사견이라고 아니할 수 없다. 소위 '데카당'문학이란 여기서 나오는 것이다"(「조선문단의 현상과 장래」, 앞의 책 95면)라는 언급도 있다.

인지세대는 그 같은 견해에 동의하지 않았다. 오히려 김동인이 '예술'이야 말로 절대적 가치라고 공언하는 순간, 이광수가 불멸의 가치로 신봉해 마지않았던 '민족'은 부차적인 것으로 전락하고 말았다. 미적 진리를 내장한 예술, 예술의 절대적 권능에 대한 예찬이라는 점에서 보더라도 이들 동인지문학 세대가 추구한 것은 민족이라는 경계를 이미 초월해 있었다. 오상순이 「시대고와 그 희생」에서 "우리의 유일의 생명, 이상자유의 요구실현을 위하야" 투쟁하는 데 장애가 된다면, "우리 민족이나 타민족이나 우리 부모가 안이요, 형제가 안이오, 자매가 안이오, 또 벗이 안일 것이다. 아―니, 우리의 적이 안이고 무엇이냐"라고 반문했던 것은 수사적 표현 이상의 의미를 지닌다.[73] 그는 "생명"의 요구를 온전히 실현하기 위해서는 민족적 경계를 넘어 "원근, 친소를 막론하고 일치공동협력"[74] 할 것을 요구한다.

그럼에도 이광수와 동인지문학 세대를 대립적인 관계로만 단정하는 것은 부적절하다. 동인지세대가 이광수세대와는 또다른 형태로 '계몽'의 기획을 실천했다는 점을 들어 양자 간의 연속성에 주목한 연구성과도 있다.[75] 하지만 이들의 문학적 근친성은 계몽이 아니라 '낭만성'으로부터 기원한다는 것이 본고의 주장이다. 만일 '계몽주의'라는 역사적 범주의 미망에서 벗어나지 못한다면, 그들 사이에 엄존하는 유사성에 진지하게 접근할 수 없게 된다. 당대 혹은 후대에 이루어진 평가 가운데 이광수 문학의 예외적 국면을 지적한 것도 없지 않았으나, 이마저도 그를 '계몽주의자'로 규정하는 문학연구 담론을 재생산하는 데 그쳤다. 오히려 이광수 문학은 낭만주의적 개념·수사·범주에 그 토대를 두고 있다. 제2차 도일 이후 이광수는 사회진화론에서 신칸트주의로의 사상적 변화를 보여주는데, 그 핵심

---

73) 오상순 「시대고와 그 희생」, 『폐허』 창간호(1920), 54면.
74) 오상순, 앞의 글 55면.
75) 조영복 「동인지 시대의 담론과 '내면-예술'의 계단」, 『한국 현대시와 언어의 풍경』, 태학사 1999.

에 '영'과 '생명'이라는 단어가 있었다. 그는 1910년대 중반 이래로 이 말들에 내포된 종교적 자아각성의 모티프를 적극 활용했다. '영'과 '생명'이 내향적 인간의 탄생과 밀접한 관련이 있다는 점을 상기한다면, 이광수가 내면의 감각·감정·욕망에 각별한 의의를 부여했던 것은 자연스러운 귀결이다. 앞에서 살펴본 대로 이들 단어는 김억, 황석우, 주요한, 전영택은 물론 다른 동인지세대에 의해서도 활발히 사용되기에 이른다.

근대문학 형성 초기에 동인지세대는 자신의 내면을 표현할 새로운 언어적 기반을 열망했고 때때로 그것을 이루어냈다. 실제로 그들은 보들레르, 베를렌 같은 프랑스 상징주의 시인들이 여러 세대에 걸쳐 육성한 어휘나 수사를 즐겨 차용했다. 그중 영과 생명은 사용 빈도가 매우 높은 단어에 속했다. 생명으로서의 영이란, 인간의 정신을 자연과 단절된 것으로 보지 않고 오히려 그것과 연속하여 통합적으로 사고할 때 체득될 성질의 것이다. 상징주의의 세례를 받은 시인들이야말로 존재와 본질, 가상과 실상, 형식과 내용 간의 조화로운 합일을 도모하려 했고, 그런 의미에서 종종 '접신술자(接神術者)' 혹은 랭보가 말하는 '견자(見者, vogant)'로 이해되었다. 영에 내재된 초월성의 계기나 정령주의(spiritualisme)를 문학적으로 가장 활력있게 전용한 프랑스 상징주의 작가들의 선례를 따라, 동인지문학 세대도 어김없이 영과 같은 어휘를 즐겨 사용하고 그것과 '육'의 조화로운 결합을 열망했다. 그러고 보면 『창조』『폐허』『백조』『영대』 등에서 활동한 일군의 문학청년들은 그 외관상의 차이에도 불구하고 결국 예술 앞에 부복했다는 점에서 크게 다르지 않다. 『폐허』 창간호에 나오는 염상섭의 말마따나, 그들 세대는 예술이라는 "거룩한 '성전(聖殿)'에 드러온 청년의 무리"[76]였다. 그런데 이들의 중요한 수사 중 일부가 영·영률·영력·영능 같은 종교적 어휘라는 사실은 이광수와 동인지세대 간의 배타적 관계를 의심스

---

76) 염상섭 「폐허에 서서」, 『폐허』 창간호(1920), 1면.

러운 것으로 만든다.

　같은 시기에 이광수 역시 식민지조선에 산재한 사회적·문화적 대립을 봉합하고자 고심했고, 와세다대학 재학 중 일본 타이쇼오 문화로부터 그 실마리를 발견해냈다. 제2장에서 「부활의 서광」을 분석하며, 이광수가 이전과 달리 이 평론에서 '영'이라는 역어에 크게 의존했음을 확인할 수 있었다. '영적 자각' '영혼의 핵심에 붙여놓은 불' '부활한 영의 첫소리' 등의 수사가 예사롭지 않은 이유는, 시마무라 호오게쯔의 글을 되받아 쓰고 있으면서도 '영'이라는 표현을 특화했을 뿐만 아니라, 민족주체의 갱생을 다름 아닌 '영'의 부활로 이해했기 때문이다. 그로부터 3년 뒤에 발표된 「문사(文士)와 수양(修養)」(1921)에서도 이광수는 시마무라 호오게쯔의 그 글을 언급한다. 민족적 생활은 있으나 민족적 문예가 없다는 시마무라 호오게쯔의 비판을 활용하면서, 결국 이광수가 데까당스의 문사들에게 말하려는 바는 타락한 생활을 참회하고 속히 문학의 정도(正道)로 되돌아오라는 것이었다. 이광수에 따르면, 민족과의 관계에서 문사가 지닌 소임은 실로 막중하다. 의사의 영향력은 환자의 신체에만 국한된다는 점에서 개인적·일시적일지 모르지만, 문사의 경우에는 민족의 미래를 좌우할 만큼 전민족적·영구적인 파급력을 지녔다. 그러므로 "새로운 문화를 건설할 만한 활기있는 정신력을 격발"하기 위해서라도, 문사는 "천박·부패한 일본의 퇴폐기의 문학에 잠간(暫間) 감염"되어서는 안 된다.[77] "위대한 인격자의 작품은 천고에 인(人)의 영(靈)을 위대하게 하되, 사악한 인격자의 작품은 일시에 인의 영을 고혹"[78]할 뿐이다. 그 대신에 "인민에게 정신적 영향"을 주어 인심(人心)과 사회가 "신생명으로 거듭나게 하"[79]는 것만이 조선의 문사로서 마땅히 가져야 할 시대적 소임이다.

---

77) 이광수 「문사와 수양」, 앞의 책 18면.
78) 이광수, 앞의 글 24면.
79) 이광수, 앞의 글 22~25면.

그러므로 일민족(一民族)의 입각지로 보아 그네가 소유한 문사의 인격의 고저는 실로 그 민족의 휴척(休戚)에 관한 배라, 만일 자기의 종족을 사랑하는 정을 가진 문사일진댄, 먼저 자기의 인격을 건전 위대케 하기에 노력할 것이외다. 하물며 오늘날 우리의 처지는 수백년간 썩고 썩어 그 썩음이 극도에 달한 인심과 사회에 불과 물의 세례를 주어 신생명으로 거듭 나게 하여야 할 시기며, 또 그렇게 하는 데 가장 주요한 사명을 가진 자는 실로 문사니, 이때에 문사 된 자는 마땅히 목욕재계하고, 자기의 성직(聖職)을 자각하여 써 건전 웅위한 정신과 인격의 규범을 주어 신민족의 생성에 기초를 놓아야 할 것이외다. 그런데 전에 말하였거니와, 지금 우리 문단의 문사들은 이 인격수양의 필요를 깨닫지 못하고 '데카당스'의 망국정조에 침륜하는 이가 많은 듯하니, 어찌 전율할 배 아니겠읍니까.[80]

윗부분은 「문사와 수양」 중 가장 핵심적인 대목에 속하는데, 여기서 이광수는 데까당스의 문학이 현재 당면한 시대적 과제를 수행하기에는 매우 부적절하다는 점을 강조하고 있다. 그런데 이광수가 '세례'나 '성직' 등 다분히 종교적인 수사를 빌려 발화하고 있으며, 게다가 '신생명'과 같은 키워드로 민족적 자아의 갱생을 요약하고 있어서 주목된다. 이는 말할 것도 없이 주체의 내부생명에 관해 발언했던 당대 문화주의 담론의 영향을 받은 것이다.

이광수가 타이쇼오의 생명주의 사상에 기대어 자신의 지적 갱생을 도모했다는 것은 그의 자전적 소설들에 암시되어 있는 사실이다. 교사생활의 청산과 새로운 삶의 도약이라는, 『무정』과 거의 동일한 내러티브를 갖춘 단편 「김경(金鏡)」(1915)에서 이광수는 와세다대학으로 유학을 떠나기까

---

80) 이광수, 앞의 글 25면.

지의 내밀한 심경을 토로했다. 여기서 이광수는 자신의 선택을 정당화하기 위해 지난 수년간의 덧없는 교사생활을 반추한다. 화자가 자기희생으로 일관했던 교사시대와 결별하고 새로운 지적 포부를 밝히는 것이 이 단편의 중심내용이다. 똘스또이와 바이런을 난생 처음 접한 후 '번민' '고통' '죽음'에 시달리던, 그래서 그의 "영(靈)에 폭풍광란에 뇌우까지 더하여 거의 광(狂)할 뻔하였"[81]던 유학 시절은 현재의 교사생활에 견주면 오히려 삶의 활력으로 충만했던 시절이다. 그는 오산에서의 교직생활이 더없이 외롭고 무의미한 일상의 반복이며, 자기발전의 기회란 애초부터 박탈당한 상태에 불과했다고 술회한다. 그런데 흥미롭게도 이광수는 자신의 학식이 턱없이 부족함을 깨달은 계기로 '베르그송'의 철학서를 거론한다. "벨그손의 철학을 외우다가 이해하지 못할 학리(學理)와 술어(術語) 많음을 보고, 비로소 규범과학을 연구함이 연학(研學)의 초보임을 깨달아 심리, 논리, 윤리, 철학, 수학 등을 연구하려 함이니, 그의 일기를 보건대, '나는 「벨그손의 철학」이라는 책을 한 사십항 읽었다. — 한마디도 모르겠다. 나는 여태껏 무엇을 배웠는고' 하였다. 옳다, 여태껏 보았다는 서적 뜻도 십분지일도 모르고 지냈구나."[82] 그가 미처 이해하지 못한, 그러나 토오꾜오 유학을 결행하게 한 책이란 타이쇼오 시기 전반에 걸쳐 널리 애독된 필독서였던 니시끼따 요시또미(錦田義富)의 『베르그송의 철학(ベルグソンの哲学)』(1913)이었다. 앞서 언급했듯이, 이 시기에 일본지식인 사회에서 널리 회자된 베르그송의 '생의 철학'은 니시다 키따로오에게 고스란히 전수되면서 타이쇼오기 '생명주의'의 중요한 원천이 되었다.

이렇게 볼 때, 이광수와 동인지세대 간의 대립성은 더이상 자명한 것이 될 수 없다. 이들은 다소간의 시차가 있었다 하더라도, 일본유학 중 타이

---

81) 이광수 「김경」, 『이광수전집』 1, 삼중당 1962, 544면.
82) 이광수 「김경」, 앞과 동일함.

쇼오 생명주의 혹은 문화주의의 자장 속에서 서구문학에 대한 지식과 소양을 길렀고, 이를 통해 한국문학의 근대화 작업에 참여했다. 이광수가 단편을 개작하여 『매일신보』에 연재할 자신감을 얻었던 것은 이러한 사정을 고려할 때 이해 가능하다. 외면적 율법에 굴복한 식민지청년의 좌절감이 간접적으로 투영된 단편 「무정」(1910)은 이광수 자신의 삶의 위기와 중첩되어서인지 음울한 정조를 풍겨낸다. 「무정」은 유교적 폐습으로 인해 새로운 삶의 가능성을 상실한 한 여인의 비극을 다루고 있다. 그런 이광수가 낙관적 이상주의가 물씬한 동명(同名)의 장편 『무정』을 7년여 만에 『매일신보』에 연재할 수 있었던 저력은, 이제 살펴보겠지만 '영'과 '생명'이라는 말이 지닌 문화적 잠재력에서 비롯된 것이다. 그럼에도 왜 이광수는 동인지문학 청년들을 가리켜 "무서운 도덕적 악성병"[83]에 걸린 환자라고 혹평했던 것일까. 그것은 소위 데까당스 문인들이 '영'과 '생명'에 감화되기는 했어도, 이광수처럼 민족공동체를 구원할 어떤 풍부한 암시를 얻지는 못했기 때문이다. 오히려 이들은 그 이념의 한국적 수용이 초래한 왜곡과 파탄의 문학적 양상에 천착했다. 그런 의미에서 일군의 데까당스 문인들이 이광수에게는 불편한 '타자'일 수밖에 없었을 것이다. 말하자면, 이광수의 생명관은 전영택이 아니라 최팔용과 동일한 계보 속에 있었다. 이광수에게 '생명'이나 '영'에 함유된 개체적 존재의 내적 각성은 민족적 생명의 확충보다 우선시될 수 없고, 자유로운 예술활동도 보편적인 윤리도덕의 인준 없이는 추구되기 어려운 것이었다. 『무정』은 이 같은 사실을 예증하는 그의 대표작이다.

---

83) 이광수 「문사와 수양」, 앞의 책 23면.

2. 『무정』의 생명론

한국 근대문학사에서 기성의 권위나 억압으로부터 자아의 해방을 역설했던 가장 선진적인 인물은 이광수였다. 그는 성리학적 위계질서 아래에서 억제되었던 개인 내부의 열정적 충동을 긍정하고 그것을 모든 사회활동의 동력으로 전환하자는 정육론을 제창했다. 「금일 아한청년(我韓靑年)과 정육(情育)」(1910)을 비롯해 『대한흥학보』와 『소년』 등에 발표된 초기논설들을 면밀히 살펴보면, 추상적 개념인 '개인'을 한국 사회와 문화 안에서 구체화하기 위해 이광수가 동원하고 있는 지식담론이 바로 육체적지각능력의 함양을 중시하는 낭만주의 미학임을 확인할 수 있다. 유럽 낭만주의 운동의 초창기는 기존의 모든 사회질서와 가치가 와해되는 '혁명의 시대'이자, 예술가가 '후광'을 상실한 채로 상품화에 노출되기 시작했던 대중산업사회의 발흥기였다.[84] 보편적 이성에 대항하여 자유로운 감성과 직관, 상상력을 옹호했던 역사상의 낭만주의는 당대 예술을 떠받치는여러 사회적·철학적 가정들에 대해 비판적인 태도를 취했다. 그런 의미에서, 창조적 개성을 옹호하기 위해 불합리한 사회제도와 대결하는 개인의형상은 낭만주의에 특유한 것이라 할 수 있다. 낭만주의적 개인주의의 범례를 좇아, 이광수는 각 개인이 성리학적 가치규범에 맹목적으로 복종하는 대신 자신의 '정(情)의 만족'을 따라 자율적으로 헌신할 것을 강조했다. 열녀효부(烈女孝婦)나 충신열사(忠臣烈士)가 죽음을 각오하고 성리학적 가

---

84) 여기서 낭만주의는 세계로부터 분리되어 '개인적 도취의 세계'에 천착했던 노발리스와 정치적 신념을 위해 전장에서 죽어간 바이런(B. Byron)을 모두 포괄하는 광범위한 의미로 사용되었다. 김종철 「낭만주의의 이념: 블레이크에 있어서 '상상력'의 의미」, 『시와 역사적 상상력』, 문학과지성사 1978(「낭만주의」, 『문예사조사』, 이선영 엮음, 민음사 1997에 재수록).

치를 실현하고자 했다면, 그것은 그들이 자신의 감정을 자유롭게 분출할 줄 알 만큼 정적으로 발달한 인간이었기 때문이라고 이광수는 말했다. 따라서 도덕률에 대한 '지식'을 습득하는 것보다 "제의무(諸義務)의 원동력이 되며 각 활동의 근거지"[85]가 되는 정을 육성하는 것이 중요하다. 그처럼 정을 행동의 원천으로 삼을 때, "능히 자동자진(自動自進)으로 자유자재하여 자기심리를 불사하고 도덕범위 내에 활동하는 자"가 되며 "신성한 독립적 도덕으로 행동"하는 자가 될 수 있다.[86] 이광수는 정을 도덕의 원천으로 이해한 데서 그치지 않고, 같은 해에 발표된 「문학의 가치」에서는 문학을 가리켜 "정(情)의 분자(分子)를 포함한 문장"[87]이라 정의내린 바 있다. 다시 그것을 보완한 「문학이란 하오」에서는 문학을 독자적인 장르 체계로 규정하고 예술이라는 더 넓은 체계 속에 재배치함으로써 문학개념을 종래의 한학적 전통에서 분리해냈다. 요컨대, 1910년대에 보여주었던 이광수의 비평적 작업은 인간에 내재하는 자연으로부터 위대한 도덕적 삶의 에너지를 발견해내는 낭만주의적 인간관에 기초해 있었다.[88]

『무정』은 정의 만족이 곧 문학이라는 이광수의 믿음의 산물이다. 다시 말해, 이 소설 전반에 걸쳐 두드러지게 묘사된 이형식의 자아는 무엇보다 감각적·육체적 체험 속에서 각성되고 성숙하는 주체다. 그가 지금과 다른 삶을 예감하게 되는 것은 김선형의 육체가 불러일으키는 감각적 "쾌미"와 접촉함으로써 비로소 가능했으며, 자아를 새롭게 "창조"하려는 열망 역시 이성이나 지식에 의해서가 아니라 내면의 감각·본능·욕구에 충실해짐으로써 분명하게 표현될 수 있었다. 그처럼 정육론의 저자는 형식에게 유례

---

85) 이광수 「금일 아한청년과 정육」, 『이광수전집』 1, 삼중당 1962, 475면.
86) 이광수, 앞의 글 474면.
87) 이광수 「문학의 가치」, 『이광수전집』 1, 삼중당 1962, 504면.
88) 황종연 「문학이라는 역어」, 『한국문학과 계몽 담론』, 문학사와비평연구회, 새미 1999, 33~35면.

없이 복잡한 내면을 만들어주었지만, 그것은 오히려 민족공동체의 조화로운 결집과 비전에 적대적인 결과를 초래하게 되었다. 예컨대, 형식이 은사의 무덤에서 느끼는 엉뚱한 감정이란 아무래도 민족지도자의 품성과는 어울리지 않는 것이다. 논리적으로 사고하거나 행동하지 못하고 어떤 사건이든 "항상 연민, 동정, 초조, 부끄러움 등의 애매모호한 감정"[89]으로 대응하는 우유부단한 성격의 형식이 어떻게 민족지도자로 군림하게 되는가가 『무정』 분석의 핵심 중 하나가 되었던 것은 그 때문이다. 하지만 개인을 합리적 이성이나 지식이 아닌, 육체적이고 감각적인 자질에 의해서 규정하는 낭만주의적 관점에서라면 형식의 착종된 심리도 이해 못할 것이 아니다. 이를테면 은사의 무덤 앞 장면에서 형식이 "무덤 밑에 있는 불쌍한 은인의 썩다가 남은 뼈를 생각하고 슬퍼하기보다 그 썩어지는 살을 먹고 자란 무덤 위의 꽃을 보고 즐거워하리라"[90]라고 말하는 대목은 결국 다른 외재적 가치보다 자기 내부의 생명충동에 충실한 삶을 살겠다는 의지의 표명이며, 동시에 그러한 삶을 지향하면서 어느 때보다 자유로운 자아를 발견하는 비범한 순간의 기록이다. 형식을 자기규정적 주체로 각성케 하는 미적 계기는 다시 『무정』의 후반부에서 각 개인을 민족공동체의 구성원으로 거듭나게 하는 중요한 심리적 기제로 작동한다. 말하자면, 『무정』은 식민지조선의 한 청년이 낭만주의적 관념 속에서 자아를 발견하고 확충하는 드라마틱한 삶의 과정을 구현하고 있는 셈이다.

　그런 의미에서 자아각성이 형상화된 장면 중 형식이 유독 '생명'에 대해 집중적으로 탐구하고 있어 주목된다. 그는 박영채의 '자살'을 성리학적 관념에 의거해 윤리적인 선 자체로 이해하려는 신우선의 견해를 받아들이기 곤란하다면서 전혀 다른 관점을 취한다. "사람의 생명은 우주의 생명과 같

---

89) 김윤식·김현 「계몽주의와 민족주의의 시대」, 『한국문학사』, 민음사, 123면.
90) 이광수 『무정』, 문학과지성사 2005, 247면. 이하 본문에 인용 면수만을 표기함.

다"(205면)라는 대명제로 시작되는 형식의 장광설은 그 자체로 '생명론'이라 명명해도 좋을 만한 논리적 언술이다. 형식의 근대적 각성은 자기 존재의 유한성을 자각함으로써 시작된다. 그에 따르면 거대한 태양이나 북극성은 물론 자그마한 별, 지푸라기, 티끌까지도 "우주의 전생명(全生命)의 일부분"(205면)으로 삼는 창조주의 섭리에 비추어볼 때, 인간이라는 영물도 광활한 우주 속에서는 하나의 미물에 불과할 따름이다. 이러한 깨달음을 다시 윤리적인 층위에서 말하자면, 태양이 지구보다 위대하다 하더라도 지구와 태양 모두 "무궁대(無窮大)한 전우주(全宇宙)"(205면)에 비하여 한 티끌에 지나지 않듯이, 사람에게도 충효나 정절만이 절대적인 의무일 리는 없다. 윤리적 도리란 '민족'과 '국정(國情)' '시대'에 따라 얼마든지 그 가치기준이 변화하기 마련이다. 한 개인이 자신을 속박하는 일체의 제도적 관습으로부터 벗어나 자기 삶의 주권을 획득하기 위해서는 이렇듯 그 규범 자체를 상대화하여 바라볼 필요가 있다.[91] 사람도 하나의 도덕률에만 구애될 것이 아니라, 인간학의 여러 범주에 따라 유연하게 변화하는 역동적 삶을 영위해야 한다고 형식은 역설한다. 즉 "생명은 절대요, 도덕법률은 상대"(206~07면)이므로, 정절을 이유로 자신의 '절대적 생명'을 파괴하는 것은 어리석은 선택이다. 형식이 영채를 가리켜 "낡은 여자" "순결열렬(純潔熱烈)한 구식여자"(208면)라고 규정하는 것도 이러한 논리에서 비롯한다.

---

91) 그와 같은 윤리관은 『무정』 연재 직후 1918년 9월에서 10월 사이에 『매일신보』에 실린 「신생활론(新生活論)」에서도 반복된다. 그는 "우주는 변화라" "생활이란 고정이 아니요, 변화니라"라는 관점에서 생활의 혁신을 정당화하는 가운데, "영구한 도덕, 예의, 법률, 풍속, 습관이 있을 리가 없"다고 단언하고 있다. 이광수가 기존 윤리를 상대화하여 최종적으로 도출해내는 이른바 '신도덕'은 종족의 번영과 발전을 최우선시한다. 요컨대 개인윤리의 변혁을 통해 그가 궁극적으로 실현하고자 하는 것은 민족주체의 자기 확충과 완성이며, 이러한 점에서 「신생활론」은 『무정』에 대한 논리적 보충이라 할 만하다. 이광수 「신생활론」, 『이광수전집』 17, 삼중당 1962, 517면.

상기한 인식의 전환은 영채에 관해서만 유효한 것이 아니라, 그녀의 행방을 찾기 위해 동행한 기생집 노파를 대하는 태도에까지 적잖은 영향을 끼친다. "형식은 맞은편 걸상에서 입으로 침을 흘리며 자는 노파를 보았다. 그리고 '더러운 계집'하고 얼굴을 찡그렸다. (…) 노파의 얼굴을 보니 원래 천질이 둔탁한데다가 심술과 욕심과 변덕이 많을 듯하고 또 까만 눈썹이 길게 눈을 덮은 것을 보니 천생 음란한 계집이라."(208~09면) 그런데 노파의 관상에 천착한, 형식의 혹독한 인물평은 얼마 지나지 않아 매우 관대한 태도로 급변하게 된다. 조금 전까지만 해도 노파의 얼굴에서 타고난 악성(惡性)을 읽어냈던 형식은 노파와 같은 부류도 충분한 교육을 받았더라면 자기와 다를 바 없게 되고, 설령 "선천적 유전의 차이는 있다 할지라도 대개는 비슷비슷한 선량한 사람이 되리라"(210면) 생각하는 것이다.[92]

그리고 또 한번 자는 노파의 얼굴을 보았다. 이때에는 노파가 정다운 듯한 생각이 난다. 저도 역시 사람이로다. 나와 같은, 영채와 같은 사람이로다 하였다. 그리고 엊그제 김장로의 집에서 십자가에 달린 예수의 화상을 보고 상상하던 생각이 난다. 다 같은 사람으로서 혹은 춘향이 되고 혹은 이도령이 되고 혹은 춘향 모도 되고 혹은 남원부사도 되어 혹은 사랑하고 혹은 미워하고 혹은 때리고 혹은 맞고 혹은 양반이 되고 선인(善人)이 되고 혹은 상놈이 되고 악인(惡人)이 된다 하더라도 원래는 다 같은 '사람'이라 하였다. 그리고 노파의 얼굴을 보니 마치 어머니나 누이를 대하는 듯 사랑스러운 생각이 난다. 노파가 영채의 죽으려는 결심을 보고 일생에 처음 '참사람'을 발

---

92) 우생학적 관점에서 사회적 진보를 기획하는 사유방식은 이광수 사상의 핵심 중 하나였다. 초기 논설과 『무정』에 나타나는 우생학적 사유에 관해서는 김동식 「연애와 근대성: 신소설과 계몽적 논설을 중심으로」, 『민족문학사연구』 18(2001년 상반기), 민족문학사연구소; 구인모 「『무정』과 우생학적 연애론: 한국의 근대문학과 연애론」, 『비교문학』 28(2002.2), 한국비교문학회 참조.

견하고 영혼이 깨어 일생에 처음 진정한 눈물을 흘리면서 영채를 구원할 양
으로 멀리 평양에까지 내려오는 것이 기쁘기도 하고 정다운 마음을 이기지
못하여 담요 끝으로 노파의 배를 가려주었다.(210~11면)

'예수의 십자가상'을 다시 떠올리는 가운데 형식은 신분이나 지위, 성별
에 상관없이 누구나 '다 같은 사람'이라고 힘주어 말한다. 예수와 로마병정,
춘향과 이도령 간의 무수한 차이는 순식간에 휘발되어버리고 그들의 심성
을 일관하는 한줌의 도덕적 품성이 중요하게 된다. 형식이 노파를 향해 마
치 어머니나 누이를 대하는 듯한 감정에 휩싸이는 것도 그 노파가 '진정한
눈물을 흘리면서 영채를 구원할 양으로 멀리 평양에까지 내려오'기를 주
저하지 않았기 때문이다. 이렇듯 이광수는 인간정신에 저마다 깃들어 있
는 '참사람', 즉 윤리적 판단능력에서 '민족' 혹은 '사회' 구성의 원천을 추
출해낸다.[93] 여기서 주의해야 할 사항은, 형식이 노파에 대해 보여준 심정
적 일체감은 애초에 '생명'에 관한 사유로부터 점화되었다는 점이다. 각
개인을 '인간'이라는 보편적 범주 아래 균질화하여 결국 '국민'으로 호명
하는 일은 저 생명론의 비의를 깨달았을 때 비로소 가능해지는 변화다.
　그러나 진정한 자아 — 참사람 또는 참자기 — 의 각성은 '보편성'에의
감각만으로는 불충분하다. 자기 존재의 숭고한 '개별성'을 자각하는 지점
에까지 도달하지 않고서는, 그것을 가리켜 근대적 자아의 탄생이라 단언
하기는 힘들다. 이미 키따무라 토오꼬꾸나 장덕수 같은 학지광세대의 청
년지식인들을 통해 살펴본 것처럼, 개아는 '대령'의 일부분으로서 자신을
의식할 뿐만 아니라 동시에 대령으로부터 분유된 자기 내부의 '영'을 통각
함으로써 발현되며 이는 존재의 비약이라 할 만하다. 키따무라 토오꼬꾸

---

93) 마이클 신 「내면 풍경: 이광수의 『무정』과 근대문학의 기원」, 『한국의 식민지근대성』,
　　신기욱 외, 도면회 옮김, 삼인 2006, 397~98면; 김현주 『이광수와 문화의 기획』, 태학사
　　2005, 125~28면 참조.

가 무한자인 신을 숭앙하는 것과 자아의 절대성을 주장하는 것 사이에서 어떠한 모순도 발견하지 못한 것은 바로 그 때문이다. 그래서 우주정신과 내부생명 간에 일어나는 에피파니의 경험은 근대적 자아가 탄생할 때 중요한 통과의례가 된다. 이렇게 자기를 초과한 세계와의 합일을 통해 궁극적으로 자유로운 개인을 자각하게 된다는 것은 니시다 키따로오가 『선의 연구』에서 주장한 '생명 체험'의 핵심이기도 하다. 그가 『선의 연구』에서 강조한 다음의 말은 그런 의미에서 다시금 경청할 만한 가치가 있다. "우리는 이 내면적 갱생에 있어서 직접 신을 보며 그를 믿음과 동시에, 여기서 자기의 진생명을 발견하는 무한의 힘을 느끼는 것이다."[94] 형식이 평양으로 향하면서 의식했던 이른바 생명론의 편린들은 이틀 뒤 다시 경성으로 되돌아오는 기차 안에서 한결 명징해지는데, 이때 그는 태초의 혼돈상태와 천지창조의 과정을 놀라운 방식으로 추체험하게 된다.

형식의 귀에는 차의 가는 소리도 들리거니와 지구의 돌아가는 소리도 들리고 무한히 먼 공중에서 별과 별이 마주치는 소리와 무한히 작은 '에테르'의 분자의 흐르는 소리도 듣는다. 메와 들에 풀과 나무가 밤 동안에 자라느라고 바삭바삭하는 소리와 자기의 몸에 피 돌아가는 것과 그 피를 받아 즐거워하는 세포들의 소곤거리는 소리도 들린다.

그의 정신은 지금 천지가 창조되던 혼돈한 상태에 있고 또 천지가 노쇠하여서 없어지는 혼돈한 상태에 있다. 그는 하나님이 장차 빛을 만들고 별을 만들고 하늘과 땅을 만들려고 고개를 기울이고 이럴까 저럴까 생각하는 양을 본다. 그리고 하나님이 모든 결심을 다 하고 나서 팔을 부르걷고 천지에 만물을 만들기 시작하는 양을 본다. 하나님이 빛을 만들고 어두움을 만들고 풀과 나무와 새와 짐승을 만들고 기뻐서 빙그레 웃는 양을 본다. 또 하나님

---

94) 西田幾多郎 「善の研究」, 앞의 책 177면.

이 흙을 파고 물을 길어다가 두 발로 잘 반죽하여 사람의 모양을 만들어놓고 마지막에 그 사람의 코에다 김을 불어넣으매 그 흙으로 만든 사람이 목숨이 생기고 피가 돌고 소리를 내어 노래하는 양이 보인다. 그리고 처음에는 움직이지 못하는 한 흙덩이더니 그것이 숨을 쉬고 소리를 하고 또 그 몸에 피가 돌게 되는 것을 보니 그것이 곧 자기인 듯하다.(396~97면)

이러한 황홀경의 상태는 인간이 신의 숭고한 사랑을 육화할 때나 포박되어 있던 내부생명이 제도의 저항을 뚫고 비상하려고 할 때 어김없이 활용되는 '초인적 경험'의 장면이다.[95] 니체(F. Nietzsche)의 표현을 빌리자면 '초인적 생명력', 혹은 문화와 역사를 창조하는 활력으로서의 생(Leben)이 발현되는 순간이라 할 만하다. 위의 인용문은 한 개인이 자율적인 주체로서 거듭나거나 권태로운 삶의 고리를 끊어버리고 새로운 삶으로 도약하게 되는 "우주발생적 에로스"[96]의 상태를 극명하게 보여준다. 기차 소리부터 미세한 분자들이 흐르는 소리에 이르기까지 천지만물의 숨소리와 자기 내부의 생명력에 온전히 귀를 기울일 수 있게 되고, 시간을 거슬러 조물주의 천지창조 전체를 관조해내는 형식의 거대한 의식의 흐름[97]은 그

---

95) 김동인 역시 저 유명한 이광수론에서 주인공의 성격과 주제 사이의 괴리를 혹평하면서, "줏대 없고 정견 없"는 이형식에게 "초인적이며 거인적인 사상"을 품게 한 것은 모순이라고 지적하고 있어 흥미롭다. 비록 신비주의 체험을 직접 언급하지는 않았지만 이 종교적 에피파니는 김동인의 경우에도 중요하게 활용했던 자아각성의 모티프였음을 상기한다면, '초인적'이라는 형용사를 그저 가볍게 넘길 수 없다. 김동인 「춘원연구」, 『김동인전집』 16, 조선일보사 1988, 52면.
96) 한스 요나스 『생명의 원리』, 한정선 옮김, 아카넷 2001.
97) 의식의 심층에서 이루어지는 '파노라마적 풍경'이 베르그송 철학의 중요한 모티프 중 하나라는 지적이 있다. 일례로, 염상섭의 「표본실의 청개고리」에서 화자는 광인 김창억의 상여집을 보자마자 "인생의 전 국면을 평면적으로 부감한 것 같은 생각이 머리에 떠오르는 동시에 무거운 공포"에 휩싸인다. 이 초감각적 경험은 권태로운 시간의식과 강렬한 생명의지의 시간의식이 서로 충돌하면서 벌어진 기현상이다. 즉 주인공의 데까당

자체로 자기 존재의 숭고성을 천명하는 대목이다. 일상적인 시공간을 초과하여 일어난 이 신비로운 광경 속에서, 형식은 조물주가 생기를 불어넣어 만든 첫 인류가 바로 자신임을 목도하고 있다.[98] 그것은 곧 자기가 무한자의 영역 안에서 새로운 자아로 거듭나게 되었다는 내밀한 자각을 표현한다. 달리 말하자면, 위의 황홀경 장면은 우주론적 차원에서 형식의 신생을 정당화하고 있다.

널리 알려진 대로, 이광수의 문학과 사상은 궁극적으로 새로운 인간학에 기반을 둔 것이었다.[99] 그는 한국사회가 당면한 사회적·정치적 난제를 돌파하기 위해서는 새로운 유형의 인간이 출현해야 한다고 주장했다. 전통적 관습·제도·이념에 순응한 채로 사고하고 실천하는 인간이란 역사적 변화의 스펙트럼 속에서 곧 사라져야 할 과거의 잔영에 불과하다. 이광수의 평론에는 신교육의 세례를 받은 청년들이 추구해야 할 삶의 이정표가 명시되어 있다. 그것은 새로운 윤리와 문화에 의해 스스로를 재창조하는 것, 구태에 억눌린 인간들에게는 도무지 불가해할지도 모를 전혀 새로

적 삶이 미래의 파국과 극적으로 조우하는 순간, 또는 무의식적으로 줄곧 지속되어온 삶의 의지가 갑작스럽게 현실에 반영되는 순간에 도래하는 계시다. 이보영 「염상섭과 베르그송」, 『월간문학』(1993.2), 월간문학사, 183~86면 참조. 이보영은 "식민지시대 작가 중에서 베르그송의 영향을 받은 작가는 횡보뿐"이라고 말했지만, 이 목록에 이광수를 추가해도 좋을 것이다. 베르그송의 생철학에서 연유하는 '파노라마적 풍경'이 『무정』의 이형식에게도 중요한 경험이라는 점, 게다가 이 순간을 거치면서 비로소 그의 신생이 시작된다는 점은 거듭 강조할 필요가 있다. 이에 대해서는 제8장에서 상론하고자 한다.

98) 조물주가 흙으로 사람을 만들고 마지막에 코에 불어넣은 '생기(生氣)'가 바로 프시케 (psyche)나 루아(ruah)를 어원으로 하는 '영'이다. 상기한 인용문은 『무정』에 나타난 근대적 자아의 탄생 및 민족의 발견이 궁극적으로 '영' '생명'을 근간으로 하는 종교적 경험과 긴밀하게 맞물려 있음을 암시해주는 대목이다.

99) 김현주 「이광수의 문화적 파시즘」, 『문학 속의 파시즘』, 삼인 2001은 이광수의 '완전한 인간'이라는 모토를 대중정치학의 맥락에서 설득력있게 검토한다. 보편적이고 영원한 진리=미=사랑에 대한 이광수 특유의 집착이 빚어낸 이 '완전한 인간'의 이념은 민족성/도덕성 개조 운동으로 구체화된다.

운 인간으로 거듭나는 것, 그의 표현을 빌리자면 '신종족'으로 다시 태어나는 것을 의미했다. '신종족으로 자처하라'는 이광수의 언명은 그가 속한 사회가 정치적·문화적으로 급변하는 상황이었기에 이미 그 역사적 정당성을 확보하고 있었다. 한 사회가 정체와 퇴행을 반복할 운명에 처해 있다고 진단받았을 때, 사회적 혁신은 구성원들 간의 암묵적인 합의를 얻게 된다. 이광수는 이 혁신·진보·발전의 논리에 강하게 매료되어 있었다. 볼품없는 고아 출신에서 당대의 대표적 엘리뜨로 급성장한 이광수의 눈부신 이력만큼 신생의 가능성을 극적으로 예증해주는 사례도 찾아보기 힘들다. 비속한 일상을 뛰어넘어 더 나은 세계로 고양되는 것, 즉 진보에 대한 믿음이 이광수의 이념과 실천 전반에 걸쳐 강력한 권능을 행사하고 있었다는 점은 아무리 강조해도 지나치지 않다. 이 진보 이념을 통해 그는 자기의 유한성과 사회 전체의 세속성을 단숨에 뛰어넘고자 했다.

그래서 이광수는 내면의 발견을 초감각적인 방식으로 형상화하는 가운데, 형식이라는 개인이 자기의 마음과 이성의 유일한 주권자임을 강조하고 있다. 그 사실을 입증하기 위해서라도, 형식은 무한자의 은총 속에서 다시 새롭게 태어나지 않으면 안 된다. 그가 포착한 참된 자아는 "그 자신, 다른 어떤 것도 아닌 그 자신, 다른 모든 자들 사이에서 식별될 수 있는 다양태적 개별성이면서, 동시에 그 자신에 대한 초과"[100]라고 말할 수 있다. 형

---

100) 알랭 바디우 「진리들의 윤리학」, 『윤리학』, 이종영 옮김, 동문선 2001, 59면. 바디우는 진리란 근본적으로 '내재적 단절'이며, 기존의 지식과 어법으로는 도무지 사고할 수 없는 어떤 것이라고 말했다. 그리고 진정한 윤리는 단순히 유한한 경험을 초월하는 타자성의 원리에 의거해야만 하는데, 그 '전혀-다른-타자'(Tout-Autre)가 신의 윤리적 이름이라는 점은 명백하다고 덧붙이고 있다. 알랭 바디우가 제시한 논점은 "윤리학을 사고가능한 것의 원리이자 행위원리를 이루는 것으로 삼으려는 모든 시도는, 종교적 본질을 갖는다"는 것이다. 그런 맥락에서 이광수의 『무정』이 지닌 문제성이 배가될 수 있다. 한국 근대문학 초기에 이광수는 종교적 언술에 의존하여 누구보다 성공적으로 근대적 자아를 형상화해냈지만, 『무정』의 이형식은 바디우적 의미에서의 윤리적 감각을 체현하지는 못했기 때문이다.

식은 조물주가 빚어놓은 인간 형상이 자기 자신임을 잘 알지만, 다시 그것을 가리켜 "목숨 없는 흙덩이"(251면)라거나 "고무로 만든 인형"(252면)이라고 명명함으로써 과거의 자아와 극적으로 단절하고 있기 때문이다.

그러므로 형식이라는 근대적 자아의 각성은 문학예술 이념의 영향 아래에서만 가능했던 것이 아니라, 그에 못지않게 종교적 감수성과 언술을 적극 차용한 덕분이기도 하다. 예컨대 이 소설에서 빈번하게 사용되는 '속사람'만 하더라도, 장덕수가 「의지의 약동」에서 핵심적으로 주장한 '내적 인간'(inner man)과 그리 멀리 떨어져 있지 않다. 장덕수의 '내적 인간'이 에머슨의 범신론적 자아와 기독교적 자아관념의 혼합이라는 점을 기억한다면, 이광수가 말하는 '속사람'이란 근본적으로 종교적 담론을 경유하지 않고서는 발화되기 힘든 어휘라는 사실을 알 수 있다. 『무정』의 형식 역시 '속사람'의 해방을 언표하는 중에 "속에 있는 '사람'이 눈을 떴다"(113면)고 말하고 있어 주목된다. 학지광 시절의 장덕수는 하나의 인격체가 질적 변환을 겪으며 정신적으로 고양되는 순간을 가리켜 그의 '영안'이 개안되는 때라고 표현했으며, 그러한 영적 체험을 어김없이 우주적 실재와의 유기적 관련 속에서 이해했다. 따라서 인간 내면의 본질적 요소를 파악하거나 자각하는 순간을 유독 '속눈'의 개안으로 표현하는 방식은, 이광수 개인의 전유물이라기보다는 그가 속한 학지광세대의 유력한 언술 가운데 하나였다고 보는 편이 온당하다. 위와 같은 과정을 거쳐 이제 형식은 자신의 생명론을 마무리하게 된다.

자기는 이제야 자기의 생명을 깨달았다, 자기가 있는 줄을 깨달았다. 마치 북극성(北極星)이 있고 또 북극성은 결코 백랑성(白狼星)도 아니요 노인성(老人星)도 아니요 오직 북극성인 듯이, 따라서 북극성은 크기로나 빛으로나 위치로나 성분으로나 역사로나 우주에 대한 사명으로나 결코 백랑성이나 노인성과 같지 아니하고 북극성 자신의 특징이 있음과 같이, 자기도 있고 또 자기는 다른 아무러한 사람과도 꼭 같지 아니한 지(知)와 의지와 사명과 색채가 있음을 깨달았다. 그리고 형식은 더할 수 없는 기쁨을 깨달았다.(252~53면)

상기한 인용문은 형식 개인에게나 한국 근대문학사에 있어서나 매우 의미심장한 부분으로 다루어져왔다. 『무정』의 경우 근대적 개인의 내면성이 탄생하는 원초적 장면으로 형식이 선형을 처음 대면하고 난 직후 자아의 해방감을 만끽하게 되는 장면[101]이나 기차 안에서 우주와 정신이 교섭하는 장면[102] 등이 주로 거론되었는데, 어느 경우에나 이광수가 제기하고 있는 새로운 인간관의 예증임이 분명해 보인다. 이 새로운 인간 이해의 관점에서는 "사회적 의무에 의하여 규정되는 인간에 대하여, 감각적, 감정적 존재, 욕망의 존재로서의 인간을 내세우는 것이다".[103] 즉 자신을 존엄한 개체로서 자각하는 경험은 감각적이고 감정적인 인간의 발견과 밀접하게 관련되어 있기 마련이다. 선형과 대면하자 "친밀한 교통이 생기고 따뜻한 사랑이 생기고 달콤한 쾌미가 생"(106~07면)겨 '속사람'이 눈을 떴다거나, 희노애락의 감정 표현이 "사회의 습관"이 아닌 자신의 "정(情)의 감동"에 근거해야 한다고 주장할 때, 저자가 정육론의 테제를 의식하고 있었음은 충분히 짐작할 수 있다.

여기서 형식이 자기 내부의 무한한 '생명', 즉 '참자기'를 깨닫는 장면은 스스로가 광활한 우주의 일부분임을 자각하는 장면과 별개가 아니다. 근대적 자아개념의 형성에 끼친 낭만주의 미학의 심오한 영향을 검토한 글에서 김우창 역시 형식의 신비주의 체험은 "혼돈"의 상태이자 "조화"의 상

---

101) 김영찬 「식민지 근대의 내면과 표상」, 『식민지 근대의 내면과 매체표상』, 김현숙 외, 깊은샘 2006, 22~25면.
102) 허병식 「한국 근대소설과 교양의 이념」, 동국대 박사학위논문 2005, 48~52면.
103) 김우창 「감각, 이성, 정신」, 『한국 문학이란 무엇인가』, 권영민 외, 민음사 1995, 19면.

태이며, 한편으로는 "우주에 통하는 원리"이면서 다른 한편으로는 "개체성의 근본"을 이루는 것이라 이해한 바 있다.[104] 자기의 '내부생명'을 발견함과 동시에 다시 자아를 뛰어넘어 더 위대한 것에 흡수되고 싶다는 낭만주의적 열망에 한껏 도취된 형식은 바로 이 지점에 이르러 비로소 성리학적 도덕이나 의리 관념으로부터 자유로워질 실마리를 얻을 뿐만 아니라, 이후의 삶의 선택을 정당화할 심리적 기제를 마련하게 된다. '생명'이라는 단어가 일본 근대문학에서 '자아' 혹은 '개성'의 발현을 가능하게 했다는 사실은 이 경우에도 중요한 참조가 된다.[105] 형식이 평양에서 은사의 무덤에 이르러 '그'답지 않은 행동으로 일관하는 것은 이제 그가 더이상 이전의 '그'가 아닌 까닭이다. 성리학적 관습에 의존했던 과거의 삶과 단절하면서 "이것이 나의 잘못이로다, 나는 나를 죽이고 나를 버린 것이로다"(252면)라고 말하는 것은 물론 영채를 저버린 자신을 합리화한다는 혐의가 짙지만, 그 나름의 진정성을 완전히 부인하기는 어렵다. 다른 한편, 새롭게 태어난 자신이 이제 다른 사람과 같지 않다고 서슴없이 말하는 형식의 그 내밀한 자부심은 말할 것도 없이 선형의 부친이 가져다줄 부르주아적 은총을 염두에 둔 것이겠으나, 더 엄밀하게는 근대적 각성에 대한 탁월한 자의식으로부터 연유하는 것이라고 봐야 할 것이다.

---

104) 김우창, 앞의 글 19~21면.

105) 인용문의 첫 문장 "자기는 이제야 자기의 생명을 깨달았다, 자기가 있는 줄을 깨달았다"에 주목하기 바란다. 이형식의 말 속에서 '내부생명'은 '참자기'와 의미상 등가를 이루고 있는 셈이다. 일본의 선례를 거론할 것도 없이, 이 시기의 문학 및 문화 담론에서 '생명'은 개성적 자아의 발현과 거의 동일한 사태를 지칭하기 위해 활용되었던 근대적 어휘다.

3. 두개의 생명

앞서 논의한 심미적 체험은 결국 종교적 경험으로 수렴되어 나타난다. 일찍이 종교적 감정의 복잡한 양태에 관해 매력적으로 분석해낸 윌리엄 제임스는 최상의 종교적 경험 속에서는 사랑, 분노, 희망, 야망, 질투 그리고 모든 본능적 열정이나 충동과 같은 황홀감이 오히려 배가되는 측면이 있음을 지적했다. "종교적 감정은 주체의 삶의 영역에서 절대적인 추가물"이 되며, 그것은 "내면적 세계를 회복시켜 활기"를 불어넣는 것이다.[106] 그런 맥락에서, 그가 평양의 어린 기생에게서 받은 심미적 쾌감은 자아각성의 과정과 동시적으로 작동하고 있다.

모든 그러한 즐거움 중에 지금 그 어린 기생이 주는 듯한 즐거움은 처음 본다 하였다. 그리고 그 이유는 그 어린 기생의 얼굴과 태도와 마음이 아름다움과 피차에 아무 욕심도 없고 아무 수단도 없고 아무 의심도 없고 서로서로의 영과 영이 모든 인위적 껍데기를 벗어버리고 적나라하게 융합함에 있다 하며 또 이렇게 맛보는 즐거움은 하늘이 사람에게 주신 가장 거룩한 즐거움이라 하였다.(229~30면)

이 순간을 형식이 '서로서로의 영과 영이 모든 인위적 껍데기를 벗어버

---

106) 윌리엄 제임스『종교적 경험의 다양성』, 김재영 옮김, 한길사 1999, 108면. 프로이트도 종교와 심미적 쾌락 사이의 연관을 시니컬한 어조로 지적한 바 있다. "종교가 금지하는 행위들 — 억압되어 있던 본능의 표현 — 이 얼마나 자주 종교라는 허울좋은 이름으로 자행되고 있는지 상기해보면 신경증이 어떤 것인지 알 수 있을 것"이라면서, 종교문명과 신경증이 밀접하게 연관되어 있음을 강조했다. 프로이트『종교의 기원』, 이윤기 옮김, 열린책들 2004, 18~20면을 참조.

리고 적나라하게 융합'하는 찰나적 경험으로 이해할 뿐만 아니라, 그 감격을 '하늘이 사람에게 주신 가장 거룩한' 즐거움, 즉 종교적 은총으로 받아들이는 것은 의미심장하다. 이 장면은 전영택의 「생명의 봄」이나 나혜석의 「경희」(1918)에서 재연될 만큼 강한 영향력을 발휘하게 된다. '영적 융합'에 관한 사유는 이후 삼랑진 수해현장에서 형식이 자기 자신과 주변 인물들에게 반복적으로 던지는 질문이기도 하다. 그는 "내 영혼은 과연 선형을 요구하고 선형의 영혼은 과연 나를 요구하는가. 서로 만날 때에 영혼과 영혼이 마주 합하고 마음과 마음이 마주 합"(430면)하는가를 집요하게 묻고 있다. 여기서 낭만적 사랑의 진풍경을 언급하는 것은 물론 유의미하나,[107] 사랑의 재정의가 삼랑진을 거쳐 민족주의로 파급되는 일련의 과정을 고려한다면 종교적 경험에 대한 해석이 좀더 우선시되어야 한다. 그 스스로 말하듯이, '영적 융합'으로서의 사랑이란 "종교적으로 진실하고 경건한"(431면) 감정에 근거한 것이기 때문이다. 여기서 형식은 낭만적 사랑의 숭고한 이념보다 개인들 간의 갈등과 반목을 해소할 영적·종교적 경험의 현실적 유용성에 더 큰 관심을 기울인다. 결국 형식은 이성애에 근거한 사랑관을 육체적 정념이 휘발된 동정(同情), 즉 기독교적 '박애'로 탈바꿈하면서 자신을 둘러싼 여성들을 누이로 재명명해버린다. 그의 인류애는 경성학교 학생 전체, '누군지 얼굴도 모르고 성명도 모르는' 조선인 전체로 확장되기에 이른다. 이 심리적 변화는 요컨대 형식이라는 유약한 인물을 민족공동체의 중심인물로 거듭나게 하는 획기적인 경험이라는 점에서 문제적이다.

이른바 민족주체의 각성이란 복합적이고 총체적인 경험의 산물이기에

---

107) 낭만적 사랑의 맥락에서 이광수의 평론과 『무정』을 검토한 선례로는 김동식 「낭만적 사랑의 의미론」, 『문학과사회』 53(2001년 봄호), 문학과지성사; 서영채 『사랑의 문법』, 민음사 2004 참조.

삼랑진 수해 같은 민족의 대수난을 필연적으로 요구한다.[108] 공동의 위기에 직면해서야 "개인이라는 생각을 잊어버리고 공통한 생각"(446면)을 비로소 품게 되는 것이다. 그리고 성·지역·세대·계층을 초월하여 여러 인간형을 한자리에 회집할 수 있는 제도적 기반으로서의 '철도'가 마련되지 않았다면 또한 이루어질 수 없는 일이다.[109] 삼랑진 음악회로 상징되는 문학예술의 감정교육 역시 중요한 기능을 담당하고 있다. 여기에 이제 한가지 더 부가할 사항은 그 모든 것들을 가능케 하는 심리적 기반으로서의 '영통'이라고 하는 종교적 경험이다. '영'이라는 말의 속성상 '영통'은 개개인의 신체적·사회적 신원을 초월하여 실현되며, 그런 점에서 '생명'이라는 말과도 중첩된다. 이제 개인과 개인이 융합할 때 더이상 자신이 속한 성·지역·세대·계층에 집착할 필연적인 이유가 없다. 월향이라는 기생, 황주라는 전근대적 공간, 노파라는 사회적 퇴물, 그리고 천애고아 형식이 '민족'의 이름으로 조화롭게 결합하는 황홀경은 이 소설의 경우 무엇보다 심리적·종교적 경험의 차원에서 묘사되고 있다. 그는 주체의 자율성을 보장할 근거를 바로 자신의 내면에서 발견하고 있으며, 그러한 내면의 생명력을 확충하기 위해 자신을 둘러싼 삶의 세계를 재구조화하고자 한다.

'내적 생명'의 자각으로부터 시작하여 '민족적 생명'으로 귀결되는 형식의 복잡한 심리적 여정은 학지광세대의 청년지식인들이 제기한 '영'의 문제와 동궤에 있을 뿐만 아니라, 바로 그와 같은 담론의 층위에서 현실정치적 대안을 도모하고 있다. 「교육가 제씨(諸氏)에게」(1916)라는 글에서 이미 이광수는 '생명'을 크게 두가지로 구분했다. 하나는 개인의 생명이며 다른 하나는 사회의 생명이다. 그는 결국 후자를 위한 전자의 불가피한 희생을 강조하면서, 이는 "사회의 은혜에 대한 보답적 의무와 자기의 자손의

---

108) 서영채 『『무정』 연구』, 서울대 석사학위논문 1992.
109) 황종연 「노블, 청년, 제국」, 『상허학보』 14, 상허학회 2005, 277면.

제4장 신인의 창조 **165**

번영과 행복을 위하는 욕망"[110]에서 연유하는 중요한 사회적 미덕이라 평가했다. 이 글에 나타난 생명의 분류 방식은 물론 최팔용의 경우를 떠올리게 한다. 사회의 보존을 위해 개인 생명의 희생이 불가피할 수 있다는 주장에서 특히 그러하다. 두개의 생명의식은 기차 안에서 조성된 생명론과 결합하는 형태로 개인주체의 각성을 이끌어내는 동시에 민족주체의 탄생을 견인해내게 되며, 여기에서 개개인의 생명, 혹은 영의 교통(communion)이 매우 중요한 역할을 하게 되는 것이다. 다시 말해 모든 인위적 껍데기를 벗어버리고 서로의 '영'과 '영'이 적나라하게 결합한다는 것, 곧 '영통'이 민족적 일체감을 조성하기 위한 핵심동력이다.[111]

그러므로 근대적 주체성의 탄생이 기독교적 신비주의 체험과 불가분의 관계라는 사실을 터득하는 일에 있어 이광수가 다소 늦었을지 모르나, 그것을 '민족의 서사'로 재구성하는 데서는 가히 선구적이었다고 말할 수 있다.[112] 예컨대, 『무정』의 후반부에서 여러 인물들이 겪는 "정신의 감동"

---

110) 이광수 「교육가 제씨에게」, 『이광수전집』 17, 삼중당 1962, 79면.

111) 그런 맥락에서 이광수가 와세다대학 입학을 전후로 발표한 평론 가운데 기독교를 비판한 글에 주의를 기울일 필요가 있다. 잘 알려진 것처럼 오산학교 재직 중 교회 측과 자주 반목했던 이광수는 성서 자체에 대해서는 관대했다 하더라도 기독교 교회 일반에 대해서는 신랄한 비판을 서슴지 않았다. 기독교로 접근하고 다시 이반하는 청년 시절의 경험은 그에게 적잖은 문학적 활력을 제공했으리라 추측된다. 이를테면 신이라는 무한자와의 심리적 일체감, 즉 '영통'이라는 종교적 체험을 거치지 않고서 이광수가 '생명'의 이치를 체득하거나 그것을 민족적 비전으로까지 확대할 수는 없었을 것이다. 이와 관련하여 이광수에게 지속적인 영향력을 행사했던 안창호가 훗날 다음과 같이 회고하고 있어 주목된다. "하나님이 내 속에 있다는 것은 나의 신과 하나님의 신이 서로 영통하여지는 것이외다."(최기영 「안창호와 기독교 신앙」, 『한국 근대 계몽사상 연구』, 일조각 2003, 341면에서 재인용). 이를 통해 우리는 '영통'을 중심으로 한 이광수식 민족적 비전이 기실 그 자신의 독보적인 발명물이 아니라 그가 속한 학지광세대의 대표적인 기독교 수사였으며, 그래서 어느 것보다 조선 내에서 막강한 파급력을 보유한 문화담론의 일부였음을 가늠할 수 있다.

112) 물론 새로운 민족공동체의 탄생은 개인의 갱생을 그 전제로 한다. 그런 맥락에서 월

(463면)은 일종의 엑스터시로 표현되고 있다. 몸 전체로 "일시에 소름이 쪽 끼"치는 전율, 눈앞에서 "불길이 번쩍"하였다가 "큰 지진이 있어서 온 땅이 떨리는 듯"한 충격, 그리고 이내 쏟아지는 울음은 민족지도자로 표상되는 형식에 의해 다른 인물들이 정신적·영적 변화를 경험하는 순간을 표현한다. 그 황홀함의 강도는 영채나 선형으로 하여금 이전까지 집착하고 있던 감정, 기분, 과거를 말끔히 잊고 새로운 역사적 과업으로 투신하게 할 정도로 강력한 것이었다. 그것은 이전과는 전혀 다른 '새로운 존재'로의 질적 변환을 의미한다. 이러한 영적·정신적 각성의 순간을 경험한 직후에 사람은 자신이 변했다는 깨달음을 고백하지 않을 수 없게 된다. 우선이 형식의 언변에 크게 감동한 후 "내가 이전 신우선이가 아닌 줄로 알고 있게"라고 서슴없이 말하며 "새사람"이 될 것을 다짐하는 것도 무리는 아니다. 그런 의미에서 이들이 새로운 주체로 고양되는 순간에 보여주는 '회심'은 어떤 면에서 기독교적인 '회개'와 매우 닮았다.

「생명의 봄」에서 전영택은 기독교적 중생(重生)의 한 모델로 루터(M. Luther)를 거론한 바 있다. 죽음의 문제로 번민하다가 어느 순간 "대오철저(大悟徹底)"하여 "리뎀프션"(redemption, 救贖)을 경험한 루터는 영순에게 "종교적 경험"의 심오함을 일깨워준 인물이다. 바로 그 깨달음 뒤에 영순은 문제의 황홀경에 빠지게 되는데, 이 무아의 경험은 따지고 보면 루터의 경우처럼 죄의 '구속(救贖)'이나 죽음으로부터의 '구원', 곧 '중생'의 순간이라고 하기에는 다소 석연치 않은 데가 있다. 그러나 그것은 종교적 귀

___

화는 청류벽 위에서 노래 부르는 평양 패성학교 학생들 속에 "참시인"이 있다고 말하고, 자신이 흠모해 마지않는 함교장을 가리켜서는 "딴세상 사람"이라고 경탄한다. 월화의 시선을 통해 함교장과 패성학교 학생들은 새로운 시대에 걸맞는 '참사람'으로 부각되고 있으나 정작 월화 자신은 '참사람'으로 거듭나지 못한 채 자살하고 만다. 그에 반해 기생 월향은 여학생 박영채로 새롭게 태어나 "참생활"을 향유하게 된다. 영채의 신생은 말할 것도 없이 근대적 교육의 세례 덕분이며, 특별히 교육이 조선인에게 눈부신 갱생을 가져다주리라는 것은 『무정』 전체에서 매우 두드러지게 표현된 주제다.

의에 상응하는 예술가적 주체성을 영순에게 선사해주었다. 즉 예술가로서의 자아각성은 영적인 체험을 매개로 하여 구현되는 것이다. 전영택이 자신의 소설에서 예술과 종교의 딜레마를 해결하는 방식은 인간관계에도 고스란히 적용된다. 전영택의 소설에서 자아와 타자를 조화롭게 관계 맺어주는 경험은 타인에 대한 희생, 즉 '사랑'으로 말미암는다고 할 때 그것은 무엇보다 '영의 교통' '영의 융합'으로 이해되는 경험이다.

자아와 타자, 예술과 종교 사이의 갈등을 해소하기 위해 전경화되는 영적 체험은 전영택이 지속적으로 환기해주는 것처럼 기독교의 중생을 의미한다. 이광수 역시 자아와 타자의 갈등·대립·반목을 해결하기 위해 '영통'이라는 종교적 연대성을 중시했고, 특히 『무정』의 결말에 나타난 이상적인 미래상은 기독교의 '지상천국'과 크게 다를 바 없었다. 하지만 그는 결국 기독교적 주체화의 맥락을 삭제하고 그 대신에 '민족'이라는 신체만을 남겨놓는다. 기독교적 지반을 은폐하면서 성립된 이광수의 문화적 기획은 1920년대에 들어서면서 '민족개조' '생활개조' '인격개조' 등 일련의 '개조론'으로 확장되기에 이른다.

제5장

생명과 인격

1. 『흙』

이광수를 계몽주의자로 규정하는 것과 그의 문학적 성격을 계몽주의로 이해하는 것은 전혀 별개의 문제다. 그의 주된 관심이 불합리한 관습과 윤리도덕의 혁신에 있었던 만큼 이광수의 사회적 위상을 계몽주의 차원에서 해석할 여지가 없지 않지만, 그는 처음부터 명백하게 낭만주의자의 면모를 보여주었다. 문학의 심미화를 주장하고 『무정』을 연재했을 때나, 데까당스의 미학을 비난하며 민족윤리에 봉사하는 문학의 소임을 강조했을 때나 이광수는 낭만주의자로서 군림했다.[113] 다만 1920년대 이후의 이광수는 초기의 진보적 성격을 상실해버렸다는 점에서 문제적이다. 즉 기존의 윤리규범을 비판하고 자율적인 삶의 가능성을 모색하는 대신에, 오히려 윤

---

113) 일례로, 손정수는 1910년대의 정육론과 초기 단편 사이의 깊은 연관성을 지적하면서 "『무정』이 씌어진 이후에도 이광수는 여전히 (…) 초기의 문학관을 유지"한 것으로 분석했다. 손정수 「1910년대 이광수의 문학론과 작품의 관련양상」, 『개념사로서의 한국근대비평사』, 역락 2002, 24면.

리도덕을 옹호하는 것으로 일관하고 말았다. 이 시기의 이광수는 비판적 활력을 상실한, 화석화된 낭만주의자의 잔영을 보여줄 따름이다. 앞으로의 논의에서는 1920년대 초반 이광수의 문화주의 운동과 민족개조론이 낭만주의의 맥락에서 조성되고 확산된 것임을 해명하고자 한다.

　이광수가 1932년부터 『동아일보』에 연재한 『흙』은 여러면에서 『무정』과 닮았다. 남성을 중심으로 한 삼각관계의 서사, 그중 한 여성의 배후에는 상당한 재력과 세속적 성공이 보장되어 있는 데 반해 다른 여성은 전통적인 세계의 미덕을 보존하고 있다는 설정, 게다가 남성의 민족적 헌신이나 희생을 계기로 이러한 애정 갈등이 극적으로 해소된다는 결말은 이 소설이 『무정』의 문제의식을 얼마간 계승하고 있음을 짐작케 해준다. 다만 민족이 당면한 비극적 상황은 폭력적으로 강제된 것이 아니라 다분히 사회 내부의 자발적 선택에 의해 초래되고 심화되었다는 현실인식이 『무정』 이후 『재생』(1925)을 거쳐 『흙』에서 좀더 명료하게 표현되어 있다. 『무정』에서 박영채의 정조는 전적으로 김남작이나 배학감에 의해 유린당하지만, 『흙』의 경우 정선의 타락은 그 상대인 김갑진의 유혹 못지않게 그녀 자신의 어두운 욕망의 실현이기도 하다. 그럼에도 이광수가 이들 남녀의 성적 욕망과 향락적 삶을 민족주의 서사에 적절히 녹여냈다는 점에서 본다면, 『흙』은 『무정』의 전례를 충실히 계승한 소설임에 틀림없어 보인다. 윤참판 집 행랑의 일개 고학생에 불과했던 허숭은 고등문관 시험에 합격한 이후 상당한 신분상승을 이루지만, 막대한 사례금에도 불구하고 친일파의 변호를 거절했다는 이유로 아내와 갈등을 빚자 곧 경성에서의 호화로운 삶을 포기한 채 낙향해버린다. 한때 유순을 "남편을 유혹하는 요물"[114] 정도로 오해했던 정선이나, "맘으로 허락하였던 남편"(129면)과 진배없던 허숭이 대부호의 딸과 결혼했다는 소식을 듣고 낙심한 유순, 그리고 허숭을 향한

---

114) 이광수 『흙』, 문학과지성사 2005, 244면. 이하 본문에 인용면수만을 표기함.

"뜨거운 욕심"(603면)을 지닌 채로 살여울에서 유치원 사업을 시작한 백선희 사이의 미묘한 애정 갈등은 그들이 농촌사업과 민족적 수난에 동참하면서 점차 해소되기에 이른다.

  그 과정에서 허숭은 아내 정선을 비롯하여 자신을 연모하는 여성들을 도덕적으로 감화할 뿐만 아니라 그에게 적대적인 인물들의 사회적 각성에도 비범한 영향력을 행사하게 된다. 정선은 자신의 간통을 너그럽게 용서해주는 허숭을 "보통 사람이 가지지 아니한 무슨 큰 힘"(481면)을 지닌 인물로 숭앙하고, 정선을 농락했던 김갑진도 허숭에게서 "그가 일찍이 생각하지 못한 무슨 무서운 힘"(472면)을 느끼게 되며, 살여울이라는 공동체를 파멸로 몰아간 유정근은 심지어 허숭의 뜻을 계승하여 그의 "충실한 제자"(742면)가 되기로 다짐한다. 그들의 각성을 실질적으로 가능케 한 허숭의 위대한 면모란 과연 무엇인가. 그것은 바로 '인격'이다. 유정근이 사사로운 욕심을 버리고 "새사람"으로 갱생할 결심을 하게 된 것은 무엇보다 허숭의 "인격"(742면)에 감복했기 때문이며, 김갑진이나 정선 역시 허숭이 발산하는 위대한 힘을 "인격의 힘"(472, 481면)으로 이해하고 있다. 그런 의미에서『흙』은 '인격'이라는 용어를 의미심장하게 활용하고 있는 텍스트라 할 만하다. 유사한 서사적 전개를 보여주는『무정』만 하더라도 이 용어가 주의 깊게 사용되지는 않았다. 사실『무정』의 주요 성과 중 하나는 이 소설이 이전의 신소설과 달리 '인간이란 무엇인가'라는 근대적 물음에 대해 가장 진지하면서도 파격적인 방식으로 답변한 데 있다.[115] "사람다운 사람"이라는 표현이 암시하는 인간 고유의 특성이란 물론 인격(personality)을 의미하겠지만『무정』에서 이광수는 주인공의 내면적·사회적 각성을 표현하는 어휘로 "속사람"이나 "참사람"을 사용했을 뿐이다.

---

115) 이에 관해서는 김우창「감각, 이성, 정신」,『한국문학이란 무엇인가』, 권영민 외, 민음사 1995 참조.

잘 알다시피, 이광수가 예술가의 핵심적인 요건으로 내세운 것은 학식과 더불어 "건전한 인격"이었다. 그는 유럽과 일본의 예를 일일이 언급하면서 "위대한 인격자의 작품은 천고에 인(人)의 영을 위대케 하되, 사악한 인격자의 작품은 일시에 인의 영을 고혹할 뿐"[116]이라고 충고했다. 그에 비해 임노월은 「예술과 인격」(1925)에서 진실한 인격의 완성은 예술적 상상력을 통해서나 가능하다면서 그러한 경지에 도달한 예술가의 인격을 식물의 그것에 비유하기도 했다. "그(예술가 — 인용자)는 맛치 한없시 자유스럽고 광범한 대공(大空)을 향하야 벗어올나가며 제맘대로 아모 구속이 업시 다종다양한 정서를 표현하는 식물의 인격과 갓치 자유스러울 것이다. 모든 범주와 편협한 표준을 초월한 진실한 인간성이 낫하날 경지다. (…) 예술가의 인격은 진실노 식물의 인격과 갓치 열렬한 자유성이 잠재해셔야만 되겟다."[117] 여기서 식물 혹은 예술가의 인격은 종교나 인륜에서 연유하는 "신성한 정서"도 물론 표현하지만 그보다 "훨신 심각하고 위대한 미" 곧 "광포한 정서"를 창조해내기도 한다.[118] 임노월에 따르면, 이른바 '광포한 미의식'은 그 사회의 종교나 윤리의 범상한 수준을 종종 초월하지만 일반의 통념을 벗어난 바로 그 예술적 상상력 덕분에 "미의 절대성"[119]을 선취할 수 있게 된다. 이광수의 「문사와 수양」이 임노월처럼 "데카당스"의 망령에 사로잡힌 청년예술가들에게 보내는 일종의 훈계라는 것은 익히 잘 알려져 있다. 여기서 흥미로운 대목은 그 같은 인격함양의 최선책이 "지덕체의 삼육(三育)"이라는 점이다. 하지만 「문학이란 하오」를 비롯하여 2차

---

116) 이광수 「문사와 수양」, 『이광수전집』 16, 삼중당 1963, 24면.
117) 임노월 「예술과 인격」, 『영대』 제5호(1925), 84면.
118) 임노월 「예술과 인격」, 앞의 책 85면.
119) 임노월 「예술과 인격」, 앞의 책 88면. 유미주의적 예술관을 개진한 다른 평론 「식물의 예술미론」(1924)에서도 그는 예술미 혹은 개인주의의 주요한 원천으로 여전히 식물을 거론한 바 있으며, 그래서 대개 "식물에게 영혼이 업자고 하지만 나의 관찰로써는 위대한 인격이 잠재한 것 갓다"고 덧붙였다. 「식물의 예술미론」, 『영대』 창간호(1924), 28면.

일본유학기 이후 그의 혁신적인 문학론이 대개 지정의(知情意) 삼분법에 기초해 있었다는 점, 지덕체론에서 지정의론으로의 교체[120]가 20세기 초반 문화담론의 역사적 변동을 이해하는 하나의 관건이라는 점을 상기한다면 「문사와 수양」에서 발견되는 담론상의 퇴행은 어떻게 이해해야 할 것인가. 또한 '인격'이라는 동일한 기표가 동시대의 문학담론 내부에서 전혀 이질적인 방식으로 이해되면서 서로 경합하는 현상은 어떤 의미를 지니는 것인가. 본고는 인간의 내면을 지칭하는 '인격'이라는 어휘의 역사적 변화를 조망함으로써 그 안에 착종된 이질적인 의미항을 분별해내고, 그것이 1920년대 한국문학의 전개에 끼친 영향력을 해명하고자 한다.

2. 문화, 교양, 인격

1918년 초반 윌슨이 민족자결주의를 제창하여 고조되었던 조선 독립의 분위기는 1919년 빠리강화회의와 이듬해 미국 하원의원 방문 직후 새로운 국면으로 전환되었다.[121] 국제적인 회의에서 조선을 비롯한 약소민족의 독립 문제가 번번이 배제되자, 국내 지식인들은 정치투쟁이나 평화외교에 의한 독립을 유보하고 점차 문화주의적 방식에 의한 사회 내부의 개혁을 우선시하게 되었다. 물론 이 문화주의 운동은 3·1운동 직후 변모한 총독부

---

120) 권보드래 『한국 근대소설의 기원』, 소명출판 2012(증보판), 31~60면 및 황호덕 「한국 근대에 있어서의 문학 개념의 기원(들)」, 『한국사상과 문화』 8, 한국사상문화학회 2000 참조. 전자는 교육론의 기준이 지덕체에서 지정의로 변전됨에 따라 근대 예술과 문학이 비로소 성립되는 과정을 재구했고, 후자는 지정의를 대신해 진선미의 삼분법이 문예론의 핵심적인 위상을 차지함으로써 미를 절대화한 『창조』 세대가 이광수세대와 양립할 수 있었음을 해명했다.
121) 이에 관해서는 박찬승 「1920년대 초반 '문화운동'과 '문화운동론'」, 『한국근대정치사상사연구: 민족주의 우파의 실력양성운동론』, 역사비평사 1994, 168~76면 참조.

의 문화정치와 무관하지 않았지만, 그에 못지않게 봉건적인 구체제나 제국주의 지배체제에 대해 비판적이었다. 문화주의 운동의 그 같은 진보성은 당시 '개조'라는 용어가 널리 유행했다는 사실에서도 어느정도 짐작할 수 있다. 사회적 변혁에 대한 열망은 개조주의의 유행에 편승하여 조선 내부에서 급속도로 확산되었다. 1920년대 초반 국내 부르주아 민족주의자들도 이러한 역사적 변화에 부응하여 문화주의 운동을 전개했고, 그 중심에는 3·1운동을 전후로 하여 귀국한 장덕수·현상윤·송진우 등 일본유학파 지식인들이 있었다.[122] 1920년대를 대표하는『동아일보』나『개벽』모두 창간호부터 '개조'라는 표어를 높이 제창하면서 신문화운동을 주도해나갔다.[123]『동아일보』창간사의 필자는 "문화창조와 정의주의에 입각한 민족연맹의 신세계"가 도래했고, 그에 따라 사회 각 방면에서 "해방과 개조의 운동"이 전개되고 있음을 격앙된 어조로 천명하고 있다. 그는 조선민족 고유의 사상과 문명이 사멸하지 않고 엄존한다면서,『동아일보』가 그 자유로운 발달을 염원하는 "4천년 역사적 생명"과 "2천만 민중의 기관"으로서 소임을 다할 것을 다짐했다. 민족문화 창달을 위해『동아일보』가 이른바 '삼대주지(三大主旨)'로 내세운 강령은 조선민중의 표현기관으로서의 소임, 민주주의의 지지, 그리고 문화주의 제창이었다.[124]

---

122) 이 시기 국내 부르주아 지식인의 민족문화운동에 관해서는 다음의 연구성과들을 참조할 수 있다. 송건호『한국현대사론』, 한국신학연구소 1979; 서중석『한국근현대의 민족문제연구』, 지식산업사 1989; 박찬승, 앞의 책; 김정인「1920년대 전반기 민족담론의 전개와 좌우투쟁」,『역사와현실』39, 한국역사연구회 2001; 김명구「1920년대 국내 부르주아 민족운동 우파 계열의 민족운동론」,『한국근현대사연구』20(2002년 봄호), 한국근현대사학회; 이지원「일제하 민족문화 인식의 전개와 민족문화운동」, 서울대 박사학위논문 2004.

123)『동아일보』에는 장덕수·송진우·이상협(李相協)·진학문(秦學文)·장덕준(張德俊)·김양수(金良洙) 등이 포진해 있었고,『개벽』은 이돈화(李敦化)·김기전(金起田)·박달성(朴達成) 등이 주축이 되어 문화주의 운동의 이론과 방향을 주도해나갔다. 동아일보사사편찬위원회「초창기의 동아일보」,『동아일보사사(東亞日報社史)』1, 동아일보사 1975.

잘 알다시피, 민족주의 우파의 신문화운동은 일본 문화주의 철학에 그 이념적 기반을 두고 있었다. 메이지 30년대 이후 일본은 독일 관념론이나 이상주의적 윤리학에 대한 기대와 관심 속에서 신칸트학파의 사상을 적극 수용하기 시작했다. 신칸트주의 철학의 수용에 선구적으로 공헌했던 쿠와끼 겐요꾸(桑木嚴翼)나 소오다 키이찌로오(左右田喜一郎)는 물질문명의 폐해를 거론하는 가운데 문화·교양·인격의 가치를 고평했다. 1919년 소오다 키이찌로오는 제1회 여명회(黎明會) 강연회에서 「문화주의의 논리(文化主義の論理)」라는 제목으로 강연했고, 쿠와끼 겐요꾸는 『개조(改造)』에 「세계 개조의 철학적 기초(世界改造の哲學的基礎)」를 발표했다. 쿠와끼 겐요꾸가 최초로 사용하고 소오다 키이찌로오가 이론화한 '문화주의'라는 말은 그 후 타이쇼오 사상사를 대표하는 용어로 널리 회자되었다.[125] 이를테면 「문화주의의 논리」에서 소오다 키이찌로오는 당대의 주요 사회이념, 곧 보수

---

124) 이 글의 필자는 "태양의 무궁한 광명과 우주의 무한한 생명을 천리강산 천만민족 가운데 실현하며 창달"하는 것이 문화주의의 본령이라고 말하는 대목에서 짐작할 수 있듯이, 『동아일보』 주간으로 취임한 설산(雪山) 장덕수였다. 일찍이 우주적 존재와의 영통 속에서 조선청년의 정신적 자각을 촉구했던 『학지광』 편집위원 시절의 장덕수는 이제 대표적인 민족지 『동아일보』의 주간을 맡아 조선민족 전체의 신생을 주창하고 있는 셈이다. 그런 점에서 『동아일보』 창간사는 학지광세대의 문화담론이 1920년대의 민족문화운동 담론과 극적으로 조우하는 지점이면서, 동시에 자유주의에 기반한 개인주의 담론이 민족주의의 자장 속으로 흡수되는 지점이기도 하다. 장덕수의 자유주의 사상에 대해서는 이현주 『한국 사회주의 세력의 형성(1919~1923)』, 일조각 2003; 김명구 「한말 일제 강점기 민족운동론과 민족주의 사상」, 부산대 박사학위논문 2002 참조.

125) 쿠와끼 겐요꾸를 중심으로 한 문화주의 수용의 대표적 사례로는 다음을 들 수 있다. 이돈화 「문화주의와 인격상 평등」, 『개벽』 제6호(1920.12); 현철 「문화사업의 급선무로 민중극을 제창하노라」, 『개벽』 제10호(1921.4). 신칸트주의와 인격적 문화주의의 수용 양상에 관해서는 박찬승 『한국근대정치사상사 연구』, 역사비평사 1992; 박현수 「동일시와 차별화의 지식체계」, 『상허학보』 12, 상허학회 2004; 손유경 「『개벽』과 신칸트주의 수용 양상 연구」, 『철학사상』 20, 서울대 철학사상연구소 2005(『프로문학의 감성구조』, 소명출판 2012에 재수록); 허수 『이돈화 연구: 종교와 사회의 경계』, 역사비평사 2011, 99~106면 참조.

적 군국주의·관료주의와 진보적 자유주의·민주주의 사상에 대한 배타적인 선택 대신에 그 양자를 "내재적이면서도 초월적인"[126] 방식으로 해소할 만한 유력한 사상으로 '문화주의'를 제안했다. 즉 사회적·이념적 대립을 순화하고 고양하는 변증법적 역사과정에서 가장 궁극적인 목표로 '문화가치'를 설정하고, 그것을 실현하려는 모든 "형이상학적 노력"을 가리켜 '문화주의'라 정의내리고 있다. 문화주의 이념은 소오다 키이찌로오가 독일 유학기(1904~1913)에 연마한 관념론 철학의 계보 속에서 번안된 것이다. 그는 신칸트학파의 리케르트(H. Rickert)에게 직접 사사받았고, 그 당시 독일 아카데미의 분위기에 밀착하여 '문화'의 중요성을 일찌감치 터득할 수 있었다.[127] 소오다 키이찌로오가 '문화가치'에 주목한 데 비해, 문화주의 윤리학의 기초를 마련한 이노우에 데쯔지로오(井上哲次郎)는 자아완성을 위한 '인격가치'를 무엇보다 중요시했다. 당시 '교양'은 빌둥(Bildung)만이 아니라 컬처(culture)의 역어로도 이해되었던 만큼 문화주의와 교양주의는 깊은 내연관계에 있었으며, 그처럼 시민적 교양 혹은 문화적 소양이 조화롭게 통일된 자아의 내면성이 곧 '인격'에 해당했다. '인격'이 전통 도학의 뉘앙스가 다분했던 '수양'이나 '수신'과 분리되어 좀더 세련된 근대어로 각광받을 수 있었던 것은 그 단어가 교양주의와 문화주의의 자장 속에서 육성되었기 때문이다.[128] 요컨대 '문화주의'는 독일의 정신(Geist)이 만들어낸 문화와 그 문화를 창조하고 향유할 수 있는 내적으로 통일된 '인격'의 형성을 최우선시하고 있었다. 독일 관념론과 문화주의에 내재된

---

126) 左右田喜一郎「文化主義の論理」,『文化價値と極限概念』, 岩波書店 1922, 49면.
127) 백종현『독일철학과 20세기 한국철학』, 철학과현실사 2000; 한국칸트학회『칸트와 문화철학』, 철학과현실사 2003; 하인리히 리케르트『문화과학과 자연과학』, 이상엽 옮김, 책세상 2004.
128) 이기훈「청년의 시대」,『근대를 다시 읽는다』, 윤해동 외, 역사비평사 2006, 280~90면.

이상주의적 세계관은 일본 내부에서도 인격과 교양의 가치를 주장하는 일련의 저작들이 출간되는 가운데 "명치 국가를 대신하는 새로운 시대의 이념(Idee)"으로 급부상했다.[129]

. 조선의 저널리즘에서도 '문화'라는 용어는 일본식의 인격적 문화주의의 선례로부터 크게 벗어나지 않은 범위에서 이해·유통되었다. 쿠와끼 겐요꾸의 충실한 요약본이라 할 만한 글에서 현철(玄哲)은 민중극 개량의 필요성을 역설하는 가운데 '문화(주의)'의 어원을 밝히고 있는데, 여기서도 '문화'는 야만과 대립되는 개념으로서의 문명(civilization)이 아니라 좀 더 적극적인 의미에서 시민적 교양을 뜻하는 독일어 "쿠르투르"(Kultur)의 역어로 이해되고 있다. 그는 '문화'가 고대 그리스문화의 전통 속에서 문화창조의 가치를 재발굴해낸 독일철학의 소산이며, 특히 그리스문명이 "정신과 물질의 두 문명이 조화하여 합체된" 만큼 독일의 '쿠르투르' 역시 "물질과 정신의 전체를 포함한 것"이라고 강조했다.[130] '문화'는 '문화되는 것'과 '문화하는 것'으로 양분되며, 전자가 개인의 인격완성과 관련되는 것이라면 후자는 예술·과학·도덕·종교 등 개개인의 인격이 창출하는 정신문화 일반을 지칭한다. 그에 따르면 '문화'는 사회주의자들처럼 물질

---

129) 미야카와 토루 외 「1920, 30년대의 세계와 일본의 철학」, 『일본근대철학사』, 이수정 옮김, 생각의나무 2001, 296면. 독일 관념론철학은 메이지 말기에 『선의 연구』를 출판했던 니시다 키따로오에 의해 체계적으로 정립되기 시작했다. 니시다 키따로오는 종교적 선(禪) 체험을 근간으로 하여 서구 철학이론을 수용하고 독자적인 학풍을 형성해낸, 타이쇼오 정신사를 대표하는 사상가였다. 대개 서구철학을 개론적인 수준에서 소개하는 데 그쳤던 기존의 연구경향에 비해 니시다철학의 성과는 매우 획기적인 것이었다. 지극히 난해한 철학서 『선의 연구』는 그에 감화받은 쿠라따 히야꾸조오(倉田百三)의 『애와 인식의 출발(愛と認識との出発)』이나 아베 지로오의 『산타로의 일기(三太郎の日記)』(1918) 등 각종 교양서의 출간과 성공에 힘입어 널리 대중화되었고, 더 나아가 타이쇼오기 문화주의와 교양주의의 중요한 이론적 기반이 되었다. 南博·社會心理硏究所 「マス文化の成立」, 『大正文化』, 勁草書房 1987, 318면.
130) 현철 「문화사업의 급선무로 민중극을 제창하노라」, 『개벽』 제10호(1921.4), 109면.

편향적이거나, 오이켄 같은 이상주의 철학자들처럼 정신편향적이어서는 온전히 획득할 수 없다. '쿠르투르'가 그리스문명으로부터 기원한 만큼 문화주의의 핵심은 "영육일치(靈肉一致)", 곧 정신과 물질 "양자를 원만히 구족(具足)한 조화의 지경"[131]을 실현하는 것이다. 그런 의미에서 '인격'은 개인성과 보편성이 내적으로 통일된 영혼 그 자체였다.[132] 1920년대 초반의 동인지에서 '문예부흥'에 대한 관심이 각별했다면, 이는 동인지 작가들이 르네상스적 인간 혹은 완미한 '인격'을 동경했기 때문일 것이다.

3. 사산된 생명

「문사와 수양」에 뒤이어 발표된 「예술과 인생」(1922)에서 이광수는 '신세계와 조선민족의 사명'이라는 부제대로 조선의 지식인들에게 민족부흥이 최우선 과제임을 언명하며 인생의 도덕화 및 예술화를 긴급한 현안으로 제출했다. 인생의 도덕화가 허위·궤적(詭謫)·증오·분보·원험(怨嫌)·시기 같은 "열등감정의 억압"을 통해 실현된다면, 인생의 예술화는 다른 외부적·물질적 요소보다 개인의 "심적 태도"를 가장 중시함으로써 구현 가능하다.[133] 그가 이상화한 삶의 태도는 작게는 "예술품을 사랑하는 정(情)"[134]을 함양하는 미적 교육의 산물이면서, 넓게는 그 같은 예술교양을 가족이나 사회 공동체를 통어하는 보편적인 삶의 원리로 확장하는 인격적 문화주의의 충실한 예증이다. 그러한 수준의 인격적 존재는 심지어 노동에 대해서도 범상치 않은 심미적 쾌락을 능히 이끌어낼줄 안다. "신경이나

---

131) 현철, 앞과 동일함.
132) 미야카와 토루 외 「1920, 30년대의 세계와 일본의 철학」, 앞의 책 298면.
133) 이광수 「예술과 인생」, 『이광수전집』 17, 삼중당 1963, 31~32면.
134) 이광수, 앞의 글 34면.

근육의 적당한 동작이 일종의 쾌락의 감정의 원인이 되고 결과도 됨은 우리가 기쁠 때에 노래를 부르고 춤을 추며, 노래 춤으로 말미암아 기쁨이 더욱 농후하여짐을 보아도 알 것이외다. 또 일한 끝에 생기는 결과도 우리에게 큰 기쁨을 주는 것이니, 우리의 일은 시작할 때에 의사실현(意思實現)의 기쁨이 있고, 진행할 때에 근육동작과 결과에 가까워가는 기쁨이 있고, 일이 결과되매 성공의 기쁨이 있는 것이니, 이렇게 보면 직업이란 본질상 쾌락의 감정을 반(伴)할 것이요, 고통을 반할 것이 아니외다."[135] '노동의 심미화'와 관련해 이광수가 참조했을 법한 『인격주의(人格主義)』(1922)에서 아베 지로오도 광부라는 직업을 예로 들어 노동을 통해 얻을 수 있는 향락적 요소에 남다른 관심을 기울였다. 하지만 광부의 심리적 고통이나 열악한 노동조건, 다른 경제적 구성원들과의 관계 등을 두루 고려한 아베 지로오와 달리,[136] 이광수는 노동의 성패를 노동주체의 내면성 문제로 환원해버렸다.[137] 그런 의미에서, 이광수가 주창한 이른바 '심미적 노동'은 예술교양 특유의 감식력으로 노동에 대한 통념을 극복했다기보다 오히려 인간활동의 복잡성을 단순화할 위험이 있었다.

내면성의 탐구는 근대문학 형성의 여러 조건 가운데 가장 핵심적이면서도 계몽담론의 위력 아래 매몰되었던 '개인', 즉 근대적 자아의 발견을 가능케 한 중요한 계기였다. 내면은 감정·반응·생각·욕망 등과 같은 인간의 심리활동이 이루어지는 영역을 지칭하는 말로, 종종 '영혼'이나 '정신'

---

135) 이광수, 앞의 글 35면.
136) 阿部次郎「人生批評の原理としての人格主義的見地」, 『人格主義』, 羽田書店 1951(1922 초판), 51~59면.
137) 이광수에 따르면 노동 그 자체를 삶의 쾌락으로 전환할 수 있을 때, 노동으로부터 "무한한 창조의 자유"를 향락할 수 있을 때 비로소 그 개인의 자율적 주체성이 확증되는 셈이다. 이광수, 앞의 글 37면. 그 자유로운 창조적 활력이 개인과 사회의 진보를 가능케 하는 동력이며, 그에 힘입어 조선은 피식민국의 처지에서 탈피해 신세계의 당당한 구성원으로 자립할 수 있게 된다.

'마음'과 호환되기도 한다. 내면은 실체적 범주가 아니라, 한 개인이 '외부'와 대립하여 자기 주체성을 새롭게 정립하려 할 때 유의미하게 활용되는 구성적 범주이자 일종의 메타포다. 1910년대 이후의 문화담론에서 개인의 내면이란 인간의식을 고정된 것이 아니라 끊임없이 유동하는 것, 그래서 매순간 새롭게 창조될 수 있는 어떤 것으로 이해하자는 인식론적 전환 아래 발견되고 논의되었다. 게다가 '내면'은 외부에 구속되지 않는 그 자체의 내재적 이념과 원리에 의해 구성되고, 주체로 하여금 다시 현실에 적극 관여하도록 할 뿐만 아니라 더 높은 단계로 나아가게끔 이끄는 어떤 통일된 힘의 원천이라 할 수 있다. 민족국가 담론의 강박으로부터의 해방, 즉 내면으로의 선회를 통해 개인은 더 넓고 심오한 자아와 접촉할 수 있게 되었는지도 모른다. 그리고 "깊은 내면에서 우리는 자신이, 자연, 세상의 영, 인류 혹은 창조성과 미라는 상상의 영역 일부가 됨을 발견"[138]한다. 이미 수차례 언급한 대로 1920년을 전후로 한 시기에 청년예술가들이 정력적으로 개진한 여러 문예론은 대개 우주자연과의 신비로운 일체감을 예술 창조의 모태로 설정하고 있다는 점에서 범신론적 믿음을 내포하고, 동시에 낭만주의적 영감으로 충만해 있었다. 그러한 영향의 계보 속에서 이광수 자신도 예외일 수는 없었다. '생명'이나 '영혼'이 그렇듯이 '인격'을 인간 내면의 신성성(神聖性)이라는 맥락에서 이해할 경우, 이광수가 낭만주의적인 의미에서의 '인격'을 도외시했다고 단정하기도 곤란하다. 문제의 「예술과 인생」 말미에 이르러 이광수는 "우리를 신세계로 인도해줄" 종교는 결코 제도로서의 종교가 아니라 "만인의 영(靈) 속에 있는 순일(純一)한 종교"[139]라는 점을 의미심장하게 강조했다. 이광수가 도덕적 인격의 요체로 거론하고 있는 만인에게 내재한 '영'이란 물론 키따무라 토오꼬꾸가 각

---

138) 찰스 귀논 「낭만주의와 진정성의 이상」, 앞의 책 86면.
139) 이광수 「예술과 인생」, 앞의 책 39~40면.

별한 의미를 부여하고, 일본유학을 통해 그것을 전수받은 일군의 청년예술가들이 애용한, 근대적 자아의 내적 원천을 지칭하는 용어로서의 '영혼'이었다.[140)

이러한 변화는 이제 인간정신을 지덕체가 아닌 지정의 삼분법에 의해 이해하게 되었음을 의미한다. 지정의론은 1920년대 인격주의의 경우에도 여전히 유효한 심리학적 가설에 해당했다. 「인격발전의 도정(途程)에 대한 사견(私見)」(1922)의 저자는 인간은 "자아의 악을 악으로 인(認)하는 동시에 선으로 천(遷)하게 되며 자아의 사(邪)를 사로 인하는 동시에 진(眞)으로 입(入)하게 되며 자아의 추(醜)는 추로 인하는 동시에 미를 취"[141)한다면서 인격의 논의 범주로 진선미를 언급했고, 「인격의 학리적(學理的) 해의(解義)」(1926)의 필자는 인격을 가리켜 "지정의의 복잡한 정신활동이 통일체"[142)를 이룬 것이라 정의하기도 했다. 하지만 그러한 전제에도 불구하고 상기한 평론들은 점차 인격의 풍부한 함의 가운데 "양심"이나 "도덕적 품성" "정신적 수양"을 강조하는 방식으로 마무리되었다. 수양동우회의 주요 멤버였던 김윤경(金允經)은 이광수의 추종자답게 1926년 『동광』에 발

---

140) 나혜석의 단편 「경희」의 결말 역시 개인의 자아각성이 종교적·신비적 체험을 동반하여 나타난다는 점에서 문제적이다. "먼져 하나님의 쌀일다. 여하튼 두말할 것 업시 사룸의 형상일다. (…) 경희는 두 팔을 번썩 들엇다. 두 다리로 겅충 쮜엿다. 쌘쌘흔 히빗이 스르르 누구러진다. 남치마 빗갓흔 하날빗히 유연(油然)히 써오른 검은 구름에 가리운다. 남풍이 곱게 살살 부러 드러온다. 그 바람에는 화분(花粉)과 향기가 싸혀 드러온다. 눈 압혜 번기가 번쩍번쩍 흐고 억게 우으로 우레소리가 우루우루 흔다. 조곰 잇스면 여름 소닉기가 쏘다질 터이다. 경희의 정신은 황홀흐다. 경희의 키는 별안간 이(飴) 느러지드시 붓쩍 느러진 것 갓다. 그리고 목(目)은 전(全) 얼골을 가리우는 것 갓다. 그듸로 푹 업듸리여 합장으로 기도를 올닌다. 하느님! 하느님의 쌀이 여긔 잇슴니다. 아버지! 내 생명은 만흔 축복을 가졋슴니다. (…) 하느님! 내게 무한흔 광영과 힘을 닉려쥬십소." 나혜석 「경희」, 『여자계』 1918.3; 서정자 엮음 『정월 라혜석 전집』, 국학자료원 2001, 121~22면.
141) 배성룡 「인격발전의 도정에 대한 사견」, 『개벽』 제24호(1922.6), 41면.
142) 김윤경 「인격의 학리적 해의」, 『동광』 제4호(1926.8), 7면.

표한 글에서 "건전한 인격은 가장 가치있는 예술품"이라 주장하며 인격함양의 유력한 방편으로 다름 아닌 지덕체 삼육론을 거론하고 있어 주목된다.[143] 그것은 인간 내면에 잠재된 낭만주의적 원천, 즉 미적 권능이나 창조적인 상상력을 도외시하는 방식으로 사회적·문화적 기획의 방향이 변모했음을 의미한다.

「예술과 인생」이나 「문사와 수양」에서 이광수가 언급한 인간의 내면성을 베르그송 식의 약동하는 생명력 자체라고 보기는 어렵다. 물론 이광수가 제2차 일본유학을 계기로 베르그송 철학으로부터 적잖은 영향을 받은 것은 사실이나,[144] 이른바 '건전한 인격'에 기초하여 문예론을 개진한 글에서 그러한 종류의 '창조적 생명력'의 흔적을 찾아보기는 힘들다. 가령, 문학을 원론적으로 논한 「문학강화(文學講話)」(1925)에서도 이광수는 작가의 "인격"에 따라 문학작품의 성패가 좌우된다고 누차 강조했다. "열악한 인격을 가진 이는 인생의 추악하고 열등한 감정을 움직이게 하는 작품을 내어 인성을 타락케 하는 것이다. 그러므로 추악하고 열등한 예술가를 가지는 것은 그 민족의 독이요, 아울러 인류의 독이다. 그와 반대로 고귀한 인격을 가진 예술가를 가지는 것은 그 민족의 복이요, 아울러 인류의 복이다."[145] 예술가의 인격에 따라 예술의 품격을 가늠할 수 있다는 발상의 이면에는, 인간이 지닌 창조적 생명력의 무한한 가능성을 불허하는 도덕적 엄숙주의는 물론 예술의 효용과 한계 범위를 제어하려는 민족문학론이 군림하고 있다. 김동인이나 임노월 같은 작가들이 '인격'이라는 단어를 유미주의의 맥락에서 유통시킴으로써 그 외연을 넓히려 했던 데 비해, 이광수는 타이쇼오 교양주의의 원칙을 변용하여 이 용어에 민족주의적 기율을

---

143) 김윤경 「인격의 함양」, 『동광』 제5호(1926.9).
144) 하타노 세츠코 「이광수와 베르그송」, 『무정을 읽는다』, 최주한 옮김, 소명출판 2008, 234~41면.
145) 이광수 「문학강화」, 『이광수전집』 16, 삼중당 1963 참조.

부과했다. 그런 의미에서, 낭만주의 문학의 선구적인 작가들이 개인의 내면을 신성시하는 가운데 애용했던 '생명'이라는 개념어의 사산(死産)된 형태가 바로 '인격'이라 할 수 있다. 요컨대 이광수의 인격주의는 지정의론에 입각한 미적 자율성의 원칙을 지속적으로 관철하는 대신 민족공동체를 위한 도덕적 주체들의 결속, 곧 민족주의적 기율로서의 인격을 최우선시하고자 했다.[146]

4. 신인의 이데올로기

이광수가 타이쇼오 문화주의의 세례 속에서 터득한 '인격'이 허숭이라는 금욕적 주체성의 핵심으로 형상화되기는 했어도 그 의미와 맥락이 반드시 일본적 원천과 일치하는 것은 아니다. 그러한 굴절과 변용이 타이쇼오 인격주의의 한국적 번안을 의미한다면, 『흙』에 나타난 '인격'과 그 주체 표상을 검토하는 것은 아마도 한국 근대문학의 특수성을 재론하는 일이 될 것이다.

우선, 허숭의 '인격'은 단순히 교양주의의 산물로 이해하기에는 무리가 있다. 조선사회가 외국유학 등을 통해 교양과 문화를 습득하여 도덕적

---

146) 두개의 인격론이 경합했던 1920년대 문화사에 대한 이해로는 소영현 「미적 청년의 출현」, 앞의 책 181~97쪽 참조. 소영현은 이 시기의 인격(자)은 "정신적 문명의 발달을 지향하는 새로운 인간형"이라면서 "상호부조"를 강조하는 경향과 "개인주의"를 강조하는 경향으로 구분했다. 본고는 이러한 관점에 충분히 동의하는 가운데, 특히 '인격'의 전사(前史)에 해당하는 '영혼'이나 '생명'과의 연관 속에서 『무정』 『재생』 『흙』의 창작과정이 지닌 의미와 문제성을 환기하고자 했다. 그 같은 개념사적 변천은 인간됨 혹은 내면성에 대한 이광수의 이해가 처음에는 '속사람'이나 '참사람' 정도로 모호하게 규정되었다가 내셔널리즘의 후광 속에서 결국 '인격'이라는 용어로 확정됨으로써 다른 정치적·문학적 가능성이 봉합되는 역사적 과정을 의미한다.

각성 및 사회적 발전을 실현할 수 있으리라는 기대는 『무정』의 낭만적 비전 속에서나 신뢰할 만한 것이다. 『흙』의 경우, 이광수는 외국유학을 마치고 귀국한 지식인들의 도덕적 파탄을 통해 근대 교육의 허망한 귀결을 드러내는 이른바 반교양주의의 맥락 속에서 '인격'의 조건과 그 가능성을 타진하려 했다. 예컨대 살여울에서 그토록 금욕적인 생활을 보여주었던 허숭도 단 한번의 상경으로 그만 타락할 위험에 처하고 마는데, 그를 새삼 각성하게 만든 것은 그러한 도덕적 타락이 일상화된 일군의 지식인이었다. "그러나, 취중에라도, 놀라지 아니할 수 없는 일이 있었다. 그것은 이 자리에, 이런 술과 계집 있는 자리에 있을 수 없는 사람들이 이 자리에 있는 것을 본 것이었다. (…) 술이 갑자기 깨는 것 같았다. 숭은 뽐내던 호기도 다 없어지고 무엇을 생각하는 사람 모양으로 문지방 위에서 고개를 숙였다."(400면) 특히 타락한 지식인의 전형이 "경성제대 법과"의 김갑진이나 "프린스턴 출신"의 이건영이라는 데서 알 수 있듯이, 『흙』에서 서구문명이 가져다준 교육적 혜택은 조선사회의 도덕적 갱생에 그다지 유효하지 않다. 바람직한 인격의 함양은 도시보다는 오히려 농촌에서 구현 가능하다고 보는 것이 온당하다. 이를테면 살여울에서 상경한 허숭이 경성역을 두고 "꿈에서 깬 것 같았다. 바쁜 택시의 떼, 미친년 같은 버스, 장난감 같은 인력거, 얼음 가루를 팔팔 날리는 싸늘한 사람들"(16면)이라 평한 데 반해 아내 정선은 살여울로부터 벗어나 경성역에 도착하는 순간의 감격을 "마치 지옥 속에서 밝은 천당에 갑자기 뛰어나온 듯한 시원함을 깨달았다. 기쁨을 깨달았다"(274면)라고 고백하고 있어 주목된다. 그것은 물론 정선의 "향락 생활"(158면)에 적합한 공간이 살여울 아닌 경성이기 때문이다.[147] "기차가 숭

---

147) 그것은 마치 은사의 무덤 앞에서 "그 무덤 밑에 있는 불쌍한 은인의 썩다가 남은 뼈를 생각하기보다 그 썩어지는 살을 먹고 자란 무덤 위의 꽃을 보고 즐거워하리라" 결심하는 어떤 개인의 내밀한 욕망, 또는 "'도회의 소리!' 그러나 그것이 '문명의 소리'다. (…) 왜 저 전등이 저렇게 많이 켜지며, 왜 저 전보 기계와 전화 기계가 저렇게 불분주야

이가 있는 곳에서 차차 멀어갈수록, 서울이 가까워올수록, 정선은 숭의 모양이 자기의 가슴속에서 점점 희미하게 됨을 깨달았다. '인생의 향락!'" (273면) 하지만 허숭에게 경성이라는 도시는 도덕적 타락 그 자체다. 허숭을 본받아 살여울에서 새로운 삶을 시작하는 백선희에게도 경성은 위선의 도시에 불과하다. 그녀는 "도덕적인 젠틀맨들"(403면)을 폄하하는 대신에 "부랑자 주정뱅이"(405면)를 찬미하는 듯한 태도를 취하지만, 그러한 위악은 실은 이건영처럼 "예배당이나 학교에서 만나는 신사들"(405면)로부터 배신당한 자기 자신의 허약한 교양과 위선적인 지식인을 양산해내는 도시 경성에 대한 환멸에서 비롯된 것이다.

그런데 이들의 사회적 각성은 대개 기독교적 맥락에서 형상화되고 있다. 허숭과의 관계를 여전히 의심하는 정선에게 유순이 "뭉클했던 가슴이 뚫리는 듯"(361면)한 기분으로 들려주는 항변의 말은 흥미롭게도 허숭의 청교도적 생활에 대한 장황한 서술에 집중되어 있다. "성욕"이 개입할 여지조차 없는 허숭의 금욕적인 하루일과는 물론 발명가 윤명섭의 그것을 모방한 것이면서 더 중요하게는 한민교의 삶을 모델로 삼은 것이기도 하다.[148] 또한 정선의 경우 그녀의 회심은 "하느님께 용서해줍시사고 빈다고

하고 때각거리며, 왜 저 흉물스러운 기차와 전차가 주야로 달아나는지…… 이 뜻을 아는 사람이 몇몇이나 되는가"라고 호언하는 문명개화론적 육성의 1930년대식 속물화에 해당한다. 이광수 『무정』, 문학과지성사 2005, 247, 390면.

148) 이광수가 상정한 근대적 주체의 한국적 모델로서는 물론 안창호가 유력하다. 『흙』의 경우, 허숭의 배후에서 비범하게 활약하는 한민교는 이광수가 숭앙해 마지않는 안창호의 오마주다. 위기의 순간마다 한민교의 가르침을 거듭 상기하는 허숭의 모습과 관련해서는 다음과 같은 구절들을 참조. "(허숭은) 이따금 자기의 결심에 대하여 의심까지도 생겼다. 그러나 숭은 이 모든 것을 의지력으로 눌렀다. 한선생을 생각하고 참았다." (225면) "당장에 뛰어내려서 한바탕 분풀이라도 하고 싶은 맘이 났으나 숭은 일찍이 한선생이 하던 것을 생각하고 꾹 참았다. 어떤 손해를 다시 회복할 수 없는 일에 말썽을 부리는 것이 조선 사람의 통폐거니와 이것은 피차에 받은 손해를 더 크게 할 뿐이라는 것이었다."(374면) "이러한 때에 숭의 머리 속에 떠오르는 것은 한선생이었다. 낙심되려

용서해주실 리"(619면) 없다고 여기는 극도의 죄의식을 동반하고 있으며 그처럼 죄책감에 시달리는 정선을 향해 일찍이 김갑진은 "하나님의 딸이 회개의 눈물을 흘리는 판"(315면)이라 조롱하기도 했다. 앞서 논의한 「예술과 인생」에서만 하더라도 개인의 도덕적 각성은 명백하게 기독교적 맥락에서 발화되었다. 이 글의 후반부에서 이광수는 신사회의 성립을 촉구하는 가운데 "신인(新人)"의 중요성을 역설하고 있어 주목된다. "어떤 종류의 신사회든지 무릇 신사회는 신인으로야만, 오직 신인으로야만 조직할 수 있는 것이니, 신인이 생기기 전에는 영원히 신사회는 출현될 수 없을 것이외다." 이 글에서 '네가 너부터 개조하여라'라는 명제는 '너부터 먼저 신인이 되어라'라는 표현과 등가다. 어떤 면에서 이광수의 인격론 및 문화론의 근저에는 기독교적 주체성의 이념이 자리하고 있었다고 할 만하다. 그가 기독교로부터 이반했다 하더라도, 그의 소설과 각종 사회비평은 기독교적 수사나 담론에 밀착되어 있었던 것이다. 그리고 보면 「예술과 인생」에서 기독교적 어휘·개념·수사가 중요하게 작용했다는 사실을 입증하는 근거는 적지 않다. 글 전체에서 신사회와 등가적으로 사용하고 있는 표현이 다름 아닌 '지상천국'이라는 점, 도덕적 수양을 언급하면서 제거해야 할 내면의 열등감정을 가리켜 '악마'라고 표현한 점, 게다가 '신인'이라는 말 자체가 성경에서 연유하는 단어라는 점 등을 지적할 수 있겠다. 특히 이광수가 "동포들이여, 우리 저마다 신인이 되지 아니하려는가. 그리하여 지구를 천국으로 화하는 업에 참여하지 아니하려는가. 그 실현하는 날이 먼

할 때에, 타락하려 할 때에 한선생은 항상 어떤 힘을 주었다. 숭이 생각하기에 한민교 선생은 큰 힘의 샘이었다."(409면) "만일 한선생이라면 어떠한 태도를 이 경우에 취할까. 이렇게도 생각해보았다. 한선생 같으면, 1. 사랑과 의무의 무한성, 2. 섬기는 생활, 3. 개인보다 나라, 이러한 근본 조건에서 생각을 시작할 것이다."(436면) 그리고 특히 결말부에서 허숭은 투옥중인 자신을 대신해 살여울의 재건을 한민교에게 일임하기에 이른다. 그 이유는 "조선에 무엇이 없는지 무엇이 있어야 할지를 가장 잘 아시는 이"(743면)가 바로 한민교이기 때문이다.

듯하되 먼 것이 아니라, 그대 자신의 개조가 완성되는 날이 천국이 임하는 날이외다."라고 말할 때, 그 '개조'라는 어휘 역시 기독교담론에서 육성된 '회개'의 유의어다. 실제로 이 평론의 맨마지막 문장에서 이광수는 '너를 개조하라'가 곧 '거듭나라'라는 말과 동일한 뜻임을 드러내고 있다. 그런 맥락에서, 해산의 고통 중 누군가로부터 용서받기를 절실히 바라는 정선의 모습, 허숭에게 부복하고 눈물로 참회하는 유정근의 모습, 허숭을 본받아 오지에서 조합운동을 전개하기 시작한 김갑진의 모습을 묘사하기 위해 이광수는 무엇보다 기독교적 어휘와 수사를 적극 참조하고 있다고 해도 무방하다. 기생 생활을 청산하고 농촌에 투신한 백선희가 자신의 선택을 "성경의 말씀 마찬가지로 잃어버렸던 양이 목자에게 돌아온"(57면) 것으로 비유했듯이 『흙』에 묘사된 타락한 개인들의 민족적 각성은 그 자체로 근대 기독교담론의 문학적 번안이라 할 만하다.

'새사람' 혹은 '신인'이라는 어휘는 "너희는 유혹의 욕심을 따라 썩어가는 구습을 쫓는 사람을 벗어버리고, 오직 심령으로 새롭게 되어, 하나님을 따라 의와 진리의 거룩함으로 지으심을 받은 새 사람을 입으라"(에베소서 4: 22~24)라는 성경구절에서 유래한다. 일본 혼고오(本郷)교회의 기관지 『신인(新人)』 창간호에도 이 '신인' 혹은 '새사람'이라는 표현이 성경의 한 구절에서 유래한 것이라 명기되어 있다.[149] 그런데 이 혼고오교회는 타이쇼오기에 자유주의 지식인을 다수 배출했음에도 불구하고 그와 동시에 기관지 『신인』을 통해 기독교담론을 내선일체의 주요한 메커니즘으로 활용했다. 일본의 각종 문화·정치 담론에서 '신(新)'이라는 접두어가 집중적으로 사용되기 시작한 시기는 '세계 대세의 변화'라는 시대적 분위기가 고조된 때와 겹친다.[150] 이 잡지가 강하게 표방한 '새로운 시대' '새로운 일본' '새

---

149) 한상일 『제국의 시선』, 새물결 2004, 89면.
150) 加藤典洋「「新」の切斷」, 『日本という身体』, 講談社 1994, 157면.

로운 국민'의 의미는 당시 일본이 당면한 세계사적 과제를 이해할 때 어느 정도 파악될 수 있다. 19세기 말부터 근대화의 내실을 도모한 일본은 서구 열강과 대등한 위상을 겨룰 만큼 국력신장을 이루어냈다. 그에 따라 새로운 20세기에는 세계문명사의 지도국으로서 성장해야 한다는 과제가 부과되었다. 이러한 시대 분위기 속에서 요시노 사꾸조오(吉野作造)가 일본 근대사상의 핵심인물로 활약하기 시작했다. 요시노 사꾸조오는 목사 에비나 단조(海老明彈正)로부터 깊은 신앙적 감화를 받아, 1926년 폐간될 때까지 『신인』의 편집과 운영에 관여하면서 자신의 정치적 견해를 공론화했다. 에비나 단조의 『신인』이 요시노 사꾸조오의 정치사상과 밀접한 관계를 형성하고 있었다는 사실은 분명해 보인다. 요시노 사꾸조오는 기독교적 가르침에 따라 의식과 제도의 혁신을 이루기 위해서는 인간 각자가 '신인'이 되지 않으면 안 된다고 강조했다.[151] 그가 즐겨 사용한 '신인'이라는 말은 1918년 그의 영향 아래 조직된 학생단체의 명칭이기도 했다. 창간 직후부터 조선 문제 해결에 있어서 일본 기독교인에게 부여된 역사적 소명의식을 강조했던 『신인』은 결국 일본의 국권팽창과 침략야욕을 종교적 맥락에서 합리화했을 뿐이다. 그 대표적인 예가 일제의 동화정책에 대해 노골적인 지지를 표명한 1914년 『신인』의 특집판 「조선전도호(朝鮮傳道號)」다. 이광수를 비롯하여 한국인 유학세대에 상당한 영향력을 행사했던 토꾸또미 소호오(德富蘇峯)도 이 특집호에 「조선기독교의 장래(朝鮮德敎의 將來)」라는 글을 실었는데, 여기서 토꾸또미는 조선인의 근본적인 개조를 강력하게 주장하면서, 이 개조사업은 '기독교'를 통하지 않고서는 어려울 것이라고 예견했다. 일본 기독교도는 "반드시 조선인의 특성을 연구하여 우리 일본의 정신이고 마음인 '생명'으로써 그들을 재생시키고 부활시킬 사명"을 가지고 있다는 것이다.[152] 『무정』의 결말부에서 형식과 그 일행이 보여주

---

151) T. 나지타 『일본근대사』, 박영재 옮김, 역민사 1992, 157면.

는 공동체적 각성이야말로 '신인' 혹은 '새사람'이라는 어휘를 개인의 민족적 갱생과 관련하여 흥미롭게 전용한 사례에 해당한다. 『무정』의 저자는 개개인의 내면에 민족주의적 기율을 부과하기 위해 무엇보다 기독교적 어휘·수사·개념을 적극 활용했으며 그러한 방식은 15년 후에 발표된 『흙』에서 더욱 강화되었다.

이렇듯 허숭의 인격을 보증하고 정당화하는 서사가 근대 기독교담론을 노골적으로 추종하고 있지만, 그렇다고 『흙』이 『무정』처럼 전통적인 가치 일반에 대해 비판적인 태도를 취하지는 않는다. 어떤 의미에서 허숭의 인격적 완성은 서구적 교양·문화·도시적 삶을 영위하는 가운데 실현될 성질의 것이 아니라, 그와 정반대로 농촌공동체의 일원으로 뿌리내리는 삶속에서 자연스럽게 체득되어야 마땅하다.

이 말이 믿기지 아니하거든 이 경력 많은 홰나무더러 물어보라. 그는 적어도 사오백년 동안 이 살여울 동네의 역사를 목격한 증인이다. 이 동네에서 일어난 기쁨을 아는 동시에 슬픔도 알았다. 더구나 이 동네 수염 센 어른들이 짚방석을 깔고 둘러앉아서 동네일을 의논하고, 잘못한 이를 심판하고, 훈계하고 하는 입법, 행정, 사법의 모든 사무가 처리된 것을 이 나무는 잘 안다. 비록 제일조, 제이조 하는 시끄럽고 알아보기 어려운 성문율이 없다 하더라도 조상 적부터 입에서 입으로 전해오는 거룩한 율법이 있었고 영혼에 밝게 기록된 양심률이 있었다. 그들은 어느 한 사람의 이익을 위하여 어느한 사람에게 손해를 지우는 것은 말할 것도 없거니와 무릇 온 동네의 이익

152) 그 외 "혈맥보다도 열렬한 것은 동일한 영"이니 "일선인(日鮮人)의 근본적 융합은 바로 이 영능에 의하는 수밖에 없다"거나, "적개심을 영화하여 박애로 만들고 정치적 야심을 떠나서 공명정대한 그리스도혼을 받아야 한다"면서 "조선인으로서 만일 제국의 내부에 배태하는 영적 제국의 신민"이 되자는 구절도 주목된다. 「사설」, 『신인』 1910.10; 지명관·오가와 케이지 엮음, 『한일그리스도교 관계사 자료: 1876~1922』, 금윤옥·손규태 옮김, 한국신학연구소 1990, 421면.

이라든지 명예에 해로운 일을 생각할 줄 몰랐다. 그것은 이 홰나무가 가장 잘 안다. 개인과 전체, 나와 우리의 완전한 조화 ── 이것을 이상으로 삼았다.(175~76면)

개인과 전체, 나와 우리의 완전한 조화를 상징하는 홰나무는 국가의 통제력조차 범접하지 못하는 민족공동체의 고유한 삶의 영역을 지칭하면서, 동시에 그러한 삶을 가능케 하는 고매한 지도자상과도 절묘하게 부합한다. 살여울에 대한 입법·행정·사법의 권능을 보유한 존재는 주재소장으로 대표되는 국가가 아니라 그와 경합하면서 민족의 주권을 대행하고 있는 허숭인지도 모른다.[153] 그런 허숭도 처음에는 윤참판의 혼인 제의를 선뜻 물리치지 못하고 "유순"과 "농민"에 대한 의리를 저버릴 수밖에 없었다. 그럼에도 결국 허숭은 모든 세속적인 욕망과 명예에도 휘둘리지 않는 강력한 주체성을 보유하게 되는데, 이는 그가 "인격의 명령" "양심의 명령"(87, 91면)에 귀 기울인 덕분이다. 정선의 표현을 빌리자면, 허숭의 고결한 인격은 지혜·의지·열정을 조화롭게 겸비하고 있는 만큼 타의 추종을 불허한다. "남편의 지력과 의지력이 가치가 높고 무서운 것같이 보였다. 현의사는 싸늘한 지혜의 사람만 되지마는 남편에게는 싸늘한 지혜 외에도 굳은 의지의 힘과 불같은 열정을 가진 것으로 보였다. 이렇게 정선이가 남편의 인격을 심리학적으로 분석해보기는 이것이 처음이었다."(496면) 이렇듯 지혜〔知〕, 열정〔情〕, 의지〔意〕가 조화롭게 통일된 자아란 작가가 주인공의 성격을 이상적으로 묘사하는 중에 무심코 표현된 것이라기보다 당대에 널리 유행한 심리학적 가설에 의해 재구성된, 어떤 예외적인 인간상을 의미한다. 하지만 실제 서사상의 전개를 고려한다면 『흙』은 지정의론보다는

---

153) 살여울을 두고 '국가'(주재소장)와 '민족'(허숭)이 서로 경합하고 있다는 착상은 이경훈 「『흙』, 민족과 국가의 경합」, 『흙』, 문학과지성사 2005 참조.

지덕체론이 우세한 텍스트다. 누차 강조되는 대로, 다른 인물들을 압도하는 허숭의 건장한 체격은 그가 바로 농촌 출신이기 때문에 가능한 신체적 조건이며 또한 일체의 향락을 배제하는 청교도적 일상을 영위하며 얻어낸 득의의 성과다. 이처럼 건장한 신체를 구비한 내셔널리즘의 주체는,『흙』에서도 묘사되어 있듯이 아마도 전쟁에 나서는 군인의 이미지에서 극치를 이룰 것이다.

허숭이라는 새로운 지도자상이 지혜·의지·열정의 삼위일체적 구현자라는 발상은 1920년대 인격주의 담론에 견주어볼 때 그리 이채로울 것도 없지만, 금욕적인 생활윤리를 토대로 이광수가 축조해낸 허숭의 고결한 인격은 인간이라면 누구나 지니게 마련인 본능·충동·욕망에 대해 결코 관대하지 않다는 점에서 문제적이다. 선의를 지녔든 악의를 지녔든 간에 허숭의 인격적 권능을 침해하는 여러 욕망의 주체들은 그 자신의 자아를 온전히 보존하기 어려워진다. 다시 말해, 그/그녀들은 허숭이라는 유력한 민족적 주체성에 스스로 동화되거나(혹은 그 아류로 전락하여 재생산되거나) 탈성화되지 않고서는 존립할 수 없다. 정선의 타락으로 상당한 타격을 입은 허숭이 "혼인" "가정" "개인생활"을 부정하고 마는 것은 그 '인격'의 성립조건이 무엇인지를 여실히 보여준다. 허숭이 아내가 간통으로 낳은 아이를 받아들였다면 그것은 가족의 일원이라기보다는 더 넓은 의미에서 농촌공동체 혹은 민족의 일원으로서 용인했을 뿐이라는 것을 의미하며, 게다가 그러한 결말은 정선의 도덕적 타락을 단죄하고 갱생의 실마리를 제공하기 위해 작가가 그녀의 한쪽 다리를 절단함으로써 비로소 가능해진 일이다. 이와 같이『흙』에서 '인격'은 근대적 욕망과 도덕, 도시와 농촌, 서구와 전통 사이의 가치론적 위계가 전도되는 가운데 허숭에게서 뚜렷한 형상을 얻게 되었고 그것은 타이쇼오 인격주의의 한국적 토착화를 의미한다. 하지만 그러한 문학적 성과는 '인격'을 과도하게 이상화함으로써 불가피하게 현실과 유리될 수밖에 없었고,[154] 지정의론에 기반한 새로운 인간 이해의 가능성을 차단하는 대신에 내셔널리즘에 복무하는 지덕체 론으로 퇴행하고 마는 결과를 자초했다. 따라서 1920년대 이광수의 문화 주의 담론과 소설 『흙』에 나타난 '인격' 표상은 근대적 주체의 한 전형을 공식화하는 데 기여했을지 모르나, 그 도덕적 주체란 결국 한국 근대문학 에서 모처럼 제기된 개인주의의 가능성을 위협하거나 왜곡함으로써 얻어 진 성과다.

한국에서 근대적 자아의 형성에 기여한 문화담론의 주류가 종교적 담 론이었다는 사실은 양가적인 의미를 지닌다. 그 종교적 자아담론은 심오 한 내면, 신성한 자아, 자유로운 개인의식을 가능케 했다는 점에서는 부언 할 것 없이 중요한 미덕을 보여주었다. 하지만 이 자아담론에 부착된 종교 적 이념과 논리는 기본적으로 자아의 무한한 확충을 보증하되, 무한자와 개별자의 관계를 일방적인 복속으로 제한해놓았다. 이를테면 '생명'이라 는 키워드는 1910년대 후반 개인의 자아각성을 강조하는 문화담론의 핵심 이었으나, 1920년대에 들어서면 민족적 자아의 정당화 기제로 포섭되기에 이른다. 「예술과 인생」에 뒤이어 발표된 「민족개조론」(1922)에는 이러한 사정이 잘 나타나 있다. 이광수는 민족성 개조의 필연성을 주장한 이 문제 작에서 '생명의 영속성'을 중요한 화두로 제기하고 있다. 즉 "개인의 생명 은 유한하되 단체의 생명은 무한"하다는 대명제를 중심으로, 민족개조의 의의와 내용, 가능성 여부를 타진한다. 독립협회의 실패요인 중 하나가 단 체생활의 훈련이 부족한 데 있었다거나, 규칙을 엄수하는 개조단체를 구

---

154) 지수걸의 고증에 따르면, 1930년 10월말 호세를 받으러 나온 군청재무계원, 면서기, 면농업기수 3인이 정주군에서 어느 일가족을 구타한 사건이 발생하자 정주 지역 농민 들이 보여준 태도는 이광수가 『흙』에서 묘사한 내용과 전혀 다르다. 정주군 농민들은 지 역운동단체의 힘을 빌려 치료비, 위로금, 군수의 사과까지 받아냈다고 한다. 지수걸 「식 민지 농촌 현실에 대한 상반된 문학적 형상화: 이광수의 『흙』과 이기영의 『고향』을 중심 으로」, 『역사비평』 22, 역사비평사 1993, 196면.

성해 '건전한 인격자'를 육성하자는 일련의 주장은 모두 개체적 생명에 대한 민족적 생명의 우위를 전제로 한 것이다. 물론 여기에는 '나부터 개조하자' '먼저 사람이 되어라' 같은 식으로 개체적 존재의 '인격'을 중시하는 논리가 포함되어 있지만, 그 인격은 앞서 「예술과 인생」에 예시된 것처럼 다양한 주체화의 맥락을 허용하기보다는 규격화되고 계율화된 윤리도덕에 순응하는 것을 전제할 뿐이다.

제6장

기독교적 주체성의 신화

1. 평양과 기독교

1913년에 발표된 작자 미상의 신소설 『부벽루』에는 근대적 자아각성과 관련하여 중요한 장면이 암시되어 있다. 주인공 최운영은 방탕한 생활로 가산을 모두 탕진한 경성 출신의 한량으로, 첩의 환심을 사기 위해 심지어는 정숙한 본처를 색주가에 팔아넘기기까지 한다. 그후 주변의 시선을 의식하여 첩을 데리고 평양으로 피신했던 운영은 그 첩마저 전염병에 걸려 죽자 기분전환을 위해 평양 여행을 떠난다. 마침내 "춘삼월 호시절" 부벽루에 도착한 운영은 "백화는 만발"하고 "색깔 고운 꾀꼬리"가 뛰노는 수려한 자연 앞에서 갑자기 자신의 죄를 고백하기 시작한다. "슬프다, 나의 이력 말할진대 죄과만 지었으니 오늘날 이 신세는 자작지얼(自作之孽)이 아닌가. (…) 불가불 나의 이전 마음을 고치리라."[155] 그가 비록 『대학(大學)』이나 『중용(中庸)』 같은 유학의 경전을 인용하면서 자신의 심사를 표현하

---

155) 미상 「부벽루」, 『한국신소설전집』 8, 전광용 외, 을유문화사 1968, 451면.

고 있기는 해도, 이후의 행보를 고려한다면 부벽루 위에서의 회심은 결국 기독교적 갱생으로 이해된다. 그는 "오늘날부터는 하나님 앞에서 죄를 자복하고 좋은 사람이 되"[156]기를 바랄 뿐만 아니라, 실제로 모친에게 보낸 편지에서도 "하나님의 은혜로 모든 죄를 씻고 깨끗한 사람이 되었"[157]다고 고백하며, 평양교회에서 권사로 활동하다 개성에 들러 상경하던 중 전도부인이 된 본처 김씨부인과 마침내 극적으로 해후하게 된다. 이렇듯 주인공의 신생이 그가 태어나 자란 경성을 떠나 하필이면 평양의 대동강에서 이루어지는 이유는 무엇인가. 평양이 기독교적 갱생의 공간으로 형상화된 데는 아마도 이 지역이 근대 기독교 수용지로서 보여준 유례없는 부흥이 적지 않게 작용했을 것이다.

1866년 최초의 개신교 순교자인 토마스(R. J. Thomas) 사후 평양은 "한국의 소돔" 혹은 "한국의 사악한 도성(都城)"으로 혹평되었다.[158] 선교사 게일(J. S. Gale)도 "평양은 조선에서 가장 희망이 없는 도시로 간주되어 왔다. 평양은 언제나 죄악으로 둘러싸인 새장과 같았다. 신을 섬기는 데에서도 평양은 우상숭배에 심취한 가장 나쁜 곳이었다. 그리고 지금까지 기도와 참회와 찬송의 소리를 들을 수가 없었다. 이곳은 신부들도 들어보지 못한 어떤 종교에 미쳐 있는 세계"라고 기록한 바 있다.[159] 1887년 4월 아펜젤러가 처음 다녀간 이후 여러 선교사들이 평양을 방문했으나 본격적인 선교는 1892년부터 윌리엄 홀(W. J. Hall)을 비롯하여 쌔뮤얼 모펫(S. A. Moffet), 그레이엄 리(Graham Lee), 스왈런(W. L. Swallen) 등에 의해 이루어졌다. 선교 초기에 개신교회는 평양 주민들이 지녔던 반외세 성

---

156) 미상 「부벽루」, 앞의 책 452면.
157) 미상 「부벽루」, 앞의 책 450면.
158) S. A. Moffet, *The Church at Home and Abroad*, 107면; Horace G. Underwood, *The Call of Korea Political-Social-Religious*, Fleming H. Revell Co. 1908, 144면.
159) 이사벨라 버드 비숍 『한국과 그 이웃 나라들』, 이인화 옮김, 살림 2003.

향으로 인해 적잖은 탄압을 받아야 했으나,[160] 청일전쟁의 주요 격전지였던 평양에서 교회가 민중의 생명과 재산을 보호할 수 있는 거의 유일한 제도임이 널리 인정되면서 급속하게 교인 수가 증가했다.[161] 감리교의 경우 1896년 8월부터 이듬해 3월까지 불과 8개월 만에 교인이 51명에서 263명으로 급증했고, 다시 1898년에는 525명으로 늘어나 교회당을 신축했음에도 여전히 앉을 자리가 부족했다.[162] 그 이후 평양을 중심으로 한 서북지역은 다른 지역의 교세를 압도하기에 이른다. 1901년 현재 미감리회는 서울·평양·제물포·수원·원산 등 5개의 거점 선교기지를 보유하고 있었는데, 평양의 교인 수는 1703명으로 서울의 두배가 넘었다.[163] 그러나 평양 선교 역사상 가장 중요한 변화는 북장로교 소속의 장대현교회(長大峴敎會)를 중심으로 일어났다. 1907년 1월 2일부터 15일까지 장대현교회에서 열린 사경회(査經會)를 통해 평양 교인들의 격정적인 회개가 대대적으로 일어나면서 그 영향력이 시내 여러 교회와 평양여자고등학교, 숭덕학교(崇德學校) 등을 거쳐 전국으로 확산되었다. 선교사를 증오해왔다고 고백한 어느 장로의 회심으로부터 시작해 십여년 전 아내를 죽이고 도망친 후 개명하여 살아온 내력을 고백한 한 청년의 참회나 청일전쟁 중 피난길에 올랐다가 아이가 무거워 살해한 어떤 여인의 통회에 이르기까지 평양지역 교인들의 갖가지 회개가 잇따랐다.[164] 심지어 그들은 전통사회에서 별다른 죄의

---

160) 셔우드 홀 『닥터 홀의 조선회상』, 김동열 옮김, 동아일보사 1984, 102~25면.
161) 한국기독교역사연구소 「선교의 자유와 초기 선교활동」, 『한국기독교의 역사』 1, 기독교문사 1989, 248~58면.
162) 박용규 『평양산정현교회』, 생명의말씀사 2006, 36면.
163) 김진형 「북한지역 감리교회의 성장」, 『사진으로 보는 한국초기선교 90장면』, 진흥 2006, 166~70면.
164) 평양대부흥운동 초기에 회심한 대표적 장로교인 중에는 주요한의 부친인 주공삼 목사가 포함되어 있어 이채롭다. 그 당시 숭덕학교(崇德學校) 2학년에 재학중이었던 주요한은 훗날 공식적인 문건 어디에도 자신의 부친에게 일어난 사건에 대해 적어두지 않았다. 선교사의 증언에 따르면 주공삼 목사의 회심 내용은 다음과 같다. "집회 내내 강단

식 없이 행해오던 조혼, 축첩, 노비소유, 흡연과 음주 등을 죄로 인식하기 시작했고 그에 따라 기독교적 윤리의식을 내면화하는 수준에까지 진입하게 되었다.[165] 평양에서 일어난 종교적 회심의 광범위한 경험은 곧 이 지역을 기독교성지(基督敎聖地)로 변화시켰다. 당시 기독교신문들이 증언하는 대로 "평양 성뇌교회가 크게 감화ᄒ심을 닙어 뭇 교인들이 남녀 업시 ᄌ긔 죄를 ᄌ복ᄒ야 대성통곡으로 그 죄를 내여놋코 새사람들이 되엿"[166]다는 인식이 널리 확산되면서 평양은 기독교적 갱생의 성소이자 이른바 동방의 "예루살렘"[167]으로 각광을 받게 된다. 그런 의미에서 평양의 근대적 표상이 무엇보다 기독교적 회심 혹은 갱생의 모티프와 밀접하게 연관되어 있었다는 것은 우연이 아니다. 앞에서 살펴본 「생명의 봄」은 평양 특유의 기독교적 표상과 관련해서도 필히 재론할 만한 소설이다.

이 단편의 주인공 나영순은 예술적 열망과 종교적 헌신 중 그 어느 것에도 자기 삶의 방향을 정하지 못한 채 타성적인 생활에 젖어 있는 인물이다. 그의 "무서움과 불안"은 한편으로는 "하나님을 떠난 것 같고 그의 버림을 받은 것 같"다고 여기는 데서 오는 죄의식 때문이면서, 다른 한편으로는 좀체로 "예술에 대한 열정과 충실한 태도"(6: 29면)를 지닐 수 없다는 무력

에 앉아 있던 그(주공삼 장로 — 인용자)가 내 옆에 서 있는 것을 내가 갑자기 발견하였을 때 나의 마음은 기쁨으로 충만했다. 그것은 그가 이미 굴복한 것이고, 하나님의 영이 이제 그를 정결케 하실 수 있을 것이라는 사실을 알았기 때문이다. 그는 불완전한 말로 시작했고, 말소리가 또렷하지 못해 거의 알아들을 수 없을 만큼 (처음에는) 감동이 적었다. 그러나 시간이 지나면서 그의 말은 더 분명해졌고, 그는 모든 것을 토로했다. 그는 간음과 공금 유용을 고백했다." 박용규 『평양대부흥운동』, 생명의말씀사 2007 참조.
165) 류대영 「20세기 초 한국 교회 부흥현상에 관한 재검토」, 『한국 근현대사와 기독교』, 푸른역사 2009, 120면. 류대영은 개신교의 부흥운동이 1907년 장로교를 중심으로 일어났다는 공식화된 의견에 이의를 제기하고, 영적 부흥현상이 실은 그 이전부터 감리교 내부에서 지속적으로 이어져왔음을 지적하기도 했다.
166) 『신학월보』 1907.2, 11면.
167) 『신학월보』 1907.2, 54면.

감 때문이기도 하다. 예술적 또는 종교적 삶의 파탄은 "죽음"에 대한 공포로 표현된다. 어떤 열정적인 삶의 가능성이 차단된 극한상황에 대한 메타포로 죽음이나 겨울은 진부하리만치 적절한 표현이다. 그런데 P목사의 죽음이나 기홀병원 입원 환자들의 죽음과 직면하면서도 영순은 소설의 후반부에 이르러 새로운 삶에 대한 열망으로 한껏 고양되기에 이른다. 그러한 변화는 여동생이 우연하게 불러준 찬미가에서 처음 암시되었으며, 중병에 시달리던 아내의 극적인 회생을 통해 전면화된다. 다시 말해, 영순은 "십자가 후에 승리 잇고/죽음이 가고 부활이 오며/죽음의 겨울 지나가면/생명의 봄이 도라오네"(5: 18면)라는 찬미가 구절을 신생에 대한 의미심장한 계시로 받아들일 뿐만 아니라, 아내의 병상에서 펼쳐지는 비현실적인 영상의 파노라마를 통해 자기 내부에 잠재된 비범한 능력을 자각함으로써 비로소 신생의 가능성을 얻게 된다. 그것을 가능하게 했던 신비주의 체험은 우선 종교적인 맥락에서 이해할 만하다. 무아지경 속에서 어느 소년 소녀가 한데 어우러져 춤을 추는 모습을 바라보는 순간에 영순이 홀연히 듣게 되는 합창소리는 다름 아닌 찬미가였고, 병상의 아내가 자신의 회생을 남편의 정신적 갱생과 동일시하면서 이 모든 일들이 "하나님의 섭리"(providence)라고 말하는 대목에서도 알 수 있듯이 그들 부부의 신생은 기독교의 중생에 필적하는 경험이라 할 만하다. 다른 한편, 아내의 회생은 영순의 극진한 간호가 없었다면 불가능한 일이기도 하다. "아무러나, 저는 하나님의 은혜로, 당신의 사랑으로 살아났어요. 저는 당신을 위해서 살아나야 해요."(7: 8면) 그런 영순이 "사후세계"와 "영혼불멸"에 대한 의문 속에서 청년 루터의 "리뎀프션"을 연상하는 순간에 오히려 자기 내부의 예술가적 열정과 권능을 발견하게 되는 장면은 주목할 가치가 있다. "그는 과연, 언제 보든지 몹시도 아름다운 그 자연미에 견댈 수 업는 동경과 애착을 늣기여 한참이나 엑스타-시(恍惚狀態) 가운데 들어갓섯다. 그리고 그 순간의 영상을, 그 자연을 엇더케든지 자기 손으로 표현하고 싶은 극히 강한 무럭무럭 니러나는 예술적 충동을 깨닫고 따라서 전신의 피가 한번 새로 뒤끌어도라가는 듯한 힘과, 참예술가가 홀노 맛볼 것 갓흔 깃븜과 만족을 늣겻다."(7: 12면) 적어도 영순의 의식 속에서 종교적 각성과 예술적 각성이 별다른 모순 없이 연이어 나타나는 이유는 과연 무엇인가. 아내의 회생을 통해 그가 자기 내부의 창조적 원천, 곧 생명력을 비약적으로 경험하게 되었다는 사실이 중요하다. 다른 누군가의 삶을 죽음에서 생명의 상태로 변화시키는 획기적인 경험은 곧 자아의 생명력을 자각하고 그 무한한 가능성을 예감하는 일이 된다. 이 황홀경을 통해 영순은 더이상 종교와 예술로 파열되지 않는, 내면적으로 조화롭게 통일된 자아를 추구할 토대를 마련했다. 이 소설에서 종교적 갱생과 예술적 신생은 전혀 별개의 사건이 아니라 동시적인 사건으로 형상화된 셈이다. 전영택이 보여준 근대적 자아의 형상은 『부벽루』로 대표되는 기독교적 갱생의 서사를 다시 예술적 자아함양의 서사와 중첩함으로써 가능해진 성과였는지도 모른다.

그런데 영순의 자아각성은 남산현교회나 기홀병원·맹아학교·M선교사 주택 등 평양 기독교의 후광 속에서 출현한 것이면서,[168] 그에 못지않게 연광정·문수봉·모란봉 등 대동강 주변의 수려한 풍광을 배경으로 연출된 것

---

168) 「생명의 봄」에서 영순은 P목사의 장례예배에 참석하기 위해 "맹학교(盲學校)"를 지나 "남산현 예배당"에 들어서며, 그의 아내는 "기홀병원"에 입원해 있다. 기홀병원은 평양 선교사 제임스 홀의 순교를 기념하면서 설립한 평양의 대표적인 근대식 병원이다. 남산현(南山峴)교회는 평양 지역의 감리교회 중 가장 큰 예배당으로 그 규모가 무려 95칸에 달했다. 다른 교회의 경우 대개 11~26칸 정도의 규모였으니 남산현교회는 평양 감리교의 상징적인 존재였던 셈이다. 당시 조선 감리교회의 스크랜턴은 선교사 폴웰(E. D. Follwell)을 평양에 파송하여 병원을 설립하도록 하고, 순교한 닥터 홀을 기념한다는 의미로 기홀병원(紀忽病院)이라 이름지었다. 기홀병원은 1896년 서문에서 그리 멀지 않은 언덕에 진료실, 약제실, 의사 사무실을 갖춘 한옥 기와집의 모습으로 완성되었고, 환자 수가 급증하여 2년 뒤인 1898년에는 3개 병동을 추가로 신설했다. 닥터 홀의 미망인도 평양 여성전용병원인 광혜여원(廣惠女院)과 맹인학교를 설립하여 남편의 뜻을 기렸다. 김진형, 앞의 책 151~55면.

임을 간과할 수 없다. "그는 서양선교사 주택의 담정 사이를 도라서 남산 현예배당 대문 압헤 나섯다. 멀니 눈압헤, 다 한빛으로 덥허노은 구비구비 버쳐잇는 대동강과, 그 건너 망망한 벌판과, 파랏코 히고 강하고도 세미(細微)한 곡선을 나타내인 매수봉의 봉어리 봉어리는 우유빗가치 뽀-얀 석양의 치운 아지랑이에 싸혓는데, 구름 사이로 사여서 쏘아 내려오는 불근 볏을 반사하야, 무어라고 형용할 수 업는 진실노 아름다은 색채를 일우엇다."(7: 12면) 「생명의 봄」의 주인공은 자연·종교·예술의 심오한 내연관계 속에서 자신의 내부에 깃들어 있는 예술적 자아를 깨닫고, 그 무한한 창조적 가능성으로 인해 궁극적으로 자아의 해방을 실감하게 되는 셈이다. 이렇듯 평양의 자연과 기독교가 서로 조응하는 방식으로 영순의 근대적 각성을 묘사했다는 점은 흥미로운 데가 있다. 게다가 「생명의 봄」만이 아니라 『부벽루』에서도 평양의 수려한 자연미, 특히 대동강 주변의 절경이 근대적 갱생을 위해 더없이 유효한 공간이 되었음을 상기한다면, 기독교적 맥락에서의 평양 표상과 자연미의 발견이 맺고 있는 의미론적 관계를 해명할 필요가 있다.

2. 대동강의 미학

평양의 자연을 배경으로 자아의 갱생을 부조해낸 소설로는 김동인의 여러 단편을 빼놓을 수 없다. 예컨대, 「마음이 여튼 자여」(1920)의 K는 애인의 변심으로 실의에 빠진 나머지 자살을 결심하고 반월도(半月島)로 향하지만 그곳에서 오히려 죽음이 아닌 삶의 확증을 얻어낸다. "그렇게 듣고 보니 강물만 그러지 않는다. 바람도 풀틈을 꿰고 달아나면서 살아라 살아라 한다. 능라도(綾羅島) 다리 아래로 나오는 바람도, 바람과 싸우는 물결도, 청류벽의 바위도, 모란봉의 작은 솔도, 을밀대(乙密臺) 앞의 늙은 솔도, 모두 '살아라 살아라' 한다."[169] 자연의 에피파니는 을밀대, 모란봉, 청류벽, 능라도 등 대동강 주변의 절경에서 시작하여 경의선의 여로를 따라 지속되며 금강산에 이르러 그 절정을 이룬다. 이러한 계시의 순간은 K로 하여금 자연과의 신비로운 일체감 속에서 한껏 고양된 자아를 실감하게 한다. 그것은 앞서 언급한 「생명의 봄」의 주인공이 불가해한 삶의 기로에서 예기치 못한 어떤 열정에 휩싸이는 장면을 연상시킨다. 이를테면, K가 반월도에서 듣게 되는 "오-케스트라의 합주"는 곧 나영순이 대동강을 내려다보며 빠져드는 "진실로 아름다운 색채"에 비견할 만한 감각적 충격이다. 일반적으로 미술이나 음악이 제공하는 감각체험은 범속한 삶을 초월하여 개인의 자아를 발견하고 함양하는 계기를 마련해준다.[170] K가 자연미 혹은 예술미의 세계가 개방해준 새로운 삶의 가능성을 충분히 염두에 두면서 그것을 "어떤 삶에 철저한 철리(哲理)"라 확신하는 것은 그 때문이다. 낭만주의에 특유한 자연관은 그처럼 자연과 대면해서야 비로소 인간이 자아와 공동체에 대한 조화로운 일체감을 회복할 수 있다고 알려준다. 다시 말해, 계몽이성에 의해 자아와 세계를 이해하려 했던 역사철학적 관점이 불가피하게 주체와 객체, 부분과 전체를 분리해놓았다면, 자연은 그 이전의 어떤 통합적인 상태로 되돌려놓을 중요한 원천과 감화를 제공할 대안적인 장소로 여겨졌다. 특히 자연의 신성한 권능을 예찬했던 노발리스는 "자연에 대한 관조나 자연 속에서의 동시적 현존"을 통해 인간이 공동체적 감각을 함

---

169) 김동인 「마음이 여튼 자여」, 『김동인전집』 1, 조선일보사 1987, 72면.
170) 김동인 소설에 나타난 예술적 자아각성의 장면, 곧 '풍경'이라는 객체화된 사물의 발견을 통해 개인의 "자아"를 느끼고, 이로써 예술과 미적인 삶을 열망하게 되는 저간의 사정에 관해서는 황종연 「낭만적 주체성의 소설」, 『김동인 문학의 재조명』, 문학사와비평학회 엮음, 새미 2001을 참조할 것. 다만 앞의 논문이 기차의 차창을 통해 이루어지는 시각적 경험에 초점을 맞춘 만큼 "주체와 객체의 분리, 자아와 세계의 대립"을 중시한다면, 그에 비해 필자는 자연과 개인의 자아가 미분리된 어떤 조화로운 황홀경의 상태를 좀더 쟁점화하고자 한다.

양하고 "자아와 타자 간의 에로틱한 감성의 힘"을 터득할 수 있다고 말한 바 있다.[171] 즉 사회적 연대, 에로틱한 감성의 표현, 조화로운 자아의 형성을 저해하는 모든 사회제도적 모순과 억압은 자연과 대립적일 수밖에 없다. 그것은 자연이야말로 이상적인 자아, 사랑, 공동체에 대한 상상을 개방하고 실현케 하는 특권적인 장소임을 의미한다. 인간으로 하여금 부조리한 소외상태를 벗어나 "더 고양된 통합의 상태"[172]로 이끄는 것은 오로지 자연뿐이다.

그런데 김동인은 자연과 대면하여 벌어지는 어떤 심미적 통일성의 경험을 통해 K를 구원해내는 것이 아니라, 오히려 정반대로 그러한 초월적 체험마저도 어찌할 도리 없는 그의 비극적인 운명을 환기하는 데 주력한다. 독일 낭만주의의 경우처럼 자연이 어떤 근원적인 통일성의 원천으로만 묘사되지는 않은 셈이다. 이를테면, 「마음이 여튼 자여」에서 이른바 대자연(Nature)은 K를 절망에서 구원하기도 하고 그에 못지않게 적막한 슬픔을 가져다주기도 하는 것, 곧 무한의 "상쾌"이면서 동시에 "외로움"을 선사하는 양가적인 존재로 형상화되어 있다. 물론 연애의 실패로 인해 자유롭게 자아를 표현할 가능성을 박탈당한 K에게 연애에 상응하는 특권적인 감각체험을 제공한 것은 본래 자연이었다. 그렇다고 해서 K의 갱생이 가능해지는 것은 아니다. 그는 자연미의 궁극에서 어느 때보다 "이성에 대한 참 뜨거운 사랑"을 실감하게 되나, 그것을 통렬하게 자각함과 거의 동시에 숭고한 사랑의 대상을 상실하고 만다. 이렇듯 자연의 파노라마 속에서 근대

---

171) 최문규 「낭만주의의 자연관과 문학관」, 『독일 낭만주의』, 연세대출판부 2005, 198면. 이와 관련하여 루소(J. J. Rousseau)는 "만물의 조화 속에 휩쓸려 들어가 자연 전체에 동화될 때 나는 말로써 표현하기 어려운 황홀과 환희를 느낀다"고 했고, 셸링(F. W. Schelling)은 자연이 "의식적인 것과 무의식적인 것의 근원적인 통일성"을 가능케 하는 원천적인 에너지라고 말하기도 했다. 최문규, 앞의 책 187~203면.

172) Novalis "Miscellaneous Remarks", edited by Bernstein, J. M., *Classic and Romantic German Aesthetics*, Cambridge University Press 2003, 204면.

적 개인의 신생이 아니라 그 비극적 운명을 확인하게 되는 것은 김동인의 다른 소설에서도 두드러진다. 당시 대동강에서 가능했던 각종 유희와 환락의 진풍경을 극진하게 묘사한 「눈을 겨우 뜰 때」에는 기생의 자아각성이 전경화되어 있어 주목된다. 그중 특히 금패가 대동강변에 나가 반월도를 바라보는 장면은 매우 이채롭다. "금패는 마상이들을 피하면서 가만가만 반월도를 향하여 올려 저었다. (⋯) 그 큰 하늘에 비기건대, 사람은 참으로 더럽고 불쌍한 것이었었다. 사람이 살려고 애를 쓰는 것은 마치 너른 바다에 빠진 조그만 벌레가 벗어날 길을 찾음과 마찬가지일 것이다. 애를 쓰면 무엇하랴, 마침내 운명이라 하는 큰 힘에게 지지 않을 수 없을 것이다."[173] 이러한 종류의 자아각성은 『무정』의 이형식이 유감없이 보여준 바 있다. 앞서 살펴본 대로, 경성행 기차의 차창을 통해 시작된 그의 장황한 생명론은 금패의 경우처럼 인간이 무한한 우주 속에서는 하나의 미물에 불과하다는 인식에서 출발하지만, 자신에게 일어난 신비로운 황홀경 체험을 과시함으로써 결국 자아의 유일무이한 개체성을 확증하는 데까지 이른다. 그에 반해, 금패는 광활한 우주에 비해 참으로 보잘것없는 인간 존재를 실감하는 가운데 자신의 삶 또한 "운명"의 힘에 단단하게 결박되어 있음을 절감할 뿐이다. 즉 「눈을 겨우 뜰 때」의 저자는 기생 금패의 자아각성에도 불구하고 그의 신생을 적극적으로 도모하지 않으며, 오히려 근대적 세계에 편입됨으로써 불가피하게 겪게 되는 자아의 왜소화를 부각시킨다.

잘 알다시피 기생제도는 일제 통감부의 주도하에 철폐되었으나, 1908년 기생단속령에 의해 기생조합이 설립되고 1914년 권번(券番)으로 개칭되는 일련의 변화 속에서 구시대의 기생은 근대사회에서도 잔존하게 되었다. 경성에는 한성권번(漢城券番), 대동권번(大東券番), 한남권번(漢南券番), 조선권번(朝鮮券番) 등 이른바 사권번이 유명했고, 평양에는 기성권번(箕

---

173) 김동인 「눈을 겨우 뜰 때」, 앞의 책 254면.

城券番)과 대동권번(大同券番)이 대표적인 기생양성소로 자리잡았다. 기성권번의 경우, 12~13세에 입학하여 3개 학년에 걸쳐 가곡·서화·시조·잡가·음악·무용 등의 과목을 이수하면 수업증서나 졸업증서를 부여했는데, 조선총독부에서는 이처럼 조직적인 "기생양성법의 완비"가 타지역에 비해 평양 기생의 무용·기예·객급(客扱) 등이 탁월한 가장 큰 이유라고 자평했다.[174] 이 근대적 재편과정에서 기생은 국가의 체계적인 관리 및 통제의 대상이 되거나 각종 대중공연의 히로인으로 탈바꿈했다. 근대적인 세계가 도래하지 않았다면 그토록 폄하되지 않았을 예기(藝妓)의 삶이란 「눈을 겨우 뜰 때」에서는 특히 여학생과의 극명한 대비를 통해 창기(娼妓)의 삶으로 전락한다. 금패는 "대동강"에서 한 무리의 여학생과 마주치기 전까지는 기생의 삶을 부끄러워하지 않았고, 그 관능적 쾌락의 "흥진비래(興盡悲來)"를 의심하지도 못했다. 그러다 대동강가에서 우연히 여학생들과 마주친 이후, 그녀는 "인생"과 "죽음"에 대해 숙고하는 내면적인 성장을 통해 비로소 자신을 근대적 자아로 형성할 최소한의 가능성을 얻는다. 그럼에도 여학생들의 시선 속에서 기생 금패는 좀처럼 "인류"에 속할 수 없는 동물적 존재로 치부되고 만다. 게다가 기생의 삶이란 비참한 타락의 연속으로 이미 정형화되어 있기까지 하다. "연한 자짓빛으로 빛나는 것 그것이 여학생들의 이 뒷살림에 다름 없었다. 피아노 책을 보고 있는 마누라 양복한 어린애 여행 그것이 그들의 이 뒤의 살림에 다름없었다. (…) 자기네의 이 뒷살림은 첩, 병, 매음, 매, 본마누라 싸움 이것이었다. 자기네의 앞에 막혀 있는 큰 그림자는 이것이었다."[175] 자기 존재의 엄혹한 진실 앞에 "눈 뜨게" 되었다 하더라도 그녀에게 허락된 가능성이란 새로운 삶으로의 비약이 아니라 "끝없는 모욕의 느낌" 속에서 비참하게 추락하는 것뿐이다.

---

174) 조선총독부 『평양부』, 조사자료 제34집 생활상태조사: 기4(基四) 1932, 114~17면.
175) 김동인 「눈을 겨우 뜰 때」, 앞의 책 245면.

근대적 자아각성의 모티프뿐만 아니라 기생과 여학생이 보여주는 모종의 경쟁 또한 이미 『무정』에서 박영채와 김선형이라는 뚜렷한 선례를 얻은 바 있다.[176] 예컨대 "영채가 기생이나 아니 되었으면 좋겠다. (…) 여학교 에나 다녔으면 좋겠다"(287면)라고 말하는 형식이 결국 김장로의 딸을 선택하는 대목이 시사하듯이 여학생의 등장과 더불어 기생의 사회적 죽음은 일찌감치 예견된 것이었다. 게다가 기생은 남성의 도덕적 방종과 과도한 향락을 부추긴다는 점에서 "죄악" 그 자체로 이해되기도 했다. "그것이 기생집에 가서 기생과 하던 본이 아닐까. 그렇게 생각하면 자기가 형식에게 욕을 당한 것 같다. (…) 선형이가 지금껏 가정과 교회에서 들은 바로 보건댄 다른 모든 사랑은 다 거룩하고 깨끗하되 청년 남녀의 사랑만은 불결하고 죄악같이 보인다."(373면) 자신의 배우자가 기생과 염문이 있다는 사실을 접한 후 선형이 보여주는 정신적 혼란은 근본적으로 기독교 윤리의 내면화와 무관하지 않으며, 그에 비추어 보자면 기생 영채도 심지어 형식도 모두 "더러운 것, 악한 것"(436면)으로 여겨질 따름이다. 근대 기독교에 내장된 청교도적 정결성이 기생과 같은 특정 계층을 악마시하고 더 나아가 그것을 문명화의 척도로 정당화했다는 점은 익히 알려진 사실이다. 이와 관련하여, 「눈을 겨우 뜰 때」의 금패가 기생에 대한 세간의 조롱을 열거하는 가운데 특히 예수교인들이 자신들을 "마귀"로 안다면서 모욕감을 느끼는 장면도 중요하지만, 「마음이 여튼 자여」의 K가 지난 몇년 사이에 전혀 "달라진 것 없는 아내"를 한심하게 여기면서 그녀를 "남산현 예배당 특유의 R학당식 머리를 하고 쌍쌍이 밀려다니는 이팔 혹은 이구의 여학생"과 비교하는 장면도 함께 기억할 만하다. 말하자면, 여학생의 등장으로 인해 기구한 운명에 내몰리게 되는 것은 기생만이 아니었던 셈이다.

그럼에도 김동인은 전통적 세계에 남다른 애착을 가졌던 대표적인 작가

---

176) 권보드래 「기생과 여학생」, 『연애의 시대』, 현실문화연구 2003, 25~43면 참조.

다. 「마음이 여튼 자여」에서 K의 의식은 아내에 대한 멸시와 비난으로 귀
착되지 않으며, 그와 정반대로 연애에 실패함으로써 비로소 그녀의 진가
를 재발견하게 된다. 즉 유럽문학을 통해 배운 낭만적 사랑이 식민지조선
에서는 불가능하다는 참담한 인식은 K로 하여금 근대적 세계에 대한 맹목
적인 동경, 혹은 신여성과의 허망한 자유연애를 거부하고 다시 아내에게
로 되돌아오도록 만든다. "K는 무서워졌다. 무엇인지는 모르지만, K는 극
도로 무섭고 슬펐다. (…) 이때에, K는, 자기가 서울 공부가기 전에, 어떤
때 한번 고뿔로 대단히 앓을 때에 자기 곁에서 친절히 — 심지어 자기 침
식까지도 잊고 — 간호하던 안해의 얼굴이 생각났다."[177] 또한 「눈을 겨우
뜰 때」에서도 금패의 죽음은 그저 "조그만 티끌"의 그것이 아니라 그녀가
실은 황홀한 삶의 절정을 부단히 지속하려는 과도한 열정의 소유자였음
이 부각되면서 낭만적 영웅에 상응하는 이미지를 얻어낸다.[178] 그런 의미
에서 김동인이 어느 기생의 비극적인 삶을 이야기하려 했을 뿐이라고 생
각하는 것은 오해일 것이다. 그는 기생 금패는 물론 그녀가 속한 전근대적
인 삶의 세계까지 두루 연민 어린 시선으로 바라본다. 김동인은 이러저러
한 근대화로 인해 기생, 대동강, 평양의 전통적 가치와 의미가 함부로 훼
손되는 것을 못마땅하게 여겼을 법하다. 그것은 우선 기독교에 대한 반감
을 의미한다. 일찍이 비숍(I. B. Bishop)이 "소돔"이라 표현했던 대로, 기생
의 도시 평양은 기독교에 의해 더없이 타락한 지역으로 폄하되었다. 그런
데 전통적인 세계에 대한 기독교의 가차없는 비판은 흥미롭게도 김동인
에 의해 재차 조롱된다. 「명문(明文)」(1925)은 "예수에게 진실하고 열심"이
며 "정직"과 "겸손"을 중요한 삶의 미덕으로 삼았지만 맹목적인 신앙으로
인해 결국 예기치 못한 파국을 맞이하게 되는 한 기독교인을 희화화한 작

---

177) 김동인 「마음이 여튼 자여」, 앞의 책 142면.
178) 황종연 「낭만적 주체성의 소설」, 앞의 책 85~88면 참조.

품이다. 그 기독교인의 비인간적인 면모는 비록 인색하고 완고하기는 했으나 아들에 대한 연민을 주체하지 못하는 부친의 임종을 통해 폭로되고, 치매에 걸려 제정신이 아닌데다 근대적 삶과 도무지 어울리지 않는 모친에 대한 패륜적인 살인에서 선명한 예증을 얻는다. 다른 한편, 상업자본주의의 성장 또한 평양이라는 전통적 세계에 위협적인 조건이 된다. 「마음이 여튼 자여」에서 K가 평양을 가리켜 "수전노내, 돈내, 물질내, 허영내!"로 찌든 "속세 가운데 속세 평양"이라 혹평하는 장면은 인상적이다.[179] 평양의 대표적 명승지인 대동강 상류 일대도 1910년대에 이미 각종 상품진열소나 찻집, 호텔 등이 즐비한 본격적인 유흥지로서의 외관을 갖추고 있었다.[180] 그처럼 대동강이 "전통적인 명승지"이자 동시에 "근대적인 유원지"로 부활하게 된 사정은 어떤 면에서 금패의 비극적 운명과 크게 다를 바 없다. 대동강의 절경 속에서 그녀는 "미색"을 지닌 여인으로 주위의 탄복을 자아내지만, 한낱 "춘정을 파는 아름다운 동물"로 전락하고 마는 장소도 바로 그곳이다. 그렇다면 대동강을 소재로 한 여러 단편들은 기독교 성지이자 조선 유일의 상공업도시라는 평양의 근대적 표상에 대한 김동인 특유의 비판적 대응의 산물이라 할 만하다.

김동인 소설에 나타난 평양 표상이 근대문학사에서 기여하는 바는 낭만주의로부터 연원하는 한국문학의 근대성 자체에 내재된 어떤 환상을 고스란히 드러낸 데 있다. 자연으로부터 감각적 삶의 가능성을 암시받는 자아의 서사를 타이쇼오기 생명주의 담론의 영향으로 이해할 수 있다면, 이에 해당하는 문학적 예시는 장덕수나 최승구, 김억으로부터 시작해 『무정』의 이광수에 이르기까지 허다하다. 예컨대 장덕수는 한 에세이에서 근대적 자아각성의 중요한 조건으로 "자연만물"과의 신비로운 교감을 설정하

---

179) 김동인 「마음이 여튼 자여」, 앞의 책 115, 121면.
180) 정혜영 「근대적 관념과 전근대적 도시 공간: 김동인 소설과 평양」, 『환영의 근대문학』, 소명출판 2006, 215면.

제6장 기독교적 주체성의 신화 **207**

고, 그로부터 개인과 민족의 발전을 가능케 하는 주된 동력을 이끌어내고 자 했다. 신의 대리자로서 부여받은 사명을 인식하는 순간 인간은 더이상 유한하거나 보잘것없는 존재일 리 없으며, 오히려 창조적인 발전과 자아 완성을 위한 엄청난 잠재력 곧 '생명'을 소유한 개인으로 격상되기에 이른 다. 장덕수의 표현을 빌려 말하자면, 그것은 무엇보다 개인이 "정신상 우 주근본자와 하나됨"[181]을 감각함으로써 가능해지는 변화다. 우주정신(신) 과 인간정신(내부생명)의 신비로운 교감이야말로 모든 세속적인 갈등과 대립의 유한성을 넘어 조화로운 자아감이나 근대문학의 형성을 촉진할 수 있다. 그러한 순간을 일본 낭만주의 문학을 개시한 키따무라 토오꼬꾸는 "순간의 명계"(inspiration)[182]라고 표현했다. 그와 무관하지 않은 맥락에 서, 한국 근대소설의 시작을 알린 이광수는 기차 안에서 바라본 자연풍경 과 그 신비적 감각체험을 계기로 자신의 허구적 자아에 근대적 위상을 부 여하게 된다. 다시 말해, 근대 문화담론에 편재해 있는 근대적 풍경으로서 의 자연은 자아의 근대적 각성을 위한 최적의 장소일 뿐만 아니라 그것대 로 유럽 낭만주의 문학에서는 특별하게 애용된 미적 토포스(topos)이기도 하다. 그러고 보면, 「생명의 봄」의 저자가 기독교의 맥락에서 근대적 자아 각성을 부조하되 굳이 대동강가의 수려한 자연경관을 삽입한 것은 아마도 그가 신·자연·자아를 둘러싼 유럽 낭만주의의 맥락을 어느정도 의식했기 때문일 것이다. 그런데 누구 못지않게 낭만주의 문학에 매료되었던 김동인 은 평양의 자연을 통해 그처럼 삶의 일체성이 복원되는 어떤 신성한 장소 와 기억, 서사를 재현하기보다 그것을 허락하지 않는 삶의 근본적인 불모 성을 강조하고 있어 이채롭다. 이 시기의 평양이 당면한 자연과 개발, 개신 교와 유흥문화, 전통과 식민지적 근대성 간의 불협화음을 은폐하거나 거기

---

181) 장덕수 「의지의 약동」, 『학지광』 제5호(1915), 45면.
182) 北村透谷 「內部生命論」, 『透谷全集』 第二卷, 岩波書店 1955, 248~49면.

에 새로운 환상을 부여하는 기성의 방식, 곧 자아각성의 완미한 서사를 과감하게 거부했다는 점이 김동인 소설의 중요한 미덕이다.

3. 자연, 청년, 창가의 세계

김동인과 달리, 기독교성지라는 평양의 근대적 표상에 대해 아마도 전영택은 민감하게 반응하지 않았을 것이다. 그럼에도 「평양성을 바라보면서」에는 평양에 대한 그 자신의 불편한 심경이 드러나 있어 주목된다. 늦가을 황혼 무렵 평양의 전경을 바라보는 화자는 애인과 함께 있는 이답지 않게 냉소적인 어조로 대화를 이어나간다. 그에 따르면, 성밖에서 바라본 평양은 다만 "독갭이 불"이 번쩍이는 "뷘집" 혹은 "이십세기 귀신"에 불과하다.[183] 그 뜻을 짐작하지 못하는 애인을 향해 화자는 평양이 살아도 죽어 있는 장소라고 덧붙인다. "아 — 귀맥힙니다. 넷날은 구만두고 지금부터 한 십여년 전까지도 그러치 안앗다오. 우리 평양이 과연 조선의 신지식 유입의 선도자요 문명발달의 선구자엿지오. 그째의 평양이야말노 참 산 평양이엇지오. 사랏섯지오. 펄덕펄덕 뒤고 들석들석 노랏지오. 멀니서도 그것시 완연히 보엿지오. 무슨 소리가 늘 요란하게 들엿지오. 그것은 죄-다 청년의 음직임이오 청년의 사안 소래이엇지오. 그째는 과연 평양성이 더르렁더르렁 우러서 천하를 진동하엿지오. 그래서 모든 사람들이 평양을 바라보고 평양을 숭배하고 평양을 본바닷지오. 그째는 참말 이러케 밧긔 나와서 보드래도 평양성에서 비치 환-하게 사방을 두루 비친 거시외다."[184] 평양은 문명의 "선구자"에서 "우물안에 개고리"로 전락한 지 오래다. 청류벽·부벽루·

183) 전영택 「평양성을 바라보면서」, 『전영택전집』 1, 목원대출판부 1994, 87면.
184) 전영택 「평양성을 바라보면서」, 앞의 책 88~89면.

을밀대 등 탁월한 풍광이 있으나 정작 기생과 더불어 끊임없이 연회가 열리는 곳, 상당한 민족자본을 보유하고 있지만 돈에 취한 나머지 미술·음악·문학의 중요성을 결코 실감하지 못하는 곳, 그곳이 바로 전영택이 기억하는 평양이었다. "현대의 평양은 참 죽은 평양이라고 하여도 가(可)하지오." 전영택과 김동인의 평양 표상은 사뭇 다르다. 물론 파행적인 자본주의화의 진통을 겪는 평양의 일면에 대해서는 둘 다 비판적이지만, 김동인이 매우 동정어린 시선으로 극진하게 묘사했던 대동강의 각종 연회나 기생의 환락적 삶에 대해 전영택은 매우 단호한 태도를 취한다. 가령 "대동강에 빨간 등 단 배"들이 내는 소리가 갑자기 들려오자 이 소설의 남성화자는 "불유쾌"한 감정을 숨김없이 드러내며 그런 것이야말로 "참 죽은 평양"의 증거라고 역설한다. "평양"만이 아니라 실은 "대동강"의 풍광에 대해서도 이들의 관점은 단순치 않다. 김동인의 창작편력과 관련해 "역사소설로 옮겨가기 전까지의 소설은 대동강을 배경으로 한 것이 아니라 대동강이 주인공"[185]이라는 해석이 있을 정도지만, 그가 대동강 일대를 조선의 대표적인 절경으로 생각했던 것 같지는 않다. 1920년대 후반 '반도팔경(半島八景)'을 묻는 『삼천리』의 설문조사에서 김동인이 오히려 대동강의 경치를 범상한 것으로 평가절하하고 있어 이채롭다. 그는 "산야를 조금이라도 여행하여본 이는 대동강과 목단봉 일대의 경치보다 백승(百勝)한 곳을 도처에서 발견"할 수 있다면서, 이곳이 명승지가 된 가장 큰 이유는 "다만 평양이라 하는 도회를 끼고 싸라서 교통이 편함으로 만흔 눈에 씌"[186]었기 때문이라고 덧붙였다. 전영택 또한 대동강에 대해 비슷한 발언을 한바 있다. "그래가지고야 역사가 잇는 평양이라고 자랑할 것이 무어시야요. 모란봉이 잇고 대동강이 잇다구요? 굿가짓 거시야 잘 사는 집 정원에 조산

---

185) 김윤식 「후지지마의 문하생들」, 『김동인연구』, 민음사 1987, 71면.
186) 김동인 「반도팔경(半島八景)」, 『삼천리』 제3호(1929), 22~23면.

(造山)도 그만하고 또 대동강만 한 개골이 어덴들 업겟소?"[187] 그런데 이들과 더불어 평양을 대표하는 시인 주요한의 경우, 김동인이나 전영택이 탐탁지 않게 여겼던 상공업도시로서의 평양 이미지에 대해 오히려 관대한 편이었다. 문학청년에서 사업가로 변신하기도 했던 주요한은 「평양과 나」(1941)라는 에세이에서 고향에 대한 애틋한 감회를 서술하는 가운데 "정치나 교육은 몰라도 적어도 상공업" 분야에서 평양이 지닌 잠재력을 자랑해 마지않았다. 그에 의하면 고기잡이터나 헤엄터, 어죽자리, 모래찜자리 같은 일상적인 자연과 그 속에서 편히 쉬고 다시 일하는 근로자들의 도시라는 면모를 모두 겸비한 "그로테스크한 모던성"[188]이 바로 평양 표상의 핵심이다.

단순화의 위험을 무릅쓰고 말하자면, 이러한 차이는 평양이라는 지역적 정체성을 구성하는 여러 상이한 요소들이 서로 경쟁하고 있음을 의미한다. '조선유일의 상공업도시' '전통적인 미의 세계' '기독교성지'라는 유력한 세가지 표상은 곧 이념적·문화적·경제적 이해관계로 인해 좀처럼 통합될 수 없는 평양 엘리뜨집단 내부의 복잡한 사정을 암시하는 셈이다. 예컨대, 경성 중심의 폐허파에 맞서 문학적 정체성을 확립하려 했던 김동인은 도리어 "『창조』는 악마의 잡지"라며 불매운동을 벌인 평양의 기독교 세력으로 인해 상심한 나머지 "나는 평양에 대하여 선언하노라 ─ . 너는 죽어서 썩어지고 내음새 나는 도회이다"라고 혹평했고,[189] 전영택도 "동경서 멋가지 잡지를 해내서 보내면 평양서 제일 안 팔니고 평양에 제일 독자가 적"은 것을 예로 들어 학술과 문예 방면에서 평양의 저속한 수준을 통렬하게 지적했으며,[190] 주요한은 앞서 언급한 에세이의 말미에서 "고무직공 파

---

187) 전영택 「평양성을 바라보면서」, 앞의 책 88면.
188) 주요한 「평양과 나」, 『주요한문집: 새벽』 1, 요한기념사업회 1982, 687면.
189) 김동인 『김동인전집』 16, 조선일보사 1987, 276면.
190) 전영택 「평양성을 바라보면서」, 앞의 책 93면.

업"을 예로 들어 평양의 상공업이 당면한 갈등과 한계를 암시했다. 더 중요하게는 평양의 민족운동이 인격주의를 강조한 수양동맹회 그룹과 상공업 진흥을 위해 결성된 동우구락부 그룹으로 분리되어 있다가 하나로 통합되기까지 무려 2년여의 타협 기간이 필요했을 뿐만 아니라, 주요한이나 조병옥(趙炳玉)이 수양동우회의 정치투쟁을 강조하는 가운데 이광수와 장기간 대립할 수밖에 없었다는 것은 평양이라는 지역 내부의 모순과 갈등을 짐작케 해준다.[191] 이를 소설 텍스트의 층위에서 언급하자면, 「생명의 봄」의 나영순은 평양 기독교의 은총 속에서 갱생의 가능성을 계시받지만 여전히 식민지 지식인으로서 감당해야 하는 문화적 혹은 정치적 실천의 당위성 앞에서 번민한다. 다른 한편 「눈을 겨우 뜰 때」의 금패는 자본주의의 급성장에 힘입어 신생의 가능성이 누구에게나 개방되던 때 실상 근대판(近代版) 도덕주의에 재단되어 좌절한다. 또한 자유연애의 실패로 인해 절망하는 주인공에게 새로운 활력을 가져다주는 것이 역동적인 근대적 삶이 아니라 전통적인 미의 세계라는 아이러니는 「마음이 여튼 자여」나 「불노리」(1919)에 얼마간 암시되어 있다. 요컨대 주요한, 김동인, 전영택의 텍스트에 나타난 평양의 위상은 그 자체로 매우 위축되거나 왜곡된 상태라는 점에서 동일하다.

그에 비해 「평양성을 바라보면서」에서 남성화자가 이른바 평양의 전성기로 기억하는 시절, 곧 "참 산 평양"은 "지금부터 한 십여년 전"이니 1900년대 후반기에 해당한다. 애국계몽운동의 중심지였던 시절의 평양은 근대문명의 에너지를 가장 왕성하게 흡수한 지역으로 각광을 받았던 것이 사실이다. 당시 화자는 중학교에 재학 중이었는데, 평양의 근대화가 얼마나 가소로운 것인지는 그때 민족인재를 양성하기 위해 설립된 사립학교 자리가 "기생

191) 김상태 「1920~30년대 동우회, 흥업구락부 연구」, 『한국사론』 28, 서울대 국사학과 1992; 이현주 「일제하 (수양)동우회의 민족운동론과 신간회」, 『정신문화연구』 92(2003년 가을호), 한국학중앙연구원, 197~98면.

학교"로 변한 것만 보아도 능히 짐작할 만하다. 이를테면, "을밀대에나 청류벽에나 거문 두루막 닙은 학도들의 기운 잇는 창가소리가 늘 들니드니 요새는 주정쑨의 잡소리밧게 안 들니"고 "기자묘나 만수태는 전에는 건전한 청년학생의 쒸노는 운동장이드니 요새는 부랑자 잡류배의 노리터"로 전락했으며 "전에 대운동하든 경잣 훈련마당은 지금은 요리집 술 제조소 담배 제조소로 채워"져버렸다.[192] 민족운동의 최전선에서 다시 기생의 향락지로 뒤바뀐 평양이기에 그곳에서 태어나 자란 화자는 애증이 교차하는 복잡한 심경을 드러낼 수밖에 없는지도 모른다. 위 인용문의 핵심은 평양의 전성기를 가능케 했던 중요한 요소로 대동강을 중심으로 한 평양의 수려한 자연·청년·창가가 거론되었다는 데 있다. 서두에서 언급한 『부벽루』만 하더라도 주인공 운영은 부벽루에서 회심한 직후 문무정(文武井)을 거쳐 내려오다 우연히 영명사(永明寺)에서 들려오는 학생들의 창가소리에 귀를 기울이게 된다. "우리는 덕을 닦고 지혜 길러서 문명개화 선도자가 되어봅시다." 이 창가소리로 인해 운영은 그보다 앞서 평양에 내려왔다가 예수교 신자인 모친과 아내를 통해 회개한 한기주와 재회하게 된다. 기주는 자신이 근무하는 교회학교의 춘기운동회를 위해 영명사에 머물러 있던 중 방탕한 시절의 친구를 다시 만나게 된 것이다. 그 직후에 기주는 운영에게 거처뿐만 아니라 더불어 "구주의 진리를 토론"하고 "교회에서 종사"할 기회를 제공한다. 평양의 자연·청년·창가가 긴밀하게 조응하는 방식으로 근대적 갱생이 표현되는 대표적인 사례는 물론 『무정』일 것이다. 그중 기생 월화가 대동강 부벽루에서 패성학교 함교장의 풍모에 반하게 되는 장면을 기억할 만하다.[193] 평양 성내

---

192) 전영택, 앞의 글 92면.
193) 함교장의 연설이 잘 보여주는 것처럼 유구한 역사가 서려 있는 을밀대·부벽루·대동강을 통해 평양의 근대적 갱생을 요청하거나 입법화하는 방식은 이를테면 전영택의 소설 「평양성을 바라보면서」의 논조와도 부합할 뿐만 아니라 더 멀게는 서북학회 및 단재 신채호의 역사적 내러티브와 중첩되어 있다. 정종현 「한국 근대소설과 평양이라는 로컬

일류 인사들이 두루 모인 연회에서 오히려 "사람다운 사람"이 없음을 한 탄했던 월화는 그 연회에서 돌아오는 길에 청류벽에 모여 유쾌하게 창가 를 부르는 일군의 학생들을 만나고 바로 그 청년들 속에서 "참시인" 곧 함 교장을 대면한다. 서술자가 함교장을 가리켜 "구식 교육가의 때"를 벗어 나지 못했다고 지적하더라도 그가 "당시 조선에는 유일한 가장 진보하고 열성있는 교육가"였음은 분명하다. 함교장 곧 안창호의 주도로 1908년 평 양에 설립된 대성학교(大成學校)가 "멀리 함경북도와 경상남도"[194]에서도 학생들이 찾아올 만큼 당시 국권회복을 위한 계몽운동의 선례로 평가되 었다는 사실은 잘 알려져 있다.[195] 대성학교 재학중 안창호를 직접 만났던 전영택의 회고에 의하면, 진실과 성실을 중시한 안창호의 교육철학은 그 의 "위대한 인격"에 감화된 대성학교 학생들에게 상당한 영향력을 행사했 다.[196] 특히 안창호는 "만수대나 청류벽"을 배경으로 "집단체조"같은 체 육활동을 권장하고,[197] 「대한청년학도가」 등의 "노래 부르기를 장려"했다 고 한다.[198] 따라서 「평양성을 바라보면서」의 화자가 옛 평양을 회상하며

리터」, 『사이間SAI』 4, 국제한국문학문화학회 2008, 102면.

194) 전영택 「도산 안창호 선생」, 『전영택전집』 3, 목원대출판부 1994, 387~88면.

195) 이광린 「구한말 평양의 대성학교」, 『개화파와 개화사상 연구』, 일조각 1989 참조.

196) 이광수도 「도산 안창호」에서 "어떤 사람이든지 대성학교의 교원으로 들어오면 수주
일 내에 도산화"되었다면서 그만큼 안창호의 "인격"이 탁월했다고 서술한 바 있으며,
주요한에 의해 다시 반복적으로 회고된다. 이광수 「도산 안창호」, 『이광수전집』 13, 삼
중당 1962, 30면; 주요한 「안도산 전서」, 앞의 책 447면.

197) 주요한 「안도산 전서」, 앞의 책 449~50면.

198) 전영택 「도산 안창호 선생」, 앞의 책 389면. 창가와 관련된 안창호의 일화는 여럿 된
다. 이광수는 "도산이 개성 헌병대에 수금되었을 때에는 남녀 학생들이 밤에 헌병대 주
위에서 애국가, 기타 도산이 지은 창가를 부르고, 혹은 전화로 도산에게 창가를 불러드
려준 여학생도 있었다"(이광수 「도산 안창호」, 앞의 책 42면)라고 회상했다. 1910년 중
국 망명시 안창호가 지은 「거국가(去國歌)」를 비롯하여 당시 상당수의 창가가 널리 유행
했으며, 심지어는 「애국가」의 창작자로 도산을 지목하는 평양 출신 인사들이 적지 않다.
특히 주요한은 안창호가 애국가를 지었으나 곁에 있던 윤치호가 이를 보고 흡족해하자

"전에는 을밀대에나 청류벽에나 거문 두루막 닙은 학도들의 기운 잇는 창가소리"가 늘 들렸다고 말했을 때 그것은 물론 안창호와 그의 대성학교를 염두에 둔 표현이었다. 다시 말해 이들 소설에 나타난 평양 표상, 특히 대동강과 청년과 창가를 중심으로 이루어진 근대 청년 표상은 안창호가 대표하는 서북계 기독교엘리뜨 집단과 긴밀한 관계가 있다. 일례로 숭실학교를 졸업하고 1920년대에는 동우회의 유력한 인사로 활동했던 조병옥이 자신의 회고록에서 썼듯이, "당시 유행되고 있었던 안창호 선생의 작사로 된 「학도야 학도야 우리 학도야」 하는 노래를 부르며 모란봉에 올라가, 을밀대 정자 앞에 앉어 구비 흐르는 대동강을 바라보며, 조국의 앞날"[199]에 대해 토론하는 것은 그 시절 평양 출신이거나 평양 소재 학교에 재학 중인 청년들에게는 매우 익숙한 경험이었다.[200]

낭만주의 문학에 등장하는 대자연이 어떻게 근대적 자아각성을 촉진했는지에 관해서는 이미 언급한 바 있다. 이런 종류의 서사는 자연의 배후에 신과 같은 절대자를 반드시 전제하는데, 『무정』은 거기에 덧붙여 안창호라는 특권적인 존재를 자기 정체성의 유력한 기반으로 설정하고 있다. 이 소설에서 주인공 형식이 직면한 문제적 상황은 물론 자유연애의 실패이면서, 동시에 전통적인 미의식이나 가치가 근대성과 여전히 공존하며 벌어지는 복잡한 모순과 갈등 앞에 그가 무력하다는 사실로 요약된다. 흥미롭게도 그 위기는 형식이 스스로를 다른 누구도 아닌 함교장의 분신으로 성형함으로써 비로소 해소되기에 이른다. 따라서 『무정』은 "그 시대 신청년

"그러면 이것을 윤교장이 지은 것으로 발표합시다"라고 말했다는 일화를 전하고 있는데, 이는 평양과 경성 기독교엘리뜨 집단 간의 경쟁관계를 충분히 고려하여 해석할 여지가 있다. 김상태 「1920~30년대 동우회·흥업구락부 연구」, 『한국사론』 28, 서울대 국사학과 1992 참조.

199) 조병옥 「나의 가계보(家系譜)와 나의 성장시절」, 『나의 회고록』, 어문각 1963, 33면.
200) 홍기주 「안도산의 교장시대: 일학생(一學生)의 메모란담」, 『동광』 제40호(1933), 587면.

의 이상과 고민을 그리고 아울러 조선청년의 진로에 한 암시를 주”는[201]
소설이라는 보편적인 독법에 앞서, 평양 출신의 한 엘리뜨가 타지인 경성
에서 자신의 정체성을 힘겹게 형성해가는 서사로서 먼저 이해될 필요가
있다. 그러한 정체성의 강화가 무엇보다 안창호의 특권적인 이미지, 곧 대
동강가의 수려한 자연·청년·창가의 연속적인 파노라마를 통해 이루어지
고 있다는 사실은 굳이 동우회나 홍사단을 떠올리지 않더라도 이들 평양
출신 엘리뜨에게 있어서 안창호가 지닌 탁월한 위상을 다시금 확인하게
해준다.[202] 안창호가 선도적으로 활약했던 애국계몽기의 평양은 1920년대

201) 이광수 「다난한 반생의 도정」, 『이광수전집』 14, 삼중당 1962, 399면.
202) 안창호가 정력적으로 활동했던 애국계몽기에 이상재(李商在)나 안국선(安國善), 김
    정식(金貞植) 같은 인사들이 감옥에서 회심하거나 청일전쟁 직후 평양이 근대 한국의
    예루살렘으로 각광을 받게 된 이유는 무엇보다 기독교가 가져다줄 신생의 가능성을 그
    들이 확신했기 때문이다. 일례로, 한 인간 개체가 영적인 회심의 순간을 통과하면서 전
    혀 다른 개체로의 질적 전환이 가능하다는 진보(development)의 관념이 널리 확산되
    고, 기독교가 근대화 초기에 사회진화론과 별다른 무리 없이 상호참조 될 수 있었던 것
    도 기독교사상에 내장된 ‘부활’ 곧 기독교적 갱생의 모티프와 긴밀한 연관이 있다. H.
    デ ラ コスタ 「キリスト敎社會における進步の槪念と伝統的價値值」, 『アジアの近代化と
    宗敎』, ロバート N. ベラ 編, 佐佐木宏幹 譯, 金花舍 1975, 4면. 안창호 역시 일찍이 미션
    계 학교에서 근대교육의 세례를 받고 장기간의 미국생활을 경험한 만큼, 아무리 개신교
    교단에 대해 비판적이었다 하더라도 근본적으로 기독교의 자장으로부터 자유로울 수
    없었다. 안창호를 비롯한 서북계 청년지식인들이야말로 기독교가 가져다줄 민족적 갱
    생의 가능성을 신뢰했던 대표적인 경우에 해당한다. 안창호가 과연 기독교신자였는지
    는 여전히 논란의 대상이지만, 그의 인격론의 핵심이 기독교사상의 어휘나 개념에 의존
    하고 있었음은 비교적 자명하다. 이를테면 안창호는 민족개조를 강조하는 가운데 ‘개
    조’란 기독교의 ‘회개’나 ‘중생’과 다를 바 없으며, 인격완성 곧 “하나님이 내 속에 있다
    는 것은 나의 신과 하나님의 신이 서로 영통하여지는 것”이라고 역설한 바 있다. 안병욱
    「개조」, 『도산사상』, 삼육출판사 1972, 47면; 최기영 「안창호와 기독교 신앙」, 『한국 근
    대 계몽사상 연구』, 일조각 2003, 341면. 그의 인격주의는 멀게는 타이쇼오기의 인격주
    의나 개조론의 영향을 부분적으로 흡수한 것이면서, 다른 한편으로는 기독교의 핵심개
    념인 ‘회개’ ‘중생’ ‘영통’ 등을 적극 차용한 결과라 할 수 있다. 그 같은 회심은 우선 ‘종
    교적 갱생’의 서사를 생산하거나(『부벽루』), ‘예술가의 신생’을 입법화하는 데 기여할

에 비해 경제적·문화적 근대성의 수준은 매우 저열했을지 모르지만, 적어도 서북계 엘리뜨집단에게는 자신들의 지역적 정체성의 유력한 기원으로 널리 회자되고 재생산되었던 셈이다.

　서북 출신 작가들의 평양 표상에 나타난 대동강은 자연·청년·창가가 삼위일체를 이루는 장소이며, 좀더 과감하게 말하자면 서북계 엘리뜨집단이 자신들의 정체성을 형성하고 함양한 원형적 공간에 해당한다. 홍업구락부(興業俱樂部) 같은 경성의 기독교세력과 변별되는 지역적 정체성을 형성하는 것, 평양 고유의 문화적 활력을 발견하여 미학화하는 것, 개화기 이래로 평양에 축적되어온 자본주의적 생산력을 극대화하여 상공업도시로서

뿐만 아니라(「생명의 봄」), 민족적 일체감을 조성하는 유력한 기반이 되기도 한다(『무정』). 이렇듯 다양한 주체성의 양상은 서북계 청년지식인들의 지적·이념적 분화와 무관할 수 없다. 안창호로 대표되는 기독교적 주체성은 윤리적 주체로 명명할 만하다. 안창호가 평생을 두고 추구한 '인격완성'의 이상은 그의 연설, 기고문, 각종 에세이에 두루 편재해 있으므로 이에 대한 총괄적인 검토와 분석이 요망된다. 그는 개개인의 윤리적 갱생이 곧 민족적 신생의 첩경임을 강조하면서 식민지 기간 내내 청년학우회나 (수양)동우회를 통해 자신의 이상주의를 실천하고자 했다. 해방 직후 조병옥, 김윤경, 오기영 등이 쓴 에세이나 단행본에는 안창호 사상과 그 인격주의가 여전히 강력한 방식으로 작동되고 있는데, 이를 통해 한국사회의 주류세력 중 일부의 이념적·사상적 원류가 안창호로 수렴됨을 확인할 뿐만 아니라 그것이 지닌 문제성을 좀더 예각화할 수 있으리라 전망한다. 예컨대, 주요한은 애국계몽기 안창호의 구국계몽운동을 언급하면서 1907~1910년의 활동이 역사상 유례없는 위대한 업적이었다고 고평한 바 있다. 그런데 그가 안창호의 전성기로 기억하는 "30~33세의 3년간"(주요한 「안도산 전서」, 앞의 책 440면)은 흥미롭게도 예수의 공생애 기간과 정확하게 일치한다. 참고로 주요한은 여러 편의 시를 안창호에게 헌정했다. "나는 사랑의 사도외다"로 시작하는 「사랑(T선생에게)」과 "가르키신 임의말슴 뼈에사겨 지키리라/맘을매고 힘을모아 죽더라도 변치말라/남기신뜻 받들기로 다시맹세 하옵니다"로 끝나는 「도산 안창호선생 추모가」 등이 있다. 또한 이광수는 그를 가리켜 "대한독립운동의 순국자인 동시에 대한민족완성운동의 최초의 순교자"(이광수 「도산 안창호」, 앞의 책 97면)라고 강조하기도 했다. 다수의 회고록, 전기, 어록 등의 문헌을 애써 상기하지 않더라도, 안창호가 서북계 청년지식인들에게 얼마나 신성시되었고 그들의 개신교 엘리뜨 문화에 어떠한 영향력을 행사했는지 짐작할 만하다.

의 위상을 강화하는 것 등은 아마도 평양 출신 엘리뜨들에게 경제·예술·종교 각 분야에서 부과된 주요과제였을 것이다. 이렇듯 '조선 유일의 상공업도시' '전통적인 미의 세계' '기독교성지' 등으로 파열된 근대 평양 표상을 하나의 기원을 지닌 통일된 내러티브로 환원하는 데 크게 기여한 것이 바로 1910년대 후반기 대동강을 중심으로 한 안창호의 영웅적 이미지였으며, 앞서 살펴본 『무정』과 『흙』은 그 영향의 일부를 가늠해보기에 유효한 텍스트다.

제3부

탈생명주의 미학과 그 계보

제7장

유미주의 소설의 선구자들

1. 「목숨」

　김동인의 「목숨」(1921)은 병마(病魔)에 시달리는 인간의 비참한 삶을 소재로 하고 있다. 이야기는 곤충학자인 '나'가 채집을 목적으로 여행을 떠났다가 되돌아오게 된 사연으로부터 시작된다. 친구 M의 상태가 급격히 악화된 상황에서 '나'는 불현듯 타지로 떠났고, 그후 두어달 동안 벌판을 돌아다니며 진귀한 벌레를 수집하는 데 몰두했다. 하지만 곤충채집은 그저 표면적인 이유에 불과했고, 실은 M에게 임박한 죽음을 도저히 지켜볼 엄두가 나지 않아서 떠난 여행이었다. 마침내 모든 일정을 마치고 집에 돌아왔을 때는 M이 보낸, 유서와도 같은 편지가 그를 기다리고 있었다. 이 소설은 죽은 줄 알았던 M이 회생하여 '나'와 다시 대면하게 되면서 반전을 이룬다. 예전의 혈기를 되찾은 친구를 보고 어리둥절해 있는 '나'에게 M이 건네준 것은 '감상일기(感想日記)'라는 제명의 원고 뭉치였다. 그 일기는 한 시인의 투병기이면서 동시에 예술가주체의 신생을 가능하게 하는 어떤 중요한 상징적 계기들을 담고 있다. 병세가 급격히 악화된 나머지 환각상태에 빠졌던 M은 여러가지 기괴한 몽상에 시달리게 되는데, 악마 (Satan)와 만나 대화하는 장면이 대부분이다. 이 몽상은 상당한 분량에 걸쳐 묘사되고 있으며, 특히 악마와의 마지막 만남 직후 M은 극적으로 회생하기에 이른다.

처음에 M은 저승사자처럼 찾아온 악마적 존재에 맞서고자 했다. 악마는 세속적인 권세와 부귀영화를 내세워 그를 매수하려 하지만 M은 좀처럼 그 유혹에 넘어가지 않았다. 자못 긴장된 대화가 벌어지는 와중에 M은, 인간 혹은 예술가로서 현존하는 순간은 자기 내부에서 솟구치는 "자기의, 발랄한 힘"[1]을 감득할 때라고 고백한다. 실제로 '나'가 지켜본 평소의 M은 "그, 활기가 목 안에 차고 남아서 그 주위의 대기에까지 활기를 휘날리던"[2] 강력한 열정의 소유자였다. 다른 모든 이들이 죽어도 나만큼은 살아서 "나의 발랄한 생기, 힘, 정력, 이것들을 마음껏 이 세상에 뿌리"[3]고 싶다는 다분히 자기중심적인 예술가적 염원은 그저 괜한 것이 아니다. 하지만 그와 같은 M의 정열을 악마는 그저 하찮은 것으로 여긴다. 악마가 보기에, 모든 인간의 창조적 활력은 그 자체로 자족적인 것이 아니라 대개 다른 세속적 가치나 권위에 쉽게 의존한다는 점에서 미흡하다. 진정으로 무한의 권력을 소유하려는 자라면 그 어느 것에도 구속됨이 없이 자기의 마음과 정열이 이끄는 극한까지 가봐야 한다는 것이다.

외견상 M은 악마의 말을 부정하지만, 그렇다고 그가 악마와 대립한다고 말할 수는 없다. '악마는 갈색이다'의 '갈색'을 갈색(褐色)이 아닌 갈색(葛色)으로 해석하는 것이나, 악마의 웃음소리를 자신의 웃음 속에서 불현듯 발견하게 되는 것, 그리고 지옥행을 완강히 거부하는 M을 향해 악마가 "마음속엔 가고 싶지?"[4]라고 은밀하게 되묻는 것은 M의 내면에 이미 마

---

1) 김동인 「목숨」, 『김동인전집』 1, 조선일보사 1988, 163면.
2) 김동인, 앞의 글 153면.
3) 김동인, 앞의 글 169면.

성(魔性)의 욕망이 드리워져 있었기 때문이다. 즉 악마와의 대화는 처음부터 끝까지 몽상에 사로잡힌 M의 의식 속에서 이루어지는 만큼, 그가 겪은 환상은 결국 자기 내부의 갈등을 형상화한 것이라 할 수 있다. 악마가 별다른 것이 아니라 "사람의 정(情)이구 사람의 본능"[5]임이 드러난 뒤 M이 서슴없이 그와 어울려 환희의 축제를 벌였을 때, 그의 발을 잡아당긴 것은 바로 M 자신이었다.

그렇다면 왜 김동인은 자율적인 예술가주체를 표상하기 위해 '악마'라는 기독교적 형상을 사용한 것인가. 그간의 김동인 연구 중 악마주의에 대한 평가는 그리 관대하지 못해서, 악마라는 비현실적 존재의 등장은 작가의 과도한 유미주의적 탐닉과 그로 인한 리얼리즘 정신의 결여를 의미했다.[6] 하지만 악마주의는 리얼리즘에 의해 재단되기에 앞서 낭만주의의 맥락에서 정당하게 이해될 필요가 있다. 신의 섭리를 거역하고 인간을 유혹하는 초월적 존재인 악마는 '비방하는 자'를 의미하는 그리스어 디아볼로스(Diabolos)에서 유래했으며, 성서에 기원을 둔 단테(A. Dante)의 『신곡』(Divina commedia, 1321), 밀턴(J. Milton)의 『실낙원』(Paradise Lost, 1667), 괴테의 『파우스트』 등 주목할 만한 문학작품에 두루 활용되었다. 특히 19세기 이후 악마에 대한 문학적 해석, 평가, 표상은 매우 다양해졌다. 영국의 정치가이자 성직자인 글래드스턴(W. E. Gladstone)이 지옥은 우주적 실재가 아니라 인간 내부에 잠재해 있는 정열의 표현이라는 점을 지

---

4) 김동인, 앞의 글 163면.

5) 김동인, 앞의 글 172면.

6) 「유서」 「광염 소나타」 「광화사」에 나타나는 '악의 우위'를 작가가 긍정적 인간관을 상실한 결과로 해석한 김춘미는 그 대표적인 사례다. 김춘미는 무질서, 혼돈, 광기, 악마적 심상 등의 심화를 우려하면서 "만약 동인이 이러한 실의(파산과 실처 — 인용자)를 맛보지 않았더라면 「감자」 계열의 고답적으로 완결된, 작가의 주관이 배제된 리얼한 작품이 좀더 양산되었으리라 본다. 「작가와 그 생애」, 『김동인 연구』, 고려대 민족문화연구소 출판부 1985, 71면.

적한 이래로, 악마는 바이런의 『카인』(*Cain*, 1897)이나 도스또옙스끼(F. Dostoevskii)의 『악령』(*Besy*, 1872) 같은 낭만주의 경향의 작품에서 중요한 제재가 되었다.[7] 「목숨」의 경우 자아분열의 몽상 속에 등장한 악마가 바로 M의 예술가적 자의식의 일부라고 이해한다면, 결국 이 소설은 한 심미주의자의 자기합리화의 산물이자, 악마주의에 감화되어 그 내부에서 신생하는 예술가주체의 드라마다. 김동인의 표현을 빌려 말하면, 악마는 사악한 존재가 아니라 결국 "미를 동경하는 마음" 혹은 "악마적 미에의 욕구"[8]를 상징한다. 아무리 악마적 충동을 억제하려 해도 어찌할 도리가 없을 만큼 "무엇이 기쁜지 차차 차차 기뻐"지는 본능의 열락(悅樂)에 사로잡힌 M은 예술가이자 악마의 화신이다. 실상 악마주의는 동인지세대 청년예술가들이 그 이전 세대가 보여준 기독교적인 자아관념을 의심하고 비판하는 가운데 활용한 반기독교적 관념과 수사의 일부다. 본고는 악마주의에 내포된 낭만주의 작가들의 문제의식을 중심으로, 1920년대 중반 이후 나타난 한국문학의 역사적 변환을 해명하고자 한다.

　　1920년대 초반부터 각종 문학비평을 통해 '데까당스'를 신랄하게 비판한 이광수의 경우에는 인격, 즉 문화주의적 교양을 지닌 '영혼'의 의미를 다분히 제한적으로 이해했는데, 그것은 도덕주의에 기반한 만큼 인격 본래의 포괄적 의미에는 못 미치는 것이었다. 알베르 베갱(Albert Béguin)은 낭만적 자의식의 산물인 '인격'(personne)의 의미를 제대로 이해하기

---

7) 木下中豊「美意識の變容」, 『美と新生』, 中森義宗 外, 東信堂 1988; 제프리 버튼 러셀 「낭만주의에서 허무주의로」, 『악마의 문화사』, 최은석 옮김, 황금가지 1999 참조.
8) 악마주의와 심미주의의 근친성에 관한 김동인의 직접적인 언급으로는 다음의 유명한 구절을 참조. "나는 온갖 것을 미의 아래 잡아넣으려고 하였다. 나의 욕구는 모두 다 미다. 미는 미다. 미의 반대의 것도 미다. 사랑도 미이다 미움도 또한 미이다. 선도 미인 동시에 악도 또한 미다. 가령 이런 광범한 의미의 법칙에까지 상반되는 자가 있다면 그것은 무가치한 존재다. 이러한 악마적 사상이 움돋기 시작하였다."(김동인 「춘원 연구」, 『김동인전집』 16, 조선일보사 1988, 21면)

위해서는 그 말에 틀어박힌 통속적인 의미를 떼어내야 한다고 말했다. 즉 '인격'은 가면을 쓴 채 목소리를 내는 연극적 인물의 이미지(퍼소나)만을 의미하는 것이 아니라, 'per-sonare(통해서 울려온다)'라는 어원이 말해주듯이, 그것을 통해 관념이 투명하게 드러나고 "내부의 신성한 목소리"가 표현되는 개인을 뜻한다.[9] 무한한 우주와 자연의 통일성 속에서 자아의 탄생을 세밀히 분석해낸 알베르 베갱은 낭만적 예술가의 정신속에 내재하는 어떤 완전한 존재를 가리켜 '인격'이라 정의하고 있다. 그에 따르면, 인격적 자아는 유기적 자연 속에서 함양되고 예술을 통해 구현되는 "신적인 실재"[10]다. 따라서 '인격'이라는 말을 통상적인 어법대로 도덕적·윤리적인 층위에서만 이해하는 것은 낭만주의의 맥락에서는 소박하거나 편협한 견해에 지나지 않는다.[11] 그런 의미에서 김동인의 「목숨」은 새롭게 재해석될 여지가 있다. 여기서 악마는 M의 내면에서 울려나오는 어떤 심오한 목소리, 즉 M의 예술적 인격의 일부다. "마음에 하구 싶은 것은 꼭 하구야 만다"[12]는 내면의 강력한 충동, 그것이 바로 악마에게는 무한권능을 가능케 하고, 예술가에게는 창조력의 중요한 원천이 된다. 이처럼 김동인은 내부의 신성한 존재를 동시대 다른 작가들처럼 기독교적 신으로 형상화하는 대신에, 오히려 그와 대립되는 악마 이미지로 표상하고 있어 이채롭다.

이 소설에서 중요하게 다루어지는 M과 악마의 대화는 어렵잖게 알 수 있듯이 성경의 한 대목을 패러디한 것이다. M이 세상의 부귀영화를 다 주어도 악마의 권세에는 복종할 수 없다고 거부하는 장면, 그리고 악마의 계

---

9) 알베르 베갱 「밤의 탐구」, 『낭만적 영혼과 꿈』, 이상해 옮김, 문학동네 2001, 224면.
10) 알베르 베갱, 앞과 동일함.
11) 당시 인격론의 권위자 중 하나였던 아베 지로오만 하더라도, '인격'을 감정·의욕의 주체인 정신, 창조적 내면활동의 주체인 자아, 개체를 뜻하는 생명, 칸트식의 선험적 윤리 등으로 다채롭게 정의한 바 있다. 阿部次郎 『人格主義』, 羽田文庫 1951, 41~47면.
12) 김동인 「목숨」, 앞의 책 163면.

속되는 유혹에 사람은 떡으로만 살지 않는다고 대답하는 장면은 저 광야의 예수를 떠올리게 한다. 하지만 M의 항변은 악마에 의해 여지없이 조롱당하고 만다. 게다가 악마는 인간의 생사를 주관하는 것이 신이 아니라 바로 자기 자신이라고 말한다. 이 대목은 물론 신성모독으로 독해할 것이 아니라, 예술가주체의 형성에 대한 김동인의 비판적 논평으로 읽어야 온당하다. 즉 김동인은 기독교적 권위에 대한 도전이라는 서사적 형식을 빌려 자아의 절대화를 주장하고 있다. 그에게 자아는 어떠한 권위에도 함부로 양도할 수 없을 만큼 신성하고 독립적인 가치를 보유하고 있기 때문이다. 예수의 신성(神聖)을 집중적으로 탐구한 「이 잔(盞)을」(1923)은 그런 점에서 주목되는 텍스트다. 이 소설을 통해 김동인이 기독교적 자아관념과 맺고 있는 관계를 좀더 명료하게 해명할 수 있을 것이다.

1923년 『개벽』에 발표된 이 단편소설은 최후의 만찬 직후 예수의 행적을 기록하고 있다. 「이 잔을」은 그 자체로 김동인이 시라까바파의 낭만주의로부터 입은 영향을 짐작케 해준다. 무샤노꼬오지 사네아쯔(武者小路實篤), 아꾸따가와 류우노스께(芥川龍之介) 등이 대개 한번씩은 작품의 소재로 다루었던 문제적 인물이 바로 예수였다.[13] 시라까바파의 선례를 따라 김동인 역시 예수의 인간적 면모에 초점을 맞추고, 소설 전체에 걸쳐 예수의 복잡한 심경을 집요하게 부각시킨다. 첫 장면부터 예수는 가벼나움으로 도피할 것인지 아니면 다가오는 죽음의 손길에 순순히 자신을 내맡길 것인지 고민한다. "오늘 이제로 카퍼-나움이나, 막달라로 달아나든지, 그렇지 않으면 그들의 손에 잡혀서 죽든지, ── 다시 말하자면, 그가 아직 모든 괴로움을 뚫고 하여오던 일을, 성공 미만에 허물어버리든지, 그렇지 않

---

13) 김춘미의 연구에 의하면, '예수'를 소재로 한 소설 창작은 타이쇼오기의 주요 문인들이 한번씩은 거쳐간 통과의례의 성격을 갖는다. 무샤노꼬오지 사네아쯔, 아꾸따가와 류우노스께 등 시라까바파 작가들의 상당수가 '예수'의 소설적 형상화 작업에 관심을 기울였다. 김춘미 「작가와 그 생애」, 앞의 책 35면.

으면 죽든지, 이것이 그의 앞에 막힌 운명이다. 전자를 취하자면, 그의 아직껏 쌓아온 인격과 명성이 무너질 것이다. 후자를 취하자면 십자가 위에 올라가지 않으면 안 될 터이다."[14] 예수는 인류의 '메시아'로 죽을 것인가, 아니면 명예를 더럽힌 채로 살아남을 것인가의 문제를 놓고 심각한 선택의 기로에 서 있다. "정정당당히 죽음으로 향할까, 몰래 도망하여 살기를 도모할까." 인간 예수에게 가장 커다란 고민은 지금까지 쌓아온 '인격'과 '명성'이 순식간에 무너질지 모른다는 내밀한 두려움에서 비롯한다. 이 소설 전체에서 예수의 행보는 성경의 내용과 크게 다르지 않지만, 매 장면마다 어김없이 그의 인간적인 면모가 부각되어 있다. 제사장들의 횃불과 몽둥이를 피해 도망다니거나, 누군가가 던진 돌에 맞아 두려움에 떠는 예수의 모습은 신성과는 거리가 멀다. 겟세마네 동산에서도 예수는 지난 3년간의 생을 반추하면서 때로는 즐거워하고 때로는 괴로워하는 나약한 인간으로 묘사되고 있다. 하지만 소설의 후반부에서 예수는 인류를 구원할 만한 인격체로 변화하기 시작한다. 그의 계속되는 기도는 한 왜소한 인간이 자기희생을 통해 시대의 구원자로 고양되는 과정을 예증해준다. "여호와여, 알았습니다. 인제는 깨달았습니다. 제 몸을, 미련하고 눈 어두운 무리를 위하여, 산 제사로 내어놓겠습니다. 그럴 것이외다. 저는, 너무 이 몸에 집착하였습니다. 그러나, 만인을 어두운 데서 구할 데 필요하다 하면, 요만 것을 무엇을 아끼겠습니까? 뜻대로 하겠습니다. 아멘."[15] 예수는 자신의 생명을 희생함으로써 인류 전체의 구원이 가능하게 되는 길을 선택하고 있다.

김동인이 예수의 인간적인 면모를 이처럼 부각시켜놓은 이유는 과연 무엇인가. 예수의 신성을 부정하려는 데 그의 최종적인 의도가 있다고 해석

---

14) 김동인 「이 잔을」, 『김동인전집』 1, 조선일보사 1987, 227면.
15) 김동인, 앞의 글 234면.

하는 것만으로는 부족하다. 반대로 김동인이 예수의 인격을 긍정하기 위해 이 소설을 창작했다고 보는 것도 석연치 않기는 마찬가지다.[16] 불과 3년 전만 하더라도 「목숨」에서 예술가를 악마의 화신처럼 형상화했고, 다시 6년 후에는 「광염(狂炎) 소나타」(1930)에서 악마적 음악가를 예술가의 전형으로 창조하게 될 김동인에게 예수의 형상은 어떤 의미를 지니는 것이었을까. 예수의 인격보다는 예수가 자신을 신성한 주체로 구성하는 방식에 주목할 필요가 있다. 예수는 처음부터 메시아로서 세상에 강림한 것이 아니라, 어떤 면에서 무수한 인간적 고뇌와 자기희생을 통해 '만들어지는' 자아라고 할 수 있다. 전반부에서 한껏 희화되었던 예수가 결말에 이르러 "용감과 경건으로 빛"나는 인물로 바뀌게 되는 것은 무엇보다 그가 '희생'을 선택했기 때문이다. 말하자면, 그는 자기 내부의 신성으로 말미암기보다 다른 사람들의 시선·평가·관계 속에서 재구성되는 주체로 묘사된다.[17]

그렇다면 김동인이 예수라는 자기희생적 주체를 통해 궁극적으로 말하고자 했던 것은 무엇이었을까. 이에 대해서는 다양한 해석이 가능하겠지만, 앞서 살펴본 「목숨」과의 연관 속에서 말하자면 「이 잔을」은 기독교적인 주체 구성의 방식에 대해 김동인이 취하고 있는 비판적 입장을 대변해준다.[18] 이를테면 예수는 자기 내부의 여러가지 욕구를 제어하고 승화하는

---

16) 김춘미, 앞의 글 39~40면.
17) 지젝은 1930년대 일본의 동양적 영성이 "군국주의적 사회 기계에의 종속"을 전적으로 정당화했다고 비판하면서 "무사(武士)는 더이상 한 사람의 개인으로 행동하는 것이 아니라 철저하게 탈주체화(desubjectivization)"되는 것임을 강조했다. 예컨대, "살생하는 것은 사실 무사가 아니라 칼 자체"라는 일종의 선문답은 군국주의적 선(禪)의 "불길한 진실"을 위장한다. 개인의 자아를 "윤리적으로 중립적인 도구"로 삼는 방식은 교조화된 기독교 비판에도 들어맞는다. 슬라보예 지젝 『죽은 신을 위하여: 기독교 비판 및 유물론과 신학의 문제』, 김정아 옮김, 길 2007, 45~57면 참조. 김동인이 예수 형상을 빌려 문학적으로 강변하고 있는 메시지는 이처럼 개인을 '탈주체화'하는 정신적·사회적 억압과 맞물려 있다.
18) 민족을 위해 희생하는 선각자상은 이광수의 「이십오년을 회고하며 애매에게」를 연상

방식으로 '메시아'적 주체성을 수행하게 되지만, 그것은 김동인의 자아함양의 원칙에 비추어 보면 매우 의심적은 행동에 불과하다. '예수'의 자아는 육체와 연루된 여러 욕망의 문제를 억제함으로써 성립되는 금욕적 주체다. 그와 반대로 '악마'의 자아는 설령 세상으로부터 고립되거나 심한 조소를 당하더라도 그에 굴하는 법 없이 자기 생명의 본능에 충실한 자아라 할 수 있다. 다시 말해, 그 자아는 현세적인 삶의 관습으로부터 분리되어 자신을 자유롭게 만들 수만 있다면 그 어떤 행동과 선택도 회피하지 않는 심미적 주체다. 이 심미적 주체는 "세계의 낙관적 발전이라는 표면 구조가 사실은 어두운 몰락이라는 심층 구조를 형성"하고 있다는 인식에서 비롯한 것이다.[19] 따라서 김동인의 자아인식은 문화주의 운동의 최전선에 섰던 동시대 작가들의 그것과는 사뭇 다르다. 사회 공동의 발전과 행복을 위해 희생되는 '개체의 생명'(이광수)은 「목숨」의 저자가 동경하는 이념적 표상이 아니다. 김동인 같은 탐미적 자아에게는 자기의 마음과 정신을 민족이나 국가와 결부하여 함양한다는 '조화로운' 의식이 상대적으로 미약하다. 선과 악에 대해 셸링이 말한 대로 "긍정적 존재는 항상 전체이거나 통일성"이며, "전체에 대립해 있는 것은 전체의 분리이며 부조화이고 힘의 불규칙이다."[20] 이광수는 김동인세대를 향해 '민족의식'이나 '희생정신'이 결핍되어 있다고 비난하지만, 이들 낭만적 개인은 역설적으로 그러한 결핍으로 인해 규정되는 주체다. 즉 그들 역시 신비주의적인 체험을

케 한다. 이광수는 저 악명 높은 「민족개조론」에서도 앵글로색슨족의 민족성을 논하는 가운데 다음과 같이 말했다. "그네는 국가생활, 사회생활 즉 단체생활의 필요를 알아 봉사의 정신이 왕성하므로 그네는 능히 단체를 위하여(국가만이 아니오, 무릇 무슨 단체든지 자기가 속한 단체를 위하여) 자기의 자유를 희생합니다". 『이광수전집』 17, 삼중당 1963, 182면.

19) 최문규 「예술지상주의의 비판적 심미적 현대성」, 『탈현대성과 문학의 이해』, 민음사 1996, 54면.

20) 셸링 「악의 기원」, 『인간적 자유의 본질』, 최신한 옮김, 한길사 2000, 101면.

통해 자아를 발견하고 자기표현의 낭만적 충동에 이끌리지만, 그렇다고 해서 민족적 갱생에 자아확충의 모든 가능성을 걸지는 않는다. 그들에게 는 자아가 곧 '전체'이기 때문이다. 「목숨」이 육체적 개인의 갱생보다 예 술가주체의 신생을 다루고자 한 소설이라면, 목숨 곧 생명이란 개인의 자 아에 대한 의미심장한 메타포일 수밖에 없다. 「목숨」이 전영택의 「생명의 봄」 연재가 끝난 직후 그 기념호에 게재되었다는 사실은 암시하는 바가 크 다. 두 소설 공히 예술가주체의 신생을 다루고 있지만, 김동인의 「목숨」은 「생명의 봄」에 나타난 기독교적 생명의식 또는 자아관념을 비판적으로 재 해석하고 있다는 점에서 서로 대조적이다. 이는 김동인이 예술과 인생을 반기독교적 맥락 속에서 이해하고 있었음을 일러준다.[21] '생명'이라는 관 념의 무의식 속에 감추어진 본성은 그와 대립하는 것이 존재할 때에야 표 면 위로 떠오른다. 김동인은 기독교관념의 허위성을 드러내고, 그것에 반 발하기 위해 악마의 형상을 빌려 예술적 인격을 극화하고 있다. 예술적 창 조력의 원천으로서 '생명' 개념이 지닌 진보성을 여전히 신뢰하는 김동인 이지만, 그 개념과 기독교의 유착관계에 대해서는 관대하지 않았기 때문 이다. 따라서 그의 소설은 '영'과 '생명' 개념의 탈기독교적 맥락을 예증해 주는 셈이다. 그런 의미에서 「목숨」의 M이 장차 어떤 방식으로 "참자기의 모양을 표현"[22]해나가게 될지는 자못 흥미롭다. 이러한 종류의 낭만적 개 인은, 다소의 오해를 무릅쓰고 이언 와트(Ian Watt)가 파우스트에 대해 말 했던 표현을 빌리자면 "야비하고 부정적인 것이라 할지라도 말하고 싶은 것은 무엇이든 말하는 개인적 자유"의 소유자이며, 그 자유를 위해서라면

---

21) 김동인 문학에 내재된 기독교적 영향에 관해서는 황종연의 「낭만적 주체성의 소설」, 『김동인 문학의 재조명』, 문학사와비평학회, 새미 2001에서 시사받은 바 크다. 이 글은 김동인이 낭만적 개인주의에 감화된 중요한 계기 중 하나로 기독교적 교양을 들고 있으 며, 김동인 문학에 숨어 있는 기독교적 관념·서사·비유의 중요성을 지적했다.
22) 김동인 「목숨」, 앞의 책 153면.

"지옥"이라도 마다하지 않는 자아다.[23] 「목숨」의 M은 「광염소나타」나 「광화사(狂畵師)」(1935)에 등장하는 저 악마적 예술가를 예견케 한다.

2. 악, 죽음, 육체

보편으로 상정한 예술미를 계발하고 실현하기 위해서 김동인이 어떤 대상과 맞서야 했을지는 비교적 분명하다. 그는 문학예술이 지닌 창조적 활력과 신성한 의미를 오만하게 확신하고 있었던 만큼, 미의 가치를 이해하지 못하는 사회에 대해 적대적인 자세를 취할 수밖에 없었다. 김동인이 가장 먼저 탄핵한 것은 재래의 도덕이었다. '참인생'을 미적 영역 안에서 제한 없이 다루기 위해서는 표현의 자유를 억압하는 일체의 도덕적 판단으로부터 우선 자유로워질 필요가 있었다. 이광수 역시 성리학적 율법에 대해 적대적인 입장을 취하기는 마찬가지였으나, 그것은 근대사회로의 진입을 최우선시했던 사회개혁가로서 불가피한 선택이었다. 그런 이광수가 마침내 식민지적 근대성을 수락하고 '무실역행(務實力行)'의 시민윤리를 역설했다는 것은 익히 알려져 있다. 이광수 역시 '미적 체험'에 감화된 낭만주의자였지만, 1920년대 이후 급격하게 보수화되었다.[24] 어쨌든 이광수는 예술가들이 완수해야 할 가장 중요한 소임은 개개인을 교양있는 시민으로 육성하는 것이라 여겼고, 선험적인 윤리도덕을 자명한 실체로 전제한 후

---

23) 이언 와트 「세 가지 르네상스 신화」, 『근대 개인주의 신화』, 이시연·강유나 옮김, 문학동네 2004, 180면.

24) 그럼에도 이광수가 메이지학원 재학 시절, 홍명희와 더불어 바이런적인 '악마주의'에 심취했다는 일화는 유명하다. 사회적 인습에 대한 개인의 저항을 지지한다는 점에서 당대 문학청년 중 일부는 악마주의적 자아관념에 크게 매료되었다. 김윤식 『이광수와 그의 시대』, 솔 1999, 241면; 강영주 『벽초 홍명희 연구』, 창작과비평사 1999, 46~47면.

그에 합당한 개인을 주조하는 일에 몰두했다. 이에 비해 김동인은 사회 내부에서 합법적으로 통용되는 '교양'의 내용을 의심하고, 예술의 자유로운 발전을 저해하는 세속적 가치 일체를 부정하는 방식으로 개인주의를 옹호했다. 이광수에게 인생에 유해한 예술이 문제였다면, 김동인에게는 예술의 신성한 가치를 인정치 않는 천박한 현실이 불만이었다. 그런데 김동인이 생각하기에, 추악한 현실에 항거(protester contre)[25]하는 유일하게 미적인 방식은 인생의 세목들을 재현하되 그것들 속에서 무한의 가치를 발견하는 것이었다. 이러한 미학적 방법론은 한편으로는 시대적 제약이 빚어낸 불가피한 산물이지만 좀더 적극적인 의미에서 말하자면, 자신이 속한 사회 일반이 예술의 신성한 가치에 대해 무지할수록 예술가의 특권의식 — 세인의 범속한 교양과 감각으로는 도무지 알 리 없는 어떤 비범한 미적 체험을 이미 해보았다는 자의식은 더욱 빛을 발하게 되는 셈이다. 오상순이 청년예술가 세대에 부과된 시대적 딜레마를 "위대한 가치"와 "비상한 운명"의 극한 대립으로 이해했던 것도 그 때문이다. 그들의 정신을 옥죄는 현실은 그야말로 비참하기 이를 데 없었겠지만, 그처럼 참담한 현실조건이 있기에 그들의 예술적 작업이 지닌 위대함도 배가될 수 있는 것이다. 속악한 현실에 맞서 '절대미'를 추구하는 예술가 형상이야말로 김동인을 비롯해 그 시대 청년예술가들이 추구해야 할 궁극의 좌표였다고 할 만하다. 즉 속악한 세상과는 분리되어 저 너머의 영원한 세계를 동경하는 것이다. 물론 불멸의 가치인 '영생'은 유한한 인간들에게는 획득 자체가 이미 요원한 것이다. 엄밀하게 그 같은 무한한 것의 추구는 종교에서나 가능할 법하다. 하지만 우주적 교감과 비전 속에서 내부생명을 함양한 낭만

---

25) 이 말은 보들레르 같은 작가가 리얼리티를 사실적으로 재현하는 것이 아니라 그 자신의 열망에 따라 새로운 현실을 창조하는 것을 가리키기 위해 사용된 말이다. 김동인의 경우에도 유의미한 표현이라 여겨진다. 윤영애 「왜 '파리 풍경'인가」, 『파리의 시인 보들레르』, 민음사 1998, 100면.

적 자아에게는 영원성에의 지향이 그리 불가능한 것도 아니다. 오상순의 「종교와 예술」이 명료하게 예증해주고 있는 것처럼, 예술이라는 미적 기획 안에는 종교 못지않게 영원한 것에 대한 신앙이 이미 구체화되어 있다. 다만 신성을 절대미로, 조물주를 예술가로 대체하고 있을 뿐이다. 그러므로 속악한 사회에 태어나 예술을 위해 일평생을 헌납한 예술가에게는 그 불우한 삶에 값하는 영생이 허락되어 있었다. 이렇듯 종교적 어법 속에서 자신들의 예술을 신성화하는 작업은 1920년대 초반, 그러니까 근대문학이 조선에 토착화되기 시작했던 때에는 가장 유효한 자기규정의 방식이었다.

예술을 신성화하고 자아를 이상화하는 미적 태도가 그 당시로서는 불가피한 측면이 있었다 하더라도, 그렇다고 해서 김동인세대의 미적 기획이 식민지조선의 냉혹한 현실로부터 거리를 두고 있었다는 사실을 묵과할 수는 없을 것이다. 여러 논자들이 지적한 대로, 이들의 미적 기획은 전근대적 관습과 근대적 물신에 대한 패기어린 저항이라는 점에서 진보적인 문예운동이었지만, 자신들의 작업에 진보성을 부과했던 바로 그 사회적 조건과 끝까지 맞서 싸우는 데는 실패했다. 감각·직관·상상력에 과도하게 의존하여 자신들의 문화적 고투를 정당화하려 한 나머지, 미적 주체의 사회적 실천력을 거세하고 자아의 절대화에 맹목적으로 투신하고 말았다. 그런데 흥미로운 역설은 그들의 미의식이 현실세계로부터 이탈하여 영원성을 지향할수록 '육체'에 대한 탐닉이 불가피해진다는 점이다. 이광수가 지고의 가치를 숭앙하게 됨으로써 구체적 현실을 방기하는 것과는 대조적인 양상이다. 알다시피 근대문학 형성 초기부터 미적 추구는 사랑·연애·결혼이라는 일련의 테마와 밀접하게 연관되어 있었다. 유럽문학을 통해 배운 낭만적 사랑을 모델로 삼아 젊은 이성과의 이상적인 삶을 꿈꾸지만, 낙후된 조선사회에서 그러한 미적 동경은 혹독한 방식으로 산산조각날 뿐이었다. 낭만적 사랑의 불모성을 깨닫게 되면서 일군의 문학청년들은 사랑이 가져다준 비애와 절망을 노래하게 되고, 마침내는 사랑하는 남녀의 '육체'

에 각인된 시대고(時代苦)를 이야기하게 되었다. 그렇지만 육체를 재현하는 방식이 문학가들 사이에서 관성화되기 시작하면서 문학의 '육체'는 통속화의 길로 들어서게 된다.[26] 물론 다른 선택의 가능성도 있었다. '육체'라는 기호에 내재된 의미를 좀더 극단적으로 추구하는 것이다. 다시 말해 육체 혹은 육체적인 것에 집요하게 탐닉함으로써 그것이 가져다줄 예외적 순간을 향유하는 낭만적 방식이다. 우주와 생명을 비합리적인 유기체로 파악하는 낭만적 자아에게는 또 하나의 자연으로서의 육체성이 예술적 상상력의 주요한 거점이 될 수밖에 없었다. 널리 알려진 대로, 낭만적 상상력은 계몽이성과 문명사회에 대해 노골적인 반감을 갖고 있었기 때문이다.

「광염 소나타」에 등장하는 백성수는 미리 정해진 음악의 규범이나 관습에 구속되지 않을 때만 그 비범한 천재성을 발산할 수 있는, 즉 문명과 대립되는 불가사의한 힘에 의해 자신의 예술적 천분을 발휘하는 인물이다. 이를테면 "음보"로 상징되는 문화적 교양이나 숙련의 과정을 굳이 필요로 하지 않는다는 점에서 그의 천재성은 다분히 "야성적"이다. 결국 이 소설은 "문명"과 "야성"의 이분법적 대립 속에서 진정한 예술의 마력은 문명보다 야성에 속하는 것임을 주장하고 있다. 그러나 「광염 소나타」가 한국 근대문학의 미적 계보에서 차지하는 위상은 이 소설이 취하고 있는 이분법적 구도만큼 그 사정이 단순하지만은 않다. 백성수라는 광포한 예술가는 다분히 비정상적인 방식 — 육체를 훼손하고 파괴하는 형태로 절대미를 지향하기 때문이다.[27]

---

26) 조선사회 내부에서 낭만적 사랑의 이념을 실천하는 일이 심각한 난관에 봉착하자, 자유연애의 진보성은 희석되고 대신 안정된 가정/관능적인 사랑의 이분법이 대중소설의 주된 소재가 되기에 이른다. 그에 따라 사랑을 재현하는 방식도 관습화되고 그 첨예한 문제의식마저 실종된다. 이광수 같은 선진적인 자유연애론자의 소설에서도 물론 예외 없이 낭만적 사랑이라는 화두는 추문으로 그치고 말았다. 김붕구 「신문학 초기의 계몽사상과 근대적 자아」, 『이광수』, 김현 편저, 문학과지성사 1977.
27) 예술을 완성하기 위해서라면 어떠한 행동도 마다하지 않는 예술가, 즉 내적 열정에 기

귀기(鬼氣)어린 예술가와 파괴된 육체를 의미심장하게 형상화한「광염 소나타」는 적어도 다음과 같은 몇가지 맥락에서 시사적이다. 우선「광염 소나타」의 예술가는 처음에 비참한 삶을 살아가는 존재로 등장하지만 내면에서 솟구쳐나오는 "맹렬한 불길"에 이끌릴 때면 놀랍게도 위대한 예술을 만들어내는 비범한 존재다.[28] 예술가의 육체 속에 고귀한 영혼이 숨겨져 있다는 발상은「광화사」에서도 반복되는 것으로, 솔거는 탁월한 천분과 추한 외모를 함께 지니는 비극적인 운명을 타고났다. 물론 작가가 불운한 예술가를 형상화한 이유는 속악한 현실에 대항하여 예술(가)의 가치를 극단적으로 이상화하기 위해서이며,[29] 이 불협화음으로 인해 아름다움을 향한 낭만적 동경은 더 강렬해진다. 보들레르와 같은 악마적 미의 탐구자에게도 진정한 예술의 가치란, 불행하고 평범한 인생에게서 영원하고 무한한 요소를 이끌어내고 추악한 현실을 아름다움으로 변형해놓는 데 있었다.

다음으로, 이 소설에서 절대미라는 궁극의 가치는 '육체'를 등한시하고서는 온전히 성취될 수 없음을 거듭 강조할 필요가 있겠다. 절대미는 정신과 육체의 상호교섭 속에서 산출된다. 그것은 진선미의 정신적 가치가 실상 육체에 종속되어 있다는 역설을 드러낸다. 이 소설은 인간의 육체야말

꺼이 자신을 바치는 예술가상은 아꾸따가와 류우노스께의「지옥변(地獄変)」(1918)에 등장하는 요시히데를 전범으로 삼은 것이라는 주장은 기존의 연구에서 이미 지속적으로 제기되었다. 정재원「유미주의의 신화」,『김동인 문학의 재조명』, 문학사와비평학회, 새미 2001.

28) 불리한 물질적 환경의 저항을 꿰뚫고 진화하고 비상하려는 역동적인 힘의 상승을 가리켜 '생명의 비약'이라 명명했던 베르그송이 그 같은 창조적 생명력을 '불꽃'의 형상에 비유한 것은 흥미로운 데가 있다. 김형효『베르그송의 철학』, 민음사 1991, 18면.

29) 김홍규는 김동인의 초기작들이 대개 "황폐한 삶의 불가피성"에 압도되고 말았던 데 비해「광염 소나타」나「광화사」에 등장하는 예술가는 드물게도 적대적인 세계와 대결하는 자아임을 강조했다. 김홍규「황폐한 삶과 영웅주의: 김동인 소설의 대결구조와 세계인식」,『문학과 지성』1977년 봄호, 문학과지성사, 234면.

로 신성한 예술이 그 실체를 드러내는 유일한 장소이며, 광포하리만치 위대한 예술가만이 그 장소의 무한한 가능성을 과감하게 실현할 수 있음을 역설한다. 그럼에도 여전히 흥미로운 것은 백성수의 예술적 성취를 위해 마련된 미적 질료가 비속한 육체, 그것도 '생명을 잃은' 육체라는 점이다. 그는 방화를 저지르고 사체를 유린하며 심지어 예술적 흥분상태를 지속하기 위해 살인마저도 서슴지 않게 된다. 다시 말해, 화염에 휩싸이거나 부패해버린 송장 따위를 원료로 하여 장엄한 음악이 탄생하게 된다. 바로 그처럼 삶의 불모지에서 위대한 예술을 건져올리는 일은, 진정한 예술의 실현을 불가능하게 만드는 사회적 조건에 가장 적극적으로 저항하는 방식이 될 것이다. 「광염 소나타」의 경우에는 백성수의 그 "야성적 힘"이 타인의 육체에 대하여 더 광포하고 괴벽할수록 "그의 예술을 더욱 빛나게 하는 것"이다.[30] 예술가들이 흔히 겪는 사회적 소외와 관련해서 악마적 예술가의 출현을 이해하는 것은 분명 유의미한 해석일 테지만, 백성수의 악마적 예술성이 왜 하필 방화·사체모욕·시간(屍姦)·살인이라는 '죽음' 이미지 속에서 발현되어야 하는가는 다른 관점에서 접근해볼 여지가 있다. 오스카 와일드(Oscar Wilde)의 악마주의적 성향을 떠올리게 하는 백성수의 광기는 말할 것도 없이 선과 악의 도착 속에서 창조적 활력을 얻는 것으로 표현되어 있다. 김동인은 "선도 미인 동시에 악도 또한 미"라고 강조하면서 이로써 자기 안에 "악마적 사상이 움돋기 시작"했다고 언급한 바 있는데,[31] 이 발언은 아름다움에 대한 윤리적 재단을 불허하는 그의 유미주의적 신념에서 비롯된 것이다. 따라서 김동인이 '악'의 이미지에 탐닉하는 것은 그러한 행동이 불러일으키는 우상파괴의 활력을 암암리에 기대하고 있었기 때문이면서, 그와 동시에 '선'으로 귀착되는 모든 문학적 관습과

30) 김동인 「광염 소나타」, 『김동인전집』 2, 조선일보사 1988, 35면.
31) 김동인 「조선근대소설고」, 앞의 책 33면.

규범에 대한 반감을 극화하기 위해서였다고 볼 수 있다. 그러고 보면, 기존의 가치체계를 전복함으로써 '미'를 구현하는 방식이야말로 김동인이 자신의 기괴한 소설들에서 기대했던 결과였을지 모른다. 즉 악에서 죽음에서 그리고 육체에서 진귀한 아름다움을 발견하는 일 말이다.

선과 악, 생명과 죽음, 정신과 육체의 완강한 대립관계가 와해된 장소에서 탄생되는 숭고한 미는 사실 낭만주의의 상상력에서는 매우 낯익은 것이다. "낭만주의는 원시적이고 교육에 의하지 않은 것이며, 젊음이자, 자연 상태의 인간에게 넘쳐흐르는 삶에 대한 감각이지만, 그것은 또한 창백함, 신열, 병, 퇴폐, 세기의 질병이며, 무자비한 미녀이자, 죽음의 무도이고, 실로 죽음 그 자체이기도 하다. (⋯) 그것은 사탄의 주연(酒宴)과 냉소적 아이러니, 악마 같은 웃음과 사악한 영웅들이지만, 그와 동시에 블레이크의 눈에 보이는 하나님과 그가 부리는 천사들, 위대한 기독교도들의 세계"다.[32] 아이자이어 벌린(Isaiah Berlin)의 표현을 빌리자면, 백성수의 자아는 '원시(原始)' '죽음' '악마'의 계보 속에서 새로운 세계, 초월적인 것의 가능성을 추구했다고 말할 수도 있다. 그러나 잊지 말아야 할 것은 김동인의 탐미적 악마주의가 그 반대편의 선·생명·정신의 지고한 가치와 완전히 단절되어 있는 것은 아니라는 사실이다. 백성수가 보여주는 악마주의적 탐닉은 "악이란 성스런 것과의 위기체험이며, 성스런 무엇과의 관계가 단절될 위협을 느낀다는 것은 그만큼 사람이 성스런 무엇에 의존하고 있다는 말"[33]이라는 뽈 리꾀르(Paul Ricoeur)의 지적에 부합한다. 김동인의 악마적 예술가는 '악' '죽음' '육체' 자체에 매몰된 것이 아니라, 그것을 통해 신성한 가치를 희구했다는 점에서 역설적이다. 김동인에게는 '미의 세계'가 곧 성스러운 신앙의 대상이었다. 다시 말해 '악'의 감정은 신이 아닌 존

---

32) 이사야 벌린 「낭만주의의 정의를 찾아서」, 『낭만주의의 뿌리』, 강유원·나현영 옮김, 이제이북스 2005, 31~35면.
33) 폴 리꾀르 「'고백'의 현상학」, 『악의 상징』, 양명수 옮김, 문학과지성사 1999, 19면.

재가 신성한 것을 희구할 때 표출되며,[34] '육체'가 정신에 반대되는 타자이자 무의미(unmeaning)의 영역에 속하는 것처럼 보이더라도 오히려 육체는 본디 정신의 물질적 기반이 될 만큼 서로 밀접히 연관되어 있고,[35] 삶의 우선성이 결정적으로 거부될 때 역으로 '죽음'의 우선성이 돌출하게 되는 법이다.[36]

김동인이 '악' '죽음' '육체'를 탐미주의적인 방식으로 전유했다는 사실은 비교적 명확하지만, 이러한 창작이 한국 근대문학의 새로운 지평을 탐색하는 데 과연 유효한 것이었는지는 불명확하다. 그의 악마주의는 철저하게 현실세계와 고립되거나 심지어 무관한 형태로 추구되었기 때문이다. 그럼에도 '악' '죽음' '육체'에 대한 김동인의 집요한 탐닉은 1920년대 문학의 중요한 특징을 보여준다.[37] 이광수는 이른바 데까당스의 문학세대를 경계하면서 "사회생활에 훈련을 주는 예술은 생의 예술이로되 고통과 타락과 갈등을 주는 예술은 사의 예술이외다"[38]라고 말했으나, 한국 근대문학사의 일정 기간에 이 죽음의 미학은 왕성한 생산력을 보여주었다. '죽음'에 대한 과도한 집착과 그것을 통한 예술적 성취라는 화두는 이미 백조파에 의해 극렬한 방식으로 표출된 바 있다. 그리고 방화나 살인은 이른바 계급주의 문학 진영에서 그 집단의 중요한 특색을 이룰 만큼 집중적으로 애용했던 문학적 코드이기도 했다. 베르그송의 이상주의 철학에서 연원하는 생명주의와 보들레르나 오스카 와일드를 모방한 악마주의가 양립했

---

34) 김현 「나르시스 시론: 시와 악의 문제」, 『존재와 언어/현대프랑스문학을 찾아서』, 문학과지성사 1992, 15~16면.
35) 피터 브룩스 『육체와 예술』, 이봉지·한애경 옮김, 문학과지성사 2000, 60면.
36) 찰스 테일러 「근대성과 세속적 시간」, 『세속화와 현대문명』, 신혜영 옮김, 철학과현실사 2003, 345면.
37) 이 시기 '죽음'의 여러 양상이 갖는 의미에 관해서는 이재선 「죽음에의 인력과 견제력」, 『한국소설사』, 민음사 2000 참조.
38) 이광수 「인생과 예술」, 앞의 책 41면.

던 일본 타이쇼오 문학의 사정은 김동인의 탐미주의를 이해하는 데 적잖이 시사하는 바가 있다. 즉 김동인이 문학의 전범으로 삼았던 1910년대 중반 이후의 일본문학은 "시대사조의 저음부에는 생명력의 찬미로 나아가는 주류와 거의 대등하게 악마에의 지향이 은밀히 움직이고 있었다".[39] 아마도 김동인에게는 시라까바파에 심취해 있으면서 동시에 악마주의의 분위기 속에서 창작하는 일이 서로 모순되게 여겨지지 않았을 것이다. 과감하게 말해, 김동인의 초기 소설은 타이쇼오 생명주의와의 고투 속에서 형성되었다. 그는 '생명'이 가져다주는 자아함양의 계기에 매료되었을 뿐만 아니라, 그것이 조선이라는 불모지에서는 애초부터 실현 불가능한 것이었음을 자각했다. 즉 '생명' 이념은 식민지조선이라는 일상적이고 역사적인 삶의 문맥을 겉돌거나 초월해 있었던 것이다. 그럼에도 김동인에게 '생명' 이념은 결코 외면할 수 없는 문학적 과제이기도 했다. 그런 의미에서, 비록 「광염 소나타」가 1920년대 후반에야 창작되었다 하더라도 그 표현방식이 시사하는 문제의식은 1920년대 문학사를 이해하는 데 여전히 유효하다. 1920년대의 김동인은 조화로운 생명의식을 통한 예술적 구현이 더이상 가능할 리 없다는 위기감 속에서 창작활동을 지속했고, 이러한 곤경을 오히려 생명의 파괴— '악' '죽음' '육체'—라는 다분히 역설적인 미학적 실천으로 돌파하고자 했다. 그 과정에서 김동인의 탐미주의는 의외의 성과를 거두었는데, 바로 문학 언어가 관념적·이상적 세계를 언표하는 데 그치는 것이 아니라 구체적이고 현실적인 세계를 염두에 두기 시작했다는 점이다. 타이쇼오 문화주의는 러일전쟁 직후 일본사회의 고조된 분위기와 반근대주의 속에서 급부상한 민권주의자들의 열망을 반영한다. 특히 '생

---

39) 미요시 유키오 「근대문학의 양상」, 『일본 문학의 근대와 반근대』, 소명출판 2002, 26면. 보들레르의 『악의 꽃』을 읽고 문학적으로 눈뜨게 된 아꾸따가와 류우노스께가 실연의 공백을 성서 탐독으로 대신하고, 자살하기 전까지 기독교적 색채가 농후한 소설을 20여편이나 창작했다는 사실은 이와 관련하여 기억해둘 만하다.

명'이라는 문학어는 시라까바파로 대표되는 타이쇼오기의 이상주의적 세계상을 그대로 함축한다. 그런데 자아와 공동체 내부의 '생명'을 감득하는 방식으로 탄생하는 주체를 자축한 것이 아니라, 그러한 주체의 불가능성에 대해 자문했다는 데 김동인 소설의 중요한 미덕이 있다. 이는 물론 그의 예술지상주의에 기본적으로 담겨 있는 유토피아의 비전과 기존의 생활세계에 대한 급진적인 비판 덕분이었다. 피터 브룩스(Peter Brooks)에 따르면 육체는 사회적·문화적 권력과 그 상징질서의 관계에 대해 풍부한 상징을 보유한 장소이며, 육체를 통해서 사회적 관계의 진상을 발견하고 심지어 사회적 상징질서를 재구축할 수도 있다.[40] 김동인이 예증해주는 문학의 '육체성'은 저 백조파의 보헤미안들에 의해 더욱 열광적으로 탐구되었다.

3. 나도향의 반기독교

김동인 소설에 등장하는 광포한 예술가 형상은 그만큼 당대 조선사회에서 청년예술가들의 위치가 고립되고 불안한 것이었음을 시사한다. 근대문학 형성 초기에 자신들이 사회적 비난을 감수해야 했다는 동인지세대 청년문학가들의 고백은 과장만은 아니었다. 그들이 근대적 도시에서 보고 들은 찬란한 유럽문명의 의장은 "무덤" 같은 식민지사회에서는 경탄보다 차가운 조소를 자아내기 십상이었다. 청년들이 떠났다 되돌아온 고향에서는, 그들이 애써 가져온 연애·문학·예술이라는 박물(舶物)을 진지하게 이해하려 들지 않았다. 타지에서 배우고 익힌 근대적 자아, 혹은 예술가의 모델은 식민지조선에 도착하는 순간 여지없이 파괴되어버리고 말았다. 즉 아무리 "자랑할 만한 생명"을 지녔다 하더라도, 조선에서 그들은 "개성의

---

40) 피터 브룩스, 앞의 책 34면.

하고저 하는 바를 차단치 안이하면 안이되는 운명”에 결박될 수밖에 없었던 것이다.[41] 내부생명을 거슬러 살아가야 하는 숙명을 깨닫자 그들은 자신의 “조물주에게 변명할 수 업는 죄악”[42]을 행하고 있다는 죄의식마저 느끼게 되었다.

그러나 따지고 보면, 예술에 대한 냉대와 몰이해는 그들이 속한 지식인 사회 내에서도 마찬가지였다. 「신비의 막(幕)」(1919)에 등장하는 청년 화가는 “자연의 미의 감화”를 받은 후 조선의 쇠퇴한 예술을 부활시키겠다는 포부를 지니게 되었으며, 그런 제 자신을 가리켜 “고상한 인물”이라 자부한다.[43] 또 부친의 명령에 무기력하게 순종하느니, “하나님이 우리에게 쥬신 우리의 생명”[44]을 따라 자유를 중시하는 기독교신앙을 기꺼이 따르기로 한다. 그럼에도 그의 유학생활은 그 자체로 ‘종교’에서 ‘예술’로의 이행과정을 압축하여 보여준다. 미(美)에 들리기 시작할수록 그의 신앙은 의심으로 들뜨기 시작하고 마침내는 자기의 양심만을 따라 살아가기로 작정하게 된다. 하지만 다른 이들에게 미·자연·예술이라는 말은 도무지 불가해한 것이고 화가의 별스런 외모 이상의 의미를 갖지 못했다. “군(君)이 지금까지 설명하는 자연이니 미적이니 하는 그 말을 나는 하나도 이해할 슈 없네. 그런데 대체 머리는 왜 싹지를 안코 그 모양으로 보기 실케 하여두나? 이것도 자연인가?”라는 친구 춘광의 반응은 당시만 해도 새삼스런 것

---

41) 김찬영 「K형의게」, 『폐허』 창간호(1920), 29면.

42) 김찬영, 앞과 동일함.

43) 김환 「신비의 막」, 『창조』 창간호(1919), 20면. 이 자전적 소설에서 김환은 미술이라는 전공에 막중한 의미를 부과하고 있다. 그가 쓴 「미술론」에도 “나는 생각이 이에 니름에 우리 사회에 대하야 무엇보다도 우리의 쇠퇴한 미술을 부흥식키쟈고 부르짓지 안을 수 없나이다”라는 구절이 고스란히 반복되고 있을 정도로, 근대미술의 수용과 관련하여 그가 지닌 선각자적 자부심은 남다른 데가 있었다. 이러한 선민의식, 또는 시대와 불화하는 예술가상은 굳이 미술에 한정되지 않고 문학예술 전반에서 광범위하게 나타난 현상이라 할 수 있다.

44) 김환, 앞의 글 23면.

이 아니었고, "나는 너의 몰으는 신비한 것을 안다"라는 자부심은 그 당시 유학생사회에서도 보편적인 울림을 지니기 어려웠다.[45] 그럼에도 이들의 예술가의식은 자아와 세계의 관계를 특권적인 방식으로 재해석하게끔 만들어주었다. 그것은 자연의 아름다움이란 오직 자신들 예술가를 통해서만 예술미로서 완성될 수 있다는 신념에 기초해 있었다.[46] 『창조』의 창간을 모의하면서 김동인이나 주요한이 가졌던 심리도 이와 비슷했을 것이다. 이 「신비의 막」이 그들 세대의 첫 동인지에 실렸다는 사실은 상징적인 의미를 갖기에 충분하다.

나도향의 「젊은이의 시절」(1922)도 이들 청년문학가의 특권적인 감수성을 숨김없이 표현한 단편으로 기억할 만하다. 이 소설은 음악가를 지망하는 주인공이, 자신에게 예술가의 천분은 주었으나 그것을 마음껏 발휘할 수 있는 상황을 허락지 않은 신을 향해 한탄하는 장면에서 시작한다. 그를 둘러싼 자연의 모든 것은 "교묘하게 조성된 미술"이자 "음악"이고, 그의 내면은 예술의 제단에 바치기에 더없이 정결한 상태다. 그는 스스로를 자연과 조응할 줄 아는 참예술가로 여긴다. 또한 그는 각종 음악 서적, 가극이나 악극 공연을 통해 자기에게 내재된 미의 감각을 잘 숙성해왔다. 하지만 그는 불행하게도 자신의 예술적 이상을 품어줄 만한 온전한 "가정"을 갖지 못했다. 부친은 자신의 가업을 이어 그가 실업가로 출세하기를 바랄 뿐이지, 아들의 음악공부를 이해할 수는 없었다. 그런 이유로 그의 영혼은 채워지지 않는 예술적 동경과 번민에 휩싸여 있다. "아아, 하늘 위에 한

---

45) 김환, 앞의 글 33면. 여기에 등장하는 춘광(春光)이라는 인물이 춘원 이광수의 모습일지 모른다는 이경훈의 지적은 흥미롭다. 「문사와 수양」을 비롯해 1920년대 초반에 발표한 여러 평론에서 이광수가 동인지세대의 심미주의를 향해 보여준 비판은 유명한 것이다. 이경훈 「한국 근대문학의 형성과 김동인: 『창조』를 중심으로」, 『동방학지』 135(2006.9), 연세대학교 국학연구원, 324면 참조.
46) 오문석 「1920년대 초반 '동인지(同人誌)'에 나타난 예술이론 연구」, 『1920년대 동인지 문학과 근대성』, 상허학회 엮음, 깊은샘 2000, 102면.

없이 떠나가는 흰구름이여, 나의 가슴속에 감추인 영혼과 그의 지배를 받는 이 나의 육체를 끝없는 저 천애(天涯)로 둥실둥실 실어다주어라!"[47] 그는 '예술'과 더불어 '사랑' 또한 속악한 지상에서 누릴 수 있는 경이로운 축복임을 잘 알고 있다. 이 젊은 예술가는 여성의 손길에서 "발랄한 맛"을 느끼고 예술에서 "기꺼움과 즐거움"을 만끽할 줄 안다고 자부하는 인물이다. 그에게 예술과 사랑은 그 자체로 비범한 것이면서 세상을 초월하여 존재하는 것이다.

그러나 영빈이 누이를 배신하고 누이 역시 숭고한 예술을 부인함으로써 그의 사랑과 예술은 모두 현실에서 무가치한 것으로 전락할 위기에 처한다. 이때 그의 신앙고백은 흥미롭게도 반기독교적인 방식으로 표출되기 시작한다. "하나님을 믿을까? 의지할까, 도와주심을 빌까? 그러나 만일 신이 실재가 아니라 하면? 그렇다. 하나님도 믿을 수 없고 의지할 수 없었다. 하나님의 위안은 있는 사람에게 있고 없는 사람에는 없다. 또 있는 것을 없이 할 필요도 없고 없는 것을 일부러 있게 할 것도 없다."[48] 「젊은이의 시절」의 주인공이 초반부에서 사랑을 "이 세상 모든 것에서 떠나고 뛰어넘은 것"으로 이해하거나, 문학을 "신이 부르는 영(靈)의 곡을 받아 써놓은 것"으로 이해하는 대목은 기독교적 정서를 드러낸 것이다. 그는 신의 세계를 개인이 충만한 일체감 속에서 자아와 타자를 인식할 수 있는 유일하게 신성한 장소라고 믿었다. 그러나 바로 그 조화로운 통일성이 한순간에 붕괴하자, 그는 기독교적 세계관에 대해 회의적인 태도를 취하게 되었다. 즉 신의 실재성(實在性)을 의심하고 자신의 신앙을 이내 부정해버린 것이다. 예술이나 사랑의 실천이 더이상 불가능해지는 곤경에 처할 때, 개인의 자아가 세계와의 단절감을 반기독교적인 어법으로 표현한다는 점은 나도향

---

47) 나도향 「젊은이의 시절」, 『나도향 전집』 상, 주종연 외 엮음, 집문당 1988, 29면.
48) 나도향 「젊은이의 시절」, 앞의 책 38면.

초기 소설의 중요한 특징이다.

이러한 표현방식은 '욕망'의 문제와 깊은 연관이 있다. 나도향의 초기 소설에 등장하는 인물들이 새로운 삶의 가능성을 엿보게 되는 것은 그들 스스로 자신의 욕망을 긍정할 때다.[49] 1910년대 후반 이래로 청년지식인들 사이에서는 삶의 새로운 도약이 무엇보다 인간 내부의 풍부한 감각·감정·충동으로부터 비롯된다는 정감적 생활론이 상당한 지지를 얻었다. '생명' 개념도 실은 이러한 본능의 만족 또는 감각적 자율성의 추구 속에서 표현된 것이었다. 그런데 이 욕망은 기독교 내에서는 금기시되는 삶의 요소다. 현재에 만족할 수 없는 자아, 자기 내부의 욕망을 긍정하고자 하는 자아가 반기독교적 신앙고백으로 돌아서는 것은 그 때문이다. 예컨대 「청춘」(1920)에서 우연히 마주친 이성으로 인해 "유원한 애회(愛懷)"와 "타오르는 뜨거운 정염"에 휩싸이게 된 주인공은 전에 없이 "예배"와 "하나님의 말씀"이 갑갑하게 느껴졌을 뿐만 아니라, 사랑에 관한 성경구절을 자의적으로 해석한 후 "죽음에서 삶으로 나아가려 한다. 그렇다. 무한한 생의 광휘가 나의 눈앞에서 번쩍인다. 나는 죽음에서 일어나 삶에서 눈뜨려 한다"고 말하면서 "하나님" 대신 "처녀의 환상" 앞에 경배하기를 주저하지 않는다.[50] 그에게는 이제 낭만적 사랑만이 영생을 약속하는 구원의 길이 되지만, 이 역시 현실에서 좌절되고 만다. 「젊은이의 시절」도 마찬가지여서, 신은 물론 그 어느 것에도 자신을 의탁할 수 없다고 판단한 주인공은 "예술을 위하여" 마침내 가출을 결심하게 된다.

"떠나라! 거짓에서 떠나고 사랑 없는 곳에서 떠나라! 너의 갈 곳은 이 세상 어디든지 있고 너의 몸을 묻을 한뼘의 작은 터가 어느 산모퉁이든지 있

---

49) 박헌호 「나도향과 욕망의 문제」, 『식민지 근대성과 소설의 양식』, 소명출판 2004, 164~80면.
50) 나도향 「청춘」, 『나도향 전집』 하, 주종연 외 엮음, 집문당 1988, 19~20면.

나니라. 아! 갈 것이다. 심령의 오로라여, 나를 이끌라, 진리의 밝은 별이여, 그대는 어디든지 있도다. 아! 갈지라. 나는 갈지로다."[51]

　여기서 그를 이끌어줄 진리의 밝은 별, 즉 '심령의 오로라'는 무엇인가. 그가 가는 곳 어디에나 편재하는 만유의 심령이란 과연 무엇인가. 그것은 낭만적 자아에게 특유한, 우주적 자연과의 접촉 속에서 현현하는 바로 그 심령(spirit)을 가리킨다. 이를테면, 그는 기독교적인 신으로부터 범신론적인 의미에서의 신으로 자기 영혼의 거처를 바꾼 셈이다.[52] 범신론적 교감을 통해 자아의 갱생을 도모한다는 점에서 그는 저 학지광세대가 보여준 이상적인 주체화의 맥락에 닿아 있다. 즉 이 젊은 예술가에게 닥친 환란은 오히려 그로 하여금 자아각성의 순간에 접속하여, 내면에 깃든 그 절대적 자아를 적극적으로 육성할 기회를 제공해주었다. 곧이어 그는 꿈속에서 신비로운 환상을 경험하게 된다. 그러므로 범신론적 체험은 1910년대 후반의 문화담론에서만 출현한 것이 아니다. 그것은 개체의 자율성을 입법화할 때 가장 유력하게 사용할 수 있는 문학적 의장이다. 이로써 그는 어느 때보다 강렬하게 예술적 감각·본능·충동을 실감할 뿐만 아니라, 그 신비로운 몽상의 끝에서 뮤즈와 만나 세상의 모든 "근심"마저 잊을 수 있게

---

51) 나도향과 백조파 시절을 함께했던 박영희는 자신의 문학사에서 바로 이 구절을 인용한 후, 여기에 나도향의 인생관과 예술관이 집약되어 있다고 지적했다. 「현대조선문학사」, 『박영희 전집』 II, 영남대학교 출판부1997, 446~47면. 박영희는 나도향이 보여준 아름다운 세계에의 낭만적 동경에 주목했다. 그것이 바로 범신론적 맥락에서 조성된 것임을 부언해둘 필요가 있겠다.

52) 범신론적 신비주의 속에서 자아의 함양을 기대하는 방식은 나도향의 다른 소설에서도 뚜렷한 선례가 있다. 예컨대 「청춘」의 정희는 신실한 기독교인이지만 상대방에게 자신의 순정을 거부당하자 자살을 결심하고, 그 심정을 우연히 만난 한 여승에게 "아무 매듭과 아무 자국이 없는 영과 육으로 영원한 대령과 영원한 만유(萬有) 속에 안기고 싶"다고 말한다. 즉 그녀는 기독교신앙이 가져다주지 못하는 자아함양의 은총을 범신론적 신비주의에서 기대하면서 역설적으로 죽음을 택하는 인물이다. 나도향「청춘」, 앞의 책 36면.

된다. 비록 찰나적이거나 비현실적인 환각에 불과하더라도, 그와 같은 비범한 영적 직각의 순간이야말로 이 젊은 예술가의 갱생을 보증해주는 중요한 인식론적 근거가 된다. 즉 범속한 이들은 결코 헤아리지 못할 신비로운 예감 속에서 살아가는 것은 오직 예술가들만이 누릴 수 있는 특권이었다. 근대적 자아가 우주적 실재에 감응할 때 사용하는 저 신비주의적 수사를 나도향 역시 의미심장하게 활용하고 있다.

그때 하늘 구름 사이로 황금빛이 나타났다. 온 사막은 기꺼움의 광채로 가득 찼었다. 도적에게 맞아 죽은 주검까지 전신에 환희의 광채가 났다. 그 구름 위에는 이천년 전 갈보리산 위에서 십자가에 돌아간 예수의 인자한 얼굴이 나타났다. 웃지도 않는 얼굴에는 측은하여 하는 빛과 사랑의 빛이 찼다. 그는 곧바로 철하의 엎디어 있는 공중 위에 가까이 왔다. 그는 한참 철하를 바라보더니 그의 오른손을 들었다. 그의 못박힌 자국으로부터는 붉은 피가 하얀 구름을 빨갛게 적시며 철하의 머리털 위에 떨어졌다. 그리고 다시 하얀 모래 위에 빨갛게 물들인다. 그때 모든 천사는 예수를 찬송하는 노래를 불렀다. 구름과 예수와 천사들은 다 사라졌다. (…) 어느덧 공중에 달이 솟았다. 온 사막은 차고 푸른빛으로 덮이었다. 지평선 위 공중에서는 별들이 깜빡거리었다. 아주 신비의 밤이었다. 어디서인지 장구와 피리소리가 들리었다. 그 소리는 아주 향락적 음악을 아뢰었다. 그때 저쪽 어두움 속에서 아주 사람이 좋은 듯이 싱글싱글 웃는 마왕 하나가 피리와 장구의 곡조에 맞춰 덩실덩실 춤을 추며 이리로 가까이 왔다. 그의 몸에는 혈색의 옷을 입었다. 그가 밟는 발자국 밑 모래 위에는 파란 액체가 괴었다. 그는 달님과 별님에게 고개를 끄덕 인사를 하고 철하 앞에 와서 넘실넘실 춤을 추었다. 그는 유창하게 크게 웃었다. 아주 낙환(樂歡)의 마왕이었다.[53]

---

53) 나도향 「젊은이의 시절」, 앞의 책 45~46면.

위의 인용에서 예수의 붉은 피는 악마가 땅 위에 흘려놓는 푸른 액체와 선명한 대비를 이룬다. 그 색감의 대비만큼이나 분명하게 주인공은 악마의 세계로 진입하고 있다. 이와 관련하여 음악의 여신 뮤즈를 '마왕'과 대립된 존재로 이해하고 결국 주인공이 마왕이 주는 정념 대신에 뮤즈의 순수한 사랑을 선택한다는 해석[54]이 있으나 동의하기 어렵다. 오히려 마왕은 뮤즈가 아닌 '예수'와 대립하는 존재라는 것, 그리고 그 같은 대립과 긴장을 거쳐 예술적 자아가 도달한 지점에 바로 '뮤즈'로 상징되는 절대미의 세계가 있다는 점을 충분히 고려해야 한다. 그의 내면은 명백하게 천사와 악마의 통속적인 이분법에 근거하고 있으면서 동시에 그것을 전복시켜버린다. "그는 속마음으로 천사여, 하고 불렀다. 또 마녀여, 하고 불렀다. (…) 나의 가슴속을 괴롭게 하는 것이 천사여 너나, 마녀여 너나 누구의 술법으로써 나를 괴롭게 하는 것이라 하면 혹은 지나간 세상에서 나에게 실연을 당한 자가 천사가 되고 마녀가 되어 나를 괴롭게 하는 것이면 누구든지 그중에 힘센 자는 나를 가져가라. 천사나 마녀나 그리고 너의 가장 지독한 복수의 방법을 취하라. 그렇지 않고 둘이 다 세력이 같거든 나를 둘에 쪼개가라."[55] 여기서 마지막 구절에 특히 주목할 필요가 있다. 나도향의 자아는 천사와 악마 중 과연 어느 쪽을 선택했던 것일까. 아마도 그는 자아를 가장 강하게 북돋아주는 쪽에 우선권을 부여했을 것이다. 예컨대 「젊은이의 시절」보다 앞서 창작된 장편 「청춘」을 보면, "너는 약함을 알고 비애를 알고

54) 장수익 「나도향 소설과 낭만적 사랑의 문제」, 『한국문화』 24, 서울대 한국문화연구소 1999, 86면. 필자와 같이 나도향 소설을 정욕/순수한 사랑이라는 이분법적 도식으로 파악하지 않은 견해로는 박헌호 「나도향과 욕망의 문제」, 앞의 책 301면 및 「나도향과 반기독교」, 『한국학연구』 27, 인하대 한국학연구소 2012 참조.
55) 나도향 「젊은이의 시절」, 앞의 책 34면. '무한한 생', 즉 생명의 본능을 무한히 확충하기 위해 나도향은 반기독교적 자세를 취했다.

고통을 알아라! 강자가 되기 위하고 또는 환희를 얻기 위하고 또는 무한의 생의 위안을 얻기 위하여서 하라"[56]라는 구절이 있다. 「목숨」에서 악마가 M과 나눈 대화를 떠올리게 하는 이 말은 사실 김동인과 나도향이 활동했던 동인지시대에 그들 젊은 예술가의 정신을 지배했던 주요한 강령이었다.[57] 여기서 예술가를 무력한 존재로 만드는 것은 말할 것도 없이 기독교에 특유한 관념과 윤리 그 자체다.

이와 관련하여 1922년에 발표된 「옛날 꿈은 창백하더이다」는 나도향의 낭만적 심성이 어떠한 유년의 기억에서 연유한 것인지를 짐작하는 데 중요한 단서를 제공해준다. 이 소설의 화자는 지나간 소년 시절을 회고하는 가운데, 자기 가정의 불운이 기독교신앙과 무관하지 않음을 강조하고 있다. 그중 예수의 성화를 둘러싼 '나'의 감상과 상념은 본고의 논의와 관련하여 흥미로운 데가 있다.

예수가 십자가에 못 박혀 돌아간 것을 생각할 때에는 시뻘건 육괴가 시안(屍眼)을 부릅뜨고 초민(焦悶)과 고통의 극도를 상징하는 그의 표정과, 비린내 나고 차디찬 피가 흐르는 예수의 죽음이 만인의 입과 천년의 세월을 두고 성찬성찬하며 추앙경모의 그 부르짖음 소리가 그 어린 나의 귀와 나의 심안(心眼)에 닿을 때에도 그것은 고통으로 보이지 않았으며 초민으로 보이지 않았으며 비린내 나는 붉은 피 보혈로 보이었으니 무서운 시체를 그린 그 그림이 도리어 나의 어린 핏결 속에 무슨 신앙을 불어넣어주었었다.

56) 나도향 「청춘」, 앞의 책 48면.
57) 유문선은 『환희』가 데몬(demon)에 맞서 낭만적 영혼의 패배를 그린 작품이라 평했다. 비록 나도향의 초기 소설 중 한 작품에 관해 제기한 비평적 언술이지만, 다른 소설들과의 근친성을 충분히 고려하지 않아 오해의 소지가 있다. '데몬'은 부정의 대상이 아니라 오히려 나도향의 자아가 현실세계에 저항하기 위해 활용했던 예술적 정열과 창조적 생명력의 원천을 표현한다. 유문선 「데몬과 맞선 영혼의 굴절과 좌절: 나도향의 『환희』론」, 『장편소설로 보는 민족문학사』, 열음사 1993, 26~29면.

그때의 나의 기도는 하느님이 주었으며 그때의 나의 죄는 예수가 씻었었다. 그것이 결코 지금의 나를 만족시키며 지금 나에게 과연 신앙을 부어주지는 않는다 하더라도 내가 한두살 되는 그때의 나의 영혼은 있는지 없는지도 판단치 못하던 하느님이 지배하였으며 이천년 옛날에 송장이 되어 썩어진 예수가 차지하였었다. 그때의 나의 영혼은 영혼이 아니고 공명(空名)의 하느님의 것이었으며 그때의 나의 생은 나의 생이 아니며 촉루(髑髏)까지 없어진 예수가 차지하였었다. 그때의 나는 약자이었으며 그때의 나는 피정복자이었다. 무궁한 우주와 조화를 잃은 자이었으며 명명 무한대한 대세계에 나의 생을 실현할 능력을 빼앗긴 자이었다.[58]

십자가에 달린 예수의 형상을 보고 나서 어린 '나'가 느끼는 마음의 감동은, 예수의 보혈(寶血)을 통해 자신의 죄와 영혼이 정결해진다는 보통의 기독교신앙으로부터 멀리 떨어져 있지 않았다. 심지어 그는 자신의 영혼을 "하느님이 지배"한다고 굳게 믿고 있었다. 그러나 "그때의 나"라는 구절에서 짐작할 수 있듯이, 현재의 화자는 유년 시절의 자기 자신과 분리되어 있다. 이를테면 조모(祖母)의 왜곡된 신앙을 통해 종교의 허위성을 인식하게 되면서, 화자는 차츰 기독교적 자아관념에 의문을 제기한다. 그는 더이상 기독교로부터 새로운 삶의 가능성을 기대하지 않을 뿐만 아니라, 과거의 '나'는 예수로부터 절대자유를 빼앗긴 "약자"이자 "피정복자"였다고 술회한다. 결국 위의 인용문은 낭만적 자아가 스스로를 삶의 주권자로 내세우기 위해 동원하는 비유나 수사가 바로 기독교적인 것에서 유래함을 예증해준다. 유년기의 '나'는 기독교적인 통일성 속에서 영혼의 '만족'을 얻었으나, 결국 그것이 삶의 축복이 아니라 저주였음을 자각하게 되었다.

---

58) 나도향 「옛날 꿈은 창백하더이다」, 『나도향 전집』 상, 주종연 외 엮음, 집문당 1988, 75~76면.

'나'는 스스로 그때의 나는 "자아심상의 낙토"를 알지 못했고, 사후의 영생은 구하였어도 정작 "생하여서 영생"하는 길을 구하지는 못했다고 한탄한다.[59] 현재의 '나'에게 진정한 조화의 감각은 궁극적으로 기독교적 신과의 영적인 관계 속에서 함양되는 것이 아니라 그것을 부정함으로써 비로소 개방되는 '무궁한 우주'와의 일체감 속에서 진작될 성질의 것이다. 이는 「젊은이의 시절」에서 청년예술가가 출가를 결심하며 외친 '심령'이며, 동시에 「청춘」에 등장하는 정희가 기독교 대신에 자아확충의 새로운 계기로 선택한 '대령'이기도 하다. "마치 우리 인생이 우주의 일부분에 불과하나 능히 그 영(靈)으로서 온 우주를 포괄할 수 있는 것"[60]이라는 말은 나도향의 낭만적 자아가 한국 근대문학 초창기에 편만했던 종교적 자아담론과 긴밀하게 결부되어 있었던 사정을 다시금 상기시키는 예다.

그런 점에서라면 나도향이 보여주는 자아의 형상은 학지광세대의 자아상과 매우 유사하면서도 또한 분명하게 변별된다. 나도향세대의 자아는 1910년대 후반의 유학세대와 달리 기독교적 세계관을 자아함양의 긍정적 계기로 활용하지 않는다. 오히려 그와 정반대다. 기독교가 선사해준 종교적 경험은 '생명'과 같은 문학 언어의 심오한 의미를 실감하고 그 무한한 가능성을 내면화하는 데 매우 유용한 역할을 했던 것이 사실이다. 하지만 '생명' 이념은 일본 안에서는 군국주의의 도래와 함께 좌초되고 말았다. 그와 같은 통일된 자아에의 신앙이 식민지조선이라는 구체적 현실 맥락과 결부될 때도 비슷한 위력을 발휘하기는 곤란했다. 조선사회 내부에서 목격되는 종교적 실상은 이미 그러한 기대와는 어긋나 있었다. 「옛날 꿈은 창백하더이다」에 등장하는 조모의 왜곡된 기독교신앙이 그 대표적인 경우다. '나'로 하여금 "그는 참으로 예수의 정신을, 그의 내적 생활을

---

59) 나도향 「옛날 꿈은 창백하더이다」, 앞의 책 75면.
60) 나도향 「청춘」, 앞의 책 58면.

체득한 자이었을까?"[61]라는 의구심을 자아낼 정도로 그녀에게는 신앙의 진정성이 결여되어 있었다. 빚을 져서라도 "예배당"에 봉헌하겠다는 열성의 이면에는 다분히 과시적인 의도가 있었고, 그로 인해 '나'의 가정은 빈곤한 생활을 면치 못했다. 그런 모친을 평소부터 못마땅하게 여겼던 '나'의 아버지가 저간의 사정을 듣고 내뱉은 말 역시 의미심장하다. 그는 모친이 "참종교"를 알 리 없다면서, 진정한 하느님은 모든 이들의 "마음속"에 있다는 사실을 강조한다. 그에 따르면, 유일신에 맹종하는 신앙이란 모두 "약자의 짓"에 불과하다.[62] 말하자면 강력한 주체성은 기독교적 세계관을 전면 부정하고 스스로에게 무한의 권능을 부여할 때 비로소 획득할 수 있다. 요컨대 나도향의 초기 소설에서 기독교는 더이상 근대적 자아의 모태가 아니라, 진정한 자아추구의 가능성을 저해하는 타자로 재규정되고 있다는 점이 중요하다.

4. 악마적 자율성

나도향의 반기독교적 입장은 시간에 대한 감각에서 좀더 뚜렷하게 드러난다. 「청춘」의 초반부에서 김우일은 친구 유일복에게 편지를 보내오는데, 이 편지는 이제 막 사랑에 빠진 유일복을 한껏 고양하고 독려하기에 더없이 유용한 메시지를 담고 있었다. 김우일은 "참사랑"이란 영과 육, 이성과 감성이 조화롭게 일치하는 "청정무구 지순지성(至純至聖)"의 순간에 성취된다는 것, 인간의 창조적인 생명력은 바로 그 같은 예외적 순간에 발현된다는 것을 차근차근 일러주는 가운데 "만일 그대가 그 찰나를 얻었거

---

61) 나도향 「옛날 꿈은 창백하더이다」, 앞의 책 75면.
62) 나도향, 앞의 글 80면.

든, 그 순간을 얻었거든 그것을 연장하여라. 그것을 무한히 연장하기에 노력하라"[63]고 충고했다. 이 말은 마치 경구처럼 유일복의 내면에 깊숙이 각인되었다. 그래서 유일복은 자기 내부의 본능·감정·정열이 이끄는 데까지 나아가기를 그치지 않게 되며, 결국 이 소설은 육체적 관능을 숭배한 어느 젊은이의 비극적인 최후로 귀결되기에 이른다. 여기서 '순간'을 예찬하는 문제의 경구는 고스란히 나도향의 인생관을 반영한다. 나도향은 기독교적 죄의식이 지닌 허구성을 신랄하게 비판한 글에서 "유원(悠遠)한 미래에 잘 살기를 바라다가 전광석화보다도 더 짧은 나의 생을 조금이라도 터락만큼이라도 의미없이 지내기 싫다는 의미에서 하늘을 쳐다보는 것보다 땅을 내려다보는 것이 좋으며, 두 팔을 벌리고 날아보려는 것보다 한걸음이라도 성큼 더 내놓는 것이 옳다"[64]라고 말한 바 있다. 자신에게 주어진 지상의 삶을 "의미있는 생"으로 바꾸고 현재의 "향락"을 더 치열하게 누리려는 노력이 중요하다는 생각이다. 이러한 발언은 여전히 미래의 삶을 방기하지 않는 것이라 하더라도, 명백하게 직선적 시간에서 이탈하여 현재를 미래보다 우선시하겠다는, 시대적 추세에 대한 과감한 배반의 선언이다. 그와 정반대로 미래를 위해 현재의 고통을 기꺼이 감수하겠다는 금욕주의적인 발상은 물론 기독교에 특유한 것이며, 자본주의 사회를 지탱하는 '진보'라는 근대적 관념도 실은 기독교적 세계관과 무관하지 않다. 조르주 바따유(Georges Bataille)는 『악의 꽃』을 분석한 글에서 '현재', 즉 이 순간에의 탐닉을 보들레르 시의 중요한 특성으로 지적하고 현재를 남김없이 소비하려는 악마적인 탕진이 실은 자본주의 사회에 대한 가장 전면적인 비판이 될 수 있다고 말했다. 바로 이 순간을 위해 주어진 모든 것을 탕진하는 방식은 보들레르 이래로 여러 시인들이 모방했던 예술가적 삶의 극치

---

63) 나도향 「청춘」, 앞의 책 17면.
64) 나도향 「하고 싶은 말 두엇」, 『나도향 전집』 상, 주종연 외 엮음, 집문당 1988, 442면.

에 해당한다. 「청춘」이나 『환희(幻戱)』(1923)에서 기꺼이 자살을 선택하는 조선의 젊은 남녀를 통해 나도향이 형상화하려 했던 것도 보들레르가 예시하는 데까당스의 미학과 직결되어 있다. 다시 말해, "선의 부정은 근본적으로 내일을 우선 생각하는 것에 대한 부정"[65]이라는 생각은 이광수의 도덕적 갱생에 참여하기를 거부했던 동인지 예술가들의 철칙과도 같은 것이었다. 그런 의미에서라면 백조파의 문학이 "춘원의 인도주의나 자연주의의 자유연애, 현실주의 등의 안티테제로서 자기를 확인"[66]하려는 비평 정신의 소산이었다는 임화의 지적은 정확한 것이다.

　　나도향 소설이 보여준 득의의 성과는 진보적 시간관의 비판 외에 무엇보다 '생명'에 대한 급진적인 문제제기를 통해 이루어졌다. 그의 소설에서 '생명'이란 어떤 의미를 지녔던 것일까. 나도향의 인물들에게 '생'은 축복이 아니라 비애이고, 어떤 필연보다는 우연에 의해 좌우되는 '운명의 희롱'에 불과하다. 예컨대 『환희』의 후반부에서 영철이 우연히 목격한 고양이의 죽음은 가벼운 에피소드로 보이지 않는다. "죽음을 벗어나려 하는" 고양이가 어린 장난꾼들의 희롱에 의해 마침내 생명을 잃게 되었을 때, 이를 바라보는 영철의 내면이 예사롭지 않다. 그는 죽은 고양이를 통해 "고요하고 쓸쓸하고 영원히 흐르는 비애"를 느끼게 되며, 모름지기 생명은 유한하다는 것, 육체와 분리되면 영혼도 사라지리라는 것, 따라서 영혼불멸이나 천당은 허구에 지나지 않는다는 것을 통렬히 자각하기에 이른다. 영철이 "생의 모든 비애"를 맛본 것 같다고 말한 것은 그 때문이다. 이처럼 어쩔 도리 없이 쇠락해가는 인생에 대해 나도향의 인물은 죽음으로 대응한다. 설화는 "공허한 미래"를 기다리는 대신 현재의 비참한 삶을 끝내고, 혜숙은 덧없는 인생 속에서 "아름다운 죽음"으로 기억되기 위해 백마강으

---

65) 조르주 바타이유 「보들레르」, 『문학과 악』, 최윤정 옮김, 민음사 1995, 66면.
66) 임화 「조선신문학사론 서설」, 『문학사』(임화문학예술전집 2), 임화문학예술전집 편찬위원회, 소명출판 2009, 414면.

로 투신한다. 이들의 죽음을 감상적인 개인의 패배로만 파악해서는 곤란
하다. 오히려 그 자살은 개체적 삶을 온전히 실현할 수 없게 만드는, 근본
적으로 모순되고 부조리한 삶의 여러 사회적 형식과 이념에 대한 저항의
성격을 띤다. 따라서 이들의 죽음 혹은 생명파괴는 육체적 의미에 한정되
지 않으며, 김동인의 그것과 중첩되면서도 사뭇 다르다. 가령 「광화사」에
등장하는 탐미적 자아는 자신의 절대미를 완성하기 위해 타인의 생명을
거침없이 파괴하지만, 나도향의 자아는 바로 자기의 개체적 생명을 파괴
한다는 점에서 좀더 급진적이다.[67]

'악마'에 내재된 이러한 개인적 자유주의의 활력은 유럽 낭만주의 시인
들이 적극적으로 활용한 것이기도 하다. 『실낙원』의 기독교적 맥락을 계
승하되 과감하게 전복시켜 천사가 아닌 악마의 표상에서 자아의 주체적
독립성(subjective independence)의 원천을 발견하고, 더 나아가 그것을 정
치적·사회적 압제 일체에 대한 인간 본연의 자율적인 의식과 욕망의 구현
으로 이해하기 시작한 데는 블레이크(W. Blake)나 셸리(P. Shelley), 바이
런 같은 낭만주의자의 공헌이 적지 않았다.[68] 이 시기 나도향이나 김동인
의 문학적 시도 역시 이전 세대의 문학에 대한 유의미한 비판이라 평가된
다. 1910년대 후반 이후 한국 근대문학은 주로 종교적 자아담론을 통해 형
성되었고, 그 역사적 과정은 내면성·정신성·무한성을 추구했다는 점에서
낭만주의 문학운동의 성격을 띤다. 즉 한국 낭만주의 문학은 유럽과 일본
의 선례를 따라 특히 기독교로부터 중요한 문화적·이론적 활력을 전수받

---

67) 류보선은 나도향이 말년에 다시 초기 세계로 복귀했으나, 그 순환은 단순한 복귀가 아
   니라 "상호주체성의 경지"를 보여주는 것이라고 강조했다. 즉 타자를 부정하는 악마적
   충동도 현실에 굴복한 자아의 상실도 상호주체적인 모랄 속에서 변증법적으로 통합되
   어 있다는 것이다. 「결핵, 죽음, 상호주관성」, 『한국 근대문학의 정치적 (무)의식』, 소명
   출판 2005, 31~33면.
68) Peter A. Schock "The Cultural Matrix of Romantic Satanism", *Romantic Satanism: Myth
   and the Historical Moment in Blake, Shelley, and Byron*, Palgrave Macmillan 2003, 33~39면.

았으나, 기독교적 문학담론에 내재한 조화롭게 통일된 자아·예술·세계 모델은 조선의 식민지 상황을 염두에 둘 때 이상주의의 한계를 노정할 수밖에 없었다. 그런 의미에서, 동인지세대 이후의 한국문학의 성과는 그 같은 기독교적 원천이 희석되거나 탈각되는 과정을 통해 이루어진 진전이었다. 그 과정에서 악마주의는 기성의 문학 제도나 관념에 맞서 자유로운 개인을 옹호하고 낭만적 자아에 대한 사회실천적 요구를 증대시키는 데 기여했다. 다시 말해 동인지세대의 반기독교적(post-christian) 문학은 개인주의·민족주의·계급주의가 발흥하고 분기해나가는 한국문학의 역사적 변환을 선도하게 된다. 1920년을 전후로 하여 등장한 새로운 문학경향은 정치운동의 좌절이나 문화정치로의 전환이라는 외연에 의해 결코 설명될 수 없는 문학담론 내부의 불가피한 변화의 산물이다. 기성의 자아·문학·예술 관념에 대한 급진적인 교정과 혁신의 노력은 유럽 낭만주의의 한국적 판본임에 틀림없다. 김동인의 유미주의가 이광수류의 도덕주의에 저항하고, 다시 나도향이 데까당스의 미학을 극단화하는 방식은 민족적·사회적 자아로 수렴되지 못하는 개인적 자아의 수립과 옹호라는 측면에서 각별한 의미를 지닌다. 그리고 백조파의 또다른 멤버인 박영희와 김기진은 개인과 사회, 예술과 현실의 분열의식을 탈기독교적·유물론적 맥락에서 재전유함으로써 계급주의 문학의 출현을 자축할 수 있게 된다. 그럼에도 악마주의적 활력은 김동인이나 나도향 이후 한국 근대문학의 낭만주의적 지류 속에서 더이상 중요한 문학적 표현을 얻지 못하고, 다만 선악의 이분법적 인식을 강화하는 방향으로 '악마' 이미지나 표상이 활용되고 만다. 대개 치명적인 질병이나 도덕적인 타락자를 지칭하는 상징으로 획일화되었다는 것은 그만큼 개인주의에 관대하지 않은 한국문학의 오래된 관행을 방증하는 셈이다.

제8장

의식의 흐름과 베르그송

1. 벨그송과 조소앙

1936년 3월 18일자 『동아일보』에는 「벨그송과 조소앙」이라는 기사가 실렸다. 이 기사는 조소앙(趙素昂)이 빠리 체류 중 베르그송을 직접 찾아가 벌어진 해프닝을 다루고 있다. 삼균주의를 제창한 대표적인 민족운동가 조소앙이 그 심란했던 시국에 한바탕 희극을 연출했다는 것이 좀처럼 믿어지지 않고,[69] 그 얘기가 왜 십여년 만에 새삼스럽게 주목되었는지 의문스럽다. 하지만 그가 베르그송에게 했던 질문만큼은 우리의 논의와 관련해 귀기울일 만하다. 조소앙은 프랑스어 통역을 구하지도 않고 우편국에 물어물어 마침내 당대 최고의 철학자인 베르그송의 자택을 방문했다. 영어를 못하는 베르그송과 프랑스어를 못하는 조소앙 간의 희극적인 대화는 두개의 질문만으로 답변 없이 싱겁게 끝나버렸다. 첫번째 질문은 '시간의

---

69) 「연보」, 『소앙선생문집』, 삼균학회, 횃불사 1979에 따르면, 조소앙이 노동사회개진당을 대표해 빠리에 체류하던 중 베르그송과 만나 문답한 것은 1920년 2월경이다.

머리'(the head of time)에 관한 것이었고, 두번째 질문은 정반대로 '시간의 꼬리'(the tail of time)에 대해서였다.

1910년대 중반 이후 일본에 유학한 조선의 청년지식인에게 베르그송의 생철학이 지닌 영향력은 상당했을 것으로 짐작된다. 조소앙은 1904년 처음 도일해 토오꾜오부립제일중학교를 다녔고 1912년 메이지대학 법학부를 졸업했다. 유학 전에 이미 성균관에서 3년을 수학했던 조소앙이 기독교에 입교해 토오꾜오기독청년회의 핵심인물로 활약하기 시작한 것은 1911년 10월경부터다. 그 당시 토오꾜오 YMCA를 드나들던 조선청년들이 대개 그러했듯이 조소앙 역시 『기독교 요의(基督教要義)』『천인론(天人論)』『에머슨 논설집』『쇼펜하우어의 철학』 등 종교나 사상 방면의 서적을 탐독하면서 타이쇼오 문화주의에 깊게 침윤되었다.[70] 그러니까 베르그송과의 해프닝은 단순히 그의 기벽 때문이라기보다 일본유학 시절 내내 그를 사로잡았던 철학적 번민의 지워지지 않는 흔적이었을 가능성이 크다. 그런 의미에서 조소앙이 특히 '시간'에 관해 질문했다는 사실은 흥미롭다. 일례로 베르그송은 아인슈타인(A. Einstein)의 상대적 시간관을 충분히 의식하면서 자신의 철학을 체계화했고, 다른 한편 그에게 사숙했던 마르셀 프루스뜨(Marcel Proust)는 『잃어버린 시간을 찾아서』(À la recherche du temps perdu, 1927)라는 대작을 완성하는 데 평생을 바쳤다. 이 장에서는 1920년을 전후로 한 시기에 '의식의 흐름' 기법을 차용한 소설들과 그 이후의 주요 단편을 통해 생명주의 담론이 한국 모더니즘과 조응하는 사례들을 상론하고자 한다.

---

70) 김기승 「일본유학 시기의 독서와 사색」, 『조소앙이 꿈꾼 세계』, 지영사 2003 참조.

2. 「마음이 여튼 자여」

'시계'로 상징되는 근대적 시간체제는 개인의 일상생활과 심리구조의
패턴을 근본적으로 변화시켰다. 1898년경부터 정부의 각 부처를 중심으
로 출퇴근시간이 엄수되기 시작한 이후 주요 신문에 '시간관념'이나 '시
간경제'의 중요성을 강조하는 논설들이 적잖게 실렸고,[71] 1912년 토오꾜오
를 지나가는 선을 중앙표준시로 채택한 이후 일률적이고 균질적인 시간의
식이 널리 확산되었다. 예컨대 실험실에서 "반드시 의자를 핑 돌려 이 팔
각종의 시계 분침과 똑딱똑딱하는 소리를 듣고는 빙긋이 웃는" 과학자 김
성재에게는 팔각종(八角種) 시계가 "평생의 동무"와 다를 바 없이 각별하
다.[72] 하지만 동시에 그러한 변화는 교육시간표,[73] 근무시간표,[74] 기차시간
표[75] 그리고 각종 기념일[76] 같은 근대적인 시간규율에 압도당할 수밖에 없
는 무력한 개인들의 내면을 서사화하도록 만들었다. 그저 "똑딱똑딱 가는
것이 이상해서 깨뜨려보려고"[77] 시계를 훔친 「천치냐 천재냐」의 칠성이는
화자의 시선에서 보면 단순히 근대세계에 부적합한 미숙아일 수만은 없
다. 그런 의미에서 보편적인 시간에 수렴되지 않는 내적 시간을 형상화하

---

71) 그 대표적인 예로 『독립신문』 1897.1.30; 『황성신문』 1901.10.3; 곽한칠 「시간경제의
   설명」, 『대한유학생회학보』 제2호(1907.4); 춘몽자 「시간과 금전과의 절용」, 『서북학회
   월보』 제19호(1910.1.1).
72) 이광수 「개척자」, 『이광수전집』 1, 삼중당 1962, 321면.
73) 김진균·정근식·강이수 「보통학교체제와 학교 규율」, 『근대주체와 식민지 규율권력』,
   김진균 외, 문화과학사 1997, 94면.
74) 강이수 「공장체제와 노동규율」, 앞의 책 144~48면.
75) 박천홍 「기계시간의 독재」, 『매혹의 질주, 근대의 횡단』, 산처럼 2002, 328~29면.
76) 정근식 「시간체제의 근대화와 식민화」, 『식민지의 일상: 지배와 균열』, 공제욱·김백영,
   문화과학사 2006, 117~23면.
77) 전영택 「천치냐 천재냐」, 『배따라기/화수분 외』, 동아출판사 1995, 265면.

는 일이란 근대 작가에게 피할 수 없는 숙명이 되어버렸다.[78]

기계론적 시간관에 의존하지 않는 방식으로 시간을 재현한다는 것은 어떤 것인가. 그 내적 시간을 다시 심리적 시간으로 이해한다면 소설의 경우 불가피하게 등장인물의 '의식'이 중요해진다. 개인이 지닌 '의식'의 차원에서 볼 때 표준시간이란 그야말로 무용하거나 허구적인 기준에 불과하다. 같은 한시간이라도 모두에게 동일한 분량으로 의식되는 것은 아니기 때문이다. 다시 말해 매순간 경험하는 어떤 감각이나 인상, 기억, 직관 등에 극도로 예민하게 반응할 수 있다면 그만큼 우리의 내적 시간은 확장될 것이며, 그 시간 속에서 우리 자신은 무의미하게 잊혀지기보다는 누구도 감히 넘볼 수 없을 만치 내밀하고 비범한 자아와 조우할지도 모를 일이다. 『미메시스』(Mimesis, 1946)의 맨마지막 장에서 에리히 아우어바흐(Erich Auerbach)가 『등대로』(To the Lighthouse, 1927)의 한 대목과 관련해 지적한 대로, 순식간에 스쳐지나간 램지 부인의 몇가지 연상에 관한 서술이 "양말 재는 행위보다 몇초, 또는 몇분 가량 더 긴 시간을 소모하는 이유는 의식이 여행하는 길은 말로써 따라갈 수 없도록 빠르기 때문이다. (…) 램지부인의 마음속에 일어나는 현상은 불가사의할 것이 조금도 없다. 왜냐하면, 그녀의 마음에 일어나는 생각들은 일상생활에서 연유하는, 이를테면 정상적인 현상들이기 때문이다. 이 여자의 비밀은 훨씬 더 깊은 데 숨어 있다."[79] 이렇듯 근대적 시간의 강박으로부터 벗어나려는(혹은 벗어나 있는) 인물들의 형상화를 통해 작가는 상대적이고 내적인 시간뿐만 아니라 새로운 자아를 발견하고자 한다. 베르그송 식으로 말하자면, 외부의 물질세계에 직접적으로 반응하는 표층의 자아가 아닌 유동하는 본래의 자아인 셈이다.

---

78) 가령 '시간'의 주제론에 관해서는 이재선 「한국문학의 시간관」, 『한국문학의 주제론』, 서강대출판부 2009 참조.

79) 에리히 아우얼바하 『미메시스』(근대 편), 김우창·유종호 옮김, 민음사 1991, 254면.

잘 알다시피, 인간의식의 심층에 대한 문학적 탐구는 프로이트 못지않게 베르그송에게 빚지고 있는 바 크다.[80] 1910년대 후반 조선의 청년지식인들이 타이쇼오 문화주의에 접촉하는 가운데 적극 수용한 대표적인 근대사상이 바로 베르그송의 생철학이었다. 특히 이광수의 제2차 일본유학의 계기 중 하나가 베르그송과 무관하지 않다는 사실에 착안해, 하따노 세쯔꼬(波田野節子)는 장편『무정』의 시간구성이 겨우 7일에 불과한 것을 그 당시 일본문학계에서는 어느정도 일반화된 이른바 '의식의 흐름' 기법의 영향으로 추정하고 있다.[81] 물리적 시간에 구애받지 않는 비현실적인 기억에 대한 묘사는『무정』의 중요한 성과 중 하나임에 틀림없다. 형식의 신비로운 환상체험은 기차여행 중에 이루어진다는 점에서 근대적인 시간 안에 존재하지만 어느 순간 그 시간대를 초월해버린다.[82] "형식의 귀에는 차의 가는 소리도 들리거니와 지구의 돌아가는 소리도 들리고 무한히 먼 공중에서 별과 별이 마주치는 소리와 무한히 작은 '에테르'의 분자의 흐르는 소리도 듣는다. 메와 들에 풀과 나무가 밤 동안에 자라느라고 바삭바삭하는 소리와 자기의 몸에 피 돌아가는 것과 그 피를 받아 즐거워하는 세포들의 소곤거리는 소리도 들린다. (…) 자기는 목숨 없는 흙덩이였었다. 자기는 숨도 쉬지 못하고 움직이지도 못하고 노래도 못하던 흙덩어리였었다. 자기는 자기의 주위에 있는 만물을 보지도 못하였었고 거기서 나는 소리를 듣지도 못하였었다. 설혹 만물의 빛이 자기의 눈에 들어오고 소리가 자기의 귀에 들어온다 하더라도 그는 오직 '에테르'의 물결에 지나지 못하였

---

80) A. A. 맨덜로우「시간, 언어 그리고 베르그송의 지속」,『시간과 소설』, 최상규 옮김, 예림기획 1998, 194면.

81) 하따노 세쯔코「『무정』을 읽는다(상): 형식의 의식과 행동에 나타난 이광수의 인간의식에 대하여」,『무정』을 읽는다』, 최주한 옮김, 소명출판 2008, 209~10면.

82) 차창에서 바라보는 외부공간은 "길이, 폭, 깊이라는 연장(延長)에 의해서만 규정되는 데카르트적 공간"이며, 기차여행은 "일상 속에서 '상대성 원리'를 확인하는 일"이다. 이효덕『표상 공간의 근대』, 박성관 옮김, 소명출판 2002, 243면.

었다."[83] 기차소리부터 미세한 분자들의 흐르는 소리에 이르기까지 천지만물의 숨소리와 자기 내부의 생명력에 온전히 귀를 기울일 수 있게 되고, 시간을 거슬러 조물주의 천지창조 전체를 관조해내는 형식의 거대한 의식의 흐름은 그 자체로 자기 존재의 숭고함을 천명하는 대목이다. 그가 자기 자신을 태초의 '에테르'(ether) 또는 '흙덩어리'로 지각하는 이 장면은, 헤켈(E. H. Haeckel)이 우주를 구성하는 에센스로 언급한 것들과 각각 일치한다는 점에서[84] 말 그대로 '진화(進化)'의 시작을 상징한다. 그것은 자기가 무한자의 영역 안에서 새로운 자아로 거듭나게 되었다는 내밀한 자각을 표현한다. 즉 형식은 우주론적 차원에서 자신의 신생을 정당화하고 있다.

형식이 의식의 흐름 속에 신비로운 에피파니의 이미지를 끌어들임으로써 박영채가 대표하는 전근대적 세계와 결정적으로 분리되는 데 반해,「마음이 여튼 자여」의 주인공은 불현듯 의식에 떠오른 과거의 기억을 통해 근대적 세계에 대한 맹목적인 동경 또는 신여성과의 허망한 자유연애를 거부하고 아내의 진가를 재발견하게 된다. 비록 그녀가 비극적인 죽음을 맞이했다 하더라도, 어쩌면 바로 그렇기 때문에 K의 각성은 삶의 진실에 더 근접해 있는지도 모른다.

일본 후스마(襖障子) 하나를 새로 둔 곁방에서는, 어떤 노인 둘이 앉아서 잠도 안 자고 이야기를 하고 있다. 무슨 이야기인지는 모르되 밤 공기를 진동시켜서 때때로 둥둥 울리는 소리가 들린다.

K는 갑자기 슬퍼졌다. ── 그는 추억의 달고 슬픈 그 세계에 들어섰다. K가 일여덟에 났을 때, 때때로 새벽 대여섯시에 깨면, 새벽빛은 흐리게 문의

---

83) 이광수 『무정』, 문학과지성사 2005, 250~51면.
84) 와다 토모미 「이광수 소설의 '생명' 의식 연구」, 서울대 박사학위논문 2007, 57~58면.

한지(漢紙)를 꿰고, 어두움 가운데, 줄기줄기 빛의 선(線)이 되어서 K의 낯과 이불을 던질 때, 아버지는 농사하러 밤에 나가서 빈자리만 남아 있고 어머니는 부엌에서 동자할 때, 참새 처마 끝에서 짹짹거릴 때, 회색빛 가운데 때때로 둥둥 울리어오는 부엌에서 나는 그의 어머니와 친척 노파의 말소리를 들을 때에, 그의 어린 마음에도 이 소리가 ── 회색빛 가운데 둥둥 때때로 울리어오는 이 소리가 ── 슬프게 로─만틱하게 잊지 못할 인상을 주었다. 여기 이렇게 깊이 인상된 K는, 다─ 성년되었을 때도 저녁 어실어실한 때에 마루에 우그리고 앉아 있으면, 보─얀 안개로 말미암아 어디서 나는지는 모르지만, 나는 곳 모를 말소리가 둥둥 안개 틈으로 울리어올 때는, 이것이 마음 속에 폭폭 들어박히며, 로─만틱한 슬픔은 그의 마음에 가득 차고 하였다.
  곁방의 말소리는 그냥 둥둥 울린다.
  "아─아."
  K는 참다 못하여 종내 엎디었다. 눈에서는 뜨거운 눈물이 폭폭 쏟아진다.
  '아─아, 다문 한시간이라도 그 시대에 돌아가보고 싶다! 눈물 많던 유년시대에─ 다문 한시간이라도 그 시대에 돌아가보고 싶다!'
  둥둥 하는 소리는 단─속─단─속─으로 울리어온다…⁸⁵⁾

옆방에서 새어나온 소리가 예기치 않게 K의 의식 속에 불러일으킨 유년시절의 기억은 이루 말할 수 없는 "로─만틱한 슬픔"을 자아내고 그는 결국 "다문 한시간이라도 그 시대에 돌아가보고 싶다!"는 간절한 바람을 울음과 함께 토해내고 만다. 이 소설을 좀더 유심히 읽어보면, C가 동행한 금강산 여행의 막바지에서 K가 마침내 떠올리게 된 저 유년의 기억은 실은 돌연한 것이 아니다. 서울행 열차 일등실에서 난생 처음 예술이 가져다주는 성스러운 정열로 한껏 고양된 직후에 그가 언급한 "십년의 목숨을 바쳐도

---

85) 김동인 「마음이 여튼 자여」, 『김동인전집』 1, 조선일보사 1987, 138면.

아깝지 않"을 "한시간",[86] 애인 Y로부터 그녀 가문의 "로-만틱한 전설"[87]
을 듣고 난 후로 하염없이 슬픔에 잠길 때마다 그의 내면에 울리던 "거문
고 소리",[88] 그리고 그의 유서를 받아보고 평양에 내려온 C와 만난 날 한밤
중에 갑자기 겪게 되는 극도의 무서움을 가리켜 K 스스로 형언한 "넓으나
넓은 집을, 부모가 어디 나간 틈에 혼자서 집을 보는 어린아이에게서야 처
음으로 볼 그 무서움"[89] 등은 그러니까 우연한 것이 아니다. 그처럼 적막한
공간에서 느끼는 무서움, 비극을 예감케 하는 거문고 소리, 한시간의 상대
적인 가치는 「마음이 여튼 자여」의 서사 전개상 별다른 의미 없이 이미지
나 분위기의 파편으로 존재하다가 위에서 인용한 장면, 즉 여관에서 우연
히 듣게 된 "둥둥 울리는 소리"와 그 '잃어버린 기억'으로 한순간에 수렴되
는 것이라 해도 무방하다. K의 마음에서 느닷없이 일어난 의식의 미묘한
흐름은 곧이어 자유연상(free association)을 거쳐 마침내 그의 진실한 자아
가 도달해야 할 삶의 거처를 명료하게 환기한다. "그의 눈에는, 붉은 열정의
불꽃이 맹렬히 불붙는 것이 보였다. (…) 붉은 열정의 불꽃은, 끝없이 넓은
붉은 막으로 변한다. 그 붉은 막은 바람에 풍기는지 너울너울 움직인다. 한
참 너울너울 하던 붉은 막은, 차차 모여들며 작아져서, 마지막에는 검은 막
위에 흐르는 조-그만 피의 줄기로까지 변하였다. 그리고 그 피의 근원에
는, 무슨 꺼-먼 물건이 누워 있다. 그것은 사람의 형용이다."[90] K의 의식은
"머리를 풀어헤친" 여성과 그녀의 핏기어린 "가슴"을 바라보는 순간 자신
의 아내가 어쩌면 폐렴으로 죽었을지도 모른다는 예감에 휩싸이게 되며,
그 불길한 예감은 결말에 이르러 공연한 환상이 아니었음이 드러난다.

---

86) 김동인, 앞의 글 120면.
87) 김동인, 앞의 글 90면.
88) 김동인, 앞의 글 91, 95~96, 109면.
89) 김동인, 앞의 글 113면.
90) 김동인, 앞의 글 138~39면.

3. 제임스, 베르그송, 아인슈타인

> 우리가 앞으로 수없이 보게 될 바와 같이
> 사물은 실용적 또는 미감적 관심을 우리에게 주고,
> 따라서 우리가 실체로서의 명칭을 부여하고
> 독립성과 권위있다는 고급한 지위로 추켜세운
> 감각속성들의 특수집단에 지나지 않다.
> ──『심리학의 원리』 중에서

　20세기에 들어서면서 뉴턴의 '절대시간'은 더이상 유효하지 않게 되었다. 조지프 콘래드(Joseph Conrad)의 『비밀요원』(*The Secret Agent*, 1907)에 등장하는 러시아 무정부주의자의 공격대상이 하필 그리니치천문대라는 점에서 이 소설은 균질적인 시간관념에 내재하는 모순과 균열을 문학적으로 형상화한 선례 중 하나로 기억될 만하다.[91] 내면적인 시간에 대한 서사적 탐색으로 가장 저명한 『잃어버린 시간을 찾아서』(1913)와 『젊은 예술가의 초상』(*A Portrait of the Artist as a Young Man*, 1914)이 발표된 것도 1910년대 초반의 일이다. 인간의식에 잠재한 어떤 기억의 심층을 정확하게 포착해내려는 시도는 물론 20세기 초반 물리학과 심리학 분야에서 두드러졌던 일련의 혁신적인 사고와 무관할 수 없다. 아인슈타인이 기존의 뉴턴 역학을 겨냥해 특수상대성이론을 발표한 것은 1905년이었고, 윌리엄 제임스가 마음의 복잡한 작용을 가리키기 위해 '의식의 흐름'(stream of thought)이라는 표현을 선구적으로 고안해낸 것은 1890년 출간된 심리학

---

91) 스티븐 컨 「시간의 성질」, 『시간과 공간의 문화사 1880~1918』, 박성관 옮김, 휴머니스트 2004, 53면.

입문서에서였다.

'의식의 흐름'이라는 용어는 당시로서는 매우 새로운 심리학적 가설에 근거하고 있었다.[92] 『심리학의 원리』(*Principles of Psychology*, 1890)의 서두에서 심리학을 '정신생활을 다루는 과학'(science of mental life)이라 규정한 제임스는 인간 영혼의 심오한 작동원리를 탐구하기 위해 먼저 개구리의 신경중추, 대뇌반구, 대뇌피질 등을 면밀하게 관찰했다. 그가 내린 잠정적인 결론은, 기존 학설과 달리 대뇌반구가 하위중추들의 지각에 기계적으로 반응하지 않을 뿐만 아니라, 심지어 기저신경절(基底神經節)들조차 어느정도 자율성을 지니고 있다는 것이다. 뇌기능에 관한 실험결과로부터 제임스는 사고(thought)의 여러가지 특성을 해명해내는데, 그중 기억의 지속성을 논증하면서 저 유명한 '의식의 흐름'을 언급한다. "(잠에서 깨어난 사람이 수면시간 동안 중단되었던 사고를 순식간에 기억하여 마치 짝이 되는 전극을 찾아가듯이 ― 인용자) 의식은 끊어진 마디를 접합한 것이 아니고 흐르는 것이다. '강물'이나 '흐름'이라는 말이 가장 자연스럽게 의식을 기술하는 비유적인 말이다. 차후에는 의식을 언급하는 경우 사고의 흐름(stream of thought) 또는 의식의 흐름 또는 주관적인 생활 흐름(stream of subjective life)이라 부르기로 한다."[93] 물론 이 경우에도 어떤 중단·분리·접합이 매순간 발생할 수 있겠지만 그것은 결국 의식의 저 거대하고 장중한 스케일을 새삼스럽게 환기할 뿐이다.[94] 즉 인간의 신경이나 의식은 일련의 사고 흐름

92) 윌리엄 제임스는 아리스토텔레스 이래의 유심론적 자아, 다양한 경험을 통합하는 칸트(I. Kant)의 초월적 자아, 그리고 단편적으로 분리된 지각들의 총합으로 정신을 이해한 흄(D. Hume)의 자아관념을 모두 비판하고, 인간의 영혼은 "감각적이고 신비적인 경험의 순간"에 무한히 개방된 채로 "연속하는 정신 흐름" 같은 것이라고 주장했다. 안세권 「윌리엄 제임스와 자아동일성의 문제」, 『철학과 현상학 연구』 30, 한국현상학회 2006; 이형대 「미국의 지적 전통과 윌리엄 제임스의 개인주의 사상」, 『미국사연구』 22, 한국미국사학회 2005 참조.
93) 윌리엄 제임스 「사고의 흐름」, 『심리학의 원리』 1, 정양은 옮김, 아카넷 2005, 435면.

속에서 무수한 선택과 배제를 반복하기 마련이나, 그럼에도 사고의 관습에서 벗어나 실재계와 대면하는 예외적인 순간이 종종 일어나는데 이를 가리켜 제임스는 '순수경험'(pure experience)[95]이라 불렀다.

그에 대한 적절한 예시는 제임스의 다른 역작 『종교적 경험의 다양성』(*The Varieties of Religious Experience*, 1902)에 허다하다. 그가 '종교적 경험' 또는 '회심'이라고 부르는 이채로운 현상들은 다음과 같은 공통점을 지닌다. 첫째, 궁극적이고 성스러운 실재와의 마주침을 전제로 한다. 둘째, 그 경험 이후 완전한 삶의 변화를 이루게 된다. 셋째, 고차원의 심미적 삶을 선사해준다. 그리고 마지막으로 내밀한 갈등이 자아내는 죄의식이나 헌신 같은 윤리적인 덕성도 동반한다. 다시 말해, 이 종교적 회심 속에서 인간은 "강력하고 치유하고 사랑하는 신적인 아버지 같은 생명(Fatherly life)"을 만나고, 그 덕분에 "불안에서 편안으로, 부조화에서 조화로, 심신의 고난과 고통에서 건강과 힘의 넘침으로 변화"되며, 또한 일상적인 자연에서 "거대하고 광대한 불멸의 우주적 환상 (…) 무한을 소유하는 순간"을 맛보기도 한다.[96] 이러한 종류의 경험들은 인과론적인 관념과 논리로 형언하거나 실증할 수 없다는 점에서 신비주의적임에 틀림없지만, 평소 같았으면 깨닫지 못하고 지나쳤을 하나의 단어·사물·현상으로부터 그것이 가져다줄 감각 경험의 최대치를 흡수해버린다는 점에서는 지극히 사실적이다.

루터는 다음과 같이 말했다. "어느 날 한 동료 수사가 사도신경 중 '나는 죄사함을 받았음을 믿는다'라는 구절을 반복해서 외우고 있을 때, 그때 나

---

94) 예컨대 천둥소리를 듣는다는 것은 천둥소리와 그에 선행하는 정적을 동시에 지각하는 것이며, 또한 하나의 대상에 붙여진 이름을 안다는 것은 그것과 이래저래 변별되는 수천개의 다른 이름들을 알고 있는 것이다. 윌리엄 제임스, 앞의 책 437~38면 참조.
95) '순수경험'에 관해서는 본서의 제3장 참조.
96) 윌리엄 제임스 『종교적 경험의 다양성』, 김재영 옮김, 한길사 1999, 183, 166, 478면.

는 완전히 새로운 빛 속에서 성서를 보았으며 곧바로 새로 태어난 느낌을 받았다. 그것은 마치 활짝 열린 천국문을 발견한 것과 같았다." 이러한 보다 깊은 의미의 느낌은 합리적 명제에만 국한되는 것은 아니다. 마음만 올바르게 조정되어 있다면 모든 것, 즉 개별적 단어들, 단어와 단어를 잇는 접속구들, 땅과 바다 위의 불빛의 효과들, 냄새와 음악적 선율이 신비적 경험을 불러내기도 한다. 우리는 대부분 젊은 시절 어떤 시를 읽다가 어느 한 구절에서 감동적인 힘을 느꼈던 순간을 기억할 수 있다. 그것은 삶의 고통, 험악함, 사실의 신비를 관통해버리는 비합리적 관문으로서 우리 마음속으로 슬며시 밀려들어와서는 우리를 경탄케 했던 것이다.[97]

제임스는 같은 지면에서, '의식의 흐름'이나 이 기법을 차용한 소설 텍스트와 관련해 상기해도 좋을 만한 구절을 매우 인상적으로 서술해놓았다. "그러나 언제나 우리의 추적을 피해가지만 손짓하여 초대하는, 우리 자신의 삶과 이어져 있는 삶의 모호한 추억을 불러낼 때만, 서정시와 음악은 살아 있게 되고 의미있게 된다. 우리는 이러한 신비적 예민성을 유지해 왔느냐 그렇지 못했느냐에 따라 예술의 영원한 내적 메시지에 민감하거나 무감각할 수 있다."[98] 『무정』에서 형식이 보여준 신비로운 감각 체험은 제임스가 보여준 종교적 경험의 선례(善例)가 아닐 수 없다. 게다가 하따노 세쯔꼬의 지적대로 이미 일본의 경우 메이지 시대에 『심리학의 원리』가 대학교재로 사용되었고, '의식의 흐름'을 충분히 의식했던 나쯔메 소오세끼(夏目漱石)의 『문학론』이 이광수 자신의 애독서 중 하나였음을 상기한다면 더욱 그러하다.[99]

제임스라면 '종교적 회심'이라고 불렀을 에피파니 체험은 앞서 형식이

---

97) 윌리엄 제임스, 앞의 책 464~65면.
98) 윌리엄 제임스, 앞과 동일함.
99) 하타노 세츠코, 앞의 책 210면과 154면 각각 참조.

나 루터의 경우가 그렇듯이, 잠재적인 의식의 흐름을 단순히 늘어놓는 데 그치는 것이 아니라 어떤 섬광 같은 유토피아적 계시의 순간을 향해 점차로 상승해나가는 극적인 여정의 클라이맥스와 같다. 바로 그 찰나의 순간 우리의 주인공은 자기 삶의 숨겨진 모순을 직시하기도 하고, 때로는 그로 인해 새로운 삶의 가능성을 예감하게 되기도 한다. 이를테면, 근대 초기 대표적인 고백체 소설 중 하나인 「표본실의 청개고리」(1921)의 결말부에서 갑자기 주인공의 의식에 도래하는 직관적 경험은 그것이 X의 음울하고 비관적인 삶을 극적으로 구원해내는 계기라는 점에서 의미심장하다. "'그것이 이 촌(村)에서 천당에 올라가는 정차장이라우……' 하고 웃으며, 동리(洞里)에서 조직한 상계(喪契)의 소유라고 설명하얏다. 이 촌에서 난 사람은, 누구나 조만간 그곳을 거처가야만 한다는 묵계가 잇다는 그의 말에는 무슨 엄숙한 의미가 잇는 것 가티 들리엇다. 나는 밥을 씹으며, 저(箸)를 손에 든 채로 그 내력을 설명하는 젊은 주인의 생기 잇는 얼굴을 물그럼히 치어다보고 안젓섯다. 그 순간에 나는 인생의 전국면을 평면적으로 부감(俯瞰)한 것 갓튼 생각이, 머리에 써오르는 동시에, 무거운 공포가 머리를 누르는 것 가타얏다."[100] 잘 알려진 대로, 이 소설은 "오장(五臟)을 쎄앗"기고 "잰저리를 치며 사지(四肢)에 못 박힌 채 벌쩍벌쩍"하는 생명체를 통해 식민지 지식인의 절망적인 상황을 해부해낸 작품이다. 그런데 바로 이 에피파니 체험을 거치면서 주인공 X는 음울한 삶과 결별하고 현실로 복귀하려 한다. 8년 전 박물실의 저 해부된 개구리와 남포에서 만난 광인 김창억 사이에서 줄곧 깊은 고뇌와 자살충동에 시달리던 X가 매번 지나치던 '상여집'을 각별하게 여기게 된 직후에 일어난 사건, 즉 한순간에 자신이 살아온 인생 전체를 파노라마처럼 조감하는 이례적인 경험은 염상섭 자신이 1920년대 초반에 깊은 영향을 받았던 베르그송의 『물질과 기억』에 이미

---

100) 염상섭 「표본실의 청개고리」, 『염상섭전집』 9, 민음사 1987, 47면.

등장한 바 있다.[101]

　베르그송은 인간의 기억을 외적 대상에 의존하는 구심적 흐름과 잠재
적인 상태로 존재하는 원심적 흐름으로 양분한다. 후자가 바로 '순수기억'
(souvenir pur)이다. 베르그송이 순수기억을 설명하기 위해 두뇌작용을 언
급하며 "뇌는 그 나머지의 물질적 우주 전체와 더불어 끊임없이 갱신되는
우주적 생성의 한 절단면을 구성한다"[102]고 말할 때, 하나의 언어는 무수
한 언어들의 현존을 내장하고 있다고 말했던 윌리엄 제임스를 떠올리지
않을 수 없다. 그들은 사상적 친연성을 지녔을 뿐만 아니라 실제로 상당 기
간 학문적 유대를 형성하기도 했다. '순수기억'과 '순수경험'은 동일한 현
상을 지칭하는 두가지 표현이라 해도 무방하다. 이들이 심리학과 철학 방
면에서 보여준 성과는 동시대에 물리학 분야에서 아인슈타인이 이룬 업적
과 밀접한 연관이 있다.

　베르그송의 생철학이 일본 타이쇼오기 사상계를 석권했던 1920년대 초
반에 아인슈타인의 상대성이론 역시 유학생들에 의해 적극적으로 소개되
고 있었다.[103] 1922년 『동아일보』는 상대성이론을 소개하는 기사를 수차

---

101) 이 점을 지적한 선행연구로는 이보영 「초기작의 문제들」, 『난세의 문학』, 예림기획
　　 2001, 87~88면 참조. 『물질의 기억』의 다음 구절 참조. "우리는 완전히 망각한 유년기의
　　 장면들을 그 모든 세부사항 속에서 다시 살아낸다. 우리는 언제 배웠는지 더이상 기억조
　　 차 못하는 언어를 통해 말하기도 한다. 그러나 이 점에 관하여 익사자들과 교수형을 받
　　 는 사람들에게 나타나는 갑작스러운 질식의 특정한 사례에서 일어나는 것보다 더 교훈
　　 적인 것은 없다. 다시 살아나게 된 주체는 짧은 시간에 그의 앞에 자신의 삶의 역사에서
　　 망각된 모든 사건들이 그 가장 미세한 상황들과 함께 일어났던 순서대로 펼쳐지는 것을
　　 보았다고 한다." 베르그송 「이미지들의 존속에 대하여」, 『물질과 기억』, 박종원 옮김, 아
　　 카넷 2005, 264면.
102) 베르그송 「이미지들의 존속에 대하여」, 앞의 책 255면.
103) 1920년대 '아인슈타인' 관련 주요 기사로는 「'아인스타인'의 상대성원리」(1~7), 『동
　　 아일보』 1922.2.23~3.3; 「아인스타인은 누구인가」(1~3), 『동아일보』 1922.11.18~20;
　　 アインスタイン「物理學に於ける時間及空間について」, 『朝鮮及滿洲』 제182호(1923.1);
　　 경서학인(京西學人), 「아인슈타인의 상대성 원리, 시간 공간 급 만유인력 등 관념의 근

례 연재했고, 베를린 유학생 황진남(黃鎭南)은 자신이 직접 만난 아인슈타인의 인격을 예찬하는 글을 같은 지면에 기고하기도 했다. 이듬해에는 토오꾜오제국대학 이학부 수학과에 재학 중이었던 최윤식(崔允植)이 토오꾜오학우회 주최 하기강연회(1923년 7월 17일)에서 「아인스타인의 상대성원리에 대하야」라는 제목으로 특별강연을 할 만큼 국내의 관심 또한 적지 않았던 듯하다. 관련 기사에서 "현대에 생존하야 아인스타인의 상대성원리를 아지 못하면 현대인이 아니라"[104]거나 그의 학설이 바로 "우리 시대의 특색"[105]이라고 표현한 데서도 짐작할 수 있듯이, 뉴턴의 만유인력이나 다윈의 진화론에서 이제 아인슈타인의 상대성이론으로 현대과학의 패러다임이 바뀌고 있다는 사정에 대해서는 어느정도 일반의 호응이 있었다. 그중 『학지광』에 실린 「절대진리성의 몰락을 논함」(1930)은 상대성이론이 조선 사상계에 미친 영향력을 실감케 해준다. 이 글의 저자는 절대주의적 진리관의 몰락을 도덕·종교·철학·자연과학·수학 등 사회 전반의 광범위한 현상으로 전제하고 더이상 "에-텔"[106] 같은 "절대진리"를 가정하여 시공간의 무한절대성을 주장할 수 없게 되었다고 했다. 그에 따르면, 모든 진리추구의 과정에는 본래 주관과 객관의 구분 없는 "순수경험"의 단계가 있으나 상대적 진리관이 개입하면서 그러한 통일은 곧 와해되어버린다. 여기서 상대적 진리관은 "진리는 선천적 절대적인 것이 안이고 생활방편에 응하야 제작되고 수정되고 개조되는 것"이라는 관점을 뜻하며, 그러한 변화가 일어난 것은 물론 "아인슈타인의 상대성원리" 덕분이다.

본적 개조」, 『동광』 제14호(1927.6) 등이 있다. 베르그송 철학과 아인슈타인 물리학 사이의 근친성에 대해서도 부연하고 싶다. 베르그송과 아인슈타인 간의 논쟁, 특히 상대성이론에 대한 베르그송의 오해에 관해서는 조현수 「베르그손의 아인슈타인 비판: 무엇이 잘못되었나?」(1~2), 『철학사상』 30~31, 서울대 철학사상연구소 2008~2009 참조.

104) 「'아인스타인'의 상대성원리」(2), 『동아일보』 1922.2.24.
105) 황진남 「아인스타인은 누구인가」(1), 『동아일보』 1922.11.18.
106) 임철재 「절대진리성의 몰락을 논함」, 『학지광』 제29호(1930).

이 당시 상대성이론을 소개한 글에서 기본적으로 언급하고 있듯이 '에 테르'라는 매질을 통해 우주적 시공간을 이해하는 방식은 더이상 과학적 이지 못하다. 즉 "이백오십년간을 아모 의심업시 이 가설에 의지하야 광학 현상을 설명"했지만 "아인 씨가 에텔을 부인하야 이 세상에 잇지 못할 물 건"[107]이 되어버렸다고 했다. 상대성이론은 '진화론'을 중심으로 세계와 자아를 이해했던 1920년대 사상계에 중대한 변화를 초래했으며, 적어도 문학텍스트 안에서는 그 변화의 흔적을 찾아볼 수 있었다. 『무정』과 더불 어 '의식의 흐름'이라는 장치를 공유했음에도, 「마음이 여튼 자여」나 「표 본실의 청게고리」가 보여준 차이는 바로 그 진화론적 세계관에 대한 불만 과 무관하지 않아 보인다. 이를테면, K가 아내도 Y도 아닌 자기 자신이 바 로 "마음이 여튼 자", 즉 "지금 이기적 남자들이 발명한, 그, 여자의 인권 을 멸시한 악사조(惡思潮)에 취하였던, 이 나 그대의 남편"[108]이라고 말하 는 대목, 또는 내면이 함부로 벌어진 채 "벌썩벌썩 고민하는" 개구리의 이 미지를 그 자신은 물론 김창억의 광기어린 내면의 등가물인 '삼층집'에 미 묘하게 중첩시키면서 결국 근대성의 모순을 폭로하는 대목은 만일 개인의 내면적인 움직임을 주의 깊게 따라가지 않았다면 결코 얻지 못했을 장면 이다. 따라서 소비자본주의가 심화되는 1930년대 이후 당대를 온전히 재 현하고자 한다면 내향적 소설들이 더욱 중요해진다. 그런 이유로 1937년 무렵 김기림(金起林)은 이상(李箱)의 소설을 고평하면서 우리에게 한권의 미학이나 시학보다 오히려 "한권의 아인슈타인"[109]을 읽는 편이 더 유용하 다고 얘기했는지도 모른다.

---

107) 「'아인스타인'의 상대성원리」(3), 『동아일보』 1922.2.25.
108) 김동인 「마음이 여튼 자여」, 앞의 책 151면.
109) 김기림 「시론」, 『김기림 전집』 2, 심설당 1988, 33면.

4. 마들렌과 아달린

이상이 요절한 지 십여년 뒤에 김기림은 스땅달(Stendhal)로부터 시작해 프루스뜨나 제임스 조이스(James Joyce)에 이르는 서구 "심리주의 문학"의 계보 속에서 이상 소설의 성과를 재론한 바 있다. "그런데 대체 우리 문학이야 언제 이러한 의미의 (…) 내부세계의 분석을 더 어쩔 나위 없는 막다른 골목까지 몰고가본 적이 있었던가. 언제 아찔아찔한 정신의 단애(斷崖)에 올라서본 적이 있었던가. 이른바 영혼의 심연에 마주 서본 적인들 있었던가."[110] 1949년의 시점에서 이른바 심리주의 소설을 대표하는 한국작가로 이상이 거론되고 있는데, 그러한 평가는 김기림의 문학에세이들 사이에서 나름대로 흥미로운 궤적을 보여준다. 심리주의 소설, 특히 '의식의 흐름' 기법에 대한 비교적 이른 시기 김기림의 반응은 「최근의 미국 평론단(評論壇)」(1933)이라는 글에 잘 드러나 있다. 그에 따르면, 프루스뜨의 소설은 비록 역사적 전망을 구현하는 데 실패했다 하더라도 "'프로'적 입장에서 쓴 어느 소설에서보다도 더 훌륭하고 힘있게 자본주의 문명의 몰락해가는 모양"[111]을 재현한 수작이다. 김기림에게 프루스뜨는 아마도 카프문학 이후의 조선문학 또는 모더니즘 소설의 향방을 가늠하는 데 중요한 참조가 되었을 것이다. 한때 최서해의 소설에서 '의식의 흐름'이라는 표현을 사용하고 이 용어를 '부르주아 의식의 변화' 정도로 다룰 수밖에 없었던 김기림의 비평가적 곤경[112]은 「문학비평의 태도」(1934)에서 어느정도 해소된다. 즉 조이스나 프루스뜨 소설에 비견할 만한 한국적 선례로 박태원(朴泰遠)을 거론할 수 있게 된 것이다.[113] 그러나 기억과 의식의 탐구

---

110) 김기림 「이상의 문학의 한모」, 『김기림 전집』 3, 심설당 1988, 181면.
111) 김기림 「최근의 미국 평론단」, 『김기림 전집』 3, 심설당 1988, 108면.
112) 김기림 「「홍염(紅焰)」에 나타난 의식의 흐름」, 『김기림 전집』 3, 심설당 1988, 160면.

가 김기림이 말하는 '구라파 정신'의 요체라면, 이러한 종류의 소설 기법을 가장 철저하게 구현한 작가는 박태원이라기보다는 이상이라고 하는 편이 낫다. 훗날의 회고대로, 김기림에게는 이상이야말로 "무의식의 세계의 남김없는 소탕" 곧 "구라파적인 의미의 철저성을 터득한" 예외적인 작가로 기억될 만하다.[114]

앞서 언급한 「문학비평의 태도」에서 김기림은 '의식의 흐름' 기법을 가리켜 "의식의 면에 남는 모든 사상(事象)을 남김없이 감추어두었다가는 얼마 동안의 시간이 지난 뒤에 슬며시 기억을 통하여 그 의식의 보자기를 펴보고 그 속에 숨겨두었던 사상을 하나씩 하나씩 들추어가는 방법"[115]이라 정의하고 있다. '의식의 흐름'에 대한 김기림의 이해가 당대 비평계의 일반적인 수준이었다면, 그 범례가 되는 소설은 물론 「날개」(1936)다. 개인의 내면을 적나라하게 드러내면서도 그 최종적인 진실은 서사의 결말에 이르러서야 비로소 의식의 표면 위로 떠오르게 하는 전개방식은 당시 김기림이 이해한 '의식의 흐름' 기법의 핵심이었고, 또한 이상이 김기림에게 보낸 서신(1936)에서 약속한 바로 그 '(해괴망측한) 소설'의 구성원리이기도 했다. "아마 이상은 그 '白白しい〔속이 빤히 들여다보이는〕' 문학은 그만 두겠지요."[116] 「날개」에서 '나'를 둘러싼 삶의 진실은 모종의 서사적 책략 아래 어느정도 은폐되어 있다가 종반부에 이르러서야 비교적 확연하게 실체를 드러내는 듯하다. 적어도 외견상은 그렇다. '유곽'과 '매음'을 짐짓 모른 체하고 '돈'과 '자본주의'로부터 저만치 물러선 「날개」의 화자

---

113) "이 방법의 개조는 물론 '프루스트'고 '조이스'에 의하여 대성하고 우리 문단에서는 박태원씨가 시험하였다." 김기림 「문학비평의 태도」, 『김기림 전집』 3, 심설당 1988, 126면.

114) 김기림 「이상의 문학의 한모」, 앞과 동일함.

115) 김기림 「문학비평의 태도」, 『김기림 전집』 3, 심설당 1988, 126면.

116) 이상, 김주현 주해 「사신(私信)(2)」, 『이상 문학 전집』 3, 소명출판 2005, 239면.

는, 프롤로그에 부기된 이상의 말마따나, '위조'의 포즈를 극적으로 체현하고 있는 인물이기 때문이다. 예컨대 밥 짓는 모습을 한번도 본 적이 없으면서 "이 밥은 분명히 안해가 손수 지었음에 틀님없다"[117]고 확신할 정도로 어리숙하면서도 그와 동시에 "될 수만 있으면 이 무의미한 인간의 탈을 버서버리고도 싶"(259면)다고 토로할 만큼 조숙하다는 점에서 '나'는 적어도 겉으로 드러나는 것이 전부는 아닌 인물이다. 그런데 "절대적인 내 방"(256면)에서 자족하던 '나'는 돋보기, 거울, 화장품, 빈대 따위가 자아내는 "그윽한 쾌감"(258면)을 넘어 점차 "세상의 무엇과도 바꾸고 싶지는 않"은 "기쁨"(269면) ── 구체적으로는 아내와 내객들이 주고받는 "은화"와 "지폐"가 가져다줄 모종의 "쾌감"(263면) ── 을 욕망하기 시작한다. 잦은 외출을 통해 「날개」의 화자는 마침내 아내의 매음과 비정상적인 부부관계를 얼마간 깨닫게 되는데, 그러한 삶의 진실이 폭로되는 결정적인 계기는 아내의 화장대 밑에서 문제의 "아달린갑"(274면)이 발견된 순간일 것이다.

　별안간 아뜩하드니 하마트라면 나는 까므라칠번하였다. 나는 그 아달린을 주머니에 넣고 집을 나섰다. 그리고 산을 찾어 올라갔다. 인간세상의 아모것도 보기가 싫였든 것이다. 걸으면서 나는 아모쪼록 안해에 관계되는 일은 일체 생각하지 않도록 노력하였다. 길에서 까므라치기 쉬우니까다. (…) 내가 잠을 깨였을 때는 날이 환-히 밝은 뒤다. 나는 거기서 일주야를 잔 것이다. 풍경이 그냥 노-랗게 보인다. 그속에서도 나는 번개처럼 아스피린과 아달린이 생각났다.
　아스피린, 아달린, 아스피린, 아달린, 맑스, 말사스, 마도로스, 아스피린, 아달린. (274~75면)

---

117) 이상, 김주현 주해 「날개」, 『이상 문학 전집』 2, 소명출판 2005, 260면. 이하 「날개」의 경우에는 인용면수만을 본문에 표기함.

'아달린'은 '나'가 이제까지 막연하게 지각하고 인식했던 과거의 경험에 비교적 선명한 의미를 부여한다. 33번지 열여덟 가구의 밤이 낮보다 분주하고 화려한 이유(254면), '나'에게 변변한 외출복이 마련되지 않는 이유(257면), 아내가 하루 두차례 세수를 하고 낮보다 밤에 더 좋은 옷을 입는 이유(259면), 더 중요하게는 몇번의 서툰 외출 뒤에도 아내가 '나'를 위해 저녁 밥상을 차려주고(269면) 부드러운 말소리로 정답게 대하며 은화 아닌 지폐를 쥐여준 이유를 깨닫는 순간 "이렇게도 편안하고 즐거운 세월"(274면)은 이내 "현기증이 나는"(276면) 현실로 돌변하고 만다. 그러한 현실 인식은 '나'가 미쯔꼬시 백화점 옥상에 올라 마주선 '어항'과 "회탁(灰濁)의 거리"(278면)를 동일시하는 장면에서 강렬한 상징성을 획득하게 된다. 「날개」의 주인공이 자신을 둘러싼 세계의 진실을 직시하고 진정한 자아를 열망하게 되는 것은 무엇보다 '아달린'을 통해서다. 그런데 바로 이 '아달린'이 여러면에서 흥미롭다. 사실 「날개」의 삽화에 등장하는 약품은 아달린도 아스피린도 아닌 '아로날'(Allonal)이다. 이상 스스로 적어놓은 원료약품 성분에 의하면 아로날은 "진통제이자 염증치료제란 차원에서는 아스피린으로 착각할 수도 있고, 수면효과가 있다는 측면에서 아달린으로 혼동할 수 있는 약"[118]이다. 그렇다면 문제의 아달린은 관점에 따라 진통제로도 수면제로도 여겨질 가능성이 농후하며,[119] 이상의 삽화는 결국 아달린이 지닌 양가성을 노골적으로 부각한 상태에서 독자에게 특정한 독해를 요청하고 있는 셈이다. "그렇나 또 생각하야보면 내가 한달을 두고 먹

118) 김미영 「삽화로 본 이상의 「날개」와 「동해」」, 『문학사상』 457(2010.11), 문학사상사, 31면.
119) 조금 다른 맥락에서 이경훈은 과다복용이 초래할 사회적·육체적 탕진이라는 공통점을 들어 아스피린과 아달린의 등가성을 강조한 바 있다. 「아스피린과 아달린」, 『한국근대문학연구』 2, 한국근대문학회 2000, 98면.

어온 것은 아스피린이었는지도 모른다. 안해는 무슨 근심되는 일이 있어서 밤 되면 잠 잘 오지 않아서 정작 안해가 아달린을 사용한 것이나 아닌지, 그렇다면 나는 참 미안하다"(276면) 그녀가 '나'에게 준 약이 진통제(아스피린)인지 수면제(아달린)인지 의문스럽다면, 마찬가지로 아내가 은화를 주는 이유가 남편의 사회적 갱생을 염두에 둔 것인지 아니면 그 사회적 무능력을 조롱하는 것인지도 모호하고, 귀가시간을 어긴 남편에게 자신의 매음이 탄로난 이후 아내가 보여주는 표정과 행동이 위선이라고 단언할 수도 없는 노릇이다. 말하자면 이러한 질문들을 통해「날개」는 그 결말로부터 거슬러 재독되지 않을 수 없다. 물론 아내가 금기시한 자정의 시간과 극명한 대비를 이룬다는 점에서 정오의 사이렌은 그 자체로 억압되고 폐쇄된 자아의 해방과 비상을 의미할 수 있다. 하지만「날개」의 결말은 그런 낙관적 전망과 정반대로 해석될 수도 있으며,[120] 특히 전형적인 성장의 플롯에 기대어「날개」를 독해하는 것은 이 텍스트가 '의식의 흐름' 기법을 단순히 차용하기만 한 것은 아니라는 사실에 둔감해지도록 만들 우려가 있다.「날개」는 동시대의 다른 소설들보다도 인상·기억·직관의 변화무쌍한 흐름에 대해 더욱 관대하다.

이재선에 의하면「날개」의 마지막 장면은 "잃어버린 시간", 즉 "무능력한 현재로부터 그 대립인 희망과 야심으로 조형된 과거를 향한 회귀"를 보여준다.[121] 습관처럼 반복되는 삶이 늘 그렇듯이 자고, 먹고, 들여다보고, 냄새 맡고, 다시 먹고, 자는 무의미한 일상의 패턴 속에서 '나'는 그야말로 진정한 자기 자신을 잃어버린 지 오래다. '잃어버린 시간'이란「날개」의 화자가 '아달린'을 발견하지 않았더라면 '잃어버렸다는' 사실조차도 좀처

---

120) 최재서(崔載瑞)의 논평이 대표적인 경우다. "회탁한 세계를 내려다 보며 현기를 일으키는 그에게 다시금 날개를 도처서 날아볼 날이 잇을까?"(최재서「『천변풍경』과「날개」에 관하야」,『문학과 지성』, 인문사 1938, 111면.
121) 이재선「이상 문학의 시간의식」,『한국문학의 원근법』, 민음사 1996, 327면.

럼 의식하지 못했을 삶의 진실을 가리킨다. "나는 번개처럼 아스피린과 아
달린이 생각났다. 아스피린, 아달린, 아스피린, 아달린, 맑스, 말사스, 마도
로스, 아스피린, 아달린." 이 구절은 「날개」와 『율리시즈』의 상호텍스트성
을 환기한다는 점에서 시사하는 바가 적지 않지만,[122] 1930년대 당시 조이
스와 나란히 수용되었던 프루스뜨의 소설과 관련해서도 유용하다. 『잃어
버린 시간을 찾아서』의 '마들렌'처럼 '아달린'은 '나'가 이제까지 경험한
시간과 기억을 재구성하도록 유도한다. 그런데 바로 이 지점에서 이상의
'아달린'은 프루스뜨의 '마들렌'과 미묘한 대비를 이룬다. '마들렌'이 잃
어버린 유년의 기억과 함께 자아와 우주 사이의 충만한 일체감을 조성하
는 데 비해,[123] 다시 말해 단절되고 파편화된 기억에 조화로운 자아의 감각

---

122) 이경훈 「「지도의 암실」, 전등의 봉투」, 『이상, 철천의 수사학』, 소명출판 2000, 71면.
토오꾜오와 빠리를 동경/환멸의 시선으로 바라본 피식민지 모더니스트라는 유사성 속
에서 이상과 조이스를 검토한, 김석 「보편, 혹은 아직 일어나지 않은 사건: 이상, 조이스
그리고 지금 여기」, 『한국학연구』 27, 인하대 한국학연구소 2012 참조.

123) 한스 마이어호프(Hans Meyerhoff)는 『잃어버린 시간을 찾아서』에서 주인공이 '마들
렌'을 통해 어린 시절의 기억을 복원해내는 극적인 순간에 대해 논평하면서, "그 방금 끝
낸 이야기는 그가 여태까지 살아왔던 인생이며 그 인생을 이야기함으로써 그는 연속성
과 통일성과 동일성을 나타내는 예술작품을 생산했을 뿐만 아니라 이와 같은 특질을 드
러내는 자기 자신의 자아도 재생"할 수 있게 되었다고 지적했다. 괴테의 표현을 빌려 말
하면 "그는 그의 인생의 종말과 시초 사이의 연속을 볼 수 있는 가장 행복한 인간"이다.
『문학과 시간현상학』, 김준오 옮김, 심상사 1979, 87면. 이 책에서 프루스뜨의 서사와 대
조되는 사례는 오이디푸스다. 그는 '잃어버린' 과거의 기억을 선명하게 되찾는 순간 예
기치 못한 파국을 맞는다. 그는 자신의 과거를 지속적인 흐름 속에서 결코 이해하지 못
했던 것이다. "한편으로는 스핑크스가 패배하고 테에베가 해방되고 왕관과 왕비를 획득
한 이래 그가 살아오고 기억하고 있던 그의 과거가 있다. 또 한편으로는 그의 유년 시절
로부터 청년시대에 이르는 과거가 있다. 이 과거는 망각되고 억압되거나 크게 왜곡되어
전해지는데 뒤에 가서 폭로되는 과거다. 그러므로 외디푸스에게는 자기동일성이 전연
없다고 말할 수 있다. 그는 '사실상' 즉 그 자신의 경험의 면에서 보면 상이한 두 인물이
다. 그러나 자연과 역사의 객관적 '사실'에 의해서 보면 그는 하나의 동일인물이다. 외디
푸스는 자기 자신이 누구인지를 몰랐다고 할 수 있는데 이것은 그가 시간적 연속으로서

을 선사해주는 데 비해,[124] '아달린'은 「날개」의 화자로 하여금 상승과 하
강, 진실과 의혹, 천재와 박제 사이에서 끊임없이 유동하도록 만들어버린
다. 소설의 시간에 대한 원론적인 분석에 따르면 「날개」에는 적어도 두개
의 시간의식이 존재한다. 하나는 베르그송적 지속 개념에 기초한 수직적
시간이고, 다른 하나는 탄생과 죽음을 무한히 반복하는 순환적 시간이다.
전자가 역사적 진보주의에 맞서 개인의 내면을 중시하는 실존적 시간이라
면, 후자는 그러한 인간적 경험의 한계를 초월한 우주적 시간이다. 그런데
「날개」에서는 "실존적 시간의 과거지향성이 소멸되고, 우주적 시간의 순
간만 제시되지만, 이 순간은 우주적 비전의 세계를 제시하지 않는다. 말하
자면 실존적 시간의 개체성과 우주적 시간의 집단성 사이에 유동하는 시
간"[125]을 형성한다. 두개의 시간 구조가 교차한다는 것은 주인공의 자의식
이 의도적이든 그렇지 않든 간에 결국 조화로운 통일성에 도달하지 못한
다는 사실을 일러준다. 이를테면 상승과 하강, 비상과 추락, 매혹과 공포,
오해와 진실은 복잡한 방식으로 서로 얽혀 있다.[126] 미쯔꼬시 백화점 위에
서 '나'가 "날개야 다시 돋아라. 날자. 날자. 날자. 한번만 더 날자ㅅ구나"
(279면)라고 외치지만 그것이 사회적 갱생을 의미하는 것인지 그 자체로 죽

자기 인생을 경험하지 못했다는 점에서 정당한 말이 된다."(88면)

124) 물론 『잃어버린 시간을 찾아서』를 유기적 통일성을 구현한 텍스트로만 독해하는 것
이 최선은 아니다. 오히려 이 텍스트에서 기억의 이미지와 언표가 끊임없이 산포되는
"파편화"의 양상에 주목했던 들뢰즈의 해석은 가장 강력한 권위를 지닌다. 그는 각각의
단편에 통일성을 부여하는 1인칭 화자의 존재를 부정하는 대신 무수한 기호들의 연쇄
에 다양하게 반응하는 "익명의 중얼거림"을 긍정한다. 질 들뢰즈 『프루스트와 기호들』,
서동욱 옮김, 민음사 2004.
125) 이승훈 「이상소설의 시간 분석(2)」, 『문학과 시간』, 이우출판사 1983, 365면.
126) 이승훈은 「날개」의 플롯을 황홀과 공포가 반복적으로 교차하는 서사구조로 압축한
다. 그에 따르면, 결말에서 '정오 사이렌은 황홀하다'는 곧 '걸음을 멈추는 것은 두렵다'
로 연결되고 이러한 공포감은 다시 소설 도입부의 '박제가 되어버린 천재는 두렵다'로
이어지면서 하나의 순환구조를 형성한다. 앞의 글 354~60면 참조.

음을 상징하는지는 분명하지 않다. 바로 그 순간 "머릿속에서는 희망과 야심의 말소된 페-지가 떡슈내리 넘어가듯 번뜩"(279면)이는 장면은, 앞서 언급한 베르그송의 『물질과 기억』이나 염상섭의 「표본실의 청게고리」의 선례를 고려한다면, 죽음 상황에 직면할 때 불현듯 의식에 도래하는 직관적인 경험을 뜻한다. 그럼에도 인생 전체를 파노라마처럼 조감하는 순간의 묘사가 고층빌딩 위에 선 '나'의 자살을 의미하는 것인지 아니면 그 자살 충동에서 새롭게 도약하려는 '나'를 형상화하는지는 여전히 불투명하다. 차라리 '아달린'을 통해 삶의 진실을 깨닫게 되었다는 「날개」의 '성장의 서사' 자체가 말뜻 그대로 허구에 불과하다고 보는 편이 더 진실에 가깝다.[127] 이렇듯 이상 소설의 주인공은 조화로운 미의식보다는 '위조' 또는 '분열'의 시학 속에서 그 진가를 드러낸다.[128] 그것은 아마도 「날개」라는 텍스트가 '의식의 흐름'을 차용한 선행 텍스트의 유산 — 에피파니를 통한 주체성의 형상화 내지는 정당화 — 을 비틀어버림으로써 가능해진 변화였을 것이며, 그런 점에서 이 소설은 원본에 유의미한 교정을 가하고 있는 셈이다.[129]

---

127) 최근에 이경훈은 「날개」의 결말에 관해 매우 흥미로운 해석을 개진한 바 있다. 그에 따르면, 「날개」의 화자가 "날개야 다시 돋아라"라고 외치는 장소는 백화점 '옥상'이 아니라 '거리'다. 「날개」의 마지막 장면에서 "화자의 서술을 통해 텍스트 상에 위력적으로 현현(顯現)하는" 초월과 비약 또는 자살과 추락의 이미지는 그러니까 독자의 "맹목"이거나 아니면 "오독"의 재생산을 염두에 둔 작가의 치밀한 포석일 공산이 크다. 이경훈 「박제의 조감도: 이상의 「날개」에 대한 일 고찰」, 『실험과 도전, 식민지의 심연』, 권영민 외, 민음사 2010, 25~31면.

128) "이상은 주체의 통합이 아니라 오히려 분열을 향해 나아가며 그러한 분열의 상태를 유유하게 향유하고 있는 모습"을 보여준다. 서영채 「매저키즘과 연애, 탕아로서의 예술가: 이상」, 『사랑의 문법』, 민음사 2004, 254면.

129) 따라서 「날개」의 프롤로그는 재해석될 여지가 있다. "굳 빠이. 그대는 있다금 그대가 제일 싫어하는 음식을 탐식하는 아일로니를 실천해보는 것도 좋을 것 같소. 윗트와 파라독스…… 그대 자신을 위조하는 것도 할 만한 일이오. 그대의 작품은 한번도 본 일이 없는 기성품에 의하여 차라리 경편하고 고매하리다"(253면)라는 부분은 「날개」라는 식

5. 「심문」에 이르는 길

'의식의 흐름' 기법이 상용화된 시기를 1930년대로 보는 문학사적 관행이나 일반의 통념은 교정될 여지가 있다. 유럽의 심리주의 리얼리즘에서 연유하는 이 독특한 무의식의 탐구는 물론 프로이트의 정신분석학에서 연유한 것이겠지만, 다른 한편 근대 초기부터 지속된 베르그송의 영향력 또는 적어도 '아인슈타인'의 수용사를 참조해 당대 소설텍스트를 재독해본다면 '의식의 흐름' 기법의 한국적 전용은 이미 1920년대부터 시작되었던 셈이다. 좀더 과감하게 발언하자면, 『무정』은 널리 알려진 것처럼 '진화론(절대적인 시간관)'의 맥락에서 획기적인 의미를 지닐 뿐만 아니라, 다시 진화론적 과학주의를 반박하고 사상계를 풍미한 '상대성이론(상대적인 시간관)'의 영향권 내에서도 선구적인 의의를 갖는다.[130] 하지만 기차 안에서의 환상체험을 위해 그처럼 주인공으로 하여금 물리적인 시간대를 벗어나도록 허락했던 이광수는 삼랑진 이후 다시 문명·미래·진화 중심의 균질적인 시간대로 그를 복귀시켜놓았다. 다른 한편, 이광수 이후 진화(evolution) 또는 진보(progress) 개념에 뿌리를 둔 근대적 변화가 식민지적 예속과 착종된 형태로 그 저변을 확장해가자 이번에는 식민지적 근

민지 모조품과 유럽적 원본 사이의 미묘한 관계를 떠올리게 한다. 소설에서 싫어하는 음식을 탐식하는 행위는 알다시피 '아달린'의 과다복용으로 연출되며, 기성품보다 한결 '경편하고 고매'한 작품이란 「날개」가 된다. 그러니 '한번도 본 일이 없는 기성품'이란 이상이 특화시킨 문제의 '아달린'이면서 ─ 앞서 언급한 김미영의 연구에 의하면 당시 조선에서 '아달린'은 실제로 통용되지는 않은 약품이었다고 한다 ─ 동시에 김기림이 매료된 프루스뜨나 조이스의 소설인지도 모른다.

130) 앞서 제시한 아인슈타인 관련 기사 중 「아인스타인의 상대성 원리, 시간 공간 급 만유인력 등 관념의 근본적 개조」(『동광』 제14호)의 저자는 '경서학인'으로 이광수의 필명 중 하나와 일치한다.

대성의 어두운 이면을 재탐색하려는 문학적 시도가 나타났고, 그 같은 자기반성적 서사에도 '의식의 흐름' 기법이 부분적이나마 의미심장하게 활용되었다는 점은 염상섭이나 김동인의 소설에서 새삼 주목된다. 즉 근대적인 시간규율로 표준화되지 않는 심리적 시간, 의식 심층에 현존하는 다채로운 기억의 잔상, 달리 말해 계몽주의적 노선에서 배제되거나 이탈한 존재에 대한 문학적 탐색은 「마음이 여튼 자여」와 「표본실의 청게고리」에서 진지하게 다루어졌다. 근대적 삶을 맹목적으로 추종하던 K는 자유연애가 실패로 돌아간 후 예기치 않게 유년 시절의 '잃어버린 기억'을 되찾음으로써, 그리고 X는 고통스런 불면의 밤을 거듭 보내다 8년 전에 본 '해부된 개구리' 이미지를 기억해냄으로써 비로소 진실한 자아를 찾아 떠나는 여정에 한걸음 들어서게 된다. 1930년대 당시 '의식의 흐름' 기법을 차용한 소설을 이른바 '신심리주의' 문학으로 통칭했다는 사실을 염두에 두면, 1920년대 김동인이나 염상섭의 소설에 대한 문학사적 이해는 아무래도 '자연주의'와 '낭만주의' 중 양자택일의 문제는 아닐 것이다.

그런데 '의식의 흐름'의 문학적 재현을 가능케 한 담론들의 한국적 수용은 무시할 수 없는 시차(時差)를 보여준다. 베르그송은 비교적 이른 시기인 1910년대부터 청년지식인들의 사상적·문화적 감수성에 심중한 영향력을 행사했고, 윌리엄 제임스와 아인슈타인은 『개벽』과 일본유학생들에 의해 1920년대 전반부터 널리 소개되었지만,[131] 정작 '의식의 흐름' 기법의 대가인 조이스나 프루스뜨가 본격적으로 논의된 것은 1930년대 이후였다. 다시 말해 '의식의 흐름'을 지지하는 철학·과학·문학담론은 시기를 달

---

131) 『개벽』 초기 김기전을 중심으로 이루어진 '윌리엄 제임스' 사상의 소개 과정에 대해서는 허수 「모방과 차이로서의 '번역': 『개벽』 주도층의 근대사상 소개」, 『식민지 조선, 오래된 미래』, 푸른역사 2011 참조. 아인슈타인 전기의 수용 양상에 관한 상세한 고증은 김성연 「1920년대 초 식민지 조선의 아인슈타인 전기와 상대성이론 수용 양상」, 『역사문제연구』 27, 역사문제연구소 편저, 역사비평사 2012 참조.

리해 조선 문화계에 수용된 측면이 있고, 그중 가장 연착된 것은 문학이었다. 일본의 경우 1929년 도이 코오찌(土居光知)에 의해 처음으로 조이스가 소개되었고, 그 이듬해부터 이또오 세이(伊藤整)가 조이스와 프루스뜨 관련 평론들을 정력적으로 발표하는 가운데 1931년『율리시즈』상권을 번역했다. 박태원은 1934년에 발표된 글에서 영화기법에 관해 설명하던 중 "특히 '오후 뻬렙(오버랩)'의 수법에 흥미를 느낀다. 그리고 나는 실제로 나의 작품에 있어, 그것을 시험하여 보았다. 그러나 물론 그것은 나만이 생각할 수 있었던 것은 아니었을 게다. 최근에,『율리시즈』를 읽고 제임스 조이스도 그 같은 시험을 한 것을 알았다"[132]라고 했다. 1930년대 들어 프루스뜨나 조이스가 이른바 '신심리주의' 문학으로 소개되었으나 번역의 문제는 차치하더라도 그 특유의 난해성으로 인해 충분한 독자를 확보하기 어려웠다.[133] 그럼에도 박태원이나 이상에 의해 이들의 모더니즘 소설, 특히 '의식의 흐름' 기법이 실험되었고, 임화 같은 비평가들을 통해 조선문학의 현안으로 논의되었다.

「날개」의 프롤로그에서도 이상은 "십구세기"와의 갈등을 피력했지만, 임화의 문맥에서 특히 소설사와 관련해 말하자면 이른바 경향소설과 구분되는 이광수·염상섭·김동인·이태준(李泰俊)의 소설이 '19세기적인 것'에 해당한다.[134] 임화가 보기에는 서구에서 발자끄(Balzac)·졸라(Émile

---

132) 박태원「표현, 묘사, 기교: 창작여록」,『구보가 아즉 박태원일 때』, 류보선 엮음, 깊은 샘 2004, 274면. 그는 같은 글에서 '오버랩'의 문학적 선례를 『율리시즈』에서 인용하였으면 좋겠으나, 그것은 그다지 적당한 예라고 생각되지 않고, 또 그 효과에 있어, 나로서는 그다지 자신을 가질 수 없"다면서 자신의 소설「구보씨의 일일」에서 그 예를 찾았다.

133) 비교적 남다른 관심을 기울였던 윤고종(尹鼓鍾)만 하더라도 "현재를 중심으로 한 과거와 미래의 부단한 유전"을 핵심으로 삼는 프루스뜨의 실험적인 소설이 "건전한 시간 개념을 갖인 많은 두뇌"에 자극이 될 수는 있어도 그 요령부득의 "부가이해성(不可理解性)"으로 인해 자멸하게 되리라고 논평했다. 윤고종「'부르-스트'의 시공개념」,『윤고종 문집』, 아이스토리 2008.

134) 19세기적인 작가에는 심지어 이기영이나 한설야도 포함 가능하다. "태준과 민촌은

Zola)·똘스또이(L. Tolstoy)·디킨즈(C. Dickens)의 문학과 프루스뜨·조이스·버지니아 울프(Virginia Woolf)·로런스(D. H. Lawrence)의 문학이 서로 대조되듯이 조선문학에서도 '19세기적인 것'과 '20세기적인 것'의 착종이 문제였다. 잘 알다시피 본격소설의 전통이 쇠미(衰微)해짐에 따라 1938년 현재 조선문예는 세태와 심리 또는 "19세기 사실소설(寫實小說)"과 "20세기 서구정신" 사이의 "현대적 협잡물"로 변질되었다는 것이 임화의 문학사적 진단이다. 불충분한 대로 조선의 본격소설 또는 고전적인 교양소설의 계보 속에 이광수·염상섭·김동인·이태준을 배치할 수 있다면 쟁점이 되는 것은 특히 심리소설, 다시 말해 '20세기적인 것'에 속하는 작가들일 것이다. "조선문학은 서구가 19세기에 통과한 정신적 지대(地帶)를 겨우 1920년대에 들어섰으니까……. 그런데 여기 간과치 못할 문제의 하나는 조선적 본격소설과 경향소설의 과도점(過渡點)이 과연 서구의 20세기 소설에서 보는 그러한 위기로서 표현되었는가 하는 것이다. 논리의 순서로 보면 당연히 한 사람의 프루스트, 한 사람의 조이스가 있어야 할 것이나 어쩐 일인지 이렇다 할 사람은 없었다. 우리는 겨우 최근에 와서 이상이라든가 태원이라든가를 가졌다."[135] 최재서와의 논쟁 직후만 하더라도 임화에게 이상이라는 작가는 "터무니없는 주관, 엉뚱한 관념주의"[136]의 부류에 속했다. 하지만 1936년 문단을 회고하는 글에서는 이상을 가리켜 "극도의 주관주의자였음에 불구하고 물구나무선 형태의 리얼리스트"[137]라고 평가하고 있어 이채롭다. 그 평언은 한때 김기림이 프루스뜨의

(혹은 설야와 춘원이라도 좋다) 일목에 요연한 차이를 가진 작가다. 그럼에 불구하고 『고향』이나 『제2의 운명』, 또는 『황혼』과 『흙』과 같은 작품이 가지고 있는 공통성을 어찌 볼 것인가?" 임화 「본격문학론」, 『문학의 논리』(임화문학예술전집 3), 임화문학예술전집 편찬위원회, 소명출판 2009, 293면.

135) 임화, 앞의 글 292면.
136) 임화 「사실주의의 재인식」, 앞의 책 67면.
137) 임화 「방황하는 문학정신」, 앞의 책 199면.

소설을 놓고 "'프로'적 입장에서 쓴 어느 소설에서보다도 더 훌륭하고 힘 있게 자본주의 문명의 몰락해가는 모양"[138]을 재현한 걸작이라고 고평한 대목과 유사하다. 그런 의미에서 이상이 보여준 득의의 성과는 그와 프루 스뜨가 공유한 기법으로서의 근대성, '의식의 흐름'에서 비롯한다고 해도 무방하다. 하지만 이상은 '의식의 흐름'을 통해 근대적 주체의 형성을 신 성화하지는 않았다는 점에서 이 기법의 조선 선구자들과 변별된다. 이를 테면, 「날개」의 마지막 장면에서 '나'가 경험하는 일종의 에피파니 체험은 오로지 과다복용한 수면제 때문이므로 「마음이 여튼 자여」나 『무정』에 삽 입된 기차 안에서의 심미적 감응과는 거리가 멀고, 오히려 「표본실의 청개 고리」의 화자가 고통스럽게 떠올리는 기억 속에서 해부용 개구리에게 주 입되었을 '마취제'의 작용에 좀더 근접하다.[139]

그런 맥락에서 평양 모더니즘을 대표하는 최명익(崔明翊)의 「심문(心 紋)」(1939)의 경우, 그 세련된 표제어와 높은 미학적 성취에도 불구하고 '의식의 흐름' 계열 소설의 퇴행이라는 인상이 짙다. "시속 오십몇킬로라 는 특급 차창"의 돌진하는 스릴 속에서 지나간 "인연의 기억"을 더듬는 화 자나, "시계 속을 들여다보거나 귀에 붙이고 소리를 듣거나 하는 버릇"을 지닌 여옥, 그리고 더 중요하게는 "다년간 혹사한 신경과 불규칙한 생활로 언제나 아픈 안면 신경통과 자주 발작하는 위경련"을 다스리기 위해 "가 장 수월하고 즉효적인 약으로 시작한 마약"에 중독된 나머지 아편 연기를 통해서나 "지난 꿈"의 황홀에 젖는 현혁 모두 과거에 집착하지만 그 경험

---

138) 김기림 「「홍염」에 나타난 의식의 흐름」, 앞과 동일함.
139) "'알코-ㄹ'과 '니코진'의 독취(毒臭)를 내뿜지 안는 곳이 업슬만치 피로하얏섯다. (…) 그러면서도 무섭게 양분한 신경만은 잠자리에서도 눈을 뜨고 잇섯다."(염상섭 「표 본실의 청개고리」, 앞의 책 11면) '해부'와 '박제'. 이 인용부분과 정확하게 대구를 이루 는 「날개」의 첫 문장을 비교해도 좋을 법하다. "'박제가 되어버린 천재'를 아시오? (…) 육신이 흐느적흐느적 하도록 피로했을 때만 정신이 은화처럼 맑소 니코틴이 내 회(蛔) ㅅ배 알는 배ㅅ속으로 숨이면 머릿속에 의례히 백지가 준비되는 법이오."(252면)

으로부터 어떤 청신한 감각·기억·직관을 끄집어내 새로운 삶의 원천으로 재조직할 도리는 없는 무기력한 의식의 소유자다.[140] 말하자면 1930년대 이상 소설에서 위티즘(wittism)이 휘발되었을 때, 또는 1910년대부터 거듭 된 '의식의 흐름' 서사의 형해(形骸)만이 남았을 때 비로소 개인의 마음에 새겨진 흔적을 그려낸 소설이 바로 「심문」이다. "저의 지금 병(중독)을 고 친댔자 다시 맑아진 새 정신으로 보게 될 세상은 생소하고 광막하기만 하 여 저는 더욱 외로울 것만 같습니다. 갱생을 꿈꾸던 것도 한때의 흥분인 듯 하올시다. 지금 무엇을 숨기오리까."[141]

---

140) 최명익 「심문」, 『최명익 단편선: 비오는 길』, 문학과지성사 2004, 164, 173, 202면.
141) 최명익 「심문」, 앞의 책 220면.

제9장

신경향파 비평의 낭만주의적 기원

1. 생활의 발견

'생활'은 이제 일상적인 단어가 되어버렸지만 신경향파 비평이 조선 문단에 등장한 1920년대에만 하더라도 매우 특별한 의미를 지니고 있었다. 김기진은 「문예사상과 사회사상」(1927)에서 프롤레따리아 문예에 대한 조선 문단의 무지와 몰이해를 비판하는 중 기성문인들을 "생활의 개념도 모르는" 작가들이라고 일축해버렸다. 그에 따르면, 신경향파 문학의 근간인 '생활'이란 적잖이 심오한 의미를 함축한 개념어지만, 프롤레따리아 문예에 적대적인 작가들은 그 어휘의 진가를 제대로 간파하지 못하고 있었다. '생활'이라는 단어는 김기진뿐만 아니라 그와 함께 신경향파 비평을 주도했던 박영희에게도 각별한 것이었다. 예컨대 박영희는 "문예가 우리의 생활을 창조한다는 것보다도 우리의 생활이 우리의 문예를 창조한다"고 수차례 강조했는데,[142] 문예와 생활의 긴박한 연관성은 그들 신경향파 비평

---

142) 박영희 「자연주의에서 신이상주의에 기우러지려는 조선문단의 최근 경향」, 『개

의 주요 테제 중 하나였다. 김기진은 기성의 예술을 "미라는 초현실적 존재를 우상으로 한 영구불변의 초계급적 물건"이라 혹평하면서 조선의 작가들이 예술의 본령인 "생활"로 귀환할 것을 주장했으며,[143] 박영희는 "예술을 위한 예술"을 향락적인 퇴폐주의라고 비판하는 대신에 "생활을 위한 예술"을 고평하고[144] "위대한 생활의 발견이 위대한 예술"(Ⅲ: 67면)을 산출케 한다고 강조했다.

하지만 '생활'의 강조는 굳이 신경향파 비평에 국한할 것 없이 1920년대 중반 조선의 문화담론에서 두드러진 현상이었다. 이상화(李相和)는 "영원한 현실감"을 보유한 시란 "진중한 생활적 표현"이어야 한다고 주장했고,[145] 염상섭은 조선문학의 가장 핵심적인 요소로 "생활"을 거론했으며,[146] 이광수는 문학이란 모름지기 "인류의 생활의 상상적 표현"이라 정의했다.[147] 1920년대 중반을 전후로 하여 널리 유포된 이른바 '생활문학론'을 신경향파 비평의 범주에 귀속시키려는 논의가 적지 않았지만,[148] 그

벽』1924.2; 「조선을 지내 가는 에너스」, 『개벽』 1924.12; 「고민문학의 필연성」, 『개벽』 1925.7; 「신경향파의 문학과 그 문단적 지위」, 『개벽』 1925.12 외.

143) 김기진 「관념론적 예술관의 파탄」, 『김팔봉문학전집』 I, 문학과지성사 1988, 60면.

144) 박영희 「신흥예술의 이론적 근거를 논하야 염상섭 군의 무지를 박(駁)함」, 『박영희전집』 Ⅲ, 영남대출판부 1997, 149면. 앞으로 김기진과 박영희의 전집을 인용할 경우 본문에서 해당 권수와 면수만을 밝히되 각각 로마숫자, 아라비아숫자로 구분하여 표기한다.

145) 이상화 「시의 생활화: 관념표백에서 의식실현으로」, 『시대일보』 1925.6.30; 『이상화전집』, 이기철 엮음, 문장사 1982, 256면.

146) 염상섭 「문예와 생활」, 『조선문단』 1927.2; 『염상섭전집』 12, 민음사 1987, 108면.

147) 이광수 「문학강화」, 『조선문단』 1924; 『이광수전집』 16, 삼중당 1963.

148) "'생활문학론'이야말로 표면적으로 볼 때 신경향파 문학론을 다른 무엇과 구별케 하는 가장 뚜렷한 징표"라는 유문선의 주장이 대표적이다(「신경향파 시론」, 『한국 현대시론사 연구』, 문학과지성사 1998, 112면). 이에 대해 박상준은 '생활문학론'이 문학이념과 유파에 상관없이 광범위하게 제기되었다는 점에서 신경향파 비평과 동일시하는 것은 온당하지 못하다고 지적했다. 박상준 「신경향파 문학 연구」, 『한국 근대문학의 형성과 신경향파』, 소명출판 2000, 268면.

러한 단절 속에서는 1910년대 후반부터 이어진 신문화운동의 유산을 충분히 고려하기 어렵다. 다시 말해, '생활'이라는 어휘가 당대에 보유했던 문제성을 해명하기 위해서는 그 담론적 기원에 좀더 천착할 필요가 있다. 1920년대 초반 신진문학가들이 애용했던 '생활'이라는 개념어는 완전히 새로운 용어라기보다는 익숙한 것의 파격적인 변주였을 가능성을 간과할 수 없다. 기존의 연구자들이 "그러나 하고 많은 개념 중에 왜 하필이면 '생활'인가라는 질문"[149]에 답할 수 없었다면, 이는 앞선 연구가 신경향파 비평의 독자성을 강조한 나머지 그것이 전대의 문학담론과 불가피하게 맺고 있는 연관성에 상대적으로 소홀했기 때문인지도 모른다. 그런데 1930년대 중반 이후 카프계 작가들이 소설을 통해 개인의 일상사에서 주체의 재건 가능성을 모색하고, 이를 가리켜 임화가 '생활의 발견'이라 명명한 바 있어 흥미롭다.[150] '생활'이라는 어휘에 내장된 특정한 개념적·이념적 함의는 신경향파 비평담론부터 카프 해체 이후 이른바 '주체의 재건' 논의에 이르기까지 폭넓게 문제시되었던 것이다. 십여년의 격차를 두고 재연된 '생활'의 (재)발견 문제는 한국 근대문학사의 주요 쟁점일 뿐만 아니라, 근대적 자아의 창출과 성장에 지속적으로 관여했던 문화담론의 역사적 전개를 이해하는 데 유의미한 과제다.

　이 장에서는 김기진과 박영희를 중심으로 타이쇼오기의 생명주의 담론

---

149) 유문선「신경향파 문학비평 연구」, 서울대 박사학위논문 1995, 146면. 유문선은 '개조론'과 '민중예술론'이 사회주의 사상으로 분화하여 완전한 지양에 도달하는 시점을 1922년으로 파악하고 있으며, 이러한 역사적 이해는 본고의 논의와 관련해 시사하는 바가 적지 않다. 신경향파 비평에 끼친 민중예술론의 영향력을 재확인하는 일은 본고의 주된 관심사 가운데 하나다.

150) 임화「생활의 발견」,『문학의 논리』, 학예사 1940. 1930년대 중반 이후 '현실' 개념의 변모와 '생활의 발견'에 대한 집중적인 논의로는 다음의 논문을 참조. 손정수「1930년대 한국 문예비평에 나타난 리얼리즘 개념의 변모양상」,『개념사로서의 한국근대비평사』, 역락 2002, 106~108면.

이 유물론의 맥락에서 재전유되는 과정을 논의할 것이다. 이러한 역사적 변환을 집중적으로 검토함으로써 동인지 문학예술 담론이 신경향파 비평 담론으로 흡수되는 사정을 이해하고 문학에서 계급적 자아의 형성을 가능케 했던 담론적 조건을 해명하고자 한다.

2. 생활, 인생, 생명

1923년 7월 『개벽』에 발표된 「프로므나드 상티망탈」(Promeneade Sentimental)은 오랜만에 서울로 돌아온 한 토오꾜오유학생의 벅찬 감격에 대한 서술로부터 시작된다. 타지에서 "고향의 산천" "서울의 봄"을 몹시도 그리워했던 김기진은 막상 조선에 도착해서는 모든 것이 달라져버렸다는 사실 앞에 망연해지고 말았다. 서울은 더이상 그를 보듬어주는 장소가 아니라, 궁핍한 하층민과 병약한 예술가가 기승을 부리는 "도깨비의 세상"으로 변모해버렸다. 경제적 불평등 속에서 이미 '문학' 본래의 가치는 훼손되었으며 구체적 현실을 방기한 채로 성립된 예술은 관념의 "껍데기"로 전락한 지 오래다. 도깨비·유령·무덤·낡아빠진 탑·해골 등 쇠락한 생명의 이미지는 곧 조선사회와 예술의 붕괴를 의미한다. 경제적 조건이 황폐화된 상황에서 예술을 위한 예술을 신봉하는 문학가들이란 부르주아와 프롤레따리아의 현실적인 대립을 외면하고 자족적인 '미'의 세계로 도피해버린 "기성문화의 중독(中毒)한 병안(病眼)을 쳐들어가며 자기네 계급의 이익을 도모하는 중산 계급자"(I: 410면)에 불과하다. 김기진은 동인지세대의 심미적 애호가들이 자부해 마지않았던 예술지상주의를 무장해제시킨 뒤 물질적인 토대 위에서 새로운 문예의 시작을 도모하고 있다. 그 새로운 문예란 하층민의 궁핍한 삶을 여실히 재현하는 문학, 소수의 엘리뜨가 아닌 다수의 대중을 위한 예술을 의미한다. "최대 다수에게 무엇이 필요하냐? 예술이냐? 문학이냐? 아니다. 그것은 필요하지 아니하다. 예술이나 문학의 뿌리를 근저로부터 개혁하는 것이 그네들에게는 필요한 것이다. 생활 조직의 맨 아래층부터 근본부터 개혁하는 것이 급한 일이다. (…) 문학이라는 것이 생활의식에서 나오는 것이면 생활의 의식이 결정되는 사회조직의 개혁에 의하지 않으면 될 수가 없다."(I: 412~13면) 그는 예술의 존립 근거를 미적 영역 내부에서 자족적으로 구하는 기성의 관점을 뒤집어 그 사회의 "생활상태"에 기반한 문학예술의 생산을 강조했다. 생활과 문학의 밀접한 관련성에 대한 김기진의 각별한 강조는 이 시기에 발표된 여러 에세이에서 두루 나타나는 특징이다. 예컨대 「금일의 문학, 명일의 문학」(1924)에서 그는 '생활의식'과 '미의식'의 연관성을 강조한 후 예술의 원초적인 미의식을 "생의 비참"이라 정의하고 동시에 그것을 예술의 존립근거로 이해했다. 따라서 인류 보편의 예술은 본래 생활의식 혹은 생활상태에 밀착해 있기 마련인데, 데까당스의 경우에는 오히려 생활과 유리되어 "지상 절대의 미"를 추구하려 한다는 점에서 결국 "생활"로부터 탈선한 예술이라고 혹평했다. 이렇듯 물질적 삶으로부터 분리된 이른바 '예술'을 위한 예술을 다시 '생활'과 접합하는 김기진의 시도는 1920년대 초반 문학계의 상황을 염두에 둔다면 분명 혁신적인 문제제기에 해당한다.[151] '생활'이라는 어휘에서 짐작할 수 있는 것처럼, 그는 예술의 사회적·문화적 조건을 유례없이 '계급' 문제와 결부해 논의하고 있으며 바로 그 경제적 심급이 "근본부터 개혁"되지 않고서는 어떠한 문예도 만개할 수 없다고 강력하게 주장했다. 오직 예술가는 "유물사관의 진리"(I: 413면)를 따라 최대 다수의 삶의 세계를 형상화하는 데 전력해야 한다는 것이다. "예술가에게 무슨 특권이 있느냐? 없는 것이다. 없는 것이다. 예술가는 최대 다수의 생활을 같

---

151) 김윤식 「프로문학의 성립」, 『한국근대문예비평사연구』, 일지사 1976, 20면; 김영민 『한국근대문학비평사』, 소명출판 1999, 50면 외 다수.

이하여야 한다. 그렇지 않으면 무슨 의미의 시대의 선구이냐?"(I: 419면)

김기진은 "생활을 떠난 예술이 없다"(IV: 404면)면서 민중의 궁핍하고 처참한 생활을 먼저 해소하는 것이 예술의 근본 전제라고 수차례 강조했다. 그러한 생활의 파탄은 금세기 과학의 발달과 그에 따른 "생활의 기계화"(IV: 402면)의 불가피한 결과이며, 그로 인해 사회적·경제적 분열이 첨예화된 사회가 도래했다. 이른바 자본주의문명과 군국주의세계 속에서 민중은 온갖 "구속과 제재와 강요"에 직면할 수밖에 없는데, 진정한 예술은 급변한 생활상을 회피하지 않고 새로운 미의식으로 무장해야 마땅하다는 것이 김기진의 주장이다. 그 새로운 미의식이란 예컨대 굶주린 하층민의 욕망, 지주에 대항하는 소작인들의 흥분된 얼굴, 파업을 일으키고 잡혀가는 직공들의 긴장된 근육, 육혈포 습격을 당한 부호들의 황망한 걸음걸이, 시위행렬에 맞서는 기마순사의 초조와 공포 등 "현실의 착종한 교향악 앞에 서 있는 미학"(IV: 404면)이기에 완미한 아름다움을 추종하는 기성의 예술주의와는 양립할 수 없다. 결국 김기진이 말하는 생활상태의 분열은 "부르와 프로의 대립"(IV: 416면)이고, 그 생활을 여실히 반영하는 문학이란 바로 "프로문학"(IV: 417면)이 된다. 그런 의미에서 김영환(金永煥), 윤심덕(尹心悳), 홍난파(洪蘭坡) 등은 자본과 부르주아적 미의식에 타협한 "수음가"로서의 예술가에 지나지 않는다. 즉 현실에서 대다수 민중이 겪는 생활의 고통과 비분을 표현하지 않는 문예란 실로 존재하지 않는 것과 다를 바 없다. "그대들에게 인생을 지배하려는 그릇된 문명에 대한 생명의 반역이 있느냐? 인위적 모든 제재와 구속을 끊으려고 하는 본연한 양심의 반역이 있느냐? 반드시 올 명일의 시대에 대한 계시가 있느냐? 미의 창조의 힘이 있느냐? 인생에 대한 감격이 있느냐? 예술적 양심이 있느냐? (…) 나는 두번 거듭 외친다. 조선에는 예술가가 없다고 ―"(IV: 406면) 이러한 독선적인 언술은 김기진 스스로 새로운 생활의 도래, 새로운 미의식의 창출을 의문의 여지없는 예술 생산의 조건으로 받아들였기 때문에 가능했다. 김기진에 따르면, 문학예술이 무엇보다 프롤레따리아의 생활의식에서 출발해야한다는 것은 어느 누구도 예외일 수 없는 매우 자명한 진리다. "계급문학이란 본질적인 문제"(Ⅳ: 416면)인 것이다.

'생활'이 어떤 사회적 관계나 활동을 지칭하는지 대략적으로 가늠하기는 어렵지 않지만 그렇다고 해서 김기진이 이 용어를 엄밀하게 사용했던 것은 아니다. 김기진의 평론에서 생활이라는 어휘는 경제적·정치적 삶을 뜻하는 물질생활과 심미적·윤리적 삶을 의미하는 정신생활 모두를 포괄하는 맥락에서 매우 모호하게 사용되었다. 예컨대, 말년의 오스카 와일드가 예술보다 "생활이라는 그것이 더 중대"(Ⅰ: 415면)함을 깨달았다는 일화를 소개할 때 그는 '생활'을 명백히 경제적 삶을 지칭하는 어휘로 사용하고 있지만, 다시 러시아의 선례를 따라 "모든 것이 새롭게 되도록 거짓과 더러움과 게으름과 보기 싫은 우리들의 생활을 반듯하고 맑고 즐겁고고운 생활이 되도록 건설"(Ⅰ: 420면)하자고 말할 때는 그 의미가 굳이 물질적인 맥락에 한정되어 있지 않다. 사실 인간의 삶을 충실히 재현하는 문학은 신경향파 비평의 전유물이 될 수 없을뿐더러,[152] '생활'이 본래 라이프(life)의 역어임을 상기한다면 김기진이 말하는 '생활'이란 어떤 대목에서는 오히려 범박한 의미를 지닌 '인생'과 별반 다를 바 없어 보인다.[153] 더욱

---

152) 문학, 특히 소설(novel)의 핵심이 인생을 여실하게 재현하는 데 있다는 관념은 동아시아의 근대문학 유입 초기부터 상당 기간 공인되어왔다. 카메이 히데오(龜井秀雄)는 근대 이후 노블이 예술로 재범주화되는 과정에서 일련의 새로운 관념이 창안되었다고 강조한 바 있는데 그중 가장 주목할 만한 사례는 "인생의 재현"이라는 관념이다. 카메이히데오 「소설의 위치」, 『소설론: 『소설신수(小說神髓)』와 근대』, 신인섭 옮김, 건국대출판부 2006, 59면. 한국의 경우, 백대진이 자연주의 문학개념을 선진적으로 소개하고 김동인이나 염상섭 등에 의해 일본 자연주의 문학론이 왕성하게 섭취된 이래로, 근대소설의 본령은 "인생의 암면"을 해부하여 묘사하는 것으로 널리 이해되었다.
153) 신경향파 비평에 집중적으로 등장하는 '생활'이라는 용어가 기존의 연구에서 "조선의 현실생활" 정도로 이해되고 1924년 무렵에야 "생활문학이 계급문학으로" 진전했다고 해석되는 것도 그 때문이다. 그의 생활문학론은 신경향파 비평의 출현에 공헌했다

이 동시대에 이미 이광수나 염상섭 같은 작가들도 일본 자연주의 문학의 계보 속에서 진정한 문학을 정의하기 위해 특히 '인생' 혹은 '생활'의 문제를 집중적으로 언급했다. 물론 이광수가 고통스런 인생에 대한 예술 고유의 역할을 역사적으로 강조했다 하더라도, 인생과 예술을 매개하는 방식에서는 김기진과 판이하다. 이광수는 자본주의사회의 계급모순을 인식하고 생활이 물질적으로 충족되어야 한다는 사실을 충분히 염두에 두면서도 김기진처럼 일체의 무력주의나 사회주의혁명을 긍정하지 않는다. 그 대신에 예술, 특히 예술에 내재된 심미성의 확충을 통해 "애(愛)와 기쁨의 생활",154) 곧 이상적인 삶의 실현이 얼마든지 가능하다고 주장했다. 다시 말해 오직 심미적인 태도로 자기 내부의 본성·자연·직업을 예술화하고 도덕화할 때 사회주의혁명으로는 요원한 인간사회의 도래가 가능하리라 믿었다. 하지만 우주와 인생을 예술적 창조의 대상으로 파악한다는 이광수식 예술론에서 핵심은 심미주의라기보다는 도덕주의라고 해야 정당할 것이다. 그가 직업·자연·본성을 바라보는 태도는 근본적으로 강력한 도덕주의에 침윤되어 있어서 다른 예술의 가능성을 좀체로 고려하지 않는다. 예컨대 고통·낙담·타락·갈등을 주는 예술을 "사(死)의 예술"로 폄하하는 것은 이광수가 예술은 물론 인생과 자연, 직업을 고정된 통일체로 파악하고 있다는 반증이다. 그런 이광수에게 예술이란 어떤 특정한 이념이나 계급의식에 제한되어서는 안 될 '보편성'을 지닌 문학, "계급을 초월한 예술"155)이다. 마찬가지로 인간의 삶의 양식이 정치적 생활, 경제적 생활 등으로 세분화된다 해도 그 통일체로서의 "예술적 생활"이 가장 중요하다. 이광수

는 점에서는 선진적이었지만, 본격적인 계급문학론에는 미달하는 것으로 평가되어왔다. 홍정선 「프로문학론의 형성과정」, 『카프문학운동연구』, 역사문제연구소, 풀빛 1989, 21면.

154) 이광수 「예술과 인생」, 『이광수전집』 17, 삼중당 1963, 30면.

155) 이광수 「계급을 초월한 예술이라야」, 『개벽』 제56호(1925), 55면.

가 예술이 창조적으로 재현하는 삶의 양식을 가리켜 '인생'이라 통칭하는 이유는 그것이 어느 한편으로 치우치는 법 없이 물질생활과 정신생활을 모두 포괄하는 용어이기 때문이다. 염상섭의 경우에는 이러한 이광수식 도덕주의를 쉽게 용인하지 않는다. 그에게 가장 중요한 것은 예술의 자율성 그 자체다. "예술이니 인생을 위한 예술이니 하지만 그 어느 견지로서든지 예술의 완전한 독립성을 거부할 수 업다."[156] 그럼에도 염상섭은 프롤레따리아 문학이 강조한 '생활'이 작가로 하여금 생동하는 삶을 포착할 수 있게 해준다고 지적했다. "인생이란 — 생활이란, 누구에게든지 엄숙한 것이다. (…) 생활은 제일의(第一義)다. 사람은 문예 속에서 사는 것은 아니다. 생활을 예술적으로 영위할 수는 잇지만은, 예술은 생활 속에 발육하고 성장되는 것이다."[157] 그는 생활의 예술화가 아니라 역으로 생활에 근거하는 예술을 강조했다는 점에서 이광수보다는 오히려 김기진의 관점과 흡사하다. 물론 생활문학론에 동조했다고 해서 염상섭이 김기진을 따라 계급문학의 보편성을 수긍한 것은 아니었다. 그는 계급문학의 교조주의적 경향이 오히려 문예를 통한 "생명의 자유로운 발전의 길"[158]에 장애가 될지 모른다고 경고한 바 있다. 그런데 이들은 이념적 격차에도 불구하고 문학이 인간주체의 창조적 가능성을 증대시켜야 한다는 데는 의견이 일치했다. 이 시기에 이광수는 예술이 제공하는 "창조적 기쁨"[159]을 문화·정치·경제 전분야에 걸쳐 확충함으로써 신생활의 도래를 확신했고, 염상섭은 예술미란 "작자(作者)의 개성, 다시 말하면, 작자의 독이적(獨異的) 생명을 통하야 투시한 창조적 직관의 세계"[160]라면서 예술가에게 잠재된 개

---

156) 염상섭 「작가로서는 무의미한 말」, 『개벽』 제56호(1925), 52면.
157) 염상섭 「문예와 생활」, 앞의 책 110~11면.
158) 염상섭 「계급문학을 논하야 소위 신경향파에 여(與)함」, 『조선일보』 1926.1.22~2.2; 『염상섭전집』 12, 민음사 1987, 83면.
159) 이광수, 앞의 글 36, 43면.

성의 활약을 기대했다. 개성과 도덕의 층위에서 어떻게 하면 그 주체의 창조적 활력을 극대화할 것인가가 그들의 공통 과제였던 셈이다. 그것은 계급문학의 세례를 받은 김기진의 경우도 마찬가지였다.

김기진은 「프로므나드 상티망탈」의 후반부에서 부르주아예술가 일반의 각성을 요구하는 가운데 조선사회에 긴요한 것은 "비굴과 인종과 타협과 기만과 도피와 절망의 문학"이 아닌 "생의 본연한 요구의 문학"이라고 강조했다. '생의 본연한 요구의 문학' 혹은 "생명있는 문학"(I: 423면)이란 무엇을 의미하는 것인가. '생활' 자체에 대한 의미부여가 이 시기 김기진 평론에서 매우 각별한 것이었음에도, 결국 문학의 이상(理想)을 표현할 때는 왜 '생' 혹은 '생명'이라는 낭만주의적 용어가 전경화되는 것인가. 그러고 보면, 문학을 현실적인 삶의 영역과 접합하려는 이 초보 유물론자의 어법 속에는 전형적인 낭만주의의 어휘와 수사가 잔존해 있다. 사실 그는 사회변혁의 당위성에 압도된 나머지 문학의 위상을 폐기해버린 것이 아니라, 새로운 상황에 대응하여 문학의 혁신을 요구하고 있는 것이다. 그가 정작 파괴하고자 한 것은 예술 자체가 아니라 "예술의 소유될 세계를 좁히고, '예술'이라는 명제의 인텐션을 졸라매"(I: 414면)는 기성 예술가들의 사회적 자폐성이다. 그런 의미에서 김기진이 '문학'을 이해하고 혁신하는 방식은 흥미롭게도 전대의 그것과 크게 다르지 않다. 이를테면 문학이 "영성(靈性)"과 직결되어 있다는 것, 예술을 다름 아닌 "생(生)"의 본연한 요구로서 이해하는 것, 그리고 진정한 문학예술을 "최대 다수의 영성"과 예술가들의 "영성"이 이루는 "혼연한 교향악"으로 상징하는 것 등은 「프로므나드 상티망탈」에 내재한 낭만적 수사에 해당한다.

현금의 조선과 같이 지배계급과 피지배계급이 분명하게 구분된 곳에서

160) 염상섭 「개성과 예술」, 『개벽』 제22호(1922); 『염상섭전집』 12, 민음사 1987, 40면.

정당한 의미의 '생의 본연한 요구의 예술'을 바란다는 일은 가망도 없는 일이다. 어째 그러냐 하면 현금의 조선인의 생활조직은 이와 같이 우리의 생활의식을 결정하고 있는 까닭이다. 이와 같은 계급제도 아래에서는 문학이 없다. 예술이 없다. 만약에 있다 하면 그것은 문자뿐이겠고 껍데기뿐일 것이다. 영성(靈性)을 교화할 만한 문자를 어디서 찾아보며 '생명'이라는 '힘'을 어디서 얻어볼 수가 있으랴.

예술가라는 사람이 보통사람들보다 민감하고 감수성이 많고 공분(公憤)이 있다 할 것 같으면 당신네들은 붓과 괭이를 한가지 잡고 일어설 것이다. 최대 다수의 심정과 예술가라는 당신네들의 심정과는 일맥의 통류(通流)가 있을 것이며 최대 다수의 영성(靈性)과 당신네들의 영성과의 혼연한 교향악이 있어야 할 것이다. (I: 414~15면)

게다가 영성이나 생명과 같은 단어는 그가 부정한 『백조』의 문학 동인들이 자신만의 스타일을 창출하기 위해 빈용했던 심미적 용어다.[161] 김기진의 경우 상징주의에 심취한 예술지상주의자로 자처했던 시절이 있었고 (II: 189면),[162] 그 같은 관념적인 예술가로서의 면모는 훗날 박영희와 벌인 이른바 내용형식 논쟁을 통해 공론화되었다.[163] 또한 이 시기에 그는 관념

---

161) 1920년을 전후로 해서 출현한 동인지세대 문학가들은 스스로를 "미의 전위(前衛)로 만드는 특별한 언어의 스타일"의 창안해냈다. 백조파의 경우, 특히 생·영·미풍·월광·비곡 등의 단어들을 빈용했고, 신체와 복장을 스타일화하는 데도 각별한 관심을 기울였다. 이들에게 뚜렷한 심미가적 자아연출은 단순히 겉멋 든 행위가 아니라, "자신을 타인들과 구별하기를 원하는 개인의 욕망"을 표현하는 성격이 강했다. 황종연 「데카당스의 변증법: 백조파 문학에 대한 고찰」, 『근대 문학, 갈림길에 선 작가들』, 김윤식 외, 민음사 2004, 251면.

162) 그런 문학청년 김기진이 사회주의로 급선회하게 된 인적 배경에 관해서는 박현수 「김기진의 초기 행적과 문학 활동」, 『대동문화연구』 61, 대동문화연구원 2008의 상세한 서술을 참조.

163) 박상준, 앞의 책 227면 참조.

론적 예술관에 대해 "어떤 사물이 한번 진선미한 것인 바에는 영구불변하는 유일한 물건이라는 인식을 고수"(I: 52면)한다고 비판했으나, 정작 「본질에 관하야」(1924)라는 글에서는 그러한 미의식을 옹호하기도 했다(IV: 412면). 따라서 신경향파 비평기에 김기진의 궁극적인 주장은 예술을 현실변혁의 논리에 양도하는 것이 아니라, "현실을 도피하는" 무기력한 예술에 진정한 권능을 되찾아주는 데 있었다고 말해야 한다. 생활의식과 미의식, 현실과 예술의 분열을 극복하려면 무엇보다 인간 내부에 잠재한 '생'의 요구, '영성'의 요구에 부응해야 한다는 김기진의 주장은 그런 의미에서 주목할 만하다. 그에 따르면, 개개인의 영성과 영성이 혼연일체가 된다는 점에서 '교향악'을 방불케 하는 어떤 위대한 문학 속에는 참된 미가 있고 진정한 생명이 있으며 그로부터 세상을 변혁시키는 힘이 솟구쳐 나온다. 그런데 "생명이라는 힘" 곧 '생명력'이란 사실 근대적 자아가 자기 내부에 지닌 자율성의 중요한 원천을 일컫는 말로서, 한국 근대문학 초창기부터 문학이념과 유파에 상관없이 널리 회자되고 애용된 개념이었다.

본래 '생명'이라는 어휘는 본능적 욕망의 추구, 더 엄밀하게는 삶을 도식화하는 일체의 기계론적·물질론적 사고방식에 대한 저항 속에서 계발된 용어다. 신경향파 비평 출현 이전부터 이미 상당수의 문학청년들은 어떠한 외적 억압이나 관습으로부터도 구속되지 않으려는 자아의 창조적 에너지를 '생명' 혹은 '생명력'이라 지칭해왔던 것이다. 염상섭은 개성을 다름 아닌 "독이적 생명"[164]이라 명명한 후 "그 거룩한 독이적 생명의 유로(流露)가 곧 개성의 표현"이라 말했고, 오상순은 청년의 "생은 실로 우주적 대생명의 유동적 창조, 그 활현(活現)"[165]이라면서 자기 안에 유동하는 그 우주적 대생명이 무한한 창조력의 원천임을 통각한 자만이 진정한 의미

164) 염상섭 「개성과 예술」, 『개벽』 제22호(1922), 4면.
165) 오상순 「시대고와 그 희생」, 『폐허』 창간호(1920), 53면.

에서의 '청년'이라고 주장했다. 이광수는 『무정』의 형식이 '참자기'를 깨닫는 장면을 그 스스로가 자기의 내적 생명이 광활한 "우주의 전생명(全生命)의 일부분"[166]임을 자각하는 장면과 병치했다. 김우진에게도 '생명력'이란 "단순히 인간 내부에 체현된 보편적인 힘일 뿐만 아니라, 사회에 대항하는 적극적인 사회적 힘"[167]을 의미했다. 1920년대 초반 한국문학의 근대성이 확립되는 역사적인 시기에 김기진을 포함하여 상당수의 작가들이 각별히 참조했던 이른바 생명론은 물론 타이쇼오 문화주의 담론에서 비롯한 것이다. 김기진 역시 일본유학 시절 오스카 와일드의 『살로메』(Salome, 1893)나 보들레르의 상징주의 시편 등을 애송하면서 "그 같은 작품이 표현하는 인생관, 생명론을 이해"(II: 420면)하려 애썼다. 그러나 김기진이 파악한 대로, 황폐화된 조선에서 개인의 내적 생명에 충실한 예술이란 그 예술가를 둘러싼 구체적 현실로서의 사물세계를 몰각함으로써 "천박한 정신주의"(I: 413면)로 타락하기 십상이다. 계급모순이 엄존하는 조선의 경우에는 '생의 본연한 요구의 예술'이 요원하고 문학예술의 요체인 '생명'이 제 힘을 발휘하기 곤란하다는 김기진의 비극적 인식은 바로 그러한 맥락에서 이해될 만하다. 그렇다면 김기진이 '생'을 비극적으로 인식했다는 것은 중의적인 의미를 지닐 수 있다. 그것은 우선 조선민중의 삶에 대한 김기진의 개인적인 연민을 뜻하면서 동시에 '생명'에 내포된 문학적·철학적 함의를 갱신할 필요성에 대한 통렬한 자각을 의미한다. 즉 '생명'이라는 말이 "유물사관의 진리"를 반영하는 방식으로 혁신되지 않고서는 문학예술의 존재 자체가 무의미할 수밖에 없다. 그처럼 신경향파 비평이 "문학을 인간 개인의 내적인 생명활동의 표현으로 규정했던 동인지의 문학개념"[168]을

---

166) 이광수 『무정』, 문학과지성사 2005, 205면.

167) 홍창수 「김우진의 작가 의식과 죽음에 관한 연구」, 『한국근대문학연구』 2, 한국근대 문학회 2000, 19면.

168) 차승기 「형식에의 동경: 김기진과 초기 신경향파 비평의 한 측면」, 『최서해 문학의 재

비판하는 방식 속에서 제기되었다면, 어떤 면에서 부르주아 예술가들이 신봉해 마지않는 '생명주의' 담론으로부터 이탈하는 한편 그것을 획기적으로 대체할 만한 새로운 어휘나 수사를 계발하는 일이 긴요했을 것이다. 요컨대 그것은 '생명'에 들러붙은 관념주의의 의장을 걷어내면서도 예술가의 창조적 에너지를 훼손하지 않을 뿐만 아니라 더 중요하게는 유물론적 삶의 긴박한 요구에 부응하는, 언어의 혁신이어야 했다. '생활'이 신경향파 비평담론의 중심에 위치했던 것은 아마도 그 때문이었을 것이다.

3. 개인에서 민중으로

일본에서 '생명'을 창조력의 원천으로 강조한 선구적인 인물은 메이지 낭만주의 문학의 창시자인 키따무라 토오꼬꾸였다. 그는 자연과 대면하여 전우주를 관조하는 어떤 개인에게는 안과 밖, 부분과 전체, 우주와 나의 구분 자체가 무화된다면서, 그러한 주객합일의 신비주의적 경험을 가능케 하는 인간의 내적 원천을 가리켜 '생명'이라 명명했다.[169] 그의 문학적 고투는 개인적으로는 좌절과 실패로 귀결되었으나 일본 근대문학의 형성에 끼친 영향력은 매우 중요한 것이었다. 키따무라 토오꼬꾸가 자아의 핵심으로 내세운 이 '생명'이라는 신조어는 본래 베르그송 철학에서 유래한 것이 틀림없지만, 이 단어가 타이쇼오기 문화담론에서 활발히 전유될 수 있었던 데는 니시다 키따로오의 공헌이 결정적이었다. 이미 살펴본 대로, 그는 『선의 연구』에서 인간 내부에 잠재된 참된 자아를 흥미롭게도 '생명'이라 규정했다. "참자기란 (…) 일종의 지적 직관이며, 깊은 생명의 포착

조명』, 새미 2002, 58면.
169) 이에나가 사부로·이노 켄지 「근대사상의 탄생과 좌절」, 이에나가 사부로 외 『근대일본사상사』, 연구공간 수유너머 일본근대사상팀 옮김, 소명출판 2006, 111면 참조.

이다."[170] 니시다 키따로오 역시 키따무라 토오꼬꾸의 선례를 따라 자아와 타자, 내부와 외부, 정신과 물체의 견고한 경계가 찰나적으로 와해되어 하나의 통일력을 형성하는 순간, 그래서 어떤 심오한 진리나 예술충동에 사로잡히게 되는 순간을 그 개인이 자기 내부의 '생명'을 포착하는 순간으로 이해한다. 니시다 키따로오는 '생명'이라는 단어를 세련되게 이론화하고 그것에 풍부한 철학적 함의를 부여했으며, 그에 힘입어 키따무라 토오꼬꾸의 생명주의 예술론은 그 추종자인 시라까바파를 거쳐 오오스기 사까에 (大杉榮)의 아나코 쌩디칼리즘에까지 심오한 영향력을 행사했다.[171]

시라까바파는 "웅대한 자연이나 예술의 배후에서 움직이는 생명의 무한한 힘"[172]을 예찬하고 그 생명력의 원천이 되는 자아와 개성을 중시했다는 점에서 타이쇼오 문화주의를 대표한다. 즉 시라까바파는 1910년 창간부터 1923년 종간에 이르기까지 개성과 자아, 혹은 '교양'과 '문화'라는 타이쇼오기의 핵심의제를 문학적으로 예각화하는 데 크게 기여했다. 하지만 시라까바 동인이 주로 가꾸슈우인(學習院) 출신의 귀족적 문학가들로 구성되었다는 사실에서 알 수 있듯이, 이들의 문예는 개인의 자아함양의 가능성을 풍부하게 예시하는 대신에 그 사회적·정치적 실천에 관해서는 둔감했다. 그중 아리시마 타께오는 다분히 사회주의적인 지향을 통해 1922년 자신의 농장을 소작인에게 무상으로 양도하는 농지개혁을 단행했다는 점에서 예외적인 작가에 속한다. 그런 아리시마 타께오도 자유로운 개성의 창조적인 발전을 그 무엇보다 우선시하기로는 다른 시라까바파

---

170) 西田幾多郞「善の硏究」,『西田幾多郞全集』1, 岩波書店 1965, 45면.

171) 스즈키 사다미『일본의 문학개념』, 김채수 옮김, 보고사 1998, 467면. 일본에서 베르그송을 수용한 대표적인 인물이 아리시마 타께오와 오오스기 사까에라는 점은 주지의 사실이다. 특히 베르그송의 생철학이 오오스기 사까에의 아나키즘 사상에 미친 영향에 관해서는 森山重雄『實行と藝術: 大正アナーキズムと文學』, 塙書房 1969, 72~73면 참조.

172) 吉田精一『明治大正文學史』, 修文館 1957, 284면.

문인들에 결코 뒤처지지 않았다. 『카인의 후예(カインの末裔)』(1917)나 『어떤 여자(或る女)』(1919) 등에서 그는 인간의 내적 자연, 곧 본능적 열정이 자아의 구성과 해방에 필수적임을 역설했다. 예컨대 『아낌없이 사랑은 빼앗는다(惜しなく愛は奪ふ)』(1917)에서 아리시마 타께오는 인간의 삶을 습성적 생활·지적 생활·본능적 생활로 구분하고 그 가운데 "본능적 생활"을 가장 이상적인 삶의 형태로 예찬했다. 본능적 생활이란 어떤 외재적인 요건에 의해 간섭받지 않을 뿐만 아니라 심지어는 '도덕'에 내재된 선악 관념으로부터도 자유로운 삶을 의미한다. 그러한 삶은 오직 "창조를 위한 유희"[173]만을 중시하며 따라서 그 "자유로운 창조의 세계"는 그 자체로 자족적인 "무목적(無目的)의 세계"가 된다. 여기서 아리시마 타께오의 '본능적 생활'은 물론 타까야마 초규우가 선진적으로 주장한 "미적 생활(美的生活)"의 타이쇼오기 판본이면서, 더 중요하게는 자아 내부의 자연·본능·감성 즉 '생명'에 대한 찬미라는 점에서 키따무라 토오꼬꾸로부터 이어져 온 낭만주의 문학의 계보에 접속해 있다. 아리시마 타께오는 "개성의 생명천(生命泉)",[174] 즉 자기 내부의 창조적인 생명력에 충실한 삶이야말로 일체의 사회적 분열과 모순을 조화롭게 통일하는 유일한 해법일 수 있다고 주장했다. 그에게 개성이란 "외부와 내부가 융합된 하나의 전체 속에서 부단히 작용하고 있는 힘의 총화"[175]다.

그에 비해, 오오스기 사까에는 '자아의 확립'을 사회변혁의 최우선 과제로 설정하고, 그것을 표현하는 문학이란 근본적으로 "증오미와 반역미"의

---

173) 有島武郎 「惜しなく愛は奪ふ」, 『有島武郎集』(現代日本文學全集 21), 筑摩書房 1954, 391면.

174) 有島武郎 「惜しなく愛は奪ふ」, 앞의 책 381면.

175) 有島武郎, 앞의 글 378면. 베르그송의 생철학이 예술론 일반에 끼친 영향을 언급한 글에서 어느 일본인 미술사가는 생명이란 "본래 분할할 수 없는 하나의 인스퍼레이션"을 의미한다고 했다. 다카시나 슈지 「앙리 베르그송의 예술론, 가능성과 현실성」, 『미의 사색가들』, 김영순 옮김, 학고재 2005, 291면 참조.

문학일 수밖에 없다고 주장했다.[176] 그 역시 아리시마 타께오처럼 베르그송 철학에서 영향받은 바 크지만 수용양상은 매우 대조적이다. 생명주의 예술론은 한일 근대문학 초창기부터 자아의 존재를 중시하는 가운데 특히 자아와 세계의 일체감을 강조했지만, 오오스기 사까에가 보기에 '생명'에 내재된 조화로운 미의식이란 매우 의심적은 관념의 산물에 불과했다. 이처럼 자아의 개성을 옹호하는 '생명' 관념이 더이상 자명하지 않게 된 것은 사물세계에서 엄연히 소외된 타자, 이를테면 민중이나 프롤레따리아의 발견에서 비롯된 혁신이라고 할 수 있다.[177] 그는 저 유명한 「생의 확충(生の擴充)」(1913)에서 새로운 예술의 도래를 주장하는 가운데 "해조(諧調)는

---

176) 키따무라 토오꼬꾸가 기독교와의 대결 속에서 자유로운 자아의 감각을 획득했다면, 오오스기 사까에는 그가 부당하게 감내해야 했던 군국주의와의 적대적 관계 속에서 본능적 자아의 유일성을 터득했다. 키따무라 토오꼬꾸에 비해 1910년대의 오오스기 사까에는 자아와 세계의 균열이나 모순에 더 민감했다.

177) 이와 관련하여, 똘스또이의 『인생론』은 흥미롭게 읽힌다. 인생에 대한 똘스또이의 관조와 명상은 1920년대를 전후로 한 시기에 청년지식인 사이에서 널리 회자되었던 만큼, 근대적 자아각성과 관련해서도 여전히 유의미하다. 예컨대, "사람이 자기 생명이라고 부르고 있는 것은 결코 존재하지 않았다. 사람이 자기 생명이라고 부르고 있는 것, 즉 낳아서부터의 그의 생존은 결코 그의 생명이 아니다. (⋯) 그런데 갑자기 그의 내부에서 육체가 출생한 시간과는 일치하지 않는 생명이 눈을 뜬다"와 같은 구절은 개인의 창조적인 자아각성과 실현이 바로 그 자아 내부의 '생명'을 의식하지 않고서는 결코 성취될 수 없는 경험임을 알려준다. 그런데 1929년에 출간된 일역본 『인생론』에서는 '생명'이 '생활'로 교체되었다. "彼が自分の生活とよぶもの、彼が中斷されたやうに考へるものは、決して存在したことがないものである。(⋯) ところが不意に彼の肉體的誕生の日附と一致しない生活が彼のうちに覺醒する。" Tolstoy, Leo Nikolaevitch, 「人生論」, 『人生論, 藝術論, 我等何を爲すべきか』, 柳田泉 譯, 春秋社 1928, 43~44면. 이러한 변화는 물론 1920년대에 일어난 사회주의 문학담론의 유행과 광범위한 확산을 대변한다. 여기서 '생활'이란 물론 자아를 둘러싼 경제적·사회적 조건의 총체를 지칭하는 말이다. 그것은 민중의 생존을 저해하고 억압하는 자본주의 경제체제이면서, 동시에 그 불합리한 지배질서에 맞서 민중의 저항의식이 형성되는 이데올로기 투쟁의 장이기도 하다. 참고로 '생명'은 '라이프'(life)의 유일한 번역어였으나, 1920년대 후반에 이르러 '생활'이 새롭게 등장한다. 井上哲次郎 『哲學字彙』, 東洋館書店 1884; 『哲學辭典』, 春秋社 1929 참조.

벌써 미는 아니다. 미는 오직 난조(亂調)에 있다. 해조는 거짓이다. 진실은 오직 난조에 있다."[178]라고 말한 바 있다. 오오스기 사까에는 「생의 확충」을 발표한 시기만 하더라도 개인주의적 아나키즘에 몰두해 있었으나, 1918년을 전후로 해서는 아나코 쌩디칼리즘이라는 일종의 집단적 아나키즘에 투신하게 된다. 이는 오오스기 사까에가 로맹 롤랑의 『민중예술론』(*Le Théêtre du peuple*, 1903)을 탐독하고 번역함으로써 비로소 가능해진 변화였다.[179] 당시 일본에서는 『민중예술론』이 소개된 후 1916년부터 1921년경까지 40명이 넘는 작가·평론가·시인이 참가한 대규모 논쟁이 벌어졌고, 오오스기 사까에는 혼마 히사오(本間久雄)·카또오 카즈오(加藤一夫) 등과 함께 주요 논쟁자로 활약했다. 혼마 히사오가 순예술과 통속예술의 이분법에 매몰되고 카또오 카즈오는 초계급적인 민중관을 고수했던 데 비해, 오오스기 사까에는 민중을 명백히 '평민노동자'로 규정했다. 「새로운 시대를 위한 새로운 예술(新しき世界の爲めの新しき藝術)」(1917)에서 오오스기 사까에는 '증오미와 반역미'의 문학을 창조할 주체를 개인이 아닌 민중에게서 발견하고 있는 것이다. 그는 이 에세이의 말미에 『민중예술론』의 한 대목을 재인용하면서 우리의 논의와 관련된 흥미로운 단서를 제공해준다. 그것은 민중예술론이 '생활'의 발견과 무관하지 않다는 사실의 예증일 수 있다. "로맹 롤랑은 민중예술의 당연한 결과로서, 예술적 운동과 함께라기보다 오히려 그것에 선행했던 사회적 운동에 따르지 않으면 안 된다고 단언했던 것이다. (…) 로맹 롤랑은 민중예술론을 노동론과 결합함과 동시에 그 예술론을 생활론으로 끝맺고 있다."[180] 오오스기 사까에는 세간의 오해

---

178) 大杉榮 「新しき世界の爲めの新しき藝術」, 『近代文學評論大系: 大正期 II』 5, 遠藤祐·祖父江昭二 編, 角川書店 1972, 37면.

179) 曾田秀彦 「大杉榮とロマン·ロラン」, 『民衆劇場: もうつの大正デモクラシ』, 象山社 1995.

180) 大杉榮, 앞의 글 37면.

에 맞서 '민중예술'을 정의하고 그 당위성을 역설하기 위해 이 글을 작성했는데, 로맹 롤랑이 제기한 '생활론'은 그 중요한 논거에 해당한다. 『민중예술론』의 결론부에서 로맹 롤랑은 민중극을 옹호한 후 민중예술을 "생활 그 자체의 장식"이라 표현하고 있다.[181]

김기진의 에세이에 나타난 민중예술론은 오오스기 사까에로부터 영향받은 것으로 보인다. 물론 이미 1920년대 초반부터 『신생활』지를 중심으로 문화예술의 민중화 논의가 활발히 전개되었지만, 그럼에도 김기진과 오오스기 사까에의 깊은 영향관계를 짐작케 해주는 단서가 적지 않다. '생활문학론'이나 '예술의 민중화'의 일본적 원천이 주로 오오스기 사까에라는 점,[182] 유미주의에 탐닉하는 기성의 예술가들과 그들의 문학을 가리켜 "수음가"(IV: 405면) "수음문학"(IV: 341면)이라 비판한 점, 부르주아 미학에 대항하여 "반역의 미"(IV: 416면)를 내세운 점 등이 그에 해당한다. 민중예술론의 유행은 예술의 원천이 개인의 천부적인 자질이 아닌 어떤 외부적 요건에서 말미암는다는 생각의 광범위한 확산과 무관하지 않다. 문예란 더이상 자신의 내면을 관조하고 다스리며 표현할 줄 아는 예외적 소수의 전유물일 수 없으며, 일반 민중이 어렵지 않게 즐길 수 있는 내용과 형식을 갖추거나 민중을 교화하는 일이 긴요해진다. 예술이 생활을 적극적으로 반영해야 한다는 이른바 '생활문학론'의 등장은 이러한 역사적 맥락에서 이해 가능하다. 예술이 생활을 즉자적으로 반영한다는 김기진의 생활문학론에 소박한 토대결정론의 혐의가 없는 것은 아니지만,[183] 민중예술론이 급부상한 1920년대 전반에 예술과 생활을 등가적으로 파악하는 관점은 널

---

181) ロメン ロオラン「劇以外に」,『民衆藝術論』, 大杉榮 訳, ARS 1926, 147면.
182) 임규찬 『일본 프로문학과 한국문학』, 연구사 1987, 22면; 유문선, 앞의 글 21면 등 기존의 연구에서 이미 여러차례 지적되었다.
183) 홍정선 「프로문학론의 형성과정」,『카프문학운동연구』, 역사문제연구소, 역사비평사 1989, 20면.

리 확산되어 있었다.[184]

4. 탈낭만적 자아

사회주의 문학의 선두에 섰던 박영희가 『백조』의 주요 멤버로 맹활약했다는 것은 널리 알려진 사실이다. 김기진에게 감화받아 사회주의 문학가로 변모하기 전만 하더라도, 박영희는 "어깨를 덮을 듯한 중절모"를 즐겨 쓰고 "아편중독자"처럼 베를렌의 시를 고성낭독하던 심미주의의 애호가였다. 1923년 『백조』에 발표된 「생의 비애」는 심미주의 색채가 농후한 대표적인 에세이다. 박영희에 따르면, '생의 비애'란 우울과 몽상에 시달리는 현대인에게는 매우 낯익은 현상이다. 글의 서두를 채운 낙조(落照)·소멸·암흑·울민(鬱憫)·허무·고민·사체·죽음 등의 어휘가 숨김없이 드러내주는 것처럼, 그가 진단하는 현대인의 질병으로서의 '생의 비애'는 세기말의 징후와 직결된다. 그것은 "영원성"(Eternity, 2: 31면)을 지향함으로써 생긴 증상이라는 점에서 낭만적 예술가의 질병이기도 하다. 예컨대, "무한한 욕망"과 "부조(不凋)의 미" "진리 잇는 지식"을 바라는 근대적 자아의 내면으로 말미암아 현실세계와 이상세계 사이의 간극이 생겨나고, 그 간극이 벌어지면 벌어질수록 생의 비애 또한 강렬해진다. 그의 말마따나 "우리의 의식이 강하야지면 강할수록" 심리적 고통과 신경과민은 극심해지고, 다시 쇠약한 신경은 밤마다 "기괴한 공포"와 "만흔 환상"을 불러와 잠자리를 뒤척이게 하는 법이다. 말하자면, "유한과 무한 새이서 나오는 부르지즘이 생의 비애"(2: 43면)다. 결국 인간은 진선미에 대한 자신의 내적 결핍을 보

---

184) 오오스기 사까에가 문학예술의 중요한 전제로 언급한 '민중'이 평민노동자 계급을 의미한 데 비해, 김기진의 문학비평이 상정하고 있는 주체는 '계급적 자아'라기보다 '민중'에 더 가까웠다. 유문선, 앞의 논문 138~39면.

상받기 위해 그것을 채워줄 만한 대상에 접근하게 된다. 그럼에도 박영희는 철학이나 종교, 자연에 대한 탐구가 생의 비애를 온전하게 충족해줄 수는 없다고 말한다. 철학은 인간의 의식에 "업든 고통을 새로" 추가할 뿐이고, 종교는 피안에서의 복락을 빌미로 "생의 고통"(2: 27면), 즉 지상을 방기해버리며, 자연은 다만 지나간 "기억의 고통"(2: 29면)을 뼈저리게 되살려줄 따름이다. 철학의 합리주의나 종교의 신비주의에 대한 비판은 낭만주의에 침윤되어 있던 당대의 문화적 지평 속에서 그리 이채로운 것이 못 되지만, 그중 자연론은 다시금 각별한 주의를 요한다. 박영희는 자연을 더이상 예술적인 창조의 원천으로 수긍하지 않는, 이른바 탈낭만적 자아(post-romantic self)를 상정한다.[185] 즉 자아의 무한한 확충을 계시하는 대상으로 자연을 이상화하는 대신에 그것을 둘러싼 낭만주의적 의장의 허위성을 과감하게 폭로해버리는 것이다. "자연은 자연 의연히 존재할 뿐이다."(2: 28면) 예컨대 박영희는 길 위에 쓰러져 죽은 시체를 향해 내리쬐는 "쓰거운 해"가 인간의 죽음에 대해 그야말로 "무관심"한 것처럼, 자연은 인간의 영고성쇠와 전혀 무관한 존재일 뿐이라고 강조했다.(2: 28면)

생명을 상실한 시체 이미지는 1920년대 중반을 전후로 한국 근대문학에 적잖이 등장한다. "죽은 고양이"(나도향 『환희』, 1923)나 "피 묻은 쥐"(김기진 「붉은 쥐」, 1924)를 우연히 발견한 뒤에 등장인물이 겪는 상념이나 행동의 결단은 이들 소설에서 매우 의미심장하게 다루어진다. 나도향 소설에 등장하는 인물들의 자살, 즉 생명 파괴는 개체적 삶을 온전히 실현할 수 없게 만드는 근본적으로 모순되고 부조리한 인생의 여러 사회적 형식과 이념에 대한 저항이라는 성격을 지닌다.[186] 「붉은 쥐」의 형준이 발견한, 땅바닥 위

---

185) Charles Taylor "Visions of the Post-Romantic Age", *Sources of the Self: The Making of the Modern Identity*, Cambridge University Press 1989, 431면. 자연의 비의를 드러내는 데 무관심한 자아, 또는 탈정신화된 자연(despritualized nature)의 이미지는 그처럼 새로운 자아의 중요한 징표가 된다.

에 함부로 내던져진 쥐의 시체 역시 사회적 생존에 실패한 존재를 상징한다. "생명을 위해서는 도리어 그 생명을 내놓"을 수밖에 없는 미물의 비극은, 그의 인생에서 가장 생생하게 자본주의 삶의 이법을 터득하고 진실한 삶을 열망하는 바로 그 순간에 죽음을 맞이한 형준의 아이러니와 다르지 않다. 그것은 결국 만유의 자연으로부터 자아·문학·예술의 원천을 기대하는 타이쇼오 생명주의 문화담론이 더이상 유의미할 수 없는 새로운 사회적·문화적 조건의 출현을 시사하는 것이다.

따라서 「생의 비애」는 탈낭만적 자아의 형성을 가능케 하는 인식론적 기반을 예시해줄 뿐만 아니라, 그러한 자아를 유물론적 맥락에서 주체화할 필요성에 대해서도 암시하는 바가 있다. 이 글에서 박영희는 널리 알려진 세편의 명작을 통해 '생의 비애'를 절감한 현대인이 자연, 종교, 철학 외에 선택할 수 있는 삶의 가능성을 모색하고 있다. 바이런의 맨프렛은 "자연이 우리 생에게 무슨 조력함이 잇는가!"라고 반문할 만큼 "자연에 대한 비감"을 통렬히 자각한 인물로 결국 "사(死)를 최후의 수단"으로 선택한다.(2: 34~35면) 그에 비해, 괴테의 파우스트는 자신이 평생을 두고 추구했던 "이상적인 지식"이 육체적·물질적 삶에 아무런 위안을 주지 못하자 악마에게 영혼을 의탁하며, 단눈찌오(D'Annunzio)의 조지 역시 종교적 생활과 열정적 사랑 어디에도 안착할 수 없게 되자 의연히 죽음을 선택한다. 박영희에 의하면, 이들은 모두 진정한 생의 가치를 역설적이게도 '죽음'을 통해 성취하는 인물에 해당한다. 그들이 죽음마저 불사하는 것은 그만큼 진정한 삶을 살고야 말겠다는 강렬한 의지의 표현이며, 그러한 열망이 좌절될 수밖에 없도록 방치하는 냉혹한 현실에 대한 응전의 한 형식이다. 그렇다면 '사(死)의 찬미' 외에는 다른 선택의 가능성이 없는 것인가. 박영희는 파우스트가 절망적 상황 속에서도 생을 긍정하는 방식에 주목한다. 그

186) 『환희』 분석 내용은 제7장 참조.

것은 인간의 삶을 더 완전하게 변화시키려는 "부단의 노력"(2: 42면)이다. 박영희는 파우스트가 보여준 "참으로 살려는 의식"에 각별한 의의를 부여하고 바로 그것이 구원의 충분한 이유가 된다고 해석한다. "나의 생을 완전히, 나의 비애로부터 버서나려고 하는 데에 우리는 모든 수단을 사용하려는 것이다. 모든 선행, 모든 악행, 모든 노동, 모든 철학, 모든 종교, 이것이 모도 우리의 생의 비애로부터 새 위안을 어드려고 노력하는 한 수단, 이것은 명확한 사실이다. 우리의 모든 것은 생을 말미암음이요, 우리의 모든 새 수단은 우리의 생의 비애로부터 쇠어나오려는 시험이다."(2: 42면) 여기서 특기할 것은 박영희의 『파우스트』 해석에 내장된 발전(development)에 대한 욕망이다. 인간에 내재하는 "본질적 생명"이란 그에게 무엇보다 "문명과 진보를 성장케 하는 데 필요한 력(力)"을 의미한다(3: 83면). 생의 위기로부터 한단계 도약하기 위해 선과 악, 노동과 향락, 철학과 종교 따위의 경계를 넘어 무엇이든 자기화하려는 욕망이야말로 근대세계에 특유한 개발과 진보의 논리다. 설령 양심과 어긋날지라도 개인에 내재된 "모든 인생의 가능성"과 능력을 철저하게 완성하려는 파우스트의 열망은 박영희가 보기에 자기에게 잠재된 능력을 남김없이 연소하려는 근대적 인간의 욕망이면서, 동시에 그러한 기대 자체를 불가능하게 만드는 모든 물질적·사회적 조건에 대한 변혁에의 의지이기도 하다.[187] 인간 내부의 생명 본능을 극대화하기 위해 심지어 죽음마저도 불사한다는 역설적인 발상은 물론 데까당스의 원리에 더없이 잘 부합하는 것이지만, 이들 데까당은 몰락에 대한 도취적인 기분 못지않게 '혁명'이나 '재생'의 신념도 견지하고 있었다.[188] 그런 의미에서, 박영희는 파우스트론에서 데까당스의 미학적 출구

---

187) 『파우스트』를 발전적 이념과 결부하여 논의한 Marshall Berman, *All that Is Solid Melts into Air: The Experience of Modernity*, Penguin Books 1988; 프랑코 모레티 「『파우스트』와 19세기」, 『근대의 서사시』, 조형준 옮김, 새물결 2001 참조.

188) M. 칼리니스쿠 「데카당스」, 『모더니티의 다섯 얼굴』, 이영욱 외 옮김, 시각과언어

를 발견했는지도 모른다. 그가 백조파에서 카프의 맹원으로 변신하는 과정에 대해 김윤식이 "유미주의가 하나의 극단이기 때문에 계급주의라는 다른 극단으로 넘어갈 수 있었"[189]다고 말한 것도 이와 비슷한 맥락에서다.

5.「이중병자」

생명 안에 '조화'의 능력이 내재되어 있다는 것은 1910년대 후반의 학지광세대로부터 1920년대 초반의 동인지문학 세대에 이르기까지 조선의 청년지식인들이 대개 공유하고 있었던 믿음에 해당한다. 자아의 내부에 깃든 생명이 삶의 다른 영역과 분리되는 특별한 낭만주의적 경험을 통해 작동하고 이를 통해 개성·자아·예술의 출현이 합법화되었다. 그 다양한 편차에도 불구하고, 근대문학 초기에 생명이라는 말은 기존의 삶의 관행으로부터 벗어나 개인의 욕망과 자율성을 표현하기에 더없이 유용한 문학적 메타포였다. 김기진과 박영희 역시 이 낭만주의적 메타포에 의존하여 자신들이 선도하게 될 세대의 문학적 입장을 정당화하고 있다. 박영희가 유물론자로서의 자기 변신을 도모하기 위해 탈낭만적 어법을 구사했다면, 김기진은 여전히 타이쇼오 생명주의 문화담론에서 계급적 주체의 중요한 문학적 표현을 원용하고 있었다. 그들은 자신의 동료와 선배 작가들이 감화되었던 특정한 문학 언어와의 대결 속에서 자신의 문학적·정치적 선택을 정련할 수 있었던 셈이다.[190] 하지만 보들레르식의 "영원한 미"(3: 55면)

1994, 194면.

189) 김윤식「『백조』의 유미주의」,『박영희 연구』, 열음사 1989, 37면.

190) 그들은 김동인과 나도향의 전례를 따라 '생명'에 내재된 지배 이데올로기를 폭로하고 그 의미를 유물론의 맥락에서 새롭게 재해석하는 가운데 비로소 계급주의 문학의 출현을 경축할 수 있었다. 다만 박영희는 데까당스의 미학 속에서 '발전에의 욕망'을 추출

혹은 "악마주의"에 대해 관대했던 박영희가 어느 순간 예술과 "실생활" (3: 71면) 간의 긴밀한 연관을 강조하게 되면서 이 낭만주의적 메타포는 은폐되어버린다. 물론 그들이 공통적으로 강조하는 '생명으로서의 문학'(1: 423면, 3: 83면)이란 그 이전의 용법과 분별되어야 마땅하다. 신경향파 비평에 암시된 근대적 주체는 인간 내부의 생명, 곧 본능이나 감각을 통해 진정한 자기를 표현한다는 점에서 낭만적인 자아각성의 일반 원리를 따르고 있지만, 그렇다고 해서 이전 세대의 관례대로 생명의 자각을 통해 어떤 것에도 속박되지 않는 자유로운 개인의 욕망(개성)을 강조하지는 않는다. 그 대신에 계급적 동일성 안에서 다른 자아와의 연대를 모색하고, 이상화된 관념으로서의 '생명'을 다시 경제적 층위에서의 '생활'로 대체했다.[191] 김기진의 표현대로, "생활"은 "생명의 현재의 실재"(1: 36면)이기 때문이다. 하지만 그것이 근본적으로 생명이라는 어휘에서 파생되고 유물론의 맥락에서 재전유된 사정을 이해하지 않고서는 '생활' 개념에 대한 정당한 이해와 적용이 불가능하다.

이와 관련하여, 「생의 비애」와 동시에 『백조』에 실린 단편 「생」에 주목할 필요가 있다. 이 소설의 화자가 처한 위기는 사랑하는 이가 죽음을 맞이했다는 실존적인 고통이 직접적인 계기가 되었을 테지만, 좀더 넓게는 "날마다 큰 변동 업는 내 생활, 경이 업는 내 생활, 줄이는 내 생활, 사랑이 업는 내 생활"(1: 86면) 탓이기도 하다. 누이와 어머니의 갑작스런 죽음, 경제적으로 무능력한 부친의 존재, 그리고 그로 인한 참담한 곤궁이 그가 자살

해냈다는 점이 이채롭다. 시간의 연속성을 거부하고 미적 향락의 '순간성'을 절대화했던 나도향과는 엄연히 분별될 필요가 있다. 결국 「생의 비애」가 작성된 1923년을 전후로 하여 박영희는 김기진의 뒤를 따라 백조파를 등지고 문학적 변신을 도모하게 된다.

191) 김기진은 "생명을 떠난 예술"과 "생활을 떠난 예술"을 다르지 않은 것으로 이해했다. 여기서 전자는 "개아에 눈뜬 자아"이며, 후자는 그러한 자아의 "세계화"라 할 만하다. 그는 이를 통칭하여 "기계(자본주의 사회 ─ 인용자)에 대한 생명의 개가"라고 표현한 바 있다(IV: 411면).

을 감행하려는 이유다. "그러케 사람에게 사람스러운 '생' 후면에는 쏘한 이가티 비참하고 참담한 한 현상이 잇"(1: 85면)을 따름이다. 어머니의 유산(遺産) 같은 길몽이 냉혹한 현실로부터 끝내 배반당하는 데서 짐작할 수 있듯이, 그에게 '생'은 하나의 "큰 사기(詐欺)"(1: 79면)와 다를 바 없다. 이러한 방식의 인생 해석은 「생」이 에세이 「생의 비애」의 소설적 판본임을 알려준다. 「생」에서도 종교는 사람들로 하여금 인생의 비의를 깨닫게 하는 데 거의 쓸모가 없다. "모든 사상, 모든 종교가 나에게는 다만 '생'을 연장시키는 한 수단임을 알앗다."(1: 96면) 결국 인생의 필연적인 배반을 알고도 화자가 우편배달부가 전해줄 "행복한 소식"을 기다리는 것으로 이 소설은 비극적인 결말을 맺는다. 인생의 비애로 고민하고 좌절하는 인간 형상은 동인지세대의 문학에서 그리 낯선 것이 아니지만, 「생」에서는 '생활'의 문제가 다른 요소 못지않게 절박한 장애로 다루어진다는 점이 이채롭다. 심미주의에 감화된 청년예술가들에게 그러한 생활의 문제는 신성한 예술의 이상에 비하면 실로 부차적인 문제에 불과한 것이었기 때문이다.

'생'에 대한 박영희의 유물론적 번안이 좀더 본격화되는 것은 이듬해에 발표한 「이중병자(二重病者)」(1924)에서다. 「이중병자」는 혁명적 사상에 심취되었던 한 청년지식인의 병상기를 다루고 있다. 윤주는 신문사 편집인으로 일하던 중 사주의 전횡에 맞서 동맹휴업에 동참하고, 그로 인해 얻은 심각한 불면증으로 입원하게 된다. 그런데 병원에서 우연히 간호부 김운경을 만나 사랑에 빠진 윤주는 그녀를 "아름답게 정제된 녀성의 창조물"(1: 146면)로 이상화하고, 그녀와의 만남에서 "사람과 사람으로의 적나(赤裸)의 즐거움"(1: 147면)을 만끽하기도 한다. 인생에 대해 지금껏 진취적인 태도를 보여왔던 윤주는 불합리한 운명에 순응하는 대신에 그것을 개조하고 혁명하는 것이 "완전한 생활"을 성취하는 길이라고 했지만, 그의 사랑과 혁명은 삶의 구체적 진실에서 한참 벗어난 공상이나 환상이었음이 여지없이 폭로된다. 즉 그가 느끼고 확신했던 김운경과의 일체감이란 '실생활' 혹은 사회로부터 격리된 개인의 터무니없는 공상에 불과했던 것이다. 말하자면 두 사람의 연애 또한 그저 하나의 "사기"(1: 157면)였던 셈이다. 다시 말해, 윤주가 신성한 연애감정 속에서 느낀 "마음과 마음" "정신과 정신"의 융합이란 신비적이라기보다 망상적이며 현실참여라기보다는 관념적인 타협에 가까운 것이었다. 그처럼 이상화된 연애관은 실은 『무정』에서 형식이 말한 "서로서로의 영과 영이 모든 인위적 껍데기를 벗어버리고 적나라하게 융합"[192]한다는 낭만적 사랑에 대한 노골적인 비판에 해당한다. 『무정』의 경우 이광수의 낭만적 사랑이 개인 간의 복잡다단한 갈등과 반목을 한순간에 휘발시키는 대신 이른바 민족이데올로기를 재생산하는 데 기여했다는 점을 상기한다면, 「이중병자」에서 박영희는 그러한 사랑의 이상화, 조화로운 삶의 가능성을 명백하게 부정하고 있다 해도 무방하다. 그런 의미에서 박의사가 김운경과의 사랑을 "치명적 생활의 연합"(1: 157면)이라 정의한 것은 의미심장하다. 다른 글에서 박영희가 직접 언급했듯이, 병원은 인생이 곧 고통이라는 엄연한 현실을 깨닫기에 더없이 적절한 공간이다.(3: 49면) 즉 질병에는 그 어느때보다 강렬한 생명체험이 전제되어 있기에, 근대문학 초기 적잖은 작가들이 개인의 병상기를 작품의 소재로 삼았는지도 모른다. 하지만 이 소설에서 윤주의 투병은 어떤 갱생의 가능성을 제공하는 것이 아니라, 오히려 그의 신체와 정신의 파산선고를 위한 치명적인 이중장치로 기능한다. 그것은 전영택의 「생명의 봄」이나 김동인의 「목숨」처럼 투병을 예술가주체의 신생의 계기로 삼는 창작 관례에 대한 일종의 패러디적 성격을 지닌다.

근대적 역어로서 인생·생명·생활은 그 어원(life)이 정확히 일치하지만, 당대 문화담론의 역사적 전개 속에서 각기 다른 용법과 맥락을 지니게 된다. 앞서 살펴본 것처럼, '생활'이라는 단어는 이른바 "예술을 위한 예술"

---

192) 이광수 『무정』, 문학과지성사 2005, 229~30면.

의 위선과 기만을 비판하는 가운데 김기진이나 박영희 같은 사회주의 문학비평가들이 즐겨 사용한 개념어다. 박영희는 "우리의 생활이 문예를 창조한다"(3: 21면, 68면, 118면)라고 수차례 강조했고, 김기진은 "생활을 떠난 예술이 없다"(IV: 404면)고 단언했다. 물론 '생활'이 그 이전 시기인 근대 계몽기에 조선의 문화담론에서 사용된 선례가 없는 것은 아니었지만, 그 용례는 대체로 당시 우세했던 생물학적·우생학적 인간관과 직결되어 있었다.[193] 다른 한편, '생활'과 동일한 어원을 지닌 '인생'이나 '생명' 역시 1910년대 이후 조선의 문화담론에서 각광받았지만 1920년대에 들어서면 그 관념성을 비판받기에 이른다. 말하자면, 전대의 자연주의와 유미주의 문학 일반에 대해 비판적 거리를 확보해야 했던 사회주의 비평가들에게 '생활'은 '인생'이나 '생명'보다도 더 매력적인 어휘로 여겨졌을 것이다. "인생의 암면(暗面)" "인생의 진상(眞相)" 등 자연주의 강령에 어김없이 등장하는 '인생'이나 '생명'과는 달리 '생활'이라는 말은 물질적·경제적 삶의 구체성을 내포한다는 점에서 계급론적·유물론적 사유에 더 밀착된 용어였기 때문이다.[194]

요컨대, 1920년대 전반기에 널리 유행한 '생활'이라는 어휘는 그 이전 세대가 유럽과 일본의 선례를 따라 각별하게 애용했던 '생명'의 사회주의적 판본에 해당한다. 다분히 기독교적 원천을 지닌 이 '생명'은 인간 내부의 어떤 창조적 에너지를 가리키면서, 동시에 어떤 무한한 절대자와의 일체감을 상정한 개념어로서 근대적 자아각성의 중요한 표현으로 널리 활용

---

193) 김명구 「1910년대 도일 유학생의 사회사상」, 『사학연구』 64, 한국사학회 2001, 102~104면.

194) 김명인도 1920년대 초반 문학개념의 역사적 변환을 생명과 인생에서 생활과 현실로 재구하고, '생활'은 "계급적 관점에서 구성"된 개념이라고 이해했다. 그리고 이를 가리켜 "조선 프롤레타리아 문학의 첫 깃발"이라 평가했다. 「한국 근대문학 개념의 형성 과정」, 『탈식민의 역학』, 민족문학사연구소, 소명출판 2006, 141~42면.

되었다. 이렇듯 라이프의 번역어가 '생명' 대신 '생활'로 교체되는 담론상의 변화는 곧 1920년대 사회주의 문학의 출현에 대한 흥미로운 예증일 수 있다. 그런 의미에서 박영희가 『무정』의 의의를 재평가하는 가운데 이 소설의 서사를 "자기 생명의 무한한 성장"이라고 요약했다는 것은 주목된다. 그 역시 기성세대의 문학적 성과가 타이쇼오기의 생명주의 담론과 깊은 연관이 있음을 충분히 인식했을 뿐만 아니라, 그것을 탈낭만주의적·유물론적 맥락에서 재전유함으로써 결국 계급주의 문학의 토착화에 공헌할 수 있었다.

생명담론의 재신비화

1. 현실에서 사실로의 전회

'생활'이라는 역어를 중심으로 신경향파 비평의 형성을 재구할 경우, 다음의 몇가지 의문이 제기되지 않을 수 없다. 신경향파 비평담론의 핵심어 중 하나였던 '생활'이 하필이면 백조파 같은 낭만주의 계열 작가들이 선호한 '생명'과 동일한 어원을 지녔다는 사실을 어떻게 이해해야 할 것인가. 김기진이나 박영희가 계급문학을 주창하기 직전까지 열정적/일시적으로 가담했던 백조파의 문학정신이 신경향파 비평과 그 이후의 카프문학 전반에 끼친 영향력은 과연 미미한 것이었을까. 게다가 1930년대 중반 이후 카프계 작가들의 소설이 대개 개인의 일상사에서 주체의 진정성을 모색하고 이를 가리켜 임화가 '생활의 발견'이라 명명한 바 있을 만큼 '생활'이라는 단어가 계급주의 문학담론의 역사적 전개에서 광범위한 중요성을 지녔다면 그 이유는 과연 무엇인가. 더 나아가 주체재건론에서 본격문학론에 이르는 임화 비평의 궤적 속에서 일관되게 나타난 낭만주의적 충동, 즉 성격과 환경·내성과 세태·주체와 객체의 완미한 조화를 이루어내려는 열망은 한국 사회주의 문학의 지속적인 성장에 있어 어떤 연속성과 단절을 드러내는 것인가.

널리 알려진 대로 임화는 반영론을 주장하면서 형상의 물질성과 세계관을 분리했고, 문학사 서술에 있어서는 사실정신과 진보정신을 구분했으며, 특히 신경향파 문학과 관련해서는 최서해적 경향과 박영희적 경향으로 양분했다. 이러한 이해방식은 1930년대 말 저 유명한 세태소설론과 본격소설론의 대립항으로 재연되었다. 여기서 그가 상기한 분열의 양상들을 변증법적으로 통일하는 유력한 매개항으로서 '낭만적 정신'을 지목했다는 점은 주목된다. 말하자면, 성격과 환경의 조화에 대한 임화의 남다른 천착은 결국 그가 이념적으로는 '사회주의적 리얼리즘'의 신봉자일지 모르지만, 문학적인 층위에서는 낭만주의에 깊이 침윤되어 있었음을 짐작케 해준다.[195] 임화와 더불어 카프를 대표했던 안함광(安含光)과 김남천도 그러한 맥락에서 검토할 만한 대상이다. 의식의 능동성을 중시했던 안함광이 현실극복의 원리로 무엇보다 '감성'과 '정열'을 표나게 강조하고, 다른 한편 낭만적 경향을 경계한 김남천이 작가들로 하여금 리얼리즘에 입각한 '현실' 개념에서 다시 '생활'로 귀환할 것을 촉구했다는 점은 임화와의 대비 속에서 흥미로운 유사성과 차이를 보여준다.

1930년대 후반기의 문학비평에서 자명하게 여겨졌던 '현실' 개념의 복잡한 역사성을 다시금 해명하는 작업은 한국 사회주의 문학이 코민테른의 강령 같은 외적 자극에 의해 추동된 면모 못지않게 그 이전 세대의 문학어를 의식/무의식적으로 수용하고 재전유하는 가운데 이루어진 독특한 진전임을 시사할 것이다. 더 나아가 이 시기 임화나 김남천이 굳이 '현실' 개

---

195) 일례로 최현식은 임화 시의 낭만성에 주목해 "'로만정신론'이란 어쩌면 처음부터 임화의 내면에 감춰진 채 저류하고 있던 '낭만성'이 간난한 현실과의 부딪침 속에서 구체화된 형식"이라고 역설하기도 했다. 「낭만성, 신념과 성찰의 이중주」, 『임화 문학의 재인식』, 소명출판 2004, 209면.

념을 포기하고 '생활' 개념으로 되돌아간 저간의 사정도 이를 통해 이해할 수 있을지 모른다. 임화의 낭만주의론은 물론 혁명적 로맨티시즘의 변용이지만, 창조적 삶의 가능성을 억압해버린 기계적 반영론 또는 카프문학 자체에 대한 자기비판임에도 틀림없다. 다른 한편, 그것은 파시즘체제하에서 '현실'이 '사실'로 대체되면서 그 진보성 또는 현실규정성의 유효기간이 만료되었다는 통렬한 자각과도 무관하지 않다. 즉 파시즘체제하에서 진보적 개념으로서의 '현실'도 결국 '사실(의 세기)'이라는 모호한 관념으로 퇴행해버렸기 때문이다.

1938년 12월 백철(白鐵)은 「시대적 우연의 수리」를 『조선일보』에 발표했다. '사실에 대한 정신의 태도'라는 부제가 붙은 이 글은 '사실의 세기'가 도래했음을 공언한 대표적인 평문으로 널리 회자되었다. 여기서 백철은 "역사가와 철학자가 예정해놓은 프로그람"[196] 즉 '필연'보다는 오히려 '우연'이 승한 경우가 있다면서, 결국 '우연적인 것'도 "하나의 엄연한 사실이오 객관"[197]으로 인정할 수밖에 없다고 했다. 이 글에 사용된 "객관적인 사실" 또는 "우연적인 현실"[198]이라는 기표는 1930년대 중반 이후 변증법적인 역사발전론의 권능이 정지한 시점에서 조선 문화계의 진보적인 문인들이 직면한 곤경을 타개할 차선의 해법으로 제시되었다. 그에 따르면, 유물론적 합법칙성이 더이상 작동하지 않을 때 다시 "역사의 진실"[199]을 획득하기 위해서는 무엇보다 '사실'이나 '우연'으로 지칭되는 바로 그 불가해한 역사적 파편들을 회피하지 않는 일부터 시작해야 한다. 뒤이어 발표된 유진오(兪鎭午)의 「조선문학에 주어진 새 길」(1939)의 논지도 이와 크게 다르지 않다. 조선 신문학 30년사를 회고하는 가운데 특히 카프문학이 보여

196) 백철 「시대적 우연의 수리」, 『조선작품연감』, 인문사 1939, 301면.
197) 백철, 앞의 글 302면.
198) 백철, 앞과 동일함.
199) 백철, 앞의 글 309면.

준 성과가 어떤 면에서는 "역사적 필연"[200]이라 할 만큼 세계문학적 의의를 지닌다고 비교적 고평하면서도, 자신을 포함해 "그 운동에 참가한 사람들 자신에게도 똑똑히 의식되지 못한 채"[201] 시효가 만료되었다고 비판했다. 카프 해체 이후 이른바 행동주의, 휴머니즘, 지성, 주체의 재건, 고발의 정신 등 다양한 문학적 시도가 이루어졌음에도 여전히 "혼돈의 세기"와의 결별이 요원한 지금 과연 문학이 무엇을 할 수 있는가라는 질문에 대해, 유진오 자신의 답변 또한 "이론보다 사실이 자꾸 앞서는 현대" 곧 "사실의 세기"를 수락하고 그 안에서 "조선문학이 세계문학의 계열로 약진"할 가능성을 모색하는 것이었다.[202] '사실의 세기'라는 수사적 표현은 뽈 발레리(Paul Valéry)가 1차 세계대전 종전 직후에 쓴 「정신의 위기」(Crisis of Mind, 1919)라는 글에서 연원한다. 1933년 10월 빠리에서 '국제연맹 지적 협력 국제위원회' 주최로 열린 국제회의가 세계사적 변환의 징후로 이해되면서 '유럽정신의 미래'를 선구적으로 논한 발레리의 글이 재독되기 시작했다.[203] 발레리에게 '정신'이 "일체의 물질적, 정신적 사상을 변형하고 변환하는 능력"이라면, 세계대전의 참화 이후 바로 그 정신이 낳은 과학문명의 "관성"과 "가속"에 의해 유럽이 자멸하게 될지도 모른다는 두려움은 공연한 것이 아니게 되었다.[204] 유럽정신 혹은 서구 지성과 문화의 위기를

---

200) 유진오 「조선문학에 주어진 새 길: 세계문학의 계열에로」, 『구름 위의 만상(漫想)』, 일조각 1966, 352면.

201) 유진오, 앞의 글 353면.

202) 유진오, 앞의 글 356~59면.

203) 뽈 발레리로 대표되는 유럽 지성계의 위기의식이 일본사상계를 거쳐 조선의 문화담론에 영향력을 행사하게 된 사정에 대한 선진적인 논의로는 차승기 「'사실의 세기', 우연성, 협력의 윤리」, 『민족문학사연구』 38, 민족문학사학회 2008(와타나베 나오키 외 『전쟁하는 신민, 식민지의 국민문화』, 소명출판 2010에 재수록); 「사실, 방법, 질서」, 『한국문학연구』 42, 동국대 한국문학연구소 2012 참조.

204) 마르셀 레이몽 「문명, 그리고 정신의 위기」, 『발레리와 존재론』, 이준오 옮김, 예림기획 1999, 183~85면.

어떤 식으로든 내면화할 수밖에 없었던 조선 지식인들에게도 발레리의 글은 문제적이었다. "바레리-는 이십세기를 사실의 세기라고 말하얏다. 사실의 세기란 질서의 세기에 대(對)하는 말이다."[205] 서두부터 발레리의 말을 인용하며 시작되는 「사실의 세기와 지식인」에서 최재서가 주장하는 바도 앞서 백철이나 유진오의 경우처럼, 비록 지금이 "개성과 시대가 행복스럽게 일치되는" "역사적 포인트"가 아니라 할지라도 사실이 "현실의 생활을 의미"하는 한 결국 "역사적 질서로부터 튀여나온 사실은 반듯이 역사적 사실로 도라"가리라는 믿음을 잃지 않는 데 있었다.

1930년대 중반 이후 조선문학의 진로를 새롭게 모색하는 가운데 제기된 일련의 논쟁을 염두에 둔다면 '사실'이라는 단어는 우선 지성·교양·휴머니즘의 대립어로 이해해도 무방하다. 이 시기 식민지조선은 물론 유럽의 정치적 변화를 고려할 경우 '사실'은 곧 '파시즘 체제'와 동일시되기도 한다.[206] 하지만 최재서나 유진오, 백철의 문학론에서 거의 공통적으로 확인되는 사항은 '사실'이 무엇보다 '현실'과 대비되는 어휘로 맥락화되었다는 점이다. 그들과 다른 이념적 지향 속에서 '사실의 세기'를 극복하려 했던 안함광이 굳이 '사실정신'이라는 표현을 활용했던 것도 '사실'에 여전히 잠재된 리얼리즘의 가능성을 포기할 수 없었기 때문일 것이다.

그러면 '사실'과 '사실정신'이란 어떻게 해서 구별되어지는 것이냐? 오인이 여기에서 말하는 '사실정신'이란 '사실'의 존재현상으로서의 정신을

---

205) 최재서 「사실의 세기와 지식인」, 『조선일보』 1938.7.2.

206) 김재용에 의하면, '사실'은 "지성의 반대말" 또는 "파시즘의 상징"이거나 단순한 "문학적 제재"로 그 용례가 구분된다. 김재용 「'사실' 논쟁과 1930년대 후반 문학의 성격」, 『임화문학의 재인식』, 소명출판 2004, 240면. 이현식도 '사실'을 가리켜 "일제 파시즘이 벌이고 있는 여러 국내외의 일들을 가리키는 정치적 수사"로 이해한다. 이현식 「태도의 미학과 주체 통합에의 모색」, 『일제 파시즘체제하의 한국 근대문학비평』, 소명출판 2006, 186면.

말함이 아니라 '사실'의 존재 이유에 대한 편의적 언표다. 이러한 의미로서의 '사실정신'만이 '사실'에 대하여 자신을 구별할 수 있는 것임은 두말할 것도 없다. '사실'의 존재이유는 언제나 현현되어지는 '사실' 그 자체에 모순을 성립시킨다는 의미에서 그는 질료적이고 그를 지양한다는 의미에서 그는 이데적이다.[207]

　여기에는 두개의 '사실'이 있다. 하나가 존재의 '현상'을 지칭한다면 다른 하나는 '본질' 그 자체다. '사실정신' 즉 '정신'으로서의 사실이란 "이데"(idea)이자 "현현되어지는 사실"과 동일한 의미를 지닌다. 파편적인 사실의 인식론적 한계를 지양할 때 주체에게 갑자기 도래하는 '사실'은 그러니까 더이상 사실이 아닌 것이다. 그것을 가리켜 안함광은 '사실정신'이라 명명하고 있는데, 이는 흥미롭게도 이듬해에 임화가 「생활의 발견」(1940)에서 역설한 '생활'의 독특한 함의와 유사한 데가 있다. "현실 대신에 맞이한 부득이한 세계로서의 생활이 아니라 역시 소중히 할 것으로서의 생활, 혹은 그것을 긍정하고 그 속에서 무슨 새 의의를 찾아보려는 세계로서 생활이 문학 위에 등장하게 되면, 그때는 여태까지 우리가 현실이란 것과 대비하여 생각해오던 생활과 새로운 의미의 생활이 약간 의미가 달라진다. (…) 새로이 발견된 현실로서의 생활, 그것이 곧 현실을 버린 뒤에 생활의 발견이 초래한 중대한 결과가 되는 것이다."[208] 임화 역시 '생활'이라는 단어를 두가지로 구분해 사용하고 있다. 그중 "소중히 할 것으로서의 생활"이나 "새로운 의미의 생활"은 리얼리즘적 주체가 이념과 역사의 퇴조 이후 망실해버린 '현실'의 새로운 현현이다. 그런 의미에서 임화가 말한 "현

207) 안함광 「시대의 특질과 문학의 태도」, 『동아일보』 1939.6.20~7.6(『문학과 진실』, 박이정 1998, 57면에서 재인용).

208) 임화 「생활의 발견」, 『문학의 논리』(임화문학예술전집 3), 임화문학예술전집 편찬위원회, 소명출판 2009, 267~68면.

실 대신에 맞이한 부득이한 세계로서의 생활"이란 물론 '사실'의 다른 표현이다. 덧붙여 그가 다른 글에서 "현실의 표면에 집착하는 것이 아니라 그 뒤에 숨어 있는 심오한 본질을 계시하는 문학"[209]이 중요하고 이를 위해 "사실의 탐색 가운데서 진실한 문화의 정신을 발견"[210]하자고 주창하거나, 본격소설을 일종의 "고전적 소설"[211]로 이해하는 가운데 그 주인공이 추구하는 어떤 "질서라든가 인간의 관계라는 것은 늘 여건과 욕구의 중화 상태"[212]라고 요약한 것도 이른바 '사실의 세기'가 조선 문단에 가져온 담론적 충격 —'현실'이라는 후광의 상실과 유관해 보인다.

카프문학 성립기에 이론분야를 주도했던 박영희의 경우만 하더라도, '현실'은 "역사적 필연과 변증법적 운동과정"[213]에 준하여 명료하게 재현 가능한 대상이었다. "가장 가치 잇는 사회성이란, 합리 속에서 그 자체의 모순으로서 지양된 새 현실의 다른 합리를 말하는 것이다. 그러면 문예운동에 잇서서 지금 우리의 사회성이란 물론 성장하는 현실, 즉 의식(계급적)을 쯧하는 것이다."[214] 신경향파 소설들은 농민의 피폐한 삶이 불합리한 계급 모순 때문이라는 점을 조선 독자들에게 최초로 각인해주었기에, 그처럼 재발견된 '현실'은 어떤 면에서는 살인과 방화 묘사의 강도만큼 인지적 충격으로 다가왔을 듯하다. 또 카프문학의 새로운 가능성을 보여준 첫 성과로 종종 고평되어온 「과도기」(1929)는 "조선의 현실을 (…) 농촌이

---

209) 임화 「사실주의의 재인식」, 앞의 책 84면.
210) 임화 「사실의 재인식」, 앞의 책 113면.
211) 임화 「본격소설론」, 앞의 책 291면.
212) 임화 「현대소설의 주인공」, 앞의 책 325면. 이에 비해, 최재서는 "사실에 의미를 부여하고 가치를 발견하고 아울러 그를 질서화하는 것은 뒷일"이라 논평한 바 있다. 이현식, 앞의 글 186면에서 재인용.
213) 박영희 「무산계급 문예운동의 정치적 역할」, 『박영희전집』 III, 영남대출판부 1997, 284면.
214) 박영희 「문예운동의 방향전환」, 앞의 책 232면.

공장지대가 되고 농민이 노동자가 되는 과정을 자본주의적 관계"[215] 속에서 묘파하는 데 성공함으로써, 임화의 문학사적 견해대로, 『고향』(1934)에 이르는 중요한 토대가 되었다. 하지만 카프 해체와 일제 파시즘의 득세를 전후로 사회주의 리얼리즘에 입각한 '현실' 개념이 그 실효성과 권능을 상실하자 『고향』이나 「과도기」에 나오는 문제적 인물들은 더이상 유의미한 후계자를 배출할 수 없게 되었다.

그런 맥락에서, 전형기 조선문학의 위기를 핵심적으로 집약하는 '사실의 세기'라는 표현이 소설 창작면에서 제기하고 있는 실질적인 과제는 주인공의 형상화일 것이다. 유진오는 앞의 글에서 "이상형의 세계"가 아닌 "시정(市井)"을 편력하는 가운데 그곳에서 "영원의 인간상"을 발견하고, 이를 "예술에까지 고양시키기 위하여, 리얼리즘의 수법에 더욱 침잠하여야 할 것"이라고 역설하기도 했다.[216] 하지만 그가 강조하는 '영원의 인간상'이라든가 '시정'의 함의는 아무래도 명료하지 않다. 「시대적 우연의 수리」의 경우, 백철이 언급한 "문학자의 프렉시불한 정신"[217]은 소설의 주인공이 현실과 교섭하는 중에 일순간 깨닫게 되는 삶의 진실을 뜻하는데, 그러한 순간은 다음과 같이 구체적으로 예시된다. "지나의 모든 봉건적 성문이 함락되는 광경을 눈앞에 볼 때에 우리들의 시야가 훤하게 뚫려지는 이상한 흥분이 내 일신을 전율케 하는 순간이 있다. 여기서 지식인이 눈앞에 보는 '사실'에 머저서 부정적인 요소만을 보는 것은 한개의 사실주의에 떨어진 근시안적인 판단인 줄 안다."[218] 안함광의 평론과 마찬가지로, 이 인용문에도 두개의 '사실'이 전제되어 있다. 하나는 '우연성'과 동일시되지

215) 이현식 「'과도기' 다시 읽기」, 『한설야 문학의 재인식』, 문학과사상연구회, 소명출판 2000, 74면.
216) 유진오, 앞의 글 358~59면.
217) 백철, 앞의 글 304면.
218) 백철, 앞의 글 308면.

만 다른 하나는 주체로 하여금 흥분과 전율을 동반할 정도로 압도적일 만큼 예외적인 사건을 지칭한다. 다시 말해, "사실 이상의 진리"또는 "역사적으로 진보하는 의미"를 지닌 '사실'이란 더이상 현실에 반하는 어떤 부정적 개념이 아니라 '현실' 그 자체가 된다. 사실을 수락하자고 말하면서도 백철 자신이 끝내 포기하지 못한 현실 개념의 왜곡된 흔적으로서의 "이상한 흥분"또는 "전율"이 과연 무엇을 의미하는지는 비교적 자명하다. 파시즘체제를 추인하고 그러한 투항을 합리화하는 대신에, 그렇다고 해서 현현의 가능성이 휘발된 현실 곧 세태묘사에 천착하거나 반대로 내면에 침잠하는 것도 아닌 방식으로 '사실의 세기'(또는 근대)를 넘어서는 일이 과연 가능한가. 김동리 문학이 문제적인 이유는 바로 여기에 있다.

2. 생명, 휴머니즘, 운명

김동리 문학에서 '운명'이란 자연과 인간의 원초적 합일, 우주적 생명과 개인의 생명의 조화로운 상태를 구현하는 용어라는 점에서 이른바 '구경적(究竟的) 생(명)'과 동의어다. 예컨대, "시대와 사회를 초월하여 인간이 영원히 가지지 않을 수 없는 인간의 보편적이요 근본적(구경적)인 문제 — 다시 말하면 자연과 인생의 일반적 운명"[219]이라고 말하거나 "자아 속에서 천지의 분신을 발견"하는 것을 "공통된 운명"으로 표현할 때 운명은 의미상 "구경적 삶"과 중첩된다.[220] 그렇게 보면, '운명'이라는 김동리 소설의 주제어는 '생명'과 상당한 근친성을 지닌 어휘가 아닐 수 없다. 김동리가 관여하고 서정주(徐廷柱)와 유치환(柳致環) 등이 주동이 되

---

219) 김동리 「문학적 사상의 주체와 그 환경」, 『문학과 인간』, 백민문화사 1948, 94면.
220) 김동리 「문학하는 것에 대한 사고: 나의 문학정신의 지향에 대하여」, 앞의 책 100면.

어 1935년 무렵 결성한 유파의 명칭이 다름 아닌 '생명파'였던 것도 우연이 아니다. 어떤 의미에서 한국 근대문학의 주류적 경향 중 하나는 바로 이 '생명'이라는 번역어, 즉 조화롭게 통일된 자아·예술·세계 모델의 관념어를 내면화하거나 또는 부정하려는 노력의 결과였다고 할 만하다. 여러 원천 가운데 특히 베르그송 철학에서 유래한 '생명'은 인간 내부에 잠재된 참된 자아·개성·창조력을 지칭하는 유력한 용어로 1920년대 동인지세대에 의해 적극 수용되었지만, 비록 그것이 개인의 욕망과 문학의 자율성을 정당화하기에 유용한 메타포였다 해도 식민지조선에 유입되는 과정에서 그 관념적 한계를 여지없이 드러냈다. '생명'에 들러붙은 관념적 의장을 걷어내면서도 예술가의 창조적 에너지를 훼손하지 않은 채 유물론적 맥락에서 재전유하려 했던 김기진이나 박영희에 의해 이 용어는 한때 '생활'로 대체되기도 했다. 이렇듯 근대문학사 전반에 걸쳐 부단히 변주되고 반복된 '생명'을 김동리 문학에서 발견한다 해도 그리 놀라운 일은 아닐 테지만, 여기서 중요한 것은 이 용어로 대표되는 서구 근대문학을 어느 순간 초월(했다고 전제)해버리는 그 특유의 사유방식이다.

'생명의 약동'이니 '의식의 흐름'이니 하고 구차이 벨그손이나 윌럼쩸스를 들추지 않드라도 우리의 안면에 비최는 우리의 생명의 표정이란 각각히 변화를 지속하는 것이며 그 무궁한 화중(化中)에 있는 그 어느 한순간의 표정을 포착한다는 것이 무엇을 의미함인가를 생각해보라. (…) 그러한 추상적 이념을 설정하지 않고 부단히 약동하고 흐르고 있는 한순간의 생명현실을 포착하여 그 표정의 완벽을 꾀한 데에 레오날드의 특이한 천재적 야심과 조물주적 리얼리티-가 빛나는 것이 안인가?[221]

221) 김동리 「문학의 표정」, 『조광』 1940.3, 68면.

「문학의 표정」에서 김동리는 '생명'이 베르그송이나 윌리엄 제임스 같은 철학자들의 저작으로부터 비롯한 것임을 잊지 않고 있지만, 그러한 원천 자체를 의식하는 것이 어떤 면에서는 구차할 정도로 이 단어는 보편적인 감각에 호소하는 문학용어라고 이해한다. 그가 이 글에서 말하는 문학의 표정이란 곧 생명의 표정이며, 그것은 이를테면 "부단히 약동하고 흐르고 있는 한순간의 생명현실"을 포착해낼 때 발견할 수 있다. 순간적으로 포착 가능한 "생명현실"이란 무엇을 의미하는 것인가. 비슷한 시기에 발표된 「나의 소설수업: '리얼리즘'으로 본 당대작가의 운명」에서 김동리는 상기한 '생명현상'을 리얼리즘의 문제로 환원하면서 매우 대담한 발언을 하였다. 그에 따르면, "사회주의적 리얼리즘"이든 "변증법적 리얼리즘"이든 간에 피상적인 수준의 현실재현에 불과하다는 점에서 리얼리즘의 본령이 될 수 없다. 오로지 "한 작가의 생명(개성)적 진실에서 파악된 '세계'(현실)에 비로소 그 작가적 리얼리즘은 시작하는 것이며, 그 '세계'의 여율(呂律)과 그 작자의 인간적 맥박이 어떤 문자적 약속 아래 유기적으로 육체화하는 데서 그 작품(작가)의 리얼은 성취되는 것이다."[222] 여기서 세계의 "여율"과 개인의 "맥박"이 유기적인 조화를 이룬 상태란 물론 "주관"과 "객관"의 합일을 의미하며, 그것이야말로 낭만주의 문학의 핵심이다.

「신세대의 정신」은 그러한 문학관이 세대론과 결합한 문제적인 평론이다. 김동리는 조선 신문학의 역사를 반추하는 가운데 "경향문학"이 불러온 폐해를 지적하면서 그것이 무엇보다 "'물질'이란 이념적 우상의 전제 하에 인간의 개성과 생명을 예속 내지 봉쇄시켰드라는 사실"에 집중한다. 김동리를 포함해 당대 신세대 작가들에게 부과된 역사적 과제는 프로문학 계열의 작가들이 참칭한 바로 이 "인간의 개성과 생명"을 사회주의 같은 "이데올로기"의 속박으로부터 "해방"하는 데 있었다.

---

222) 김동리 「나의 소설수업: '리얼리즘'으로 본 당대작가의 운명」, 『문장』 1940.3, 174면.

그러므로 이들, 신세대적 작가는, 전날의 작가들이 어떤 외래의 사상이나 주의를 배워서 그것이 곧 제 작품의 유일한 내용이 되는 것이라고 생각하던 것과는, 작품의 내용이란 개념의 범주부터를 달리하는 것이다. 이들에게 있어서는 그러한 생경한 '이데올로기'는 첫째 작품의 내용으로써 용인되지 않는 것이다. 이들은 진정한 작품의 내용을 구하는 것이니, 그것은 제 개성과 생명에서 빚어진 어떤 '인생'이어야 하는 것이다. 한 '인생' ── 그것은 제 개성과 생명에서 발아하여 제 개성과 생활과 운명과 의욕의 유기적 '하아모니' 속에 부단히 호흡하며 성장한 것이어야 하는 것이다. 이들(신세대)은 세상에 있는 모든 사상 모든 주의를 널리 이해하여 그것을 제 '인생'의 한 세포로써 부단히 유기화시켜야 하는 것이다. 요약하면 우리와 같은 조건(전통, 환경)하에서는, 외래의 무슨 '이데올로기'가 있대서 그것이 모든 작가의 작품내용이 되는 것이 아니고, 도리어 제 자신의 인간성까지를 봉쇄 내지 예속시켜버리는 결과에 이르는 것이니, 작가된 자는 그러한 '이데올로기'들을 널리 이해하여 제 개성과 생명의 고차원적 향상을 꾀하여 적던 크던, 굵던 가늘던 간 어떤 사상이라면 사상, 주의라면 주의라 할 것을 창조(귀납적)해야 한다는 것이다. 그리고 이러한 '인생'의 포착이란 각자의 개성과 생명의 구경추구(究竟追究)에서만 성취되는 것이다.[223]

1930년대 후반에 김동리가 다시 복권시킨 낭만주의 문학은, 「신세대의 정신」 이전에 발표된 두편의 글에도 명시되어 있듯이, 서구문학에 대한 일반론적인 이해와 카프문학을 향한 배타적인 몰이해에 기초한다. 리얼리즘(「나의 소설수업」)과 생명주의(「문학의 표정」)를 편의적으로 재맥락화하는 방식

---

223) 김동리 「신세대의 정신: 문단 '신생면(新生面)'의 성격, 사명, 기타」, 『문장』 1940.5, 84면.

을 통해 낭만주의 또는 근대문학의 핵심적인 딜레마 — 전통과 현대, 정신과 물질, 개체와 전체, 내용과 형식 등의 복잡다단한 문제가 "개성" "생명" "인생"이라는 관념어에 의해 단일한 문제틀 내부로 압축되어버린다. 동시대에 임화를 비롯해 김남천, 김기림, 최재서 등이 직면했던 모순과 곤경이 김동리의 평론에서는 식민지조선이기에 해소 불가능한 것이 아니라 오히려 그 때문에 해소 가능한 것으로 암시된다. 이 평론에서 다른 신세대 작가들의 소설과 함께 거론한 「무녀도(巫女圖)」와 「산제(山祭)」(1936)가 바로 그 실마리가 되는 작품이고, "유기적 하아모니"나 "영롱한 조화감"이란 그처럼 예외적인 재현의 경지를 지칭하는 표현임에 틀림없다. 일례로, 「무녀도」에 묘사된 모화의 세계는 "불로불사 무병무고의 상주(常住)의 세계다. (…) 한(限)있는 인간이 한없는 자연에 융화되므로서다. 어떻게 융화되느냐? 인간적 기구(機構)를 해체시키지 않고 자연에 귀화함이다. 그러므로 무녀 '모화'에게 있어서는 이러한 '선(仙)'의 영감으로 말미암아 인간과 자연 사이에 상식적으로 가로놓인 장벽이 무너진 경우다."[224] 김동리의 자평에 의하면 전통과 현대, 정신과 물질, 이승과 저승을 매개하는 샤먼이야말로 가장 유력한 주체성의 모델이며[225] 이를 통해 인간은 궁극적으로 '자연' 또는 '신'의 경지에 도달할 수 있다.[226] 서구 르네상스의 희랍정신과 비견되는 정신적 원천을 고대 통일신라에서 발견하고, 그것을 내셔널리즘의 주요 상징기제로 활용하는 방식은 널리 알려진 대로 김범부(金凡父)에게서 연유한다. 이를테면 화랑정신은 "고초로부터 금일까지 이 민족의 역사

---

224) 김동리 「신세대의 정신」, 앞의 책 91면.
225) 김동리 소설에 나타난 '샤먼'의 의미에 대해서는 이태동 「순수문학의 진의와 휴머니즘」, 『김동리』, 이재선 엮음, 서강대출판부 1995, 75~76면 참조.
226) 이와 동일한 맥락에서 김동리의 김소월론 「청산과의 거리」(1948)를 평가한 김윤식 「'구경적 생의 형식'의 문학사상사적 위상」, 『김동리 문학의 원점과 그 변주』, 김동리기념사업회, 계간문예 2006, 90면 참조.

를 일관한 정신적 혈맥"²²⁷⁾이라는 김범부의 내셔널리즘은 그 표현 그대로 '세계의 여율과 그 작자의 인간적 맥박'의 조화로운 통일에서 조선문학의 새로운 가능성을 예감하는 김동리의 리얼리즘과 조응한다. 1930년대 중반에 유행한 신휴머니즘론의 영향은 식민지 시기뿐만 아니라 해방 이후 김동리 문학평론에도 역력하게 남아 있다. 그가 주창한 '순수문학'이 '본격문학'이 되는 가장 중요한 이유는 여기에 문학정신의 본령이 담겨 있기 때문인데 그 본령이란 물론 '인간성의 옹호'를 의미하며,²²⁸⁾ 이런 맥락에서 '제3기 휴머니즘'은 곧 '제3의 생'과 동의어다.²²⁹⁾ 그러므로 김동리의 생명론, 다시 말해 '구경적 생명의 추구'로서의 한국문학과 그 정당화 방식은 기실 신휴머니즘 담론을 재전유해 민족문학의 특권성을 강조하는 방식과 근본적으로 일치한다.²³⁰⁾ 요컨대 해방기 김동리 문학평론에는 멀게는 신문학 초기에 수용된 생명주의 담론, 가깝게는 동양론의 맥락에서 회자된

---

227) 김범부 『정치철학특강』, 이문출판사 1986, 43면.

228) 김동리 「본격문학과 제삼세계관의 전망」, 앞의 책 118면.

229) 다음의 구절을 참조. "다음의 제삼단계의 생의 방식을 찾는 것이다. 그것이 위에서 말한 구경적 삶(生)이라 일컫는 것이다. 여기서 인류는 그가 가진 무한무궁의 의욕적 결실인 신명을 찾게 되는 것이다. '신명을 찾는다'는 말이 거북하면 자아 속에서 천지의 분신을 발견하려 한다고 해도 좋은 것이다. 이 말을 좀더 부연하면, 우리는 한사람씩 한사람씩 천지 사이에 태어나 한사람씩 한사람씩 천지 사이에 살아지고 있다는 사실을 통하여, 적어도 우리와 천지 사이엔 떠날래야 떠날 수 없는 유기적 관련이 있다는 것과 및 이 '유기적 관련'에 관한 한 우리들에게는 공통된 운명이 부여되어 있다는 것을 발견하게 되는 것이다. (…) 이 공통된 운명을 발견하고 이것의 타개에 노력하는 것, 이것이 곧 구경적 삶이라 부르며 또 문학하는 것이라 일으는 것이다." 김동리 「문학하는 것에 대한 사고」, 앞의 책 100~101면.

230) 한수영은 김동리의 순수문학론이 소위 '제3기의 휴머니즘'을 표방한 이상 일본의 근대초극론과 연관될 수밖에 없다고 지적했다. 즉 "서양의 근대 발전사관의 부정, 르네상스 휴머니즘의 부정, 기계주의의 부정과 신예의 귀의 (…) 동양적 예지로의 복귀" 등을 문학론의 사상적 토대로 삼았다는 점에서 그러하다. 한수영 「'순수문학론'에서의 '미적 자율성'과 '반근대'의 논리: 김동리의 경우」, 『국제어문』 29, 국제어문학회 2003.

제10장 생명담론의 재신비화 **327**

신휴머니즘론의 영향이 짙게 드리워져 있다.

3. 구경적 생의 진의

1949년 9월부터 이듬해 2월까지『동아일보』에 연재된『해방』은 김동리의 첫 장편일 뿐만 아니라 그의 소설의 미학적 성취가 대개 신화적·토속적 세계의 재현[231]에 있음을 고려하면 매우 이채로운 텍스트이기도 하다.[232] 이 소설에 대한 기존의 정평은 물론 '전통지향적 보수주의' 또는 우익 이데올로기의 문학적 산물이라는 해석과 직결되어 있다. 단독정부 수립 이후 사회주의 이념을 신봉하는 단체들의 존립이 사실상 불가능해진 상황에서 발표된『해방』은 개인적으로는『문예』창간을 계기로 급부상한 김동리 자신의 문단 헤게모니 장악의 이면과 맞물려 있고, 역사적으로는 우익정권을 정통화하는 동시에 그 핵심에 해당하는 친일파세력과의 타협을 합리화하는 데도 서사적 무게가 실려 있다.

『해방』은 대표적인 우익단체인 "대한청년회" 회장 우성근이 괴한의

---

231) 이러한 경향에 속하는 단편으로는 등단 초기작「바위」(『신동아』1936)와 그의 대표작「무녀도」(『중앙』1936)를 비롯해「황토기」(『문장』1939),「달」(『문화』1947),「역마」(『백민』1948),「등신불」(『사상계』1961) 등이 있다. 참고로 김동리 소설을 계통화하는 방식에는 역사적 현실/초역사적 공간으로 이분하거나(진정석「김동리 문학 연구」, 서울대 석사학위논문 1993; 이동하「한국문학의 전통지향적 보수주의 연구」, 서울대 박사학위논문 1989) 그와 유사한 맥락에서 신화적 공간/사회적 공간/실존적 공간으로 삼분하는 방식(이찬『김동리 문학의 반근대주의』, 서정시학 2011)이 있고, 해방기에 국한해 자유주의 수용/가족과 모성애/구경적 삶과 운명에의 초극으로 세분하기도 한다(박종홍「해방기 김동리 소설의 지향」,『현대소설의 시각』, 국학자료원 2002).

232) 김주현 교수가 복원해『어문론총』제37호 및 제39호, 한국문학언어학회 2002~2003에 분재한 자료를 분석 텍스트로 삼았다. 인용의 편의를 위해 두 연재분(1~78, 79~156회)을 각각 상하로 구분하고 본문에 해당 면수와 함께 표기한다.

총격으로 얼굴과 "가슴과 배와 넓적다리와 둔부와 전신에 난사되어"(상: 257면) 사망한 사건으로부터 시작한다. 자신의 장인이자 "세상이 다 아는 친일파"(상: 269면)인 심재영을 만나달라는 우성근의 마지막 편지 때문에 이장우가 심재영을 찾아가게 된다는 초반의 설정에서 알 수 있듯이 우익 청년단체와 친일세력 간의 결탁은 이 소설의 핵심적인 과제라 할 만하다. 게다가 "내 사위 대신 되어달라고 하면 실례가 되겠지만"(상: 297면)이라는 심재영의 말이 허언이 아닐 만큼 이장우는 그의 딸 심양애에게 매료된 나머지 "형언할 수 없는 흔근한 즐거움"(상: 268면)과 더불어 "새로운 힘"(상: 294면)을 느끼게 된다. 이장우는 해방을 계기로 자신의 "신생"(상: 340면)을 예감하게 되지만 그것은 친일파의 거두 심재영도 마찬가지일 공산이 크다. 이를테면, 심재영의 집요한 권유나 심양애에 대해 "야비한 정욕"(상: 304면) 운운하는 대목에서 이미 이장우는 심재영의 사위 우성근을 대체하는 인물로 설정된 셈이며, 마침내 두번째 방문에서 심재영 일가와 함께 지내기로 작정해버린다. "네 곧 옮기겟서요. 이장우는 불쑥 이런 대답을 했다. (⋯) 어쩌면 이런 대답을 하고 나니 마음이 후련하기도 했다." (하: 328~29면) 이 소설이 미완성되었기에 그들의 결혼을 섣불리 예단할 수는 없지만, 적어도 심재영의 친일에 대해 이장우가 심정적으로 공감하게 되는 장면은 그러한 추정을 터무니없지 않도록 해준다. 그에 대해 "꺼름칙"(하: 330면)하고 "맘 속으로 분연히 반감"(하: 331면)이 일어난다 해도 결국 이장우는 심재영의 친일이력에 일종의 면죄부를 제공해준다. "그가 과거의 독립운동자가 아니었던들, 그것도 그와 같이 열렬하고 과감한 투사가 아니었던들 그러한 고문을 받게 되지 않을 것이며, 그것도 그렇게 '잔인무도'한 고문만 받지 않았던들 그렇게 변절을 하지는 않았을 것이라는 것을 생각할 때, 그에게 동정을 했으면 했지 그를 미워하고 욕설할 까닭은 없지 않은가 하는 생각이 들었다. (⋯) '천황폐하'를 부르고 다닐 때에도 민족을 생각하고 나라를 사랑하는 마음은 잃은 적이 없었다고 여러번이나 되풀이하여 변명을 했다. 그리고 이것은 정말이라고 이장우도 그때 그 것을 직감적으로 느꼈던 것"(하: 335면)이다. 그런 맥락에서 이장우가 실질적인 리더로 군림하는 대한청년회의 주류, 특히 우성근의 이복형제인 김상철 같은 우익청년들이 『해방주보』에 심재영의 친일 관련 기사가 게재되자 이를 저지하기 위해 분주한 것도 어렵지 않게 이해된다. 말하자면 『해방』은 표면상으로는 우성근의 억울한 죽음에 대한 복수극이지만 실은 그의 장인 심재영의 명예회복이 무대의 배음을 형성한다. 이렇듯 이장우에 의해 심재영의 친일이 점차 희석되는 데 비해, 좌익청년단체는 성적 추문의 대상으로 전락한다. 일례로, 여성동맹 소속 박선주나 장소란은 모리배이자 호색한인 신철수에게 농락당한다는 점에서 오금례의 딸 윤정혜의 수준으로 격하된다. "세상에는 강간이란 것이 없어요. 더구나 교양있고 자각있는 여성에게 강간이란 말은 하 당치도 않은 소리야."(하: 282면)라는 박선주의 항변은 하미경을 유인해 겁탈하려는 신철수가 내뱉는 말 ──"그렇게 아름다운 여자를 왜 윤군이 가지게 되고 나는 가질 수 없게 되는가?"(하: 311면) ── 과 크게 다를 바 없다. 우성근 피습사건의 주역인 박성익과 하기철의 몸을 숨겨주려는 장소란이나 박선주가 신철수의 내연녀를 좇는 윤정혜에게는 그저 연적(戀敵)으로 비쳐질 뿐이라는 사실을 고려한다면, 『해방』에서 사회주의혁명이란 일종의 '스캔들'에 불과하다 해도 무방하다. 좌익청년단체와 그들의 이념을 추문화하기 위해 활용한 신철수라는 인물도 그리 단순하지만은 않은데, 『해방주보』가 다루는 이념적·정치적 스케일만 보면 그의 말마따나 외견상 중도파의 행보를 보여주는 인물일 수 있다. "좌익에 죄가 있으면 좌익을 치고 우익에 잘못이 있으면 우익을 치고…… 나는, 좌우를 초월하여 어디까지나 정의와 양심에 충실한 비평가올시다."(상: 353면) 신철수가 겁탈하려는 하미경의 오빠 하윤철도 여운형의 추종자라는 점에서 중도적 성향이 없지 않을 텐데, 서술자는 『해방』의 백미라 할 만한 이장우와의 대화에서 정작 하윤철에게 발언권을 충분하게 주지 않을 뿐만 아니라, 그의 정치적 결단을 신념보다는 단순히 인정(人情)에서 비롯된 것으로 묘사해버린다. "인간 관계야. 몽양선생도 알지만 또 그 밑에 내 친한 친구가 있었어."(하: 391면) 요컨대 이 소설은 우익 인사를 피습해 무참히 살해한 사회주의자들은 물론 성적으로 방종하거나 우유부단한 중도주의자들을 내세워 혁명의 가능성을 왜곡하거나 소거하는 방식으로 이장우의 정치적 선택을 신성화한다.

『해방』에서 이장우의 위상은 단연 압도적이다. 그는 죽은 우성근에 의해 일찌감치 "동아여자대학에서 제일 실력있고 인격있는 교수"이자 "정치적 견해"(상: 288면)도 탁월한 인물로 묘사되고, 윤동섭을 비롯해 대한청년회의 "모든 회원이 특별히 존경하"(하: 347면)는 실질적인 리더다. 즉 "관골과 어깨가 쩍 쩍 벌어"(하: 336면)진 체격답게 과격하고 제멋대로인 김상철을 한마디 말로 제압할 만큼 카리스마 넘치는 지도자이며, 소설의 말미에서는 모든 책임을 혼자 감당하는 숭고한 인격자이기도 하다. 그럼에도 이장우와 관련하여 가장 불가해한 부분은 하윤철의 방문으로 불거진 해방전의 어떤 기억들에 있다. 궁핍했던 이장우는 하윤철 가족의 후의로 마치 "별천지"(상: 313면) 같은 대저택에 동거하며 학업을 계속할 수 있었는데, 그의 여동생 하미경과의 불미스런 일 때문에 출분한 후 토오꾜오로 유학을 떠나게 되었다. 다시 자신을 찾아와 용서를 구하는 하미경에게 이장우는 다음과 같이 말한다.

그것이 내 성격이요 내 운명이었다면 대체 누구에게 사죄를 한단 말입니까? 어머니와 미경씨와 윤철군에게 사죄를 했다고 합시다. 그러면 그것은 누가 사죄를 하는 겁니까, 내 자신이 사죄를 하는 겁니까, 내 운명이 하는 겁니까?…… 그리하여, 어머니와 미경씨와 윤철군에게 용서를 받았다고 합시다, 그렇다면 그 용서를 받은 것은 내 자신입니까, 내 운명입니까?…… 물론 남이야 나와 내 운명을 구별하지 않겠지요. 어머니와 미경씨와 윤철군이 나를 용서해준다면 그것은 내 운명의 소유자로서의 내 자신이겠지요, 그러므로 나는 내 운명에 대하여 어디까지나 책임을 져야 하겠지요…… 그렇지만 내 자신은 내 운명에 대하여 지극히 불만입니다. (…) 그 한순간의 나의 저주받은 행동으로 말미암아 내 일생은 쓰잘데없는 것이 되고 말았습니다. 얼마든지 헐값으로 얼마든지 헌신짝같이 나는 내 일생을 소비해버리려고 했습니다…… 만약 전쟁의 시련이 없었던들, 일인들의 그 참혹한 발악과 무고한 채찍이 없었던들 나는 내 생명이 그렇게도 모질고 귀한 것이라는 걸 모를번 했습니다…… 일체의 희망과 미련을 다 버리더라도 다만 생명 하나만은 기어이 이어가고 싶던 그 악착한 발버둥과 몸부림이 없었던들 나는 해방과 함께 이렇게 다시 살아날 수는 없었을 겁니다. (상: 338~39면)

일종의 '운명론'이라 불러도 좋을 정도로 이장우는 하윤철 가족과 얽힌 과거의 불운한 기억들을 모두 '운명'의 탓으로 돌리고 있다. 다시 말해, 그들이 서로에게서 느낀 "배은망덕"(상: 326면) 혹은 "원망"의 감정은 누구의 잘못도 아닌 그저 "운명"(상: 327면) 때문인 것이다. 하지만 서로 멀리 떨어지게 되었다고 해서 이장우가 하윤철이나 하미경을 그리워하는 마음이 쉽사리 사라질 리 없다. 그들을 다시 전처럼 만날 수 없다는 생각은 "고질(痼疾)"(상: 328면), 즉 "자기는 평생 사람을 그리워해야 하고 고독 속에만 살아야 한다는 그러한 운명"(상: 328면)으로 고착되기에 이른다. "자기는 이 고독에서 이미 벗어날 수 없는 몸, 그 어떠한 구원의 손도 자기를 이 고독과 절망의 구렁턱이 속에서 건져주지 못하리라고만 생각하고 있었다. 이러한 운명적인 고독감은 그로 하여금 일찍이 술을 마시게 하였고 술은 마시면 마실수록 그를 점점 절망적인 구렁턱이 속으로만 몰아넣었다."(상: 328면) 그 절망의 한가운데에서 이장우는 술집 여급 "하나꼬"(상: 329면)를 구제하게 되지만, 그것은 하미경에 대한 깊은 애증의 다른 표현에 지나지 않는다. 그런데 상기한 '운명론'은 이장우의 발화이면서 얼마든지 심재영의 그것으로도 독해 가능하다는 점에서 문제적이다. "나도 물론 민족을 생각하고 나라를 사랑하는 마음에 있어서는 누구한테 뒤떨어지지 않는다고 믿고 있었소. 국방복을 입고 전투모를 쓰고 손에는 '일장기'를 들고 입으로는 '천황폐하'를 부르고 다닐 때도 내 맘속에는 항상 민족을 생각하고 나라를 사랑하는 것이 있었다면 이것은 어떻게 해석해야 된단 말이요. (…) 내가 아닌 누가 하더라도 그 짓은 하고 말았을 것이요. 왜 하필 네가 뽑히었느냐?⋯⋯"(하: 333면) 그러니까 심재영의 친일은 우선 우연성의 산물이라는 점에서 이장우의 자기고백의 논리대로 '운명'의 탓으로 해석되며, 더 중요하게는 그의 친일이야말로 누구 못지않게 "민족을 생각하고 나라를 사랑"했다는 사실에 대한 반증이 되지 않을 수 없다. 심재영의 친일 아닌 친일은 하미경을 그리워하면서도 우연히 만난 하나꼬에게 순정을 바치는 식민지 시기 이장우의 행보와 동궤에 있는 셈이다. 그가 "심재영의 여러가지 인간적인 면에 대해서는 깊이 동정을 느끼"(상: 298면)게 되는 것은 그 때문일 가능성이 크다. 그런 의미에서, '하미경과 이장우'의 대화(상: 336~43면)는 '심재영과 이장우'의 대화(하: 329~36면)와 맥락상 연속되며, 다시 소설 결말부에 삽입된 '하윤철과 이장우'의 대화(하: 387~91면)를 예고해준다.

"그럼 자네가 말하는 현실이란 대체 무엇인가?"

"삼팔선이란 말일세⋯⋯ '두개의 세계'! 자네 이 '두개의 세계'란 무슨 뜻인지 아는가?"

"미국을 대표로 하는 자본주의 세계와 쏘련을 대표로 하는 공산주의 세계란 말인가?"

"그렇게 말해도 되지. 자네가 말하는 좌익이니 우익이니 하는 것은 결국 이 두개의 세계를 의미하는 거야. 그것이 단순히 우리 민족에 국한된 좌우익이 아니요 삼팔선만이 아닐세. 이것은 지극히 평범하고 상식적인 말 같지만 동시에 지극히 근본적이요 원측적인 판단이란 것을 알아야 하네. 왜 그러냐 하면 이것이 현실이기 때문이야. 현실은 이와 같이 두개의 세계의 싸움이란 것을 알아야 되. 우리가 정치를 한다는 것은 이 두개의 세계의 싸움에 뛰어드는 것뿐이야. 그 어느 '한개의 세계'에 가담하여 다른 '한개의 세계'와 싸우는 것이야."(하: 388면)

위의 인용에 뒤이어 하윤철이 "제삼세계"(하: 388면)의 가능성을 질문하지만 그에 대한 이장우의 답변은 지극히 부정적이다. 좌우대립을 넘어 다른 정치적·역사적 가능성을 고려하는 입장을 비현실적인 "꿈과 희망과 도의"(하: 389면)에 불과한 것으로 치부해버리는 그의 논리에는, 가령 염상섭의 『효풍』(1948)의 경우와 다르게 유연한 정치적 견해나 탈식민주의적 비전이 개입될 여지가 희박해 보인다.[233] 그것이 바로 이 소설에서 해방기 중도파가 하윤철이나 신철수 같은 인물로 재현되면서 희화화되거나 비판받을 수밖에 없는 근본이유다. 여기서 가장 시사적인 대목은 이장우가 "이것이 현실이기 때문이야. 현실은 이와 같이 두개의 세계의 싸움이란 것을 알아야 되."라고 역설하는 부분이다. 그의 현실주의는 듣기에 따라서는 '사실수리론'의 해방기 판본으로 여겨질 만하다. 지금의 정치적 상황이 다분히 '우연'의 결과라 해도 그 자체를 엄연한 '사실'로서 수락해야 한다는 이장우의 발언은, 『해방』에서 특유한 사상적 표현일지 모르지만,[234] 1930년대 후반으로 돌아가면 그리 이채로울 것도 없다. 모든 것이 다만 '운명'의

---

233) 이장우로 대변되는 극우 이데올로그 표상과 순수문학론의 관계에 대해서는 신형기 「순수의 정체: 해방기의 김동리」, 『해방기 소설 연구』, 태학사 1992 참조.
234) 『해방』의 미학적 성패나 작가론적 고찰과는 별도로 "이념 비판적 언술의 내적 구조" 즉 "해방기 좌익 이념 비판의 대표적인 서사의 한 형태로서의 성격과 의미"를 고찰한 김동석의 논문은 본고의 문제의식과 상통한다. 김동석 「이념 비판적 언술과 김동리·염상섭 소설」, 『한국 현대소설의 비판적 언술 양상』, 소명출판 2008, 100면. 다만 본고에서는 『해방』에 나타난 '우연성' 혹은 '운명'이라는 테마를 식민지 시기와 해방기를 관통하는 김동리 문학론의 문제성과 관련해 논의하는 데 좀더 집중하고자 한다.

탓이므로 누구의 잘못도 아니라는 역설은 해방기 김동리 소설의 대표적 성과인 「역마(驛馬)」(1948)에서 가장 명징하게 구현된다. 김동리 특유의 운명론을 심층적으로 이해하기 위해서 「역마」와 『해방』의 비교는 불가피하다.[235]

『해방』보다 한해 앞서 『백민』에 발표된 「역마」는 타고난 운명 때문에 사랑하는 여인을 떠나보내야 하는 어느 청년의 이야기다. 그의 "시천역(時天驛)" 곧 "역마살"은 무엇보다 "구름같이 떠돌아 다니"던 부친과 "서른여섯 해 전에 꼭 하룻밤 놀다 갔다는 젊은 남사당" 외조부로부터 면면히 이어져 온 천운(天運)이다.[236] 조모가 갑자기 별세함으로써 역마살을 풀기 위한 그간의 노력이 수포로 돌아가고 다른 한편 모친이 "명도(明圖)"에까지 의존해 계연의 내력을 기어코 알아냄으로써, 그 운명은 결국 성기에게는 거역할 수 없는 삶의 원환(圓環)이 된다. 이 소설에서 가장 매력적인 장면은 아마도 성기가 병상에서 회생한 뒤에 느닷없이 엿판 하나를 만들어달라 청하고는 "화개장터 삼거릿길 위에서" 계연이 떠나간 구례 쪽을 오히려 등지고 하동 쪽을 향해 천천히 걸음을 옮기면서 "육자배기 가락으로 제법 콧노래까지 흥얼거리며" 길을 나서는 바로 그 마지막 장면에 있을 법하다. 여기서 주목되는 것은 성기가 모친으로부터 계연의 내력을 전해들은 직후에 의외로 "도로 힘을 얻은 모양"으로 "새로운 결심"을 하게 되었다는 설

---

235) '운명'이라는 테마는 차치하더라도 두 소설에 묘사된 로맨스의 구조적 유사성은 명백하다. 예컨대 남성주인공이 여성에게 매료되는 장면 묘사가 정확히 일치하며 ── "심양애의 두 눈에 어리인 난데없는 광채와 입가장에 서리인 꽃다발 같은 기쁨에서 이장우도 형언할 수 없는 흔근한 즐거움을 가슴으로 깨달으며"(『해방』, 상: 268면); "계연의 그 아리따운 두 눈에서 흥건한 즐거움을 가슴으로 깨달으며"(「역마」, 『무녀도』, 문학과지성사 2004, 265면) ── 낯선 남자와 함께 있는 광경을 목격하고 오해한 후 그녀의 따귀를 때린다는 에피소드도 동일하게 반복된다. 이 같은 근친성은 단순히 창작상의 사소한 매너리즘의 문제라기보다 개작 의욕이 남달랐던 김동리가 단편의 성취를 바탕으로 그 확장판을 쓰려 했다고 봐야 온당할 것이다.
236) 김동리 「역마」, 앞의 책 262~63면.

정이다.[237] 김동리의 표현을 빌리자면, 이 순간이야말로 세계의 여율과 개인의 맥박이 하나의 유기적 하모니를 이루는 때다. 즉 '운명'으로 표상되는 어떤 삶의 선택은 허무주의나 순응을 의미한다기보다 그와 정반대로 강력한 주체성의 발현으로 이해된다.[238]

비슷한 시기에 발표된 정비석의 「운명」(1947)은 「역마」와 흥미로운 대비를 보여준다. 이 소설은 화자 현의 전문학교 시절 은사인 고당선생이 온천 요양차 낙향하면서 벌어진 에피소드와 그의 비극적인 최후를 다루고 있다. 특히 이 단편은 "완고한 도학자" 고당선생이 기괴하리만치 성도착적인 행태를 보이는 데서 반전을 이룬다. 그는 상처한 후 무려 십년을 수절할 정도로 고전적인 인물이지만, "꽃같이 아리땁고 정숙한 부인"과 재혼한 직후 불의의 사고로 뇌진탕에 걸린 뒤에는 "발광증(發狂症)"이 끊이지 않게 된다. 그 까닭에 고당선생은 "아직 육십도 안" 되었는데 "칠십을 훨씬 넘어 보일만큼 백발이 성성한데다가 안색이 아주 말이 아니게 초췌"해지고, 오랜만에 만난 제자와 온천탕에 들어가서는 잃어버린 청춘 운운하며 "황홀한 시선으로" 제자의 나체를 응시하다 또 갑자기 "험상궂은 표정으로" 돌변해 발광을 하기도 하며, 결국에는 욕정을 주체하지 못해 "이부자리 위에 부인을 알몸으로 뉘어놓고 씨근벌떡거리며, 등어리고 가슴패기고 할것 없이 함부로 무참히 때려갈기"는 추한 모습을 드러내고 만다.[239] 고당선생은 잠시 곁을 떠난 아내를 그리워하며 "부인의 잠옷을 갖다가 흠흠하고 냄새를 맡아보"던 중에 급사해버린다. 그리고 이 소설은 남편의 죽음을 애도하는 가운데 부인이 "모든 것은 운명"이라고 말하자 현이 그 말을

237) 김동리 「역마」, 앞의 책 284면.
238) 이에 관해서는 김예림 『1930년대 후반 근대 인식의 틀과 미의식』, 소명출판 2004, 201, 207, 211면 참조. 김예림에 의하면 김동리 소설에 나타난 운명·허무·불가해성의 세계는 기획이나 희망, 합리성의 세계와 대극을 이룬다(193면).
239) 정비석 「운명」, 『신한국문학전집 정비석 선집』, 어문각 1979, 371, 374, 376면.

"무슨 주문이라도 외우듯이" 음미하는 장면으로 끝을 맺는다.

「운명」은 비록 해방기에 발표되었어도 그 배경이 되는 시기는 1930년대 후반 무렵이다. 흥미롭게도 고당선생의 재혼과 뇌진탕을 일으킨 사고 사이에 "태평양전쟁"[240]이 있다. 태평양전쟁이 유일하게 묘사된 시대적 배경인데, 이는 「운명」을 정비석의 1940년작 「삼대」의 맥락에서 재독할 실마리를 제공해준다. 당시 대표적인 신세대 작가였던 정비석이 『인문평론』의 신세대론 특집호에 발표한 「삼대」는 두 남녀가 극장에서 '뉴스영화'를 보고 공히 "정복의 아름다움"에 사로잡히는 장면을 연출함으로써 신체제기의 문제작으로 평가된 바 있다.[241] 두가지 정복, 곧 '만주(滿洲)'와 '애욕'을 향한 흥분이 오버랩되면서 이 소설에 묘사된 남녀의 "이상한 흥분" 혹은 사랑은 그 시대의 뚜렷한 징후로 독해되지 않을 수 없다. 그러므로 「운명」에서 현이 고당선생의 재혼을 지켜보던 중 다음과 같이 생각하는 것은 의미심장한 데가 있다. "그 어울리지 않는 두분이 결혼식장에 나란히 서 있는 기괴한 광경을 보았을 때, 나는 형언할 수 없는 일종의 비극을 아니 느낄 수 없었다." 요컨대, 김동리와 더불어 "진짜 낭만적 반동"[242]으로 규정되기도 했던 정비석은 이를테면 '사실의 세기'의 후일담 격인 「운명」을 통해 식민지 말기 조선작가들의 문학적·정치적 선택을 "뇌진탕"이나 "발광" 같은 비정상적인 사건으로 사후 처리하고 있는 셈이다. 그에 비해, 김동리는 '사실의 세기'가 부득이하게 초래한 이른바 위기담론을 '조선적인 것'

---

240) 정비석, 앞의 글 371면.
241) 김철 「우울한 형/명랑한 동생」, 『상허학보』 25, 상허학회 2009, 160~65면. 그중 다음의 논평도 『해방』의 하윤철/이장우 대화와 관련해 참조. "(형 경세와 동생 형세의 ― 인용자) 대화는 '경세가 입이 무거워졌음을 차라리 현명타고 생각'하는 동생 형세의 일방적인 주도로 진행된다. 오늘의 '사실'은 '운명'이고 '운명'은 '필연'이다. (…) '오늘을 가장 즐겁게' 살아가는 것이 '사실' 앞에 마주 선 지식인이 가져야 할 태도라는 것이 동생의 주장이다."(163면)
242) 임화 「방황하는 문학정신」, 앞의 책 204면.

으로 재전유함으로써 한국문학의 새로운 전범을 창출해내는 데 얼마간 성
공했다.[243] 그럼에도 김동리 소설에서 고유한 민족적 정조를 이루는 운명
이니 허무니 하는 어휘들은 내재적 비평이라는 이름 아래 말소해버리기에
는 적잖은 문제들을 포괄하고 있다.[244]

　　김동리에게 참된 문학은 "구경적 생의 형식"이고 인간 보편의 가치를
추구한다는 점에서 "제3기 휴머니즘"[245]의 문학이다. 『해방』은 그 같은 문
학론을 구현한 김동리 최초의 장편소설이라는 점에서 더없이 중요하지만,
연재 당시 이미 실패작이라는 평가가 공공연하게 제기되었고 특히 백철의
혹평을 감수해야 했다. 「소설의 길」에서 백철은 근대소설의 대표장르인
장편소설이 당대 현실의 문학적 재현 가운데 "본질적인 영역"[246]이라면

---

243) 김윤식에 따르면 「역마」야말로 "가장 김동리다운 작품"이자 "그의 문학적 원점"이
　　라 할 만하다. 『한국 현대문학사』, 서울대출판부 1976, 161면; 『한국 근대작가론고』, 일
　　지사 1985, 313면. 그 외에 이동하도 해방기 "김동리 소설을 대표하는 것은 「역마」"라고
　　지적했고, 김한식은 이 소설이 "김동리의 문학관이 가장 온전히 발현된 작품"이라 평했
　　다. 이동하 「강한 주체, 근본의 문학」, 『김동리 문학의 원점과 그 변주』, 김동리기념사업
　　회, 계간문예 2006, 182면; 김한식 「순수와 비순수의 이분법」, 『현대문학사와 민족이라
　　는 이념』, 소명출판 2009, 130면.
244) '운명' 혹은 '생명'이라는 어휘를 낭만주의의 맥락에서 이해한 기존 연구로는 서재
　　길, 「1930년대 후반 세대 논쟁과 김동리의 문학관」, 『한국문화』 31, 서울대 규장각한국
　　학연구원 2003, 159~64면; 이찬 「해방기 김동리 문학 연구: 담론의 지향성과 정치성의
　　상관관계를 중심으로」, 『비평문학』 39, 한국비평문학회 2011 참조. 서재길은 최명익이
　　나 허준과 달리 해방 이후에도 김동리는 객관보다 주관을 우위에 두는 일종의 "독아론
　　에서 한 치도 벗어나지 못"했으며, "신화성을 담지한 새로운 정치성의 구현"과 다름 없
　　는 '구경적 생명'의 가장 좋은 예로 단편 「역마」를 지적했다. 「역마」의 운명론적 세계관
　　이 지닌 정치적 문제성에 관한 집중적인 논의로는 이영미 「「역마」의 정치성 연구」, 『국
　　제어문』 27, 국제어문학회 2003 참조. 다른 한편, 이찬은 구경적 생의 형식이 김동리의
　　말마따나 "자아 속에서 천지의 분신을 발견"하는 것이라면, 그처럼 인간과 자연이 상호
　　감응하는 조화의 상태 곧 "유비적 세계상"이라는 측면에서 「역마」를 비롯한 여러 단편
　　에 내포된 "강력한 정치적 담론의 효과"를 이해할 수 있다고 했다.
245) 김동리 「순수문학의 진의」, 앞의 책 108면.

서, 그 관념적인 인간 이해의 수준으로 가늠할 때 최정희(崔貞熙)나 임옥인 (林玉仁), 강신재(康信哉), 오영수(吳永壽)는 물론 김동리마저도 장편소설을 써낼 역량에는 미달한다고 지적했다. 그런데 백철이 글의 서두에서 '현실' 에 관해 언급하는 부분이 흥미롭다.

그러나 근대 산문의 정신은 그런 취미나 정서나 시적인 것이 아니고, 말 하자면 그런 것들에 대한 안티테에제 위에서 출발된 정신이다. 산문의 정신 은 한마디로 말해 사실에 철저한 정신이다. 발레리는 20세기를 가리켜 사실 의 세기라고 했지만 더 한층 사정은 근대 전체가 사실의 세기이던 것이다. 의리라든가, 신의라든가, 거지에 대한 동정이라든가 기타 사람의 세련된 대 화와 정원의 취미 등에 대하여 평등과 자유와 재능과 노력과 경쟁과 음모와 투쟁·축적·승리 등은 모두가 사실의 정신이요 근대의 정신이며, 산문이 우 선은 그 사실에 철저한 정신이다.
근대의 산문문학의 중심 사조인 리얼리즘은 말할 것도 없이 그 사실에 철 저하려는 정신이며 근대의 모랄리즘까지도 그 사실은 진실에 기준을 두고 선의 의미를 규정하였다. 개인적인 감정의 텐덴시가 딴 곳을 향하여 사실을 중시하는 데서 그 감정적인 텐덴시에 반역한 각도가 예리함으로써 그 모랄 은 발랄할 수 있었던 것이다.
작품의 결말이 해피엔드일 수 없는 것도 그 사실의 객관성과 냉정성에서 온 것이다. 사실은 현실과 통한다. 그 사실은 죽은 개념이 아니고 발전하는, 살아 움직이는 사실이기 때문이다.[247]

백철은 근대 리얼리즘을 무엇보다 "사실에 철저하려는 정신"으로 전제

246) 백철 「소설의 길: 민족문학의 본령은 장편소설이다」, 『국도신문』 1950.2; 『백철문학 전집』 1, 신구문화사 1974, 440면.
247) 백철, 앞의 글 440~41면.

한 후 뒤이어 "그 사실은 현실과 통한다. 그 사실은 죽은 개념이 아니고 발전하는, 살아 움직이는 사실"이라고 각별하게 부연했다. 이 주장은 그가 1938년에 쓴 「시대적 우연의 수리」의 중심논지와 정확히 일치한다. 말하자면 좌파문인들의 월북 이후 백철이나 정비석, 김동리 모두 '사실의 세기' 담론을 재전유하는 방식으로 한국문학의 향방을 가늠하고 있었다 해도 무방하다.

그렇다고 해도 김동리 소설에서 "초인간적인 어떤 운명의 힘에 들린 인간들의 치열한 생명의식"[248]을 감지할 수 없는 것은 아니다. 그것대로 한국소설의 한 성취임에는 분명하지만 「역마」를 해방기의 문맥에서, 또한 식민지 후반기 문학담론의 징후적 맥락 속에서 재독하는 일은 여전히 유의미하다. 체념으로부터 오히려 강한 생명력을 획득하게 되는 김동리식 운명의 역설은 「무녀도」 계열의 소설들에서 정점을 이룬다. 하지만 이 경우에도 작가의 말을 좇아 모화를 "파우스트와 대체될 새로운 세기의 인간상"[249]으로 승인하는 것은 좀더 신중한 평가를 요구한다. 적어도 해방기 김동리 문학은 한 개인이나 작품의 문제로 국한해서는 해소할 수 없는 해석상의 딜레마를 응축하고 있다. 가령 심재영의 항변에 대해 "아, 약한 인간아, 가엾은 인간아, 복잡하고 미묘하고 잔인하고 각박하고 추하고…… 그리고 그지없이 아름답고 귀중하고 눈물겨운 인간아"(하: 336면)라고 말하는 대목에서 "이장우는 우익이라기보다는 하나의 긍정적인 인간"[250]으로 표상되는데, 여기에는 세계문학을 지향하는 휴머니즘의 이상과 배타적인 순수문학론의 위장(僞裝)이 기묘하게 동숙하고 있다. 그럼에도 「무녀도」나 「역마」 같은 텍스트를 염두에 두고 한국문학의 새로운 가능성을 모색

248) 천이두 「허구와 현실」, 『김동리』, 이재선 엮음, 서강대출판부 1995, 117면.
249) 홍기돈 「김동리 문학을 이해하기 위한 몇 가지 코드」, 이재선 엮음, 앞의 책 참조.
250) 박헌호 「김동리의 『해방』에 나타난 이념과 통속성의 관계」, 『식민지 근대성과 소설의 양식』, 소명출판 2004, 393면.

하려는 시도는 김동리 소설이 문학사적으로 지닌 복잡한 내력을 이해하지 못하는 발언이거나, 그의 미학적 성취가 반근대나 세계주의 같은 거창한 이념적 지향 아래 산출된 소설보다 실은 소품 같은 단편에 숨겨져 있다는 사실을 감식하지 못한 독백일 가능성이 높다.[251]

---

251) 김동리 단편소설의 미학적 성취에 대해서는 특히 유종호 「현실주의의 승리: 김동리의 초기 단편」, 『유종호 전집』 5, 민음사 1995; 김현 「김동리에게 청한다: 단편소설 「참외」를 읽고」, 『행복한 책읽기/문학 단평 모음』, 문학과지성사 1999 참조.

제4부

생명주의 이후의 한국문학

제11장

개성과 예술

1. 「E선생」

염상섭은 1919년 일본 케이오오(慶應)대학 문과를 중퇴하고, 그 이듬해에 『폐허』 창간멤버로 활동하기 시작하면서 문단에 두각을 나타냈다. 이른바 초기 삼부작으로부터 시작해 리얼리즘의 성과로 고평되는 「만세전(萬歲前)」(1924)이나 『삼대』(1931)를 거쳐 유작 「의처증」(1961)에 이르기까지 염상섭의 장구한 문학적 노정에 비견될 수 있는 한국 작가는 그리 많지 않다. 염상섭 문학에 대한 가장 일반적인 평가는 그의 소설이 서울 중산층의 일상적 삶을 대변하는 이른바 부르주아 리얼리즘이자,[1] 정치적으로는 중도주의자의 현실이념을 일관되게 반영한다는 견해다. 특히 후자와 관련해, 김윤식은 '가치중립성의 태도'라는 표현으로 염상섭 장편소

---

1) 이러한 평가는 특히 프로문학 진영 작가들과의 논쟁을 통해 처음 부각되었다. 김기진은 염상섭을 가리켜 "1920년대의 조선 중류 계급 소시민의 이데올로기를 대언"하는 소부르주아적 작가라고 규정했다. 김기진 「변증적 사실주의: 양식 문제에 대한 초고」, 『김팔봉문학전집』 I, 문학과지성사 1988, 66면.

설에 등장하는 중심인물과 작가의 세계관을 규정하기도 했는데, 동정자 (sympathizer)라는 인물유형이야말로 그 같은 창작태도의 독특한 산물에 해당한다.[2] 이 동정자란 식민지 시기에는 "민족주의와 사회주의의 중간" "좌익에의 동조자" 정도로 이해되고, 해방기에는 "좌우합작"을 지지하는 정치적 노선을 의미한다. "자기의 애국사상과 이에 따르는 모든 행동을 좌익에 동조하는 길로 돌리어, 독립운동을 잠행적으로 실천"[3]하고자 했다는 작가의 회고는 이러한 견해를 일면 확증해주기도 하지만, 그 같은 동정자적 태도의 형성요인에 대한 해명이 정작 텍스트 내부에서 이루어졌다고 보기는 어렵다.

이 장에서는 염상섭 장편소설에 특징적인 동정자 형상이 오랜 작가적 실천에도 불구하고 실은 근대문학 초기 일본을 통해 습득한 예술론의 영향의 일부임을 해명하고자 한다. 물론 염상섭 특유의 치밀한 묘사가 이루어낸 한국사회의 풍부한 재현과 그 복잡한 역사적 의의를 단순화하거나 훼손하려는 의도는 아니다. 염상섭이 대표하는 근대문학의 주요한 성과들이 어떤 식으로든 그 역사적 기원과 맞물릴 수밖에 없는 사정을 밝혀냄으로써, 한국문학의 근대성에 내재된 문제적 지점들을 부각시키려는 데 궁극적인 목적이 있다. 이를 위해 동정자 형상이 비교적 두드러진 식민지 시기의 장편소설을 대상으로 근대문학 초기에 널리 유행한 타이쇼오 생명주의의 흔적을 재구해볼 것이다. 생명주의 사상이 염상섭과 그 문학세대에 미친 광범위한 영향 중 하나는 이상화된 개인주의다. 기존의 규범·관습·이념을 부정하는 한편으로 자기 존재의 정당성을 입증하려는 세대에게 개인의 자아를 절대화하고 신성시하는 문화이념만큼 매력적인 것도 없다. 특히 생명주의는 신비로운 에피파니 체험을 통해 모든 문화적 가치가

---

2) 김윤식 「리얼리즘 소설의 분화와 그 양상」, 『한국소설사』, 예하 1993, 166~73면.
3) 염상섭 「횡보문단회상기」, 『염상섭전집』 12, 민음사 1987, 237면. 이하 본장과 제12장에서는 『염상섭전집』의 권수와 인용 면수만을 본문에 표기함.

조화롭게 통일될 수 있다는 가정을 널리 확산시켰는데, 이를테면 문학예술의 궁극이 진선미의 통합이라는 사고방식은 근대 초기 낭만주의 계열의 소설이나 상징주의 시의 창작에 몰두했던 동인지세대의 문학청년들이 공유한 문학적 신념이었다. 염상섭도 예외는 아니어서, 누구보다 적극적으로 타이쇼오기의 사상과 문화를 섭렵했던 그의 초창기 문학예술론에도 생명주의의 영향력이 명료하게 나타난다.

1922년에 발표된 「E선생」[4]은 한 청년교사의 헌신이 참담하게 실패하는 과정을 다루는 가운데 기독교교단을 속물적인 인간들을 양산하는 문제적인 집단으로 묘사하고 있다. E선생이 겪은 일련의 사건들은 서양인 선교사 집단의 부조리와 깊이 연루되어 있지만 선교사와 교장, 체조교사 간의 은밀한 거래와 계략에 의해 은폐되거나 호도되기 일쑤다. 그런데 학생들이 체조교사의 사주를 받아 학교 인근의 배추밭을 짓밟는 사건이 발생하자, E선생은 왜 모든 생명이 그 자체로 존중받아야 하는지 항변할 기회를 모처럼 얻게 된다. "아무리 미미한 일초일목이라도 그의 생명을 무시"해서는 결코 안 되고 미물이라도 그 안에는 "우주의 조화"가 있다는 훈화는 물론 일부 학생들의 무분별한 행동에 대한 질타이면서, 동시에 개인의 존엄성을 훼손하는 왜곡된 기독교신앙과 교육에 대한 비판이다.(9: 122면) "한폭이의 풀, 한송이의 곳에 대할 째에 우리는, 그 자연의 묘리를 경탄하며, 그 생명과 미에 대하야 경건한 마음으로 애무(愛撫)와 감사의 뜻을 표(表)치 안흐면 아니될 의무는 잇서도, 그 존재를 무시하고 생명을 유린할 권리는 족음도 업소. (…) 나는 다만 이 우주에 충일한 생명의 아름답음과 깃븜에

4) 이 소설에 나타난 기독교 및 교육제도 비판의 좀더 상세한 맥락에 관해서는 이동하 「염상섭의 소설에 나타난 기독교 문제」, 『염상섭 문학의 재조명』, 문학사와비평연구회, 새미 1998; 김윤식 「초기 3부작의 구성 원리」, 『염상섭연구』, 서울대출판부 1987, 155~63면; 김한식 「현실의 구체성과 근대적 주체의 성립」, 『한국 현대소설의 서사와 형식 연구』, 깊은샘 2000, 26~27면 참조.

도취한 자일 뿐이오."(9: 122~23면) 여기서 '생명'은 단순히 물질에 대응하는 일상어일 뿐 아니라, 타이쇼오 문화주의의 일정한 영향 아래 자연을 유기체로 바라보는 관점이 널리 유행하면서 보편화된 개념어다. 「개성과 예술」(1922)은 이 '생명'이라는 어휘를 빌려 문학의 근대성을 논하는 대표적인 평론이다. 이 글에서 염상섭은 근대적인 자아각성을 창작과 비평의 핵심으로 전제하고 있다. 서구문학에서는 더이상 이채로울 것도 없는 '자아각성'의 문제가 새삼 재론되어야 하는 이유는, 그것이 실로 "근대인의 특색"(12: 33면)이 되고 다른 문화적 성과의 근본이 된다는 점에서 더없이 중요함에도 당대 한국문학에서는 근대적 자아의 형상화가 여전히 미약한 수준에 머물러 있었기 때문이다. 고대문명의 발흥으로부터 중세의 암흑기를 거쳐 종교개혁이나 프랑스혁명에 이르기까지 서구 유럽의 유구한 정신사를 개관하면서, 염상섭은 교권주의의 압제에 저항했던 르네상스 시대의 인문주의 정신을 고평했다. 그처럼 위압적인 권위로부터 해방된 근대인의 심리상태를 가리켜 염상섭은 "현실폭로의 비애"나 "환멸의 비애"라 표현하고 있다. 그전까지 "미려"하고 "위대"하며 "경건"하게 여겨졌던 것이 더할 바 없이 "추악하고 평범하고 비속한 것"으로 통렬하게 자각될 때의 심리상태가 바로 '환멸'이다.(12: 34면) 따라서 근대적인 자아각성은 어떤 방식으로든 '환멸'을 통과하지 않고서는 결코 경험할 수 없는 새로운 삶의 지평이다. 그동안 의존했던 자기 정체성의 기반을 과감하게 부정하는 태도는 어떠한 외부조건에 의해서도 침해될 수 없는 자신만의 고유한 가치·성품·능력을 발견하고 함양하겠다는 결연한 의지를 포함한다. 즉 '환멸'이라는 자연주의 용어는 낭만주의의 맥락에서 자아의 내면성을 지칭할 때 흔히 사용하는 단어인 '개성'과 의미상 밀접하게 연관된다.[5] 그 풍부한 어

---

5) 「개성과 예술」이 지닌 양가성은 이처럼 낭만주의(개성)와 자연주의(환멸)가 공존하는 데서 연유한다. 서영채 「염상섭의 초기 문학의 성격에 대한 한 고찰」, 『염상섭 문학의 재조명』, 앞의 책 40~41면; 「사랑의 리얼리즘과 장인적 주체: 염상섭」, 『사랑의 문법』, 민

원과 용법에도 불구하고 '생명'이 기독교 용어로서 먼저 이해되었다는 사정을 감안한다면, E선생의 저 '생명론'이 왜 하필 미션계 학교의 부조리에 대한 항변 속에서 제출되었는지도 이해할 만하다. 인간의 '개성'을 억압하는 적대적인 대상이 실은 그러한 의미에서의 자아각성을 선구적으로 계시했던 기독교라는 아이러니 혹은 환멸의식을 전경화한 소설이 바로 「E선생」이라 할 수 있다.

염상섭이 유럽문학에서 유래하는 자아각성의 모티프로 '개성'이나 '환멸'을 강조하고 있기는 해도 그에 못지않게 '생명' 역시 중요하다. '생명'은 때로는 물질문명의 폐해를 극복하기 위해 대두된 문화주의의 핵심을 의미하기도 하고, 때로는 예술가의 창조적 에너지를 지칭하기도 하며, 더 근본적으로는 어떤 개인을 근대적 자아로 각성케 해주는 중요한 내적 요소를 뜻하기도 한다. 이 '생명'이라는 근대적 메타포를 염상섭은 '개성' 그 자체로 이해했다. 그의 초기 평론에서 개성이란 곧 "독이적(獨異的) 생명"으로 번안되며, 개성이 억압된 상태란 그처럼 유일무이한 내적 생명이 불합리하게 훼손된 상태를 뜻한다. 이를테면, "오장(五臟)을 쌔앗"기고 "잰저리를 치며 사지(四肢)에 못박힌채 벌썩벌썩"(9: 11~12면)하는 생명체를 통해 식민지 지식인의 절망적인 상황을 해부해낸 「표본실의 청게고리」나 더 나아가 당대 조선사회를 "구덱이가 욱을욱을하는 공동묘지"(1: 83면)로 비유한 「만세전」의 저 묘사의 유례없는 성과에 잘 나타나 있듯이, 염상섭은 개인의 자유로운 성장을 위협하고 억압하는 시대폐색의 상황을 이른바 "생명력"이 극도로 위축된 상태 또는 "죽음" 그 자체로 인식하고 있었다. 앞서 언급한 「E선생」의 생명론도 그 같은 맥락에서 재조명되어야 마땅하며, 이러한 현실묘사는 "어떤 종교적인 영혼의 불멸성과도 관계없이 다만 생명의 절멸성, 육체적인 부식"만을 다루었다는 점에서 문학사적으로도

음사 2004, 127~50면 참조.

각별한 의미를 지닌다.[6] 그것을 이상화했든 아니면 그것에 비극적인 이미지를 부여했든 간에 '생명'이야말로 「만세전」 같은 초기작은 물론 『삼대』에 이르기까지 염상섭이 당대 현실을 재현하는 데 가장 중요하게 참조하고 활용했던 키워드였다. 잘 알다시피, 염상섭 장편소설은 대개 인간의 개성을 침해하는 가족제도를 비판하고 그 자유로운 표현으로서의 연애마저 불가능한 사회를 풍자해낸 수작들이다. 염상섭 장편소설에 나타난 '생명' 의식의 문제성을 충분히 검토하기 위해서는 초기 장편에 해당하는 『너희들은 무엇을 어덧느냐』(1924)와 『사랑과 죄』(1928)를 면밀히 분석해보아야 한다. 요컨대 '연애'와 '가족'은 그 당시 염상섭세대에게 자아의 내적 생명(inner life), 즉 '개성'을 억압하는 대표적인 제도적 모순이었으며, 그의 초기 장편 『너희는 무엇을 어덧느냐』와 『사랑과 죄』는 각각 자유연애와 가족제도를 쟁점화한 소설이기에 주목된다.

2. 자유연애라는 추문

염상섭은 첫 장편소설인 『너희들은 무엇을 어덧느냐』에서 근대적 개인이 처한 모순과 위기를 흥미롭게 부조해낸다. 즉 이 소설 전반에 걸쳐 노골적으로 부각된 서구문학에 대한 등장 인물들의 모방충동은, 이들의 삶의 조건을 다분히 연극적인 상황으로 변모시키면서 개인의 자아성장이 직면한 한계상황을 극화하고 있다. 김경수의 지적처럼 서구문화에 대한 "모방욕망"[7]이야말로 개별 등장인물들의 언행과 또다른 삶의 선택을 추동하는

---

6) 이재선 『한국소설사』, 민음사 2000, 275면.
7) 김경수 「횡보의 독서체험과 초기소설의 구조」, 『염상섭 장편소설 연구』, 일조각 1999. 염상섭의 다른 장편소설에 나타난 연극적 요소에 관해서도 김경수 「연극 체험과 소설적 위장의 방법론」, 『염상섭과 현대소설의 형성』, 일조각 2008을 필독할 만하다.

근본적인 힘이다. 근대문학 형성 초기에 두루 읽혔던 입센(H. Ibsen)·엘렌 케이(Ellen Key)·오스카 와일드 등의 저작이 등장인물들의 대화에서 중요한 화제가 될 뿐만 아니라, 덕순이나 마리아 같은 문제적인 신여성들은 심지어 그처럼 허구적인 텍스트를 변덕스런 자신들의 삶의 선택을 확증하는 결정적인 계시로 받아들이기까지 한다. 예컨대, 마리아는 명수에게 보내는 러브레터에서 "우리가 그 소설에 나오는 인물과 가튼 길을 밥지 안을 수 업슬 처디에 잇는 것을 분명히 깨다랏다"(1: 348면)고 말하며 현실과 허구를 동일시해버리고, 덕순은 『인형의 집』의 노라를 본받아 가출한 일본의 B여사를 떠받들면서 일찌감치 자신의 불륜을 예정해둔다. 하지만 "노라"나 "B녀사"의 선례를 따라 불륜을 감행하는 덕순에게 중환은 실소를 금치 못하고, 마리아의 편지를 받아든 명수는 "소설의 인물들을 모방하고 그 소설을 희곡화하야 우리의 실제생활로써 아조 연극을 실연"하려는 그녀의 행동을 "인생이라는 것을 유희로 아는 어릿광대의 심심푸리"(1: 351면) 쯤으로 치부해버리고 만다. 이 소설에 재현된 모든 연극적 상황 가운데 중환이 기획하고 실행한 연극이야말로 여러면에서 의미심장하다. 그는 명수와 기생 도홍을 맺어주기 위해 한바탕 연극을 기획하고 실제로 연출해내지만 전혀 의도하지 못한 최후의 결과에 직면하게 된다. 명수와 도홍이 첫날밤을 치른 다음날 아침 중환은 자신이 명수를 뒤쫓아 그만 도홍의 집 문간에서 잠들었다는 사실에 스스로도 의아해한다. "그런데 내가 웨 ㅅ조차갓서? 중환이는 역시 후회하는 듯이 이러케 무럿다. 어쩐지 자긔 자신에게 대하야 불쾌한 생각도 니러낫다."(1: 329면) 이런 중환에 대해 죽마고우인 명수는 "그러나 아까 추어추어하면서 재리ㅅ속으로 부덩부덩 기여들 때는 참정말 천진한 어린아이 가타얏서! 김군의 성격에는 그런 아름다운 데가 잇든가 하구 정말 반가윗서!"(1: 329면)라고 논평하는데, 이러한 판단은 그보다 앞서 덕순을 조롱하는 가운데 "그 사람에게는 어린애와 가튼 감정이 업스니까 정말 련애는 어렵겟지"(1: 302면)라고 한 명수 자신의 말과 조용한다. 다시 말해, 명수와 도홍을 맺어주려던 중환의 연극은 결국 그 자신의 진실과 예상치 못한 방식으로 대면하게 해준 셈이다. 요컨대 이 소설에서 가장 진실한 사랑에 빠진 사람은 자신일지도 모르는, 그럼에도 결코 도홍을 선택할 수는 없는 중환의 곤경이야말로 실은 이 소설에서 모든 연극적 상황이 자아내는 아이러니의 절정이다.

그 같은 아이러니는 물론 중환 자신이 자유연애의 허망한 결말을 누구보다 잘 알고 있다는 자의식에서 비롯한다. 사랑의 끝을 이미 훤히 들여다볼 줄 아는 중환이므로 명수를 비롯하여 다른 등장인물들의 연애에 대해 줄곧 냉소적인 시선으로 응대해왔을 뿐이다. 한국판 자유연애의 속악한 세태와 관련하여 중환이 보여주는 특유의 장광설 중 가장 핵심적인 경구는 아마도 "연애란 미두나 다를게 없습니다"(1: 320면)라는 말일 것이다. 그 대표적인 실례가 바로 석태라 할 만큼, 그에게 '미두'의 실패란 곧 '연애'의 좌절이다. 일찌감치 명수에 대한 마리아의 내심을 간파하고 소설 전체에 걸쳐 두 사람의 관계를 훼방놓으려 분주했던 석태의 비범한 직감과 능란한 처세는 그가 수완 좋은 미두꾼이라는 사실과 무관하지 않다. 그러고 보면, 『너희들은 무엇을 어덧느냐』에 등장하는 인물들은 거의 예외없이 '사랑(연애)'에 빠지자마자 '돈(미두)'의 위력에 휘말렸다 해도 과언이 아니다. 유학을 위해 응화와 혼인했으나 이제 다시 한규와의 사랑을 위해(혹은 저당 잡힌 사랑을 되찾기 위해) 유학비를 변통해야 하는 소설 전반부의 덕순, 도홍을 얻자 구직에 골몰해야 하는 중반부의 명수, 그리고 돈과 사랑 사이에서 혼란스러워 하는 후반부의 마리아 모두 한국사회의 모순이 낳은 희비극의 주인공이다. 한국 근대문학에서 '자유연애'가 교육 못지않게 인간관계의 근대적인 재구조화를 가능케 하는 서사적 장치임을 염두에 둔다면,[8] 이 소설에서 실패한 자유연애란 근대적인 삶의 가능성 그 자체의 모

---

8) '러브'(love)의 역어로서의 '연애'가 감정의 영역에만 그치는 것이 아니라 실은 근대

순과 좌절을 의미하는 것이다. 즉 이들이 보여주는 사회적 활동은 그들 각자의 개성과 능력에 의해 이루어진다기보다는 오히려 왜곡된 사랑을 정당화하는 수단에 불과할 뿐이다. 기생 도홍을 얻자마자 일본유학을 포기한 채 원치 않는 직장생활을 시작해야 하는 명수는 결국 신여성과 재혼한 대신에 잡지 발간비를 대주는 옹화나 마리아를 얻기 위해 미두에서 한몫을 보려는 석태는 물론이고 심지어 불륜을 합리화하기 위해 진보적인 사회평론을 잡지에 게재하는 덕순이나 미국인 교장과 기독교에 의탁해 근대적 삶을 향유하려는 마리아 등의 동류로 전락해버린 감이 없지 않다. 이들의 사회적 실천이 예외없이 왜곡된 자유연애와 연루되어 있다는 점에서, '연애'와 '미두'를 동일시하는 중환의 대사는 『너희들은 무엇을 어덧느냐』를 관통하는 핵심적인 경구임에 틀림없어 보인다. 즉 이 소설은 서구적 근대성이 조선사회의 합리적인 재편을 선도하리라는 기대 자체가 하나의 환상에 불과하다는 것, 그러한 종류의 서구 모방은 애초의 의도와 상관없이 결국 웃지 못할 희비극을 연출할 뿐이라는 것을 극명하게 보여준다.

　『너희들은 무엇을 어덧느냐』가 '자유연애'의 통속화를 비판하고 있다면,『사랑과 죄』는 '가족'을 추문화의 대상으로 삼은 염상섭의 본격적인 장편소설이다. 이 소설의 경우, 개인들의 자유로운 성장과 입사(入社)를 방해하는 적대적인 세력은 그들이 속한 사회 일반의 식민지적 낙후성 이전에 부패하고 타락한 혈통에서 연유한다. 친일귀족 이판서(2: 394~95면)의 자제인 해춘, 한때 우국지사였으나 악질자본가로 전락한 류택수(2: 117면)의 서자 류진, 기생 전력의 마약중독자인 해주집(2: 20면)을 친모로 둔 순영에 이르기까지 요컨대 도덕적·경제적·정치적 성장이 『사랑과 죄』의 주된 관심사다. 이를테면 해춘과 순영의 로맨스를 끈질기게 방해하는 '해주집'

이후 새로운 인간학·의사소통 관계·사회적 관계를 반영하고 총칭하기 위해 고안된 명칭이라는 사실에 대해서는 김동식 「연애와 근대성」,『민족문학사연구』18, 민족문학사학회 2001 참조.

과 '류택수'의 존재는 그 자체로 개인의 성장을 왜곡하고 침해하는 가족 제도의 육화(肉化)인 것이다. 순영은 가족이라는 명목 아래 끊임없이 희생을 강요당하고, 혼혈아 류진은 어디에도 뿌리내리지 못한 채 망명을 꿈꾸며, 해춘은 친일귀족의 자제라는 멍에로부터 결코 자유롭지 못하다. 이처럼 작중 인물들의 태생은 그야말로 비극적이다. 추악한 가족관계로부터의 해방은 소설의 무대가 경성이 아닌 평양으로 옮겨지면서 비로소 가능해지는 듯하다. 한마디로 말해 평양은 경성과 달리 류택수의 이러저러한 계략이 제 힘을 발휘하지 못하는 예외적인 공간으로 표상되며, 특히 이곳에서 공판(公判)과 무관하게 벌어지는 개개인의 구원이 매우 시사적이다. 평양에 내려오자마자 신문의 가십거리가 된 해춘은 바로 그 덕분에 자작이라는 신분적 굴레에서 좀더 자유로울 수 있게 되고, 류진은 투옥을 계기로 무기력한 방관자에서 협객의 이미지로 돌변할 만큼 극적인 변모를 보여주며, 순영 역시 류택수의 마수에서 벗어나 신생의 가능성을 구체화할 수 있게 된다. 게다가 순영을 구원하는 데 한몫하는 기생 운선은 순영과 자매로 여겨지기도 하는데(2: 342면), 이러한 장면은 무엇보다 경성을 벗어난 평양에서 가족 해체의 가능성이 타진되었음을 뜻한다. 다시 상경해 일본인주택가의 화실로도 남촌의 본가로도 돌아가지 않고 여관에서 새로운 생활을 시작하는 해춘 일행의 선택도 그 같은 맥락에서 이해될 만하다. 이렇듯 서사공간의 재배치를 통해 개인의 자아성장의 가능성이 열릴 수 있다는 발상은 평양에서 본격적으로 실험되고 소설 결말부의 봉천행을 통해 전면화된다.

『사랑과 죄』 전반에 걸쳐 추악한 가족관계의 문제성이 부각되어 있다는 사실을 염두에 둔다면, 이 소설은 호연을 주인공으로 한 민족의 서사라기보다는 해춘이 중심인 사랑의 서사다.[9] 즉 해춘을 주축으로 하여 적어

---

9) 염상섭 문학을 민족의식의 산물로 파악하는 이보영은 "『사랑과 죄』는 항일저항세력

도 세 유형의 애정갈등이 표면화된다. 좀더 상세하게 말하자면 류택수/마리아/해춘, 마리아/해춘/순영, 그리고 해춘/순영/호연의 삼각관계 구도가 각각 설정 가능하며, 그중 두 여자 모두와 로맨스를 형성하고 있는 해춘을 주인공으로 파악하는 것이 비교적 온당한 해석일 것이다.[10] 그런데 해춘을 중심으로 한 중층적인 삼각관계의 구도에서 하필이면 류택수와 호연이 각각 그 대각적인 위치를 점하고 있다는 사실이 이채롭다. 해춘은 마리아를 사이에 두고 우국지사 전력을 지닌 류택수와 대립하고 있을 뿐만 아니라, 다른 한편 순영을 놓고서는 현재 독립투사로 암약중인 호연과 미묘한 갈등을 보여주고 있기 때문이다. 해춘은 마리아를 선택할 경우 류택수로 대표되는 식민지 중산층의 타락한 일상에 불가피하게 연루될 수밖에 없음을 실감하고 결국 순영과의 로맨스가 가져다주는 예술적·정치적 갱생의 길을 우선시하게 된다. 그러고 보면, 『사랑과 죄』는 자유연애 혹은 사랑의 문제가 왜 개인의 사회적 각성과 필연적으로 연관될 수밖에 없는지를 유감없이 보여주는 텍스트다.[11] 조혼한 전처의 죽음 임박이라는 상황 설정에

───────────

의 중심의 형성에 대한 염상섭의 관심이 산출한 작품이요, 그 중심인물이 김호연"이고 그는 "별로 움직이지 않으면서도 주변 사람들을 움직이는 은밀하면서도 강력한 중심인물"이라는 해석을 내놓은 바 있다. 이보영 「저항적 중심의 태동:『사랑과 죄』」, 『난세의 문학』, 예림기획 2001, 277면. 동정자인 이해춘이 아닌 사회주의자 호연을 주인공으로 설정한다면 『삼대』의 경우에는 김병화가 서사의 중심이 되어야 하고, 물론 이보영은 그런 독법을 일관되게 유지하고 있다. 하지만 『효풍』(1948)이나 『삼대』 해방기 판본의 개작내용까지 염두에 둔다면 이론의 여지가 없지 않다.

10) 이렇게 놓고 보면, 마리아와 순영은 전혀 이질적인 존재라고 확언하기 어려울 정도로 상당한 유사성을 보여준다. 그녀들의 가계(家系)에서 부친은 일찌감치 결손되어 있다는 점, 현재의 가족관계가 자신들의 사회적 성공이나 자아성장에 유의미한 영향력을 행사하지 못한다는 점, 가족 이외의 다른 신여성(미국부인과 환희)과 오히려 밀접한 유사가족적 관계를 형성하고 있다는 점 등이 그러하다. 특히 온천 목욕탕과 화실이라는 공간상의 차이만 있을 뿐, 해춘이라는 남성적 시선에 의해 대상화된다는 점에서도 흥미로운 공통점을 지닌다. 어떤 의미에서 해춘이라는 특권적인 남성이 두 여자 모두를 사랑/향락하게 된다는 설정은 필연적인 데가 있다.

서 보면 「만세전」과 매우 근사한 텍스트이기도 한 『사랑과 죄』는, 이인화가 보여주는 환멸의 대상이 크게는 식민지조선이면서 구체적으로는 자신의 가족사에 집중되어 있듯이, 바로 그 가족이나 혈연으로부터 출발하여 사회 전체로 확장되는 서사방식을 구현하고 있다. 이는 『삼대』와 『무화과』(1932)의 모범적인 선례라 할 만하다.

3. 생명, 사랑, 예술

「개성과 예술」의 어법을 빌려 말하자면, 초기 장편인 『너희들은 무엇을 어덧느냐』와 『사랑과 죄』는 '자유연애'나 '가족사'를 둘러싼 추악한 현실 폭로와 그 환멸 체험을 통해 중심인물들이 새로운 정체성과 신생을 모색해나가는 이야기로 요약된다. 이 문제적 평론의 마지막 절에서 염상섭은 '개성'과 '예술'의 문제, 즉 '예술미'가 어떤 방식으로 '개성'과 연관되는지 본격적으로 해명하며 예술미란 일반적인 쾌미와는 구별되어야 한다고 주장했다. 예컨대, 야나기 무네요시(柳宗悅)가 탐구하는 고려자기와 그 모조품 사이의 본질적인 차이를 혼동하지 않기 위해서는 "쾌미"와 "예술미"를 분별할 줄 아는 감식력이 긴요하다. 염상섭은 그 같은 예술미의 발현을

---

11) 『사랑과 죄』는 자유연애의 서사가 가족관계 및 정치실천의 영역으로 확장되어가는 구도를 취하고 있는 만큼, 호연은 연애서사의 중요한 매개자 혹은 작가의 분신적 자아 정도로 이해해야 온당하다. 이 소설은 염상섭의 장편소설사에서 중요한 분기점에 해당한다. 이보영의 꼼꼼한 분석대로, 야나기 무네요시를 연상시키는 심초매부(深草埋夫)의 등장과 그에 대한 모종의 풍자는 『사랑과 죄』를 계기로 염상섭이 그가 심취했던 시라까바파의 문예정신으로부터 점차 비판적 거리를 두기 시작했음을 짐작케 해준다. 마치 아리시마 타께오의 『아낌없이 사랑은 빼앗는다』를 인용하듯이 "저편의 목숨까지를 자긔의 독차지로 하랴는 것이 사랑"(2: 430면)이라고 말하는 마리아의 부정적인 형상도 그런 맥락에서 이해된다.

문학적으로 묘사하는 가운데 "불가튼 생명이 부절(不絶)히 연소하는 초점에서, 번쩍이며 쒸도는 영혼 그 자신을 불어너흔 것이 곳 예술의 본질"(12: 39면)이라고 역설했다. 그런데 염상섭은 개성 곧 '독이적 생명'이 발현되는 순간 역시 영혼의 불 혹은 생명력이 작렬하는 찰나로 형상화하고 있어 흥미롭다. 이 평론의 핵심주제인 '개성'과 '예술미'는 모두 예술가주체 내부의 "생명이 연소하는 초점"에서 작열하는 "영혼의 불쏭"으로 표현된다. 그것은 근대적 자아의 내면에서 이루어지는 예외적 감응의 순간, 즉 예술가 자신의 "창조적 직관"이 발휘되는 순간을 가리킨다. "위대한 개성의 소유자는, 위대한 생명이 부절히 연소하는 자이며, 그 생명이 연소하는 초점에서만, 위대한 영혼이, 불쏭갓티 번쩍이며 반발약동(反撥躍動)하는 것이다. (…) 갱언(更言)하면 위대한 개성의 표현만이, 모든 이상과 가치의 본체 즉 진, 선, 미로 표징되는 바 위대하고 영원한 사업이 인류에게 향하야 성취케 하는 것이라 함이다."(12: 38면) 일찍이 불리한 물질적 환경의 저항을 꿰뚫고 진화하고 비상하려는 역동적인 힘을 가리켜 '생명의 비약'이라 명명했던 베르그송이 그 같은 창조적 생명력을 '불꽃'의 형상에 비유했다는 것은 이와 관련하여 기억할 만하다.[12] 그처럼 예술가가 미적 대상에 몰입하여 "진선미"의 통합체를 구현하는 찰나에 경험하게 되는 황홀경, 또는 우주생명의 본체와 인간의 내부생명 간의 신비로운 교감의 순간이 예술미의 가장 적확한 표상이라는 미학적 모델은 일본 타이쇼오기 생명주의의 세례를 받은 염상섭에게도 분명하게 전수되고 있는 셈이다.[13] 염상섭 예술론은

---

12) 김형효『베르그송의 철학』, 민음사 1991, 18면.

13) 황호덕「1920년대초 동인지 문학의 성격과 미적 주체 담론」, 성균관대 석사학위논문 1997, 121면. 아리시마 타께오의 생명 사상과 염상섭의 영향 관계에 대해서는 우정권「고백소설의 서사양식」,『한국 근대 고백소설의 형성과 서사양식』, 소명출판 2004, 120~24면 참조. 좀더 넓게 보자면, 염상섭은 타이쇼오기에 널리 유행한 베르그송의 생철학과 하세가와 텐께이(長谷川天溪)의 로맨틱한 자연주의론을 동시에 수용하는 방식으로 예술에 관해 발언한 셈이다. 이보영「역사적 위기와 비평적 대응(1)」,『염상섭문학

무엇보다 예술가 스스로 자기 내부의 생명충동을 거침없이 풀어놓는 것이 관건이기에, 예술은 "생명의 유로(流露)" "생명의 활약"의 산물이 된다.(12: 40면) 그런데 그의 개성론은 자아의 개성에서 시작해 다시 민족적 개성으로 귀결되고 있다. 만일 자아 내부의 '생명'을 터득하고 이를 충분히 함양하는 것이 예술미의 형성원리라면, 그러한 사정은 개인주체(개성)와 관련해서도 유의미한 진리일 것이며 더 나아가 민족주체의 갱생에도 풍부한 암시를 제공할수 있다는 것이 「개성과 예술」의 후반부에서 염상섭이 주목하는 바다. 그에 따르면 민족적 개성을 구현한 조선예술품에는 "사천여년의 역사적 배경, 풍토, 경우로부터 전통하야 오며 무궁히 흐르는 거긔에, 우리의 조선혼이 잇고, 민족적 생명의 리슴이 잇는 것이다".[14] 염상섭은 예술가주체의 개성이 민족적 개성에 합류될 때 더욱 충만해질 수 있다고 덧붙였다.

「개성과 예술」을 통해 염상섭이 아마도 자기 자신에게 부과했을 창작 과제, 즉 '예술미'와 '민족적 개성'을 동시에 구현한다는 과제는 『사랑과 죄』에서 가장 명료하게 추구되었다. 이 소설의 주인공 해춘은 어엿한 화실을 마련하고 일본 화전(畵展)에 출품하려 준비 중인 유망한 화가로 설정되어 있으며, 이 소설 속에서 염상섭은 사랑과 정치 못지않게 예술의 문제에도 각별한 관심을 기울인다. 예컨대 해춘과 류진이 서로 미묘하게 갈등하는 초반부에서 그들이 나누는 대화 가운데 일부는 예술미의 문제와 직결된다.

"신이란 무언가?"

"우주를 섭리하는 진리로 보아서는 대자연의 리법(理法) ── 창조미(創造

론』, 금문서적 2003, 323~33면. 베르그송 철학과의 연관성에 대한 좀더 상세한 논의는 이보영 「염상섭과 베르그송」, 『월간 문학』 1993.2, 월간문학사 참조.
14) 1927년 『조선일보』에 연재된 「민족·사회운동의 유심적 일고찰」(12: 86~106면)도 '민족혼'을 옹호하는 것으로 귀결되었다.

美)로 보아서는 예술미(藝術美)의 실재(實在) ──종교뎍 감격으로서는 인류 생명의 근원인 사랑(愛) 권화(權化)······ 위선 이러케 설명하랴네만은 이것을 자긔 생명에 실현한다는 뎜으로 보면 자긔의 행위를 자연의 법리에 합치케 하는 것이오 예술뎍 충동(藝術的 衝動)은 창조미의 표현이 되고 종교뎍 감격(宗敎的 感激)은 사랑의 봉사(愛의 奉仕)라는 실천도덕(實踐道德)으로 발로되는 것이라고 생각하네. 종교상으로 '하누님이 내게 잇다'하거나 쏘는 자긔실현(自己實現)이라 하는 말은 결국에 이 세가지를 가르치는 것이 아닌가! 다시 말하면 나는 진선미의 삼위일체를 신(神)이라고 생각하네만은 신 ──즉 하누님이란 말은 완전(完全)이라는 말일세······"하며 해춘이는 열심히 자긔의 예술관을 론변하랴니까 류진이는 말을 쓴흐며

"그만하게! 알아들엇네. 자네 말은 예술뎍 충동을 만족식힘으로 말미아마 자긔의 인격을 신격화(神格化)하거나 그 소위 하누님의 깁븜을 톄험한다는 말이 아닌가?" 하고 뭇는다.

"물론이지! 종교가가 사람을 설도하고 텰학자가 우주의 원리를 찾는 것과 가치 예술가는 미의 창조로 자긔를 창조하야 나가면서 인류의 감정을 순일(純一)케 하는 것이오 감정의 순일이야말로 신의 도(神道)에 들어가는 길이며 여기에서 인생의 행복은 열리는 것이란 말일세. 이 뎜에서 예술과 도덕은 합치되는 거라고 생각하네" 하며 해춘이 뎜뎜 흥분하야 간다.

(···)

"올흔 말일세. 예술뎍 창조라야 결국에 자연의 모방 ──그거나마 서투른 졸열한 모방이 아닌가. 만일 우주의 창조주(創造主)가 잇다면 자긔를 모독하얏다고 요놈들 손잡선 마라 ──하며 호령을 할 쎌세. 원래 미에 대한 욕구부터가 동물뎍 생활에 여유가 생기어서 다른 형톄로 그 내용을 풍부히 하랴는 것이오 결국에 감각 생활을 확장하랴는 요구라고 볼 수 잇네. 그러기에 예술이란 쎅다귀를 물고 쇠리를 치는 개보다는 물론 고상한 유희거니와 저기서 두는 바둑보다도 고등이라는 말일세."

"그러나 사람에게는 령혼이 잇는 것을 생각하여야지!"(2: 138~40면)

해춘과 류진의 대화에서 생명주의에 기반한 예술론의 대변자는 해춘이며 류진은 이에 관해 비판적인 태도를 보인다. 해춘의 발언은 작가 자신을 포함해 동인지세대의 청년문학가들이 공유하고 있던 예술관을 직접 드러낸다. 그러나 류진은 예술이 신의 영역에 버금가는 인간의 창조적 활동이라는 견해에 좀처럼 수긍하려 들지 않는다. 예술은 '령혼의 비약'이고 진정한 예술미는 '진선미의 삼위일체'라는 해춘의 진지한 설명에 그는 다만 조롱하는 어투로 일관하면서 예술은 일종의 유희에 불과하다고 결론내린다. 그랬던 류진의 예술관은 평양행 이후 완전히 뒤바뀌고 마는데, 이러한 변화는 그 자신의 사회적 갱생과 정확히 일치하는 지점에서 발화되고 있어 문제적이다. "진정한 개인주의면야 인류애(人類愛) 생명미(生命美)의 정당한 표현일 것이 아닌가? 거긔에 진(眞)이 잇네! 거긔에 미(美)가 잇는 걸세! 그러기에 다시 거긔에 선(善)이 잇는 게 아닌가!"(2: 335면) 라는 것은 해춘의 발언이 아니라 류진의 생각이다. "자네 입에서 그런 소리를 들을 줄은 천만 의외일세!"(2: 335면)라면서 해춘이 놀라워하는 것도 무리가 아닐 정도로 변모한 류진을 과연 어떻게 이해해야 할 것인가. 류진이 갱생에 대한 의지를 피력하는 가운데 하필이면 '생명미'나 '진선미'를 거론하는 이유는 과연 무엇인가. 그러한 변화는 전체 서사에서 어떤 역할과 의미를 지니는가. 갱생의 근거를 무엇보다 자아 내부의 '생명'에서 (재)발견하는 것은 염상섭 초기 단편에서 익숙한 모티프다. "신생(新生)이라는 영광스런 사실은 개인에게서 출발하야 개인에 종결하는 것"(1: 106면)이라면서 "사(死)라는 것이 멸망을 의미하든 영생을 의미하든" 상관없이 "새롭은 생명이 약동하는 환희를" 향해 자신의 길을 나아가리라 다짐하는 「만세전」의 이인화의 자아각성은 류진의 그것과 상통한다. 또한 구더기가 들끓는 무덤이라는 「만세전」의 조선 이미지는 『사랑과 죄』에서는 작품 초반 대흥

수를 겪은 조선, 더 명료하게는 매독으로 참혹하게 훼손된 어느 거지의 음
부라는 다소 충격적인 이미지로 대체되어 있다. 부패한 생식기·대홍수·무
덤 등으로 표현되는 조선의 불모지적 상황은 개인과 민족의 무한한 생명
력을 예찬하는 저 생명주의 이념에 적대적인 조건이다. 류진이 말하는 진
정한 개인주의 혹은 생명주의 안에서 진리(진)·윤리(선)·아름다움(미)이
동일한 가치를 지니는 것이라면, 『사랑과 죄』에 등장하는 청년들이 자신
에게 적대적인 가족사적·사회적 상황을 극복하고 신생의 가능성을 회복
하는 길의 첫 과제는 해춘의 그림을 지켜내는 일인지도 모른다. 그런 맥락
에서 류진이 예술미와 개인주의의 미덕을 동일시하는 데 비해, 마리아는
예술과 사랑은 결코 공존할 수 없다면서 사랑을 위해 기꺼이 음악을 포기
할 뿐만 아니라 그러한 선택을 해춘에게도 강요했다는 것을 상기할 필요
가 있다. "예술과 사랑이 동시에 생명의 중심이 될 수는 업는 일이니까요"
(2: 234면)라고 당당하게 말하는 마리아의 모습은 자신의 윤리적·정치적 선
택을 무엇보다 예술을 통해 합리화하는 류진의 모습과 서로 어긋나 있다.
소설의 후반부에서 순영의 초상화를 훼손하려는 마리아와 달리 류진은 그
것을 보호하기 위해 분투하는데, 이 과정을 통해 둘의 불협화음이 선명하
게 드러난다. 류진을 비롯한 해춘 일행이 온전히 지켜내려고 애쓰는 순영
의 초상화 또는 그 모델인 순영은 다름 아닌 예술미의 전형으로 이상화된
다. 이를테면, 해춘은 순영의 모습을 그리던 중 불현듯 "그림 전톄에 무슨
영원한 생명의 맑은 샘이 슴이어 나오는 것"(2: 75면) 같은 황홀경에 빠져
들며, 특히 후반부에 이르면 순영의 빼어난 미모에서 "영원한 생명을 가진
예술미"(2: 359면)를 실감한다. 해춘이 결국 순영을 택한 이유는 그녀의 "예
술미"가 마리아의 농염한 육체보다 미적으로 우월하고 도덕적으로도 정
당할 뿐만 아니라 호연이나 환희가 대표하는 독립운동세력과도 연결되어
있기 때문이다. 그녀 혹은 그녀의 초상화는 류진의 표현을 빌리자면 그 자
체로 '진'이고 '선'이고 '미'인 것이다. "그(해춘—인용자)의 목말랏든 령혼

은 생명과 예술과 사랑이 서로 녹아서 흘르는 힘(力)의 샘에서 축일 대로 축이는 듯십헛다. (…) 그는 비롯오 예술의 경디에서 몰아덕(沒我的) 환희와 행복을 늣기엇다."(2: 379~80면)

앞서『사랑과 죄』가 개인의 내면적 성장과 사회적 각성을 동시에 선취하려는 야심작이라고 잠정적으로 평가했는데, 여기서는 그러한 근대적 자아의 형상화가 어떤 실존적인 인물보다 춘영의 초상화라는 다분히 이상화된 예술미에 의존하고 있다는 점을 부언할 필요가 있다. 해춘의 그림은 그가 마리아의 농염한 육체를 탐닉하는 순간 미완성인 채로 방치되고 말았으나 평양행 이후 순영의 진실한 사랑을 얻으면서 극적으로 완성되었다. 그 초상화는 해춘이 그토록 갈망해 마지않던 완전한 예술미의 표현이면서 또한 그가 추악한 가족사의 굴레로부터 구원해내려는 순영 자신이기도 하다. 더 중요하게는 타락한 부모세대에 의해 함부로 훼손되었으나 이제 청년세대에 의해 극적으로 복원된 공동체적 삶의 세계에 대한 표상이다. 다시 말해, 그들이 서로 연대하여 지켜내려는 대상은 단지 해춘의 그림만이 아니라 그것이 상징하는 새로운 가족공동체, 민족공동체의 이상이라 할 수 있다. 「개성과 예술」에서 염상섭이 진정한 예술미의 핵심으로 언급한 "조선혼"이나 "민족적 생명"이 순영의 초상화를 통해 상징적으로 표현되어 있다는 것은 매국 자본가인 류택수나 친일스파이인 마리아에 맞서는 가운데 해춘 일행이 긴밀하게 결속하게 된다는 데서 충분히 짐작 가능하다.『사랑과 죄』의 인물들은 예술이나 사랑을 사회적·정치적 실천과 조화롭게 결합하는 방식으로 자신들의 신생을 도모하고 있는 셈이다. 이렇듯 그 자신이 친일귀족과 부르주아의 가계에 속해 있으면서도 독립운동 세력과의 연대를 지속해나가는 해춘과 류진의 정치적 감각은 호연이 대표하는 "민족주의와 사회주의의 중간"이거나 적어도 그에 동조하는 입장이라 정의할 수 있다. 하지만 그러한 선택은『사랑과 죄』에서 적지 않은 모순과 한계에 봉착한다. 예컨대 심초매부의 화실과 호연의 병실을 자유롭게 드나드는 해춘의 정치적 감각이 동정자의 그것이라면, 순영에 대해 지고한 사랑을 보여주면서도 다른 한편 마리아를 두고 "사실 못된 계집은 아니"(2: 216면)라며 두둔하는 대목은 과연 어떻게 이해해야 할 것인가. 순영과 그녀의 초상화를 예술미의 극치로 과장하는 『사랑과 죄』의 후반부는 어떤 면에서 해춘의 동정자적 태도에 내재된 현실적인 위험성을 제거하려는 의도가 다분하다.

4. 『삼대』

염상섭의 장편소설 중 '가족'이라는 딜레마 속에서 자아성장을 도모하는 대표적인 인물은 물론 『삼대』의 조덕기다. 『삼대』의 문제의식은 그보다 앞선 시기에 발표된 장편소설, 특히 『사랑과 죄』와의 비교를 통해 비교적 명료하게 드러난다. 우선 작가의 분신이라 할 만한 등장인물이 『사랑과 죄』의 경우 이해춘·김호연·류진이었다면 『삼대』에서는 조덕기와 김병화로 압축된다. 그것은 류진의 극단성을 가능한 배제함으로써 다른 서사적 쟁점에 집중하려는 의도로 해석된다. 이러한 사정은 자유연애에 관한 염상섭 특유의 풍자마저 『삼대』에 오면 일종의 소강상태에 놓인다는 데서도 짐작할 수 있다. 예컨대 전작에서는 지순영을 놓고 이해춘과 김호연이 미묘한 애정갈등에 휩싸이지만 그러한 갈등조차 조덕기·이필순·김병화의 관계에서는 매우 간소하게 처리된다. 게다가 정마리아라는 자유분방한 신여성과 달리 홍경애는 성적 욕망으로부터 얼마간 자유로운 인물로 『삼대』의 서사전개 속에서 유의미한 영향력을 행사하지 못한다. 「제야(除夜)」(1922)로부터 『이심(二心)』(1929)까지 이어져온 염상섭 특유의 냉소적인 신여성관은 적어도 『삼대』에서는 매우 둔화된 양상으로 나타나며, 신랄한 묘사는 차라리 수원집·매당·김의경 같은 구여성에게 집중된다. 자유연애의 위험성을 최소화하고 류진처럼 극단적인 선택지를 제거한 구성방식은 이 소설이 '사랑'보다는 '돈'의 문제에 좀더 천착하고 있음을 반증해준다.

그런 맥락에서, 『사랑과 죄』의 중심인물인 화가 이해춘이 경제학(또는 법학)을 지망해야 하는 조덕기로 대체되고 김호연의 거주지인 세브란스 병원이 김병화의 산해진이라는 상점으로 변주된다. 『삼대』가 식민지조선의 경제적 상황을 다분히 추상적으로 재현했다는 비판이 없지 않지만, 이 소설이 무엇보다 '돈'의 문제를 중심적으로 다루고 있다는 사실을 부정할 수는 없다. 기존의 가족관계나 사랑에 미온적인 태도를 보이는 조덕기가 유독 조부의 '금고'에 대해서는 태도가 명확하다는 것은 의미심장한 데가 있다. "덕기가 재산은 상속하였을망정 조부의 유지(遺志)도 계승할 것인가? 그는 금고 문지기는 될 수 있을찌언정 사당 문지기로서도 조부가 믿듯이 그처럼 충실한 것인가 의문이다."(4: 268면) 그런데 조덕기의 재산은 수원집이나 조상훈 같은 가족구성원만이 아니라 김병화나 필순 부친도 예외 없이 노리고 있다. "사상은 어떤지 모르지만 장래 잘 이용해두 상관 없지. 별수 있나. 무슨 일을 하든지 한푼이라도 있는 놈의 것을 끌어내는 수밖에."(4: 147면)라고 말하는 필순 부친이나, 그에 대해 "하지만 덕기따위 아직 어린애야 이용이고 무어고 있나요. 그 집 영감이 미구 불원간 죽으면 덕기 부친이 상속을 하니까 얼러본다면 덕기보다 한대 올라가서 얼러봐야죠."(4: 147~48면)라고 대답하는 김병화나 어떤 면에서는 매당이 대표하는 협잡꾼과 크게 다를 바 없어 보인다. 그렇다면 『삼대』는 미성숙한 상태에 머물러 있던 조덕기가 조부의 재산을 상속받음으로써 서사의 중심적 위상을 탈환하고, 바로 그 돈을 통해 주변인물과의 대립과 갈등을 청산하며 자아성장을 도모하는 이야기라 할 만하다.

『삼대』의 주요한 갈등양상은 크게 세가지다. 이는 「제일충돌」「제이충돌」「제삼충돌」이라는 소제목으로 소설 전반부에 이미 명료하게 부각되어 있다. 첫번째는 대동보소(大同譜所)를 둘러싸고 벌어진 조의관과 조상훈의 대립이다. 구한말 거금을 주고 양반 신분을 사들인 부친이 이제는 문중 식객들의 농간에 휘말려 대동보소까지 떠맡으려 하자 이를 "일종의 굴욕" 으로 받아들이는 조상훈과 그런 아들의 예수교 신앙을 부도덕하다고 경멸했던 조의관 사이의 갈등이 「제일충돌」에 드러난다. 서술자는 조의관의 시대착오적인 봉제사(奉祭祀)를 일종의 "오입"(4: 80면)이라 표현하고 있는데, 이러한 조롱은 조상훈의 경우에도 들어맞는다. 제례를 봉건적인 유습이라 혹평하는 아들을 일찌감치 못마땅하게 여겼던 조의관에게 조상훈 역시 "제 손으로 가르친 남의 딸자식 유인하는"(4: 85면) 기독교식 오입쟁이에 지나지 않기 때문이다. 두번째는 조의관의 와병 직후 불거진 수원집과 덕기 모친의 갈등이다. 조의관이 늘그막에 자식을 바라고 얻은 첩과 그보다 다섯살 연상인 며느리 사이의 해묵은 갈등의 핵심은 물론 "안방차지"(4: 91면)에 있다.[15] 세번째는 홍경애로 인한 조상훈과 조덕기의 갈등이다. 조덕기가 술집 작부로 전락한 홍경애와 이복여동생의 거취 문제를 조심스럽게 거론하지만 이를 조상훈이 탐탁지 않게 생각하면서 부자간의 대립이 첨예화된다. 미국유학생 출신의 교육가인 조상훈은 홍경애에 대한 내심의 연정에도 불구하고 "교회"와 "세간적 명예"(4: 103면) 때문에 위선적인 선택과 행동을 서슴지 않는다. 그는 신문에 금주(禁酒)에 관한 글을 기고하지만 다른 한편 술집을 제집같이 드나들고(4: 31면), 아들의 진로 문제보다 자신의 이해타산을 우선시하며(4: 98면), 교회 안에서는 "누구나 형제자매"라

---

15) 덕기 모친과 수원집의 갈등이 표면화되는 장면과 관련해 조의관의 위세를 달리 해석하기도 한다. 김양선은 세가지 갈등이 표면으로 드러나는 일을 "조의관의 견고한 부계 중심의 플롯이 위기에 봉착했음을 암시"하는 것으로 받아들이지만, 류보선은 그와 정반대로 조의관이 등장하는 순간 모든 갈등이 해소된다면서 "조의관의 절대적인 권위는 이 작품에 등장하는 모든 인물들에게 통용된다"고 해석했다. 김양선 「식민지적 근대성의 한 양상」, 『1930년대 소설과 근대성의 지형학』, 소명출판 2002, 289면; 류보선 「민족과 계급, 리얼리즘의 두 좌표」, 『한국 근대문학의 정치적 (무)의식』, 소명출판 2005, 89~91면.

고 하면서도 "집에 들어오면 양반이라 해라를 하는"(4: 109면) 모순된 인간이다. 그의 위선은 홍경애와의 사이에서 낳은 딸이 "이왕이면 죽어주었으면 좋겠다고 혼자 생각"(4: 134면)하는 대목에서 극에 달한다.

그러고 보면, 『삼대』의 전반부는 조상훈이라는 인물이 부친의 유산을 상속받기에는 얼마나 부적합한 인물인지에 초점이 맞추어져 있는지도 모른다. 상기한 세가지 갈등양상 중 어떤 경우에도 조상훈은 가족 내의 다른 구성원보다 우위를 점하지 못한다. 그는 기독교에 신실하지 않으면서도 종교적인 위선에 사로잡힌 나머지 부친의 "사당"을 승계하기를 거부한다는 점에서 우선 상속자로서 부적격이지만, 그럼에도 "금고"에 대한 욕망은 결코 포기하지 않는다는 점에서 수원집의 추악한 욕망에 버금간다. 또한 홍경애에 대해 일체의 도의적 책임을 회피하는 모습은 그의 선택이 조의관의 봉건적인 축첩보다 결코 윤리적으로 우월할 수 없다는 사실을 증명해준다. 그래서 조덕기나 김병화의 눈에 비친 조상훈은 아이러니하게도 그 자신이 경멸해 마지않는 부친 조의관과 매우 흡사하다. 만일 위의 세가지 갈등을 윤리·욕망·이념의 문제로 요약할 수 있다면, 조상훈은 그중 어떤 문제에 대해서도 타협과 화해를 이루어낼 만한 자질이나 능력이 없다. 실제로 조의관의 죽음 이후에 그의 타락은 본격화되며 명백하게 협잡꾼으로 전락해버리고 만다. 그에 비한다면 소설 후반부에서 조덕기가 조부의 유산에 대해 보여주는 태도는 사뭇 대조적이다. 조덕기의 경제적 처세는 여러해 동안 그를 알아온 지주사마저 "자네 생각이 그렇게 드는 것을 보니, 조씨 댁 염려 없네…… 흠, 자네 그런 줄 몰랐네!"(4: 275면)라고 감탄할 정도로 대견한 데가 있으며, 조부의 유언을 따라 재산을 합리적으로 배분하기 위해 최선을 다한다. 하지만 『삼대』를 독해할 때 간과할 수 없는 사항은 앞서 언급한 세가지 유형의 갈등양상이 후반부에서도 고스란히 유지된다는 것이다. 조덕기는 가족관계 내에서 수원집이나 조상훈 등의 물질적 욕망을 어떤 식으로든 제어해야 할 뿐만 아니라, 사회적으로는 김병화의 사회주의 활동이 표면 위로 부상하면서 그 역시 이념적인 딜레마에 직면하며, 특히 필순에 대한 양가적인 감정 속에서 최선의 윤리적 선택을 결단하지 않을 수 없는 상황에 처하게 된다. 다시 말해, 조의관의 유산과 함께 시대의 유산도 더불어 상속받은 셈이다.

『삼대』의 서사적 전개의 핵심이 '돈'이라면, 우리는 그 '돈'을 유의미한 방식으로 재전유하는 인물이 누구인지를 묻지 않을 수 없다. 사실 '비소중독사건'이나 '피혁검거사건'은 조의관이나 피혁의 '돈'으로부터 파생된 이러저러한 갈등과 대립의 산물이지 않은가.[16] '돈' 자체에 대한 통제력의

---

16) 진정석은 조덕기가 조부의 '사당'과 '(금고)열쇠'를 상속받았다 해도 조의관의 신념까지 상속한 것은 아니며, "덕기가 계승한 가장권은 (…) 김병화 등의 사회주의자 그룹과 수원집 등의 물질주의 가치관에 사로잡힌 군상들 사이에 벌어지는 가치관의 혼란을 수평적인 차원에서 합리적으로 조정하는 새로운 권한이자 의무"라고 지적했다. 즉 조덕기가 '열쇠'는 상속받고 '사당'은 물려받지 않은 이유는 '사당'이 상징하는 전통적 유교 이념은 이미 패퇴(혹은 독살)되었고 '열쇠'만이 자본주의 질서 아래서 여전히 모든 인물들의 욕망을 끌어당기는 강력한 유인력을 지녔기 때문이다. 진정석 「염상섭 문학에 나타난 서사적 정체성 연구」, 서울대 박사학위논문 2006, 65~66면. 그런데 진정석의 논의에서도 김병화는 이념적 세계를 대표하는 것으로 설정되어 있다. 하지만 돈의 영향으로부터 그 누구도 자유로울 수 없다는 사실과 실제로 후반부에 김병화가 모종의 독립자금을 합리적으로 처리하기 위해 분주했으나 결국 실패로 돌아갔다는 사실 등을 고려한다면 이념/물질의 이분법으로 『삼대』의 세계를 이해하는 기존의 독법은 재고의 여지가 있다. 그러한 독해는 김윤식이 '산해진'의 대타항으로 '매당집'을 거론한 이후 공인된 견해인데(김윤식 「『삼대』」, 앞의 책 526~30면), 그보다는 오히려 '경찰서'가 쟁점의 대상이 되어야 할지도 모른다. 왜냐하면 덕기에게 부과한 세가지 과제(윤리·욕망·이념의 대립과 갈등)는 더이상 조선인의 자치에 맡겨지지 않고 공적 영역으로 소환되기 때문이다. 개인의 자아성장은 그 같은 대립과 갈등을 합리적으로 해소하는 과정 속에서 성취되기 마련이지만, 『삼대』에서 조덕기의 사회적 성숙의 가능성은 식민권력에 의해 이미 차단되어 있다. 즉 '피혁검거사건'과 '비소중독사건'을 계기로 공권력은 조덕기의 가정사까지도 관리하고 통제하려 든다. 사적 영역에 어느 순간 폭력적으로 개입하는 공권력은 그 전작들에서도 나타난다. 다만 스캔들을 재생산하는 장소에 불과했던 『이심』에 비해 『광분』에서는 경찰서가 살인사건을 둘러싼 갖가지 의혹과 갈등을 일거에 해소하는 위력적인 공간으로 군림한 바 있다. 물론 『광분』이 탐정소설 플롯을 차용했기 때문에 불

측면에서 보자면 김병화가 조덕기에 비해 압도적인 위상을 보여준다고 단언하기 힘들다. 실제로 독립자금에 대한 모든 권한은 그 내막을 꿰뚫어본 비운의 혁명가 장훈에게로 양도되며 그가 모든 책임을 지고 자결하는 순간 흥미롭게도 김병화는 무대의 뒤편으로 퇴장해버린다. 그에 반해, 조덕기는 유산과 더불어 물려받은 시대적 과제 즉 이념·욕망·윤리의 차원에서 빚어진 제반 갈등을 하나씩 해소해나가는 재량을 발휘한다. 김양선은『광분(狂奔)』(1930)에서 을순을 실질적인 주인공으로 내세우면서 '진선미 통합의 체현자'[17]라 고평한 바 있는데, 그러한 지적은『삼대』의 조덕기에게도 유효한 평가라 판단된다. 앞서 언급한 것처럼, 조덕기가 봉합하는 세가지 갈등양상인 윤리·욕망·이념의 문제는 이른바 진선미의 가치를 지향하는 공동체적 삶의 중요한 현안이다. 연재본과 달리 중도적 인물의 위상을 강화한『삼대』의 해방기 판본에서 조덕기는 자신의 가족사와 식민현실에 복잡하게 얼크러져 있는 갈등을 해소하기 위해 홀로 분주해야 했고 실제로 얼마간의 실리적인 화해와 타협을 이루어내기도 했다. 다시 말해 윤리·욕망·이념의 경계에서 어느 한편도 배제하지 않는 방식으로 조부의 상속

가피한 선택일 수 있다. 그러나 개인의 다양한 욕망이 노골적으로 현시(전시)되면서 동시에 통제(감시)되는 공간이라는 면에서『광분』의 다른 중요한 공간적 배경, 즉 양관(洋館)이나 박람회와 더불어 경찰서는 식민 규율권력의 메커니즘을 효과적으로 보여주는 서사적 장치라 할 수 있다. 식민지 조선사회에서 개인의 욕망을 표현하는 일은 그 자체로 실패할 수밖에 없다는『광분』의 비관적인 전망은『무화과』에서도 여전히 유효하다.

17) "『광분』을 집필할 당시 횡보는 톨스토이를 예로 들면서, '참된 예술에 있어서는 미와 선이 합치하고, 거기서 진이 있다'라고 '작가의 말'에서 밝힌 바 있다. 작품에서 이 같은 작가의 지향은 을순을 통해 구체화된다. 그녀는 주인의 악행을 알면서도 의리를 중시하고, 경옥의 자유분방함에 반감을 지니면서도 그 내면에 감추어진 나약함을 연민의 눈으로 바라본다. 어느 한쪽에 경도되기보다는 둘 사이에서 일정한 거리를 유지하면서 자신의 도덕적 정결성을 유지한다. 이는 횡보가 작가적 여정에서 애써 지키려 했던 중도적 입장이라든가, '새로운 세대'에 대한 지속적인 관심과 기대와 어느정도 관련이 있다." 김양선「염상섭의『광분』자세히 읽기」, 앞의 책 327면.

에 값하는 선택과 조정을 보여준 조덕기의 풍모는 단연 동정자 혹은 중도주의자의 전형이라 할 만하지만, 그처럼 모든 대립과 갈등을 조화롭게 '봉합'하겠다는 태도는 자신의 화폭에서 진선미의 일체를 찰나적으로 확인하게 되는 『사랑과 죄』의 이해춘과 크게 다르지 않다. 요컨대, 염상섭의 장편소설에 등장하는 동정자 형상은 물론 작가 자신의 정치적 입장을 실제로 형상화한 것이겠지만, 그가 일본유학기에 취득한 생명주의 문화담론의 인간모델을 따른 결과이기도 하다. 그런 의미에서, 염상섭 소설의 중도주의자들이 개인의 성장을 방해하는 식민지 자본주의의 횡포에 맞서 굳이 실천적인 투쟁을 벌이지는 않더라도 냉철한 현실인식의 범례를 보여주는 것은 어떠한 경우에도 인간의 개성을 소홀히 하지 않으려는 개인주의의 미덕임에 틀림없지만, 생명주의 예술론의 이념적 한계를 벗어날 수 없다는 점에서는 문제적일 수밖에 없다. 『삼대』의 후반부가 보여준 동정자 형상화의 성과에도 불구하고 결국 『무화과』에서 조덕기의 후신인 이원영의 중도적 노선이 냉혹한 자본주의 현실에서 참담한 실패로 돌아가고 그 대신 다른 주변 인물들의 자아각성이 부각되는 것은 그 때문이다.

5. 중도파의 감각

염상섭은 1922년에 발표한 「지상선(至上善)을 위하야」에서 그 당시 근대문학의 교본으로 널리 읽힌 입센의 희곡 『인형의 집』(*A Doll's House*, 1879)을 상론한 바 있다. 그도 가정과 남편, 자녀를 버리고 분연히 집을 나서는 노라를 근대적 자아의 전형이라 고평했다. 노라가 남편에게 하는 말마따나 "당신이 사람인 것과 가티 나도 사람"(12: 44면)이라는 엄연한 진실에 대한 각성이 그녀가 보여주는 반사회적 저항의 이유다. 염상섭에 따르면, 근대적 자아의 핵심은 바로 그 "자기혁명" 혹은 "반역"에 있다. "영혼의 생명은 '반역'에 잇다. 일체의 구(舊)에 대하야 반기를 올니고, 일체의 신(新)에 향하야 매진하는 거기에, 영혼의 아름답은 광채가 빗나며, 생명의 영원히 새롭은 세례가 잇는 것이다. (…) 자기혁명의 대사업을 완성하랴는 거기에, 노라의 생명이 용약(勇躍)하얏스며, 위대한 영혼이 체험한 바 지상선이 성취"(12: 44~45면)된다. 노라로 대표되는 근대적 자아상을 효과적으로 부각시키기 위해 이 에세이에 동원된 어휘들은 염상섭이 타이쇼오 문화주의의 세례를 받아 애용하기 시작한 동시대 예술담론의 키워드임에 분명하며, 그중 '생명'은 낭만주의적 함의가 농후한 개념어인 '영혼'과 더불어 근대인의 요체로 거론되고 있다.[18] 여기서 근대적 자아각성이란, 베르그송식으로 말하면 자아의 내부에서 "부절히 용약(勇躍)하는 신생명"을 더욱 생동케 하는 것이고, 다시 「개성과 예술」의 표현을 빌리자면 "독이적 생명" 곧 "개성"의 발현을 적극적으로 함양하는 일이면서, 좀더 보편적인 어법에 의하면 그 스스로 자기 내부의 "자아"를 부단히 "확충"하고 "완성"해나가는 과정이기도 하다.

실로 완전과 통일의 표상이며, 혹시는 만유의 주재자라고까지 생각하든 신도 자기의 사유 이외에 나지안음을 깨다랏다. 다시 일보를 진하야, 윤리적으로 관찰할진대, 자기의 인격이 완성되고 통일된 경지가 곳 신의 경지요, 신을 실현하는 자가 곳 자아라고 주장할 만치 자아의 존엄을 우리는 자각하얏다. 이제는 우리는 각자의 자아가 예속될 대상을 예상할 필요도 업거니와 그리할 수도 업다. 자아의 봉사를 찬상(讚賞)으로써 가납(嘉納)하시는 권위가 꼭 한 분만이 게심을 우리는 가장 명료히 자각하얏다. 그러면 그분은 누구신가? ─ 곳 '자아'이다.(12: 52면)

---

18) '생명'이 다분히 기독교적 맥락을 지닌 어휘라는 사실은 「지상선을 위하야」에서 염상섭이 근대적 주체성의 또 다른 선례로 예수를 거론하는 것에서도 짐작 가능하다. 즉 예수는 인류역사상 유례없는 "자아충실자"로 기억되고 있다.

위의 인용은『사랑과 죄』에서 해춘과 류진이 나누는 대화를 연상시키기에 충분하다. 하지만 자아의 절대화를 천명했다고 해서 염상섭의 예술론을 이를테면 김동인의 그것과 동일시할 수는 없는 일이다. 김동인과 달리 염상섭은 근대사회의 합리적 재편과 이를 지탱하는 신윤리의 가능성을 끈질기게 모색한 작가였다. 그런 의미에서, 아웃사이더 류진이 자신의 사회적 복귀를 저 예술론을 통해 정당화하고 있다는 점은 의미심장하다. "진정한 개인주의면야 인류애 생명미의 정당한 표현일 것이 아닌가? 거긔에 진이 잇네! 거긔에 미가 잇는 걸세! 그러기에 다시 거긔에 선이 잇는 게 아닌가!" 그것은 류진이 모든 부조리한 권위·관념·제도를 부정하는 극단적인 "반역"의 길에서 점차 우회하기 시작했음을 의미한다. 그런 맥락에서라면 류진의 형상은『사랑과 죄』후반부에서 더이상 독특한 질감을 지니지 못한 채 해춘이나 호연 같은 다른 중심인물들의 '개성' 혹은 '민족주의적 연대' 속으로 융합되는 셈이며, 이는 염상섭이「지상선을 위하야」나「개성과 예술」에서 '개성' 혹은 '생명'의 궁극적 지향과 관련해 누차 강조했던 "민족적 생명"의 구현이라 보아도 좋다. 예컨대 "진정한 자아주의자야말로 자기를 살님으로 말미암아, 자기의 민족을 살니우고, 인류를 살니운다"(12: 57면)라는 에세이의 결론은『사랑과 죄』의 결말을 이상화하는 일종의 경구이면서,『삼대』의 조덕기가 식민지 부르주아라는 태생적 한계에서 벗어나 도달하려고 했던 중도주의의 좌표이기도 하다. '중도주의자' 혹은 '동정자'라는 주체상이 개인의 내부생명과 민족적 생명 사이의 조화를 지향하는 자라면, 그러한 삶의 지향은 진정한 개인주의에서 진선미의 균형을 예감하는 류진이나 자신이 그린 초상화에서 절대미를 발견하는 해춘의 경우와 그리 멀리 떨어져 있지 않다. 다시 그것은『효풍』(1948)에서 혜란과 화순, 우파와 좌파의 이념 모두를 이해하려는 병직의 중도적 감각이면서 동시에 "물적 자기라는 좌안(左岸)과 물적 타인이라는 우안(右岸)에, 한발식

(式) 걸처노코, 빙글빙글 쒸며 도는 것이 근대인의 생활"(1: 23면)이라고 말한 「만세전」의 냉소주의자 이인화의 감각과도 상통한다.

제12장

불가능한 공동체

1.『취우』의 예외성

『취우』는 한국전쟁에 대한 문학적 증언 가운데 수작으로 평가되어왔다. 이 장편소설은 전쟁 중인 1952년 7월부터 1953년 2월까지 『조선일보』에 연재되었고, 이듬해 1954년에는 서울시 문화상을 수상하기도 했다. 『취우』는 1950년 6월 28일부터 12월 13일까지 인공치하의 서울을 배경으로 삼은 만큼 한국전쟁을 재현한 소설 가운데서도 단연 예외적인 성과라 할 만하다. 식민지 초기부터 당대에 이르기까지 역사적 격변 속에서 정력적인 작품활동을 해온 염상섭이 『취우』를 통해 보여준 한국사회의 모순과 참상은 여러면에서 문제적이다. 그럼에도 김윤식이 『취우』에 재현된 한국사회의 단면을 염상섭 특유의 "가치중립성의 세계"[19]로 지적한 이래 이 관점은 표준

---

19) 김윤식『염상섭 연구』, 서울대출판부 1987, 842면. 언어 자체가 이데올로기적으로 매개되기 마련이라는 이유를 들어 '가치중립성'이라는 표현을 문제 삼은 신영덕도 『취우』에서 "일상적 인간들의 삶"이 더욱 전경화되었다는 데는 이의를 제기하지 않는다. 「한국전쟁기 염상섭의 전쟁 체험과 소설적 형상화 방식 연구」, 『염상섭 문학의 재조명』, 문

적인 해석으로서 권위를 누려왔다. 『취우』의 서사적 구성을 가리켜 "일상
의 논리가 전쟁의 충격을 압도"[20]했다거나 "전쟁상황과는 뚜렷하게 구분
되는 일상인들의 일상적 세계"[21]를 그렸다는 평가는 기존의 해석상 관행
을 뒷받침해준다. 이 같은 관점은 서울 중산층의 일상성에 기반을 둔 염상
섭 문학의 고유한 특질이 한국전쟁을 다룬 소설에서도 여전하거나 또는
더욱 범람하는 형태로 재현되기에 이르렀다는 평가와 무관하지 않을 것
이다.

그런데 연작[22] 중 어디에서도 주도적인 역할을 하지 못하는 강순제라
는 지극히 세속적인 여성이 『취우』에서는 전혀 다른 인물로 변신한다. 그
럼에도 '일상성'을 강조하는 연구 관행에서는 강순제의 변모가 관대하게

학사와비평연구회 엮음, 새미 1998, 222면. 기존 연구의 선례를 따라 '일상성'을 염상섭
문학에 고유한 이른바 중산층의 감각과 생리로 이해한다면 그러한 특질이 『취우』와 무
관하다고 단정할 수는 없을 것이다. 그런데 '일상성'이란 곧 자본주의적 일상성을 의미
하므로, 여러 문제적 인물들이 보여주는 교섭과 갈등이 당대 자본주의체제와 어떤 서사
적 관계를 맺고 있는지는 다시 따져볼 일이다. 재론하겠지만, 인공치하의 서울을 배경으
로 삼은 『취우』의 경우에는 남한 자본주의체제의 붕괴 이후라는 서사적 배경을 무엇보
다 중요하게 다루어야 한다. 염상섭 소설이 대개 그렇듯 이 소설에도 자본주의적 욕망에
휘둘리는 인간 군상에 대한 적나라한 묘사가 없지 않지만, 그렇다고 해서 『취우』의 배경
자체가 지닌 사회적·역사적 특이성에 소홀해서는 곤란하다. 따라서 본고는 염상섭 문학
에 특유한 '일상성'이 『취우』에 여전하거나 또는 더욱 범람하는 형태로 재현된다는 기
존의 견해에 수긍하기보다는 인공치하의 서울이라는 예외상태와 그로 인해 가능해진
서사적 균열이나 잉여에 더욱 주목하고자 한다.
20) 진정석 「염상섭 문학에 나타난 서사적 정체성 연구」, 서울대 박사학위논문 2006,
107면.
21) 김종욱 「염상섭의 『취우』에 나타난 일상성에 관한 연구」, 『관악어문연구』 17, 서울대
국어국문학과 1992, 143면.
22) 『취우』와 연작 관계에 있는 소설은 다음과 같다. 『난류』(『조선일보』 1950.2.10~6.28),
『새울림』(『국제신보』 1953.12.15~1954.2.25), 『지평선』(『현대문학』 1955.1~6, 총 5회
연재분). 『난류』는 전쟁 이전의 서울을, 『새울림』『지평선』은 임시수도 부산을 각각 배
경으로 한다. 여기서는 이들 연작 중 『취우』와 『지평선』만을 분석 대상으로 삼았다.

다루어지지 않는다. 김윤식은 그녀의 변화를 바람직한 의미에서의 인간적 성숙이라기보다 폐쇄된 공간의 산물에 불과하다고 논평했으며, 후속작 「지평선」(1955)에서 결국 술집 마담으로 전락하는 강순제의 후일담은 그러한 해석에 부응하는 것으로 보인다. 잘 알다시피, 『취우』 이전에 발표된 「두 파산」(1949)이나 「거품」(1951)만 하더라도 염상섭이 묘사하는 한국 사회의 부조리한 현실이란 대개 그처럼 퇴락한 신여성을 부각시키는 방식으로 풍자되어왔다. 이를테면 "예전에 셰익스피어의 원서를 끼구 다니고, 『인형의 집』에 신이 나구, 엘렌 케이의 숭배자"였다가 해방 후 고리대금업자로 전락한 신여성 옥임의 말년은 그대로 조선 신여성의 어두운 자화상이다. 한국 근대소설사에서 그들의 기대와 욕망은 제대로 실현된 전례가 없었으나 『취우』는 그 단 한번의 예외작이다.

2. 신여성이라는 문법

염상섭만큼 신여성의 문제를 집요하게 다룬 작가도 흔치 않다. 선진적인 개성론과 현실묘사의 탁월한 성과에도 불구하고 신여성 재현과 표상의 스테레오타입은 어떤 면에서 식민지 시기 염상섭 장편소설을 통어하는 근본원리이기도 하다. 생계를 위해 자유연애의 이상을 포기하지만 결혼 이후 애욕(또는 사랑)의 대상을 발견하게 되고, 이른바 자유연애의 재탈환을 위해 오히려 속물적인 자본주의 세태에 투항하고 마는 신여성은 단편 「제야」로부터 시작해 여러 장편소설에 편만해 있다. 그가 재현하는 조선 신여성의 자유연애는 성적 욕망과 물질적 욕망의 극명한 분열 속에서 추악한 이면을 드러낸다. 돈에 이끌려 배우자를 선택했음에도 여전히 '자유연애'에 대한 미련을 버리지 못함으로써 직면한 상황이 지닌 불가피한 모순은 적어도 그녀의 자의식에서는 문제시되지 않는 듯하다.[23]

그 가운데 『광분』은 가장 극단적으로 신여성을 재현한 경우다. 가족의 생계를 위해 중년의 남자와 혼인한 후 뒤늦게 자신의 사랑을 발견한다는 점에서 『너희들은 무엇을 어덧느냐』의 덕순을 떠올리게 하고 자신의 영화(榮華)를 위해서라면 살인마저 불사한다는 점에서는 『사랑과 죄』의 마리아를 연상케 하는 숙정은 염상섭 장편소설에 재현된 신여성의 계보 중 최악의 경우라 할 만하다. 그럼에도 숙정과 원량에 비해 경옥과 정방의 관계가 긍정적이라 단정하기는 곤란하다. 이를테면 중촌의 유혹에도 불구하고 정방을 택하는 경옥의 사랑이 순정이라면 정방을 향한 숙정의 연정 역시 순정이다. 남성인물들의 경우에도, "사랑과 돈 사이에서 갈등하면서 양자를 다 얻기 위해 숙정과 경옥의 욕망을 적절히 이용하고 통제"하려는 정방과 "숙정의 욕망을 적절히 조절하고 통제하면서 자신의 궁극적 목적을 달성하려"는 원량은 크게 다르지 않다.[24] 그것이 사랑이나 예술이든 아니면 돈이든 간에 『광분』은 자신의 욕망을 치밀하게 추구해나가는 근대적 인간들의 여러 유형을 진열하는 가운데 조선 전체가 실은 철저하게 위선적인 사회라는 것을 보여준다. 원량의 표현을 빌리자면 "비밀과 의문"이 유일한 무기가 되는 사회다.[25] 누구 못지않게 인간관계의 형성과 유지에 능숙

---

23) 그런 측면에서 보면, 초기 단편 「제야」의 신여성 정인은 가부장제와 자본주의에 예속된 조선여성의 해방을 강론하고서도 정작 자신은 그에 대항하지 못해 불행을 자초하게 된 모순을 비관하여 자살을 결행할 만큼 강렬한 자의식을 보여준다는 점에서 이례적이다. 「제야」에 대한 비교적 최근의 논의로는 김경수 「초기 소설과 개성론, 연애론: 「암야」와 「제야」」, 『염상섭과 현대소설의 형성』, 일조각 2008, 47면 참조.

24) 김양선 「염상섭의 『광분』 자세히 읽기」, 『1930년대 소설과 근대성의 지형학』, 소명출판 2002, 321면. "돈과 성욕을 추구하는 숙정, 자유연애와 음악을 통한 자아실현을 추구하는 경옥, 둘 다 근대적 욕망을 추구하지만 그 욕망은 좌절"되는 신여성이라는 점에서 유사하다. 김양선, 앞의 글 317면.

25) 염상섭 『광분』, 프레스21 1996, 300~301면. 그렇게 보면, 이들의 인간관계는 전적으로 '의혹'과 '비밀'에 의해 유지된다고 해도 무방하다. 예컨대, 귀국 직후 정방이 응규와 경옥을 관계를 의심하는 도입부(14면)로부터 시작해 정방과 숙정(90면), 숙정과 원량

했던 정방이 중반 이후 서사적 주도권 다툼에서 밀려나 무기력한 모습을 보이는 것은 그 때문이다. "숙정이를 덧들여놓았다가는 아무것도 아니 될 것이다. 경옥이와의 비밀은 절대로 숨겨야 (…) 경옥이와의 사랑을 완성시킬까, 그러자면 극운동은 좌절되고 말 것이다. 말하자면 사랑을 버리겠느냐, 일을 버리겠느냐?"[26] 즉 "두가지를 다 온전히 얻"기 위해 "주정수"라는 가공의 인물을 만들어내면서까지 경옥과 순정 사이에서 실리를 취하려 했으나 그 비밀의 전모가 드러나면서 정방 자신은 물론 경옥마저 위태로워지는 상황에 내몰린다. 더이상 타인의 내면을 꿰뚫어볼 수 없는 정방에 비하면 원량의 모략과 처세는 한층 우월하며 자본주의의 생리에 철저하다. 그런 의미에서, 원량과 숙정의 음모가 실질적으로 이루어지고 실행되는 '양관(洋館)'이 주목된다. '양관'은 가부장제의 시선에서 벗어난 공간으로, 바로 그 덕분에 숙정이나 원량의 경우처럼 그곳에서는 개인의 내밀한 욕망을 표현하는 일이 가능해진다. 그곳은 다종다양한 "자물쇠"와 "열쇠"의 공간이며 이를테면 "열쇠구멍"은 그러한 욕망의 메타포다. 다시 말해, 경옥의 방은 기본적으로 '밀실' 구조이지만 '열쇠구멍'을 통해 들여다보거나 침입하는 일이 얼마든지 가능하다는 점에서 개인의 은밀한 욕망이 누구에게나 노출될 수 있는 이중적인 장소다. 비밀과 공개, 밀실과 광장의 양가적 이미지가 구현된 장소로서의 '양관'은 곧 근대사회에 대한 상징으로 독해할 개연성이 농후하며, 따라서 '박람회'야말로 '양관'의 확장판이라 할 만하다.[27] 바로 여기에서 개인의 욕망은 다양하게 현시(전시)되면서 동시에 감시되지 않을 수 없다. 결국 개인 간의 다양한 '비밀'과 '의심'을 일거

(123면), 원량과 경옥(220면), 숙정과 병천(237~40면)의 의혹 등이 그 예다.

26) 염상섭『광분』, 앞의 책 34~35면.

27) 『광분』에 묘사된 '박람회'의 의미를 다층적으로 논구한 이혜령「식민지 군중과 개인: 염상섭의『광분』을 통해서 본 시론」, 『대동문화연구』69, 성균관대 대동문화연구원 2010 참조.

에 해소하는 역할은 경찰의 몫이 되고 소설 후반부 탐정소설의 구성을 취하는 일은 불가피해진다. 이러한 경찰제도의 구현은 경찰서가 다만 풍문의 장소에 불과했던 『이심』보다 좀더 진전된 형태이며, 특히 『광분』에서는 신여성의 자아실현 가능성이 근본적으로 봉쇄되어 있다. 욕망의 파괴성을 예감하고 양관의 폐쇄를 요구한 경옥이 바로 그곳에서 변사체로 발견될 뿐만 아니라 그 가해자가 또다른 신여성이라는 설정은 아이러니하지 않을 수 없다.[28]

『광분』이나 『이심』을 통해 예시된 부정적인 신여성상, 즉 근대성(자유연애)의 실현을 부단히 교란하고 그것을 통제 불가능한 것으로 만듦으로써 식민 규율권력에 개인의 자유를 양도하는 결과를 자초한 신여성을 그 재현상의 딜레마로부터 구원하기 위한 염상섭식 처방은 무엇이었을까. 『사랑과 죄』나 『삼대』에 등장하는 신여성들은 무엇보다 특정한 이념적 지향을 드러낸다는 점에서 차별화된다. 우선 『사랑과 죄』의 순영은 엄밀한 의미에서 신여성이라 부르기에는 부족한 데가 있지만, 그녀 자신과 그녀의 로맨스가 식민지조선에서 바람직한 방향으로 성취되기 위해서는 무엇을 필요로 하는지 잘 보여준다. 이 소설은 해춘을 중심으로 중층적인 삼각관계의 플롯을 구비하고 있는데, 그는 마리아의 농염한 육체에 깊이 매료되었음에도 결국 순영을 선택한다. 그녀의 육체는 마리아의 퇴폐적인 관능

---

28) 『광분』에서 극단적인 결말이 예시하듯이 조선 신여성에 대해 염상섭은 기대보다 불신의 정도가 한층 더 깊은 듯하다. 심지어 여류음악가 경옥은 정방에 의해 을순보다 못한 존재로 격하되고 있다. "어쨌든 그만치 고맙게 굴어주는 을순이가 정다이 생각되었다. 그만치나 얌전하고 상냥하고도 영리한 여성은 지금 세상에 드물다! (…) 그렇게 생각하면 경옥이보다도 인격이 한층 위라고도 생각하였다. 경옥이는 다만 사랑할 계집애요, 존경할 여성은 못 된다고 생각하였다."(361면) 극중 초반 그녀의 진취적인 성격과 일본유학의 활력에도 불구하고 경옥은 자신의 방 안에서 무참히 살해당하고 만다. 밀실에 방치된 시신과 그녀를 바라보는 여러겹의 시선 가운데 하나는 상기한 정방의 논평적인 시선과 서로 공모하고 있다. 다시 상론하겠지만, 공간적인 표상을 중심으로 자유연애의 세태와 그 가능성을 재현하는 것은 『취우』에서도 이어진다.

미보다 미적으로 우월하고 도덕적으로 고상할 뿐만 아니라 더 중요하게는 순영이라는 여성만이 친일 귀족인 해춘으로 하여금 독립운동세력과의 연대를 가능케 해주기 때문이다. 『삼대』에 오면 홍경애란 인물은 염상섭이 전작들에서 보여준 신여성과 더욱 다른 면모를 보인다. 그녀는 조상훈의 유혹에도 아랑곳없이 자유분방한 사회주의자 김병화에게 이끌리면서 '산해진'의 일원으로 진가를 발휘한다. 비록 김병화만큼 사회주의 이념을 신뢰하지는 않지만 그 이념적 후광 속에서 홍경애는 '신여성'이라는 정체성 안에 존재하는 위험요소를 얼마간 해독(解毒)해내고 있다.

3. 인공치하의 서울

『취우』의 여주인공 강순제는 이전의 염상섭 소설을 고려하면 그리 낯선 존재가 아니다. 그녀는 현재 한미무역 사장 김학수의 비서이자 애첩이지만, 그러한 선택은 가족의 생계를 부양하기 위해 부득이한 것이었고 한때는 사회주의자와 연애결혼을 한 전력도 지녔다는 점에서 염상섭 소설에 반복된 이른바 신여성 재현의 문법에 부합한다. 김학수는 "군정 시대부터 한미무역이란 간판으로 한몫 단단히 본"(7: 50면) 모리배 출신이고, 순제는 그런 김학수를 "생활의 방편으로 — 물질적으로나 생리적으로나 필요에 응해서"(7: 36면) 적절히 이용해왔기에 첩이라는 오명마저도 개의치 않는 현실적인 인물이다. "몸 팔아 집 장만했다구 웃지는 마세요"(7: 46면)라는 말은 그녀가 남편의 월북 이후 지난 삼년간 살아오면서 겪었을 곤경을 짐작하게 하는 동시에 순제라는 신여성이 단순히 세파에 시달리기만 했던 것도 아님을 일러준다. 탁월한 영어 실력을 바탕으로 한미무역이라는 굴지의 기업과 그 소유주를 좌지우지할 줄 아는 순제는 처세와 이해타산에 능한, 그야말로 자본주의체제에 적합한 인간형이다. 서술자의 논평대로,

"영어를 하는 덕에 서양 사람 상회를 뚫고 돌아다니며 회사 일을 돕거나, 가다가다 영감이 오면 저녁이나 함께 먹고 노는 정도이지 세상에 남의 첩처럼 옆에 붙어 있어 잔시중을 들거나 할 순제는 아니었다."(7: 36면)

그런데 사주(社主)의 애첩일망정 『사랑과 죄』의 정마리아처럼 퇴폐적인 삶에 매몰되지 않은 데다 "밤이면 여남은이 모여서 몰래 노서아어 공부를 한다고 남편을 따라다니던 시절"(7: 89면)이 있었다고 해도, 순제가 신여성의 다른 계보에 속하는 『삼대』의 홍경애나 『무화과』의 최원애의 선례를 따라 사회주의 이념에 동조하는 것은 아니다. 오히려 지금의 그녀는 남편 장진을 가리켜 "공산주의의 책 한권도" 제대로 읽지 않은 "얼치기"(7: 82면)이고 "주의를 위해서는 부모도 형제도 계집도 버리는 냉혈동물"(7: 114면)이라고 폄하한다. 장진으로 대표되는 특정 이념과의 거리두기는 물론 『효풍』과 달리 이 시기 염상섭이 거부할 수 없었던 반공주의의 영향 때문이겠지만, 서사적 층위에서 보자면 장진에게 어떠한 재결합의 여지도 두지 않으려는 순제의 노력일 뿐이다. 그녀는 장진만이 아니라 김학수와도 단호하게 결별한 상태에서 영식과의 새로운 삶을 기대하고 있다. 전쟁 이전의 삶과 단절하려는 순제의 결연한 의지는 예컨대 "인젠 나두 내 생활을 해야 하겠단 생각이 간절해요. 이때까지 누구를 위해서 살아온 것은 아니지만 헛산 것 같애요. (…) 여자루서 정말 살아보구 싶어요"(7: 46면)라는 말에 명시되어 있으며 서술자도 그러한 고백에 담긴 진정성을 외면하지 않는다. "영감과의 짧은 교제나 동거생활에서야, 그것은 감정으로나 혹은 생리적으로도 자기를 우그려넣은 산 인형이거나 기계적이었을 것은 번연한 일이다. 어떠한 반동으로 마음과 감정이 네 활개를 치며 전신의 세포가 숨을 가쁘게 벌렁벌렁 쉬는 것인지도 모르겠다."(7: 62면) 순제는 장진이나 김학수와의 관계를 청산함으로써 마침내 이데올로기나 자본주의의 억압체계로부터 극적으로 분리된 상태에서 자신의 신생을 도모하게 된다. 특히 『난류(暖流)』(1950)에서 양가의 정략결혼을 중재하는 역할을 떠맡아 택진(영식)

과 덕희(명신)를 "회사의 합병에 따른 경제적 교환의 현실 속에 편입"[29] 시키기에 분주했던 순제는 『취우』에 와서는 자본주의에 길들여진 감정과 욕망을 비워버린다. 이를테면, 소설의 도입부에서는 총상을 입은 창길에게 병원비를 주는 것도 아깝게 여겼던 순제는 종반부에 이르면 그 자신도 놀랄 만큼 이타적인 성품으로 변해 있다. "필운동 집도 모른 척하는 수 없고 날은 추워가는데 이대로 지내다가는 이 겨울을 어찌 날지 애가 씌우기도 하였다. '천연동 집도 당장 어려울걸……' 이런 생각을 하다가 팔찌를 팔았을 때, 임일석이에게, 저도 쓰고 창길이에게 갖다주라고 이만원 템이 내어준 생각이 나서 그것이 불과 한달 전 일이지마는 어림없는 짓도 했다고 겁을 벌벌 내던 그때의 자기를 몇십년 전 일처럼 혼자 코웃음을 쳤다."(7: 244면) 지난 한달이 마치 수십년 전처럼 느껴지는 것이 이상하지 않을 정도로 순제가 그간 보여준 행동은 이를테면 『난류』에서의 모습에 비해 몰라보게 달라진 것이 사실이다. 그녀는 김학수의 끈질긴 유혹에도 불구하고 "결코 이 영감의 첩은 아니라고"(7: 84면) 결심하면서 십만원이라는 거금을 과감히 거절할 뿐만 아니라 생면부지의 누군가를 위해 선행(7: 188면)을 마다하지 않고 심지어 재동·천연동·필운동 세 집의 살림을 힘겹게 건사하면서 생사가 묘연한 영식을 하염없이 기다리는 여인으로 변모한다. 그처럼 인간적인 변화는 평소 순제를 달갑지 않게 여기던 이복동생 순영의 눈물을 자아내고(7: 189면), 영식 모친도 마음을 달리해 "이 색시가 정말 며느리였더면 좋았을 걸"(7: 194면)이라고 말하며, 순제 자신도 "그저 영식이에게 정신이 팔리고 목숨 하나만 건지면 그만이라는 생각에"(7: 220면) 세간을 잃고 재물이 바닥나도 아랑곳하지 않게 되었다.

---

29) 김경수 「혼란된 해방 정국과 정치의식의 소설화」, 『염상섭 장편소설 연구』, 일조각 1999, 227면.

『취우』는 단지 인공치하의 서울을 재현하고 있기 때문이 아니라 온갖 풍문과 스캔들에 시달리던 한 신여성이 내면의 자아를 구김 없이 표현할 줄 알게 되면서 겪는 삶의 변화들을 다루었다는 점에서 예외적인 작품인지도 모른다.[30] 그러므로 『난류』의 여주인공 덕희(명신)가 자신의 불운을 조선여성 전체의 문제로 이해하면서 기대했던 "진정한 신여성의 길"이란 그 후속작인 『취우』에서 전혀 의외의 인물을 통해 실현된 셈이다. 영식과 재회하는 순간 순제가 보여주는 표정과 행동은 그녀가 예전의 자신으로 되돌아갈 수 없을 만큼 이미 멀리 와버렸음을 짐작케 해준다.

눈물이 펑펑 앞을 가리어서 축대도 못 올라서고, 그대로 옆에 섰는 영희의 어깨를 짚고 엉엉 소리를 쥐어짜듯이 울었다. '어?' 하고 눈이 커대지다가 그만 얼굴이 뒤틀리며 가슴이 옥죄이는 듯 우는 그 표정과 울음소리에 영식이도 코끝이 알싸하여지며 멀거니 마주 보고만 섰다. 그러나 이 여자의 마음을 새삼스레 인제야 안 듯싶은 만족과 감격을 느꼈다. (…) 순제의 가슴속은 확 풀리며 목 밑까지 치밀던 설움이 쑥 내려앉는 것 같았다. 눈물이 걷힌 눈에는 힘찬 광채가 떠올랐다.(7: 230~32면)

강순제의 변모가 바람직한 의미에서의 '성숙'인지에 관해 이견이 있다 해도,[31] 인공치하의 석달 동안 그녀가 중요한 삶의 궤적을 보여준 것만은 분명하다. 그녀는 동시대 소설 속 여성들과 달리 모성이라는 국민국가 이

---

30) 소문이라는 장치에 의해 신여성의 비극적 삶이 과장되고 왜곡된 한국소설사의 관행에 대한 문제제기로는 심진경 「문학 속의 소문난 여자들」, 『여성, 문학을 가로지르다』, 문학과지성사 2005.

31) 김윤식에 따르면, 순제의 '사랑'이든 '성숙'이든 결국 "3개월이라는 갇힌 공간 속의 부산물"이며 내면적인 각성이 결여된 "기계적인 것"에 불과하다. 김윤식, 앞의 책 842면. 그에 비해 순제의 성숙을 옹호한 입장으로는 김경수 『염상섭 장편소설 연구』, 일조각 1999, 237~39면 참조.

데올로기에 종속되어 있지도 않고,[32] 그렇다고 해서 한 남성을 향한 순애보가 자신의 내밀한 욕망을 온전히 실현해주리라고 소박하게 믿지도 않는다. 순제는 끊임없이 명신의 존재를 의식하고(7: 43·55·104·154·157면) 때로는 그 때문에 더욱 대담한 언행을 보여주기도 하지만, 그렇다고 애욕이나 애증에 휘말려들지 않을 뿐만 아니라 소설의 말미에서 명신이 등장하자 영식이 마음을 정리하고 자신을 다시 찾을 때까지 기다리는 법도 안다. 순제가 이처럼 "평생에 처음으로 순결하여지고 (…) 이해타산을 잊어버리"(7: 175면)게 된 것은 무엇 때문일까. 앞서 언급한 대로, 그녀 자신이 이데올로기(장진)나 자본주의(김학수)의 메커니즘으로부터 분리되었기에 사실상 가능해진 변화다. 그런 의미에서, 전쟁이란 곧 "신여성의 삶을 왜곡할 최대의 조건으로 간주된 경제적인 논리"[33]가 배제된 상황이라 할 수 있다. 다시 말해, 자본주의체제가 그 작동을 멈추는 순간부터 또는 순제의 육체가 자본주의 현실이 은유적으로 재현되는 공간이기를 거부하는 일이 가능

---

32) 『취우』와 같은 해에 발표된 『녹색의 문』에서 최정희는 「맥」 연작 이후 일관된 서사적 화두, 즉 '사생아' 문제를 중심으로 식민지 인텔리 여성의 반공주의 판본을 재조립하고 있었다. '사생아'로 규정될 수밖에 없는 자신의 아이에 대해 그 여성이 어떤 입장과 태도를 취하느냐에 따라 여성들의 서사적 위상이 판이하게 달라질 수 있음을 『녹색의 문』은 극명하게 보여준다. 즉 유보화와 도영혜는 '양육'이라는 현안을 감당하는지 그렇지 않는지에 따라 서로 다른 삶과 의미를 획득하게 된다. 여기에는 물론 애욕과 모성, 팜프파탈과 현모양처, 혁명과 가부장제라는 이분법이 전제되어 있다. 모성을 신성화하는 방식은 식민지 시기부터 4·19까지 근현대사를 총괄적으로 다룬 『인간사』에서 더욱 심화된다. 『인간사』에서 수난의 중심에 '여성' 아닌 '남성'이 있는 것은 무엇 때문일까. 그것은 '모성'을 보편화하려는 서사적 의도와 긴밀하게 맞물려 있다. 남성도 수행 가능한 '모성'이라는 역할모델은 여성 젠더에 국한된 것이 아니라, 제목이 말해주듯이 그 자체로 인간 보편의 미덕으로 고양된다. 따라서 여성성의 문제를 '모성', 즉 (사생아로 전락할지도 모를) '아이'를 기꺼이 떠맡아 양육하는 차원으로 국한해버린 것은 최정희 소설의 오점이다. 최정희 「녹색의 문」, 『한국문학전집』 10, 삼성당 1991; 「인간사」, 『한국문학전집』 24, 어문각 1982.
33) 김경수, 앞의 책 239면.

해지는 순간부터 비로소 그녀는 자신의 자아에 충실할 수 있게 된다. 식민지 시기 작품들의 상당수가 예증하듯이,[34] 여성인물이 근대소설에 중요하게 등장한 이래 좀처럼 사회적 주체로서 성장해나가지 못한 것은 자본주의의 메커니즘이 그녀들의 욕망과 신체에 기입되는 까닭이다. 그런데 흥미롭게도 순제가 자신의 갱생을 도모하는 사이에 남성인물들은 자본주의를 제유(提喩)하고 있는 "보스톤 빽"에 대해 욕망의 끈을 놓지 않는다. 김학수가 '보스톤 빽'을 목숨보다 중히 여기는 것은 물론 납득하기 어렵지 않으나 어떤 면에서 보면 영식도 그것을 지키기 위해 누구보다 애쓴다. 숨겨놓은 돈가방의 정체가 탄로날까 두려운 나머지 차라리 "제풀에 기어나"(7: 207면)와 납북된 부친 김학수의 생사가 결국 불투명해지자 종식은 "그 문제의 보스톤 빽"을 다름 아닌 영식에게 위탁하며 부산으로 가져와줄 것을 당부한다. 이를 두고 영식은 "김씨집 재산을 날라다 준다구 우릴 먹여살릴까마는 하엿든 가면 어떻거든 살 길이 나서겠지"(7: 259면) 라고 자조하지만, 사실 그가 김학수와 그의 돈가방을 임일석 일당으로부터 비호해주었던 건 애초부터 "뒷길을 바라던 마음"(7: 128면) 때문이었다. 게다가 그는 『난류』에서 자신과 교제하는 명신(덕희)이 기업 간 합병에 따른 정략결혼의 희생양이 되는 상황에서조차 사랑보다 회사의 실리를 우선시했던 전력을 지닌 인물이기도 하다. 요컨대, 모리배 출신의 김학수가 해방기에 부정축재를 해 모은 거대자본은 전쟁의 와중에 자칫 소실될 위험에 처했으나 서울이 수복되자마자 종식이나 영식 같은 남성들에 의해 무사히 부산으로 옮겨진 셈이다.

---

34) 심진경 「1930년대 성 담론과 여성 섹슈얼리티」, 『한국문학과 섹슈얼리티』, 소명출판 2006, 65면. 특히 염상섭과 관련해서는 이혜령 「하층민의 일탈적 섹슈얼리티와 성 정치의 서사구조화」, 『한국 근대소설과 섹슈얼리티의 서사학』, 소명출판 2007, 86~99 및 117~25면 참조.

4. 불가능한 공동체

갑자기 달라진 순제를 향해 김학수가 조롱하듯이 내뱉은 말—"총소리에 놀라더니 머리가 돌았단 말인가?"(7: 83면)—이 무색하지 않게 순제는 피난을 단념하고 돌아오는 도중 어디선가 날아온 총탄에 즉사할 뻔한 위기를 넘긴 뒤로 급격히 달라졌다. 만일 애초의 계획대로 김학수를 따라 순조롭게 수원까지 내려갔더라면 아마도 순제는 자신이 무엇을 진정으로 바라고 욕망하는지를 끝내 깨닫지 못한 채 살아갔을지도 모른다. "이 세상에서 자기는 혈혈단신이라고 생각하였다. (…) 그러나 지금은 커단 의지가 생기고, 커다란 희망과 목표를 붙잡고, 커다란 살림이 벌어져나간다고 생각하는 것이었다. 그것은 순제에 있어서 공상이 아니라 발밑에 닥쳐온 실제의 문제였다. 아들딸을 낳고, 며느리와 사위를 보고, 손주새끼가 늘어가고…… 하는 상상의 나래를 펴지 않고라도 다만 영식이 하나만 바라보아도 화려하고 다채롭게 인생의 대향연이 눈앞에 떡 벌어졌다는 실감을 느끼는 것이었다."(7: 154면) 순제라는 신여성의 이채로운 변모는 무엇보다 『취우』가 전시체제하의 서울을 배경으로 삼았기에 가능했다. "하룻밤 사이에 국가의 보호에서 완전히 떨어져서 외따른 섬에 갇힌 것 같은 서울"(7: 38면), 즉 "진공(眞空)의 서울"(7: 26면)이란 거듭 말하지만 자본주의체제가 그 작동을 멈추고 정지한 상황—한미무역의 전재산이 김학수 사장의 "보스톤 빽"(7: 25면)에 고스란히 담겨 구들장 밑에 보존된 상태를 상징한다. 그것은 '사랑'과 관련해서도 유의미한 상징성을 지닌다. 그녀는 영식과의 사랑을 빗대어 수차례 전쟁의 메타포를 사용했다. 자신의 열정을 못 본 체하는 영식을 원망하며 "농담으로 웃어넘기는 것보다는 차라리 (장진처럼—인용자) 총부리를 대구 덤비는 게 얼마나 나을지!"(7: 139면)라고 말하는 대목, 연서 산소행에서 처음 동침한 직후에 "언젠가 내 포로라지 않던감! (…) 하지만 실상은 내가 포로지 당신은 무전 승리를 한, 무조건 항복, 무혈 항복을 받은 용장"(7: 154~55면)이라고 농담조로 말하는 대목, 명신의 존재를 의식하지 않을 수 없을 때마다 "처녀가 아니라는 것이 무엇보다도 약점이요, 결정적 치명상"(7: 157면)이라 자조하는 대목 등이 그 예다. 그 중에서도 특히 순제가 영식에게 "사랑은 독재예요. 민주주의가 아냐. 의론이나 합의가 아니라 명령야, 군령야!"(7: 105면)라고 말하는 대목은 여러모로 주의할 만하다. 우선 이 대화에서 순제는 사랑이란 쟁취하는 것임을 새삼 강조하며 "결국 피차에 감정이나 기분이나 맞으니까 대등한 인격으로 자기 책임을 자기가 지구 융합한 것이지, 정조를 일반적으로 제공했다거나 유린을 당하거나 희생은 된 건 아니니까"라고 말하기도 하는데, 듣기에 따라서는 일방적인 남침으로 간주되는 한국전쟁의 실상에 관한 작가의 우회적인 논평이라는 인상이 없지 않다.[35] 그러므로 명신이 서울에 부재하는 상태에서 설령 자신과 영식이 맺어진다 해도 그것은 일방적이고 불공평한 처사, 즉 윤리적으로 부당한 일은 아니라는 것이 순제의 논리다. "예를 들면 강순제 대신 영식의 단병접전에 있어, 유탄이 수원까지 날아가서 강명신이가 쓰러지기루 아무두 책임질 사람은 없지 않아요."(7: 108면) 등장인물로 하여금 전쟁과 사랑을 유비적 관계에 놓고 말하도록 함으로써 염상섭은 사랑을 통해 전쟁을, 전쟁을 통해 사랑을 이야기하고 있다. 그 화법은 멀게는 염상섭이 근대 초기에 매료되었던 아리시마 타께오의 격언 ─『아낌없이 사랑은 빼앗는다』에서 그가 가장 이상적인 삶의 형태로 예찬했던 '본능적 생활' 즉 어떤 외재적인 요건에 의해 간섭받지 않을 뿐만 아니라 심지어는 '도덕'에 내재된 선악관념으로부터도 자유로운 삶 ─을 떠올리

---

35) 「이합」(1948) 같은 단편에서 부부의 애정갈등을 빗대어 "미국의 방임주의가 특권적 정치세력"을 만들고 "이북의 경제 해방이 무산 독재세력"(10: 130면)을 낳았다는 비판적 논평에 뒤이어 "대파탄"(10: 131면)을 우려하는 대목은 그 연장선상에서 『취우』를 이와 같이 재해석할 가능성을 제공해준다.

게 하면서, 동시에 그 같은 '자유연애'의 이념이 수용된 지 무려 반세기가 경과했음에도 신여성의 주체적인 삶의 조건이 '인공치하'라는 비정상적인 전시체제, 즉 예외상태로밖에 표현될 수 없다는 역설을 새삼 환기한다.

이렇듯 예외적인 상황에서나 신여성을 긍정적으로 형상화하는 일이 가능하다는 것은 한국 근대소설사에서 『취우』가 보여준 진귀한 장면 중 하나다. 순제는 전시체제하의 서울에서 비로소 본연의 자아를 자유롭게 표현할 수 있게 되지만, 또 그로 인해 어느 때보다 숨막히는 억압을 감수해야 한다. 그녀를 바라보는 주변의 시선은 근본적으로 적대적이다. 김학수나 임일석은 차치하더라도, "명신이를 위해서도 위험이 많은 형 같은 사람은 이북으로 귀양을 보내는 편이 도리어 좋지 않으냐"(7: 110면)는 이복동생 순영을 비롯해 "전에는 빨갱이 물이 들었다 해서요, 근자에는 사돈 영감의 이혼이라는 눈치로 해서"(10: 121면) 멸시하는 사촌오빠, 순제와 함께 온 영식을 두고 "둘째 사위를 삼았더면 알맞을 것을, 시집을 갔던 큰딸에게는 과하고 아깝다"(7: 171면)면서 탐탁지 않게 여기는 계모, 그리고 명신이 나타나자 곧바로 변심하는 영식 모친까지 그녀를 둘러싼 이들 모두 지난 삼 개월간 순제가 보여준 남다른 헌신과 인간적인 유대를 배반한다. 그녀가 아니었다면 살아남지 못했을 공동체로부터 다시 버림받고 배제되는 순제는 서울이 해방되는 순간 오히려 삶과 죽음, 인간과 비인간의 문턱으로 내몰리게 된다. 말하자면 그녀는 순정과 애욕, 환대와 적대, 집 있음과 집 없음의 경계에 걸쳐 있는 존재다. 순제가 형성하는 사회적 관계들은 하필 국가적 붕괴 상태에서 구현되고 있으며, 따라서 모처럼 보여준 결단과 의지는 애초부터 시한부적이라는 한계를 갖는다. 그런 의미에서 서울 수복 후 그녀가 사랑하는 사람들로부터 돌연히 잊혀지고 마는 것은 필연적인 귀결일 수밖에 없다. 더욱이 그녀가 인공치하의 서울이라는 예외상태 속에서 사회적 생존과 결속을 위해 고려하고 결행한 모든 일들은 아이러니하게도 서울 수복 이후 그녀의 삶을 더욱 회복 불가능한 상태로 몰아넣는다.

『난류』에서 자본주의체제의 중심에 있던 순제는 『취우』를 거쳐 『지평선』
에 이르면 그 밑바닥으로 전락하고 만다. 그녀의 모든 노력은 말뜻 그대
로 무의미한 것이 되고 말았다. 그녀가 숱하게 오가고 때로는 가슴 졸이며
멈춰서기도 했던 공간들은 사라졌고, 지워졌다. 그것은 전시를 빌미로 새
로운 삶을 향해 도약하려 했던 신여성의 섣부른 욕망이 가져온 불행이라
고 치부하기에는 충분치 않다. 모든 것이 제자리로 돌아왔을 때, 그러니까
"포성"과 "정찰기"가 사라진 후 종식과 달영이 미군장교들과 더불어 수복
된 서울에 나타나고 명신이 버젓이 그들 앞에 모습을 드러냈을 때 영식도
순제도 그동안 자신들에게 일어난 일을 제대로 설명해내지 못한다. 오히
려 순제의 사랑을 처음부터 불쾌하게 여겼던 은애만이 "결국 남 못할 노릇
만 하구 말았지 뭐냐? 나이나, 처지나 누가 듣기루 그럴 듯해야 말이지!"
(7: 246면)라는 말 한마디로 저간의 사정을 일축해버린다.[36] 순제가 영식과
해후한 장면에서 벅찬 감격을 느낀 나머지 그것의 표현 불가능성을 절감
하게 되는 순간에 했던 말은 이제 음미해볼 만하다. "입을 벌리기가 싫었
다. 말을 꺼내면, 손에 받은 꽃다발을 흐트러놓은 듯이, 이 기쁨이 무너질
것 같아서 고비에 가득찬 화려한 기분을 고이고이 앙구어 지니며 걷는 것
이었다."(7: 232면) 그럼에도 순제가 자신의 정열과 사랑을 표현할 사회적
언어를 소유하기까지 『취우』의 서사는 그녀를 기다려주지 않는다. 염상섭
소설의 문법에서는 그녀 같은 신여성의 주체적 삶이 여전히 번역 불가능

---

36) 따라서 다음과 같이 논평하는 것은 작중 은애의 발언을 부연하는 수준에 머물 우려가
있다. "기존 질서의 파괴였다. 여비서 강순제가 자신과의 관계를 이탈하여 신영식과의
관계로 돌입하는 것이 그 예다. 이 점은 결국 강순제–신영식의 감정의 유희로만 발전하
여 이 소설의 또 하나의 통속적 구조로 이끄는 약점이 되고 말았지만, 어쨌든 '특수한 상
황' 속에서만 가능한 비극적 양상이었다. 이것은 또한 신영식의 입장에서 볼 때도 큰 손
실이었다. 명신이와의 아름다운 관계가 전쟁으로 인하여 단절되고, 엉뚱한 강순제와의
음성적 행위로 이어질 수밖에 없었던 점은 비극이 아닐 수 없었던 것이다." 송하춘 「염
상섭의 장편소설 구조」, 『염상섭전집』 별권, 민음사 1987, 225면.

한 어떤 것이기 때문이다.[37]

전시체제하의 서울은 자본주의의 작동 자체가 정지했을 뿐 아니라 그에 못지않게 가부장제의 권능이 제대로 힘을 발휘하지 못하는 상태, 곧 남성이 부재하는 사회라 해도 무방하다. 영식, 순제 그리고 김학수의 집 모두 형식적이든 실질적이든 가부장의 권능이 극도로 위축되어 있거나 애초부터 부재하는 것으로 그려진다. 예를 들어, 김학수 같은 가부장적 인물이 "반 양제(洋制)의 으리으리한 저택"(7: 34면) 대신 영식이네 쪽방에 은거하다 못해 내외가 동숙하면서 궁색하게 되는 것은 전쟁 이전에는 상상하기 힘든 일이었고, 영식의 경우에도 생활력 강하고 열정적인 순제에 이래저래 끌려다니기 일쑤다. 어쩌면『취우』의 서울은 휴전 이후 전쟁미망인 또는 편모들이 꾸려나갈 남한사회와 그 가족제도의 예표(豫表)일지도 모른다. 전쟁으로 인해 여성들이 사회적 생존과 삶의 터전 중심으로 돌출하는 새로운 세계.『취우』후반부에서 순제의 암시적인 정체성 중 하나는 다름 아닌 전쟁미망인이다.[38] 실제로 염상섭은 1954년부터 1957년까지『미

---

37) 그것은 비단 한국전쟁기만이 아니라 현재에도 여전히 유효한 한국문학의 과제다. "이제 '페미니즘'이라는 이름이 허공에서 공전한다는 것은, 여성들이 자신의 삶을 해명할 정치적인 언어를 상실하고 있다는 것을 의미하는 것이다." 권명아「불/가능한 싱글라이프: 연민과 정치적 주체성」,『무한히 정치적인 외로움』, 갈무리 2012, 50면.

38) 전쟁미망인에는 남편이 군인이나 경찰관·청년단체원·군속 등으로 참전하여 전사하거나 행방불명된 군경미망인을 비롯해 민간인으로 전투행위와 무관하게 사망한 이들의 부인인 일반미망인, 좌익활동과 관련되어 사망하거나 행방불명된 사람들의 부인, 미군이나 군인, 경찰에 의해 학살당한 사람들의 부인은 물론 피납치인의 부인들까지 포함된다. 이임하「'전쟁미망인'의 전쟁경험과 생계활동」,『아프레걸, 사상계를 읽다』, 권보드래 외, 동국대출판부 2009, 223~24면. 김윤식은『취우』의 결말이, 예컨대 영식이 행방불명이 되자 "어머니를 모시고 며느리 노릇을 하는 강순제를 그리거나 그 그리움을 가슴 깊이 새기며 피난길에 오르는 강순제의 결의에 찬 모습으로『취우』의 결말을 삼았거나, 혹은 신영식 역시 의용군에서 탈출하는 동시에 강순제에 대한 그리움이 포함되어 목숨 건 행위가 이루어"지는 방향으로 다시 씌어져야 한다고 했지만 그러한 플롯이야말로 전형적인 국민국가의 서사다. 김윤식, 앞의 책 842면.

망인』『화관(花冠)』연작을 발표하기도 했는데,[39] 공교롭게도 『미망인』의 여주인공 이름은 명신이다. 『취우』의 결말에서 명신은 영식에게 보낸 편지를 통해 그 누구의 간섭도 받지 않고 자율적인 의지와 감정으로 결혼 문제를 해결해나가리라 결심하지만, 정작 「지평선」에서 그녀의 결혼은 부친 정필호와 신영식 간의 대화로 결정될 사안인 것처럼 처리된다. 다시 말해, 여성의 자율적인 삶은 순제에서 명신으로 옮겨가면서 실현가능성이 희박해지는 것이다. 더 문제적인 것은 영식이 생환함으로써 순제라는 여성을 정점으로 한 어떤 공동체가 보존되는 것이 아니라 결정적으로 붕괴되었다는 사실이다. 영식이 부산 피난을 결정하면서 순제와의 관계를 청산하는 것은 명신의 편지를 받은 직후의 일이며, 그러고 보면 의용군에 끌려가게 된 순간에 그가 보여준 석연치 않은 행동의 이면에도 바로 명신의 존재가 있었다.

"좀더 심각하다니?"
"명신이와의 정면충돌이 일어나구, 우리는 우리대루 어디루가서든지 숨어버렸겠지만 그래두 마음놓구 잘 지냈을 거지, 아무러면 이렇게 쩔쩔거리구 다닐까."
영식이는 가만히 순제의 얼굴을 바라보았다. 우연한 기회가 자기네 둘을 이렇게 끌어넣은 줄만 알았는데 순제의 말을 들으면 전부터 기회를 노리고 있었던 것이라는 말눈치에 새삼스레 놀라는 것이었다.
성을 넘어 큰길로 빠져나오도록 거리는 쓸쓸하고 아무것도 변한 것은 없

---

39) 김종욱은 이 연작을 통해 염상섭이 순수와 타락, 보호와 유혹, 가정과 사회라는 대립적인 구도 속에서 전통적인 가족관계를 재구성해냈다고 평가한 바 있다. 그에 따르면, 명신이라는 미망인과 명문대 대학생 간의 재혼이 성사된 결정적인 요인은 그녀가 지닌 "전통적인 현모양처의 이미지"다. 「한국전쟁과 여성의 존재 양상: 염상섭의 『미망인』과 『화관』 연작」, 『한국근대문학연구』 9, 한국근대문학회 2004, 244~46면.

었다.

집에를 들어가니 대문이 열려 있는 것은 좀 의외였으나, 늦은 아침 햇발을 마당에 쨍쨍히 받은 조용한 집안이 여기도 다른 것이 없었다. 그러나 어머니가 안방에서 뛰어나오며, 눈이 커대서,

"애, 너 왜 오니? 어서 가거라. 가."

하고, 허겁지겁 소리를 죽여 나가라고 손짓을 해보인다.

마주 들어오던 사람도 당황하였으나, 영식이는 이대로 나가는 것이 좋을까? 집안에 숨어버리는 것이 안전할까? 정세를 판단하기에 멍하니 마당 한 가운데 섰었다. 아무리 집안식구에게라도 서두는 꼴을 보이기가 창피한 생각도 들고 기껏 잘 숨어 있다가 하필 이런 때 와서 허둥대는 것이 어설픈 것 같아서 되도록은 침착히 굴어야 하겠다는 생각이었다.

(…)

젊은 사람의 목소리가 마당에서 난다. 영식이는 그 소리에 차마 다락으로 숨지를 못하고 아랫목에 가만히 앉아버렸다. 모든 것을 운명에 쓸어맡기고, 될 대로 되라는 듯이. (7: 177~78면)

영식의 모습에는 강제로 징집되는 이의 당혹스러움이 없다. 이 장면은 귀환 직후 영식이 순제와 명신을 동시에 대면한 자리에서 재연된다. 즉 자신의 입장이 매우 난처해진 상황에서 영식은 엉뚱하게도 종식을 따라 자기도 종군하겠다고 말해버린다. "하지만 이 꼴루서야 당장 무슨 할 일이 있는 것두 아니요, 머릿살 아픈 꼴 보기두 싫구, 훨훨 나서보구 싶어!"(7: 242면) 영식이 재차 모면하려고 애쓰는 것은 물론 삼각관계의 불편한 진실일 테지만, 염상섭이 끝내 마주하지 않으려는 대상은 과연 무엇이었을까. 전쟁고아가 된 어느 소년의 이야기를 다룬 「소년수병(水兵)」(1952)도 그렇고 「거품」처럼 전쟁으로 집과 가족을 잃고 떠도는 중년 남녀를 소재로 한 단편들에서 작가의 궁극적인 관심사는 여성의 수난과 착취의 실상을 재현

하는 범위를 넘어 가부장제적 질서를 복원해내는 데 있는 것으로 판단된다. 자본주의 경제구조와 봉건적인 유습의 이중 모순으로 신음하는 여성들의 삶을 조명한 단편들이 적지 않지만,[40] 그 중심에는 이질적인 가치와 삶의 형태를 끊임없이 조정하고 중재하려는 염상섭 특유의 집착이 있다.[41] 모처럼 시도된 신여성의 새로운 삶의 가능성이 결국 좌초되기에 이른 것은 그 때문이다. 『취우』의 강순제는 염상섭 소설의 오랜 문법을 준수하면서 다시 그것을 위반하는 역설적인 존재로서 유의미한 자아실현의 가능성을 보여주지만 결국 남성 중심적인 위계질서 바깥으로 배제되고 만다. 요컨대, 신여성에 대한 인간적인 시선 뒤에는 근본적으로 남근적인 위기의식이 잠복해 있다. 전쟁의 공포는 『취우』에서 일상성의 위력에 압도되는 것이 아니라 실은 그 반대다. 『취우』에 재현된 한국전쟁은 가족관계의 재구성, 이를테면 여성 중심으로 재편될지도 모를 새로운 세계의 갑작스런 도래에 대한 은유적 재현이다.

---

40) 이에 대해서는 한수영 「소설과 일상성: 염상섭의 후기 단편소설의 성격에 관하여」, 『소설과 일상성』, 소명출판 2000 참조.
41) 지젝은 「타인의 삶」이라는 영화를 분석하면서, 타락한 문화부장관이 빼앗으려는 여자의 남편인 동독 최고의 극작가 게오르그 드라이만이 지나치게 이상화되어 있다고 지적했다. 그에 따르면 엄혹한 공산주의체제하에서는 개인적인 정직함, 충실한 체제 옹호, 지성적인 삶이라는 세가지 양식 중 모두를 갖출 수는 없으며 오직 둘씩 결합하는 것만 가능하다. 따라서 드라이만의 문제는 그 세가지를 모두 결합하려는 데 있으며, 게다가 이 영화는 겉보기와 달리 여성 장애물의 관습적인 제거를 통해 남성들의 유대(동성애적 우정)를 강화하는 방식으로 종결된다. 「이데올로기의 가족 신화」, 『잃어버린 대의를 옹호하며』, 박정수 옮김, 그린비 2009, 98~101면. 이를 『취우』의 문맥으로 빌려와 말하자면, 영식은 자본주의체제(또는 가부장제)를 옹호하면서도 여전히 타자(여성)에 대해 정직하고 양심적인 인물로 남으려 한다. 그것은 윤리·욕망·이념의 경계에서 어느 한편도 소홀히 하지 않는 방식으로 조부의 상속에 값하는 선택과 조정을 보여준 『삼대』의 덕기, 즉 동정자 혹은 중도주의자의 풍모와 맞닿아 있다.

5. 숨겨놓은 여성들

1977년에 발표된 「남성적 사회의 여성」이라는 글에서 김우창(金禹昌)은 한 단편소설을 분석하는 가운데 여성의 주체적인 삶을 제약하는 한국사회의 근본적인 모순에 관해 상론한 바 있다. 단편 「붉은머리오목눈이」는 도시빈민층에 속하는 어떤 여성이 조산(早産) 때문에 친정으로 쫓겨났다가 남편의 맏형인 시아주버니의 선의와 인정에 의해 다시 가족구성원으로 받아들여지는 극적인 과정을 다룬다. 그녀가 어느 순간 가족이라는 울타리 바깥으로 내던져지게 된 이유는 막대한 금액의 치료비 때문이었다. 임신 7개월만에 갑자기 시작된 하혈과 그로 인한 과중한 지출을 두고 "동생이 고생고생 쌓아놓은, 아니, 우리 가족 전체가 허덕허덕 쌓아놓은 조그만 재산은 피가 되어 조금씩조금씩 계수의 혈관으로 흘러들어가고 다시 그 피는 계수의 질을 통해 암담한 우리들의 생활 속으로 흘러나오는 것"[42]으로 느끼는 맏형의 심사는 지극히 현실적이면서 또한 폭력적이다. 김우창에 의하면, 이러한 남성주의는 이미 해체된 전통적 대가족제도의 유산이라기보다 산업사회의 냉혹한 생존논리가 낳은 심리적 파탄에 가깝다. 여성문제가 자유연애와 더불어 중요한 시대적 과제였으나 오히려 신문학 초기에 비해 쇠퇴해버렸다는 김우창의 진단은 오늘날에도 여전히 경청할 만하지만, 염상섭의 『취우』와 관련해서도 유의미한 통찰을 제공해준다. 영식이 순제에 대한 자신의 선택을 철회하는 순간은 종식이나 달영 같은 이들이

---

42) 김우창 「남성적 사회의 여성: 이정환의 한 단편을 중심으로」, 『지상의 척도』(김우창전집 2), 민음사 1981, 323면. 그에 따르면, 소설의 결말을 이끈 남성의 "선의와 인정"이야말로 여성이 사회적으로 수동적이고 무력한 존재임을 극명하게 보여준다. "여성운동의 궁극적인 목적은 인정도 자비도 아니고 정의이며 주체적인 자유이다. 그리고 그것들을 보장해줄 수 있는 제도적 개혁이다."(329면)

무사히 상경함으로써 복원된 자본주의체제 — 극단적인 남성주의로 재무장(再武裝)한 생존경쟁 체제의 확산과 무관하지 않다. 따라서 순제를 선택할 경우 영식은 불가피하게 그들 남성사회로부터 도태될 수밖에 없는 운명에 처하게 된다. 이를테면 종식을 따라 종군하겠다는 영식의 발언 이면에는 바로 그 같은 위기의식이 잠재해 있는 셈이다. 그것은 「붉은머리오목눈이」의 남편이 아내를 인간적인 차원에서 사랑하는 것이 분명함에도 결국 별거를 선택하고 심지어 다른 여자와의 재혼을 바라는 이유와 상통한다.

앞서 언급한 대로, 한국전쟁 이후 가족제도의 급속한 해체에 대해 염상섭이 보여준 작가의식은 가부장제의 옹호와 크게 다르지 않아 보인다.[43] 그는 『취우』 이후 발표된 「후덧침」(1956)에서 어느 여학생이 "댄스 홀"에서 만난 남자와의 첩살이 끝에 비극적인 최후를 맞이하는 장면을 담담하게 묘사했고, 「남자란 것 여자란 것」(1957)에서는 자식교육을 뒤로 하고 "청년 유탕아"들과 어울려 "댄스"를 일삼던 어느 부인의 방종을 냉담한 시선으로 지켜봤다. 두 단편은 도덕적 타락이 불러올 어떤 결손과 참상으로부터 가족을 보호할 존재는 결국 남성임을 잊지 않는다. 전자에서 처제의 불행을 바라보는 화자의 태도는 연민보다는 이를테면 "나는 딴서나 너의 같은 놈의 첩으로 다니는 계집의 형부는 아니다!"[44]라는 도덕적 우월감

---

43) 가령 재취한 남편의 방탕 때문에 결국 불가에 귀의한 옛 친구의 분풀이를 대신할 속셈으로 퇴락한 문중에 찾아갔다가 정임의 아들을 만나기는커녕 "따는 그 아이의 마음의 평화란다든지 어쩌면 장래의 행복을 위하여서라도, 지금 이 마님의 말처럼, 난 어머니의 존재를 끝끝내 숨겨버리고 마는" 편이 낫겠다고 여주인공이 마음을 돌리는 「자취」(1956)의 경우가 대표적이다. 「자취」, 『현대문학』 1956.6, 28면. 여성의 수난을 "여성 전체를 얼싸안은 신세타령"(「자취」) 정도로 이해하거나 여성의 순정과 애욕을 가리켜 "여성 전체가 가진 약점이요 본능의 소치(所致)"(「아내의 정애」, 『자유문학』 1957.10, 120면)로 논평하는 방식으로 결말을 맺는 단편들은 가부장제적 권위를 재인준한다는 비판으로부터 자유롭기 힘들다.
44) 염상섭 「후덧침」, 『문학예술』 1956.8, 31면.

에 빠져 있으며, 후자의 경우 어느 순간 아내는 "남편의 위엄, 어제까지 그리 느껴보지 못하던 남편의 위엄"[45]으로 인해 질겁하기도 한다. 가장 흥미로운 단편은 1958년에 발표된 「순정의 저변(底邊)」이다. 이 소설은 부산 피난 시절 우연히 만난 두 남녀가 전쟁이 끝난 뒤에도 모호한 관계를 유지하면서 겪는 심경의 변화를 다루고 있다. 영규가 상경해야 겨우 대면하는 사이에 불과하지만, 봉희는 그의 아들을 낳아 기르고 있을 뿐만 아니라 비록 요릿집을 차렸을 망정 지아비에 대한 순정만큼은 결코 저버리지 않는 여자다. 그러한 봉희를 두고 소설의 결말부에 이르러 영규가 하는 말은 의미심장하다. "순정의 파편(破片)이라도 손에 쥐고 있으면, 인생의 마지막 보루(堡壘)로서, 그래도 의지가 되고 조금은 마음에 든든하거던……"[46] 실은 자신의 우유부단한 성격 때문에 봉희가 사생아를 낳아 힘겹게 건사해가는 상황이지만, 영규는 그녀가 타락하지 않고 그나마 여기까지 온 것은 바로 자신을 향한 순정 덕분이라는 투로 말한다. 그것이 바로 영규 스스로 "무어 꼭 헤어져야만 되겠다고 서둘러본 일도 없거니와, 헤어지기 싫다고 발버둥질을"[47] 하지도 않고 지내온 결정적인 이유다. 사랑하는 것도 그렇다고 사랑하지 않는 것도 아닌, 봉희에 대한 영규의 이 어정쩡한 태도야말로 『취우』의 영식과 흡사한 데가 있다.

하지만 1950년대 후반의 단편소설 서너편이 가부장제를 옹호하고 있다 해도, 그러한 비판을 식민지 시기 염상섭 문학에까지 소급해 적용하는 것은 온당치 않을 것이다. 상황은 좀더 복잡하다. 이 글의 서두에서 염상섭 장편소설에 나타난 신여성 재현의 문법이 지닌 한계를 지적한 바 있지만, 『취우』는 다시 그 같은 독법을 거슬러 읽기를 권장하기 때문이다. 앞서 언급한 대로, 강순제라는 신여성의 주체적인 삶의 가능성이 유례없이 부각

45) 염상섭 「남자란 것 여자란 것」, 『사상계』 1957.11, 359면.
46) 염상섭 「순정의 저변」, 『자유문학』 1958.3, 24면.
47) 염상섭, 앞의 책 14면.

되었다는 점에서『취우』는 예외적인 텍스트이고, 특히 자본주의체제가 작동을 멈춘 인공치하의 비상사태 속에서 비로소 구체화되는 신여성의 자아실현은 그러한 독법의 중요한 근거가 된다. 사회안정과 질서회복은 그녀 자신의 행복과 일치하지 않는다. 순제가 인간적인 자유와 행복을 손에 쥐게 되는 때는 전쟁의 참화로 기존질서가 갑자기 붕괴된 순간이고, 그와 반대로 서울 수복 직후 그녀가 모든 인간관계로부터 배제되는 것은 불가피한 일이 된다. 그녀가 보여준 헌신적인 노력에 대해 공동체 전체가 환대 아닌 적대로 응답하는『취우』의 결말은 의미심장하다. "예외상태는 벌거벗은 생명을 법적, 정치적 질서로부터 배제하는 동시에 포섭하면서 바로 그것이 분리되어 있는 상태 속에서 정치체제 전체가 의존하고 있는 숨겨진 토대를 실제적으로 수립했다. 예외상태의 경계들이 흐려지기 시작하면서 그러한 경계 안에 머물러 있던 벌거벗은 생명은 도시〔국가〕에서 해방되어 정치질서를 둘러싼 갈등들의 주체이자 대상, 즉 국가 권력이 조직되는 동시에 그것으로부터의 해방이 이루어지는 유일한 장소가 된다."[48] 인공치하의 서울에서 분명하게 드러난 그녀의 사회적 위상을 한마디로 압축해 표현하는 말로 "포함된 배제"보다 더 적확한 것은 없으며, "예외상태란 질서 이전의 혼돈이 아니라 단지 질서의 정지에서 비롯된 상황"이라는 아감벤(G. Agamben)의 논평도『취우』를 이해하는 데 유효하다.[49] 이 소설에 재현된 인공치하의 서울이란 거듭 말하지만 자본주의체제의 '정지상태'를 의미하면서 텍스트 내적으로는 염상섭 소설의 문법이 일종의 공백이나

---

48) 조르조 아감벤『호모 사케르: 주권 권력과 벌거벗은 생명』, 박진우 옮김, 새물결 2008, 46~47면.

49) 조르조 아감벤, 앞의 책 60면과 76면. 아감벤은 팔레스타인을 구체적으로 염두에 두고 '난민'과 '수용소'를 호모 사케르의 전형으로 부각시켰지만, 박진우의 지적처럼 "벌거벗은 생명은 근대국가 및 정치체제 속의 모든 시민에게 잠재적으로 내재된 '삶의 형태'이자 정치의 세속적 토대"다. 박진우「조르조 아감벤: 남긴 것들, 그리고 남길 것들」,『문학과 사회』99(2012년 가을호), 문학과지성사, 242면.

잉여를 드러낸 상황——인물들의 선택과 행동을 조율하는 소설 문법 또는
부르주아 남성 서사의 권능이 정지한 일종의 '예외상태'와 다를 바 없다.
그곳은 한편으로 신여성이 주체적인 삶을 실현하는 해방의 장소일지 모
르나,『취우』의 예정된 결말이 보여주는 대로 마침내 추방의 장소가 된다.
『취우』에서 순제는 '벌거벗은 생명' 그 자체를 열연한다.

하지만 달리 생각해보면, 염상섭 장편소설에 재현된 신여성의 계보 중
에는 자본주의체제 또는 가부장제에 압도된 채 타락한 인물만 등장하는
것은 아니었다. 염상섭은 소설 도입부마다 서사적 의제를 기입해두었는
데, 이를테면『너희들은 무엇을 어덧느냐』의 핵심주제가 '자유연애'이고
『광분』의 경우에는 연극공연을 포함한 '박람회' 그 자체라는 사실은 발단
부에 이미 명료하게 드러나 있는 셈이다. 다소 거칠게 도식화하자면,『삼
대』의 경우에는 그 첫장인「두 친구」에 김병화라는 사회주의자를 등장시
켜 '이념'을 쟁점화하고 있고,『무화과』는 사회주의단체에 유입되고 남은
부르주아 '자본'을 어떻게 유의미하게 사용할 것인가에 집중되어 있으며,
해방기 대표작『효풍』은 시작부터 혜란과 베커의 만남을 인상적으로 묘사
함으로써 그의 눈에 비친 조선 곧 냉전체제기 '민족' 현안을 초점화해놓았
다. 외견상 그 서사적 의제를 해소하는 주동적 인물은 예컨대 중환(『너희들
은 무엇을 어덧느냐』), 정방(『광분』), 덕기(『삼대』), 원영(『무화과』), 병직(『효풍』) 같
은 남성임에 틀림없어 보이지만, 소설의 결말에 이르러 돌이켜보면 그 같
은 공동체의 과제를 최종적으로 부여받거나 적어도 그러한 문제들에 내포
된 엄숙주의적인 한계로부터 비교적 자유로운 존재는 대개 여성이다. 자유
연애를 비롯한 서구문화에 가장 이질감을 느꼈을 기생 도홍이나 일본유학
은 꿈도 꾸지 못할 처지의 을순, 그리고 병직의 실종을 전후로 하여 베커에
게 "조선돈이 미국돈과 일대일(一對一)로 교환될 때가 오면 그때 가죠"[50]라

---

50) 염상섭『효풍』(염상섭선집 2), 실천문학사 1998, 282면.

고 자신의 입장을 전하는 혜란은 어떤 면에서는 부재하는 남성의 잔여에 불과할지도 모르지만 다른 한편 염상섭이 텍스트의 이면에 숨겨놓은 새로운 주체의 형상이기도 하다. 염상섭 장편소설이 지닌 문학적 저력의 일부는 이렇듯 (신)여성 재현의 문법을 충실히 고수하면서도 동시에 그것을 스스로 내파하는 데서 비롯한다. 그러므로 『취우』는 염상섭 장편소설을 거슬러 또는 한국사회 전체에서 (신)여성의 실존적인 의미를 되묻게 하는 문제작이라 할 만하다. 『취우』는 (신)여성 재현의 예외적인 텍스트이자 실은 그 예외성이 이전의 소설들에서 거의 일관되게 적용된 하나의 상례임을 보여주는 역설적인 텍스트다.

잠정적 결론

　기독교적 자아담론은 낭만주의 미학과 결합하는 방식으로 한국 근대문학의 형성에 관여했다. 잘 알다시피, 유럽 낭만주의는 인간의 내밀한 삶에 어떤 초월적인 가능성의 계기를 제공함으로써 종교의 역할을 자임했다. 1910년대 후반 무렵 조선의 청년지식인들이 스스로를 자기 삶의 주권자로 확신하게 되는 근대적 자아각성 이면에도 종교적 신앙체험을 방불케 하는 에피파니의 형상화가 두드러지게 나타났다. 인간 영혼에 내재하는 신을 예술의 차원에서 심미성이라 부르기로 했다는 오상순의 말은 유럽 낭만주의 미학의 한국적 번안으로 이해해도 무방하다. 범신론적 신비주의에 기초한 에피파니적 묘사는 비록 유일신 신앙의 범위를 넘어섰다 해도 넓은 의미에서 기독교적 자아담론의 자장 안에 있으며, 삶을 더 높은 단계로 고양하는 중요한 원천을 바로 내면의 자아로부터 기대한다는 점에서는 더없이 낭만주의적인 특성을 지닌다. 한편으로는 에머슨으로부터, 다른 한편으로는 보들레르나 베르그송으로부터 연유하는 낭만적 자아의 어휘와 수사적 표현들은 이념·사조·유파의 차이를 떠나 한국 근대문학 텍스트에 편만해 있는 만큼 이를 통해 기존의 문학사적 경계를 재구획할 필요성이 제

398

기된다. 주요 개념어의 역사적 변천 속에서 근대문학을 이해하고 조망하려 한 것은 그 때문이다.

'영혼'과 '생명'에서 시작해 '인생' '인격' '생활' '운명' 등에 이르는 한국 근대문학 담론의 역사적 변환의 과정을 통칭하기에 가장 적절한 개념은 낭만주의다. 문학사의 중요한 분절점마다 낭만적 자아담론의 흔적을 발견하게 되는 것은 우연이 아니다. 『무정』이라는 민족주의 서사의 중심에서, 유미주의나 데까당스로 자신들의 문학적 정체성을 특권화한 동인지 세대의 예술론에서, 생명이라는 말을 부르주아 문학으로부터 탈환하는 가운데 프롤레따리아 문학의 서막을 자축했던 초보 유물론자들의 리얼리즘론에서, 그리고 더 가깝게는 '근대의 초극' 담론을 전유해 민족문학의 기원을 재설정하려 했던 김동리의 해방기 평론에서 자아와 세계를 낭만화하려는 경향을 포착할 수 있었다. 그들의 문학은 서로 갈등하고 때로는 적대적이기도 했으나 어떤 면에서는 같은 뿌리에서 자라나온 낭만적 영혼의 후예다.

이 책에서는 타이쇼오 생명주의 담론의 유입을 계기로 확립된 낭만적 자아담론과 그 문학적 계보를 분석하는 데 주력했다. 다시 말해, 동일한 담론적 지반 위에서 조성된 자아가 어떻게 상이한 주체성으로 분기되어가는지를 고찰하고자 했다. 낭만적 자아담론은 1910년대 후반 학지광세대에 의해 적극적으로 수용되기 시작한 이후 동인지세대의 각종 문학예술론에서 널리 활용되었다. 이 시기 한국문학에서 근대적 자아각성은 키따무라 토오꼬꾸를 매개로 받아들인 에머슨 사상의 개념과 수사를 통해 온전히 표현될 수 있었다. '영혼'이라는 말 안에 새겨진 근대적 자아담론의 비의(秘義), 즉 우주정신과 내부생명이 조화롭게 통일된 원체험의 모티프는 당대 식민지 청년지식인들의 궁핍한 내면을 매혹하기에 충분했다. 조선 민족과 문화의 신생을 촉구했던 『학지광』 시절 장덕수나 이광수의 에세이에서 바로 그 영혼의 수사학은 어렵지 않게 발견된다. 인간 내부의 핵심요소를 지칭하면서 동시에 절대적인 존재와의 일체감을 상정한 이 낭만주의적 용어는 그에 못지않게 비범한 함의를 지닌 '생명'과 호환되면서 1920년대 중반까지 신문화담론의 중심을 장악했다. '생명'은 기존의 진화론·물질주의·국가주의 편향에서 벗어나, 비로소 개성이나 교양이 각광을 받기 시작한 타이쇼오 문화주의의 활력을 그대로 압축하고 있는 어휘다. 이러한 분위기 속에서 서구문화를 학습하고 작가로 나선 뒤에도 개성·생명·인도주의를 주요한 창작이념으로 삼았던 전영택이 「생명의 봄」의 저자라는 사실은 의미심장한 데가 있다. 전영택을 비롯해 대다수 청년예술가들이 자신의 예술론이나 실제 창작에서 하필이면 종교로부터 연원하는 어떤 신비적 체험을 유달리 강조했던 이유는 그것이 자기 세대의 문학적 정체성을 특권화하는 데 유효했기 때문이었다. 그들이 묘사한 우주적 에피파니는 계몽적 언술로는 이해불가능한 종교적 어휘와 수사에 기초한다는 점에서 신비주의적이며, 다른 한편 그 무엇보다 개인의 내면과 예술을 신성시한다는 점에서 심미주의적이다. 그것은 근본적으로 낭만적 자아의 전유물이다.

이 자아관념을 의심하고 비판하는 가운데 새로운 문학경향을 견인해낸 작가들이 대거 등장한 것은 1920년대 중반 이후의 일이다. 반기독교적 어휘와 수사를 통해 예술가 주체의 신생을 형상화한 김동인이나 나도향의 경우가 우선 거론될 만하다. 이들이 자율적인 예술가주체를 표상하기 위해 공통적으로 활용했던 악마 이미지는 그 이전 세대가 기독교신앙의 유무를 떠나 진지하게 받아들였던 신 또는 금욕적 주체와 정면으로 배치된다. 나도향이나 김동인이 '생명' 개념의 기독교적 유착관계를 끊어버리는 데 몰두했다면, 김기진과 박영희는 부르주아적 뉘앙스가 농후해진 탓에 현실재현 매체로서의 기능을 상실해버린 이 단어를 물질적·경제적 함의를 지닌 '생활'로 대체하려 했다. 하지만 그들 모두 예술적 창조력의 원천으로서 '생명' 개념이 지닌 가치를 전면적으로 부정하지는 못했다. 김동리는 '생명'이라는 어휘의 권위와 영향력 자체를 자신의 문학평론에서 끄집어내고 그 자리에 '구경적 생(운명)'이라는 신조어를 밀어넣었지만, 그렇다고 20여년이나 지속된 생명담론이 그에게서 모두 소실된 것은 아니었다. 김동리 소설에 특유한 운명론적인 체념과 허무 이면에 실은 강한 생명력이 역동하고 있다는 점은 그 증거다. 그런데 김동리가 형상화한 민족적 주체성의 계보를 다시 거슬러올라가면 우리는 이광수를 재론하지 않을 수 없다. 예컨대 고대 샤먼에 버금가는 화랑 또는 운명에 순응하는 범속한 이들이 김동리가 상정한 민족적 주체성의 모델이 되는 것은 이들이 보여주는 원초적인 통일성의 경험이 근대성의 딜레마를 해소하는 가장 유력한 방식이기 때문이며, 그런 식의 해결방식으로 따지고 보면『무정』이나『흙』에 내재된 정치적 신조와 이데올로기적 환상이야말로 또다른 의미에서 한국 근대문학사의 원형임에 틀림없다.

낭만적 영혼의 서사에서 주인공이나 작가들이 공유하고 있는 독특한 관념은 어떤 통일된 형식에 대한 향수다. 그들은 자신이 속한 세계와 공동체 내부에서 발생하는 이러저러한 균열에 대해 조바심 내는 자아다. 이 근원적인 향수가 일종의 강박증으로 진전될 때 낭만적 자아는 되돌아 나오기 힘든 맹목에 스스로 빠져버린다. 전통적인 삶의 세계를 파괴해버린 근대성의 폭력을 넘어서기 위해 오히려 더 교조적인 태도로 근대성 내지는 파시즘에 매몰된 것, 소비자본주의가 부른 물신숭배에 맞서 정신주의를 옹호하는 문학이 그런 종류의 경제적·계급적 모순이 불러온 참담한 실상에 대해서는 진작부터 무심했다는 것, 또한 내면의 감각이나 열정을 억압했던 도덕주의에 대항하면서 시작된 정육론의 저자가 그것을 좀더 과감하게 주장한 동인지세대에게 가장 혹독했다는 것은 한국 근대문학사에서 얼마간 익숙해진 아이러니에 속한다. 그 가운데 특히 낭만적 자아의 여정이 도덕적 주체의 신화로 귀결된 사정을 어떻게 이해해야 할 것인가. 이 책에서 논의한 소설을 포함해 한국소설에 등장하는 여성이 사회적 열패감에 시달리는 남성의 자기균열을 봉합하는 도구로 전락해왔다는 사실을 수긍할 경우 우리는 그 이유를 어디에서 찾을 수 있을 것인가. 내면의 자아를 발견하자마자 곧 분열될 수밖에 없는 남성이 여러 방향으로 사회적 갱생을 도모하는 과정에서 공히 도덕적 주체성을 신성화하게 되는 소설사의 오랜 관행은 근대 이후에도 한국사회에 여전히 도저한 전통적인 윤리의식의 산물이기만 한 것인가. 때로 가부장적 질서를 승인하고 또 때로는 파시즘체제와 공모하기도 하는 이러한 도덕적 (무)의식의 가장 뚜렷한 사례는 물론 이광수다.

그가 『흙』에서 형상화한 민족적 리더십이 지혜·의지·열정을 통합한 예외적인 인격에 기초한다는 사실은 주목된다. 이광수와는 상이한 방식으로 한국사회를 재현한 염상섭의 장편소설에서도 그처럼 이상화된 남성 주체가 부단히 등장하는데, 이는 두 작가의 문학사상에 공통된 타이쇼오 생명주의의 영향이라 이해된다. 다시 말해, 염상섭 소설의 남성 주인공들이 윤리·욕망·이념의 경계에서 결국 한걸음도 내딛지 못하고 마는 것은 생명담론에 내재된 조화로운 미의식, 바로 그것에 대한 강박에서 비롯한다. 근대사회에 대한 포괄적인 논의에서 찰스 테일러가 일러준 대로, "도덕질서에 대한 근대적 이론은 점차 우리의 사회적 상상 안으로 침투하며 그것을 변형시킨다. 이 과정에서, 원래 이상화된 관념에 불과했던 것이 사회적 실천들에 흡수되고 그것과 연관되면서 복합적인 상상이 된다. 그때 연관되는 실천들은 부분적으로는 전통적인 것이지만, 〔상상과의〕 접촉에 의해 변화되는 것들인 경우도 빈번하다."[51] '생명'은 정신과 물질, 일본과 서구 양자를 포괄하는 보편적인 교양·인격·문화주의가 널리 각광받던 시기에 계발된 만큼 이상주의의 뉘앙스가 농후하며, '영혼'은 절대적 진선미, 즉 주객합일의 신비로운 원체험을 전제로 성립된 어휘다. 그러므로 자아·내면·예술을 극도로 이상화하는 낭만주의 미학은 근대문학의 시작을 가능하게 했

---

51) 찰스 테일러 『근대의 사회적 상상』, 이상길 옮김, 이음 2010, 50면.

다는 점에서 고평할 만하지만, 그로 인해 한국문학은 조화로운 자아관념의 미망에서 여전히 자유롭지 못하다.

| 참고문헌 |

1. 자료

(1) 기본자료

『孟子』『禮記』『星湖僿說』『順庵全集』『闢衛編』『天主實義』『孟子要義』『上宰相書』

『獨立新聞』『皇城新聞』『每日申報』『時代日報』『東亞日報』『朝鮮日報』『朝鮮及滿洲』

『早稻田文學』『新人』『大韓留學生會月報』『西北學會月報』『學之光』

『泰西文藝新報』『創造』『廢墟』『薔薇村』『白潮』『金星』『廢墟以後』『靈臺』『朝鮮文壇』『文章』

『少年』『青春』『開闢』『我聲』『啓明』『新生活』『東明』『東光』『三千里』『朝光』

『青年』『新生命』『眞生』『新生』

『文學藝術』『思想界』『現代文學』『自由文學』

(2) 전집·문집·평론집

김억『안서 김억전집』, 한국문화사 1987.

김기림『김기림전집』, 심설당 1988.

김기진『김팔봉 문학전집』, 홍종선 엮음, 문학과지성사 1988.

김동리『문학과 인간』, 백민문화사 1948.

김동인『김동인전집』, 조선일보사 1988.

나도향『나도향전집』, 주종연·김상태 엮음, 집문당 1988.

나혜석『정월 라혜석 전집』, 서정자 엮음, 국학자료원 2001.

박영희『박영희전집』, 이동희·노상래 엮음, 영남대출판부 1997.

박은식『박은식전서』, 단국대 동양학연구소 1975.

백철『백철문학전집』, 신구문화사 1974.

이상『이상문학전집』, 김주현 주해, 소명출판 2005.

안함광『문학과 진실』, 김재용·이현식 엮음, 박이정 1998.

염상섭『염상섭전집』, 민음사 1987.

이광수『이광수전집』, 삼중당 1962~1963.

임화『문학의 논리』, 학예사 1940.

_____『임화문학예술전집』, 임화문학예술전집 편찬위원회, 소명출판 2009.

전광용 외『한국신소설전집』, 을유문화사 1968.

전영택『늘봄 전영택전집』, 목원대출판부 1994.

주요한『새벽』(주요한문집), 요한기념사업회 1982.

현상윤『기당 현상윤문집』, 경희대출판국 2000.

西田幾多郎『西田幾多郎全集』, 岩波書店 1965.

北村透谷『透谷全集』, 岩波書店 1970~1971.

(3) 연표·총서·사전

김병철『한국근대번역문학사연구』, 을유문화사 1975.

_____『서양문학번역논저연표』, 을유문화사 1978.

_____『한국근대서양문학이입사연구』, 을유문화사 1980.

안확『현대신어석의(釋義)』, 문창사 1923.

언더우드『한영자뎐』, 수원덕의(須原德義) 1890.

우리사상연구소『우리말 철학사전』, 지식산업사 2005~2006.

윤춘병『한국기독교신문·잡지백년사 1885~1945』(윤춘병 감독 저작 선집1), 감
　신대출판부 1984/2003.

『한국현대시문학총서』, 역락 2000.

『한국현대시사자료집성』, 태학사 1982.

『近代日本思想史年表』(近代日本思想史 四卷), 青木書店 1957.

遠藤祐·祖父江昭二『近代文學評論大系』, 角川書店 1982.

井上哲次郎『哲學字彙』, 東洋館書店 1884.

『大漢和辭典』, 大修館書店 1986.

『キリスト敎辞典』, 岩波書店 2002.

2. 국내 논저

강상희『한국 모더니즘 소설론』, 문예출판사 1999.

강영주『벽초 홍명희 연구』, 창작과비평사 1999.

공제욱·김백영『식민지의 일상: 지배와 균열』, 문화과학사 2006.

구인모「『학지광』문학론의 미학주의」, 동국대 석사학위논문 1999.

＿＿＿＿「『무정』과 우생학적 연애론」,『비교문학』28, 한국비교문학회 2002.

＿＿＿＿『한국 근대시의 이상과 허상』, 소명출판 2008.

구장률『지식과 소설의 연대』, 소명출판 2012.

권명아『무한히 정치적인 외로움』, 갈무리 2012.

권보드래『한국 근대소설의 기원』, 소명출판 2000/2012.

＿＿＿＿『연애의 시대』, 현실문화연구 2003.

406

_____「1910년대의 새로운 주체와 문화」,『민족문학사연구』36, 민족문학사학
   회 2008.

금장태『한국유학의 심설(心說): 심성론과 영혼론의 쟁점』, 서울대출판부 2002.

_____『조선 후기 유교와 서학』, 서울대출판부 2003.

_____『한국 양명학의 쟁점』, 서울대출판부 2008.

김건우「김동리의 해방기 평론과 교토학파 철학」,『민족문학사연구』37, 민족문
   학사학회 2008.

김경수『염상섭 장편소설 연구』, 일조각 1999.

_____『염상섭과 현대소설의 형성』, 일조각 2008.

김경일 외『한국사회사상사연구』, 나남 2003.

김기봉 외『포스트모더니즘과 역사학』, 푸른역사 2002.

김기봉『프랑스 상징주의와 시인들』, 소나무 2000.

김동리 기념사업회『김동리 문학의 원점과 그 변주』, 계간문예 2006.

김동석『한국 현대소설의 비판적 언술 양상』, 소명출판 2008.

김동식「한국의 근대적 문학 개념 형성과정 연구」, 서울대 박사학위논문 1999.

_____「연애와 근대성: 신소설과 계몽적 논설을 중심으로」,『민족문학사연구』
   18, 민족문학사연구소 2001.

_____「한국문학 개념 규정의 역사적 변천에 관하여」,『한국현대문학연구』30,
   한국현대문학회 2010.

김명구「1910년대 도일 유학생의 사회사상」,『사학연구』64, 한국사학회 2001.

_____「1920년대 국내 부르주아 민족운동 우파 계열의 민족운동론」,『한국근
   현대사연구』20(2002년 봄호), 한국근현대사학회.

김명인「한국 근대문학 개념의 형성 과정」,『탈식민의 역학』, 민족문학사연구
   소, 소명출판 2006.

김미영「삽화로 본 이상의「날개」와「동해」」,『문학사상』457(2010년 11월호),
   문학사상사.

김복순『1910년대 한국문학과 근대성』, 소명출판 1999.

김붕구 「신문학 초기의 계몽사상과 근대적 자아」, 김현 편저『이광수』, 문학과
　　지성사 1977.

김상태 「1920~30년대 동우회·흥업구락부 연구」,『한국사론』28, 서울대 국사학
　　과 1992.

김성연 「1920년대 초 식민지 조선의 아인슈타인 전기와 상대성이론 수용 양상」,
　　『역사문제연구』27, 역사문제연구소 2012.

김세령 「전영택의 초기 소설 연구」,『상허학보』2, 상허학회 2000.

김양선『1930년대 소설과 근대성의 지형학』, 소명출판 2002.

김영민『한국 근대문학비평사』, 소명출판 1999.

김영찬 「식민지 근대의 내면과 표상」, 김현숙 외『식민지 근대의 내면과 매체표
　　상』, 깊은샘 2006.

김영철『한국근대시론고』, 형설출판사 1988.

김예림『1930년대 후반 근대 인식의 틀과 미의식』, 소명출판 2004.

김우창『지상의 척도』(김우창 전집 2), 민음사 1981.

_____ 「감각, 이성, 정신」, 권영민 외『한국문학이란 무엇인가』, 민음사 1995.

김윤식『한국근대문예비평사연구』, 일지사 1976.

_____『박영희 연구』, 열음사 1989.

_____『염상섭 연구』, 서울대출판부 1989.

_____『이광수와 그의 시대』, 솔 1999.

_____『김동인 연구』, 민음사 2000.

김윤식·김현『한국문학사』, 민음사 1973.

김재용 「'사실' 논쟁과 1930년대 후반 문학의 성격」, 문학과사상연구회『임화문
　　학의 재인식』, 소명출판 2004.

김정인 「1920년대 전반기 민족담론의 전개와 좌우투쟁」,『역사와현실』39, 한국
　　역사연구회 2001.

408

김종균『염상섭 연구』, 고려대출판부 1974.

김종욱「염상섭의『취우』에 나타난 일상성에 관한 연구」,『관악어문연구』17, 서울대 국어국문학과 1992.

_____「한국전쟁과 여성의 존재 양상: 염상섭의『미망인』과『화관』연작」,『한국근대문학연구』9, 한국근대문학회 2004.

김종철『시와 역사적 상상력』, 문학과지성사 1978.

김철『식민지를 안고서』, 역락 2009.

김철 외『문학 속의 파시즘』, 삼인, 2001.

김춘미『김동인 연구』, 고려대 민족문화연구소 1985.

김춘식『미적 근대성과 동인지 문단』, 소명출판 2003.

김학동 외『김안서 연구』, 새문사 1996.

김한식『한국 현대소설의 서사와 형식 연구』, 깊은샘 2000.

_____『현대문학사와 민족이라는 이념』, 소명출판 2009.

김행숙『문학이란 무엇이었는가: 1920년대 동인지 문학의 근대성』, 소명출판 2005.

김현『존재와 언어/현대프랑스문학을 찾아서』, 문학과지성사 1992.

_____『행복한 책읽기/문학 단평 모음』, 문학과지성사 1993.

김현주『이광수와 문화의 기획』, 태학사 2005.

김형효『베르그송의 철학』, 민음사 1991.

김흥규「황폐한 삶과 영웅주의: 김동인 소설의 대결구조와 세계인식」,『문학과지성』27(1977년 봄호), 문학과지성사.

_____『문학과 역사적 인간』, 창작과비평사 1980.

류대영「한말 기독교 신문의 문명개화론」,『한국기독교와 역사』13, 한국기독교와역사연구소 2000.

_____『한국 근현대사와 기독교』, 푸른역사 2009.

류보선『한국 근대문학의 정치적 (무)의식』, 소명출판 2005.

류준필「변영만의 문예론과 그 사상적 기저」,『대동문화연구』55, 성균관대 대동문화연구원 2006.

박경식『재일조선인운동사』, 삼일서방 1979.

박명수「한말 민족주의자들의 종교 이해」,『한국기독교와 역사』5, 한국기독교와역사연구소 1996.

박상준『1920년대 문학과 염상섭』, 역락 2000.

_____『한국 근대문학의 형성과 신경향파』, 소명출판 2000.

박연수『양명학의 이해: 양명학과 한국양명학』, 집문당 1999.

박찬승『한국근대정치사상사 연구: 민족주의 우파의 실력양성운동론』, 역사비평사 1992.

_____「식민지 시기 도일 유학과 유학생의 민족운동」, 한림대 아시아문화연구소,『아시아의 근대화와 대학의 역할』, 한림대출판부 2000.

박헌호『식민지 근대성과 소설의 양식』, 소명출판 2004.

_____「'낭만', 한국 근대문학사의 은폐된 주체」,『한국학연구』25, 인하대 한국학연구소 2011.

_____「나도향과 반기독교」,『한국학연구』27, 인하대 한국학연구소 2012.

박현수「1920년대 초기 소설의 근대성 연구」, 성균관대 박사학위논문 2000.

_____「김기진의 초기 행적과 문학 활동」,『대동문화연구』61, 성균관대 대동문화연구원 2008.

백민정『정약용의 철학: 주희와 마테오 리치를 넘어 새로운 세계로』, 이학사 2007.

백종현『독일철학과 20세기 한국철학』, 철학과현실사 2000.

서영채『사랑의 문법: 이광수, 염상섭, 이상』, 민음사 2004.

_____『아첨의 민족주의』, 소명출판 2011.

서종태「성호학파의 양명학과 서학」, 서강대학교 박사학위논문 1995.

_____「성호학파의 양명학과 실학」,『조선시대사학보』7, 조선시대사학회 1998.

서중석『한국근현대의 민족문제연구』, 지식산업사 1989.

석현호 외 『현대 한국사회 성격논쟁: 식민지, 계급, 인격윤리』, 전통과현대 2001.

소영현 「근대소설과 낭만주의」, 『상허학보』 10, 상허학회 2003.

_____『문학청년의 탄생』, 푸른역사 2008.

손유경 『프로문학의 감성 구조』, 소명출판 2012.

손정수 『개념사로서의 한국근대비평사』, 역락 2002.

송건호 『한국현대사론』, 한국신학연구소 1979.

송석준 「한국 양명학과 실학 및 천주교와의 사상적 관련성에 관한 연구」, 성균
    관대 박사학위논문 1992.

송영배 「다산 철학과 천주실의의 철학적 패러다임의 유사성」, 예문동양사상연
    구원, 『다산 정약용』, 예문서원 2005.

신기욱 외 『한국의 식민지근대성』, 도면회 옮김, 삼인 2006.

신수정 「한국 근대소설의 형성과 여성의 재현 양상 연구」, 서울대 박사학위논문
    2003.

신영덕 「한국전쟁기 염상섭의 전쟁 체험과 소설적 형상화 방식 연구」, 문학사와
    비평연구회 『염상섭 문학의 재조명』, 새미 1998.

신형기 『해방기 소설 연구』, 태학사 1992.

_____『분열의 기록: 주변부 모더니즘 소설을 다시 읽다』, 문학과지성사 2010.

심원섭 『한일문학의 관계론적 연구』, 국학자료원 1998.

_____『일본 유학생 문인들의 대정 소화 체험』, 소명출판 2009.

심진경 「문학 속의 소문난 여자들」, 『여성, 문학을 가로지르다』, 문학과지성사
    2005.

_____『한국문학과 섹슈얼리티』, 소명출판 2006.

안병욱 『도산사상』, 삼육출판사 1972.

안세권 「윌리엄 제임스와 자아동일성의 문제」, 『철학과 현상학 연구』 30, 한국
    현상학회 2006.

양문규 『한국문학의 근대와 근대성』, 소명출판 2006.

오문석 「1920년대 초반 '동인지'에 나타난 예술이론 연구」, 『상허학보』 2, 상허학회 2000.

오혜진 「'심퍼사이저(sympathizer)'라는 필터: 저항의 자원과 그 양식들」, 『상허학보』 38, 상허학회 2013.

와다 토모미 「이광수 소설의 '생명' 의식 연구」, 서울대 박사학위논문 2007.

우정권 『한국 근대 고백소설의 형성과 서사양식』, 소명출판 2004.

유문선 「데몬과 맞선 영혼의 굴절과 좌절: 나도향의 『환희』론」, 정호웅 외 『장편소설로 보는 새로운 민족문학사』, 열음사 1993.

_____ 「신경향파 문학비평 연구」, 서울대 박사학위논문 1995.

유성호 『한국현대시의 형상과 논리』, 국학자료원 1997.

유종호 『유종호 전집』 5, 민음사 1995.

_____ 『한국근대시사: 1920~1945』, 민음사 2011.

윤대석 『식민지 문학을 읽다』, 소명출판 2012.

윤영애 『파리의 시인 보들레르』, 민음사 1998.

윤해동 『식민지의 회색지대』, 역사비평사 2003.

윤해동 외 『근대를 다시 읽는다』, 역사비평사 2006.

이경남 『설산 장덕수』, 동아일보사 1982.

이경훈 『이상, 철천의 수사학』, 소명출판 2000.

_____ 『대합실의 추억: 식민지 시대의 근대문학』, 문학동네 2007.

_____ 「박제의 조감도: 이상의 「날개」에 대한 일 고찰」, 권영민 외 『실험과 도전, 식민지의 심연』, 민음사 2010.

이광린 『개화파와 개화사상 연구』, 일조각 1989.

이길연 『한국 근현대 기독교문학 연구』, 국학자료원 2001.

이동하 「한국문학의 전통지향적 보수주의 연구」, 서울대 박사학위논문 1989.

_____ 「염상섭의 소설에 나타난 기독교 문제」, 『염상섭 문학의 재조명』, 문학사와비평연구회, 새미 1998.

_____『한국현대소설과 종교의 관련 양상』, 푸른사상 2005.

이동환 「다산 사상에 있어서의 '상제' 문제」,『민족문화』19, 민족문화추진회 1996.

이보영 「염상섭과 베르그송」,『월간문학』288(1993년 2월호), 월간문학사.

_____『난세의 문학: 염상섭론』, 예림기획 2001.

_____『염상섭문학론』, 금문서적 2003.

이상현『한국 고전번역가의 초상, 게일의 고전학 담론과 고소설 번역의 지평』, 소명출판 2013.

이수형 「이광수 문학에 나타난 감정과 마음의 관계」,『한국문학이론과 비평』, 한국문학이론과비평학회 2012.

_____「1910년대 이광수 문학과 감정의 현상학」,『상허학보』36, 상허학회 2012.

이승훈『문학과 시간』, 이우출판사 1983.

_____『한국현대시론사』, 고려원 1993.

이영미 「「역마」의 정치성 연구」,『국제어문』27, 국제어문학회 2003.

이임하 「'전쟁미망인'의 전쟁경험과 생계활동」, 권보드래 외『아프레걸, 사상계 를 읽다』, 동국대출판부 2009.

이재선『한국문학의 원근법』, 민음사 1996.

_____『한국소설사』, 민음사 2000.

_____『한국문학의 주제론』, 서강대출판부 2009.

이재선 외『김동리』, 서강대출판부 1995.

이종호 「일제시대 아나키즘 문학 형성 연구」, 성균관대 석사학위논문 2006.

_____「염상섭의 자리, 프로문학 밖, 대항제국주의 안: 두 개의 사회주의 혹은 '문학과 혁명'의 사선(斜線)」,『상허학보』38, 상허학회 2013.

이지원 「일제하 민족문화 인식의 전개와 민족문화운동: 민족주의 계열을 중심 으로」, 서울대 박사학위논문 2004.

이찬『김동리 문학의 반근대주의』, 서정시학 2011.

_____「해방기 김동리 문학 연구: 담론의 지향성과 정치성의 상관관계를 중심으로」,『비평문학』39, 한국비평문학회 2011.

이현식「'과도기' 다시 읽기」, 문학과사상연구회『한설야 문학의 재인식』, 소명출판 2000.

_____『일제 파시즘체제하의 한국 근대문학비평』, 소명출판 2006.

이현주「국내 임시정부 수립운동과 사회주의 세력의 형성(1919~1923)」, 인하대 박사학위논문 1999.

_____「일제하 (수양)동우회의 민족운동론과 신간회」,『정신문화연구』92(2003년 가을호), 한국학중앙연구원.

이혜령『한국 근대소설과 섹슈얼리티의 서사학』, 소명출판 2007.

_____「식민지 군중과 개인: 염상섭의『광분』을 통해서 본 시론」,『대동문화연구』69, 성균관대 대동문화연구원 2010.

이효덕『표상 공간의 근대』, 박성관 옮김, 소명출판 2002.

임규찬『일본 프로문학과 한국문학』, 연구사 1987.

임영천『김동인 김동리와 기독교 문학』, 푸른사상 2005.

장규식『일제하 기독교민족주의연구』, 혜안 2001.

장성만「개항기의 한국 사회와 근대성의 형성」, 김성기 외『모더니티란 무엇인가』, 민음사 1994.

장수익「나도향 소설과 낭만적 사랑의 문제」,『한국문화』24, 서울대 한국문화연구소 1999.

장승구『정약용과 실천의 철학: 다산 철학의 근대성 탐구』, 서광사 2001.

정근식 외『근대주체와 식민지 규율권력』, 문화과학사 1997.

정우택『한국 근대시인의 영혼과 형식』, 깊은샘 2004.

_____『한국 근대 자유시의 이념과 형성』, 소명출판 2004.

_____『황석우 연구』, 박이정 2008.

정일균「다산 정약용의『심경(心經)』론」,『사회와 역사』73, 한국사회사학회 2007.

정재원「유미주의의 신화」,『김동인 문학의 재조명』, 문학사와비평학회, 새미 2001.

정종현「한국 근대소설과 평양이라는 로컬리티」,『사이間SAI』4, 국제한국문학 문화학회 2008.

_____『동양론과 식민지 조선문학: 제국적 주체를 향한 욕망과 분열』, 창비 2011.

정주아「한국 근대 서북문인의 로컬리티와 보편지향성 연구」, 서울대 박사학위 논문 2011.

정혜영『환영의 근대문학』, 소명출판 2006.

조관자「'민족의 힘'을 욕망한 '친일 내셔널리스트' 이광수」,『기억과 역사의 투 쟁』(2002년 당대비평 특별호), 삼인.

조영복『한국 현대시와 언어의 풍경』, 태학사 1999.

_____「황석우의『근대사조』와 근대초기 잡지의 '불온성'」,『한국현대문학연 구』17, 한국현대문학회 2005.

지명관 외『한일그리스도교 관계사 자료: 1876~1922』, 김윤옥·손규태 옮김, 한 국신학연구소 1990.

지명렬『독일 낭만주의 총설』, 서울대출판부 2000.

지수걸「식민지 농촌 현실에 대한 상반된 문학적 형상화: 이광수의『흙』과 이기 영의『고향』을 중심으로」,『역사비평』22, 역사비평사 1993.

진정석「김동리 문학 연구」, 서울대 석사학위논문 1993.

_____「나도향의『환희(幻戲)』연구」,『한국학보』76, 일지사 1994.

_____「염상섭 문학에 나타난 서사적 정체성 연구」, 서울대 박사학위논문 2006.

차근배『개화기 일본 유학생들의 언론 출판 활동 연구』1, 서울대출판부 2000.

차기진「성호학파의 서학 인식과 척사론에 대한 연구」, 한국정신문화연구원 한 국학대학원 박사학위논문 1996.

차승기「형식에의 동경: 김기진과 초기 신경향파 비평의 한 측면」,『최서해 문학 의 재조명』, 문학사와비평학회 2002.

_____「'사실의 세기', 우연성, 협력의 윤리」,『민족문학사연구』38, 민족문학 사학회 2008.

_____『반근대적 상상력의 임계들: 식민지 조선 담론장에서의 전통·세계·주 체』, 푸른역사 2009.

차혜영『한국근대 문학제도와 소설양식의 형성』, 역락 2004.

천정환『근대의 책 읽기: 독자의 탄생과 한국 근대문학』, 푸른역사 2003.

최기영『한국 근대 계몽사상 연구』, 일조각 2003.

최문규『탈현대성과 문학의 이해』, 민음사 1996.

_____『독일 낭만주의』, 연세대출판부 2005.

최원식『한국근대문학을 찾아서』, 인하대출판부 1999.

_____『문학의 귀환』, 창작과비평사 2001.

_____『한국계몽주의문학사론』, 소명출판 2002.

최현식「낭만성, 신념과 성찰의 이중주」, 문학과사상연구회『임화 문학의 재인 식』, 소명출판 2004.

하타노 세츠코『『무정』을 읽는다』, 최주한 옮김, 소명출판 2008.

한계전『한국현대시론연구』, 일지사 1983.

한국기독교역사연구소「선교의 자유와 초기 선교활동」,『한국기독교의 역사』1, 기독교문사 1989.

한국사연구회『근대 국민국가와 민족문제』, 지식산업사 1995.

한국서양사학회『서양에서의 민족과 민족주의』, 까치 1999.

한국칸트학회『칸트와 문화철학』, 철학과현실사 2003.

한기형『한국 근대소설사의 시각』, 소명출판 1999.

_____「근대잡지와 근대문학 형성의 제도적 연관」, 한기형 외『근대어·근대매 체·근대문학: 근대 매체와 근대 언어질서의 상관성』, 성균관대 대동문화연구 원 2006.

_____「매체의 언어 분할과 근대문학: 근대소설의 기원에 대한 매체론적 접

　　근」, 『대동문화연구』 59, 성균관대 대동문화연구원 2007.

한수영 『소설과 일상성』, 소명출판 2000.

＿＿＿＿ 『친일문학의 재인식』, 소명출판 2005.

＿＿＿＿ 『사상과 성찰: 한국 근대문학의 언어·주체·이데올로기』, 소명출판 2011.

한영규 「변영만의 근대문명 비판」, 『대동문화연구』 55, 성균관대 대동문화연구
　　원 2006.

허수 『식민지 조선, 오래된 미래』, 푸른역사 2011.

＿＿＿＿ 『이돈화 연구: 종교와 사회의 경계』, 역사비평사 2011.

허병식 「한국 근대소설과 교양의 이념」, 동국대 박사학위논문 2005.

허우성 『근대 일본의 두 얼굴: 니시다 철학』, 문학과지성사 2000.

홍정선 「프로문학론의 형성과정」, 역사문제연구소 『카프문학운동연구』, 풀빛
　　1989.

황종연 『비루한 것의 카니발』, 문학동네 2001.

＿＿＿＿ 『탕아를 위한 비평』, 문학동네 2012.

＿＿＿＿ 「데카당스의 변증법: 백조파 문학에 대한 고찰」, 김윤식 외 『근대 문학,
　　갈림길에 선 작가들』, 민음사 2004.

황호덕 「1920년대초 동인지 문학의 성격과 미적 주체 담론」, 성균관대 석사학위
　　논문 1997.

＿＿＿＿ 『근대 네이션과 그 표상들』, 소명출판 2005.

3. 국외 논저

(1) 영미자료

게오르크 루카치 『영혼과 형식』, 반성완 외 옮김, 심설당 1988.

랠프 왈도 에머슨 『자연』, 신문수 옮김, 문학과지성사 1998.

로버트 벨라『사회변동의 상징구조』, 박영신 옮김, 삼영사 1988.

르네 데카르트『성찰』, 이현복 옮김, 문예출판사 1997.

르네 지라르『나는 사탄이 번개처럼 떨어지는 것을 본다』, 김진식 옮김, 문학과
　　지성사 2004.

마르셀 레몽『발레리와 존재론』, 이준오 옮김, 예림기획 1999.

_____『프랑스 현대시사: 보들레르에서 초현실주의까지』, 김화영 옮김, 현대문
　　학 2007.

마리우스 B. 잰슨『현대일본을 찾아서』, 김우영 외 옮김, 이산 2006.

마테오 리치『천주실의』, 송영배 외 옮김, 서울대출판부 1999.

미셸 콜로『현대시와 지평 구조』, 정선아 옮김, 문학과지성사 2003.

미셸 푸코『자기의 테크놀로지』, 이희원 옮김, 동문선 1997.

_____『담론의 질서』, 이정우 옮김, 서강대출판부 1998.

발터 벤야민『1900년경 베를린의 유년시절/베를린 연대기』, 윤미애 옮김, 길
　　2007

_____『일방통행로』, 김영옥 외 옮김, 길 2007.

베네딕트 앤더슨『상상의 공동체: 민족주의의 기원과 전파에 대한 성찰』, 윤형
　　숙 옮김, 사회비평사 1991.

스티븐 컨『시간과 공간의 문화사 1880~1918』, 박성관 옮김, 휴머니스트 2004.

슬라보예 지젝『믿음에 대하여』, 최생열 옮김, 동문선 2003.

_____『무너지기 쉬운 절대성』, 김재영 옮김, 인간사랑 2004.

_____『죽은 신을 위하여: 기독교 비판 및 유물론과 신학의 문제』, 김정아 옮
　　김, 길 2007.

_____『잃어버린 대의를 옹호하며』, 박정수 옮김, 그린비 2009.

C. A. 반 퍼슨『몸, 영혼, 정신』, 강영안 외 옮김, 서광사 1985.

아놀드 스미드라인『미국문학에 표현된 자연종교』, 정태진 옮김, 한신문화사
　　1989.

418

아리스토텔레스『영혼에 대하여』, 유원기 옮김, 궁리 2001.

알랭 바디우『윤리학: 악에 대한 의식에 관한 에세이』, 이종영 옮김, 동문선 2001.

알베르 베갱『낭만적 영혼과 꿈: 독일 낭만주의와 프랑스 시에 관한 시론』, 이상
　해 옮김, 문학동네 2001.

앙리 베르그송『창조적 진화』, 황수영 옮김, 아카넷 2005.

＿＿＿＿＿『물질과 기억』, 박종원 옮김, 아카넷 2005.

어네스트 겔너『민족과 민족주의』, 이재석 옮김, 예하 1988.

에드문트 후설『시간의식』, 이종훈 옮김, 한길사 1996.

에릭 홉스봄『1780년 이후의 민족과 민족주의』, 강명세 옮김, 창작과비평사 1994.

＿＿＿＿＿『만들어진 전통』, 박지향 외 옮김, 휴머니스트 2004.

A. A. 맨딜로우『시간과 소설』, 최상규 옮김, 예림기획 1998.

H. G. 쉔크『유럽 낭만주의의 정신』, 이영석 옮김, 대광문화사 1991.

F. D. E. 슐라이어마허『종교론』, 최신한 옮김, 대한기독교서회 2002.

M. 로빈슨『일제하 문화적 민족주의』, 김민환 옮김, 나남 1990.

엠마누엘 레비나스『윤리와 무한: 필립 네모와의 대화』, 양명수 옮김, 다산글방
　2000.

M. 칼리니스쿠『모더니티의 다섯 얼굴』, 이영욱 외 옮김, 시각과 언어 1994.

옥타비오 파스『흙의 자식들 외: 낭만주의에서 전위주의까지』, 김은중 옮김, 민
　음사 1999.

요하네스 피셜『생철학』, 백승균 옮김, 서광사 1987.

윌리엄 제임스『종교적 경험의 다양성』, 김재영 옮김, 한길사 1999.

＿＿＿＿＿『심리학의 원리』1, 정양은 옮김, 아카넷 2005.

이사벨라 버드 비숍『한국과 그 이웃 나라들』, 이인화 옮김, 살림 2003.

셔우드 홀『닥터 홀의 조선회상』, 김동열 옮김, 동아일보사 1984.

이사야 벌린『비코와 헤르더』, 이종흡 외 옮김, 민음사 1997.

＿＿＿＿＿『낭만주의의 뿌리』, 강유원·나현영 옮김, 이제이북스 2005.

이언 와트『근대 개인주의 신화』, 이시연·강유나 옮김, 문학동네 2004.

자크 데리다『정신에 대하여』, 박찬국 옮김, 동문선 2005.

제프리 버튼 러셀,『악마의 문화사』, 최은석 옮김, 황금가지 1999.

조르조 아감벤『호모 사케르: 주권 권력과 벌거벗은 생명』, 박진우 옮김, 새물결 2008.

_____『예외상태』, 김항 옮김, 새물결 2009.

조르주 바타이유『문학과 악』, 최윤정 옮김, 민음사 1995.

_____『에로티즘』, 조한경 옮김, 민음사 1997.

조르주 뿔레『인간의 시간: 프랑스 작가를 통한 연구』, 김기봉 외 옮김, 서강대 출판부 1998.

지그문트 프로이트『종교의 기원』, 이윤기 옮김, 열린책들 2004.

질 들뢰즈『베르그송주의』, 김재인 옮김, 문학과지성사 1996.

_____『프루스트와 기호들』, 서동욱 옮김, 민음사 2004.

찰스 귀논『진정성에 대하여』, 강혜원 옮김, 동문선 2005.

찰스 테일러『헤겔철학과 현대의 위기』, 박찬국 옮김, 서광사 1992.

_____『세속화와 현대 문명』, 윤평중 외 옮김, 철학과현실사 2003.

_____『근대의 사회적 상상』, 이상길 옮김, 이음 2010.

콜린 캠벨『낭만주의 윤리와 근대 소비주의 정신』, 박형신·정헌주 옮김, 나남 2010.

키스 안셀 피어슨『싹트는 생명: 들뢰즈의 차이와 반복』, 이정우 옮김, 산해 2005.

테리 이글턴『신을 옹호하다』, 강주헌 옮김, 모멘토 2010.

폴 리쾨르『악의 상징』, 양명수 옮김, 문학과지성사 1994.

폴 볼러『미국 초월주의의 이해』, 정태진 옮김, 한신문화사 1989.

프랑코 모레티『근대서사시』, 조형준 옮김, 새물결 2001.

프리드리히 니체『니체 전집』15, 백승영 옮김, 책세상 2002.

프리드리히 셸링『인간적 자유의 본질』, 최신한 옮김, 한길사 2000.

피터 브룩스 『육체와 예술』, 이봉지·한애경 옮김, 문학과지성사 2000.

하인리히 리케르트 『문화과학과 자연과학』, 이상엽 옮김, 책세상 2004.

한스 로베르트 야우스 『미적 현대와 그 이후』, 김경식 옮김, 문학동네 1999.

한스 마이어호프 『문학과 시간현상학』, 김준오 옮김, 심상사 1979.

한스 요나스 『생명의 원리』, 한정선 옮김, 아카넷 2001.

Berman, Marshall, *All that Is Solid Melts into Air: The Experience of Modernity*, Penguin Books 1988.

Chai, Leon, *Aestheticism: The Religion of Art in Post-Romantic Literature*, Columbia University Press 1990.

Eagleton, Terry, *Reason, Faith, and Revolution: Reflections on the God Debate*, Yale University 2009.

Novalis, edited by Bernstein, J. M., *Classic and Romantic German Aesthetics*, Cambridge University Press 2003.

Shock, Peter A., *Romantic Satanism: Myth and the Historical Movement in Blake, Shelley, and Byron*, Palgrave Macmillan 2003.

Taylor, Charles, *The Source of the self: the making of the modern identity*, Harvard University Press 1989.

(2) 일본자료

가라타니 고진 『일본근대문학의 기원』, 박유하 옮김, 민음사 1997.

가라타니 고진 외 『근대 일본의 비평』, 송태욱 옮김, 소명출판 2002.

가메이 히데오 『소설론: 『소설신수(小說神髓)』와 근대』, 신인섭 옮김, 건국대출판부 2006.

가지노부 유끼 『유교란 무엇인가』, 김태준 옮김, 지영사 1996.

고야스 노부쿠니 『귀신론』, 이승연 옮김, 역사비평사 2006.

다카시나 슈지 「앙리 베르그송의 예술론, 가능성과 현실성」, 『미의 사색가들』, 김영순 옮김, 학고재 2005.

마루야마 마사오 외 『번역과 일본의 근대』, 임성모 옮김, 이산 2000.

무라오카 츠네츠구 『일본 신도사』, 박규태 옮김, 예문서원 1998.

미야카와 토루 외 『일본근대철학사』, 이수정 옮김, 생각의나무 2001.

미요시 유키오 『일본 문학의 근대와 반근대』, 정선태 옮김, 소명출판 2002.

스즈키 사다미 『일본의 문학개념』, 김채수 옮김, 보고사 1998.

스즈키 토미 『이야기된 자기: 일본 근대성의 형성과 사소설 담론』, 한일문학연
　구회 옮김, 생각의나무 2004.

시마조노 스스무 『현대일본 종교문화의 이해』, 박규태 옮김, 청년사 1997.

이에나가 사부로 외 『근대일본사상사』, 연구공간 수유너머 일본근대사상팀 옮
　김, 소명출판 2006.

코사카 쿠니쯔구 『절대무의 견성철학: 니시다 기타로의 사상』, 김용관 옮김, 장
　경각 2003.

T. 나지타 『일본근대사』, 박영재 옮김, 역민사 1992.

히라카와 스케히로 『마테오 리치: 동서문명교류의 문명학적 서사시』, 노영희 옮
　김, 동아시아 2002.

廚川白村 『近世文學十講』, 改造出版社 1933.

錦田義富 『ベルグソンの哲學』, 警醒社書店 1913.

島村抱月 「朝鮮だより」, 『早稻田文學』 第143号, 東京堂書店 1917.

鈴木貞美 大正生命主義と現代』, 河出書房新社 1995.

武田淸子 『背敎者の系譜: 日本人とキリスト敎』, 岩波新書 1973.

_____ 「キリスト敎受用の方法とその課題」, 丸山眞男 外 『思想史の方法と對象』,
　創文社 1961.

山田宗睦 『日本型思想の源像』, 三一書房 1961.

_____『昭和の精神史: 京都学派の哲学』, 人文書院 1975.

浅見洋「『西田幾多郎とキリスト教の對話』, 朝文社 2000.

加藤典洋『日本という身体』, 講談社 1994.

中澤臨川·生田長江『近代思想十六講』, 新潮社 1939.

世淵友一『'文學界'とその時代』(上), 明治書院 1955.

_____『浪漫主義文學の誕生:「文學界」を焦點とする浪漫主義文學の研究』, 明治書院 1955.

笹淵友一 編『女學雑誌·文學界集』, 筑摩書房 1973.

左右田喜一郎『文化價値と極限概念』, 岩波書店 1972.

淡野安太郎『ベルグソン』, 勁草書房 1958.

木村直惠『靑年の誕生』, 新曜社 1998.

桑木嚴翼『文化主義と社會問題』, 至善堂書店 1920.

中森義宗·坂井昭宏『美と新生』, 東信堂 1988.

宇野浩二『文学の靑春期』, 沖積舎 1986.

河盛好藏『パリの憂愁』, 河出書房新社 1979.

笠原一男『日本宗教史』Ⅱ, 山川出版社 1977.

絓秀實『日本近代文學の誕生』, 太田出版 1995.

林茂『近代日本の思想家たち: 中江兆民·幸徳秋水·吉野作造』, 岩波書店 1958.

阿部次郎『人格主義』, 羽田文庫 1951.

松本三之介『明治思想史: 近代國家の創設から個の覺醒まで』, 新曜社 1996.

藤田正勝『現代思想としての西田幾多郎』, 講談社 1998.

南博·社會心理研究所『大正文化』, 勁草書房 1987.

吉田眞樹『平田篤胤: 靈魂のゆくえ』, 講談社 2009.

子安宣邦『平田篤胤の世界』, ぺりかん社 2009.

色川大吉『明治の文化』, 岩波書店 1970.

小島毅『近代日本の陽明學』, 講談社 2006.

吉田精一『明治大正文學史』, 修文館 1957.

曾田秀彦『民衆劇場: もうつの大正デモクラシ』, 象山社 1995.

Leo Nikolaevitch Tolstoy, 「人生論」, 『人生論, 藝術論, 我等何を爲すべきか』, 柳田泉
　　譯, 春秋社 1928.

ロメン ロオラン「劇以外に」, 『民衆藝術論』, 大杉榮 訳, ARS 1926.

ロバート N. ベラ 編『アジアの近代化と宗教』, 金花舍 1975.

이철호 李喆昊, Lee Chulho

동국대 국어국문학과에서 박사학위를 취득했다. 동국대 국어국문학과 BK21연구교수를 거쳐
현재 동국대 교양교육원 초빙교수로 재직 중이다. 주요 공저로는 『센티멘탈 이광수: 감성과 이
데올로기』 『문학과 과학 I: 자연·문명·전쟁』 등이 있다.

서남동양학술총서
영혼의 계보
20세기 한국문학사와 생명담론

초판 1쇄 발행 / 2013년 12월 30일

지은이 / 이철호
펴낸이 / 강일우
책임편집 / 박대우
펴낸곳 / (주)창비
등록 / 1986년 8월 5일 제85호
주소 / 413-120 경기도 파주시 회동길 184
전화 / 031-955-3333
팩시밀리 / 영업 031-955-3399 · 편집 031-955-3400
홈페이지 / www.changbi.com
전자우편 / human@changbi.com

ⓒ 이철호 2013
ISBN 978-89-364-1337-8 93800